La vengeance du Saxon

*

L'Anglaise et le prince

ELISABETH HOBBES

La vengeance du Saxon

Traduction française de
MARIE-FRANCE BALAZS-KNOPP

Les Historiques

HARLEQUIN

Collection : LES HISTORIQUES

Titre original :
THE SAXON OUTLAW'S REVENGE

Ce roman a déjà été publié en 2017

HARPERCOLLINS FRANCE
83-85, boulevard Vincent-Auriol, 75646 PARIS CEDEX 13
Service Lectrices — Tél. : 01 45 82 47 47 - www.harlequin.fr
ISBN 978-2-2804-8993-5 — ISSN 1159-5981

Composé et édité par HarperCollins France.
Imprimé en avril 2023 par CPI Black Print (Barcelone)
en utilisant 100% d'électricité renouvelable.
Dépôt légal : mai 2023.

FSC
www.fsc.org
MIXTE
Papier issu de sources responsables
FSC® C159065

Pour limiter l'empreinte environnementale de ses livres, HarperCollins France s'engage à n'utiliser que du papier fabriqué à partir de bois provenant de forêts gérées durablement et de manière responsable.

Chapitre 1

Cheshire, 1068

On pendait les rebelles place du Marché. L'air était imprégné de pluie — un épais crachin, caractéristique de cette région d'Angleterre. Plus dense que du brouillard, il enveloppait le monde d'un voile humide et gris.

Une morne journée pour un acte barbare.

Constance Arnaud aurait aimé pouvoir quitter ce pays froid et peu accueillant pour retourner en Normandie, où l'on voyait encore le soleil durant certaines journées d'octobre. Elle remua son pied bot pour soulager la douleur sourde qui irradiait de ses orteils à son genou, et resserra les pans de sa cape bordée de fourrure, dont elle abaissa le capuchon. L'épaisseur de la laine n'arrêterait pas les sons, mais du moins n'aurait-elle pas à regarder mourir ces hommes.

Le vieux baron se tenait entre deux gardes, dans une mince tunique déchirée, maculée de sang et de crasse. Il était entravé, mais ce qui le courbait, c'était bien plus que le poids des chaînes qui le liaient.

— Brunwulf, ex-baron de Hamestan, vous avez conspiré en vue d'inciter le peuple à la révolte. En conséquence de quoi les terres qui vous restent, ainsi que votre titre, vous sont retirés. En tant que premier vassal de mon suzerain et roi, il est de mon droit et de mon devoir de prononcer cette sentence contre vous.

Du haut de l'estrade, la voix du beau-frère de Constance, le baron Robert de Coudray, résonnait, haute et claire, se diffusant d'un bout à l'autre de la place. Un murmure de colère parcourut la foule avant de s'éteindre promptement, quand les soldats levèrent leurs armes.

Combien des serfs et vilains qui se pressaient derrière les barrières de fortune comprenaient ce que Robert venait de dire ? s'interrogea Constance. Cela faisait dix-huit mois qu'elle vivait en Angleterre, mais même une année après avoir quitté Winchester pour le Cheshire, elle trouvait l'accent local toujours aussi prononcé et impénétrable à ses oreilles.

— Vous et tous ceux qui ont levé l'épée contre leur roi allez payer ce forfait de votre vie, continua Robert.

Brunwulf leva la tête à ces mots et le dévisagea. Ses paupières étaient meurtries et enflées au point d'en être presque closes, mais la haine n'en étincelait pas moins dans son regard.

— Le Bâtard de Normandie n'est pas mon roi ! cracha-t-il.

Le Bâtard. Cette appellation était familière à Constance, ainsi que le sentiment qui la dictait.

Un autre murmure, d'adhésion cette fois, parcourut la foule rassemblée, et quelques cris d'approbation s'élevèrent. Constance s'agita, nerveuse. La moitié du Cheshire avait afflué pour assister aux exécutions du jour — des fermiers, des artisans, des serfs, des femmes —, mais les soldats de la suite du baron étaient encore plus nombreux.

Les joues de Robert virèrent à l'écarlate.

— Guillaume a coiffé la couronne depuis deux ans. Nous dirigeons l'Angleterre, désormais. Si vous vous étiez soumis, vous auriez gardé vos terres en tant que ses vassaux, mais vous avez refusé d'entendre raison. À présent, vous allez en payer le prix.

Une lueur cruelle s'alluma dans ses yeux, tandis qu'il ajoutait :

— Vous serez exécuté le dernier, Brunwulf. Vous verrez d'abord mourir tous vos compatriotes et vos fils, afin que vous compreniez bien l'ampleur de votre échec. Que ceci tienne lieu d'avertissement pour quiconque songe encore à s'opposer à nous !

Il leva un pouce et une douzaine d'hommes enchaînés furent tirés du chariot sous bonne garde, poussés en avant et contraints à s'agenouiller devant lui. Ils arboraient les mêmes signes de mauvais traitements que Brunwulf et, comme lui, portaient des vêtements qui avaient été de bonne qualité. Ces hommes n'étaient ni serfs ni esclaves, ils étaient barons et guerriers.

Trois par trois, les condamnés furent hissés sur l'échafaud, au centre de la place, où on leur passa la corde au cou. Des sanglots s'élevèrent dans la foule, tandis que s'accomplissaient les trois premières exécutions. Les voix des épouses et des mères, des sœurs ou des amantes… Les soldats qui se tenaient devant le groupe des femmes en pleurs avaient croisé leurs piques pour les tenir en respect, au cas où elles se seraient ruées en avant. Constance ne put retenir un soupir.

Assise à côté d'elle, Jeanne, sa sœur aînée et l'épouse de Robert, pâlit.

— Ne les prenez pas en pitié, chuchota-t-elle. Quelle compassion nous auraient-ils accordée, eux ? Si nous étions morts de faim, s'en seraient-ils souciés ?

Constance lui saisit la main et la pressa. Le léger tressaillement qu'elle perçut en retour lui déchira le cœur. Jeanne avait six ans de plus qu'elle, mais semblait beaucoup plus âgée. Quinze mois de mariage avec le seigneur de Coudray avaient détruit toute sa douceur et fané les roses de ses joues. À la voir ainsi changée en spectre, Constance se rappela sa chance. Bien qu'elle soit plus jolie que Jeanne, son pied bot avait dissuadé Robert de la choisir, quand on lui avait proposé l'une d'elles en mariage.

Elle parcourut des yeux les visages qui se confondaient en une masse confuse où prédominaient les yeux clairs et les chevelures blondes, si différents de ses propres yeux et cheveux sombres. Ces gens les haïssaient, elle et ses compatriotes. Les femmes se seraient sans nul doute réjouies de leur souffrance et n'avaient que faire de sa pitié. Mais elle n'avait pas oublié le chagrin qu'elle avait éprouvé après la mort de son père, tué à la bataille de Senlac, et son cœur ne s'en serrait pas moins de compassion pour elles.

Elle s'essuya les yeux du revers de la main et porta le regard au sol, tirant un peu plus son capuchon pour ne pas songer aux corps qui oscillaient dans le vent glacé.

— Ouvrez les yeux, ma fille, et regardez comment meurent ceux qui osent défier votre roi ! lui ordonna Robert à mi-voix. Ne me faites pas honte devant ces brutes de Saxons, ou je vous ferai fouetter à vous écorcher la peau du dos !

Obéissant, Constance releva la tête et s'obligea à regarder, tandis que les condamnés étaient pendus un à un, haut et court. Certains résistaient, luttant tandis que le nœud se resserrait autour de leur cou ; un ou deux d'entre eux semblaient sur le point de sangloter. Les autres marchaient à la mort avec dignité. Tous, sans exception, crachèrent en direction de l'estrade où, tous trois, ils se tenaient, fixant chaque Normand dont ils croisaient le regard avec une haine qui arracha à Constance un frisson de peur.

Leur mort n'était ni prompte ni clémente, mais si la révolte n'avait pas été étouffée et était venue grossir celle des autres comtés, comment aurait été la leur, entre les mains de ces hommes ? Lente et dégradante, sans nul doute. Elle avait entendu raconter ce qui s'était passé ailleurs, les enfants transpercés à coups de lance dans leur lit et les femmes forcées par les rebelles jusqu'à ce qu'elles implorent la mort. Même une personne comme elle n'aurait pas été épargnée. Jeanne avait raison. Elle aurait dû ressentir du soulagement et non de la pitié.

Il ne restait plus que trois hommes en vie. Bien que leur différence d'âge s'étalât au moins sur dix ans, les reflets roux dans leur chevelure et leur barbe blonde montraient qu'ils étaient tous les fils de Brunwulf. Le plus jeune, un homme d'environ vingt-cinq ans, pouvait à peine marcher. La jambe enserrée dans une attelle, il serrait les dents de souffrance en s'avançant vers les marches, à demi porté par ses gardes.

Tandis qu'on les poussait vers la potence, Brunwulf ne put retenir un gémissement de désespoir, et Constance eut l'impression de le voir s'affaisser sous ses yeux. L'aîné des fils adressa quelques mots rapides à son père, dans un dialecte à l'accent si marqué que Constance ne put en saisir une seule syllabe. Brunwulf esquissa une grimace avant d'acquiescer, et ses fils levèrent la tête pour lancer au baron un regard de défi. Puis ils s'élancèrent tous ensemble dans le vide, avec tant de violence que leur cou se rompit sur-le-champ.

Soudain, un rugissement de colère retentit à l'arrière de la foule. Robert se leva d'un bond et des murmures parcoururent l'assemblée, tandis qu'une silhouette écartait les spectateurs pour se frayer un passage. Quelqu'un poussa un cri d'alarme et Brunwulf fit entendre un juron.

Aussitôt, Robert aboya des ordres et des soldats plongèrent dans la foule, bousculant les gens sans ménagement pour trouver le responsable du désordre. Des clameurs indignées emplirent l'air, puis on vit reparaître deux soldats traînant une forme humaine qui se débattait, vêtue d'une cape bleu sombre.

Les soldats se dirigèrent à grands pas vers l'estrade et jetèrent leur prisonnier sur le sol, devant Robert. L'un des gardes saisit le glaive du captif et le laissa choir sur le sol, tandis que l'autre le dépouillait de sa cape, révélant une maigre silhouette vêtue d'une tunique usée et de braies aux jambes munies de lacets, où était enfoncé un fourreau de poignard. Le soldat tira la dague et la jeta par terre, à côté de l'épée.

Le prisonnier leva la tête pour foudroyer du regard ses geôliers, et Constance découvrit alors son visage. Le cœur au bord des lèvres, elle se pencha en avant dans un sursaut involontaire.

Jeanne lui effleura le bras, posant sur elle des yeux interrogateurs.

— Vous vous sentez mal ?

Constance secoua la tête et esquissa un demi-sourire,

espérant que sa sœur ne lirait pas sa surprise et son effroi sur son visage. Elle se radossa à son siège, l'esprit agité d'un tourbillon de pensées et de souvenirs. Elle porta machinalement les doigts à ses lèvres, puis s'en aperçut et baissa promptement la main, le regard fixé sur l'adolescent qui gisait sur le sol.

C'était Aelric, le plus jeune fils de Brunwulf.

« Adolescent » n'était pas le mot adéquat, d'ailleurs. Il était jeune, certes, et on ne pouvait le considérer comme un homme tout à fait adulte, mais il avait tout de même un an ou deux de plus qu'elle. Physiquement, il ne ressemblait pas à son père. Ses cheveux blond-roux emmêlés retombaient sur ses joues anguleuses, qu'ombrait à peine un léger duvet de barbe. Brunwulf était trapu, alors qu'Aelric avait des membres élancés, auxquels il ne semblait pas encore tout à fait habitué.

Tout le temps qu'elle avait habité à Hamestan, elle l'y avait vu en qualité de pupille du seigneur de Coudray, même si tout le monde savait que *pupille* signifiait en réalité *otage*, logé au manoir pour garantir l'obéissance de son père. Et maintenant, son père avait brisé la trêve de la pire façon possible et son dernier fils allait en pâtir. Il avait disparu de Hamestan après que la rébellion eut été réprimée et Constance avait espéré qu'il se trouvait déjà loin.

L'un des soldats tordit le bras d'Aelric derrière son dos. Puis il le saisit par les cheveux et lui tira la tête en arrière, lui arrachant un chapelet de jurons pour la plupart inconnus de Constance.

— Pourquoi es-tu ici ? lui demanda Robert. Je croyais que tu t'étais enfui.

— Je suis venu sauver mon père ! cria Aelric.

Il grimaça et laissa échapper un gémissement de douleur, tandis que le soldat lui tordait un peu plus le bras.

— C'est trop tard, rétorqua Robert.

— Alors, je vengerai sa mort et celle de mes frères.

Constance tourna les yeux vers les hommes qui se balançaient au bout de leur corde et leur père qui attendait son tour, enchaîné. Brunwulf se tenait les épaules raidies, une expression horrifiée sur le visage.

Quittant l'estrade, Robert s'approcha d'Aelric, agenouillé dans la boue. Il se pencha vers lui, son visage tout près du sien.

— Te venger ? Comment penses-tu t'y prendre, fils de Brunwulf ?

Sa voix avait ce ton froid et moqueur que Constance avait appris à redouter.

Le regard bleu d'Aelric plongea droit dans celui de Robert, défiant cet homme de vingt ans son aîné.

— En vous tuant.

Robert demeura silencieux. La foule se taisait, figée dans l'attente de ce qui allait suivre. Constance agrippa la main de Jeanne, redoutant la réponse de Robert. Elle s'attendait à le voir le frapper, ou le transpercer de son épée. Sa réaction, pour inattendue qu'elle soit, se révéla encore plus cruelle.

Il éclata de rire.

Le visage d'Aelric vira au cramoisi. Robert agita la main avant de se détourner.

— Qu'on le pende avec son père !

Les soldats s'emparèrent d'Aelric, qui se mit à crier et se débattre, tandis qu'on le traînait vers Brunwulf. Constance en eut l'estomac retourné.

— S'il vous plaît, non !

Les mots avaient franchi ses lèvres avant qu'elle ait eu le temps de les retenir. Elle se leva d'un mouvement instinctif.

Robert se tourna vers elle, le visage contracté de fureur.

— Qu'est-ce qui vous prend, donzelle ?

Elle sentit son sang se glacer dans ses veines, et son visage s'empourprer. Tous les spectateurs rassemblés sur la place avaient les yeux fixés sur elle.

— Libérez-le !

— Pourquoi ferais-je cela ? demanda Robert d'une voix incrédule.

— Il est si jeune ! plaida-t-elle avec douceur.

— Devrais-je attendre qu'il grandisse ? ricana Robert.

Le garder en prison jusqu'à ce qu'il ait enfin du poil sur la poitrine ?

Aelric leva les yeux et son regard rencontra celui de Constance, qui se sentit de nouveau nauséeuse.

— Il est venu à mon secours, une fois, expliqua-t-elle, consciente de la rougeur qui lui brûlait les joues. Quand mon cheval a perdu l'un de ses fers, l'hiver dernier…

Cela s'était passé par une froide journée de janvier. Sa monture avait glissé dans la boue, tandis qu'elle longeait la falaise de grès. Aelric, qui travaillait dans les champs sous bonne garde, et dont la vue lui était assez familière, avait quitté son poste pour saisir ses rênes. D'une voix calme, il avait adressé à l'animal — ou à elle, elle ne savait trop — des paroles incompréhensibles, apaisant le cheval, tandis qu'elle se remettait en selle. Elle l'avait remercié tant bien que mal en saxon, langue qu'elle avait du mal à manier. Il avait souri de sa maladresse, mais gentiment, avant de rejoindre ses compagnons, qui avaient jeté sur elle le regard méprisant auquel elle s'attendait. Mais Aelric, lui, l'avait saluée d'un hochement de tête.

Elle ne raconta qu'une partie de la vérité à son beau-frère, omettant de préciser qu'ils s'étaient revus ensuite. Elle ne voulait même pas y penser, de crainte que Robert ne lise ses émotions sur son visage.

— Et c'est à cause de cela que je devrais lui pardonner sa tentative de meurtre ?

Constance déglutit, la gorge nouée de nouveau. Il y avait des jours qu'elle se sentait malade à la seule pensée de ce qui allait se passer aujourd'hui. Une tentative de meurtre ? Aelric n'aurait jamais réussi ! Robert n'avait pas couru le moindre danger et il le savait fort bien.

— Pas mon garçon ! supplia Brunwulf.

— Votre garçon était en sécurité aussi longtemps que vous m'avez obéi, rétorqua Robert. Pourquoi le laisserais-je vivre à présent ?

— Il n'a pas participé à la rébellion et ignorait tout de nos projets, j'y ai veillé.

Des murmures d'approbation parcoururent la foule. Brunwulf tomba à genoux, dans l'attitude d'un suppliant.

— Si vous l'épargnez, je prêterai serment de loyauté à votre roi sur-le-champ. Vous pourrez dire à Guillaume que vous avez obtenu mon allégeance avant ma mort.

En voyant l'air déterminé de son beau-frère, Constance comprit qu'il s'apprêtait à refuser. L'idée de voir mourir Aelric lui était insupportable.

Repoussant la main de Jeanne, elle tomba à genoux.

— Vous leur avez montré que vous saviez être ferme. Montrez-leur à présent que vous pouvez aussi pardonner. Il y a déjà eu tant de morts, aujourd'hui !

Les chuchotements s'amplifièrent, enflés par la colère. Le visage de Robert s'empourpra de rage.

— Très bien ! lança-t-il enfin d'un ton sec. Qu'il vive !

On traîna Aelric au pied du gibet, tandis que Brunwulf était poussé vers l'échafaud. Bien qu'alourdi par le poids de ses chaînes, l'ancien baron gravit l'échelle sans aide et ne baissa pas les paupières, tandis qu'on lui passait la corde au cou. Il prononça son serment de loyauté comme il l'avait promis, jetant à son fils un regard si débordant d'amour que Constance sentit ses yeux s'emplir de larmes. Puis il affronta la mort avec un visage serein.

Beaucoup de spectateurs pleuraient, elle y compris. Aelric, lui, garda les yeux secs.

Robert se tourna vers lui.

— Et maintenant, à toi ! J'ai dit que tu vivrais, mais je n'ai rien promis d'autre.

Puis, s'adressant aux gardes, il ordonna :

— Attachez-le sur l'échafaud. Dix coups de fouet pour lui !

Aelric fut ligoté, les bras en l'air, à la potence où pendait le corps de son père. Horrifiée, Constance se tourna vers Jeanne, mais le regard de sa sœur resta impassible.

— Taisez-vous, si vous ne voulez pas que Robert vous

soupçonne d'éprouver pour ce garçon plus d'intérêt que vous le prétendez !

On déchira la tunique d'Aelric, lui dénudant le dos. Le premier coup lui arracha un hurlement de douleur qui retentit sur toute la place. Il s'attendait au deuxième et n'émit aucun son. Mais au sixième, ses cris reprirent, bientôt transformés en faibles gémissements.

Constance serrait les poings, les ongles enfoncés si profondément dans ses paumes qu'ils y imprimèrent des demi-lunes sanglantes.

Après le dixième coup, Robert s'approcha nonchalamment du captif prostré.

— Je n'ai pas l'intention de te garder ici plus longtemps. Demain, tu seras envoyé à Chester, où le comte Gerbod te trouvera un emploi dans les champs ou les marais salants.

Tirant sa dague, il saisit Aelric par l'oreille gauche, lui rejetant la tête en arrière.

— Mais avant cela, je vais te laisser un souvenir de moi à emporter.

Glissant la lame derrière son oreille, il la retourna et en trancha lentement le lobe. Aelric jeta un cri perçant. Brisé par cette ultime cruauté, il s'effondra contre l'échafaud, avant de perdre conscience.

— Vous m'avez fait honte en public ! Rien que pour cela, je devrais vous écorcher le dos !

Robert fulminait, le regard furibond. Constance coula une œillade à sa sœur, mais celle-ci, assise, ne pipa mot, la tête penchée sur sa broderie. Inutile d'attendre du soutien de son côté, hélas.

— Ce garçon ne méritait pas la mort, argua-t-elle.

— Sottises ! hurla Robert. À quoi songiez-vous pour vous lier d'amitié avec un sale Saxon ? Vous avez donc pour sœur une catin, madame ? ajouta-t-il, se tournant vers Jeanne.

— Non, monseigneur. Mais je suis aussi choquée que vous par son attitude.

Constance se sentait sur des charbons ardents. Si Robert apprenait la vérité sur ce qui s'était passé entre Aelric et elle, sa colère ne connaîtrait plus de limites.

La saisissant par le bras, il la poussa sans ménagement vers le lit et la jeta sur le matelas de paille.

— Vous allez sur vos dix-sept ans, à présent, et il est temps de vous marier. Demain matin, je vous enverrai dans un couvent, et vous y resterez jusqu'à ce que je vous trouve un mari qui saura vous dompter.

Il sortit en trombe sur ces mots, la laissant affalée sur le lit, le visage caché dans les mains et le corps tremblant de colère.

Constance resta allongée jusqu'à la nuit, attendant que le brouhaha des voix dans la grande salle atteigne son maximum d'intensité. Elle rassembla alors tout ce dont elle avait besoin et enveloppa d'étoffe le bout de sa canne, même si elle ne risquait guère de faire du bruit sur la jonchée qui recouvrait le sol.

Elle se glissa ensuite hors de la chambre et traversa la salle. Robert et sa suite étaient installés autour du feu, occupés à écouter les chants du barde, et personne ne fit attention à elle.

Parvenue dehors, elle se dirigea vers la place du Marché. Seul le clair de lune éclairait les lieux et tout était désert, chacun ayant regagné son logis avant le couvre-feu. Si un soldat patrouillait autour de la place, personne ne montait la garde près de la silhouette encore ligotée à la potence par les poignets. Sans doute Robert avait-il présumé que nul n'oserait s'approcher d'Aelric après sa démonstration d'autorité de l'après-midi.

Lorsqu'elle parvint près de lui, l'odeur métallique du sang frappa ses narines, lui retournant l'estomac. Appuyé de tout son poids contre la structure en bois, Aelric gémit et tourna la tête en l'entendant approcher.

— Constance ! chuchota-t-il d'une voix rauque.

Sa chevelure lui balayait le visage. Constance la lissa en arrière, incapable de détourner le regard de son oreille sanglante et mutilée.

Elle porta une gourde de vin à ses lèvres et il but avidement.

— Vous allez vous attirer des ennuis, murmura-t-il.

— On ne remarquera pas mon absence, le rassura-t-elle, en espérant que c'était vrai.

Versant de l'eau sur les linges qu'elle avait apportés, elle se mit en devoir de nettoyer le sang séché qui maculait son dos. Aelric se raidit et prit une brusque inspiration. Rougissante, elle lui effleura les épaules, heureuse que l'obscurité dissimule son trouble.

— Cela fait-il très mal ?

— Oh ! je peux le supporter, rétorqua-t-il non sans amertume. Vous auriez dû les laisser me pendre.

— Vous ne pouvez pas penser cela !

Il tourna la tête pour la regarder, les sourcils froncés.

— Au moins, je serais mort honorablement. Vous m'avez condamné à vivre et à mourir en esclave conscient de n'avoir pas su venger sa famille.

Elle se sentit blêmir. Elle était venue pour soulager ses souffrances et voilà qu'il s'adressait à elle avec une rudesse sans précédent. Ses paroles la blessèrent jusqu'au fond du cœur. Pouvait-elle agir autrement ? Elle aurait été incapable de rester là, à le regarder mourir. Mais comment l'abandonner à la vie qu'il venait d'évoquer ?

— Vous n'aurez pas à vivre ainsi, chuchota-t-elle.

Jetant un regard prudent autour d'elle, elle tira de sa ceinture l'une des deux dagues qu'elle avait héritées de son père. La pierre bleue qui en ornait le manche étincela à la lueur de la lune, attirant le regard d'Aelric.

— Faites vite, lui enjoignit-il avec une grimace.

Elle le dévisagea, stupéfaite.

— Mais je ne vais pas vous tuer ! Pour qui me prenez-vous ? Je ne suis pas une sauvage !

— Une Normande, répliqua-t-il d'un ton amer.

— Votre amie, corrigea-t-elle, refoulant la souffrance causée par ses mots. Je suis venue vous délivrer. Vous allez pouvoir vous enfuir.

Il cilla.

— C'est la vengeance que je veux. Qu'y a-t-il d'honorable dans la fuite ?

Constance recula, jetant le linge souillé sur le sol.

— Rien, sans doute. Mais pourquoi refuser la liberté par orgueil ?

— La fierté, c'est tout ce qu'on m'a laissé. Et la vengeance.

Ulcérée, Constance ramassa sa canne et tourna les talons.

— Attendez ! la rappela-t-il, une note d'urgence dans la voix.

— Pourquoi ? Je voulais vous délivrer parce que vous n'êtes pas un tueur, pas pour que vous en deveniez un. Je ne vais pas risquer ma propre vie pour cela !

— Vous vous mettriez en danger pour m'aider ? Pourquoi ? Parce que je vous ai ramené votre cheval ? Est-ce là tout ce que vous vous rappelez de moi ?

— Vous savez bien que non, répondit-elle avec calme, refusant de donner libre cours aux souvenirs qui l'assaillaient.

Il soutint son regard.

— Je ne veux pas qu'il vous arrive du mal.

Elle sentit de nouveau la brûlure des gifles de Robert. Elle revit Jeanne, les yeux gonflés d'avoir sangloté toute la nuit. Non, elle ne pleurerait pas Robert, si quelqu'un le tuait. Mais Aelric n'y parviendrait jamais, de toute façon.

— Il ne m'arrivera rien. On va m'envoyer demain dans un couvent. J'y serai en sécurité. Si je vous délie, jurez-moi de partir ce soir et de ne rien tenter contre Robert.

Aelric tira sur les liens de ses poignets.

— Si cela peut vous faire plaisir, je n'essaierai pas de le tuer.

— Jurez-le, je le veux. Sur quelque chose d'important pour vous.

Il parut furieux, mais elle soutint son regard jusqu'à ce qu'il exhale un soupir.

— Je jure sur mon honneur et sur mon père Brunwulf que je ne lèverai pas les armes contre Robert.

Elle hocha la tête, satisfaite, et coupa promptement les liens qui le ligotaient. Il s'affaissa sur le sol en se massant les poignets. Elle l'aida à se relever.

— Je vous suis redevable à présent, déclara-t-il.

Il lui saisit la main, la porta à ses lèvres, puis, la posant ensuite sur sa joue, il l'attira à lui pour lui donner un baiser très doux sur le front.

Constance leva la tête et, dans ce geste, lui effleura le coin de la bouche. Elle sentit ses lèvres se retrousser en un sourire.

— Je n'oublierai pas ce que vous avez fait pour moi, chuchota-t-il.

L'énormité de son initiative écrasa soudain Constance. Elle n'osait penser à ce que ferait Robert en découvrant qu'Aelric s'était évaporé dans la nuit.

— Emmenez-moi !

— Vous n'êtes pas sérieuse ? Je ne sais pas où je vais aller, mais où que ce soit, ce ne sera pas un endroit pour une fille habituée à la vie que vous menez.

— Cela m'est égal que ce soit difficile.

— Mais pas à moi.

— S'il vous plaît ! Rien ne me retient ici. Nous pourrions être ensemble.

Elle plongea ses yeux scintillant de larmes dans ceux d'Aelric et lui saisit le bras. Il referma la main sur la sienne.

— Très bien. J'attendrai l'aube dans la vieille étable, près du Bollin.

Il esquissa un sourire.

— Vous savez où je veux dire ?

Elle détourna les yeux et rougit. Bien sûr qu'elle le savait !

— Prenez ceci, dit-elle en lui tendant la dague.

Aelric lui pressa la main avant de s'esquiver. Elle attendit qu'il se fonde dans l'ombre et disparaisse. Puis elle retourna vers le manoir. Elle n'aurait pas besoin de grand-chose. D'ailleurs, elle n'avait presque rien à emporter.

Elle regagna sa chambre, et elle était occupée à retirer de son coffre son autre dague et une tunique de rechange, quand une main l'empoigna brusquement par les cheveux, l'obligeant à se relever.

— Où êtes-vous allée ? cria Robert.

— Nulle part !

— Menteuse ! On vous a vue quitter la maison. Dites-moi la vérité ou je vous l'arracherai de force.

Il la gifla sans autre avertissement et la joue de Constance se mit à cuire sous la violence du coup.

— Nulle part, répéta-t-elle.

Si elle avouait maintenant, Aelric ne parviendrait jamais à s'enfuir.

Elle reçut une autre gifle, assenée cette fois du revers de la main et avec une force qui la fit vaciller. Puis Robert déboucla sa ceinture.

— J'ai supporté votre entêtement assez longtemps !

Elle tenta de passer devant lui en baissant la tête, mais il l'empoigna par l'arrière de sa robe et la poussa avec violence. Elle atterrit lourdement sur la table, le visage en premier, et la douleur qui lui cisailla le ventre fut si vive qu'elle en eut un haut-le-cœur.

Robert brandit la lanière de cuir au-dessus d'elle. La ceinture s'abattit sur son épaule nue et Constance hurla, tandis que des étoiles explosaient dans sa tête.

Elle comprit alors qu'elle ne rejoindrait jamais Aelric.

Aelric regardait poindre l'aube.

Constance ne viendrait pas, mais il demeurait en lui une lueur d'espoir qui ne voulait pas s'éteindre. Il caressa la dague dont elle lui avait fait présent. Elle était bien façonnée et la pierre sertie dans la garde atteindrait à elle seule un bon prix — de quoi se remplir le ventre pendant au moins un mois ou deux.

Lorsque le soleil forma un demi-cercle au-dessus des montagnes, il se leva et drapa la toile à sac autour de ses épaules, tâchant d'ignorer la douleur dans son dos, lancinante partout où le tissu grossier effleurait ses plaies. Une fois de plus, il tourna les yeux vers Hamestan, dans l'espoir de voir surgir enfin la mince silhouette brune qui lui était familière, mais la route restait déserte.

Il se détourna alors à contrecœur, s'efforçant de prendre cette déconvenue à la légère. Tout le temps qu'ils avaient vécu sous le même toit, il avait nourri le rêve de l'épouser, Normande ou pas, mais quelle femme noble bien éduquée voudrait vraiment renoncer à une vie de confort pour la précarité et l'exil ? C'était mieux ainsi. Il se déplacerait plus vite, tout seul.

Après un dernier regard par-dessus son épaule, il s'éloigna, sachant pertinemment qu'il ne reverrait pas de sitôt ces montagnes.

Chapitre 2

Worcestershire, 1075

Constance replia le parchemin et passa le doigt sur les deux moitiés du sceau épais, enfonçant l'ongle de son pouce dans la cire jusqu'à ce que les bords s'effritent.

— Savez-vous ce que contient cette lettre ? demanda-t-elle à son invité.

Hugh d'Avranches, comte palatin de Chester, tendit la main vers la table basse et remplit leurs gobelets. La cruche était posée parmi les reliefs du repas tardif qu'ils venaient de partager. Un agréable moment… avant que Hugh ne sorte le parchemin.

— Je peux deviner, répondit-il en lui tendant le vin. Quand votre beau-frère m'a demandé de vous transmettre ce message, j'ai voulu savoir s'il souhaitait que je lui apporte votre réponse dans le Cheshire. Il m'a rétorqué qu'il n'y aurait pas de réponse, tant il était certain que vous obéiriez à ses instructions et commenceriez sur-le-champ vos préparatifs de voyage.

Constance réprima un frisson.

— Il voudrait que je voyage en décembre ! Il croit que je vais retourner vivre à Hamestan.

Jetant la détestable lettre sur le sol, elle se mit à arpenter la salle. Quand elle avait quitté Hamestan sept ans plus tôt, c'était dans l'intention de ne jamais y retourner.

— Qui est-il pour m'ordonner quoi que ce soit ? Et pourquoi maintenant ? Vous auriez dû refuser de m'apporter ce message !

Hugh croisa les bras. Les cheveux roux, trapu et placide, il semblait un peu plus flasque à chacune de leurs rencontres, bien qu'il ait moins de trente ans. Il lui adressa un regard d'aimable reproche et lui fit signe de s'asseoir. Il était impossible de rester longtemps en colère contre lui, aussi reprit-elle son siège près du feu, en se calant confortablement sur les coussins.

— Robert de Coudray est l'un de mes principaux vassaux et il aurait été discourtois de ma part de refuser de me charger de cette lettre, alors que Bredon se trouvait sur mon chemin, expliqua-t-il posément.

Il sourit en lui prenant la main.

— En outre, je ne serais pas passé par ici sans saisir cette occasion de vous rendre visite. Je vous ai si peu vue, depuis trois ans ! Mes nouvelles responsabilités m'accaparent.

Constance avait beau être veuve, c'était là une familiarité inconvenante. Si quelqu'un les surprenait ainsi, elle courrait le risque d'un scandale. Mais elle se moquait bien de la prudence. D'une façon ou d'une autre, elle allait bientôt quitter ces lieux.

— Je suis heureuse de vous voir, Hugh. J'ai si peu d'amis ! Je ne veux pas me disputer avec vous, alors que vous êtes ici pour si peu de temps.

Il ramassa la lettre et la posa sur la table, à côté du cruchon de vin.

— Vous pourriez le faire changer d'avis, suggéra-t-elle avec espoir.

Hugh fit la moue.

— Ce serait une cause de discorde et j'ai besoin de la loyauté de tous mes vassaux, en ce moment. Que vous le vouliez ou non, votre beau-frère est votre tuteur légal, à présent que vous êtes veuve. Si Robert vous ordonne de vivre sous la protection de sa maisonnée, c'est son droit le plus strict.

Elle secoua la tête. Robert offrant une quelconque protection ? C'était risible… sauf qu'elle n'avait pas envie de rire. Pas quand elle en était à se demander qui allait la protéger contre Robert lui-même.

Se frottant l'oreille, elle sentit la légère cicatrice laissée par la boucle de ceinturon de son beau-frère.

— Je n'ai nul besoin de la protection d'un homme.

Elle regarda le feu, contemplant la danse sinueuse des flammes qui s'élevaient des bûches.

— Vous ne pourrez pas rester éternellement à Bredon, lui rappela Hugh.

— Le neveu de mon défunt époux a hérité des terres et du titre. Il a accepté de me laisser vivre ici pendant douze mois. Après cela, j'ai l'intention de retourner au couvent de Brockley pour y prendre le voile.

Hugh se récria.

— Constance, vous êtes bien trop jeune pour quitter ainsi le monde !

Elle avala une longue gorgée de vin. Elle ne se sentait pas si jeune, en vérité. Les ombres autour de ses yeux et cette ride soucieuse sur son front n'en témoignaient que trop.

— J'ai vingt-trois ans. Beaucoup de femmes entrent plus jeunes dans les ordres. Et il faut bien que je vive quelque part, vous l'avez dit vous-même.

— Pourquoi Brockley ? Pourquoi pas un endroit plus près d'ici ?

Frissonnante, elle croisa les bras autour de son buste.

— Les sœurs ont pris soin de moi, lorsque je suis arrivée là-bas. À cette époque, j'y serais restée, si on me l'avait permis. Mais Robert a négocié mon mariage et l'on m'a amenée ici.

— Vous ne parlez jamais de cette époque-là.

Levant le menton, elle le fixa d'un regard farouche, la gorge nouée par une violente émotion. Seules les nonnes savaient ce qu'elle avait découvert, après son arrivée là-bas, et elle avait bien l'intention qu'il en soit toujours ainsi.

— Non, fit-elle sèchement.

Avec un tact inhabituel, Hugh se tut un long moment. Puis il rompit le silence en jetant une autre bûche dans le feu.

— Dites-moi… En quoi cela vous gêne-t-il que cette lettre arrive maintenant ?

— Piteur…, commença-t-elle.

Elle grimaça légèrement, ainsi qu'elle le faisait toujours en évoquant son défunt mari.

— Piteur est mort depuis neuf mois et, jusqu'ici, le seigneur de Coudray n'avait pas fait la moindre tentative pour communiquer avec moi.

— Peut-être a-t-il fini par comprendre qu'il était nécessaire de prendre une décision concernant votre avenir, supputa Hugh. Les choses seraient différentes, si vous aviez mis au monde un héritier.

C'était en effet là le problème, admit Constance à part elle. En cinq années de mariage, aucun enfant viable n'avait vu le jour. Hugh, comme tous les hommes, ne songeait qu'à la survie de la lignée et lui imputait l'échec de n'avoir pas engendré l'enfant souhaité. La douleur d'avoir perdu sa petite fille, morte après quatre jours seulement d'existence, était encore vive dans son cœur après trois ans et ne s'apaiserait sans doute jamais. La souffrance, l'impuissance et le sentiment d'indignité qui avaient accompagné ses diverses fausses couches l'assaillaient encore dans ses cauchemars.

Elle repensa au premier bébé, celui dont elle n'avait pas soupçonné qu'elle le portait, et des larmes brûlantes lui montèrent aux yeux. Des larmes de chagrin et de haine pour l'homme qui avait, sans le savoir, provoqué sa mort.

Hugh lui prit gentiment la main.

— Le roi Guillaume n'aime pas que les veuves restent seules. Vous allez devoir vous remarier, vous le savez. Je n'ignore pas que votre époux vous a fait un legs avant de mourir.

Elle haussa les épaules. Ce legs, elle l'avait dix fois gagné, et de quelle façon ! Elle ne voulait plus jamais y repenser. Si elle avait pu, elle aurait écrasé les bijoux et fait fondre toutes les bagues.

— Je pourrais trouver une douzaine de prétendants prêts à passer sur mon pied bot pour dépenser cet héritage à ma place. Mais je suis dégoûtée du mariage, déclara-t-elle avec amertume. J'en ai assez des hommes prêts à m'utiliser pour leurs propres fins.

— Si je m'étais trouvé en Angleterre à l'époque où votre beau-frère vous cherchait un mari, je me serais mis sur les rangs.

Constance écarquilla les yeux de surprise. Elle éprouvait beaucoup d'affection pour Hugh, mais jamais elle n'avait imaginé qu'il lui portait des sentiments d'une telle profondeur.

— Je suis flattée, répondit-elle en toute sincérité. Mais ce n'est plus possible à présent que vous êtes marié.

Il allongea ses jambes robustes vers le feu.

— C'est vrai. Mais si vous deveniez ma maîtresse, je me ferais volontiers votre protecteur.

Elle aurait dû être choquée d'une telle proposition et le congédier sur-le-champ, mais elle n'en fit rien.

— Vous ne le pensez pas vraiment !

— Parfois si. Surtout quand la nuit est froide, le vin capiteux, et que je songe à la douceur de vos lèvres.

Il coula un regard vers le lit, dressé dans un coin de la pièce, et un sourire suggestif incurva sa bouche sensuelle.

— Il fait nuit et mon cheval est fatigué, ajouta-t-il d'un ton coquin. Ce serait trop cruel de lui faire reprendre la route ce soir.

Lui saisissant de nouveau la main, il se mit à lui caresser le bras.

— Laissez-moi coucher près de vous. Si vous êtes décidée à vous cloîtrer, du moins aurez-vous de tendres souvenirs à vous remémorer. Et peut-être changerez-vous d'avis, qui sait ?

Elle fut presque tentée d'accepter, pour voir. Hugh était gentil et il avait la réputation de bien traiter ses maîtresses. Tous les hommes ne pouvaient pas être aussi humiliants et brutaux que Piteur et ses compagnons. Elle avait aimé un garçon autrefois, dans sa prime jeunesse, et cela avait été doux et excitant.

Ce fut le souvenir d'Aelric qui fit pencher la balance en défaveur de Hugh. Elle lui retira sa main.

— Je ne pense pas que ce serait sage. J'en ai terminé avec les hommes et les hommes en ont fini avec moi. Je vous offre néanmoins l'hospitalité pour tout le reste. Demandez à mon régisseur de vous trouver un lit. Et n'oubliez pas de me faire vos adieux avant de partir, demain matin.

Hugh accueillit son refus d'une courbette, sans rancune. Elle se leva pour lui offrir le bras et ils marchèrent ensemble vers la porte.

Hugh s'arrêta sur le seuil.

— Je sais que vous n'aimez pas parler du temps où vous viviez à Hamestan, ni des circonstances dans lesquelles vous l'avez quitté, mais je vous demande tout de même de reconsidérer la question. Ce pourrait être dans notre intérêt à tous deux, si vous retourniez dans le Cheshire.

Comme elle lui jetait un regard suspicieux, il précisa :

— Je ne me suis pas montré tout à fait franc avec vous, Constance. Que le seigneur de Coudray choisisse ce moment pour vous envoyer sa lettre me trouble autant que vous. Des rumeurs commencent à faire état d'une rébellion latente dans certaines parties du comté.

— Les Saxons ?

Des images, refoulées depuis des années, jaillirent soudain du tréfonds de sa mémoire. Des corps oscillant au bout d'une corde par une journée brumeuse. Des prunelles bleues encore étincelantes de défi, malgré l'insoutenable douleur.

Surprise, elle sentit une souffrance inattendue lui déchirer le cœur — ce cœur qu'elle avait cru pétrifié au point de ne plus jamais pouvoir battre avec une telle intensité.

Hugh pinça les lèvres.

— Pas seulement. Personne n'a osé se révolter ouvertement depuis les représailles de Guillaume. Mais en Mercie, les comtes commencent à s'agiter, et Guillaume craint que le Cheshire ne suive l'exemple.

— En quoi cela me concerne-t-il ?

— Le nom de votre beau-frère a été indirectement prononcé et il me serait utile d'avoir un contact dans sa maison. Le plus clair de mon temps est déjà accaparé par les problèmes à gérer sur les frontières galloises.

— Il est hors de question que je retourne là-bas ! Je ne peux pas oublier ce qu'il a fait, ni lui pardonner. Quel avantage en retirerais-je, dites-moi ?

— Faites cela pour moi et je veillerai à votre sécurité, je vous le promets. Si vous ne devenez pas ma maîtresse, je ne pourrai pas empêcher qu'on vous oblige à vous remarier, bien entendu. Mais si Robert est disgracié ou condamné pour trahison, il n'aura plus son mot à dire sur le sujet.

— Et que lui arrivera-t-il, si je découvre qu'il est impliqué dans la conspiration ?

Le regard de Hugh prit la dureté de l'acier.

— S'il est compromis dans quelque trahison que ce soit, il sera traduit en justice.

Elle détourna la tête pour qu'il ne voie pas les émotions qui l'assaillaient. Hugh était son ami, mais surtout, il ne négligerait rien pour la sauvegarde de ses terres et de son roi. Sa protection représentait peut-être son seul espoir. En outre, lui venir en aide constituerait la meilleure vengeance contre Robert.

Pendant l'année qui avait suivi son départ de Hamestan, sa haine pour lui l'avait rongée de l'intérieur. Ensuite, lorsqu'on l'avait donnée à Piteur, son aversion s'était transférée sur son mari. Et voilà que les émotions oubliées déferlaient de nouveau en elle.

— Je vais y réfléchir.

Le visage de Hugh s'éclaira d'un sourire. Il l'embrassa brièvement sur la joue avant de la laisser.

Restée seule, elle appela sa servante et s'assit devant le feu, tandis que cette dernière peignait et nattait sa longue chevelure couleur de châtaigne. Elle relut la lettre, jusqu'à la savoir par cœur. Une missive si brève qu'elle en était impolie, mais elle ne s'attendait pas à autre chose de la part de Robert. Pas le moindre mot de Jeanne non plus, ni quoi que ce soit à son sujet, mais cela n'avait rien d'étonnant, sa sœur s'étant toujours montrée une piètre correspondante.

Elle grimpa dans le lit et tira les fourrures jusqu'à son menton. À la lueur mourante du feu, elle contempla la petite chambre qui avait constitué son refuge depuis son mariage. Piteur y pénétrait rarement. Il avait établi ses quartiers dans la pièce voisine, où il la faisait venir quand il avait besoin de sa présence. Elle frissonna, révulsée par ce souvenir. Lorsqu'il était mort, elle avait fait brûler son matelas et sa courtepointe, ignorant les protestations et les bavardages des serviteurs et des vassaux, qui avaient excusé son attitude en la mettant sur le compte de son chagrin de veuve.

Cette maison n'était pas la sienne et, en dépit de ce qu'elle avait affirmé à Hugh, elle n'avait pas vraiment envie d'y rester.

Elle s'endormit, se demandant ce qu'étaient devenus les précédents propriétaires, avant que le domaine ne soit octroyé en récompense à Piteur. Avaient-ils été pendus comme le vieux baron de Hamestan ? Elle s'aperçut qu'elle avait oublié son nom. Mais elle n'oublierait jamais celui de son fils. Comment l'aurait-elle pu, après ce qu'ils avaient fait ensemble ? Sans doute était-il mort depuis longtemps, lui aussi, persuadé qu'elle avait choisi de rester à Hamestan. Cela la rendait triste, Dieu savait pourquoi.

Pour la première fois depuis des années, un regard bleu et un sourire radieux hantèrent ses rêves, cette nuit-là,. Suivis par du sang et des cris de douleur. Tremblante et trempée de sueur, elle s'éveilla avant l'aube et s'assit, drapée dans ses couvertures, étreignant ses genoux jusqu'à ce que l'aurore éclaire enfin la chambre.

Au matin, sa décision était prise. Elle rejoignit Hugh dans la cour enneigée où on sellait son cheval, tandis qu'il se préparait au départ.

— Je ferai ce que vous me demandez. Mais il ne me suffit pas que vous empêchiez Robert de décider de mon mariage. Je veux que vous me juriez que, si je trouve la preuve dont vous avez besoin pour le confondre, vous m'aiderez à regagner le couvent.

Il posa la main sur son cœur.

— Vous avez ma parole. Je vous trouverai moi-même un établissement, si cela peut vous rendre heureuse.

Elle hocha la tête, satisfaite.

— Quand vous retournerez dans le Cheshire, dites à Lord de Coudray que j'irai à Hamestan dès que mon année ici sera achevée. Je resterai avec lui un an, pas davantage.

Hugh plissa le front.

— Cela tombera début mars. Il ne fera guère un temps à voyager.

Constance haussa les épaules.

— Je doute qu'il veuille attendre plus longtemps. Ce pays est impraticable quelle que soit l'époque de l'année.

— Alors permettez-moi de vous envoyer une escorte. La campagne pullule de malfaiteurs.

— Si mon beau-frère veut que je revienne, il peut bien me payer une escorte lui-même. En outre, je préfère voyager en toute discrétion.

Hugh sourit.

— J'ai hâte de recevoir les informations que vous pourrez glaner. Rappelez-vous, je veux que son cas constitue un avertissement. Il me faut des preuves, Constance. Des preuves !

Hissant son large corps en selle, il s'éloigna au galop.

Quels secrets Robert pouvait-il bien cacher ? Aucun devoir de loyauté ne la liait à lui, et si elle découvrait quoi que ce soit qui lui nuise, elle ne pleurerait pas sur son sort !

Cheshire

L'homme qu'on surnommait Caddoc se tenait tapi dans le sous-bois. Ses cuisses et son dos étaient courbaturés d'avoir enduré si longtemps la même position, mais lorsque sa cible apparaîtrait enfin, il ne regretterait pas cet inconfort. De la neige fondue goutta dans son cou, et il enfonça son bonnet de cuir plus près du col de son manteau.

Un éclat de brun entre les arbres attira soudain son attention. Elle approchait. Encore quelques pas et il pourrait viser.

Prenant une inspiration silencieuse, il banda son arc. Soudain, une brindille craqua derrière lui, sous un pas botté, et les buissons s'écartèrent. La biche aussitôt tressaillit et disparut.

Poussant un juron, Caddoc se retourna et vit un homme à la chevelure rousse, de vingt ans environ son aîné. Il détendit la corde de son arc.

— Merci, Ulf ! Cela tombe bien, je n'avais pas envie de manger, ce soir.

Ulf sourit, dévoilant une double rangée de dents ébréchées.

— Tu as de la chance que ce soit moi et non l'un des hommes du comte, sinon tu aurais pu dire adieu à tes yeux, en plus de ton oreille !

Caddoc grimaça en grattant sa barbe embroussaillée.

— Il est peu probable qu'ils s'aventurent si loin dans la forêt à cette heure tardive. Espérons que l'un des nôtres aura eu plus de chance que moi.

Il se leva, étirant ses membres endoloris, rangea son arc et ses flèches, puis vérifia la présence de la dague qu'il portait toujours à la ceinture. Tous deux se frayèrent ensuite un chemin à travers la forêt jusqu'au camp qu'ils partageaient avec une poignée d'hommes.

Quiconque les aurait observés aurait pensé qu'ils marchaient au hasard, à moins de remarquer les minuscules encoches et marques gravées dans certains troncs. Un rocher tapissé de mousse dissimulait un étroit passage, dans lequel ils s'engagèrent l'un derrière l'autre. À l'autre bout, un gamin d'environ quatorze ans, qui montait la garde, brandit une faux à leur approche.

— C'est nous, Wulf.

Le garçon abaissa son arme, tandis que Caddoc et Ulf

repoussaient leurs capuchons et levaient la main en guise de salut. Ils escaladèrent les roches jusqu'à atteindre une crête qui dominait l'orée de la forêt. Plus loin, le terrain s'inclinait, donnant vue sur la plaine et les montagnes au-delà.

Leur demeure était constituée d'une tour de garde en ruine, construite puis abandonnée par des gens dont Caddoc ignorait jusqu'au nom. L'un des étages supérieurs avait été étayé de morceaux de bois recouverts de peaux et de fougères, formant une structure suffisamment étanche et bien dissimulée. D'autres abris, plus petits, avaient été aménagés à côté. Ce camp tiendrait encore un mois ou deux, jusqu'au printemps ; ensuite, il leur faudrait changer de lieu. Rester trop longtemps quelque part, c'était courir le risque que quelqu'un révèle leur cachette, accidentellement ou pas.

Caddoc pénétra dans la tour, appela tout le monde et s'assit en tailleur sur une paillasse devant le feu. Installé à sa gauche, le vieux Gerrod lui passa une gourde de bière, qu'il vida en quelques lampées.

— Mauvaise chasse. J'ai failli avoir une biche, mais Ulf l'a effrayée.

— Osgood et Wulf ont rapporté deux lièvres. Ils vont être bientôt prêts à cuire, fit Gerrod en désignant du pouce le coin où sa femme Elga découpait la viande.

Tout en mangeant, les hommes discutèrent. Caddoc se laissa tomber sur son matelas de paille et ferma les yeux, laissant les voix le bercer. La potée était bonne et ses pieds presque secs. Il se sentait bien.

— Aurons-nous droit à une chanson, ce soir ? s'enquit Ulf.

Caddoc secoua la tête, même s'il était tentant de déballer sa *crouth* et de se perdre dans la musique.

— J'ai encore les doigts trop gourds pour jouer.

— Ce matin, à Acton, j'ai entendu dire que le gros Hugh de Chester avait fait un autre bâtard à l'une de ses maîtresses, reprit Ulf.

— Une bouche de plus pour nous voler notre pain ! s'exclama Gerrod, crachant un os de lapin dans le feu.

Il attendit que s'apaisent les murmures approbateurs avant d'ajouter :

— Ce n'est rien. J'ai une autre nouvelle. Le Porc de Hamestan attend l'arrivée de quelque chose d'important… et de précieux.

Caddoc serra les mâchoires à ce nom. Sans rouvrir les yeux, il prêta l'oreille.

— Coudray ? souligna Ulf. Ce n'est pas nouveau. Cela fait des semaines que Rollo, son régisseur, se vante dans toutes les tavernes qu'il va escorter un convoi.

Wulf vint s'asseoir à côté de Gerrod.

— Que crois-tu que ce soit, père ? demanda-t-il avec curiosité. De l'or ?

— J'en doute, grommela Gerrod. Est-ce qu'il n'est pas déjà assez riche ?

— Il faut bien qu'il dépense son argent à quelque chose, observa Wulf.

— J'ai entendu dire au marché qu'il projetait d'acheter une nouvelle épouse, intervint Osgood.

— Moi aussi, renchérit Wulf.

— Impossible, ricana Ulf. Cela ne fait pas trois semaines que sa femme est enterrée.

— C'est pourtant ce qu'on m'a dit, insista Wulf. Si j'avais de l'argent, c'est ce que je ferais, moi aussi.

Tout le monde s'esclaffa, à commencer par Gerrod. À quatorze ans, Wulf ne pensait qu'à deux choses — se remplir le ventre et plus trivial encore. Mais Caddoc ne participa pas à l'hilarité générale. À l'âge du jeune garçon, le sang bouillonnait dans ses veines, et la présence d'une fille le mettait dans tous ses états.

Une, en particulier, l'avait complètement retourné avec un sourire…

— Peut-être la mort de sa femme n'était-elle pas aussi naturelle qu'on veut bien le dire, hasarda Osgood. Il l'a peut-être bien aidée…

— Pourquoi aurait-il fait cela ? s'étonna Ulf.

— Et pourquoi pas ? marmonna Caddoc en rouvrant les yeux.

Sept ans plus tôt, la femme au teint blême qui se tenait assise sur l'estrade à côté de Coudray lui avait semblé déjà à demi morte.

Il se tourna vers le feu, mais ce qu'il voyait, ce n'étaient pas les flammes, c'étaient des corps tournoyant au bout de cordes.

Jusque-là, il n'était pas intervenu dans la conversation. Le silence s'installa dans la pièce.

— Tu le connais donc ? demanda Gerrod.

Caddoc désigna son oreille gauche privée de lobe et la cicatrice qui s'enfonçait sous son col.

— C'est lui qui m'a fait ça.

— Tu nous avais dit que tu venais de l'autre côté de la frontière ! lui reprocha Osgood.

Caddoc ne put retenir une grimace de contrariété, regrettant sa bourde. Il avait beaucoup voyagé depuis son exil, mais ses pas l'avaient toujours ramené vers le Cheshire, avant que la colère et le chagrin ne l'en éloignent de nouveau. Comme la plupart des vagabonds, il était resté volontairement vague sur ses origines. Mais la mention du nom haï lui avait fait oublier toute prudence.

— Je me suis enfui au pays de Galles quand je me suis exilé.

Il regarda tour à tour ses compagnons, se demandant ce qu'ils avaient été les uns et les autres. Des serfs ? Des manants ? Osgood savait à peine écrire son nom et Gerrod avait eu les doigts coupés pour braconnage à une époque où il était plus jeune que lui-même ne l'était aujourd'hui. Ulf, lui, avait servi Brunwulf. Il était le seul à l'avoir connu avant qu'il ne devienne Caddoc, mais sa loyauté à l'égard de son ancien maître lui avait lié la langue.

Tous avaient des raisons de haïr leurs persécuteurs. Le reste était sans importance.

— De tous les Normands que j'ai rencontrés, c'est lui le plus cruel, reprit Caddoc, qui cracha par terre.

Il sentait encore le cinglement du fouet sur son dos.

— Il a fait exécuter ma famille et a voulu me pendre, moi aussi.

— Pourquoi ne l'a-t-il pas fait ? s'enquit Gerrod.

Caddoc ne répondit pas. Le regard perdu dans les flammes, il vit se dessiner devant lui les traits d'un visage blême et anguleux, qui le fit songer à une vipère. Il détourna les yeux, s'arrachant au passé.

— Il n'en a pas eu besoin. Il m'avait déjà détruit en me prenant tout ce que j'aimais. Je le tuerais si je pouvais, mais il est hors de mon atteinte.

Et puis, il avait juré de ne pas le faire… Il se rappela le serment par lequel il s'était lié, bien des années plus tôt. Il lui avait été facile de le tenir, n'ayant jamais eu l'occasion d'approcher Coudray depuis lors.

— Gerrod, es-tu certain que ce que tu viens de raconter est vrai ?

— On ne peut plus vrai. J'ai entendu l'un des moines de Malpas affirmer que Coudray allait recevoir du Sud quelque chose d'important d'ici une semaine ou deux, et qu'il avait besoin de loger l'escorte pour une nuit.

— Si c'est exact, c'est que la chose convoyée est de grande valeur. Je veux m'en emparer !

Caddoc sentit tous les regards converger vers lui. Le sang cognait dans ses veines. Depuis des années, le désir de vengeance le consumait. Et voilà que le moyen était peut-être à sa portée. Peu importait ce qu'attendait Coudray, l'essentiel était de le lui prendre.

Il s'assit d'un mouvement brusque et montra d'un geste la salle misérable.

— Il y a sept ans que je vis ainsi, et j'en ai assez. Nous habitons dans un taudis, pendant que les hommes qui nous ont volé nos maisons s'enrichissent chaque année davantage.

— Tu étais riche ? Je veux dire, avant de t'enfuir ? s'enquit Osgood en croisant les bras. Certains d'entre nous ont toujours vécu comme ça, tu sais.

Encore une bourde. « Fais attention », se morigéna-t-il.

— Peu importe ce que nous avons été, je ne veux plus vivre de cette façon-là, voilà tout. Les Normands nous ont pris nos terres et nos vies. Nous leur volons déjà de quoi survivre, mais c'est dérisoire. Il est temps que nous leur prenions davantage. Qu'importe ce que le Porc s'est acheté ! Je ne veux pas qu'il en profite, un point c'est tout.

— Et si c'est une femme ? s'enquit Wulf, qui ne lâchait pas son idée.

Caddoc sourit, tâtant la dague à sa ceinture.

— Eh bien, nous la lui prendrons aussi !

Chapitre 3

Constance détestait voyager, et le mauvais temps n'était pas fait pour arranger les choses. Même si elle n'avait aucune hâte de se retrouver en compagnie de Robert, elle aurait volontiers échangé l'inconfort du trajet contre un matelas moelleux et ne plus avoir à se lever à l'aube, pour se remettre en route dans le brouillard qui imprégnait d'humidité chaque couche de ses vêtements.

Sa jambe lui faisait mal après les interminables heures passées en selle, et la compagnie qu'on lui avait infligée semblait rendre chaque journée deux fois plus longue. Elle aurait préféré chevaucher plus vite, mais Rollo, l'homme que Robert de Coudray lui avait envoyé pour l'escorter, avait insisté pour ralentir l'allure, depuis qu'ils étaient entrés dans la forêt du Cheshire.

Elle laissait son esprit vagabonder, comptant les rais de lumière qui perçaient à travers les frondaisons en projetant des ombres sur l'étroite sente. Ses compagnons demeuraient eux aussi silencieux. Après presque deux semaines passées ensemble, ils avaient atteint le stade où les propos de courtoisie n'étaient plus nécessaires ni même bienvenus.

Constance se demanda lequel d'entre eux rendrait compte à Robert de ses faits et gestes. Rollo, sans doute, mais ce pourrait être aussi bien l'un des gardes vêtus de noir qui transportaient son coffre et ses affaires arrimés à leurs sacs de selle, ou encore le moine à capuchon gris qui ne s'éloignait jamais d'elle.

— Pouvons-nous faire une petite halte ? demanda-t-elle.

— Pas tant que nous ne serons pas sortis de la forêt, grogna Rollo. Ce pays pullule de brigands qui vous trancheraient la gorge en un clin d'œil.

Il l'enveloppa du regard, s'attardant sur la tunique qui s'arrêtait à ses genoux, révélant ses mollets moulés dans des bas.

— Ou pire, s'ils ne se laissent pas duper par votre déguisement.

Constance fit la moue, lasse de cette éternelle discussion. La façon dont elle avait choisi de s'habiller lui avait déjà valu la réprobation de son escorte, mais elle n'en avait pas moins tenu bon. Les jupes se révélaient trop encombrantes pour les longues chevauchées, et son épaisse pèlerine d'hiver à capuchon attirerait moins l'attention des éventuels voleurs tapis dans les bois que les atours d'une dame élégamment vêtue. Avec sa chevelure étroitement enroulée sur la nuque et dissimulée sous la capuche de laine, elle ressemblait davantage à un modeste page qu'à une femme.

— Si c'est vrai, nous devrions accélérer l'allure, surtout si nous voulons atteindre l'auberge avant le coucher de soleil, observa-t-elle.

Rollo se racla la gorge et assena une tape sur la croupe de son cheval, qui passa du pas au trot. Constance résista à l'envie de s'élancer au galop en le laissant derrière elle, sachant que cela ne lui vaudrait qu'un peu plus de désapprobation.

— Y a-t-il vraiment des hommes qui vivent dans cette forêt comme des sauvages ? demanda-t-elle au moine.

Ce dernier hocha gravement la tête.

— Partout, madame.

— Des meurtriers, des voleurs et des bannis, renchérit Rollo. Ils ont dû se terrer quelque part quand notre seigneur a pris leurs terres. Nous arrivons bientôt au pont, nous allons pouvoir respirer.

Nerveuse, Constance jeta un coup d'œil dans le sous-bois, s'attendant presque à découvrir une silhouette tapie derrière chaque arbre. Pour se rassurer, elle tâta la dague pendue à sa ceinture et força légèrement l'allure de sa monture.

Le sentier mal dégrossi suivait le cours d'un ruisseau qui s'élargit jusqu'au moment où il se transforma en rivière, ses flots grossis par la neige fondue. Constance examina les montagnes, dans l'espoir de reconnaître des paysages familiers, mais elle n'en trouva aucun. Il était vrai aussi qu'elle n'était guère en état d'observer le cadre, la dernière fois qu'elle avait emprunté cette route. Sanglante et meurtrie, le dos et la tête affreusement douloureux, elle avait été transportée en litière au couvent de Brockley.

Une nausée la prit à ce souvenir. Elle faillit faire demi-tour et s'enfuir au galop, mais elle se souvint alors de sa promesse à Robert.

Comme ils approchaient du carrefour, Rollo fit entendre un juron. Un chariot ayant perdu une roue avait répandu son chargement de bois sur le pont, et le conducteur, vêtu d'une houppelande en loques, s'évertuait en vain à le redresser avec une grosse bûche en guise de levier.

Rollo mit pied à terre et cria après l'homme, croyant sans doute que cela suffirait à dégager la voie.

— Nous devrions plutôt l'aider, suggéra Constance. Cela irait plus vite.

Sans compter qu'un peu d'amabilité ne gâcherait rien, compléta-t-elle en son for intérieur.

Elle descendit de sa monture, tirant sa canne de son sac de selle, et s'avança vers le lieu de l'accident. Le moine mit pied à terre à son tour et se dirigea vers le pont, de sorte que seuls les deux gardes restèrent à cheval.

Ce fut alors que se produisit l'attaque.

Brusquement, le conducteur du chariot se redressa en lançant sa bûche, atteignant Rollo sous le menton. Le régisseur s'abattit sur le sol, tandis qu'un deuxième homme surgissait de sous le pont, un glaive dans une main, un épais gourdin dans l'autre. Mince et grand, il portait un justaucorps de cuir sur une tunique brune grossière, et son capuchon était tiré très bas, plongeant son visage dans l'ombre.

— Sus ! cria-t-il.

Le moine tomba à genoux devant Constance.

— Fuyez, mon enfant ! la supplia-t-il d'une voix pressante.

Puis il se mit à prier tout haut.

Comprenant qu'elle n'avait aucune aide à espérer de lui, Constance se retourna juste à temps pour voir trois nouveaux assaillants, eux aussi armés d'épées et de bâtons, s'élancer hors du couvert des arbres. Ils se jetèrent sur les gardes à cheval, qui lancèrent des coups de pied, essayant ainsi de se débarrasser d'eux, tout en luttant pour dégainer leurs épées.

L'homme qui avait frappé Rollo s'était tourné vers le moine. Il n'était ni aussi vieux ni aussi frêle que Constance l'avait cru d'abord. Le religieux ne lui opposa aucune résistance lorsqu'il lui lia les mains derrière le dos, se contentant d'augmenter le volume sonore de ses prières.

L'air résonnait de cris d'effort et de colère. Les gardes avaient été tirés à bas de leurs montures, mais avaient réussi à dégainer leurs armes et rendaient coup pour coup.

L'estomac noué, Constance recula en vacillant vers son cheval. Tenter de s'enfuir aurait été futile. Elle était trop lente. D'ailleurs, où serait-elle allée ? Elle s'accroupit sur le sol, en essayant de se faire aussi petite que possible entre les pattes de la jument.

L'homme qui avait surgi de sous le pont s'était agenouillé devant Rollo. Ayant vérifié qu'il ne constituait plus une menace, il rejoignit le lieu du combat en quelques enjambées. Deux contre quatre, calcula Constance. Les gardes n'avaient aucune chance.

Mais trois contre quatre…

Quand l'homme au capuchon passa près d'elle, elle lui jeta sa canne dans les jambes et l'atteignit aux chevilles. Il trébucha, battant des bras, avant de retrouver presque immédiatement son équilibre. Comme il tournait la tête pour voir qui l'avait agressé, son capuchon glissa en arrière et, l'espace d'un instant, Constance entrevit son visage, ou du moins sa chevelure, qui lui tombait dans le cou et la barbe hirsute qui lui recouvrait les joues.

Ses yeux bleus étincelèrent de fureur à sa vue.

— Il y en a un autre ici ! hurla-t-il.

Maudissant sa propre stupidité, Constance se releva. Trop occupés à capturer les gardes, les brigands avaient jusqu'ici ignoré sa présence et attirer leur attention avait été le comble de la folie. Maintenant, elle allait probablement mourir.

Déséquilibrée par sa jambe faible, elle oscilla sur le côté, mais ne s'en élança pas moins en direction des bois, courant à l'aveuglette vers les taillis, dans l'espoir d'y trouver une cachette. Elle n'avait pas fait cinq pas qu'une paire de mains la saisit par-derrière.

— Oh ! non, mon garçon, pas question !

L'homme qu'elle avait fait trébucher lui enserra la taille, emprisonnant ses deux bras contre ses flancs. Elle rejeta la tête en arrière et se débattit pour se libérer, mais l'étreinte de son agresseur ne se relâcha pas d'un pouce. Ses bras la maintenaient avec une force surprenante, et elle se sentit soulevée du sol tel un fétu de paille. Elle eut beau multiplier les coups de pied et se contorsionner sauvagement, sa résistance fut totalement vaine et elle fut ramenée vers la route, où son ravisseur la jeta à genoux avant de lui assener une claque sur l'oreille.

Le coup n'était pas très violent, un simple avertissement, de toute évidence, mais la tête ne lui en tourna pas moins. Jadis, elle était endurcie contre ce genre de traitements, mais là, cette brutalité la prit par surprise et elle dut refouler ses larmes. Un homme ne pleurait pas après un coup aussi anodin !

— Reste tranquille et on te laissera la vie sauve, mon garçon, grogna son agresseur d'une voix dont l'accent résonna étrangement aux oreilles de Constance.

Un accent qui ne ressemblait pas à celui des hommes du Cheshire…

Il pointa son arme sur sa poitrine, sans même la regarder. En dépit de sa peur, Constance exhala un soupir de soulagement. Son déguisement n'avait pas été percé à jour. Elle inclina la tête pour essayer de voir ce qui se passait derrière elle, et son sang se figea dans ses veines. L'un des gardes gisait raide mort sur le sol ; l'autre se battait encore vaillamment contre trois adversaires, mais au moment même où elle regardait, il fut renversé sur le sol, et un pied se posa sur son dos pour le maintenir à terre.

Le conducteur du chariot traîna le moine et le fit agenouiller près d'elle, tandis que le brigand le plus proche s'attaquait aux sangles maintenant le sac de selle qui contenait son coffre.

— Prends-le vite, Ulf ! ordonna son ravisseur avec une autorité qui lui confirma ce qu'elle avait déjà soupçonné : c'était lui le chef. Il faut décamper avant que d'autres voyageurs ne surgissent.

Il la saisit par le col de sa pèlerine et approcha son visage du sien. Constance rassembla son courage, s'attendant à être démasquée, mais un rugissement de colère s'éleva au même instant, les faisant tous deux sursauter. Sur la berge, Rollo avait réussi à se relever et titubait vers elle, les lèvres et le menton en sang. Constance réprima à grand-peine un sanglot de soulagement et sa terreur s'atténua un peu, mais ce sursaut d'optimisme eut tôt fait de s'éteindre, quand son supposé sauveur passa devant elle, la bousculant au passage comme si elle n'existait pas. Au lieu de se porter à son secours, il se dirigea vers les deux hommes occupés à dégager de ses sangles le coffret aux charnières de fer.

Elle ouvrit la bouche, incrédule. Son garde du corps était censé la protéger en priorité, non ? Tout en courant, Rollo tira son arme du fourreau. À cette vue, le brigand qui la maintenait la lâcha et se précipita à la poursuite du régisseur.

— Attention ! cria-t-il pour prévenir ses acolytes.

Trop tard !

Avec un cri sauvage, Rollo enfonça son épée entre les omoplates de l'un d'eux, qui s'affala sur les genoux et tomba en avant. Avec une promptitude qui laissa Constance sidérée, l'homme au capuchon fit volte-face, tirant son glaive. Mais avant qu'il ait eu le temps d'atteindre Rollo, le conducteur du chariot, repoussant le moine, planta sa propre arme dans le dos de Rollo et retourna la lame.

Le régisseur poussa un grognement et s'affaissa en avant, presque sur le corps de sa victime. Tombé à genoux près des deux corps, le conducteur du chariot fit entendre un sanglot.

— Wulf ! Mon fils !

Repoussant Rollo, il fit rouler l'autre corps inerte sur le dos et l'étreignit d'un geste protecteur. L'homme encapuchonné s'agenouilla près de lui et lui passa un bras autour des épaules. Doucement, il repoussa le capuchon du mort, dont la tête retomba sur le côté.

Ce n'était qu'un gamin…

Constance se laissa retomber sur les talons, le cœur serré de compassion devant le chagrin du père. La tête lui tournait et elle craignait de s'évanouir, mais une pensée jaillit en elle malgré sa peur — de nouveau, personne ne l'observait. Les deux morts lui avaient procuré un répit qu'elle ne retrouverait sans doute pas. Lentement, elle progressa vers son cheval, tout en dégainant subrepticement son poignard par précaution.

Un cri, puis des mains sur son épaule… D'un mouvement preste, elle se retourna, assenant un coup de dague oblique à l'homme qui l'empoignait ainsi. La lame entama à peine le justaucorps en cuir du bandit au capuchon, sans l'atteindre dans sa chair. Il lui saisit le poignet, resserrant son étreinte en lui enfonçant les ongles dans la peau, jusqu'à ce que la douleur l'oblige à laisser tomber son arme avec un petit cri.

Écartant la dague d'un coup de pied, l'homme la poussa et elle tomba sur le sol.

— Je t'avais dit de ne pas bouger ! En cet instant, il ne faudrait pas beaucoup pousser Gerrod pour qu'il t'égorge comme un goret, et ce n'est pas moi qui pourrais l'en empêcher.

Constance sentit sa gorge se serrer d'effroi.

— Pourquoi ne pas le laisser faire ?

Dieu merci, elle avait eu le réflexe de baisser sa voix de plusieurs tons.

— De toute façon, vous allez nous tuer, non ? ajouta-t-elle avec défi.

Le pensait-elle vraiment ? Chacun de ses sens lui cria non en réponse. Elle voulait vivre, à n'importe quel prix !

— Tu ne mourras pas si tu te montres raisonnable, rétorqua l'homme. Ce que nous voulons, c'est le contenu de ce coffre, pas votre vie, ajouta-t-il.

— Mais c'est à moi !

Il fit entendre un rire sans joie.

— Cela vaut-il plus que ta vie, mon gars ?

Constance se redressa sur les genoux.

— Tu ne manques pas de cran, en tout cas, je te l'accorde, ajouta l'homme, une note d'admiration dans la voix.

Claquant des doigts, il la désigna d'un geste.

— Osgood, fouille-le !

Un homme trapu, aux larges épaules, se dirigea alors vers elle.

— Les mains en l'air !

Et comme elle ne les levait pas assez haut, il précisa :

— Derrière la tête !

Constance obtempéra, consciente que ce geste faisait dangereusement saillir sa poitrine. Osgood la tâta autour de la taille.

— Rien d'autre, Caddoc.

Il commença à remonter le long de son buste et Constance, horrifiée, se rétracta lorsqu'il lui effleura les seins, avant de refermer les paumes sur eux. Il poussa un cri et la lâcha, comme si quelque chose l'avait piqué.

— Bon sang, c'est une femme !

Fermant le poing, elle lui assena un direct en plein nez qui le fit hurler de douleur. Comme il levait les mains pour se protéger, elle en profita pour se relever, mais quelqu'un lui saisit le cou par-derrière. Elle se retourna et son regard plongea dans les yeux étincelants de l'homme au capuchon, le nommé Caddoc.

Il l'attira à lui, le visage quasiment contre le sien pour l'examiner de plus près.

— Qui êtes-vous ? demanda-t-il, visiblement décontenancé.

Inclinant la tête de côté, il repoussa son capuchon pour mieux voir, les paupières plissées.

Le cœur de Constance manqua soudain un battement, et elle eut l'impression d'être propulsée en arrière dans le temps.

— Je… je vous connais, non ?

— Je ne crois pas, fut la réponse sèche qu'elle obtint.

Il baissa les yeux vers la dague qu'elle tenait à la main, puis, serrant les mâchoires, lui ôta sa capuche, révélant le chignon qu'elle avait dissimulé avec tant de soin.

— Allez-vous me dire qui vous êtes, à la fin ?

Impatienté, il se passa la main dans les cheveux pour les rejeter en arrière, découvrant ainsi son oreille gauche, mutilée au ras du cartilage.

Constance sentit alors son cœur s'arrêter. Le nom s'échappa de ses lèvres avant même qu'elle ait le temps d'y songer.

— Aelric !

Il cligna des yeux, stupéfait.

Elle eut l'impression qu'une onde brûlante lui parcourait le corps, bientôt transformée en un froid étrange qui la fit grelotter de la tête aux pieds. La nausée lui tordit l'estomac et elle sentit sa gorge se resserrer, lui bloquant la respiration.

— Aidez-moi… Aelric…

Sa voix résonnait, irréelle et lointaine à ses propres oreilles, tandis que ses jambes flageolaient. Le sol lui parut flotter sous ses pieds. Elle s'affaissa lentement et des bras la saisirent juste avant qu'elle ne heurte le sol. La dernière chose qu'elle distingua, ce furent les yeux d'Aelric, écarquillés, incrédules, emplissant tout son champ de vision, avant que l'obscurité ne s'abatte sur elle.

Caddoc scrutait le visage exsangue de la femme qu'il tenait dans ses bras. Il l'avait rattrapée instinctivement au moment où elle tombait, même si, après toutes ses tentatives pour s'enfuir ou se débattre, il ne pouvait être sûr qu'il ne s'agisse là d'une nouvelle feinte.

Méfiant, il lui souffla sur les joues, mais elle ne réagit pas. Sa tête dodelinait sur le côté et, quand il lui souleva une paupière, il constata que la prunelle était révulsée. Non, ce n'était pas une ruse. Elle était vraiment évanouie. Doucement, il la déposa sur le sol et s'éloigna d'un pas.

— Elle t'a appelé Aelric, croassa Osgood, la paume plaquée sur son nez tuméfié. Pourquoi t'a-t-elle donné ce nom ?

Caddoc sentit sa gorge se contracter. C'était la première fois depuis plus de sept ans qu'on prononçait ce nom devant lui — un nom qu'il avait enseveli au plus profond de lui-même. Dans son entourage actuel, personne, à part Ulf, ne le connaissait, et parmi les gens de son passé, peu étaient encore en vie pour l'identifier.

— Je lui ai demandé qui elle était, répliqua-t-il, feignant l'indifférence. C'est sans doute son prénom.

L'explication n'était guère convaincante et il n'espérait pas que ses compagnons le croient. De fait, Osgood grimaça, et Ulf, occupé à lier les mains du dernier garde, leva vers lui un regard dédaigneux.

— Aelric ? ricana Osgood. Ce n'est pas un prénom de femme. Ce n'est même pas un prénom normand. Et cette fille est normande !

Caddoc se pencha pour ramasser la dague qu'il avait arrachée à l'inconnue.

Une femme.

Non sans culpabilité, il se rappela la façon dont il lui avait tordu le bras jusqu'à la faire crier. Pire, il l'avait traînée depuis les bois et lui avait assené un coup sur la tête. Mais il ignorait qu'il avait affaire à une femme, à ce moment-là, et Dieu savait qu'elle s'était débattue ! C'était même elle qui l'avait attaqué en lui jetant un bâton dans les jambes.

Une femme qui connaissait son nom…

Il l'examina, tandis qu'elle gisait, inconsciente, espérant découvrir quelque trait familier, mais son visage était souillé de poussière et ses cheveux emmêlés lui retombaient sur le front. Elle avait des lèvres pleines, délicieusement roses, et ses yeux clos étaient frangés de longs cils.

Il s'accroupit près d'elle, étonné d'avoir pu confondre ces hautes pommettes et cette figure délicate avec celles d'un garçon.

La dague de sa captive gisait dans l'herbe. Il la ramassa, la retourna dans ses mains et, pour la deuxième fois, eut la respiration coupée par le choc.

Portant la main à sa ceinture, il referma la paume sur la garde de sa propre dague, celle que Constance Arnaud lui avait donnée la nuit où elle l'avait délivré. Le poignard qu'il tenait portait le même dessin et des initiales identiques. La pierre incrustée dans la garde était la jumelle de la sienne, rouge au lieu d'être bleue.

La forêt, la clairière, tout s'évanouit autour de lui. Le regard fixé sur la femme étendue devant lui, il se perdit dans le passé.

Ce pouvait être elle, en effet. Les cheveux étaient de la même couleur et les années avaient passé pour elle comme pour lui. Pendant des mois, il s'était endormi et réveillé avec ce visage à l'esprit et ce nom sur les lèvres, jusqu'à ce qu'il s'oblige à l'oublier enfin.

Sa mémoire parcourut à rebours un long chemin, réveillant des sensations assoupies en lui depuis des années. Il se reprit, honteux de songer à de pareilles fadaises en un tel moment.

Elle l'avait imploré de l'aider. Il serra les poings. Jadis, il l'aurait protégée sans même y penser, tant cela allait de soi, mais elle avait fait son choix en renonçant à le suivre.

— Le pauvre Wulf avait raison, marmonna-t-il, sortant de sa rêverie. C'était bien une femme qu'on amenait au Porc.

Le cœur serré, il jeta un coup d'œil à Gerrod, qui berçait encore le corps de son fils, oublieux de tout ce qui l'entourait.

L'événement était trop proche pour que l'on puisse prononcer le nom de Wulf sans être submergé de chagrin.

Pourtant, le garçon s'était trompé sur un point. Si cette femme était vraiment Constance Arnaud, elle ne pouvait être la fiancée de Robert de Coudray. Mais le dire à ses compagnons aurait été leur révéler du même coup qu'il connaissait l'identité de la captive. Il avait durement lutté pour être accepté par le groupe et s'ils apprenaient qu'il avait été ami avec des Normands, cela mettrait sa position en danger.

— Croyez-vous que le baron laisserait sa future voyager en pareil équipage ? dit-il. Cela peut être n'importe qui. Sans doute la catin du chevalier tué.

Constance — jusqu'à ce qu'il soit prouvé qu'il ne s'agissait pas d'elle, il ne pouvait s'empêcher de la désigner ainsi — remua. Un soupçon de rose revenait à ses joues, qui reprenaient une teinte charmante.

Il se releva.

— Cela change tout, déclara Osgood. Sa présence à *elle* change tout.

— Cela ne change rien, rétorqua Caddoc, fronçant les sourcils devant l'énormité de son propre mensonge.

Leur plan était simple, s'emparer du contenu du coffre. Or, voilà qu'il se retrouvait avec deux morts, un compagnon éperdu de douleur et une femme qu'il avait cru ne jamais revoir. Le scélérat qui gisait un peu plus loin avait dédaigné les supplications de la dame pour sauver le coffre. Quoi qu'il contienne, ce devait être important pour Coudray, si le garde du corps était prêt à risquer sa vie ou celle de sa protégée pour le préserver.

— Nous allons prendre le coffre et tout le reste, ainsi que nous l'avions projeté. Ligotez les prisonniers ensemble et pressons-nous. Nous ne savons pas si la route restera libre très longtemps.

— Tuons-les et qu'on en finisse ! grogna Gerrod.

— Non ! coupa Caddoc. Au départ, je ne voulais pas d'effusion de sang et je n'en veux pas davantage maintenant.

— Et elle ? demanda Osgood. Que faisons-nous de cette putain normande ?

Sans cesser de se masser le nez, il jeta à Constance un regard rancunier, qui lui promettait des ennuis.

Caddoc fit la moue. Il n'aurait pas été contre le fait d'abandonner les deux hommes afin qu'ils courent leur chance. Mais laisser une femme sans défense dans la forêt, sous la menace de tout ce qui pouvait arriver, ce n'était pas correct. En outre, une belle-sœur pouvait se révéler un instrument aussi utile contre Coudray qu'une épouse.

— Elle peut nous servir. Nous l'emmenons aussi.

Chapitre 4

Caddoc.

C'était son nom à présent, le seul qu'il revendiquait. Il le portait depuis si longtemps que l'autre sonnait faux à ses oreilles. Quand Constance reviendrait à elle, il devrait l'en persuader par tous les moyens.

Il enfonça la dague de la jeune femme dans sa ceinture, à côté du fourreau qui contenait la sienne.

Comme il s'y attendait, sa proposition de l'emmener suscita des réactions mitigées chez ses compagnons. Ulf protesta, invoquant le danger de laisser entrer une ennemie dans leur camp. S'arrachant au corps de son fils, Gerrod commença à grommeler pour réclamer vengeance. Seul Osgood approuva, après avoir enfin cessé de frotter son nez tuméfié.

— Si c'était son amant, il est hors d'usage maintenant, déclara-t-il en jetant un coup d'œil au garde du corps assassiné. Elle pourra réchauffer nos lits à la place. Croyez-vous que les seins normands soient aussi savoureux sous la langue que les seins anglais ? Au toucher, ils se ressemblent diantrement.

Caddoc se plaça devant Constance.

— Elle ne servira pas à cela ! déclara-t-il d'un ton acerbe.

— Pour nous autres, tu veux dire ? J'ai bien vu la façon dont tu la regardais. Tu la veux pour toi, hein ?

Caddoc tourna la tête pour examiner Constance. Elle portait une tunique d'homme qui s'arrêtait aux genoux, révélant des jambes moulées dans des bas maintenus aux mollets par des lanières. La position particulière de son pied fut la confirmation de son identité. Oui, il s'agissait bien de Constance Arnaud. Sa cape déployée derrière elle et sa lourde tunique laissaient entrevoir des formes qui n'avaient rien de masculin, depuis la taille fine soulignée par la ceinture jusqu'au renflement des seins.

Il sentit alors un désir fulgurant s'éveiller en lui. La mince fille qu'il avait connue s'était métamorphosée en une femme épanouie, durant les années où il ne l'avait pas vue. Ni caressée.

Bien sûr qu'il la désirait. Qui n'en aurait fait autant ?

Il s'obligea à détourner les yeux.

— Aucun de nous ne se servira d'elle. Ni ne la touchera, déclara-t-il.

Un sourire narquois lui retroussa les lèvres.

— Même si sa vue nous inspire ce qu'il faut pour enjoliver nos nuits, ajouta-t-il à l'intention d'Osgood.

Il se dirigea vers le moine et le garde, toujours agenouillés près des chevaux, les mains liées derrière le dos.

— Qui d'entre vous savait qu'il voyageait avec une femme ? Tous les deux ?

Ils acquiescèrent d'un signe de tête.

Caddoc frappa du pied le genou du garde, qui poussa un cri de douleur.

— Et aucun de vous ne s'est soucié de la protéger, quand nous vous avons attaqués ?

— On nous avait demandé de veiller au contenu du coffre, marmonna le garde.

— Qui, « on » ? Le seigneur de Coudray ?

— La dame elle-même. Et elle a insisté pour s'habiller comme ça, même quand Rollo a objecté que c'était indécent.

Caddoc haussa les sourcils. Ainsi, le coffre revêtait une importance particulière pour Constance. Elle avait déclaré qu'il lui appartenait. Sans doute des bijoux. Elle pourrait toujours négocier sa liberté avec un ou deux bracelets.

Elle exhala un soupir, attirant de nouveau son attention. Elle avait les yeux clos, mais remuait la tête. Sa peau était humide de sueur et des frisons de cheveux châtains lui collaient aux joues.

— Que quelqu'un aille puiser de l'eau dans la rivière ! ordonna-t-il.

Ulf retira son casque de cuir et alla le remplir, puis il revint en verser le contenu sur la tête de Constance. Ce n'était pas ce que Caddoc entendait en faire, mais avant qu'il ait eu le temps de protester, Constance ouvrit les paupières et un spasme secoua tout son corps.

Avec un cri de surprise, elle se dressa sur son séant et porta la main à sa taille, tâtant le fourreau vide où aurait dû se trouver sa dague. Puis elle jeta un regard affolé autour d'elle et blêmit à leur vue ; ils l'entouraient tous les quatre, la dominant de toute leur taille.

Caddoc se laissa tomber à califourchon sur elle, l'enserrant de ses cuisses. Elle voulut parler, mais il pressa la main sur sa bouche, l'empoignant de l'autre par son chignon pour l'empêcher de se dégager. Elle écarquilla ses grands yeux bruns et, dans leurs profondeurs, il vit l'émotion se transformer en incompréhension, puis en peur panique.

— Mon nom est Caddoc, déclara-t-il.

Et, baissant la voix pour n'être entendu que d'elle, il la prévint :

— Vous ne me connaissez pas. Si vous ne voulez pas qu'on vous tranche la gorge, vous ne montrerez par aucun signe que nous nous sommes déjà rencontrés, encore moins que nous avons été amis. Compris ?

Il sentit ses lèvres remuer sous sa paume, son haleine chaude, et un frisson lui remonta le long du bras.

Elle esquissa un hochement de tête.

— Je vais vous lâcher à présent, ajouta-t-il assez haut pour que les autres entendent. Si vous essayez de vous enfuir comme tout à l'heure, vous ne ferez pas trois pas sans qu'une épée vous transperce le mollet. Vous acceptez d'être raisonnable ? Faites oui de la tête.

Un autre hochement, mais, cette fois, le regard brun étincelait de mépris.

Il ôta ses mains et recula, tandis que Constance se relevait, vacillante. Elle rajusta sa tunique, puis se figea soudain. Promenant un regard méfiant sur eux, elle resserra sa cape autour d'elle d'un geste protecteur, levant le bras pour abaisser son capuchon.

— Nous savons que vous êtes une femme, lui rappela Osgood.

Comprenant l'inutilité de son geste, Constance laissa retomber les mains sur ses flancs.

Gerrod vint se planter devant elle, menaçant.

— Qui êtes-vous ?

Caddoc la regarda affronter le géant. Il s'attendait à la voir se recroqueviller de terreur. Mais elle redressa le dos, au contraire, le menton pointé en avant et le regard planté dans celui de son interlocuteur.

— Je suis Constance Arnaud, répondit-elle, d'un ton qui ne laissait rien deviner de la peur qu'elle éprouvait sans doute. Je me rends à Hamestan, chez le seigneur Robert de Coudray. Quand il apprendra ce que vous avez fait, il aura votre peau.

Elle l'inclut dans le regard flamboyant de haine qu'elle promena alentour. Les autres ne durent même pas entendre la menace, car au seul nom de Coudray, tous s'étaient mis à l'invectiver. Caddoc s'en voulut de sa négligence. Il lui avait enjoint de ne pas prononcer son nom, certes, mais il aurait dû lui interdire aussi de révéler le sien.

Gerrod la saisit par les bras et la traîna dans le sentier, avant de l'adosser à un tronc d'arbre.

— Donnez-moi une épée ! hurla-t-il à la cantonade. C'est en morceaux que je vais la renvoyer au Porc !

Le visage de Constance devint livide. Le garde lutta pour se relever, mais Ulf lui assena un coup de pied dans la poitrine, tandis qu'Osgood ramassait son gourdin et s'avançait vers le moine.

— Assez ! rugit Caddoc.

Gerrod éructa un juron. Tirant la corde enroulée autour de sa taille, il commença à attacher Constance à l'arbre. Elle se débattait, mais il maîtrisa sans difficulté ses contorsions, tandis qu'il lui ficelait les hanches et le buste, immobilisant ses bras contre ses flancs.

— J'ai dit donnez-moi une épée ! hurla-t-il à l'adresse de ses compagnons.

Et, se tournant vers Constance, il lâcha :

— Mon fils est mort, aujourd'hui. Vous pouvez bien le rejoindre.

— S'il vous plaît, non ! implora Constance. Je n'ai fait de mal à personne.

Ses lèvres tremblaient et Caddoc comprit alors que son sang-froid n'était que de surface. Elle leva ses grands yeux bruns vers Gerrod.

— Je vous en supplie, ayez pitié !

— Il n'y a pas de place pour la compassion dans le monde que vous avez créé, grogna celui-ci.

Constance grimaça. La gorge nouée, Caddoc tourna les yeux vers l'endroit où gisait Wulf, le visage serein dans la mort. Il était plus jeune que lui ne l'était, l'année de la conquête, et n'atteindrait jamais l'âge où lui-même avait été fouetté et mutilé par le beau-frère de cette femme. Il passa un doigt sur son oreille sans lobe. Comment pouvait-il refuser à Gerrod la vengeance qu'il réclamait, quand il avait été consumé par le même désir pendant tant d'années, jour après jour ?

— Et vous ? s'écria Constance en l'apostrophant soudain.

Son visage était blême et ses yeux agrandis de terreur. Caddoc sentit son cœur cogner dans sa poitrine avec une intensité douloureuse. Peut-être lut-elle sur son visage le dilemme qui le déchirait, car son expression changea et elle parut reprendre courage.

— Ne plaiderez-vous pas pour moi … Caddoc ?

Il tressaillit, puis frissonna, alerté par la façon étrange dont elle avait détaché son nom. Une menace voilée ?

Il s'approcha, dissimulant l'admiration qu'il éprouvait pour elle en cet instant, et posa la main sur l'épaule de Gerrod.

— Laisse-moi lui parler. Je veux savoir ce qu'elle a à nous proposer comme marché.

Tel un somnambule, Gerrod retourna vers le corps de Wulf, qu'il se remit à bercer contre lui. Croisant les bras, Caddoc se campa à un pas de Constance, jambes écartées. Ce fut elle qui détourna les yeux la première, et il ne put réprimer un sourire de triomphe.

— Ce sont les hommes avec qui je vis. Je leur dois ma loyauté. Pourquoi vous sauverais-je ?

— Parce que je vous ai sauvé la vie, lui rappela-t-elle calmement.

Elle leva la tête, rencontrant son regard.

— Je ne vous insulterai pas en faisant appel à votre compassion. Je vois que vous en êtes dénué. Mais vous m'êtes redevable. Une vie pour une vie. La mienne en échange de la vôtre.

Il cilla. Dénué de compassion ? L'accusation le blessa plus profondément qu'il ne l'aurait cru. Mais quelle place y avait-il pour ce genre de sentiment dans une vie telle que la sienne ?

Il serra les dents. Visiblement, elle n'avait aucune intention d'invoquer l'intimité qu'ils avaient autrefois partagée, bien qu'elle ne puisse l'avoir oubliée. Peut-être cela signifiait-il si peu pour elle qu'elle ne jugeait pas que cela vaille la peine d'être rappelé.

Un instant, il l'imagina oscillant au bout d'une corde sur l'échafaud de la grande place de Hamestan, puis se représenta le visage effaré de Robert de Coudray découvrant le corps de sa belle-sœur. Les cris que pousserait ce dernier résonnèrent comme un chant à ses oreilles.

Mais bien vite, la nausée lui tordit l'estomac. Il déglutit et ferma les yeux. Non, il ne pouvait pas vouloir cela !

Lorsqu'il rouvrit les paupières, le regard de Constance était toujours fixé sur lui.

— Très bien. S'ils acceptent mon intervention, j'aurai

payé ma dette. Mais c'est tout ce que je peux pour vous. Vous possédez un courage admirable, mais si vous vous obstinez à créer des problèmes, je ne vous protégerai pas davantage.

Il lui tourna le dos sur ces mots, pour ne pas voir l'expression de son visage.

— Il ne servirait à rien d'agir inconsidérément, déclara-t-il à ses compagnons. Si c'est une amie de Robert de Coudray, elle nous sera plus utile vivante que morte. La nuit descend et il est temps de décamper. Si la situation change, nous pourrons reconsidérer la question. Mais il y a eu assez de morts pour le moment.

Gerrod releva la tête. Les paupières rougies par les larmes, il le regarda, avant de tourner les yeux vers Constance.

— Je suis désolée pour votre fils, chuchota-t-elle.

Caddoc se raidit, s'attendant à voir Gerrod exploser de colère. Cette fille était folle ! Elle voulait donc mourir, en fin de compte ? Jusqu'ici, il avait toujours cru qu'elle l'avait sauvé jadis à cause de ses sentiments pour lui. À présent, il se demandait si ce n'était pas tout simplement parce qu'elle ne pouvait s'empêcher de mettre son grain de sel chaque fois qu'elle en avait l'occasion !

Gerrod s'affaissa, comme vidé de ses forces.

— Très bien, acquiesça-t-il. Laisse-lui la vie, si tu veux. Mais tu répondras sur ta tête de tout ce qui se passera ensuite. Partons d'ici, à présent !

Les hommes prirent promptement les choses en mains. Le dernier garde fut dépouillé de ses bottes, de son manteau et de sa cotte de mailles, puis on lui attacha un bandeau sur les yeux avant de l'abandonner, les mains ligotées au pont.

— Dis à ceux qui te trouveront que Caddoc le Farouche les salue bien !

Le chariot qui bloquait le pont fut redressé et on hissa à l'intérieur le corps de Wulf, enveloppé dans la cape de son père, avec les sacs de selle et le coffre. Le moine supplia qu'on le laisse dire les prières pour les morts et Gerrod accepta qu'il prie aussi pour Wulf, avant de le ligoter à côté du garde.

Pendant tout ce temps, Constance ne prononça pas un mot, mais lorsque Caddoc vint délier sa corde, il remarqua des traces humides sur ses joues. C'était peut-être le restant de l'eau qu'Ulf lui avait jetée à la figure ? S'apercevant qu'il la regardait, elle s'essuya rageusement le visage avec sa manche.

— Vous allez monter dans le chariot. Mais il faudra bientôt marcher, la prévint-il.

— J'ai besoin de ma canne, répondit-elle, désignant le bâton qu'elle lui avait jeté dans les jambes.

Il alla le ramasser et revint promptement vers elle, soulagé de constater qu'elle n'avait pas tenté de s'enfuir. Parfait. Elle était capable d'un minimum de bon sens, quand elle le voulait. Peut-être cela lui sauverait-il la vie, en fin de compte.

Ulf la conduisit vers le chariot et la hissa à l'arrière. Il lui attacha ensuite les poignets ensemble, fixant le bout de la corde à la ridelle. Puis il drapa sa cape autour d'elle pour cacher ses liens, au cas où ils croiseraient quelqu'un.

— Bande-lui les yeux, ordonna Caddoc.

Constance protesta d'un faible gémissement.

— Il ne faut pas qu'elle voie où nous l'emmenons, expliqua-t-il, davantage pour Constance que pour Ulf. Je ne veux pas prendre le risque qu'elle conduise Coudray jusqu'à nous.

— Comment le pourrait-elle ? s'enquit Osgood.

Enfonçant sa dague dans le manteau du garde mort, il découpa une large lanière de tissu, qu'il noua serré autour des yeux de la captive. Puis il lui rabattit son capuchon très bas sur le visage avant de lui chuchoter à l'oreille :

— Une fois qu'elle sera chez nous, elle n'en repartira plus.

Caddoc serra les poings. N'ayant pas la moindre idée de ce qui allait se passer, il ne pouvait contredire Osgood. La décision était prise, pour le meilleur ou pour le pire. On ne pouvait revenir en arrière.

Ballottée dans l'obscurité, Constance se sentait de plus en plus nauséeuse à chaque nouveau cahot. Elle avait perdu tout sens de l'orientation dès que le chariot s'était ébranlé, et avait à présent l'impression qu'ils avaient quitté la route, mais elle n'aurait pu l'affirmer. Elle avait essayé de compter chaque fois que la roue grinçait après avoir effectué un tour complet, mais elle avait vite perdu le fil, en même temps que toute notion du temps. Tout ce qu'elle savait, c'était que la nuit tombait. L'air plus frais qui lui effleurait le bas du visage lui apprit que le soleil avait dû se coucher.

Liées ensemble, ses mains ne pouvaient agripper fermement le rebord en bois et elle oscillait à chaque mouvement du chariot.

Si seulement elle pouvait prendre appui contre la ridelle ! À présent, elle regrettait de ne pas s'être enfuie tant que personne ne l'avait remarquée, au lieu d'attirer l'attention sur elle en voulant aider Rollo et les autres.

Si, au moins, elle pouvait oublier l'expression terrible qu'elle avait lue sur le visage d'Aelric, lorsqu'elle avait fait appel à lui pour la sauver de la mort ! Il avait eu la tentation de laisser le géant la tuer. Elle avait lu son dilemme dans ses yeux, avant qu'il ne se décide à la sauver. Lui, le gentil garçon qui, jadis, ignorait jusqu'à l'usage de l'épée ! Si elle n'avait pas vu de ses yeux la mutilation que lui avait infligée Robert, elle n'aurait jamais pu croire que l'adolescent d'autrefois et ce barbu farouche au regard étincelant de colère puissent être une seule et même personne.

Le chariot s'arrêta abruptement. Quelqu'un tripota la corde, la détachant de la ridelle, mais sans lui délier les mains. On la saisit par les bras pour la remettre sur ses pieds. Qui ? Pas Aelric — enfin, Caddoc, puisque c'était ainsi qu'elle était censée le nommer à présent —, car il se serait montré moins brutal. Ou peut-être pas. En le reconnaissant, elle avait espéré qu'il se révélerait son allié. Elle n'était plus du tout sûre maintenant qu'il soit même son ami. Pourtant, il représentait son seul espoir de survie.

On la souleva du chariot avant de la poser par terre et de la faire pivoter. Une flasque fut placée entre ses mains, que son ravisseur invisible l'aida à porter à ses lèvres. Elle but avidement, sans se soucier du contenu. C'était de la bière, constata-t-elle en reconnaissant le goût amer du breuvage qu'elle avait goûté jadis, du temps où elle vivait dans le Cheshire.

Elle grimaça.

Une voix railleuse, qu'elle identifia comme étant celle de l'homme appelé Osgood, retentit quelque part à sa gauche.

— Une belle dame normande comme vous doit préférer le vin, je suppose !

Ce n'était donc pas lui qui l'avait tirée du chariot. Elle poussa un soupir de soulagement. En dépit de ses insultes, il l'avait regardée avec une concupiscence si évidente qu'elle en avait eu la chair de poule. Dieu merci, ce n'était pas lui qui l'avait touchée !

Elle ne s'abaissa pas à relever ses propos, mais jamais la pensée d'une coupe de bon vin chaud ne lui avait semblé aussi tentante. Par bravade, elle avala une nouvelle gorgée de bière avant de tendre le flacon à quelqu'un.

— Allons-y, déclara alors Aelric. Nous laisserons le chariot à Osgood et finirons le trajet à pied.

Une main la saisit par le coude et l'entraîna. Constance se raidit d'instinct. Le souvenir de Piteur la conduisant vers sa chambre jaillit intempestivement, lui arrachant un frisson. Elle avança un pied nerveusement, ignorant ce qui se trouvait devant elle, puis risqua plusieurs pas prudents. Sa chaussure s'enfonça dans une flaque et elle la retira avec une exclamation de dégoût, perdant l'équilibre du même coup. L'étreinte autour de son coude se resserra et une main se posa au bas de son dos pour la guider fermement.

Elle réussit à faire quelques pas de plus, jusqu'au moment où elle buta sur une racine, dans le sous-bois. Elle s'arrêta de nouveau.

— Il va falloir marcher plus vite, chuchota Aelric. Les autres sont déjà loin devant.

C'était donc lui, le guide qui dirigeait ses pas. Elle sentit un étrange frémissement lui parcourir le dos.

— Je ne peux pas ! rétorqua-t-elle avec colère. J'ai besoin de ma canne.

Elle l'entendit éclater de rire.

— Pour qu'elle vous serve d'arme ? Pas question !

— Que croyez-vous que je puisse faire avec les mains attachées et les yeux bandés ?

— Je vais vous aider.

Elle sentit son bras lui enlacer la taille, la plaquant contre lui, tandis qu'il lui précisait où placer son pied pour éviter les broussailles.

Pour la première fois depuis l'embuscade, Constance éprouva l'impression bizarre d'être en sécurité. Son corps se détendit tandis qu'elle s'appuyait sur Aelric, et ce contact éveillait en elle un flot de souvenirs…

La deuxième fois qu'ils s'étaient rencontrés, Aelric et elle, c'était au printemps. Elle s'était déjà installée avec les siens à Hamestan, mais les barons locaux ne s'étaient pas encore soulevés contre son peuple. Un jour de marché rempli de rires et de musique, pendant lequel elle avait cru qu'on commençait à les accepter et qu'ils pourraient vivre en paix tous ensemble…

Il y avait eu des danses, ce jour-là. Essayant d'ignorer les regards fixés sur elle et les chuchotements, elle avait observé avec envie les filles qui tournoyaient en faisant virevolter leurs jupes.

Aelric se tenait au centre de la ronde, une cornemuse à la bouche, des mèches blond-roux dans les yeux. Quand il l'avait vue en train de les observer, il avait posé son instrument et s'était frayé un chemin jusqu'à elle pour lui tendre la main. Lorsqu'elle lui avait montré la canne sur laquelle elle s'appuyait, son expression n'avait trahi ni la pitié ni la dérision auxquelles elle était accoutumée, mais un sincère regret. Au lieu de reprendre aussitôt sa place parmi les danseurs, il s'était incliné devant elle, l'avait prise par la main, puis avait traversé la place avec elle, abandonnant ses amis.

Elle était alors un peu tombée amoureuse de lui. Et voilà

que son contact risquait de réveiller des sentiments depuis longtemps assoupis…

— Constance, où avez-vous la tête ? cria-t-il avec colère, la rappelant à l'instant présent.

Elle s'était de nouveau arrêtée de marcher. Déconcertée par le cours qu'avaient pris ses pensées, elle se dégagea de l'étreinte d'Aelric… pour se retrouver la chevelure prise dans une branche basse.

Elle leva les mains, tâtonnant au-dessus de sa tête.

— C'est trop difficile ! Je n'arrête pas de trébucher. Laissez-moi au moins regarder où je mets les pieds !

Il prononça quelques mots dans une langue qu'elle ne comprenait pas, mais à en juger par le ton, elle ne douta pas un instant qu'il s'agissait d'imprécations.

— Quand cesserez-vous de mettre ma patience à l'épreuve, bon sang ? Je vous ai dit non et je vous ai expliqué pourquoi !

Furieuse, elle tapa sur le sol.

— C'est absurde ! À moins d'être en plein centre de Hamestan, je ne vois pas comment je pourrais reconnaître le lieu où nous nous trouvons. En fait, je ne suis même pas sûre de reconnaître Hamestan. Cela fait sept ans que je n'y suis pas revenue.

Il y eut un silence, puis elle sentit des mains calleuses lui ôter son bandeau. Même le crépuscule lui parut éblouissant, après l'obscurité qu'on lui avait infligée. Elle regarda autour d'elle. Aelric n'avait décidément pas à craindre qu'elle conduise qui que ce soit jusqu'à eux. Elle ne distinguait alentour que d'immenses arbres aux larges troncs, sans la moindre trace de sentier, et toutes les directions semblaient se ressembler. Ils auraient aussi bien pu être n'importe où.

— Merci, murmura-t-elle.

Elle hasarda un sourire, mais Aelric garda un visage sévère. Il jeta un coup d'œil sur le côté et elle suivit la direction de son regard. Leurs deux compagnons les observaient d'un air suspicieux. Constance sentit sa gorge se serrer en voyant que le géant portait le corps de son fils. Sa lèvre trembla malgré elle. Elle leva ses mains liées devant elle, adressant une muette supplication à Aelric, mais celui-ci secoua la tête.

— Je vous ai permis de voir, mais vos mains resteront attachées.

— Pourquoi ? Je ne vais pas m'enfuir. J'en suis incapable, et même si j'y parvenais, vos amis auraient tôt fait de me trancher la gorge.

Pointant dédaigneusement le menton en avant, elle ajouta :

— Cela résoudrait tout, n'est-ce pas ? Si je mourais sans que ce soit votre faute, vous n'auriez rien à vous reprocher !

Il grimaça, puis porta la main à sa dague, et elle craignit d'être allée trop loin. Mais il se contenta de trancher ses liens. Le sang se remit soudain à circuler dans ses mains et elle se frotta vigoureusement les poignets pour atténuer la douleur.

— Merci. Ce sera tout de même mieux ainsi.

Ignorant ses paroles, il siffla et l'homme le plus âgé lui lança la canne, qu'il plaça dans sa main.

— Allons ! Plus question de lambiner à présent.

Il la fit passer devant lui et elle suivit l'autre homme, qui la guidait par signes. Malgré l'inconfort et le danger de sa situation, qui l'obligeait à serrer les dents, elle sentit une vague de soulagement monter en elle. Aelric avait cédé à ses prières. C'était une petite victoire, certes, mais une victoire tout de même et, pour la première fois, elle sentit poindre en elle une lueur d'espoir.

Chapitre 5

— Quand nous ferons halte, je vous banderai de nouveau les yeux.

Ils avaient cheminé pendant une bonne heure en silence, si bien que la voix d'Aelric, s'élevant soudain, la fit tressaillir de surprise.

— Pourquoi ? J'ai fait quelque chose qui vous a déplu ?

Elle essayait de garder un ton calme, mais la seule perspective de se retrouver plongée dans le noir la terrorisait. En quoi lui avait-elle désobéi ? Elle avait marché aussi vite que possible et n'avait rien fait qui témoigne d'un quelconque projet de fuite. Au fur et à mesure qu'ils s'enfonçaient dans la forêt, elle avait abandonné tout espoir d'évasion. Où seraitelle allée ? Mieux valait demeurer captive que de mourir d'inanition, perdue dans les bois.

Il la rassura du regard.

— Non, vous vous êtes comportée comme je vous l'avais demandé, je dois le reconnaître. Mais nous approchons de mon camp et je préfère que vous ne voyiez pas certains repères.

Il hâta le pas, la laissant sous la responsabilité du plus âgé de ses compagnons, tandis qu'il rejoignait le géant qui portait le corps de son fils. Tout en marchant, tous deux devisèrent à voix basse, se taisant parfois et se retournant pour lui jeter un coup d'œil. Une ou deux fois, Aelric proposa de se charger du corps de l'adolescent, mais en réponse, le père serra son fardeau plus étroitement contre lui.

Tout en avançant, Constance observait subrepticement

autour d'elle, prenant garde à dissimuler qu'elle étudiait les lieux. La végétation était toujours aussi dense, mais, depuis un moment, ils gravissaient une légère pente à flanc de montagne. Ils devaient être à une certaine distance de Hamestan, songea-t-elle. Alors, pourquoi Aelric craignait-il de la voir mémoriser certains indices ? Elle avait abandonné tout espoir de retrouver la liberté, cependant, ces indications pourraient se révéler utiles plus tard, qui sait ?

Lorsqu'ils eurent atteint une petite clairière, Aelric revint vers elle.

— Asseyez-vous et reposez-vous un peu. Nous allons attendre ici un instant. Gerrod et Ulf vont nous précéder au camp pour ramener le corps de Wulf à sa mère.

— Sa mère ?

Il fronça les sourcils.

— Cela vous surprend ?

Elle hocha la tête. Elle s'était imaginé que leur troupe ne comprenait que les cinq hommes qui avaient attaqué son cortège.

Épuisée, elle se laissa glisser sur le sol, le dos appuyé à un arbre et les jambes étendues devant elle.

— Rollo, mon garde du corps, affirmait que les forêts étaient remplies de vagabonds, mais je pensais qu'il s'agissait exclusivement d'hommes.

— Il avait raison sur un point. Le pays regorge en effet de fugitifs et de hors-la-loi, mais leurs groupes incluent aussi des femmes et des enfants, des familles qui n'ont nulle part ailleurs où vivre.

Il la dévisagea, le visage soudain empourpré de colère.

— Pensiez-vous que votre frère était le seul à avoir spolié les gens de leurs maisons ? Il fallait bien que ces pauvres hères aillent quelque part !

— Mon beau-frère, corrigea-t-elle sèchement.

Elle avait lancé cette rectification machinalement, le regard furibond. Aelric arqua un sourcil et elle regretta aussitôt sa bourde. Grand Dieu, qu'avait-elle dit ? S'il la gardait en vie, c'était peut-être parce qu'il s'imaginait que Robert se préoccupait d'elle et négocierait sa libération.

Elle se demanda comment celui-ci réagirait en apprenant qu'elle s'était fait enlever. Et Jeanne ? Sûrement, Jeanne supplierait-elle son époux d'accomplir le nécessaire pour assurer son retour, n'est-ce pas ?

— Vous prétendez que vous n'êtes pas retournée à Hamestan depuis sept ans ? lui demanda Aelric, soupçonneux. Vous allez trouver l'endroit très changé.

— Et vous, vous êtes resté tout le temps dans ces parages ?

— Non. Je vais et viens. Rester au même endroit ne serait pas très avisé. Je suis allé au pays de Galles et à Gloucester, ainsi qu'à Colchester. J'ai même vu la côte de France, une fois.

Constance déglutit. Il avait dû passer quasiment devant sa porte, en allant à Gloucester, sans savoir qu'elle habitait si près, enfermée dans sa misérable existence dépourvue de tendresse et d'amitié.

Un accès de nostalgie l'envahit pour le pays qu'elle avait quitté depuis si longtemps et elle exhala un soupir de tristesse. Aelric lui jeta un regard étrange, puis tira son capuchon sur son visage et resta assis près d'elle en silence, jusqu'à ce que Gerrod et Ulf aient disparu derrière les arbres. On n'entendait aucun chant d'oiseau dans cette partie du bois et le vent était tombé.

— Pourquoi ne les accompagnons-nous pas ? demanda-t-elle.

— Je préfère tenir votre présence secrète, si c'est possible, aussi vous conduirai-je au camp quand ils seront tous occupés ailleurs. Que croyez-vous qu'il vous arrivera, s'ils vous voient tout de suite après l'arrivée du corps ? Je ne donnerais pas cher de votre vie !

Constance se mordit la lèvre en baissant les yeux vers ses mains. Elle comprenait. À la place de ces gens, elle se sentirait encline à se venger sur la première personne qu'elle considèrerait comme responsable de cette mort.

Poussant un nouveau soupir, elle se frotta la jambe pour tenter d'apaiser la douleur.

— Vous avez mal ?

La question la surprit.

— Pas plus que d'habitude. Ma cheville, n'est-ce pas…

Elle se sentait si fatiguée, tout à coup ! Fermant les yeux, elle appuya la tête contre le tronc. Elle aurait pu aisément sombrer dans le sommeil et ne plus se relever. Si elle cédait à la tentation, Aelric la laisserait-il mourir ici, ou la porterait-il jusqu'au camp ? Des images du passé affluèrent dans son esprit, plus déstabilisantes encore que tous les événements de la journée.

— Vous ne pouvez pas vous endormir ici, dit-il d'une voix ferme.

Il lui donna un coup de coude dans les flancs et elle rouvrit les yeux en faisant la grimace. Il lui tendit alors un petit flacon. Elle avala une longue gorgée de la boisson qu'il contenait avant de se rendre compte que ce n'était pas la bière insipide qu'elle avait bue plus tôt, mais un alcool riche et corsé. Elle toussa, les larmes aux yeux, tandis que le liquide coulait dans sa gorge. Puis elle en dégusta une gorgée plus petite, et la chaleur du breuvage se diffusa dans tout son corps. Elle rendit la bouteille à Aelric, qui la reprit sans un mot et but à son tour, avant de replacer le flacon sous sa cape.

Ce faisant, il découvrit une partie de son torse et Constance vit luire un éclair de métal à sa taille. Elle crut d'abord qu'il s'agissait de sa propre dague, avant de reconnaître sa jumelle, pendue à sa ceinture à côté de l'autre. Ainsi, il possédait toujours ce poignard qu'elle lui avait donné tant d'années auparavant ! De plus, observation non négligeable, la seconde dague, la sienne, n'était pas abritée dans un fourreau. Si seulement elle pouvait la récupérer ! Elle ne se sentirait pas aussi vulnérable.

— Puisque vous avez l'intention de me bander les yeux, c'est que vous projetez de me libérer à un moment ou à un autre, non ?

Il demeura si longtemps silencieux qu'elle commença à redouter sa réponse. Elle chercha, dans ce visage à demi dissimulé par le capuchon, les traits du gentil garçon qu'elle avait connu autrefois, mais le regard de Caddoc le Farouche avait la dureté de l'acier, et sa barbe hirsute dissimulait les lèvres qui avaient jadis embrassé les siennes avec tant d'ardeur.

— Je ne sais pas, répondit-il enfin, non sans rudesse. J'espère que vous nous serez de quelque utilité, mais en toute franchise, je suis incapable de vous dire ce qui va se passer. Le choix ne m'appartiendra pas forcément.

Le ton était si froid qu'un regain de peur s'empara d'elle. Ils possédaient déjà ses bijoux, même s'ils l'ignoraient pour l'instant, et elle se sentait nauséeuse à la seule pensée des autres façons dont elle pourrait leur être « de quelque utilité ».

— Mais vous êtes leur chef ! Tout à l'heure, ils vous ont écouté. Ils feront ce que vous déciderez.

— Leur chef ? Certainement pas ! Ce sont des hommes libres. Il n'y a aucun chef ici, et s'il y en avait un, ce ne serait pas moi.

Repoussant son capuchon, il fixa sur elle un regard dur, qui ne cadrait pas avec le visage dont Constance avait gardé le souvenir. L'Aelric dont elle avait été amoureuse était un aimable garçon, cultivé et sérieux. Il n'aurait jamais cherché à devenir un chef. Jouait-il encore de la cornemuse et lui arrivait-il de danser ? Elle en doutait.

— Je ne vis pas avec eux depuis assez longtemps pour avoir mérité ce statut. C'est à peine si j'ai gagné leur confiance et le fait d'avoir empêché Gerrod de vous tuer, tout à l'heure, peut fort bien avoir fragilisé ma position. D'autant plus que vous m'avez appelé par mon ancien prénom…

— Pourquoi Caddoc ?

Il eut un sourire sans joie.

— Il faut bien qu'un homme ait un nom et j'ai abandonné Aelric en devenant un fugitif. Qui sait ? Peut-être le nouveau sèmera-t-il un jour la terreur dans le cœur des Normands.

— Comment espérez-vous y parvenir ?

— En m'emparant de leurs biens. En leur rendant la vie plus difficile. En leur faisant regretter d'avoir envahi mon pays.

Saisissant la lanière d'étoffe avec laquelle elle avait eu les yeux bandés, il l'enroula autour de sa main, puis la déroula, avant de recommencer, encore et encore. Elle le regardait faire, fascinée. Était-ce un geste machinal, ou bien… Elle imagina cette étoffe se resserrant autour de sa gorge avec tant d'acuité qu'elle en eut la respiration coupée. Un frisson lui courut dans le dos.

— Vous avez eu la tentation de le laisser me tuer, n'est-ce pas ? Je l'ai vu sur votre visage.

Il serra le poing à cette accusation et Constance déglutit, la bouche sèche.

Un silence tendu régna un instant entre eux.

— Cela aurait rendu les choses plus faciles, admit-il enfin.

— L'Aelric que j'ai connu autrefois n'aurait jamais songé un seul instant à laisser assassiner une femme, que ce soit par vengeance ou convenance personnelle, observa-t-elle avec mépris.

Il se tourna vers elle prestement.

— L'Aelric que vous avez connu est mort ! Il est mort le jour où ma famille a péri et où l'on m'a fouetté et mutilé. Il ne reste plus que Caddoc.

Elle lui lança un regard dédaigneux.

— Et Caddoc est un assassin, n'est-ce pas ?

Elle rejeta la tête en arrière avant d'ajouter :

— Si c'est là ce que vous êtes devenu, j'aurais mieux fait de laisser mon beau-frère vous envoyer dans les marais salants. J'aurais dû vous laisser mourir comme vous le souhaitiez !

Furieux, il assena un coup de poing dans le tronc le plus proche avant de tourner vers elle un regard furibond.

— Et qu'aurais-je pu devenir d'autre, à votre avis ? J'ai quitté Hamestan sans rien… et sans personne !

Une accusation implicite vibrait dans sa voix.

— Vous pensez donc que je vous ai abandonné ?

Elle tremblait, non de crainte, cette fois, mais de colère.

— Ce n'est pas vrai, j'ai essayé…

Il l'interrompit abruptement.

— Ce que je crois n'a plus la moindre importance ! Cela a cessé d'en avoir il y a sept ans, quand je suis parti sans vous. J'ai mené une existence rude, mais j'ai appris à vivre avec cela. Revenir sur le passé ne changera rien au présent et je ne veux pas savoir ce qui aurait pu se passer, si les choses avaient été différentes.

— *Vous* avez mené une existence rude ! répéta-t-elle. Vraiment…

L'injustice de cette déclaration la mettait hors d'elle. Mais il accueillit ses paroles d'un air si glacial qu'elle ravala les explications qu'elle s'apprêtait à lui fournir.

— Mon Aelric à moi est mort et bien mort, constata-t-elle seulement, avec amertume.

Il se remit sur ses pieds d'un bond pour se camper devant elle, le regard étincelant. À la faible lumière du crépuscule, elle constata qu'il avait les joues cramoisies sous sa barbe. Il ouvrit la bouche, mais la referma aussitôt, détournant la tête.

— Il est temps que nous nous remettions en route.

Constance se releva aussitôt, se dégageant d'un coup d'épaules rageur lorsqu'il voulut lui saisir le bras.

— Je n'ai pas besoin de votre aide !

Son regard tomba sur la lanière qu'il s'était enroulé autour du poignet et elle releva le menton dans un geste de défi.

— Bandez-moi les yeux et allons-y !

Comme il ne bougeait pas, elle lui prit les mains et les tira brutalement vers son propre visage, qu'elle rapprocha du sien comme autrefois, jusqu'à ce qu'ils ressemblent à des amants sur le point d'échanger un baiser. Elle dut lever la tête pour le regarder dans les yeux. Elle n'avait jamais été grande, mais leur différence de taille s'était accentuée durant les années où ils étaient restés séparés.

Séparés de bien des façons…

Se dégageant d'une secousse, Aelric déplia l'étoffe, sans la quitter des yeux. Puis il leva les mains pour attacher le bandeau. Comme il lui effleurait les joues pour le nouer sur sa nuque, il s'immobilisa un instant.

Juste avant que le tissu ne l'aveugle, Constance eut le temps de lire dans son regard. Et ce qu'elle y découvrit, ce fut ce même désir qu'elle y avait lu tant de fois jadis, comme si le temps s'était soudain aboli.

Elle s'obligea à rester calme et silencieuse lorsque le bandeau la priva à nouveau de la vue, concentrant son attention sur ce qu'elle venait de découvrir. Aelric était peut-être aussi mort qu'il le prétendait, mais Caddoc n'en était pas moins un homme. Et comme tous les hommes, il avait des appétits à satisfaire. De toute évidence, tout contact physique entre eux suscitait chez lui ces réactions.

Le dégoût la submergea à la seule pensée du sort que ses ravisseurs lui réservaient peut-être. Après la mort de Piteur, elle avait espéré que ce genre d'humiliation et de souffrance appartenait à jamais au passé. Mais s'il fallait cela pour garder la vie sauve et regagner sa liberté, eh bien, elle utiliserait tous les avantages qu'elle pourrait en tirer !

Ils se remirent en marche, lentement. Aelric avait passé un bras autour de sa taille et l'autre sur son épaule pour la guider. Il la tenait contre lui, la poussant en avant sans lui adresser un mot, sauf pour lui dire où poser le pied ou lui conseiller de baisser la tête.

Le chemin continuait à grimper. Soudain, Constance glissa, son genou porta à faux et elle poussa un sanglot de douleur. Aelric la souleva sans rien dire et la hissa sur son épaule, non en amoureux, mais comme on porte un paquet, et elle se retrouva la tête et les bras ballants dans son dos.

Il put avancer plus vite ainsi, la maintenant derrière les genoux, pour l'empêcher de glisser. La position était contraire à toute dignité, signe qu'il n'avait aucune intention de renouer avec elle les liens qu'ils avaient jadis partagés. Mais, confrontée au choix de marcher ou d'être portée, elle ne protesta pas. Enfin, il la remit sur ses pieds, la retenant par les épaules tant qu'elle n'eut pas retrouvé son équilibre.

— Gardez les bras tendus pour trouver votre chemin et surtout pas un mot, si vous tenez à la vie.

Il la fit pivoter et lui saisit les mains pour l'aider à étendre les bras sur les côtés. Elle sentit alors une surface rugueuse sous ses doigts, à droite comme à gauche. Du roc. Tâtonnant vers le haut, elle découvrit que la roche se prolongeait bien au-delà de ce qu'elle pouvait atteindre.

— Sommes-nous dans une caverne ? s'inquiéta-t-elle.

Aelric poussa un grognement désapprobateur.

— Vous prenez les Saxons pour des animaux ? Allons, dépêchons !

Plaçant les deux mains sur ses hanches, il la guida vers ce qui semblait être l'entrée d'un tunnel. Au bout d'un moment, la roche disparut et une aigre bise enveloppa Constance, s'engouffrant sous sa cape.

Elle s'arrêta de marcher et attendit qu'Aelric lui ôte son bandeau ou lui donne d'autres instructions, mais il ne se passa rien de tel et son attention fut attirée par le vacarme qui résonnait à présent à ses oreilles.

Des cris de chagrin et de colère emplissaient l'air, dominés par les hurlements désespérés d'une femme. D'un geste hésitant, elle leva les mains et abaissa l'étoffe qui lui couvrait les yeux. Ils se trouvaient sur une crête nue, sous un ciel chargé de nuages, et ce qu'elle avait pris pour un tunnel n'était qu'un étroit passage entre deux énormes rochers. Il faisait nuit maintenant, et la seule lumière rayonnait de la demi-lune brillant au-dessus d'eux.

Elle coula un regard à Aelric, s'attendant à des réprimandes pour avoir ôté son bandeau, mais il ne regardait pas dans sa direction. Les bras croisés et la tête basse, il restait là, les lèvres serrées dans une sombre expression de tristesse.

Un petit groupe d'hommes, ainsi qu'une ou deux femmes, se pressaient autour d'une autre femme à demi couchée sur le sol, agrippée à Gerrod, agenouillé près d'elle. Elle était en proie à un chagrin si profond, si dévastateur qu'elle ne pouvait être que la mère du jeune garçon.

Constance sentit ses yeux se brouiller de larmes et son cœur se serra de compassion. Elle fit machinalement un pas en avant, mais une main se posa aussitôt sur son épaule. Relevant la tête, elle vit Aelric la fixer d'un air sévère. Elle essuya ses larmes, comprenant qu'elles étaient parfaitement déplacées. Heureusement, son arrivée était passée inaperçue de la plupart des assistants, plus intéressés par la nouvelle de la mort de Wulf que par sa présence, ce dont elle rendit grâce au ciel.

L'homme nommé Ulf se glissa près d'eux et marmonna quelque chose à l'oreille d'Aelric, avant de jeter un regard vers elle.

— Soyons discrets et tout ira bien, lui répondit Aelric.

L'homme hocha la tête et souleva un pan de sa cape, révélant la faucille courbe fixée à sa ceinture. Puis il s'éclipsa entre les roches.

— Suivez-moi, dit Aelric à voix basse.

S'emparant de son bras, il l'entraîna à l'écart de la foule, vers ce qui semblait être un piton rocheux recouvert d'arbres. En s'approchant, Constance vit que les branches dissimulaient un bâtiment en pierre carré. Aelric écarta une large peau en cuir et ouvrit une porte, qu'il referma après l'avoir poussée à l'intérieur.

Déconcertée, elle huma autour d'elle les relents familiers de la vie quotidienne. L'odeur de la fumée de bois dominait celle des corps humains, elle-même mêlée à un léger fumet de viande et d'oignons frits, qui lui fit venir l'eau à la bouche. Un petit foyer procurait un peu de chaleur et de lumière, plus accueillant que toutes les cheminées qu'elle avait connues, après le froid mordant du dehors. Les épreuves à venir lui parurent soudain insignifiantes, comparées à son besoin éperdu de repos.

Elle traversa la pièce et se laissa tomber sur le tabouret disposé près du feu. Fermant les yeux, elle tendit les mains vers les braises, en les frottant vigoureusement jusqu'à ce que la circulation du sang se rétablisse dans ses doigts.

Puis elle promena un long regard autour d'elle et, avisant les paillasses disposées sur le sol, implora Aelric du regard.

— Je suis si fatiguée…

— Vous ne pouvez pas rester ici, déclara-t-il.

Et, désignant du doigt des degrés branlants creusés dans le mur du fond, dont les marches semblaient mener à une trappe, il ajouta :

— Vous dormirez là-haut.

Constance se leva, mais la tête lui tourna et ses jambes se mirent à trembler. Elle vacilla ; Aelric la retint avant qu'elle ne tombe.

— Oh ! mon Dieu ! Je crains de ne pas pouvoir marcher plus loin…

— Très bien. Je vais vous porter.

Cette fois, il ne la chargea pas sur son épaule, mais la souleva dans ses bras, serrée contre sa poitrine. Constance garda les mains dans son giron. Les passer autour du cou d'Aelric aurait paru trop familier et elle n'avait pas oublié les dagues pendues à sa ceinture. Si elle pouvait en atteindre une…

Subrepticement, elle tâtonna vers sa taille. Quand ses doigts lui effleurèrent le ventre, il exhala brusquement son souffle, baissant la tête pour lui lancer un regard soupçonneux. Elle retira sa main en toute hâte, abandonnant l'idée de récupérer sa dague.

Aelric gravit l'escalier étroit, en baissant la tête pour franchir la trappe. Parvenu en haut, il la posa par terre. Le grenier était rempli de sacs et fleurait légèrement la paille, presque comme la grange où jadis…

Non, ne pense pas à cela !

— Vous allez rester ici jusqu'à ce que je décide quoi faire de vous, déclara Aelric. Je vais vous apporter une couverture et de quoi manger.

Il l'enveloppa d'un rapide regard.

— Je tâcherai aussi de vous trouver des vêtements plus convenables.

Elle lissa sa tunique.

— Pas question, je garde mes habits ! déclara-t-elle avec dignité.

Il haussa un sourcil, puis disparut à travers la trappe. Elle s'assit sur le plancher nu, le dos appuyé contre l'un des sacs. Elle dénatta ses cheveux et y passa les doigts, démêlant ses longues boucles ; les nœuds de tension sur son crâne commencèrent à s'apaiser un peu. Baissant la tête, elle enserra ses genoux de ses bras.

Lorsqu'elle releva les yeux, Aelric se tenait de nouveau devant elle, les bras chargés. Il déposa un mince matelas de paille sur le sol, laissant tomber à côté la couverture qu'il portait sous le bras. Puis il lui tendit un récipient en terre contenant un mets à l'odeur familière.

— Du gibier, murmura-t-elle. La nourriture appropriée pour des hors-la-loi !

Il sourit, croisant les bras sur la poitrine.

— Et alors ? Les seigneurs ont tant de cerfs qu'un ou deux de moins ne peuvent guère leur manquer, même quand ils sont aussi gloutons que le Porc.

C'était le nom par lequel elle les avait déjà entendus désigner Lord Robert.

— Nous nous trouvons donc sur les terres de mon beau-frère ?

Le sourire d'Aelric s'évanouit.

— Je n'ai pas dit cela. Mangez à présent, si vous en voulez. Sinon, ce ne sont pas les ventres creux qui manquent, ici.

Le visage aussi impassible qu'un masque dans la pénombre, il la regarda vider l'écuelle.

— Pourquoi pleuriez-vous pour Wulf ? demanda-t-il lorsqu'elle eut terminé. Vous ne connaissiez pas ce gamin. Vous l'auriez combattu, s'il avait tenté de vous capturer.

— Il était jeune, murmura-t-elle.

Elle revit le visage imberbe, les yeux privés de vie.

— Son existence a été abrégée et j'ai versé des larmes pour sa mère. Personne ne devrait avoir à affronter une telle souffrance.

Une expression étrange se peignit sur le visage d'Aelric.

— Vous avez conservé votre caractère compatissant, à ce

que je vois. Du moins pour les jeunes gens. Les années ne vous ont pas tant changée que cela, en fin de compte.

Cette constatation ne ressemblait pas à un compliment.

D'un geste défensif, Constance croisa les bras, avec l'impression de sentir de nouveau la cinglante douleur de la boucle de ceinturon de Robert lui déchirant le dos. Ce n'était rien comparé aux souffrances qui avaient suivi et, pour la première fois depuis le début de ses épreuves, une émotion nouvelle surgit en elle, dominant l'épuisement et la peur : l'indignation. Aelric avait évoqué les rudesses qu'il avait dû affronter, mais il n'avait pas la moindre idée de ce qu'elle avait dû endurer, elle, depuis leur séparation. Et elle n'avait pas l'intention de lui en parler maintenant.

Se relevant à grand-peine, elle se campa devant lui, les mains sur les hanches.

— Les années m'ont changée plus que vous n'imaginez, déclara-t-elle froidement. Je ne suis pas obligée de vous faire mes confidences et je doute que cela vous intéresserait, de toute façon.

— Vous avez raison. Je suis fatigué et j'ai besoin de repos. Vous devriez en faire autant, aussi je vous souhaite une bonne nuit.

Constance serra les poings, irritée par cette abrupte fin de non-recevoir. Bouillant intérieurement, elle tourna le dos et resta immobile, jusqu'à ce que le grincement des marches et le claquement de la trappe lui apprennent qu'elle se retrouvait enfin seule.

Dès qu'Aelric eut disparu, elle se dirigea vers la fenêtre et tâta les planches qui la fermaient. Elles étaient maintenues par des clous et, même si elle avait réussi à les arracher, c'eût été inutile. Jamais elle n'atterrirait indemne, si elle sautait du deuxième étage. Elle pressa l'œil contre l'un des trous, dans l'espoir que des repères l'aideraient à situer l'endroit où elle se trouvait. Un groupe de points brillants clignotaient au loin, indiquant peut-être la proximité d'un village, mais il n'y avait rien qui puisse l'aider.

Elle retourna vers le matelas et s'y étendit, prêtant l'oreille aux sons qui provenaient d'en bas. Des voix basses et furieuses montaient vers elle, accompagnées par un bruit de sanglots. Des pleurs d'enfant dominèrent un instant le brouhaha.

L'indignation flamba de nouveau en elle, lorsqu'elle se rappela la façon dont Aelric lui avait reproché ses larmes pour le jeune homme mort. Qu'il puisse railler ainsi sa compassion, lui qui n'était guère plus âgé lorsqu'elle était intervenue pour le sauver, la blessait jusqu'au fond du cœur.

S'il existait une preuve qu'elle ne devait pas compter sur leur amitié d'antan pour sa sauvegarde, c'était bien celle-ci ! Mais il lui restait son corps, Dieu merci. Si elle n'éveillait plus le moindre sentiment dans le cœur d'Aelric, il existait d'autres parties de lui qui répondraient peut-être plus volontiers à ses tentatives. Après une journée de tracas, l'humeur de Piteur s'améliorait souvent, lorsqu'il avait achevé de se servir d'elle.

Fronçant le nez à cette comparaison, elle drapa la couverture autour d'elle et le sommeil la saisit comme elle réfléchissait à un plan d'action pour les jours suivants.

Chapitre 6

Appuyé contre le rocher, Caddoc contemplait la campagne alentour. Un vent glacé lui emmêlait les cheveux, le faisant frissonner sous sa mince tunique de laine.

Il s'était réveillé trop tôt et il était sorti s'asseoir pour observer le lever du pâle soleil qui éclairait la vallée. La brume froide du petit matin dissimulait Hamestan, mais il n'avait pas besoin de voir, il connaissait trop bien ce paysage.

Lorsqu'ils étaient enfants, ses frères et lui, cette tour avait abrité leurs jeux. C'était volontairement qu'il avait recherché la compagnie d'hommes vivant près de Hamestan, mais cela avait été une ironique coïncidence que le groupe de fugitifs auxquels il avait lié son sort ait élu domicile en un lieu qu'il portait dans son cœur depuis ses jeunes années. Son actuel logis se trouvait aussi près de cette tour que l'ancienne maison de son enfance. Même quand l'obscurité cachait le paysage à sa vue, la seule pensée du traitement cruel que ce bâtard de Guillaume avait infligé au pays le faisait bouillir de rage.

Le visage de Robert de Coudray surgit dans son esprit, plus net après tout ce temps que ceux de son père ou de ses frères, ce qui lui parut doublement cruel. Les doigts lui démangeaient d'étrangler ce Porc ou de lui plonger une dague dans le cœur. Mais il n'en ferait rien, bien entendu.

En dépit de ce que pouvait penser Constance, il n'avait pas souvent tué, et toujours avec de bonnes raisons. Il lui avait juré de ne pas devenir un assassin et l'honneur l'avait contraint à tenir sa parole. Ce même honneur qui, à présent, le poussait à la garder en vie, même si elle avait choisi jadis de rester au lieu de s'enfuir avec lui…

Elle avait raison de penser qu'il ne voulait rien savoir du genre de vie qu'elle avait eue, ces dernières années. Étant donné l'existence qu'il menait lui-même, il n'éprouvait pas la moindre envie d'entendre à quoi une femme riche occupait ses heures d'oisiveté.

Soupesant sa dague, il visa et, d'un bref mouvement du poignet, envoya la lame se ficher dans la bûche qu'il avait dressée à quelque distance de là. Le projectile se planta dans le bois avec une précision qui lui arracha un furtif sourire de satisfaction. Ce rituel matinal faisait partie de sa journée et, après des années de pratique, il avait acquis un coup d'œil sans défaut.

Il envoya la dague qu'il avait confisquée à Constance rejoindre sa jumelle en tournoyant, puis alla retirer les deux armes, avant de répéter l'action. Deux, trois, quatre fois, en une rapide succession, il les lança, ne manquant jamais la cible, jusqu'à ce que le bois soit percé de trous, et imaginant à chacun de ses lancers qu'il transperçait le cœur de Robert de Coudray. Puis il reprit les deux poignards et les plaça côte à côte sur le sol devant lui. Constance se doutait-elle qu'il possédait encore le présent qu'elle lui avait offert, et à quoi il rêvait de l'utiliser ?

Il en était là de ses réflexions, quand Gerrod vint s'asseoir à côté de lui. Tous deux échangèrent un sourire las, feignant une sérénité qu'ils ne ressentaient ni l'un ni l'autre, il le savait. Des cernes noirs entouraient les yeux de Gerrod et les rides sur son front s'étaient creusées après la nuit qu'il venait de passer avec son épouse auprès du corps de leur fils.

Caddoc remit sa dague au fourreau et enfonça celle de Constance dans sa ceinture, à côté de l'autre. Il ne pouvait la lui rendre et trouvait qu'elles étaient à leur place ainsi, côte à côte.

— Elga a fini par s'endormir, déclara Gerrod. Où as-tu mis la fille ?

Caddoc désigna le sommet de la tour. Des lattes de bois obturaient les petites fenêtres qui le garnissaient. Constance ne pourrait pas voir le soleil. Avait-elle goûté le moindre repos depuis qu'il l'avait quittée ? Il avait résisté à la tentation d'aller vérifier durant la nuit. Mieux valait limiter les contacts avec elle dans la mesure du possible, s'il ne voulait pas se mettre à regretter les heures fugaces qu'ils avaient jadis passées ensemble.

— Quoi qu'il y ait dans ce coffre, j'espère que ça vaut le chagrin que ça nous a causé, grommela Gerrod. Quant à la fille, mieux vaut qu'elle nous soit utile.

— Osgood va bientôt arriver avec le chariot. Nous verrons alors ce qu'elle tenait tant à protéger. Je devrais aller la réveiller avant qu'il n'arrive.

Il se leva, aussitôt imité par Gerrod, qui se campa devant lui pour lui barrer le passage, les bras croisés et une expression sévère sur le visage.

— Il vaut mieux que je vienne avec toi… Aelric !

Comme Caddoc ouvrait la bouche pour protester :

— Tu peux raconter toutes les histoires que tu veux, elle t'a appelé par un autre prénom que le tien, un prénom que tu as parfaitement reconnu. Je veux savoir pourquoi la gente dame normande qu'elle prétend être t'appelle d'une manière que tu fais mine de ne pas connaître. Je n'ai pas confiance en elle et je commence à douter aussi de toi.

Caddoc comprit qu'il valait mieux jouer cartes sur table.

— Ce nom était le mien avant que je m'exile. Mon père était le baron de Hamestan jusqu'à ce que Coudray lui vole ses terres et son titre. J'ai changé de nom quand je me suis enfui au pays de Galles, où je me suis réfugié chez Emrys d'Arlechwydd, l'oncle de ma mère.

— Tu nous as donc menti sur ton identité ? grogna Gerrod. Pourquoi ne t'es-tu pas présenté sous la vraie ?

Caddoc serra les mâchoires.

— Je me suis habitué à la nouvelle, depuis sept ans. Je suis un fugitif, ne l'oublie pas.

— C'est ce que nous sommes tous, mon garçon. Qu'est-ce qui te fait croire que le Porc pourrait se souvenir de toi après tout ce temps ?

Caddoc sentit une haine brûlante courir dans ses veines, menaçant de le consumer. Il ne savait pas ce qui serait le pire — que Coudray le pourchasse encore ou qu'il l'ait oublié, lui déniant ainsi toute importance.

Il baissa la tête.

— Mon père s'est battu jusqu'au dernier moment. Moi, je me suis enfui. Je ne suis pas digne du nom qu'il m'a donné. Cela me ronge de me rappeler ce que Coudray a fait. Ce qu'il fait encore à mon pays. Je veux avoir sa peau. Mais Constance avait raison, à l'époque, et c'est toujours vrai. Il me faudrait une armée pour affronter cet homme. Comme je n'en ai pas, je lui fais tout le mal que je peux quand j'en ai l'occasion.

Gerrod fit entendre un ricanement de colère.

— Constance, hein ? Et qu'est-elle pour toi, que tu parles d'elle avec cette familiarité ?

Caddoc déglutit, la gorge étrangement nouée, puis jeta un regard vers la tour. Constance n'était plus rien pour lui depuis des années. Pourtant, son cœur avait battu plus vite quand il avait refermé les bras autour d'elle et il ne pouvait oublier le contour délicat de ses joues ou ses yeux bruns dont le regard attentif l'avait tant captivé autrefois.

Plus il tentait de s'expliquer, plus il avait l'impression de s'enferrer.

— Je l'ai connue à Hamestan, mais cela faisait sept ans que je ne l'avais pas revue ni n'avais entendu parler d'elle.

Pour la première fois, il se demanda où elle avait passé tout ce temps. Pas à Hamestan, à moins qu'elle ne mente, ce dont il doutait. Elle avait dû lui préférer un couvent, songea-t-il avec rancœur.

Gerrod lui lança un regard flamboyant.

— Et tu l'as retrouvée par hasard ? Tu t'es donné tout ce tracas pour une simple connaissance d'autrefois ? N'essaie pas de me tromper, mon garçon !

Caddoc s'efforça de réagir sans colère. Après la perte qu'il avait subie, Gerrod ne méritait pas qu'on lui mente et, de tous les hommes du camp, il était sans doute le plus susceptible de garder un secret.

— J'ai été otage dans la maison de son beau-frère. Nous sommes devenus amis, elle et moi, puis davantage que des amis.

Il contempla ses mains, perdu dans le souvenir des baisers échangés jadis avec Constance. À l'époque, ses caresses le brûlaient à chacune de leurs rencontres, et même après tout ce temps, ce souvenir lui empourprait encore le visage.

— Nous sommes devenus amants. Mon père venait juste d'entrer en rébellion. C'est elle qui m'a sauvé la vie. J'ignore pourquoi et comment elle s'est trouvée à voyager avec le trésor de Coudray, mais je le découvrirai.

— Wulf avait peut-être raison, en fin de compte. Peut-être était-ce la fille elle-même que Coudray voulait protéger.

— C'est possible. Ou autre chose que je pourrai peut-être utiliser contre lui. Je ne peux pas oublier ce qu'il a fait à ma famille. Un jour, j'aurai ma vengeance.

— Un jour ? Mon fils est mort à cause de ce que nous avons fait hier. Combien de jours nous reste-t-il à vivre, aux uns et aux autres ?

Caddoc posa la main sur le bras du géant.

— Je déplore autant que toi la mort de Wulf. Et ce n'est pas moi qui ai planifié l'embuscade.

Le regard de Gerrod erra sur la plaine en contrebas. Le brouillard se levait, découvrant des étendues de terre nue et de bâtiments brûlés, là où s'étendaient auparavant des champs cultivés et se dressaient des maisons.

— La meilleure façon de venger la mort de ton fils, c'est de découvrir de quoi il retourne et de s'en servir contre le Porc.

— Tout ça m'est indifférent à présent. Les intrigues, la vengeance… Tout ce que je veux, c'est avoir de quoi me remplir le ventre. Tu crois qu'on peut se servir de la femme ? Coudray paiera-t-il pour la ravoir ?

Caddoc haussa les épaules. Comment le savoir ? La rancœur

qu'il avait notée dans la voix de Constance lorsqu'elle l'avait repris, au moment où il avait désigné le baron comme son frère, ne semblait guère impliquer une relation aimante entre ces deux-là. D'un autre côté, Coudray l'avait écoutée autrefois, quand elle avait plaidé pour sa vie. Puis elle avait pris le risque de le libérer, quand personne d'autre n'avait osé intervenir.

Peut-être Coudray manifestait-il plus d'indulgence envers sa jolie belle-sœur qu'envers toute autre personne ?

S'arrachant à la contemplation du paysage, Gerrod tourna les yeux vers lui.

— Essayons, déclara-t-il d'un ton sévère. J'espère pour elle qu'il paiera, car je serai plus qu'heureux d'envoyer sa tête au Porc après avoir laissé Osgood prendre son plaisir avec elle un jour ou deux, qu'elle soit ton amante ou pas.

Caddoc sentit la nausée lui tordre l'estomac. Il espéra que c'était le chagrin qui faisait parler Gerrod ainsi.

— Tu n'es pas sérieux ?

— Pourquoi pas ? Ses maudits compatriotes nous ont fait assez souffrir, que le diable les emporte ! Se soucie-t-elle de notre sort, elle ?

Caddoc le regarda bien en face.

— Elle a versé des larmes pour ton fils.

Les yeux de Gerrod s'embrumèrent et Caddoc détourna les siens, honteux du bref accès de jalousie qui s'était emparé de lui quand il avait vu Constance pleurer sur le sort du pauvre Wulf.

Gerrod retourna dans la tour, se mouvant en silence parmi les silhouettes encore endormies sur les paillasses. Puis il prit un tabouret bas et une chandelle, et gravit l'escalier menant à la prison de Constance. Caddoc le suivit, nerveux. Il vérifia que sa dague se trouvait bien dans son fourreau, avec l'espoir qu'il n'aurait pas à s'en servir.

Ils trouvèrent Constance agenouillée près de la fenêtre, le visage pressé contre les interstices entre les planches. Elle s'était enveloppée de la couverture qu'il lui avait donnée la veille, et sa chevelure, à présent dénouée, lui tombait presque jusqu'à la taille, cascade sombre que les minces rayons de lumière filtrant par la fenêtre illuminaient de reflets châtains.

Elle se retourna à leur entrée et leur jeta un regard méfiant, ses yeux noirs pareils à deux lacs sombres dans son visage blafard.

— Ce n'est pas en regardant par là que vous découvrirez où vous êtes, observa Caddoc.

Comme elle ne répondait pas, il s'enquit :

— Avez-vous bien dormi ?

— Non, répondit-elle d'un ton froid. Vous vous attendiez à autre chose ? ajouta-t-elle, en désignant le mince matelas posé sur le plancher nu.

— Je regrette, mais nous ne pouvons pas vous donner de fourrures ni d'oreillers de plumes, rétorqua-t-il sèchement.

Il fallait vraiment qu'elle ait vécu dans le luxe pour se préoccuper de cela en de pareils instants !

— Nous vivons modestement ici et sans le confort que les vôtres revendiquent comme un droit de naissance.

— Je ne revendique rien de tel ! Quel geôlier fournirait ce genre de commodités à un condamné à mort ?

— Ne dites pas de sottises ! gronda-t-il.

Après les menaces de Gerrod, il n'était guère avisé de tenir ces propos devant le géant, au risque de lui redonner des idées.

— N'est-ce pas ce que je suis ? insista-t-elle. Une condamnée ?

Elle s'appuya contre le mur, aussi près que possible de la maigre source de lumière.

— Si ce n'est pas le cas, alors faites-moi savoir combien de temps vous avez l'intention de me garder ici avant de me relâcher !

— Jusqu'à ce que je décide de quelle façon vous pouvez nous être le plus utile, répliqua Caddoc.

Elle lui jeta un regard débordant de haine et il eut du mal à croire qu'elle ait pu un jour le regarder avec tendresse.

— Mon beau-frère est un homme puissant. Quand il

découvrira que j'ai été enlevée, il fera raser toute la forêt s'il le faut pour me retrouver. Si vous me relâchez maintenant, peut-être aurez-vous la vie sauve.

Debout près de lui, Gerrod était jusque-là demeuré silencieux. Soudain, il se dirigea vers l'endroit où Constance se tenait assise, jetant le tabouret sur le sol avec un déploiement de force excessif qui la fit ciller, quand le pied du siège l'effleura.

Elle croisa les mains devant sa poitrine pour se protéger, s'attendant de toute évidence à des violences, en plus du rude traitement qu'elle avait subi la veille.

Caddoc sentit la honte s'emparer de lui en le comprenant.

— Hier, mon fils est mort, déclara Gerrod sans préambule. Votre garde du corps l'a tué en voulant protéger quelque chose. Qu'est-ce que Coudray faisait donc convoyer de si précieux ?

— Qui vous dit que ce que nous transportions lui appartient ?

— Nous étions au courant de votre arrivée. Le Porc n'en faisait pas un secret. Tout le monde savait qu'il attendait l'arrivée d'un convoi important.

Constance étendit les jambes devant elle et enfouit les mains dans son giron. Une expression songeuse se peignit sur son visage.

— C'était donc nous que vous attendiez ? Pas les premiers voyageurs venus ?

Caddoc confirma la supposition d'un hochement de tête.

— De quoi pensiez-vous qu'il s'agissait ? s'enquit-elle d'un ton surpris, tandis que son front se plissait.

Si elle jouait l'ignorance, elle le faisait fort bien. Sa mimique était convaincante.

— Nous ne savions pas, admit-il. Quelque chose de valeur, pour sûr. Des bijoux ou de l'or.

— Ou une nouvelle épouse, intervint Gerrod avec un regard salace. Est-ce le rôle qu'il vous réserve, par hasard ?

— Bien sûr que non ! se récria Constance. Lord de Coudray a déjà une femme.

Gerrod ricana.

— Plus maintenant. Elle est morte des fièvres, il y a trois semaines.

— Vous mentez, chuchota-t-elle.

Elle pâlit davantage, si c'était possible, et une ride se creusa sur son front. Se redressant sur les genoux à grand-peine, elle les dévisagea tour à tour.

Constance avait toujours éprouvé de la tendresse pour son aînée, se souvint tout à coup Caddoc.

— Qu'est-ce que ça peut vous faire ? railla Gerrod. En quoi sa mort vous concerne-t-elle ?

— C'était ma sœur !

Elle se jeta sur eux avec un cri, les deux poings levés. Caddoc la maîtrisa avant qu'elle n'ait le temps de frapper Gerrod, l'étreignant pour lui immobiliser les bras contre les flancs. Il s'attendait à une lutte, mais au lieu de se débattre, elle s'affaissa contre lui en tremblant de tout son corps.

Effrayé, il eut l'impression qu'elle allait rendre l'âme. Il modifia son étreinte, posant une main dans son dos, l'autre sur sa nuque, sous le flot sombre de ses cheveux. Il se rendit compte alors que ses bras ne l'emprisonnaient plus, mais la réconfortaient, et il sentit son propre cœur s'emballer.

— Vous ne saviez donc pas qu'elle était morte ?

Constance lui jeta un regard luisant de larmes. Il avait oublié combien ses cils étaient longs et épais.

— Mon beau-frère ne m'en a pas informée. Dites-moi que ce n'est pas vrai ! supplia-t-elle.

— C'est la vérité, confirma Gerrod d'un ton rude.

Constance laissa échapper un sanglot de détresse et Caddoc attira sa tête sur son épaule pour lui caresser les cheveux. Elle remua doucement et il sentit ses seins lui effleurer la poitrine, éveillant en lui un assaut de sensations intempestives. La veille, il l'avait serrée contre lui, mais, à présent, il était intensément conscient de courbes qui n'en étaient qu'aux prémices de leur épanouissement lorsqu'il l'avait connue.

Doucement, il laissa glisser l'une de ses mains pour la poser au creux de ses reins.

— Cessez ce vacarme, espèce de sotte ! aboya soudain Gerrod. Vous croyez peut-être que vous êtes la première à perdre quelqu'un ?

Constance tressaillit sous la brutalité de l'injonction, et Caddoc resserra son étreinte autour d'elle, furieux de la rudesse de Gerrod. Il s'attendait à la voir de nouveau fondre en larmes, mais elle cilla pour refouler ses pleurs et demeura immobile dans ses bras.

— Il a raison, déclara-t-elle, adressant un regard sombre à Gerrod. C'était le choc. Apprendre la nouvelle de cette façon…

Caddoc lui prit le menton pour l'obliger à tourner la tête vers lui.

— Pourquoi votre beau-frère ne vous a-t-il rien dit ? C'était à lui de vous en informer !

Elle se détourna, le regard fuyant vers la fenêtre.

— Nous ne nous parlons pas.

— Mais vous venez de prétendre que le Porc raserait la forêt pour vous retrouver !

— J'ai menti.

Il devait lui arracher les mots un à un et il percevait l'appréhension dans sa voix. Elle se mit à triturer le bord de la couverture entre ses doigts, et, comme sa lèvre inférieure se remettait à frémir, elle la mordit pour en arrêter le tremblement. Un désir inattendu s'empara de lui à cette vue. Si seulement c'étaient ses lèvres à lui qui s'emparaient ainsi des siennes !

— Je crains de ne pouvoir vous être aussi utile que vous ne l'avez cru, soupira-t-elle.

Derrière elle, Gerrod fit entendre un grognement de mauvais augure.

— Il reste votre famille, se hâta d'observer Caddoc.

Elle esquissa une moue.

— Si vous espérez faire appel à leur solidarité, vous perdez votre temps.

Un éclair de rancune traversa son regard, et Caddoc la sentit se raidir dans ses bras. Il la lâcha et s'éloigna d'un pas, tandis qu'elle s'appuyait contre le mur d'un air déjà épuisé, bien que la journée commençât à peine. Sans doute les conditions de sa détention étaient-elles bien éloignées de ce dont elle avait l'habitude.

Il fut tenté de la plaindre, avant de se rappeler que ce qui devait sembler sordide à Constance était simplement normal pour lui ainsi que pour d'innombrables autres personnes, qu'on avait chassées afin qu'elle et les siens puissent vivre dans le luxe.

— Le contenu des sacs de selle m'appartient, déclara-t-elle. Le coffre contient ma dot et les divers legs que je tiens de mon père et de mon époux.

Caddoc tressaillit.

— Votre époux ? Vous êtes donc mariée ?

Il n'avait pas imaginé un seul instant que ce puisse être le cas, mais cela tombait sous le sens, en effet. Pendant qu'il fuyait pour sauver sa peau, elle avait suivi la voie toute tracée pour une jeune fille riche et bien apparentée !

— Mon mari est mort, précisa-t-elle sèchement.

Elle croisa les bras et pointa le menton, les dévisageant tour à tour.

— Vous pouvez tout prendre, je n'en aurai plus besoin. J'ai l'intention d'entrer au couvent dès que je le pourrai. Gardez ce que vous voulez, je ne vous demande que ma liberté en échange.

— Et si c'est vous que nous voulons ? grommela Gerrod. Votre or, nous l'avons déjà, après tout. Qu'avez-vous d'autre à nous proposer ?

Une expression de peur altéra un instant le visage de Constance. Elle porta les mains à sa cape, dont elle resserra les pans sur ses seins. Caddoc comprit la signification de ce geste. Visiblement, elle avait songé à ce qu'ils pourraient lui prendre, en dehors de ses bijoux ou de son argent…

— Rien, admit-elle avec calme. Je n'ai rien d'autre.

Gerrod prit Caddoc par le bras et l'entraîna vers l'escalier.

— Tu l'as entendue ? Elle ne nous est d'aucune utilité.

— Nous ignorons si elle dit la vérité. Attendons au moins jusqu'au retour d'Osgood.

— Elle t'a tourné la tête, railla Gerrod.

Caddoc lui lança un regard furibond.

— Je pense seulement qu'il est raisonnable de prendre le trésor sans attirer l'attention sur nous !

— Ne crois pas que tu peux me tromper ! J'ai vu comment tu la tenais, tout à l'heure. Tu as pris plaisir à la toucher quand tu l'as empêchée de me frapper, hein ? Non pas que je te blâme, mon gars, ajouta-t-il avec un sourire torve, elle est plutôt attrayante. Mais pourquoi aurions-nous pitié d'elle ?

— Ce n'est pas de la pitié, mais du bon sens, insista Caddoc. Si nous la tuons, nous perdrons tout moyen de négocier avec Coudray. Nous ne sommes pas des assassins, que diable !

Gerrod lui lança un regard caustique.

— D'accord, on lui fait grâce pour l'instant. Quand Osgood apportera le coffre, nous saurons si elle nous a dit vrai.

Il descendit les degrés d'un pas lourd, refermant la trappe derrière lui.

Quand il eut disparu, Caddoc revint sur ses pas. Constance se tenait toujours près de la fenêtre, à l'endroit où il l'avait laissée.

— Pourquoi ne m'avez-vous pas dit la vérité, à propos de l'indifférence de votre beau-frère ?

Elle lui lança un regard dédaigneux.

— Vous le demandez ? J'aurais dit ou fait n'importe quoi pour rester en vie !

Elle s'avança vers lui et il crut qu'elle allait s'arrêter après un ou deux pas, mais elle continua presque jusqu'à le toucher, suscitant en lui un émoi dévastateur. Il avait envie de la tenir contre lui, bien plus qu'il ne s'y attendait. Son corps brûlait de désir pour elle. Mais la laisser une fois de plus gouverner ses sentiments lui parut absurde et ne pouvait que mal se terminer.

— Merci pour ce que vous avez fait, chuchota-t-elle avec gêne.

— Je vous avais promis que votre vie ne serait pas en danger. J'ai l'habitude de tenir ma parole, vous devriez le savoir.

Elle leva la tête pour l'examiner de plus près. À présent qu'il s'était accoutumé à la pénombre, il discernait de fines ridules aux coins de ses yeux, ainsi qu'une ride d'expression sur son front.

Elle le dévisageait aussi, avec une égale intensité.

— Qu'y a-t-il ? demanda-t-il, déstabilisé par cet examen.

— Je ne vous remerciais pas pour m'avoir défendue contre vos compagnons ou m'avoir gardée en vie. Enfin, pas seulement…

D'un geste hésitant, elle leva la main et la posa sur son torse. Il aurait dû l'écarter ou reculer pour se mettre hors de sa portée, mais il n'en fit rien. Sa peau se hérissa sous sa tunique, comme effleurée par un imperceptible courant d'air.

— Je vous remerciais pour la façon dont vous m'avez tenue dans vos bras, au moment où Gerrod m'a appris la mort de ma sœur. Je ne m'attendais pas à cette gentillesse de votre part. Après tout, je n'ai rien fait pour la mériter.

Il en avait été aussi surpris qu'elle, mais il accepta le remerciement avec un léger sourire.

— Je sais ce que c'est que de perdre quelqu'un qu'on aime. J'aurais préféré que vous l'appreniez d'une façon moins brutale. Vous avez déjà perdu votre mari, et à présent votre sœur…

Il posa une main circonspecte sur son épaule en un geste de consolation et fut surpris de sentir la tension qui l'habitait.

— J'ai connu tant de deuils que je ne sais même plus pleurer, murmura-t-elle.

Elle leva la tête, les lèvres entrouvertes, si douces et si proches des siennes… Un pas de plus et il pourrait l'embrasser, il suffirait de la plus légère inclination de tête. Il sentit sa poitrine se serrer sous la petite main qui y demeurait posée. Il la recouvrit de la sienne pour empêcher Constance de la retirer.

Puis il franchit le pas, les lèvres déjà écartées pour anticiper le baiser.

Derrière lui, le battant de la trappe s'ouvrit avec un bruit sourd.

— Caddoc, tu es là ? le héla Osgood. J'ai apporté le coffre. À présent, voyons ce que nous avons gagné, en plus de la fille !

Chapitre 7

Constance sursauta, tandis qu'Aelric s'écartait d'elle d'un mouvement brusque. Elle eut le temps d'entrevoir l'éclair de déception qui traversa son visage, avant que son regard ne reprenne sa vigilance habituelle.

— Parfait. Je commençais à craindre que tu n'arrives jamais et qu'il nous faille la prendre en pension pendant les dix ans à venir, observa-t-il aigrement, en la désignant d'un coup de pouce.

Son animosité soudaine la stupéfia. Elle espéra que c'était seulement une comédie destinée à tromper le nouveau venu.

— Voilà un fardeau dont vous pouvez vous décharger à la première occasion, riposta-t-elle d'un ton acerbe. Je ne demande pas mieux !

Il lui imposa le silence d'un geste, et elle faillit perdre courage à la seule perspective de dix années de captivité. Dix jours représenteraient déjà une épreuve assez dure. Plus longtemps que cela la conduirait droit à la folie !

Osgood promena son regard dans la pièce et la repéra. De toute évidence, il n'avait pas vu ce qui avait failli se passer entre eux. Depuis la trappe, la large silhouette d'Aelric avait dû la masquer à son regard.

Les lèvres d'Osgood se retroussèrent et son regard prit une expression lubrique, tandis qu'il se pourléchait avec lenteur.

— Qui vous a donné la permission de parler, femme ? Taisez-vous jusqu'à nouvel ordre de notre part !

Encore horripilée d'être assimilée à un butin, Constance

ravala une repartie acerbe et baissa la tête, les mains sagement croisées devant elle. Sans doute semblait-elle tout à fait posée et modeste dans cette attitude, ce qui était le but recherché. Mais à l'intérieur d'elle-même, son cœur battait avec une troublante intensité, qui n'avait pas grand-chose à voir avec l'impudence d'Osgood.

Du coin de l'œil, elle coula un nouveau regard à Aelric. La veille, elle était si terrorisée qu'elle n'avait rien remarqué d'autre que sa barbe hirsute et ses cheveux emmêlés. Elle ne s'était pas rendu compte à quel point il avait changé, en sept ans… jusqu'au moment où il l'avait prise tendrement dans ses bras. Disparu, l'adolescent maigre aux membres dégingandés, dont les gestes trahissaient la maladresse. À sa place se tenait un homme à la large poitrine, aussi grand que musclé… et indéniablement séduisant.

Elle ne s'était pas trompée en pensant qu'il était encore attiré par elle. En revanche, elle ne s'attendait pas à sentir se réveiller en elle le même intérêt qu'autrefois, comme si elle retrouvait ses seize ans.

Repoussant ses cheveux de ses joues, elle sentit que sa peau brûlait sous sa paume.

Aelric lui tourna le dos pour ordonner :

— Apporte le coffre ici, veux-tu ?

Osgood transporta l'objet calé sous son bras et le déposa au centre de la pièce. Constance chercha le regard d'Aelric. En vain. Il s'obstinait à lui tourner le dos. Peut-être regrettait-il déjà ce qu'ils s'étaient apprêtés à faire ? Elle n'avait pas eu l'intention de s'approcher de lui de cette façon-là, mais il l'avait étreinte avec tant de tendresse qu'elle avait été incapable de résister à l'impulsion. Elle avait pris là un grand risque. Mais s'ils n'avaient pas été interrompus, Aelric l'aurait bel et bien embrassée, elle en était certaine.

Peut-être les hommes allaient-ils se contenter de ses bijoux et la libérer sans qu'elle ait besoin de recourir une autre fois à ce genre de tactique ?

Gerrod revint dans la pièce, refermant la trappe derrière lui, et les trois hommes se penchèrent sur le coffre. Constance les rejoignit, en prenant bien soin de se tenir à distance d'Osgood. Elle ne pouvait oublier la façon dont il l'avait regardée, la veille, ou même un instant plus tôt, quand il avait pénétré dans le grenier. Il la désirait. Elle l'avait lu dans ses yeux, comme dans ceux d'Aelric, mais l'expression d'Osgood lui faisait froid dans le dos. Elle lui rappelait celle de Piteur, juste avant qu'il ne l'oblige à se soumettre. Osgood ne devait pas être un amant tendre, tant s'en fallait.

La gorge serrée, elle se rapprocha instinctivement d'Aelric, cherchant du réconfort dans sa présence.

Osgood s'agenouilla et tira le verrou du coffre, puis, constatant qu'il ne s'ouvrait pas, martela le couvercle de son poing.

— Il est fermé à clé !

— Il fallait s'y attendre, observa Aelric non sans dédain.

Il jeta un regard à Constance, le premier depuis qu'ils s'étaient écartés l'un de l'autre avec tant de hâte.

— Crois-tu que la dame aurait pris la route sans s'assurer que ses objets de valeur se trouvaient en sécurité ?

Il assena un léger coup de pied au coffre, mais celui-ci, plus haut que large, tomba sur le côté sans s'ouvrir pour autant.

— Nous allons devoir fracturer la serrure.

— Mon garde du corps possédait une clé, observa Constance, mais vous n'avez même pas eu l'idée de le fouiller.

Elle jouit un instant de la déconvenue qui se peignit sur leurs trois visages. Ils se mirent à parler en même temps, s'accusant l'un l'autre de leur bévue. Elle les observait avec un mépris croissant. Normands ou Saxons, les hommes étaient bien tous les mêmes, chacun jetant le blâme sur les autres, et toujours enclins à la bagarre.

— J'en ai une également, déclara-t-elle enfin tranquillement.

Osgood fut le premier à s'apercevoir qu'elle avait parlé. Il pointa vers elle un doigt accusateur.

— Qu'est-ce que vous avez dit ?

Elle releva la tête avec hauteur.

— J'ai dit que je possédais aussi une clé. C'est le seigneur de Coudray qui a fourni ce coffre. Mais croyez-vous que j'en aurais confié l'unique clé à quelqu'un dont j'ignorais tout ?

— Vous avez intérêt à ne pas nous raconter d'histoires ! la menaça Gerrod.

Pour toute réponse, Constance enfonça la main sous le col de sa tunique. Un cordon pendait entre ses seins, tissé dans une soie si fine qu'Osgood ne l'avait pas senti lorsqu'il l'avait fouillée. Peut-être aurait-il fini par la trouver, s'il n'avait posé les mains directement sur ses seins, découvrant ainsi son secret.

Elle agita le cordon devant leurs yeux, jouissant avec perversité de leur surprise, tandis qu'ils contemplaient les deux clés suspendues à l'extrémité, celle du coffre et celle de sa malle.

Aelric croisa son regard et elle lut dans ses yeux une indignation outragée, que tempérait un zeste d'humour. Il tendit la main, mais elle l'ignora et s'agenouilla près du coffre, insérant elle-même la bonne clé dans la serrure, avant de tourner. Puis elle poussa la boîte vers eux, sans même daigner jeter un regard à l'intérieur. L'héritage qu'elle tenait de Piteur ne revêtait aucune importance pour elle, et tous les joyaux du monde ne signifiaient rien en comparaison de la liberté.

Aelric lui jeta un coup d'œil qui la glaça, puis rabattit le couvercle. Osgood poussa un juron, tandis que Gerrod frappait le mur de son poing. Le visage d'Aelric demeura indéchiffrable.

— C'est une plaisanterie ? demanda-t-il d'un ton froid.

Croisant les bras, il la foudroya du regard.

— Je vous aurais crue plus soucieuse de votre sécurité, madame.

— Mais c'est tout ce que je possède ! s'écria-t-elle avec désespoir. N'est-ce pas assez pour vous ?

Comment cela pouvait-il sembler insuffisant à des hommes qui ne possédaient rien ?

— Vous pouvez tout prendre !

— Prendre quoi, grogna Gerrod, quand il n'y a rien ?

Aelric fit pivoter le coffre de sorte qu'elle puisse en voir le contenu. Elle regarda, incrédule, puis s'empara du coffre pour l'attirer vers elle, afin de s'assurer qu'elle ne rêvait pas. Hélas, il n'y avait pas d'erreur.

Il était vide.

— C'est un de vos bons tours ? vociféra Gerrod.

Constance inclina le coffre vers elle et le retourna, puis le retourna encore, l'examinant sur toutes les faces dans l'espoir de découvrir que ce n'était pas le bon. Mais non, il n'y avait pas eu substitution, la clé qui dépassait encore de la serrure était là pour en témoigner, ainsi que les initiales de son beau-frère, gravées dans le couvercle en chêne et sur le verrou de fer.

Elle leva les yeux. Debout autour d'elle, les trois hommes l'observaient d'un regard dépourvu d'aménité.

— Je ne comprends pas, murmura-t-elle.

— Vraiment ? fit Aelric d'un ton calme.

Il se campa devant elle, les lèvres serrées, plongeant un regard inquisiteur dans le sien.

Dire qu'un instant plus tôt, il s'apprêtait à l'embrasser, et qu'elle avait cru qu'un peu de l'ardeur d'antan s'était ranimée en lui ! À présent, il se tenait près des deux autres, prenant clairement leur parti.

Un frisson de peur la parcourut. Si Aelric lui-même ne la croyait pas, quel espoir lui restait-il de convaincre ses compagnons qu'elle ne les avait pas sciemment trompés ? Ses chances de liberté étaient en train de fondre comme neige au soleil.

— Non, je vous assure. Ce coffre aurait dû être plein.

Aelric inclina la tête de côté, d'un air aussi déçu qu'incrédule. Constance inspecta de nouveau l'intérieur, comme si cela pouvait faire réapparaître le contenu disparu.

Hélas, il demeura tragiquement vide.

— Enfin, pas exactement plein, corrigea-t-elle, mais il

devrait y avoir des bagues, une broche, un bracelet et une bourse remplie de pièces.

— Tout ça pour une seule femme ? ironisa Gerrod. Votre époux devait être très généreux, dites-moi !

Aelric rejeta la tête en arrière à ces mots.

— *Vous* me croyez, n'est-ce pas ? chuchota Constance, une note désespérée dans la voix. Je ne vous ai jamais menti !

— Je ne sais pas, répondit-il avec lenteur.

— Si vous dites vrai, où tout cela est-il passé ? demanda Osgood. Qu'en avez-vous fait ?

— Moi ?

Elle ne put retenir un éclat de rire. Aussi grave que soit la situation, s'entendre accuser d'avoir volé ses propres biens lui semblait par trop absurde.

— Pourquoi aurais-je fait cela ? Et quand ?

Sa voix monta d'un cran, plus aiguë à chaque question. Elle sentait son cœur battre douloureusement dans sa poitrine, propulsant un flot de sang dans ses veines.

— Avant notre attaque, supputa Osgood dans un grognement. Vous avez pu les laisser quelque part sur la route, avec l'intention de revenir les chercher plus tard.

— Pourquoi aurais-je fait cela ? Dans quel but ?

Se relevant, elle posa les mains sur les hanches et les foudroya tous du regard, sidérée par leur stupidité. Elle ne pouvait y croire !

— Et vous ? interpella-t-elle le nommé Osgood. Qu'est-ce qui me dit que vous n'avez pas trouvé l'autre clé sur le corps de Rollo et n'avez pas vidé le coffre avant de l'apporter ici ?

Il prit un air outragé et proféra un long chapelet d'obscénités, jetant l'anathème sur elle, sa parenté et tout ce qui lui vint à l'esprit. Elle laissa ses insultes se déverser sur elle sans réagir, les yeux rivés sur le coffre aussi désespérément vide que son cœur était dénué d'espoir.

— Ma liberté a plus de prix à mes yeux que n'importe quelle richesse, assura-t-elle, lorsqu'il se fut enfin tu. Je vous ai dit que je donnerais n'importe quoi en échange et je le pensais vraiment.

Elle entendit résonner la voix d'Aelric.

— Je la crois. Nos soupçons n'ont aucun sens. Elle ne savait pas que nous allions tendre une embuscade pour nous emparer de ses biens.

— Alors qui les a pris ? insista Osgood.

Constance souleva une fois de plus le couvercle, le front plissé.

— Il a raison. Où tout cela est-il passé ?

Aelric s'accroupit près d'elle.

— Dites-moi tout ce qui s'est passé pendant le trajet.

Constance ferma les yeux pour mieux se remémorer leur itinéraire. Le début du voyage lui semblait déjà si loin ! Elle avait l'impression qu'une éternité s'était écoulée au lieu des trois semaines qu'avait réellement duré leur expédition. Voyons…

Rollo lui avait apporté le coffre ainsi que les deux clés. Il l'avait regardée ranger ses possessions à l'intérieur et avait gardé l'une des clés sur lui. Au cas où elle perdrait la sienne, avait-il expliqué. Puis ils avaient pris la route avec les deux gardes, rejoignant en chemin d'autres voyageurs et retrouvant fréquemment les mêmes personnes dans les auberges ou les hôtelleries.

— Mes vêtements et mon linge, ainsi que toutes mes affaires, ont voyagé avec nous sur un chariot jusqu'à Stafford. Nous avons passé la nuit à Westune, chez William de Warenne. C'est là que nous avons rejoint le moine et changé de gardes. Rollo a insisté pour que nous laissions le chariot suivre à un rythme plus lent, sous la conduite de deux marchands qui devaient passer par Hamestan. Ensuite…

Elle s'interrompit en poussant un cri et se tourna vers Aelric.

— Ce soir-là, Rollo a rencontré quelqu'un de sa connaissance. Un serviteur qui voyageait avec son maître, Guy de Brançoise, du Shropshire. Je prenais plaisir à écouter le barde, mais Rollo m'a ordonné de monter dans ma chambre, en prétendant qu'il avait des affaires à traiter.

Elle fit la moue à ce souvenir.

— Je pense leur rencontre fortuite, mais il a dû vider le coffre et en confier le contenu à cet homme.

Aelric parut sceptique.

— Rollo était votre garde du corps, lui rappela-t-il. L'homme qui a ignoré vos supplications pour aller défendre le coffre contre Wulf. Pourquoi aurait-il fait cela, s'il le savait vide ?

Constance sentit ses certitudes s'effondrer. Elle avait été si sûre de détenir la réponse ! Elle tourna les yeux vers Aelric, dont le regard brillait d'intérêt, et, l'espace d'un instant, ils partagèrent la complicité de deux personnes passionnées par la résolution d'un mystère.

— Peut-être croyait-il avoir oublié quelque chose à l'intérieur ? supputa-t-elle. Le lendemain matin, il a piqué une colère, furieux que les marchands soient partis dès l'aube, avant qu'il ait eu le temps de leur parler de nouveau. Peut-être, dans la confusion de la mêlée, a-t-il oublié que le coffre était vide. Nous ne nous attendions certes pas à tomber dans une embuscade !

Aelric échangea un regard avec Osgood et Gerrod.

— Moi, je crois que si, rectifia-t-il. Ou du moins votre garde du corps savait-il que cette possibilité existait. Tout le monde, ici, était au courant de votre arrivée. Je ne crois pas que cela ait été un hasard. Coudray avait fait courir le bruit que Rollo escorterait un objet de grande valeur, et il n'était pas difficile de découvrir par quelle route vous alliez arriver.

— Alors c'est un coup monté de mon beau-frère, déclara-t-elle. C'est lui qui a ordonné à Rollo de retirer les bijoux. Il s'est servi de moi en guise de diversion, pendant que les objets de réelle valeur voyageaient séparément !

Elle serra les poings de colère, certaine à présent de détenir la vérité.

— Il a tout volé et m'a délibérément exposée au danger !

— À moins que ce n'ait été vous, l'objet de valeur ? ironisa Osgood.

— Je ne crois pas. Les bijoux lui sont plus utiles que ma personne, rétorqua-t-elle avec amertume.

D'un geste las, elle se frotta les paupières.

— À vous aussi, ils auraient été plus utiles, n'est-ce pas ?

Aelric ouvrit la bouche pour parler, puis la referma et détourna les yeux.

— Et moi, j'aurais préféré qu'on s'épargne tout ce tracas ! tonna Gerrod. D'abord, vous nous apprenez que Coudray se moque bien de votre vie, et maintenant, nous découvrons que vous ne possédez rien qui ait la moindre valeur.

Il lui lança un regard étincelant de haine avant de se tourner vers Aelric.

— Mon fils est mort pour rien, commenta-t-il d'un ton amer.

Les joues de Constance virèrent au cramoisi, tandis que l'image du malheureux garçon surgissait dans son esprit, avec celle des autres hommes qui avaient également perdu la vie. Le moine et le garde étaient-ils encore vivants dans la forêt, ou avaient-ils déjà rejoint les morts ?

Soudain, la colère l'emporta en elle sur la peur, lui donnant l'énergie qui lui avait manqué depuis sa capture.

Elle contourna le coffre, s'avançant d'un pas vers ses ravisseurs.

— Votre fils est mort parce que vous m'avez attaquée ! s'exclama-t-elle. Voilà la vérité !

Elle leva les bras, exaspérée, sans plus se soucier de l'effet que pouvaient produire ses paroles.

Le géant ouvrit la bouche pour répliquer, mais elle s'avança résolument vers lui en pointant un doigt accusateur devant son visage.

— Votre fils était un voleur. Vous êtes tous des voleurs ! Et des assassins. Rien de tout cela ne serait arrivé si vous viviez dans le respect de la loi. Il serait encore vivant et moi, je serais chez moi, à la maison !

Sa gorge se serra au mot « maison ». Non, elle ne retournait pas à la maison. Il n'y avait personne, là-bas, pour accueillir son arrivée avec plaisir. Personne pour la pleurer, si elle ne parvenait pas à bon port. Une fois de plus, elle songea au cloître avec envie. Sa force l'abandonna aussi soudainement qu'elle s'était emparée d'elle, et elle laissa retomber ses mains, se tenant en silence devant Gerrod, qui la dominait de toute sa taille. Il lui parut tout à coup bien plus grand et plus impressionnant qu'un instant plus tôt.

Du coin de l'œil, elle vit Aelric se placer devant Osgood pour l'empêcher de se ruer sur elle.

— Respecter la loi ? éructa Gerrod.

Il s'élança vers elle et elle leva les mains pour se protéger la tête, persuadée qu'il allait la frapper. Mais Gerrod, la bousculant au passage, assena un puissant coup de pied dans la fenêtre, faisant voler en éclats une partie des planches qui la masquaient. La lumière entra à flots par le trou et Constance cligna des paupières, aveuglée par cette clarté inattendue.

— Regardez ce que votre roi a ordonné de faire à notre pays ! Regardez l'œuvre de votre beau-frère ! Vivre dans le respect de la loi ? On ne nous en a pas laissé la possibilité. Les vôtres nous ont jetés dehors quand ils ont dévasté nos terres. Nous n'avons plus de maisons où retourner. Vos soldats y ont veillé.

La saisissant par l'épaule, il la fit pivoter et la força à s'agenouiller devant la fenêtre, repoussant ses cheveux en arrière pour l'obliger à regarder vers le soleil. Pendant des années, elle avait connu la violence au quotidien et s'était exercée à la supporter sans se plaindre, mais cela avait cessé avec la mort de Piteur. Or, voilà qu'elle se retrouvait de nouveau confrontée à la brutalité masculine et tout en elle se révoltait à la seule pensée d'en endurer davantage.

Elle respira à fond, buvant la lumière, sans savoir si son coup d'éclat ne venait pas de signer sa mort et si elle ne voyait pas le ciel pour la dernière fois. Cette émotion qui l'envahissait, était-ce de la panique ou du soulagement ?

La voix d'Aelric s'éleva derrière eux, furieuse.

— Assez, Gerrod !

La pression sur ses cheveux se relâcha d'un coup, si

brusquement que c'en fut presque douloureux. Avec un sanglot, elle s'affaissa, les bras tendus devant elle.

Des mains la relevèrent, plus secourables qu'agressives, cette fois. Un bras lui enlaça la taille, un autre le buste, tandis qu'une paume se posait sur son épaule, solide et ferme, l'obligeant à rester droite, alors que son corps ne tendait qu'à une chose, s'affaler sur le sol.

Elle ne tourna pas la tête pour voir de qui il s'agissait, certaine que c'était Aelric qui la tenait ainsi. Aucun des autres ne se serait soucié de son confort.

Ainsi que Gerrod l'avait ordonné, elle regarda par la fenêtre. Les larmes lui brouillaient la vue, floutant la vision d'un no man's land de terre aux ternes nuances de brun et de vert, de montagnes abruptes et d'une vaste étendue de plaine. À en juger par la hauteur des arbres, elle eut l'impression qu'ils se trouvaient à une certaine altitude, mais rien de plus précis.

Quelques instants plus tôt, elle aurait cherché des indices pour se repérer, mais quelle importance cela pouvait-il revêtir, désormais ?

Elle ne sortirait pas vivante de sa prison.

— Qu'est-ce que vous cherchez donc ? lui chuchota Aelric à l'oreille. Vous voulez vous suicider ?

Son corps était si proche, tandis qu'il l'étreignait ainsi, qu'elle sentait la chaleur qui en rayonnait. Son souffle furibond soulevait les petits cheveux de sa nuque et elle se surprit à souhaiter qu'ils n'aient pas été interrompus, un peu plus tôt. Si seulement elle avait réussi à l'embrasser ! Cela ne lui aurait peut-être pas garanti la liberté, mais, au moins, elle serait morte avec le souvenir de ses lèvres pressant les siennes une dernière fois.

— Faites ce qu'il vous plaira, sanglota-t-elle. Je ne m'en soucie plus, à présent.

S'essuyant les yeux avec la manche de sa tunique, elle leva le visage vers le ciel et ferma les yeux.

— Que voulez-vous dire ? s'enquit Aelric, suspicieux.

— Simplement que je ne veux plus vivre dans ce cauchemar.

Elle se mordit la lèvre si fort qu'elle sentit l'âcreté du sang qui coulait dans sa bouche.

— J'ai été frappée, ligotée et aveuglée, traînée dans la campagne et emprisonnée. Et tout cela pour quoi ? Pour un coffre vide et des morts qu'on aurait pu éviter !

Elle s'écarta d'Aelric, qui la laissa aller sans tenter de la retenir, les yeux rivés aux siens. Dans la lumière matinale, il semblait aussi pâle qu'un fantôme. Elle dévisagea tour à tour chacun de ses geôliers, tandis qu'elle suppliait, les mains levées dans un geste d'imploration.

— Toute ma famille a péri et mon beau-frère se moque bien que je vive ou que je meure. Tout le monde s'en moque ! Je ne sais pas où sont passés mon argent et mes bijoux et cela m'est complètement égal. Tuez-moi, violez-moi, ou libérez-moi. Mais au nom du ciel, quoi que vous décidiez, faites-le promptement et qu'on en finisse ! Je ne peux plus supporter cette attente.

Elle tomba à genoux, n'ayant plus la force de se tenir debout devant eux.

Des pas retentirent sur le plancher, puis la trappe se referma avec un claquement sec. Quand elle releva la tête, elle constata qu'elle se trouvait de nouveau seule. La tension qui habitait son corps se relâcha soudain et ses membres se mirent à trembler. Elle se dirigea en titubant vers le mince matelas de paille et s'y affala, couchée sur le côté, afin de faire face à la trappe. Le coffre vide se trouvait à portée de sa main. Elle l'attira vers elle et l'entoura de ses bras comme une petite fille qui se console avec sa poupée, redoutant les heures à venir…

Chapitre 8

Elle avait dû dormir, car, lorsqu'elle rouvrit les yeux, la lumière avait diminué d'intensité. Le coffre était tombé, échappant à son étreinte quand ses muscles s'étaient détendus dans le sommeil, mais elle était toujours couchée dans la même position. Le brusque relâchement de la tension qui l'habitait depuis le début de sa captivité l'avait précipitée dans une bienheureuse inconscience, et elle se sentait plus reposée qu'après la nuit précédente.

Elle se trouvait toujours face à la trappe lorsque celle-ci s'ouvrit, livrant passage à Aelric.

Elle se souleva sur un coude et le regarda en silence, tandis qu'il refermait le panneau de bois sans le moindre bruit, puis traversait la pièce pour venir s'accroupir près d'elle. Elle vit luire un éclair de métal dans sa main et craignit d'abord qu'il ne s'agisse d'un couteau. Était-il venu lui trancher la gorge ? Il lui tendit l'objet et elle découvrit alors qu'il s'agissait d'un gobelet. Fouillant dans sa manche, il en sortit une tranche de pain, qu'il posa sur le sol, à côté d'elle.

Elle considéra un instant la nourriture avec méfiance.

— Puisque vous me nourrissez, dois-je en conclure que vous allez me laisser vivre encore un peu de temps ? À moins que ceci — elle leva la timbale — ne soit l'instrument de mon exécution ?

Aelric mâcha un sourd juron et frappa le plancher de son poing.

— On ne plaisante pas sur un sujet pareil ! C'est du vin, voilà tout.

Reprenant le gobelet, il avala une lampée et s'essuya les lèvres avant de le lui rendre.

— À quoi pensiez-vous en vous comportant comme vous l'avez fait ? s'enquit-il avec acrimonie. Que croyiez-vous gagner en provoquant ainsi leur colère ?

— J'aurais dû rester gentiment là, à les laisser m'accuser d'avoir dérobé mes propres biens, c'est cela ?

— Oui ! À moins de chercher le bâton pour vous faire battre !

Elle lui lança un regard fulminant mais se tut.

— Étiez-vous sérieuse en affirmant que vous souhaitiez qu'on vous tue ? poursuivit-il, toujours furibond. Parce que vous ne vous doutez pas à quel point vous avez frôlé la mort, aujourd'hui !

Elle se redressa, les genoux ramenés contre la poitrine. Elle ne s'attendait pas à une telle rudesse de sa part ! Saisissant la timbale, elle but lentement, à petites gorgées.

— Je le pensais vraiment, déclara-t-elle ensuite posément.

Aelric grimaça, les sourcils froncés. Il s'assit près d'elle, les coudes sur les genoux.

— Pourquoi ?

Il semblait plus calme, à présent. Intéressé par ce qu'elle pourrait lui dire.

— Votre vie a-t-elle si peu de prix à vos yeux que vous ayez été prête à y renoncer ainsi ?

— J'étais prête à mourir plutôt qu'à rester prisonnière pour toujours, lui assura-t-elle froidement.

Plissant les yeux, elle lui lança un regard de défi.

— Vous-même, ne m'avez-vous pas dit un jour que vous préféreriez la mort à une vie d'esclavage ?

Il la dévisagea, dédaigneux.

— Vous n'avez jamais été une esclave, que je sache !

— J'ai été une épouse. Où est la différence ?

Se recroquevillant un peu plus, elle ferma les yeux, revivant des nuits qu'elle avait espéré bannir à jamais de sa mémoire. Lorsqu'elle rouvrit les paupières, Aelric l'observait, avec une expression qui la glaça jusqu'aux os.

— Je n'ai pas de maison, reprit-elle. Je suis aussi exilée que vous, sauf que vous, au moins, vous avez des compagnons.

Elle exhala un soupir avant d'ajouter :

— Jusqu'ici, je n'avais pas eu le courage d'admettre que vous aviez raison.

— J'ai peut-être eu tort de vous dire cela. Vous le pensez toujours ?

Les lèvres de Constance se mirent à trembler.

— Je ne sais pas, chuchota-t-elle. On m'a fait escorter à Hamestan contre mon gré. Je ne voulais pas venir ici et je ne veux pas y rester. Je déteste subir un choix qui n'est pas le mien.

L'ironie de sa situation la frappa soudain et des larmes lui picotèrent les yeux. Elle les essuya en les frottant de ses paumes.

Aelric se rapprocha d'elle.

— Quand vous nous avez enjoints de vous tuer…

Il baissa les yeux vers ses propres mains, avant de les relever vers elle.

— Vous avez dit aussi « violer ». Est-ce ce que vous craignez de nous ? C'est l'image que vous vous faites des Saxons ?

— C'est l'image que je me fais de tous les hommes, si vous voulez le savoir !

Elle porta les mains à sa nuque, là où le col de sa tunique dissimulait ses cicatrices, et crut sentir encore les doigts de Piteur s'enfoncer dans sa chair.

— Votre ami Osgood, par exemple ! Si on lui en laisse l'occasion, il aura tôt fait de me coucher sur le dos, avant que j'aie le temps de battre un cil. Ou de me faire agenouiller devant lui !

Visiblement choqué par la crudité du propos, Aelric rejeta la tête en arrière avec une exclamation qui la surprit. Peut-être ne demandait-il jamais aux femmes ce que son mari l'avait forcée à faire ? Ou était-ce de l'imaginer, elle, en train de se livrer à ces actes, qui le répugnait ainsi ?

Elle venait d'évoquer Osgood. Mais le désir qu'elle avait lu dans les yeux de ce dernier s'était reflété dans ceux d'Aelric, tout aussi visible. Pour la première fois, elle se demanda combien de femmes il avait eues dans sa vie depuis qu'ils s'étaient séparés, et un élancement de jalousie la saisit par surprise.

— Osgood ne vous touchera pas, déclara-t-il d'un ton ferme.

Il posa une main sur son bras, qu'il pressa doucement.

— Personne ne vous touchera.

Sa détermination fut un baume pour elle. Prenant une profonde inspiration, elle s'inclina vers lui. C'était peut-être la seule chance qui lui serait jamais offerte, et nul ne viendrait sans doute les interrompre, cette fois-ci. Aelric n'avait pas fait de bruit en refermant la trappe et ses gestes silencieux laissaient à penser qu'il ne voulait pas qu'on le sache auprès d'elle.

Le soleil commençait déjà à se coucher, faisant virer à l'orange la lumière qui filtrait par les planches brisées. Constance examina son compagnon. La lueur du crépuscule allumait des paillettes d'or dans ses cheveux blonds et sa barbe hirsute, accentuant le bleu intense de ses prunelles. Des rides marquaient son visage et des ombres entouraient ses yeux au regard méfiant, mais ses pommettes, qui semblaient jadis trop anguleuses, s'harmonisaient aujourd'hui avec le reste de ses traits. Durant le pugilat de la veille, le col de sa tunique avait été déchiré très bas d'un coup de lame et Constance brûlait d'effleurer la toison légère qu'elle apercevait dans le V de l'encolure.

— Pourquoi êtes-vous venu ? chuchota-t-elle.

— Pour vous apporter à manger avant que l'un des autres ne revienne.

— C'est tout ?

Il l'enveloppa d'un regard interrogateur.

— Vous attendez autre chose de moi ?

Elle bascula sur les genoux pour lui faire face. Elle aurait préféré qu'aucun homme ne la touche. La seule pensée de faire à nouveau ce que son mari lui avait imposé lui retournait l'estomac, mais tout autre espoir de regagner sa liberté avait bel et bien disparu. Si elle devait recommencer, mieux valait que ce soit avec Aelric, qu'elle avait aimé autrefois et dont le contact ne lui était pas totalement étranger.

Elle leva la main, la posa sur son torse et sentit ses muscles se tendre sous ses doigts tremblants.

— N'y a-t-il donc rien que je puisse vous offrir ?

Le cœur d'Aelric cognait sous sa paume et un désir farouche se peignait sur son visage, mais il demeurait aussi figé qu'une statue.

— Qu'essayez-vous de faire ?

Sa voix était indéniablement soupçonneuse. Constance se rétracta intérieurement et avala sa salive.

— Je vous offre ce que je sais fort bien que vous désirez. Ce que tous les hommes désirent.

L'expression d'Aelric s'assombrit. Il se releva d'un bond, croisant les bras en un geste défensif.

— Et qu'attendez-vous en échange ?

— Rien, mentit-elle.

Elle se leva à son tour pour lui faire face, le regard plongé dans le sien.

— Je suis seule, effrayée, et je mourrai peut-être demain. Pourquoi ne prendrions-nous pas du plaisir dans les bras l'un de l'autre ?

Il se détourna et elle eut l'impression que son cœur sombrait dans sa poitrine. Elle s'y prenait mal, de toute évidence. Ou alors elle s'était trompée, il n'était pas intéressé. Elle ne possédait aucune expérience en matière de séduction, son mari ne s'étant jamais soucié de tels préliminaires. Il lui donnait seulement des instructions, la main ou la cravache toujours levée, au cas où elle n'aurait pas obéi assez vite.

Elle tenta de se remémorer ce qu'elle avait ressenti avec Aelric sept ans plus tôt — comment ils étaient passés des baisers furtifs à une frénésie incontrôlable, mais les souvenirs ou les sensations se refusèrent et elle ne put continuer.

— J'avais cru que vous me désiriez, murmura-t-elle, ne sachant plus que dire.

Sa voix se brisa sur ces mots. Elle émit un son qui commença par un soupir de désespoir et s'acheva presque en sanglot d'humiliation.

— Je me suis trompée... Excusez-moi.

Il fit volte-face. Elle baissa la tête, laissant ses cheveux retomber sur son visage pour dissimuler son embarras. Elle sentit alors les doigts d'Aelric toucher ses boucles, puis les rejeter derrière ses oreilles. Il lui releva doucement le menton. Son regard brûlait, assombri de désir.

— Nous nous aimions autrefois, non ? demanda-t-elle dans un chuchotement.

Un demi-sourire effleura les lèvres d'Aelric.

— Vous croyez ? Que savions-nous l'un de l'autre, en ce temps-là ? Nous étions à peine plus que des enfants qui s'éveillent tout juste aux besoins de leur corps.

Elle secoua la tête. Pour elle, cela avait bien été de l'amour. Elle s'était donnée à lui éperdument, sans souci des conséquences, et l'entendre ramener leur histoire à rien de plus qu'une expérience des plus communes lui fendit le cœur.

Ravalant son chagrin, elle revint à l'exécution de son plan.

— Que désire votre cœur, à présent ? Que demande votre corps ?

De nouveau, elle tendit la main vers lui pour frôler sa poitrine, les doigts écartés. Elle l'entendit reprendre sa respiration et vit une artère battre follement dans son cou. Il tâtonna pour lui enlacer la taille, l'attirant jusqu'à ce qu'ils se retrouvent face à face, puis sa bouche esquissa une grimace qui pouvait exprimer la passion aussi bien que la haine.

— Je vous désire, c'est vrai, admit-il d'une voix rauque. Mais cela ne peut que mal finir.

Elle perçut dans sa voix une note qu'elle n'avait jamais

entendue autrefois, et qui exprimait l'urgence autant que la conscience du danger.

Parfait. Elle le tenait.

— Il y a bien des années, j'ai risqué la honte et la ruine pour être à votre côté, reprit-elle, poussant son avantage. Et vous ? Que risqueriez-vous à être avec moi aujourd'hui ? À moins que le nommé Caddoc ne soit devenu trop lâche ?

Elle n'avait pas achevé ces mots que la bouche d'Aelric s'emparait de la sienne.

Il avait encore des réticences, certes, mais dès l'instant où leurs bouches se touchèrent, Caddoc sentit le feu de la passion embraser tout son corps. Le faible cri de surprise que poussa Constance ne fit qu'accroître son excitation. Enfonçant les doigts dans le rideau de ses cheveux soyeux, les entrelaçant à ses boucles pour qu'elle n'ait pas la tentation de se dérober, il pressa les paumes contre ses tempes.

Des souvenirs enfouis depuis des années fusèrent soudain dans son esprit. Constance timide et souriante, rougissant dans la pénombre de la grange, tandis qu'elle guidait ses mains autour de sa taille. Lui-même tremblant du désir de ces ultimes plaisirs qu'elle lui avait promis et qu'à présent, elle lui offrait de nouveau de son plein gré.

Ils se tenaient agenouillés sur le plancher nu, tout près du matelas de paille. Aelric jeta un coup d'œil vers la trappe, s'assurant qu'il l'avait bien refermée derrière lui. À l'étage inférieur de la tour, ses compagnons devaient se reposer ou bavarder. Personne ne l'avait vu monter. Rien ne les obligeait à s'en tenir à un simple baiser. Leurs yeux se rencontrèrent et il éprouva l'étrange impression qu'ils se préparaient à un combat.

Fermant les paupières, il lâcha les rênes à son imagination, laissant libre cours à ce désir qu'il avait tâché d'ignorer depuis le premier instant où il avait reconnu Constance dans la forêt. Il le pensait vraiment, lorsqu'il avait affirmé à Osgood que personne n'userait d'elle pour son plaisir. Lui-même ne l'aurait jamais touchée si elle n'avait pas insisté ainsi, et maintenant qu'il avait commencé, il ne pouvait plus s'arrêter.

La pression montait en lui, exigeant satisfaction d'une façon ou d'une autre, et la perspective d'une femme délicieusement consentante achevait d'affaiblir ses résolutions, surtout quand il la tenait ainsi dans ses bras. C'était si incroyable qu'elle veuille encore de lui après si longtemps ! Cela dit, elle était veuve, et l'amour physique devait lui manquer. Alors pourquoi pas ?

— Est-ce vraiment ce que vous voulez ? chuchota-t-il, ses lèvres frôlant les siennes. Si c'est non, arrêtez-moi tout de suite, car je ne vous le demanderai pas une deuxième fois !

Elle le regarda, les yeux mi-clos.

— Je ne veux pas que vous vous arrêtiez.

Une note d'urgence vibrait dans sa voix et il sentit son souffle chaud contre sa joue. C'était la réponse qu'il espérait. Emporté par son besoin de la posséder, il se pressa farouchement contre elle, le sexe érigé, tandis qu'elle se haussait vers lui en l'agrippant par la taille. Soulevant sa tunique, elle glissa les mains sous l'étoffe et ses ongles effilés éraflèrent les muscles de son torse, lui arrachant un long frisson de volupté.

Il serra les dents. Son corps brûlait, envahi d'un désir aussi ardent qu'un accès de fièvre. Il était resté trop longtemps sans compagne et son désir atteignait une telle intensité qu'il en devenait presque douloureux.

Haletant, il s'empara de nouveau de la bouche offerte, forçant cette fois les lèvres roses à s'écarter dans un baiser dur et exigeant. Il ne rencontra pas de résistance et leurs langues s'enlacèrent avec ardeur.

Ce baiser-là ne ressemblait à aucun de ceux qu'il avait connus. Rude, affamé, déstabilisant, plus semblable à une lutte qu'à une démonstration de tendresse, mais sa saveur le rendit littéralement fou. Si cette intimité qui venait de leur échoir était un combat, eh bien, Constance était la seule adversaire qu'il désirait et il était bien décidé à remporter la victoire.

Certain à présent qu'elle ne bougerait pas, il retira les mains de ses cheveux et enlaça sa taille mince. Elle remua les hanches, se contorsionnant pour se libérer des culottes d'homme qu'elle portait et le frôlant au passage avec une sensualité à lui couper le souffle. Enflammé par des mois de frustration, il ne se sentit pas capable d'attendre plus longtemps. Les doigts de nouveau enfouis dans la chevelure brune qui cascadait dans le dos de Constance, il l'attira vers lui. Tous deux glissèrent sur le matelas de paille et elle écarta les jambes, tandis qu'il se positionnait entre ses cuisses.

Il promena ses lèvres sur sa gorge et elle gémit doucement, les mains sous sa tunique pour le caresser à même la peau. Mais il se raidit au contact de ses doigts. La première femme avec qui il avait voulu coucher, après sa flagellation, avait crié de dégoût en découvrant son dos mutilé et refusé de faire l'amour avec lui. La seule pensée de Constance le touchant lui fut insupportable.

— Pas là ! la rabroua-t-il.

Sans un mot, elle remonta les mains pour lui enlacer la nuque, frôlant l'une des cicatrices qui lui avait été infligées en ce terrible jour de son supplice. Elle était la seule femme à pouvoir comparer son corps d'avant et celui d'après les mutilations. Il grimaça. La répulsion qu'il s'inspirait à lui-même menaça de le submerger, anéantissant son ardeur.

Redoutant une déroute complète, il lui saisit les poignets et éloigna fermement ses mains de son corps pour les reposer contre ses flancs. Quand il la lâcha, elle demeura immobile.

D'un geste fébrile, il se débarrassa de ses braies, puis retroussa la courte tunique de Constance au-dessus de sa taille. Il observa une pause pour effleurer de la paume le doux renflement de son ventre, tandis qu'elle tremblait sous sa caresse.

— Faites-le ! ordonna-t-elle.

Tout en parlant, elle tourna la tête sur le côté, le regard dur. Il n'y avait pas trace de tendresse dans ses yeux, non plus que dans sa voix. La prudence conseillait à Caddoc de s'interrompre, en dépit des objurgations de Constance, mais il était allé trop loin pour écouter la raison.

Sans un mot, il entra délicatement en elle. Elle fit entendre une légère exclamation et son corps se tendit, soudain rigide. Le regard fixé droit devant elle sur quelque point lointain, elle se mordait la lèvre inférieure.

Il se souleva sur les coudes et pencha la tête vers elle pour l'embrasser, mais elle demeurait passive sous lui, les mains exactement là où il les avait reposées un instant plus tôt.

Ce fut fini avant même qu'il ne s'en rende compte. Le corps traversé par les rapides frissons qui suivent toujours l'amour, il s'effondra sur elle. Il leva la main vers sa joue pour la caresser, mais la retira bien vite.

Caresse… Le mot était trop inadéquat pour décrire ce qui venait de se passer entre eux, surtout s'il comparait cet accouplement sans joie avec les tendres et innocents baisers de jadis. À cette époque, leurs caresses méritaient d'être appelées ainsi. Si douces, si excitantes — promettant un avenir d'amour.

Mais ceci… C'était bien l'acte le plus vide qu'il ait jamais accompli de sa vie !

Constance frissonna et tourna de nouveau la tête vers lui, mais sans le voir, le regard fixé au loin, sur il ne savait quoi. Aucune tendresse dans ce qu'ils venaient de faire ce soir, juste de la bestialité, de la colère et de la frustration.

Le dégoût déferla en lui — dégoût de lui-même, mais aussi d'eux deux.

Se laissant rouler sur le flanc, il remonta ses braies avant de s'asseoir. Près de lui, Constance demeurait silencieuse et ne semblait même pas s'apercevoir de sa présence. Il ne savait pas ce qu'elle avait espéré de leurs ébats, mais quoi que ce fût, elle ne semblait guère avoir atteint son but, à en juger par son expression.

— C'est ce que vous vouliez ? l'interrogea-t-il d'un ton plus acerbe qu'il ne l'aurait voulu.

Elle esquissa une moue déçue.

— Je n'ai pas su vous plaire ?

Il secoua la tête, incrédule. Comment pouvait-elle imaginer un seul instant qu'il ait pu apprécier un acte aussi désespérément froid ? De toute évidence, elle n'en avait pas tiré non plus la moindre satisfaction. Quels qu'aient été ses motifs, ils n'avaient rien à voir avec lui.

Elle se laissa rouler sur le côté avec un léger soupir, lui tournant le dos. Sa tunique remonta sur ses jambes, dévoilant ses cuisses rondes. En temps ordinaire, un tel spectacle aurait suffi à l'exciter, surtout quand la femme en question était couchée dans son lit. Mais en la circonstance, il se sentait aussi peu ému que s'il avait contemplé une statue.

— Pourquoi avons-nous fait cela ? marmonna-t-il.

Constance se redressa sur son séant, tirant sa tunique sur ses genoux pour rétablir un semblant de pudeur dans sa tenue. Scrupule bien inutile après ce qu'ils venaient de faire ! songea Caddoc non sans ironie.

— Je vous l'ai déjà dit, répondit-elle en triturant l'ourlet de son vêtement.

— Vous avez menti. Vous disiez que nous devrions prendre du plaisir ensemble, mais j'ai côtoyé des catins galloises avinées qui manifestaient plus de plaisir que vous !

Elle se redressa d'un geste brusque, la main déjà levée pour le frapper, puis elle hésita. Il souhaitait presque qu'elle accomplisse le geste, mais elle baissa le bras et ne répondit pas, se mordant de nouveau les lèvres.

— Alors, c'est à cela que vous avez passé les sept dernières années ?

— Ce que j'ai fait et avec qui ne vous regarde en rien, la rabroua-t-il.

Il y avait eu des femmes, bien sûr, mais pas tant que cela. Et même avec celles qu'il payait pour se satisfaire, l'acte ne lui avait jamais semblé aussi creux que celui qu'ils venaient d'accomplir dans ce grenier.

— J'espérais vous plaire. J'espérais qu'il restait encore en vous un peu de ce que vous ressentiez jadis pour moi.

Il s'agenouilla devant elle et la saisit par les épaules.

— Pourquoi vous préoccupez-vous de cela ? Il y a des années que nous ne nous sommes vus et vous auriez le droit de me haïr, après ce que je vous ai fait subir depuis nos retrouvailles. Que suis-je pour vous, désormais ?

Elle le fixait d'un regard dur, où l'on aurait cherché en vain la moindre nuance de tendresse. Ce qu'il était pour elle ? Il commençait à le comprendre, ou du moins à saisir ce qu'il représentait à ses yeux, et la nausée lui tordit l'estomac.

— J'espérais que si je vous donnais du plaisir, vous vous montreriez plus gentil avec moi.

— Pensiez-vous vraiment pouvoir acheter votre liberté de cette manière ? s'enquit-il, peu désireux, au fond, d'entendre la réponse. En vous accouplant avec moi comme un animal ?

Venue de nulle part, la gifle claqua sur sa joue avec une force à laquelle il ne s'attendait guère. Habitué à réagir prestement, il saisit au vol le poignet de Constance et l'enserra en une étreinte d'acier, tandis qu'elle tentait en vain de se dégager. Au moins, son pouls battait-il beaucoup plus vite que tout à l'heure, quand il s'apprêtait à coucher avec elle. Cette fois, elle éprouvait une émotion sincère !

— Ne refaites plus jamais ça ! grogna-t-il, menaçant.

Il la lâcha et elle laissa retomber sa main dans son giron.

— C'est vraiment pour cela que vous avez fait l'amour avec moi ? Dites-moi la vérité !

Elle était aussi pâle qu'un fantôme, ses yeux noirs encore assombris par la pénombre qui les environnait, soutenant son regard avec une franchise qui lui avait fait défaut jusqu'à cet instant.

Le cœur serré, il songea que cette attitude la rendait infiniment plus belle que tous les sourires en coin et les timides œillades dont elle avait fait usage pour l'appâter.

— Et alors ? fit-elle froidement. Je n'ai pas d'autre moyen de l'acheter et on ne m'a pas laissé d'armes pour me battre. Si cela me ravale au rang de l'une de vos prostituées, eh bien, qu'il en soit ainsi.

Il éructa une obscénité en gallois et elle tressaillit, baissant la tête. Une larme s'écrasa sur sa tunique et il regretta ses paroles.

Le grenier devenait étouffant et ses murs l'oppressaient. Lentement, il se releva. Puis, sans un regard derrière lui, il marcha jusqu'à la trappe, qu'il ouvrit d'un geste brusque.

Constance n'esquissant pas le moindre geste pour le retenir, il se glissa dans l'ouverture et descendit les degrés, après avoir refermé le panneau de bois.

Chapitre 9

La pièce du dessous commençait à se remplir, au fur et à mesure que les gens rentraient pour la nuit. Gerrod et sa femme se tenaient assis dans un coin en silence, enlacés, tête contre tête. Une femme plus jeune, sa fille calée sur la hanche, s'occupait de la marmite placée sur le feu.

Caddoc n'avait guère envie de compagnie après ce qui venait de se passer, mais il avait besoin de distraction pour oublier la colère qui bouillonnait en lui. Il trouva ce qu'il cherchait et enfonça le paquet enveloppé d'étoffe sous son bras.

Ulf était revenu de Hamestan et jouait aux osselets avec Osgood. Des baguettes à encoches s'empilaient devant eux et ils semblaient absorbés dans un jeu qui risquait de se prolonger tard dans la nuit. Ulf rencontra son regard et lui adressa un demi-sourire méfiant. Caddoc indiqua la porte d'un signe de tête, invitant son ami à le suivre. Puis il se dirigea vers la sortie en rasant le mur, toujours dans l'ombre, et quitta le bâtiment.

Les étoiles commençaient à apparaître dans un ciel qui promettait d'être clair. Une demi-lune éclairait la plaine de sa faible lueur et un froid de canard régnait sur les lieux. Caddoc se dirigea à tâtons vers le bord de l'éperon rocheux et s'assit, tournant le dos à la tour.

En attendant qu'Ulf le rejoigne, il déballa le *crouth* qu'il avait apporté et contempla l'instrument d'un regard absent, traçant des cercles du bout du doigt sur la structure en bois. Puis il posa l'archet près de lui, sur l'étui en cuir, et pinça une corde, dont le son lui parut discordant dans le silence de la nuit.

Ses doigts trouvèrent aisément leur position et il joua la première partie de l'accompagnement d'une mélodie qui lui était chère.

Hélas, la musique, ce soir, ne lui apportait aucun réconfort. Il avait beau caresser l'instrument avec amour, son inspiration semblait l'avoir déserté pour la première fois de sa vie.

Même s'il ne pouvait en rejeter le blâme sur elle, c'était bien ce qui s'était passé avec Constance qui en était la cause. Il lui était déjà arrivé de coucher avec des femmes qui avaient tenté, par le sexe, d'obtenir un avantage ou un autre — en général une bagatelle comme un joli ruban —, mais jamais de la façon dont Constance s'y était prise.

Son regard. C'était ce qui l'avait glacé plus que tout le reste. La façon dont elle s'était littéralement absentée quand il avait commencé à la toucher, comme réfugiée dans un monde auquel il n'avait pas accès. Il ne pouvait oublier l'absence totale d'émotion sur son visage. Ce qu'elle lui avait donné ne faisait pas partie d'elle, c'était quelque chose de séparé, sans contact avec elle.

Et tout le temps, elle avait gardé les yeux ouverts, avec ce regard sec et atone.

Il gémit de frustration à ce souvenir.

Enfin, Ulf émergea de la pénombre et vint s'asseoir près de lui.

— C'est bon de te revoir sain et sauf, lui dit Caddoc. Quelles sont les nouvelles de Hamestan ? Coudray sait-il que sa belle-sœur a été enlevée ?

— Je le pense, bien que je ne l'aie pas vu en personne. Le frère de Rollo attendait ce dernier à l'auberge, en pestant contre son retard.

Ulf se racla la gorge et cracha par-dessus le bord du promontoire.

— Osgood m'a dit que vous n'aviez pas trouvé de trésor. L'objet précieux, c'était donc la fille, en fin de compte ?

Caddoc se tut un instant, songeur. Il essayait d'ajuster les éléments épars de l'énigme. Le coffre vide, le garde du corps se ruant pour le défendre. Et Constance elle-même. Quelque chose n'allait pas dans cette histoire et cela le tracassait.

— Non, ce n'était pas elle. Je crois qu'elle n'était qu'une diversion, comme si Robert n'était que trop content de la sacrifier pendant qu'il faisait convoyer le trésor par un autre chemin.

— Que vas-tu faire d'elle, à présent ? Gerrod ne demande pas mieux que de lui trancher la gorge et Osgood pense que nous devrions la vendre à un bordel. Imagine quel prix une femme de haute naissance comme elle pourrait atteindre ! Nous pourrions tous en vivre une année entière comme des rois !

Caddoc lui imposa silence d'un chut impérieux, révolté à la seule pensée de Constance subissant de telles indignités. Même si aucun devoir de protection ne le liait à elle, il ne pourrait jamais la condamner à une telle existence. Il préférait la tuer !

— Je pense à quelque chose, murmura-t-il.

Mais comment s'y prendre, et quand ? Gerrod et Osgood ne pourraient être éternellement dissuadés et c'était déjà un miracle qu'ils aient réussi à tenir la présence de Constance secrète.

Quant aux femmes du camp, elles seraient ravies d'accueillir une esclave qui leur faciliterait la vie, mais il doutait qu'une Normande habituée à être choyée survive longtemps à un tel labeur.

Il laissa son regard errer par-dessus le bord de la crête, en direction de Hamestan, se concentrant sur les ombres qui noyaient le lointain. S'il se retournait, son attention ne manquerait pas d'être attirée par la fenêtre au sommet de la tour, et il ne voulait pas penser à Constance. En cet instant, elle aurait dû être étendue sur le lit, réchauffée par les derniers rayons de l'amour et la chaleur de son corps à lui, au lieu de pleurer toute seule dans le noir. Et il aurait dû être lui-même enveloppé dans ses bras, et non assis dans le froid, sur une roche nue.

Il serra les poings, presque tenté de retourner au grenier pour lui montrer ce que c'était que de partager une nuit d'amour avec lui, mais la froideur qu'il avait lue sur son visage et ses paroles acerbes le retinrent. En se donnant à lui, ce n'était pas au plaisir ni au réconfort de ses bras qu'elle avait songé, seulement à ce qu'elle pouvait acheter avec son corps.

— Dès que j'ai lu ça sur ta figure, j'ai su que c'était une mauvaise idée de l'amener ici, marmonna Ulf sombrement.

— Lu quoi ?

— Ce que je vois dans tes yeux en ce moment même. Je sais aussi qui elle est, même s'il m'a fallu plus de temps qu'à toi pour la reconnaître. Je n'ai jamais compris ce que tu pouvais trouver à une boiteuse comme elle. L'une de *ces gens-là*, en plus. Elle était déjà bizarre, toujours seule et observant ce qui l'entourait. Une silencieuse.

— C'est peut-être ce qui m'a plu, répondit Caddoc.

Il avait rêvé d'elle et l'avait désirée pendant plus d'années qu'il ne pouvait s'en souvenir, mais l'adolescente candide et timide dont le visage avait hanté ses nuits ne ressemblait en rien à la femme au regard dur, prête à marchander et vendre son corps avec une telle froideur.

Que s'était-il passé, en sept ans, pour la métamorphoser à ce point ?

Ulf haussa les épaules, secoué par une nouvelle quinte de toux. Cet hiver froid n'avait pas été clément pour lui et il prenait de l'âge.

— Je sais pourquoi tu n'arrives pas à te décider. Je n'ignore pas ce qu'elle a fait pour toi autrefois.

— Tu as assisté à l'exécution ?

Cela le surprenait beaucoup. Il n'avait pas revu Ulf jusqu'à son troisième retour dans le Cheshire, deux ans après son exil, et ils n'avaient jamais évoqué ce qui s'était passé ce jour-là.

— Tu t'imagines que je t'aurais laissé accomplir une telle folie, si j'avais été présent ? se récria Ulf, indigné. Ton père serait revenu me tirer par les pieds pour l'éternité ! C'est par la suite que j'ai eu vent de ce que tu avais fait. Pendant des semaines, on n'a parlé que de ça dans le Cheshire.

Caddoc enfonça ses talons dans le sol.

— Mon père aurait honte de ce que je suis devenu. C'était un guerrier. Je n'ai pas fait grand-chose pour venger ma famille et je ne suis guère plus près d'y parvenir. Je pensais que cette histoire me donnerait peut-être une chance.

— Ton père t'aimait et voulait que tu en réchappes. Tu lui rappelais ta mère — il trouvait que tu lui ressemblais beaucoup plus que tes frères.

Caddoc sentit sa gorge se serrer. Sa mère, qui n'avait jamais perdu l'accent chantant de sa langue d'enfance, avait été gentille mais maladive, avec des cheveux d'un roux clair dont la nuance se retrouvait en partie chez lui. Sa mort, survenue l'année de l'invasion, n'avait été une surprise pour personne. Il avait aussi hérité d'elle son goût pour la musique.

Il remballa son *crouth* dans son étui et referma les bras autour de l'instrument d'un geste protecteur.

Nerveux, il imagina l'avenir qui s'étendait devant lui, un avenir toujours semblable, accompagné de son lot de défaites et d'amertume, de faim et de froid. Ou bien, il pouvait retourner au pays de Galles quémander la protection d'Emrys, et finir ses jours en exil. Coudray serait toujours vivant, détenteur des terres qui auraient dû leur appartenir, à ses frères et lui. Hamestan resterait à jamais sous le joug de son ennemi et Constance…

Que ferait-elle ? Entrerait-elle au couvent, ainsi qu'elle l'avait évoqué, ou se remarierait-elle ? À moins qu'elle ne fasse ni l'un ni l'autre et continue à vivre sous la protection du Porc.

— Puisque tu sais ce qui s'est passé, tu sais aussi pourquoi je ne peux pas leur permettre de la tuer. Je dois la vie à cette femme. J'ai une dette envers elle.

— Il va falloir que tu prennes rapidement une décision.

— Est-ce à moi de le faire ? Je ne suis pas le chef, ici. Je n'ai jamais eu l'intention d'en être un. Mon père avait trois autres fils pour le suivre dans la bataille, et ils sont morts avec lui.

— Alors, laisse-les agir comme ils l'entendent avec la fille. Elle ne peut rien signifier pour toi, après tout ce temps, et tu n'es sans doute rien pour elle.

Caddoc secoua la tête, repoussant les mèches qui lui tombaient dans les yeux. Ulf avait raison, il n'y avait aucune place pour la tendresse dans ce qu'il lui restait à faire. Laisser croître le restant d'amour que Constance avait cherché à réveiller en lui se révélerait mortel.

Sa détermination s'accrut d'autant. Il ferait payer Coudray pour ses crimes et ne laisserait pas son ancien sentiment pour Constance lui barrer le chemin. Si elle ne pouvait pas lui être utile, alors elle ne valait pas qu'il lui accorde la moindre importance.

— J'attendrai le jour, décida-t-il. Ensuite, je ferai ce que j'ai à faire.

Le petit matin apporta un froid pénétrant et une promesse de neige. Constance s'éveilla aux premières lueurs de l'aube et demeura étendue, blottie sous la mince couverture, le coffre désormais inutile près d'elle. Elle serra les paupières, essayant d'oublier le jour, occupée à revivre encore et encore les événements de la veille au soir, en se demandant comment tout avait pu déraper à ce point.

Après qu'Aelric l'eut quittée, elle s'était, pour la première fois depuis sa capture, laissée aller au désespoir le plus total. Elle avait pleuré toutes les larmes de son corps, songeant à l'homme dans les bras duquel elle s'était jetée, qu'elle avait autrefois aimé, et qui venait de la regarder avec un tel mépris.

Ce matin-là, la tête lui tournait, et la confusion la plus totale régnait dans ses idées. Un lit convenable semblait appartenir au domaine du rêve, de la nourriture chaude une impossibilité et la liberté moins encore à sa portée.

Elle souffrait de courbatures après avoir dormi sur cette

mince paillasse, mais à cela s'ajoutait l'inconfort qu'elle ressentait à l'intérieur de son corps. Elle avait déjà enduré de pires humiliations et de plus grandes souffrances, mais cette meurtrissure intime qu'elle n'avait plus connue depuis la mort de Piteur lui rappelait désagréablement son échec à se concilier Aelric.

Oh ! il l'avait désirée, de cela elle était sûre, il l'avait admis lui-même. Alors, pourquoi avait-il semblé si furibond, avant même de découvrir les raisons qui l'avaient poussée à le séduire ?

D'abord, il s'était montré farouchement ardent et elle avait craint de revivre les cruautés que lui avait infligées son mari, mais rien de tel ne s'était passé. Elle avait pensé que ce qu'ils allaient faire serait supportable, sans plus, mais le baiser d'Aelric lui avait coupé le souffle et fait battre le cœur comme jamais personne d'autre n'avait su le faire.

Elle aurait pu prolonger ce baiser indéfiniment, en arrêtant le temps si c'était possible, et avait répondu avec une ardeur égale, ce qui n'avait pas semblé lui plaire. D'un geste sans ambigüité, il lui avait fait comprendre qu'elle devait rester immobile, ainsi que Piteur l'avait si souvent exigé d'elle, et elle avait obéi sur-le-champ, sans protester.

Pourtant, même cela n'avait pas semblé le satisfaire. Elle avait dû accomplir quelque chose de travers, mais quoi ? Elle était incapable de le dire et tout avait été de mal en pis.

Un léger spasme lui tordit le ventre, pas si désagréable, en fin de compte, car il lui rappela avec quelle force Aelric l'avait étreinte. Elle ne s'attendait pas à tirer le moindre plaisir de l'expérience, bien entendu. Pourtant, elle s'était surprise à souhaiter que leur baiser ne connaisse jamais de fin.

Non sans plaisir, elle revécut la scène. L'apparente minceur d'Aelric était trompeuse ; elle dissimulait des muscles durs et puissants. Il était élancé, ainsi qu'il l'avait toujours été, mais sans cette épaisseur de la taille prompte à se transformer en bedaine, comme cela avait été le cas chez Piteur et commençait à l'être pour Hugh.

Un sursaut la secoua à cette pensée et elle faillit s'exclamer tout haut. Hugh ! Comment avait-elle pu l'oublier ? Elle aurait pu se servir de son nom pour négocier sa liberté. Pire encore, avec tout ce qui s'était passé, elle avait oublié la raison qui l'avait poussée à accepter ce retour à Hamestan ! Si elle pouvait persuader Aelric de l'aider à seconder Hugh dans son enquête, elle aurait peut-être une chance de s'en tirer elle-même.

La porte de la trappe s'ouvrit soudain avec un craquement et un pas fit vibrer le plancher disjoint. Aelric. Elle reconnut sa façon de marcher avant même d'ouvrir les yeux et de relever la tête d'un geste las.

Il se campa au-dessus d'elle, sans prononcer un mot. Son visage n'exprimait plus ni dégoût ni ressentiment, comme la nuit précédente. Il avait abaissé son capuchon et les pans de sa cape s'entrouvraient, révélant la tunique et le surcot qu'il portait dessous. Les deux dagues jumelles étaient suspendues à sa ceinture, tandis qu'un rouleau de corde pendait à son épaule.

Il ne manifestait aucune émotion, et Constance, redoutant ses intentions, sentit la terreur s'emparer d'elle. Elle lutta pour se relever, malgré les élancements qui lui cisaillaient la nuque et le dos.

Sans laisser à Aelric le temps d'ouvrir la bouche, elle leva les mains et s'avança vers lui.

— Écoutez, j'ai autre chose à vous proposer..., commença-t-elle en hâte. Je peux vous offrir ce que vous désirez vraiment.

— Plus que ce que vous m'avez donné la nuit dernière ? Allez-y, dites toujours !

Elle ignora son ton railleur.

— Le moyen de vous venger de mon beau-frère.

Il plissa les yeux, l'air dubitatif. Puis il pencha la tête sur le côté et agita la main, tel un seigneur invitant un courtisan à s'exprimer.

Constance exhala lentement son souffle. C'était probablement sa dernière chance de survie.

— J'ai des raisons de penser que le seigneur de Coudray est impliqué dans une conspiration.

Elle vit luire un éclair d'intérêt dans ses yeux, avant qu'il ne le refoule.

— Pourquoi me dites-vous cela ?

— Parce que, si vous me relâchez, je pourrai découvrir si c'est vrai. Je vous le ferai savoir et vous le révélerez à qui de droit. Vous pourrez vous venger en toute légitimité et le faire traîner en justice, conformément à la loi.

— Pourquoi ferais-je confiance à la loi normande ? Quand s'est-elle montrée juste à l'égard de mon peuple ou de moi-même ? Je veux voir le Porc étendu mort à mes pieds, et non devant le tribunal des Cent.

L'évocation de la mort de Robert alluma dans ses yeux une flamme d'une inquiétante intensité. Il avait tenu la promesse qu'elle avait exigée de lui, mais en cet instant, avec ses armes à portée de main, il ressemblait à ces farouches seigneurs de guerre qui avaient combattu l'armée de Guillaume et elle craignit soudain qu'il ne tente une fois de plus de venger sa famille.

— Vous avez juré de ne pas chercher à tuer Robert, lui rappela-t-elle. Ce que je vous propose est mieux que pas de vengeance du tout.

Elle coula un nouveau regard vers les dagues et se mordit la lèvre.

— Ou qu'un geste insignifiant pour lui, dont il se moquerait !

— Vous voulez donc m'aider à causer sa ruine ? C'est vous qui m'avez ordonné de ne pas chercher la vengeance, mais vous le trahiriez pour sauver votre peau ?

Constance rougit violemment, frappée au cœur par son accusation.

— Je me suis offerte avant de songer à vous le livrer, lui ! s'exclama-t-elle, emportée par la colère.

Elle lui saisit la main pour mieux le persuader, mais ce geste le fit reculer et elle le lâcha aussitôt, croisant les bras autour de son buste.

— N'éprouvez-vous donc aucune honte de ce que nous avons fait hier soir ?

Il la jugeait, songea-t-elle. Comme s'il en avait le moindre droit !

Indignée, elle releva la tête. Elle avait passé toute la nuit à se reprocher sa conduite, mais entendre Aelric s'exprimer ainsi en était trop pour elle. Elle n'allait certes pas abonder dans son sens.

Elle le regarda, campé devant elle, et la pensée lui vint que son échec de la veille, quand elle avait failli à reconquérir sa liberté, n'était pas ce qui comptait le plus dans cette consternante tentative, loin de là. Jamais elle ne lui révélerait ce que ses caresses auraient pu réveiller en elle si…

— Tout ce que je regrette, c'est que cela n'ait pas eu l'effet escompté, déclara-t-elle froidement.

— Et, à présent, vous vendriez votre beau-frère à un Saxon hors-la-loi en échange de votre liberté ?

Pour la première fois depuis le début de cette entrevue, il la regarda dans les yeux, visiblement surpris.

Constance haussa les épaules.

— Bien avant de vous rencontrer, je déplorais déjà que Robert fasse partie de ma famille. Je n'éprouve aucun sentiment de loyauté à son égard et pas la moindre affection !

Il la dévisagea, l'air totalement incrédule. Bien sûr, il ne pouvait pas savoir. Elle déglutit, assaillie par les réminiscences du passé. Le souvenir des méfaits commis par Robert la rendait nauséeuse — les blessures qu'il lui avait infligées et cette mort qu'elle ne pourrait jamais ni oublier ni pardonner. Un crime de plus contre Aelric, dont il ne se doutait même pas.

Elle noua les bras autour de son ventre, songeant au tragique secret qui pesait sur son cœur depuis près de sept ans.

Le désir de vengeance qui consumait Aelric l'habitait aussi. Depuis que la mère supérieure de Brockley lui avait expliqué pourquoi elle avait souffert d'une si douloureuse hémorragie, alors que le moment où elle aurait dû avoir ses règles était déjà dépassé de deux semaines…

En toute équité, ce drame-là concernait Aelric également. La perte qu'elle avait subie était également la sienne et il aurait dû être en droit d'ajouter ce grief à tous ceux qu'il nourrissait déjà contre Robert. Malgré cela, elle ne pouvait se résoudre à lui en parler. S'il ne lui restait que peu de temps à vivre, ainsi qu'elle le craignait, autant que son secret meure avec elle.

— Que cela nous plaise ou non, votre pays est aussi le mien, à présent, reprit-elle. J'aiderais n'importe quel homme de bien à dévoiler les méfaits d'un scélérat, si cela pouvait améliorer le monde autour de nous, pour notre bénéfice à tous.

Il releva la tête et un demi-sourire joua furtivement sur ses lèvres.

— Suis-je un homme de bien, Constance ?

Elle était en train de songer à Hugh, s'interrogeant sur la façon dont Aelric et elle pourraient lui apporter des preuves de ce qu'il soupçonnait. La question d'Aelric, prononcée à voix basse comme s'il se parlait à lui-même, ne fut pas sans l'étonner.

Levant les yeux vers lui, elle s'aperçut qu'elle ne connaissait pas la réponse.

— Vous l'étiez autrefois. Vous seul pouvez savoir ce que vous êtes à présent.

Elle passa devant lui pour aller se rasseoir sur la paillasse. Il la suivit des yeux et une lueur de désir brilla un instant dans son regard. Constance rougit au souvenir de ce qu'ils avaient fait sur ce matelas. Relevant les genoux contre sa poitrine, elle laissa ses cheveux retomber sur son visage pour masquer sa confusion.

L'expression d'Aelric s'assombrit soudain. Au lieu de répondre, il marcha jusqu'à la fenêtre et regarda par le trou qu'avait pratiqué Gerrod.

— Ce que je viens de vous apprendre est-il suffisant pour acheter ma vie ? insista-t-elle. Il n'y a rien d'autre que je puisse dire ou faire.

Aelric se tourna vers elle, interloqué.

— Votre vie ? Comment cela ?

Elle jeta un coup d'œil éloquent vers les deux poignards attachés à sa taille, puis le rouleau de corde suspendu à son épaule. Un frisson glacé lui parcourut la nuque.

— N'êtes-vous pas venu pour me tuer ?

Il écarquilla des yeux stupéfaits.

— Quoi ? Vous croyez que je suis ici pour cela ? Suis-je donc un sauvage assassin à vos yeux ?

Elle désigna les deux armes.

— Alors, que comptez-vous faire de moi ?

— Ce que vous désiriez.

Il revint prestement vers elle, sa cape flottant derrière lui. Elle se recroquevilla aussitôt, alarmée. Avait-il l'intention de la prendre de nouveau, comme la veille au soir ? Malgré tout, le souvenir de ses lèvres sur les siennes ne la rebutait pas, au contraire. Il avait même quelque chose d'étrangement attirant. Le cœur battant, elle inclina la tête en arrière, comme si…

— Vous allez être heureuse d'apprendre que votre sacrifice n'aura pas été vain. C'est la raison pour laquelle je suis ici ce matin. Je viens vous libérer.

Elle s'affaissa, à la fois soulagée et incrédule. Sa vision se brouilla. Elle enfouit le visage dans ses mains et inspira plusieurs fois, jusqu'à ce qu'elle se sente capable de maîtriser ses émotions.

La liberté. Il n'était donc pas resté si insensible, en fin de compte…

— Merci.

Elle exhala un long soupir.

— Aelric, je savais…

— Vous ne saviez rien du tout, l'interrompit-il avec rudesse. Ne me remerciez pas. Vous garder ici devient de plus en plus coûteux et dérangeant, et cela ne nous rapporte rien.

Son regard tomba sur le coffre, qu'il repoussa d'un coup de pied dans un coin de la pièce.

— Nous partons tout de suite.

— Déjà ?

Le jour se levait à peine.

— Vous préférez rester ?

Une note d'urgence vibrait dans sa voix, tandis qu'il jetait un coup d'œil inquiet vers la trappe. Constance eut un soupçon. Elle se leva et voulut lui effleurer l'épaule, mais il se rétracta d'un geste brusque, comme si son contact le brûlait.

— C'est vous qui avez pris la décision. Vous n'en avez pas discuté avec les autres, n'est-ce pas ?

Un instant, elle lut la culpabilité sur son visage, bientôt remplacée par son air de détermination habituel.

— Non. Ils ont leur propre avis sur ce qu'on devrait faire de vous et cela pèserait sur ma conscience, si je les laissais faire. Je préfère que vous soyez partie avant qu'on ne soulève la question.

Elle sentit le sang se retirer brusquement de son visage.

— Ils veulent toujours me tuer ?

— Gerrod, oui. Osgood voudrait vous vendre à un bordel. Je suppose que vous ne souhaitez aucun de ces deux sorts.

Il l'examina des pieds à la tête, et sa lèvre se retroussa dans une moue railleuse.

— À moins que vous n'ayez envie de vendre votre corps à quiconque paierait pour l'avoir ?

Elle poussa une exclamation de dégoût qui le laissa impassible.

— Rassemblez vos affaires ! Je veux vous voir hors d'ici le plus vite possible.

Les pans de sa cape s'écartèrent tandis qu'il se retournait, et Constance vit qu'il serrait les poings à s'en blanchir les articulations. Son impassibilité n'était que de façade, en fin de compte. Sous son calme apparent, il était furieux et luttait pour contenir sa colère.

Il n'y avait rien à emballer. Elle était déjà habillée et portait sa cape sur elle pour garder un peu de chaleur. Enfiler ses bottes ne lui prit qu'un instant. Aelric lui tournait le dos, inspectant l'étage inférieur par l'ouverture de la trappe.

— Je suis prête.

— Ne faites pas de bruit et restez près de moi jusqu'à ce que nous soyons sortis de la tour.

Constance jeta un dernier regard autour d'elle, sur cette pièce qui avait été sa prison. Dans son cœur, le soulagement se mêlait à une indéfinissable tristesse.

Elle avait obtenu sa liberté et c'était ce qu'elle avait voulu. Mais rien ne s'était passé comme elle l'avait envisagé.

Aelric la laissait partir, non parce qu'elle avait réveillé son ancien amour, mais parce qu'il la méprisait pour ce qu'elle avait fait et ne pouvait plus supporter sa vue.

Chapitre 10

À pas silencieux, ils se glissèrent tous deux hors de la tour et se dirigèrent vers le promontoire. Caddoc craignait d'avoir été trop long à faire sortir Constance du bâtiment avant que les autres ne s'aperçoivent de sa présence. Il n'aurait jamais dû perdre de temps à écouter sa proposition.

Une proposition qui, à présent, lui trottait dans la tête…

De toute évidence, elle était sérieuse en offrant de lui livrer les secrets du Porc. La pensée qu'il ne s'était pas trompé dans sa certitude que Coudray était un traître l'excitait au-delà de toute sagesse.

Il se secoua pour chasser la tentation de son esprit. Même si Constance arrivait à découvrir une preuve, la seule idée qu'elle puisse se mettre en danger pour l'acquérir le glaçait. En outre, il voulait bien plus qu'une comparution devant la justice normande, ainsi qu'elle l'avait suggéré. Il voulait la vengeance dont son serment l'avait privé.

À son grand soulagement, seule une poignée de personnes assistèrent au départ de Constance. Assis devant l'une des petites huttes, Ulf était occupé à aiguiser son glaive. Son regard rencontra celui de Caddoc et il hocha la tête, avant de se remettre à sa tâche.

Lorsque Caddoc tourna de nouveau la tête vers Constance, il vit qu'elle examinait le camp, le visage empreint de gravité. Agenouillées dans la clairière, Elga, l'épouse de Gerrod, et l'une de ses amies, étaient occupées à gratter une peau de daim à l'aide de pierres plates. Toutes deux la dévisageaient.

Le regard d'Elga était sombre et égaré, sa peau cireuse. La mort de Wulf l'avait durement atteinte et elle semblait trouver davantage de réconfort dans une gourde de piquette que dans les bras de son mari.

Espérant que Gerrod ne lui avait pas révélé leur secret, il saisit négligemment Constance par l'épaule et la gratifia d'une œillade salace, tout en laissant sa main s'égarer ostensiblement du côté de l'un de ses seins.

— Ces catins françaises sont incroyablement bon marché, fit-il en riant. Ça vaut même le tracas de les amener ici en fraude !

Les épaules d'Elga s'affaissèrent et le mépris se peignit sur son visage. Lorsque Constance passa près d'elle, elle cracha par terre, puis proféra un chapelet d'insultes dans sa langue natale, avant de reprendre sa tâche.

Caddoc jeta un coup d'œil à Constance. Qu'elle ait compris les mots ou seulement le sentiment qui les avait dictés, il n'aurait su le dire, mais ses joues déjà pâles blêmirent davantage.

Il se plaça instinctivement devant elle et la tira par le bras, la détournant du spectacle de Hamestan, qui s'étendait en contrebas.

Comme il la guidait dans le passage qui séparait le camp du reste de la forêt, elle s'arrêta brusquement.

— Pourquoi m'avez-vous présentée ainsi ? s'insurgea-t-elle.

Ses yeux brillaient anormalement, elle contractait les mâchoires et il eut l'impression qu'elle luttait contre un afflux de larmes.

— Vous ne vous doutez pas à quel degré de désespoir j'en étais arrivée pour faire ce que j'ai fait !

— Vous m'avez assuré que vous ne regrettiez rien, objecta-t-il.

Elle ne méritait pas de pitié, certes, mais pas de réprobation non plus. Elle s'était servie de lui, c'était un fait. Mais, de son côté, il n'aurait pas éprouvé de scrupules à l'utiliser, s'il en avait trouvé le moyen. Si elle avait honte de ce qu'elle avait fait de son plein gré, c'était à elle d'apprendre à vivre avec. Pour sa part, il ne la condamnerait pas d'avoir agi ainsi.

Délibérément, il ignora le sentiment de culpabilité qui l'étreignit un instant, tandis qu'il se demandait ce qu'il en avait réellement coûté à Constance de se jeter à sa tête.

Sa voix se radoucit malgré lui.

— Vous auriez préféré que je leur révèle votre véritable identité ?

Elle croisa les bras et lui lança un regard furieux, mordant sa lèvre de ce petit geste familier qui avait le pouvoir de le déconcentrer. Énervé par l'entêtement dont elle faisait preuve, il se campa devant elle dans la même attitude belliqueuse.

— Qu'attendez-vous de moi, Constance ? Je marche sur des œufs, entre la nécessité de prouver ma loyauté à tous ces gens avec qui je vis et auxquels je dois allégeance… et celle de vous garder en vie. Une tâche ardue, que vous semblez vous être donné pour but de me compliquer à chaque pas !

— Pourquoi faites-vous cela, en ce cas ? lança-t-elle avec hargne.

— Parce que j'ai une dette envers vous et que je vous ai promis que je vous sauverais la vie !

— Alors, c'est aussi bien que nous soyons bientôt délivrés l'un de l'autre. Ensuite, vous ne me devrez plus rien, marmonna-t-elle en lui tournant le dos.

Sa réponse ne fut pas moins acerbe :

— Voilà au moins un point sur lequel nous sommes d'accord !

Après cela, le trajet s'accomplit dans un silence gênant. Constance ne pipa mot pendant qu'il lui bandait les yeux, avant de lui faire traverser l'étroit passage entre les roches, mais le ressentiment qu'il avait lu dans son regard lui pesa sur le cœur bien après qu'il lui eut mis le bandeau.

Il le lui ôta dès qu'il le put, sachant qu'il était peu probable qu'elle retrouve le chemin du camp, pensée qui le soulagea et l'attrista à la fois, sans qu'il cherche à se demander pourquoi.

Il l'observa, tandis qu'elle avançait en grimaçant de douleur.

Cette longue marche malaisée représentait une épreuve pour son pied. Elle n'émit pas la moindre plainte, cependant, ce qui fit seulement redoubler ses remords.

S'il n'avait tenu qu'à lui, il aurait emprunté le plus court chemin pour atteindre Hamestan. Mais il prit la précaution de revenir par moments sur ses pas, traçant des cercles pour dérouter Constance, dans une stratégie de prudence instinctive.

Le soleil était déjà haut lorsqu'ils atteignirent l'orée de la forêt.

— C'est ici que nous nous séparons, déclara Caddoc.

Constance jeta un coup d'œil entre les derniers arbres, vers le chemin grossièrement tracé et semé d'ornières qui menait au reste du pays. Il s'attendait à la voir plus soulagée que cela. Elle posa le regard sur lui, le fixant de ces grands yeux d'un brun profond dont il savait déjà qu'ils hanteraient ses rêves jusqu'à la fin de sa vie.

Pendant un fol instant, il s'imagina l'emmenant au pays de Galles, ainsi qu'elle l'avait souhaité bien des années plus tôt. Mais en fin de compte, elle avait choisi de rester et d'épouser quelqu'un d'autre. Un beau mariage, à en juger par les bijoux dont elle avait parlé, et qu'elle s'attendait à trouver dans son coffre.

Non, leurs vies ne pouvaient s'accorder, de quelque façon que ce soit. Elle n'était pas de son bord et n'appartenait pas à la même classe que lui. Elle l'avait compris bien avant lui, voilà tout.

Il déglutit, le regret menaçant de lui ôter son sang-froid. Regret d'avoir passé si peu de temps ensemble, avec un tel écart entre leurs deux rencontres. Regret de ne pas pouvoir la garder près de lui et de savoir qu'elle ne l'aurait pas voulu de toute façon, même si cela avait été possible.

La voix de Constance — à peine plus qu'un murmure — le tira de sa rêverie.

— Peut-être ne vous reverrai-je jamais…

Tendant la main vers lui, elle effleura doucement sa joue ombrée de barbe. Il sentit ses doigts minces et froids sur sa peau chaude, et un élancement de nostalgie jaillit soudain en lui, presque insoutenable à force d'intensité. Dieu savait pourquoi, la perspective de ne jamais la revoir lui était plus douloureuse que sept ans plus tôt, lorsqu'elle avait renoncé à l'accompagner.

Il posa la main sur la sienne et la pressa avec force avant de la lâcher.

— Nous nous sommes déjà séparés une fois. Nous pouvons recommencer, non ?

Il ne voulait pas la regarder dans les yeux, mais il n'avait aucun mal à imaginer les douces paillettes couleur de miel dans ses prunelles brunes.

— Je vais devoir vous lier les mains à présent, déclara-t-il d'un ton brusque. Il faut que vous paraissiez vous être évadée, sinon, vous devrez affronter trop de questions.

Il lui attacha les poignets, laissant un espace entre ses mains et le cordon de chanvre.

Elle fronça les sourcils.

— Il faudrait que ce soit plus serré pour être crédible.

— Cela va vous faire mal.

— Oh ! ça passera…

Elle insista, les mains tendues vers lui. Elle avait raison, admit-il en resserrant la corde, ainsi qu'elle l'en avait prié, croisant les extrémités sous les nœuds.

Constance étouffa un petit gémissement lorsque le lien lui mordit la chair et les larmes lui montèrent aux yeux. Elle cilla, les laissant rouler sur son visage blême, où elles se confondirent avec les autres sillons tracés dans la poussière qui lui recouvrait les joues. Parfait. Cela lui donnerait l'air encore plus égaré, et son récit d'évasion n'en serait que plus vraisemblable.

D'un geste ferme, il la prit par les épaules et la fit pivoter vers le chemin, savourant ce dernier contact, dont la chaleur se propagea le long de ses bras et dans d'autres parties de son corps, celles qui réclamaient désespérément satisfaction.

— Il y a un village un peu plus loin sur cette route. Vous l'atteindrez sous peu et sans danger, pourvu que vous ne déviiez pas du chemin. Vous devriez y parvenir sans l'aide de votre canne. Vous êtes ici sur les terres de Coudray. Les gens vont s'occuper de vous et vous conduire là où vous devez aller.

Elle voulut lui lancer un regard par-dessus son épaule, mais il la maintint fermement, refusant de la laisser se retourner. Si ses lèvres arrivaient à sa portée, il serait définitivement perdu.

— Il n'y a plus rien à dire, murmura-t-il. Allez, à présent, tant que vous le pouvez encore.

Laissant retomber ses mains, il tourna les talons et s'enfonça dans la forêt, au plus épais de la futaie. Dissimulé à la vue par les taillis, il l'accompagna à distance, tandis qu'elle se remettait à marcher.

Elle commença par quelques pas vacillants de somnambule, puis s'arrêta brusquement au milieu du sentier et porta les mains à son visage. Caddoc sentit son cœur se serrer lorsqu'il s'aperçut qu'elle essuyait d'autres larmes. Dans la brume légère qui enveloppait le sentier, elle lui parut irréelle, petite silhouette frêle qui se fondait dans le décor, avec ses cheveux sombres tout emmêlés et ses habits bruns, telle une créature des bois. Elle lui rappelait un conte que lui avait narré sa mère lorsqu'il était petit… sauf que les fées n'étaient sans doute pas aussi attrayantes.

À cet instant, Constance se retourna pour un coup d'œil derrière elle et il se jeta à plat ventre pour ne pas être vu. Elle tourna un instant sur elle-même et il retint son souffle, craignant qu'elle ne prenne une mauvaise direction. Il n'avait pas l'intention de lui révéler sa présence, à moins d'une nécessité absolue, mais si c'était le cas, il n'hésiterait pas à la remettre sur le bon chemin.

Il n'en eut pas besoin. Elle recommença bientôt à marcher vers le hameau. Il se releva et la suivit. Elle avançait lentement, mais hâta le pas lorsque le sentier s'élargit. Apercevant le toit d'une chaumière, elle s'arrêta brusquement et exhala son souffle, si fort qu'il l'entendit depuis sa cachette.

Il demeura immobile, tandis qu'elle s'élançait en courant vers les habitations.

— Y a-t-il quelqu'un pour m'aider ? cria-t-elle. Venez à mon secours, par pitié !

Bientôt, ses appels attirèrent les villageois, qui abandonnèrent alors leurs diverses tâches pour accourir vers elle.

Toujours sur le qui-vive, Caddoc ajusta une flèche dans l'encoche de son arc, par mesure de précaution. Il avait déjà rencontré un ou deux habitants de ce hameau et il était à peu près sûr qu'ils porteraient secours à Constance plutôt que de lui faire du mal, mais si ce n'était pas le cas, il serait prêt à l'action.

Constance s'effondra sur le sol, le calme dont elle avait si longtemps fait preuve s'effaçant pour laisser place à de lourds sanglots. Caddoc comprit que ses craintes n'étaient pas fondées en voyant une femme d'un certain âge s'approcher d'elle et la prendre dans ses bras avec force paroles de réconfort.

À contrecœur, il se détourna de la scène pour s'enfoncer plus profondément dans les bois. Il ne pouvait prendre le risque d'être découvert si les hommes décidaient de fouiller la forêt pour retrouver les ravisseurs de Constance.

Mieux valait la laisser là, aux bons soins d'autres gens, recevant d'eux le secours qu'il ne pouvait lui donner.

Des voix l'assaillaient de tous côtés, les questions se succédant sans relâche.

— Qui êtes-vous ?

— D'où venez-vous ?

Les villageois se pressaient autour d'elle et elle se sentit presque oppressée par leur présence, après les journées de réclusion qu'elle venait de vivre.

Repoussant ses cheveux de son visage, elle promena le regard autour d'elle. Les gens qui l'entouraient étaient surtout des femmes. Deux ou trois hommes seulement se tenaient là, portant à la main des outils qu'ils n'avaient pas pris le temps de poser, lorsqu'elle les avait interrompus dans leur occupation. Les autres travaillaient-ils dans les champs ? Ou s'étaient-ils enfuis pour trouver refuge dans la campagne, comme Aelric et ses compagnons ?

Elle leva ses mains liées d'un geste implorant.

— S'il vous plaît, délivrez-moi !

— Êtes-vous venue ici toute seule ? demanda derrière elle une voix masculine. Qui vous a amenée ici ?

D'autres questions suivirent, auxquelles Constance répondit de son mieux, craignant de déplaire à ses interlocuteurs. Elle avait quitté le camp si vite qu'elle n'avait pas eu le temps de mettre au point une stratégie pour expliquer ce qui lui était arrivé depuis sa capture. Elle allait devoir inventer une histoire convaincante avant de rencontrer Robert, qui se montrerait sans doute plus inquisiteur que les villageois.

Luttant contre son trouble, elle balbutiait à travers ses sanglots, et son accent trahissait ses origines étrangères. Les hommes, en particulier, fronçaient les sourcils, la mine sombre.

— Nous devrions fouiller les bois au cas où il y en aurait d'autres, déclara l'un d'eux.

— Non, non ! protesta-t-elle.

S'ils découvraient Aelric, ils ne manqueraient pas de s'en prendre à lui, songea-t-elle avec effroi. Puis elle se calma. Cela n'arriverait pas. Il devait être déjà loin au moment où elle avait atteint le village.

— J'ai couru et personne ne m'a poursuivie, affirma-t-elle. Où suis-je ? Je ne connais pas cet endroit.

— Assez ! s'écria la femme qui l'avait soutenue à son arrivée. Elle a déjà été assez tourmentée, vous le ne voyez donc pas ? ajouta-t-elle en la serrant plus étroitement dans ses bras.

Constance hocha la tête avec gratitude, reconnaissante d'être bercée comme une enfant. Sentant ses dernières forces l'abandonner peu à peu, elle appuya la tête contre la poitrine maigre de la villageoise. L'un des hommes, un vieillard au dos voûté, apporta un couteau et trancha la corde qui lui liait les poignets.

— On appelle ce village Aldredley, grommela-t-il.

Constance ploya les mains et gémit, tandis que le sang se remettait à circuler dans ses veines en provoquant une douloureuse sensation de brûlure. Aelric l'avait prise au mot en la ligotant aussi serré que possible. Refusant de songer au remords qu'elle avait vu luire un instant dans ses yeux, elle observa les taches rouges qui se formaient sur ses mains, particulièrement visibles sur sa peau blême. L'homme au couteau passa ses doigts noueux sur les marques, ses mains calleuses éraflant sa chair meurtrie.

— Quel démon vous a donc fait ça ?

Elle ouvrit la bouche pour répondre, puis la referma. Aelric lui avait enjoint de mettre sa mésaventure sur le compte de Caddoc le Farouche, mais même ce nom-là, elle ne pouvait le prononcer sans un serrement de cœur.

— Je ne connais pas leurs noms. Ils ne me l'ont pas dit.

— Ils vous ont blessée ! s'écria soudain une jeune fille, en désignant du doigt son pied bot.

Constance ramena prestement sa jambe sous elle.

— Personne ne m'a fait cela, mon pied est ainsi de naissance, expliqua-t-elle.

La fille recula en hâte, craignant sans doute que la proximité ne soit contagieuse.

— À part cela, vous ont-ils maltraitée ? s'enquit gentiment la femme qui la tenait.

Ses yeux noirs et attentifs l'inspectèrent, notant son aspect dépenaillé et ses vêtements d'homme. Ils s'attardèrent sur son ventre assez longtemps pour que Constance comprenne la question tacite qui lui était posée.

— Personne ne m'a fait de mal.

Du moins, pas de cette façon, corrigea-t-elle à part elle. Songeant à l'expression méprisante d'Aelric lorsqu'il l'avait quittée, la nuit précédente, elle fondit de nouveau en larmes.

L'impatience avec laquelle il s'était débarrassé d'elle lui déchirait le cœur.

— Je dois me rendre dans la demeure du seigneur de Coudray.

Ces mots produisirent un trouble évident chez les villageois rassemblés autour d'elle. Elle se mordit la lèvre, inquiète de l'effet qu'allait produire le nom de son beau-frère. Ces gens étaient des Saxons. Pourquoi l'aideraient-ils ?

— Nous n'avons rien à voir avec le baron, marmonna le vieillard qui l'avait libérée de ses liens.

Mais la femme le fit taire.

— Guillaume sera de retour ce soir. Il pourra porter un message demain.

Constance plissa le front, intriguée par ce prénom français, tout à fait inattendu en ce lieu.

— C'est mon mari, expliqua la femme. Il est maréchal-ferrant.

Voyant la surprise qu'elle tentait tant bien que mal de dissimuler, la femme eut un sourire qui la rajeunit soudain, donnant à penser qu'elle n'était pas aussi âgée que pouvaient le laisser croire ses cheveux grisonnants.

— Nous ne vous détestons pas tous en bloc, vous savez. Quelques-uns d'entre nous ont appris à s'accommoder de votre présence, quand le besoin s'en fait sentir.

Constance rougit, le cœur étreint d'une indicible tristesse. Un Normand marié à une Saxonne et vivant avec les gens qu'il avait vaincus… Est-ce qu'il aurait pu en être ainsi entre Aelric et elle, si les événements avaient pris une tournure différente, bien des années plus tôt ? Non, bien sûr que non. Robert ne l'aurait jamais permis. Et maintenant, elle ne le reverrait plus jamais.

Elle se remit à pleurer de plus belle et la femme lui tapota la main dans un geste affectueux.

— Je m'appelle Edyt. Vous pouvez vous reposer chez moi jusqu'à ce qu'on vienne vous chercher. Venez, on va vous conduire dans ma chaumière.

Les hommes l'aidèrent à se relever et, sous la direction d'Edyt, la firent entrer dans une hutte. Edyt désigna un tabouret bas appuyé contre le mur et Constance s'y laissa tomber. Puis son hôtesse fit sortir les hommes, refermant la porte derrière eux.

Constance demeura passivement assise, tandis que sa compagne remuait des pots et retirait des herbes des crochets suspendus aux poutres. L'unique pièce, sombre, manquait d'air. La fumée piquait les yeux de Constance, mais le lieu était calme et réconfortant, après le bruit et la lumière du dehors.

Sans s'occuper d'elle, Edyt retira une marmite du feu en marmonnant entre ses dents. Puis elle en versa le contenu dans un gobelet en bois, qu'elle lui tendit.

— Buvez ceci.

Constance prit la tasse et renifla. La vapeur odorante la fit larmoyer. Elle reconnut le parfum de la menthe, mêlé à d'autres fragrances âcres qu'elle ne connaissait pas.

— Qu'est-ce que c'est ?

— Des herbes qui vous aideront à dormir.

Plissant les yeux, Edyt se retourna pour attiser le maigre feu.

— Elles peuvent aussi empêcher un enfant de pousser, le cas échéant.

Constance se redressa, la tasse entre les mains.

— Je vous ai dit que personne ne s'en était pris à moi de cette façon.

— Alors, cette infusion vous aidera seulement à trouver le sommeil, répondit Edyt, le dos toujours tourné.

Constance sentit l'appréhension s'insinuer en elle. Et si elle était enceinte ? Cette éventualité ne lui avait même pas traversé l'esprit, lorsqu'elle avait séduit Aelric. Elle compta rapidement sur ses doigts, espérant qu'elle n'était pas en période féconde. Elle n'avait pas oublié ses fausses couches, les récentes et celle d'autrefois, et elle vida la tasse, dont le contenu amer lui arracha un frisson.

Edyt se retourna et regarda le gobelet vide entre ses mains.

Puis elle releva la tête et un mince sourire de connivence étira ses lèvres.

Constance baissa les yeux, submergée par un sentiment de honte.

— Comment avez-vous deviné ?

— Je n'en étais pas sûre, mais vous n'auriez pas été la première à nier ce genre de chose. Pourtant, ce n'est pas vous qui devriez avoir honte, mais les hommes qui vous ont forcée à un tel acte.

Constance se cacha le visage dans les mains.

— Je ne voulais pas le faire.

C'était un mensonge. Depuis la mort de Piteur, elle était restée déterminée à bannir toute forme d'intimité avec un homme, mais dès que l'idée lui avait traversé l'esprit, elle s'était engagée sur ce chemin de son plein gré. Comment s'étonner qu'Aelric l'ait railleusement gratifiée du nom de « catin » devant la femme de Gerrod ?

Pas surprenant non plus qu'il l'ait méprisée pour ce qu'elle l'avait incité à faire…

— Il ne m'a pas forcée. J'ai choisi de le faire, sinon, il ne m'aurait jamais touchée.

Elle ne pouvait pas laisser traiter Aelric de violeur, sa conscience ne le lui permettait pas. D'autant que ce n'était pas lui qui en avait pris l'initiative.

D'un autre côté, elle n'oublierait jamais qu'il était devenu le même genre de brute que son mari, impossible à arrêter lorsque le désir s'emparait de lui. Dès que leurs lèvres s'étaient touchées, elle avait senti la situation lui échapper.

Edyt hocha la tête.

— Quand mon Guillaume est arrivé au village, il y a cinq ans, il cherchait du travail. Il a aiguisé mon couteau, mais je n'avais pas d'argent pour le payer. Heureusement, nous autres, femmes, possédons un autre genre de porte-monnaie qui ne s'épuise jamais, celui-là. Nous faisons comme nous pouvons avec ce que nous avons, voilà tout.

D'abord surprise par la franchise et la crudité du propos,

Constance ne put s'empêcher de pouffer. Le rire jaillit d'elle sans qu'elle puisse le retenir, et se prolongea bien trop longtemps, anormalement aigu, mais elle se sentait incapable de s'arrêter. La chaleur du feu, mêlée à l'effet des herbes, lui rendait toute concentration difficile. Elle bâilla longuement.

Edyt alla prendre une natte de jonc, qu'elle étala près de l'âtre.

— Reposez-vous, à présent. Quoi que vous ayez subi, c'est fini maintenant. Vous n'aurez plus jamais à affronter vos tortionnaires.

Constance se laissa glisser sur la natte et s'y blottit, les genoux au menton. Pour la première fois depuis bien des jours, elle éprouvait une agréable sensation de chaleur. La tête lui tournait, amortissant ses sensations.

Edyt avait raison. Elle était libre et se retrouverait bientôt à Hamestan, mais son cœur était lourd. L'Aelric qu'elle avait autrefois aimé avait disparu à jamais et Caddoc la méprisait.

Alors, pourquoi la seule pensée de son absence lui causait-elle tant de chagrin ?

Déroutée par les émotions contradictoires qui la tourmentaient, elle sombra dans le sommeil.

Chapitre 11

Lorsque Caddoc revint au camp, la disparition de Constance avait été découverte et suscitait plus de colère qu'il ne s'y attendait.

Gerrod était posté à l'entrée du défilé rocheux, les bras croisés et le visage contracté par la fureur. Il avait à la main le couteau à longue lame dont il se servait d'habitude pour tuer les animaux. Ulf et Osgood se tenaient derrière lui, tous deux munis de leur glaive.

Un tribunal improvisé ou un groupe d'exécuteurs prêts à l'action ?

— Ainsi, tu es revenu. J'en étais presque arrivé à croire que vous étiez partis tous les deux et que l'histoire finirait ainsi, grogna Gerrod.

Caddoc retira les mains de sa cape pour leur montrer qu'il n'était pas armé.

— La garder ne servait à rien, expliqua-t-il posément. Maintenant, nous pouvons passer à autre chose et décider de ce que nous allons faire.

— Nous aurions pu devenir riches ! s'exclama Osgood en agitant son épée. Elle aurait atteint un bon prix avec l'acheteur adéquat.

— Assez pour acheter ta conscience, peut-être, observa Caddoc. Mais pas la mienne.

Osgood eut un rictus qui dévoila ses dents noirâtres et Caddoc se détourna avec dégoût.

— Tu aurais dû m'informer de tes intentions, mon gars ! reprit Gerrod d'une voix furibonde.

Caddoc croisa les bras, imitant ainsi l'attitude de son interlocuteur.

— Peut-être, mais on tournait en rond depuis son arrivée. Au moins, l'affaire a été réglée promptement.

Ulf releva la tête d'un geste brusque.

— Réglée ? Comment t'y es-tu pris ?

Son expression choqua Caddoc.

— Pas comme tu le penses !

Qu'Ulf puisse le croire capable d'une exécution sommaire le rendait malade. Le matin même, Constance aussi s'était imaginé qu'il était venu pour la tuer. En était-il vraiment là ?

— Je l'ai libérée.

Ulf hocha la tête, visiblement soulagé. Mais Caddoc avait le cœur trop lourd pour s'en soucier. Bien que le trajet de retour depuis le village lui ait pris beaucoup moins de temps que l'aller avec Constance, il se sentait las. Tout ce qu'il désirait, à présent, c'était quelque chose de chaud pour se restaurer et un peu de solitude pour réfléchir aux sentiments que Constance avait éveillés en lui.

— Si vous avez l'impression que je vous ai trahis, je m'en irai. Vous ne me devez pas l'asile et je ne vous dois rien en retour. Mais je suis un bon chasseur et un travailleur qui ne rechigne pas à la tâche, comme vous avez pu le constater.

Les hommes échangèrent un regard, sachant qu'il disait la vérité.

— Comment peux-tu être sûr qu'elle ne va pas nous trahir dès qu'elle arrivera chez le Porc ? demanda Gerrod. Et si elle s'aperçoit qu'elle était tout près de Hamestan, pendant tout ce temps ?

Caddoc n'avait pas oublié le regard haineux de Constance, lorsqu'elle avait évoqué son beau-frère. Sa proposition de lui fournir le moyen de faire tomber Robert était sincère. Leur identité, ou du moins ce qu'elle en connaissait, était en sécurité avec elle, il en était persuadé.

Mais il n'en confia rien à ses compagnons.

— Elle ne saurait pas se repérer, de toute façon. Je lui ai fait faire des détours, puis l'ai laissée près du village d'Aldredley.

Il se gratta la barbe et réfléchit un instant, avant d'ajouter :

— Pour être sûr, j'y retournerai d'ici un jour ou deux et me renseignerai alentour, afin de m'assurer qu'elle n'a pas eu la langue trop bien pendue. Ulf pourra m'accompagner, il connaît les gens de là-bas.

Ulf s'empressa d'accepter et l'inquiétude de Caddoc s'apaisa en partie. Voilà qui lui donnerait l'occasion de s'assurer que Constance était en sécurité, dans la mesure où les villageois pourraient le lui dire.

Gerrod s'écarta et lui fit signe de s'engager dans le défilé. Tout en s'avançant, Caddoc chercha ses dagues à tâtons. Il était peu probable que ses compagnons le frappent par-derrière, mais tant qu'il ne serait pas dans la clairière, il surveillerait attentivement ses arrières.

Parvenu dans la tour, il songea tout à coup à quelque chose et s'arrêta.

— Qui a découvert sa disparition ? demanda-t-il à Ulf à voix basse.

— Osgood. Et à en juger par son expression quand il est redescendu, c'est aussi bien qu'il ne l'ait pas trouvée là-haut !

Ulf posa une main sur son bras et le regarda dans les yeux.

— Tu as fait ce qu'il fallait. Peut-être y a-t-il en toi l'étoffe d'un chef, après tout.

Il s'éloigna sur ces mots, le laissant seul. Caddoc pénétra alors dans la salle et se servit à manger, finissant le reste de la potée suspendue au-dessus du feu. La marmite était presque vide. Le lendemain, il retournerait une fois de plus à la chasse. Un jeune daim ou même un couple de lapins l'aideraient à regagner la confiance de Gerrod.

Son écuelle à la main, il alla s'asseoir près de l'âtre. Le regard perdu dans les flammes, il se mit à manger, à peine conscient de ce qu'il avalait. Son existence avant que Constance ne resurgisse dans sa vie avait été des plus simples.

Survivre sans se faire prendre, gagner ce qu'il pouvait et, quand ce n'était pas le cas, manger ce qu'ils avaient réussi à chaparder. Cela n'avait pas été facile, mais au moins, c'était un chemin tout tracé. À présent, il désespérait de retrouver cette relative sérénité.

Pourquoi Constance lui avait-elle offert de trahir son beau-frère ? Certes, elle était prête à tout pour recouvrer la liberté, il en avait eu la preuve, mais il avait noté une réelle animosité dans sa voix. Quelles raisons avait-elle de haïr Coudray à ce point ?

Il y avait tant de choses qu'il ignorait de sa vie et il se surprit à regretter de ne pas lui avoir posé de questions.

Seulement, il était trop tard pour les regrets…

Grâce à la décoction d'herbes que lui avait fait ingurgiter Edyt, Constance dormit plus paisiblement et profondément qu'elle ne l'avait fait depuis des années, au point de ne pas remarquer l'arrivée ni le départ du mari de son hôtesse. À en croire cette dernière, elle était demeurée si immobile tout l'après-midi et toute la nuit qu'elle avait commencé à craindre qu'elle ne se réveille jamais.

Après les épreuves qu'elle avait subies, toute protection aurait été chaleureusement accueillie, mais Robert ne lui envoya le lendemain qu'un char tiré par un bœuf et un cocher pour la conduire chez lui — encore y avait-il consenti à contrecœur, s'il fallait en croire Guillaume.

Ils couvrirent la distance avec une exaspérante lenteur, Constance surveillant les bois avec méfiance, tandis qu'ils les traversaient. Elle aurait joué de malchance si elle était tombée dans une seconde embuscade, mais elle n'avait pas oublié les paroles d'Aelric, lorsqu'il lui avait appris comment ses compagnons et lui avaient été informés de son arrivée. Elle regretta de ne pas avoir sa dague ou même sa canne, qu'elle avait dû abandonner au camp.

La distance n'était pas si longue. À cheval, elle aurait mis deux fois moins de temps pour la parcourir. Elle se promit de revenir à Aldredley lorsqu'elle serait remise, afin de remercier Edyt. Après quelques jours de repos, elle ne voyait pas pourquoi elle n'emprunterait pas un cheval ou une mule pour retourner au village. Sans doute se sentirait-elle assez bien pour cela.

Bien des années plus tôt, elle avait été à peine consciente quand on l'avait transportée de la demeure de Robert au couvent de Brockley, et les souvenirs qu'elle gardait de cette époque restaient confus. Elle ne s'aperçut qu'ils étaient arrivés à Hamestan que lorsque le conducteur tira sur les rênes, obligeant l'animal à faire halte.

Elle regarda autour d'elle, curieuse des changements qui s'offraient à sa vue. Le bâtiment était plus grand et plus imposant que lorsqu'elle l'avait quitté, sept ans auparavant. Une haute muraille protectrice entourait les dépendances et, pendant son absence, on avait érigé un second étage avec un escalier conduisant à la porte. De toute évidence, la situation de Robert avait prospéré.

Il accueillit son arrivée avec une hostilité agressive. Il apparut sur le seuil lorsque le cocher eut frappé à l'énorme porte de chêne, mais ne s'avança pas plus loin que le haut de l'escalier, où il se campa, une main sur la garde de l'épée suspendue à son flanc, avant de la toiser, assise dans le chariot.

— Descendez et entrez ! Je n'ai pas l'intention de rester ici à attendre dans le froid.

Guillaume, qui l'avait accompagnée sur l'injonction d'Edyt, l'aida à descendre et lui prêta l'appui de son bras pour gravir les marches. Tout en saluant son beau-frère d'une révérence maladroite, elle sentit une tristesse fugitive s'emparer d'elle. Cette demeure avait été autrefois celle d'Aelric. Sans doute la reconnaîtrait-il encore moins qu'elle, et elle se réjouit de le savoir bien décidé à ne jamais remettre les pieds à Hamestan. Puis elle repoussa son image de son esprit. Il n'existait plus. Il n'était plus rien pour elle, encore moins pour Robert, elle n'en doutait pas.

— Bonjour, milord. C'est un honneur d'être accueillie par vous en personne.

Robert fit entendre un ricanement grossier.

— Honneur, mon œil ! Je voulais juste m'assurer que vous étiez bien arrivée, cette fois.

Rougissant d'embarras, Constance se tourna vers Guillaume, qui se tenait un peu en retrait derrière elle, et lui sourit.

— Merci de vous être montré si serviable. Souhaitez-vous vous désaltérer, avant de regagner votre maison ?

Robert regimba de nouveau.

— La voilà qui se comporte en châtelaine, à présent, offrant l'hospitalité à mes dépens ! Non, il ne boira rien du tout. Il a certainement du travail qui l'attend. Faites-lui vos adieux et suivez-moi à l'intérieur. Nous avons à discuter.

— Milord a raison, déclara Guillaume. Je dois partir, si je veux être rentré avant la nuit.

Il s'inclina respectueusement devant Robert, qui répondit à peine à la politesse et disparut dans le manoir au pas de charge.

Constance tendit la main à Guillaume.

— Je n'oublierai pas votre gentillesse ni celle de votre femme. Je reviendrai vous rendre visite.

Guillaume inclina la tête avant de s'éloigner.

Restée seule, Constance prit une profonde inspiration et serra les poings, consciente qu'elle ne pouvait plus différer le moment de pénétrer dans la maison. L'attitude de Robert ne l'avait pas surprise, elle était telle qu'elle l'avait imaginée. Elle eut pour elle-même un sourire sans joie. Qui sait ? Peut-être, dans les années à venir, repenserait-elle à sa captivité comme à un bref interlude de paix avant d'endurer la compagnie qui l'attendait à Hamestan !

Elle trouva l'intérieur de la demeure aussi changé que l'extérieur. Le foyer central avait disparu, remplacé, à une extrémité de la pièce, par une vaste cheminée, où flambait un grand feu malgré le temps clément. Les murs, autrefois nus, s'ornaient à présent de tapisseries brillamment colorées.

À l'autre bout de la salle, un escalier menait à une galerie qui n'existait pas de son temps. Une servante balayait la jonchée fanée, tandis qu'une autre prenait des plats sur une table et les emportait dans ce qui avait été autrefois la chambre à coucher familiale. Un fumet de viandes rôties flotta jusqu'à ses narines et son ventre gargouilla. Ce matin-là, elle avait refusé la maigre bouillie d'avoine que lui offrait Edyt, comprenant que c'était la seule nourriture dont disposait son hôtesse.

Robert se tenait debout devant l'âtre, les mains derrière le dos.

— Venez ici ! lui ordonna-t-il, avant de congédier les servantes d'un vigoureux : Dehors !

Les filles sortirent en hâte, les yeux baissés vers le sol. Constance n'aima pas le ton de l'injonction. Refoulant son irritation, elle traversa la pièce. Robert lui désigna l'un des deux sièges disposés près du feu et elle y prit place avec soulagement. Mais au lieu de s'installer en face d'elle, il commença à tourner autour d'elle.

— On vous attendait il y a deux jours. Je suis resté sans nouvelles de vous jusqu'à hier soir tard, quand cet homme est venu me dire qu'on vous avait trouvée en train d'errer toute seule dans la forêt.

Il n'y avait pas la moindre trace d'inquiétude dans sa voix, seulement de la colère. Il s'arrêta derrière elle, posant les mains sur le dossier de son siège, afin de se pencher vers elle.

— Que s'est-il passé ? Où est Rollo ?

— Rollo est mort, répondit-elle calmement. L'un de vos gardes aussi. Nous sommes tombés dans une embuscade.

Elle tourna la tête vers lui, épiant l'effet de ses paroles. Déjà rubicond, le visage de Robert vira au cramoisi. Elle comprit pourquoi Aelric et ses compagnons le surnommaient « le Porc ». Il avait beaucoup grossi depuis la dernière fois qu'elle l'avait vu. Des auréoles s'étalaient à l'encolure et sous les bras de son épais justaucorps bordé de fourrure. Son menton croulait dans son cou et ses lèvres semblaient constamment mouillées de salive.

Comparé aux villageois maigres et à demi affamés qu'elle

venait de voir, son embonpoint semblait une insulte à la dure vie de ces gens.

— Rollo était un habile guerrier, s'étonna-t-il. Voilà qui me surprend. Et on vous a laissé la vie sauve, à ce que je vois !

Elle avait prévu cette question et mis au point une réponse. Son histoire devait suivre la vérité d'assez près pour que le moine et le garde, s'ils avaient survécu et qu'on les questionne, puissent corroborer ses dires. Mais elle ne voulait pas conduire Robert à Aelric et à ses hommes.

— Quand ils ont découvert que j'étais une femme, ils ont projeté de…

Elle s'interrompit, croisant les bras autour d'elle d'un geste protecteur.

— Ils ont déclaré que j'atteindrais un bon prix dans les bordels du pays de Galles. C'était là qu'ils se rendaient quand ils nous ont assaillis.

— Ils ? répéta Robert. Qui ? Combien étaient-ils ? Et qu'est devenu le corps de Rollo ?

Il martela ces questions en tournant autour de son fauteuil. C'était bien plus déconcertant que l'interrogatoire tonitruant auquel l'avait soumise Gerrod.

— Je ne sais pas, murmura-t-elle en fondant en larmes.

Prévus dans sa mise en scène, les pleurs lui étaient venus plus facilement qu'elle ne l'avait escompté.

— Tout est arrivé si vite ! Ils m'ont ligotée et m'ont bandé les yeux. Je ne saurais dire combien ils étaient exactement. Nous avons voyagé en chariot pendant une journée entière. Le soir, nous avons fait halte près d'une rivière. Je me suis esquivée pendant qu'ils buvaient et vaquaient à leurs occupations, et j'ai couru jusqu'à ne plus pouvoir respirer. J'étais presque résignée à mourir dans la forêt quand je suis tombée, hier, sur ces braves villageois.

— Aussi facile que ça, hein !

— Non, ce n'était pas facile ! rétorqua-t-elle.

Elle leva les poignets pour lui montrer les marques, heureuse d'avoir insisté pour qu'Aelric resserre les liens.

— Je n'ai rien mangé et j'ai dormi à même le sol, terrifiée à l'idée de me faire reprendre ou d'être dévorée par les animaux sauvages !

Robert fronça les sourcils, puis marcha vers le feu, remuant brutalement les bûches à l'aide du tisonnier en fer. Lorsqu'il se retourna, il plissait les paupières, plus porcin que jamais.

— Vous n'avez pas demandé des nouvelles de votre sœur. Cela m'étonne.

Constance ferma les yeux, comprenant qu'elle avait commis une erreur. C'était effectivement la première chose qu'elle aurait dû faire ! Que son propre désarroi ait pris le pas sur son chagrin, c'était là un sujet de réflexion pour plus tard, quand elle serait seule.

— J'ai entendu les hommes qui m'avaient enlevée dire que Jeanne était morte.

Elle leva vers lui un regard embrumé.

— Est-ce vrai ?

— Oui, confirma-t-il. D'une fièvre hivernale.

Il ne ressemblait guère à un mari éploré, mais cela ne la surprit pas. Une nouvelle raison de le mépriser. La douleur qu'elle ressentait elle-même semblait comme amortie, plutôt sourde que lancinante. Elle avait connu tant de deuils ! Peut-être ses épreuves l'avaient-elles endurcie au point que la mort de Jeanne, après toutes ces années de séparation, pouvait à peine lui toucher le cœur.

Le regard de Robert s'étrécit.

— Qu'est-ce que ces hommes savaient de mes affaires ? Que me cachez-vous ?

— Je vous ai dit tout ce que je sais. Ils ont parlé du possesseur de ces terres et ont évoqué la mort de votre épouse. Ils ignoraient qui j'étais et n'ont sans doute vu aucune raison de me cacher la chose.

— Qu'ont-ils dit d'autre à mon sujet ?

Son visage s'empourprait davantage à chaque question, au point que Constance craignit pour lui une attaque d'apoplexie.

Elle hésita.

— Rien. Du moins rien que je puisse vous rapporter avec certitude. C'était difficile de les comprendre, à cause de leur accent, mais j'ai reconnu votre nom.

Robert se mit à arpenter la pièce, les mains derrière le dos.

— J'ai des ennemis. Si je découvre qu'il existe quoi que ce soit dont vous n'avez pas voulu me parler…

— Ils projetaient de se rendre au pays de Galles en passant par Shrewsbury. Je pense qu'ils nous suivaient depuis notre départ de Westune.

Robert tressaillit et parut sur le point d'ajouter quelque chose, mais un serviteur se dressa soudain à son côté.

— Un chariot vient d'arriver. Il transporte la malle de Lady Arnaud, annonça-t-il.

— Parfait, approuva Robert. Il n'est pas question de vous montrer ainsi vêtue, ricana-t-il en l'examinant des pieds à la tête.

Elle se releva d'un bond. Jamais la perspective d'endosser des vêtements propres ne lui avait semblé aussi tentante ! Elle avait hâte de se débarrasser de sa tunique et de ses braies crasseuses. L'étoffe en était maculée de boue et sentait encore la paille du matelas de la tour. Pire encore, l'odeur plus discrète d'Aelric l'imprégnait toujours, la torturant avec la pensée de tout ce qu'elle désirait et ne pourrait jamais avoir.

— Je descends.

Robert l'arrêta d'un geste.

— C'est inutile. Faites porter la malle de milady dans ma chambre, ordonna-t-il, en se tournant vers le serviteur.

— Vous voulez dire dans la mienne, rectifia Constance.

Il esquissa un sourire contraint.

— Bien sûr, mais votre chambre n'est pas encore tout à fait prête. En attendant, vos affaires seront plus en sécurité dans mon appartement.

Des bruits de pas et de heurts annoncèrent l'arrivée des marchands. Ils déchargèrent la malle à l'intérieur, et Constance s'en approcha aussitôt.

— Rollo avait décidé que le chariot voyagerait à part, expliqua-t-elle.

— Je sais. Il a agi conformément à mes instructions. Il est heureux que j'aie pris cette initiative, sinon vous ne posséderiez plus rien que les loques que vous portez sur vous.

Constance sourit.

— Les hommes qui m'ont attaquée ont fracturé le coffre. Il était vide, précisa-t-elle d'un ton détaché. Curieux, vous ne trouvez pas ?

Un éclair de haine traversa le regard de Robert. La confirmation qu'elle attendait. Elle eut la certitude que les bijoux et l'argent manquants se trouvaient dans la malle. Le visage de son interlocuteur avait viré au cramoisi. Mais une femme qui avait affronté Gerrod pouvait bien tenir tête à Robert de Coudray !

— J'aimerais qu'on ouvre la malle tout de suite.

Robert fit la grimace.

— Avez-vous la clé ?

Constance secoua la tête, désolée. Son moment de triomphe, quand Osgood avait apporté le coffre, se retournait contre elle. La clé de la malle était également restée au camp.

— Je peux aller demander un ciseau au forgeron, milady, proposa le serviteur. Pour forcer les charnières…

À en juger par l'expression de Robert, c'était cet homme qu'il aurait volontiers occis avec l'outil en question. Mais devant les deux marchands et elle, il ne put qu'acquiescer.

On apporta l'outil et l'opération ne prit qu'un instant. Le forgeron souleva le couvercle et Constance découvrit, ainsi qu'elle s'y attendait, les objets manquants, soigneusement disposés parmi les vêtements et le linge.

Elle rencontra les yeux de Robert.

— Quelle chance que Rollo ait eu l'intelligence de sortir du coffre tous les objets de valeur pour les placer ici ! dit-elle. C'était vraiment très prévoyant de sa part.

Robert cligna les paupières.

— En effet. Je vous autorise à déposer l'argent dans mon

coffre-fort. Non pas que je doute de l'honnêteté de mes serviteurs, mais on n'est jamais trop prudent.

Constance acquiesça à contrecœur. Un instant, elle faillit accuser son beau-frère de l'avoir utilisée comme diversion, pendant que ses biens se trouvaient en sécurité ailleurs. Si elle n'avait pas survécu au voyage, ses bijoux et son argent auraient sans aucun doute trouvé un asile permanent dans les coffres de Robert. Il savait parfaitement qu'elle avait compris. Mais elle ne pouvait rien dire sans l'accuser ouvertement, et le provoquer aurait été de la folie, alors qu'elle se trouvait chez lui, à sa merci, sans amis pour lui porter secours.

Au lieu de cela, elle prit les sous-vêtements, la robe et la ceinture qui se trouvaient sur le dessus de la malle, ainsi que le sac de cuir contenant la broche de son père et les bijoux qu'elle affectionnait le plus — des bagues, un bracelet ou deux —, bien décidée à les porter jour et nuit, plutôt que de les perdre de vue un seul instant.

— Avec votre permission, je vais prendre un bain et me changer, à présent.

Robert écarta les mains.

— Bien sûr !

— Puis-je avoir de quoi boire et me restaurer ? J'ai à peine mangé, ces derniers jours.

— Si vous devez vivre sous mon toit, je dois vous nourrir, je suppose !

Blessée par cette nouvelle manifestation d'hostilité, Constance rougit et se campa devant lui.

— Si l'idée vous déplaît tant, pourquoi m'avez-vous ordonné de revenir ? Je m'en serais volontiers abstenue.

— Vous reprendrez votre place dans ma maisonnée parce que c'est là que vous devez être, en tant que membre de ma famille, répondit-il d'un ton ferme. À présent, j'ai du travail. Les serviteurs vous donneront tout ce dont vous avez besoin et vous montreront où vous pourrez dormir.

Constance hocha la tête, serrant les poings pour empêcher

ses mains de trembler, tandis que Robert gravissait l'escalier, avant de claquer la porte de la chambre du haut.

Restée seule, elle contempla le feu, à peine consciente des flammes qui léchaient les bûches. Lorsqu'une servante vint lui apporter un plat de mouton, elle mangea la viande sans en sentir le goût, l'estomac retourné. D'autres servantes suspendirent des rideaux autour d'un baquet, qu'elles remplirent d'eau fumante et, bientôt, Constance put s'y immerger, les yeux clos, ne pensant plus à rien qu'au réconfort et au plaisir de se sentir de nouveau propre.

L'assurance et la sérénité qu'elle avait crues perdues à jamais lui revenaient peu à peu.

Lorsqu'elle émergea de derrière les rideaux, vêtue d'une robe de laine chaude, elle trouva Robert qui l'attendait.

— Quand vous vous êtes enfuie, vous n'avez rien sauvé d'autre que votre personne ? s'enquit-il.

Elle haussa les sourcils, choquée par sa rudesse, puis se composa une attitude. Qu'imaginait-il qu'elle ait pu faire d'autre ?

— Je n'avais pas l'esprit à songer à mes biens.

Quels biens, d'ailleurs ? songea-t-elle. Pourquoi Robert lui posait-il cette question ? Il était bien placé pour savoir ce qu'il en était de sa malle et de ses bijoux.

Il se renfrogna, marmonnant quelques mots inintelligibles dans sa barbe, et s'éloigna sans rien ajouter.

Constance le regarda disparaître, l'esprit en alerte.

Il avait semblé furieux d'apprendre que les bandits connaissaient son nom, mais elle avait décelé une note d'inquiétude sous ses imprécations. Se pouvait-il qu'il y ait un rapport entre sa crainte de possibles ennemis et la tâche qu'elle s'était vu confier par Hugh d'Avranches ? Elle était plus que jamais décidée à découvrir tout ce qui pourrait nuire au renom de son beau-frère.

C'était à Hugh qu'elle devait fournir des informations et vers lui qu'elle pouvait se tourner pour demander de l'aide en cas de besoin. Mais en suivant la servante qui la conduisait vers les quartiers de nuit, elle eut l'impression que le fantôme d'Aelric marchait à côté d'elle, dans cette maison que Robert lui avait volée, et réclamait vengeance. Elle aurait tant préféré que ce soit lui, son protecteur et ami !

L'épreuve qu'elle avait traversée l'avait davantage épuisée qu'elle ne le pensait et tout le reste de la journée, ainsi que le jour suivant, elle ne put faire grand-chose d'autre que dormir et réfléchir, assise près du feu, dans la grande salle déserte. Dieu merci, Robert restait absent jusqu'au crépuscule, occupé à des affaires dont il ne lui parlait pas.

La nuit, elle demeurait éveillée sur l'étroite couchette qu'elle avait occupée sept ans plus tôt. La dernière fois qu'elle avait dormi dans ce lit, Robert et Jeanne se trouvaient de l'autre côté du rideau de séparation. À présent, Robert occupait la pièce donnant sur la galerie et les seules compagnes de chambre de Constance étaient des servantes. C'était un soulagement de se trouver loin de lui, mais sa tâche aurait été plus aisée si elle avait pu avoir accès à ses documents privés.

Le troisième matin, elle se réveilla avec une détermination toute nouvelle. Le soleil brillait, presque chaud pour la première fois de l'année et, après avoir assouvi une faim de loup, elle s'habilla avec soin, ajoutant à sa tenue ses bijoux préférés, par mesure de sécurité. Elle explora chaque pièce du bâtiment, tâchant de repérer les endroits où Robert aurait pu dissimuler quelque preuve de sa duplicité. Elle gravit même l'escalier menant à l'appartement privé de son beau-frère et poussa prudemment la porte.

— Qu'est-ce que vous voulez ?

La voix de Robert la fit sursauter. Elle avait pensé qu'il serait sorti comme à son habitude.

Essuyant ses paumes soudain moites à ses jupes, elle plongea dans une révérence avant de reculer.

Robert s'extirpa d'un fauteuil pour s'avancer vers elle.

— Je voudrais emprunter un cheval pour rendre visite

aux villageois qui m'ont aidée. Je tiens à les récompenser pour leur gentillesse.

Son discours fut accueilli par des ricanements de mépris, mais elle n'en était pas moins soulagée qu'il n'ait pas soupçonné le véritable motif de sa présence.

— Votre gratitude est mal placée. Ils vivent sur mes terres et en vous portant secours, ils n'ont accompli que leur devoir envers leur seigneur et maître. S'ils en avaient fait moins, ils auraient été mis au pilori pour avoir insulté à mon rang et au vôtre.

— Je voudrais quand même aller faire un tour à cheval.

Robert croisa les bras et écarta les jambes, remplissant ainsi tout le cadre de la porte.

— Vous avez toujours aimé traîner dehors, c'est vrai. Eh bien, sortez, si ça vous chante ! Mais s'il vous arrive quoi que ce soit, ne vous en prenez qu'à vous-même, pas à moi !

Il retourna dans la chambre, claquant la porte derrière lui. Constance se dirigea vers les cuisines pour y grappiller un peu de nourriture. Robert ne remarquerait pas la différence.

La matinée était fort belle et elle pouvait accomplir l'aller-retour au village avant qu'il ne requière de nouveau sa présence.

Chapitre 12

On était au milieu de la journée et le soleil se trouvait au zénith lorsque Caddoc et Ulf arrivèrent en vue d'Aldredley, dont ils s'approchèrent avec précaution. La plupart des habitants devaient être au travail dans les champs et peu de gens remarqueraient leur arrivée, du moins l'espéraient-ils.

Tous deux étaient un peu connus dans les parages, et même si les villageois ne portaient pas leurs nouveaux maîtres normands dans leur cœur, il n'était jamais prudent de s'avancer à découvert.

C'est pourquoi ils restèrent sous le couvert des arbres jusqu'à ce que les maisons et la grange se dessinent devant eux, puis ils quittèrent l'épais sous-bois pour s'engager dans le chemin creusé d'ornières, où Caddoc avait laissé Constance deux jours plus tôt.

Dès qu'il le put, Caddoc jeta un regard scrutateur vers la place du village avant de se reprendre en secouant la tête, honteux de sa propre sottise. À quoi s'attendait-il donc ? Constance devait être partie depuis longtemps. C'était aussi bien, du reste, car depuis qu'ils s'étaient séparés, elle avait envahi impitoyablement son sommeil et son image le poursuivait des nuits entières.

S'approchant à pas de loup, il observa deux femmes assez âgées qui revenaient du puits et se dirigeaient vers l'une des maisons basses. Un palefroi gris qu'il ne connaissait pas était attaché à un piquet, mais il n'y avait pas trace du Français qui vivait avec l'une des femmes. Penché au-dessus d'un tas de bois, un vieillard assenait des coups de hache maladroits sur une bûche.

Le village semblait paisible.

— Je crois que nous n'avons rien à craindre, chuchota-t-il à son compagnon. Tout de même, restons prudents et faisons vite. Essaie de découvrir ce qui est arrivé à notre captive, mais ne mentionne surtout pas de noms.

Tirant son capuchon plus bas afin de dissimuler son oreille mutilée, il descendit le sentier et pénétra dans le village. Leur arrivée passa d'abord inaperçue, mais assez vite, des regards soupçonneux les suivirent. Ulf repoussa sa capuche et adressa un sourire aux villageois de sa connaissance, qui se détendirent en le reconnaissant. Caddoc fit une halte et observa les alentours, avant de s'engager plus avant dans le bourg.

— Lord Brunwulf ! s'écria soudain une voix derrière lui.

Il sentit son sang se figer dans ses veines. Il se retourna lentement, la main posée sur sa dague.

— Vous faites erreur.

L'homme qui avait prononcé ces mots, si déchirants pour lui, était le vieillard qui coupait du bois devant le hangar.

— Oui, soupira l'aïeul, vous êtes trop jeune. Ma vue baisse et je n'ai plus les idées aussi claires. Mais vous êtes peut-être l'un de ses fils ?

Caddoc s'enveloppa plus étroitement dans sa cape.

— Brunwulf et ses fils ont été pendus, répondit-il.

— Bien sûr. Croyez-vous qu'on puisse oublier cela, avec le vaurien qui a pris sa place ? Nous le regrettons un peu plus chaque jour. Brunwulf était un homme de bien. Ses fils aussi.

Caddoc se passa la main dans les cheveux, troublé d'entendre parler ainsi de son père.

— La vie est dure depuis l'arrivée des Normands, admit-il.

Il s'assit près du vieillard.

— Il y en a un qui vit ici même, d'après ce que j'ai entendu dire ?

— Guillaume, oui, mais il n'a jamais été un guerrier. C'était un serf, ça se voit. À présent, il vit paisiblement.

Le vieil homme essuya ses yeux larmoyants avant de conclure :

— Si tous étaient comme lui, le monde en serait bien meilleur.

Caddoc médita sur ces paroles. Combien de personnes, en Angleterre, avaient agi comme ce Guillaume ? Combien de Normands avaient épousé des Anglaises, ou réciproquement ? Un poignant regret l'étreignit soudain, menaçant de le submerger.

Il regarda la hache enfoncée dans la bûche. Le vieillard n'avait guère avancé dans sa tâche.

— Laissez-moi vous aider.

L'homme accepta d'un geste et sourit.

Constatant que la journée se faisait de plus en plus chaude, Caddoc ôta sa cape et sa lourde tunique de laine, ne conservant que sa chemise, plus fine, mais suffisamment épaisse pour que personne ne distingue les cicatrices cachées dessous. Puis il retroussa ses manches au-dessus des coudes et s'empara de la hache.

Fendre des rondins était exactement le genre de distraction dont son corps avait besoin, et chaque coup assené le soulagea un peu plus, en lui permettant de défouler sa frustration.

Bientôt, ses muscles commencèrent à s'endolorir et la sueur lui coula dans le dos. Lorsqu'il eut achevé, il porta les bûches dans le hangar du vieil homme.

— Cela devrait vous suffire jusqu'à ce que le temps s'adoucisse pour de bon, déclara-t-il avec un sourire.

Le vieillard lui saisit les mains.

— Merci pour votre amabilité. Nous ne nous aventurons pas trop loin dans la forêt par les temps qui courent. D'après ce que j'ai entendu, les bois deviennent de plus en plus dangereux.

— Comment cela ?

L'homme mordilla un instant ses lèvres parcheminées.

— Vous n'êtes pas le seul à y vivre ou à les traverser. On y trouve aussi de méchants hommes qui maltraitent tous ceux qui ont le malheur de croiser leur chemin. Il n'y a pas trois jours de cela, nous avons vu arriver ici une fille qui avait été molestée et avait eu la chance de pouvoir s'enfuir.

Caddoc sentit sa gorge se serrer.

— Racontez-moi.

Le vieillard se mordilla de nouveau les lèvres.

— Une Normande. Brune et pâle. Le genre maigrichon.

Caddoc se rebiffa intérieurement devant cette description désobligeante. Pâle ou pas, Constance était toujours aussi belle qu'à seize ans. Comment aurait-elle pu avoir bonne mine, après les jours de captivité qu'elle venait de vivre ? Il dut résister à l'impulsion de prendre sa défense. Ce qui importait avant tout, c'était la sécurité du camp et de ses occupants. Mais il avait beau faire, ce n'était pas là sa préoccupation première. Depuis quand le sort de Constance Arnaud lui tenait-il tant à cœur ?

Il écouta le vieillard lui décrire l'arrivée de la fugitive et les questions qui avaient suivi, redoutant d'entendre une description de lui-même ou de l'un de ses compagnons. Il glissa un regard vers l'endroit où Ulf discutait avec une jolie fille occupée à laver des draps dans un baquet, devant une chaumière, s'assurant que son ami était à portée, au cas où ils devraient opérer une prompte retraite.

Mais il s'était inquiété pour rien, constata-t-il, lorsque son interlocuteur eut achevé son récit.

— Vous a-t-elle dit où elle avait été capturée ? Ou qui étaient ses ravisseurs ?

Le vieillard suçota de nouveau ses lèvres.

— Pas d'après ce que j'ai entendu. Elle n'a pas voulu en convenir, mais il est probable qu'ils se sont servis d'elle de très vilaine façon. Edyt l'a emmenée chez elle et aura fait ce qu'il fallait, si tel a été le cas.

Caddoc grimaça. Certes, il était soulagé de savoir qu'aucune menace ne planait sur le camp de Gerrod, mais l'allusion à cette femme « faisant ce qu'il fallait » à Constance lui remplit l'esprit d'images horribles.

— Où se trouve cette Edyt ? Et que s'est-il passé dans sa chaumière ?

— Son mari a emmené la fille au château du baron. En tant que Français, il avait des chances d'être mieux reçu que nous. Quant à ce qui s'est passé entre les deux femmes, seule Edyt le sait et elle garde bien ses secrets.

Caddoc se décontracta un peu. Il avait obtenu les renseignements qu'il voulait. Constance se trouvait en sécurité à Hamestan, de retour parmi ses compatriotes.

Soudain, le vieil homme se pencha, désignant quelque chose par-dessus son épaule.

— Mais voilà Edyt et la fille en personne !

Le cœur cognant à se rompre, Caddoc se retourna prestement. Mais oui, c'était bien elle !

Constance s'avançait, donnant le bras à une femme légèrement voûtée, mais il était difficile de dire laquelle des deux soutenait l'autre.

Il s'aperçut qu'il tremblait et, serrant les poings, constata que ses paumes étaient moites. Que la simple vue de Constance puisse produire un tel effet sur lui le stupéfia !

Il se rapprocha d'un pas pour mieux la voir. Les deux femmes firent halte. Constance lui tournait à demi le dos, écoutant sa compagne et hochant gravement la tête à ses propos.

Elle lui parut différente. Bien sûr, il ne s'attendait pas à la retrouver dans ses habits crasseux, mais il ne l'aurait jamais imaginée telle qu'elle lui apparaissait en cet instant. Ses joues avaient retrouvé des couleurs et les cernes sombres autour de ses yeux s'étaient estompés. Sa chevelure était tirée en arrière sous un voile, mais il pouvait tout de même distinguer les mèches noires ondoyant autour de ses oreilles et encadrant un visage à l'expression déterminée.

Elle portait une robe verte, couleur de feuillage en été, retenue par une ceinture qui attira son regard sur sa taille mince. Le renflement de ses seins, à peine visible quelques jours plus tôt, sous son déguisement masculin, lui parut à présent évident pour quiconque osait poser les yeux à cet endroit.

Et il regardait, Dieu savait, buvant littéralement ce spectacle !

Il la vit sourire et son propre visage s'éclaira. Au même instant, elle se tourna légèrement dans sa direction et se raidit comme si elle avait reçu un coup. Il la vit porter la main à sa bouche, tandis que ses yeux s'arrondissaient d'effroi.

Aussitôt sur le qui-vive, il tâtonna vers sa dague, cherchant ce qui avait pu l'effrayer ainsi. Soudain, il comprit. C'était de lui qu'elle avait peur !

Constance tourna prestement les talons, avec un sursaut de biche effarouchée. Il aurait dû la laisser partir, mais le besoin impérieux de lui parler l'emporta sur toute forme de prudence.

— Attendez, milady !

Elle s'immobilisa, le corps tendu, comme prête à détaler à tout moment. Il demeura où il était, conscient que s'il esquissait un pas vers elle, il la verrait s'enfuir à jamais.

Il leva les mains, paumes vers l'extérieur, pour lui montrer qu'il ne tenait aucune arme et dans un geste de supplication.

— Je voudrais vous parler. Accordez-moi un peu de temps, s'il vous plaît.

Il prononça ces mots en hâte, craignant qu'elle ne s'en aille, mais elle chuchota quelque chose à sa compagne, qui le dévisageait d'un regard ouvertement hostile.

L'autre femme recula et il s'avança vers Constance, les mains toujours levées. Son pouls venait juste de retrouver un rythme à peu près normal lorsqu'il la rejoignit enfin, mais quand il rencontra son regard, il sentit son cœur s'emballer de nouveau.

— Je veux seulement m'assurer que vous vous êtes bien rétablie.

— Des tourments que vous m'avez fait subir ? rétorqua-t-elle avec acrimonie.

Tirant son voile plus bas sur son visage, dans une attitude défensive, elle demanda, ironique :

— Ainsi, vous vouliez prendre de mes nouvelles ? C'est fort aimable à vous. Combien de geôliers se montreraient aussi attentionnés ? Comme vous pouvez le voir, je vais très bien.

Trois bagues ornaient ses doigts, une broche émaillée était fixée sur sa poitrine et une épingle ornée d'une gemme retenait son voile sur sa tête. Elle portait sur elle assez de joyaux pour nourrir tout le village pendant un an. Elle n'avait pas perdu de temps à se montrer comme la riche dame qu'elle était incontestablement !

Elle l'enveloppa d'un long regard et il s'aperçut avec surprise qu'elle l'examinait avec attention, elle aussi. Il prit soudain conscience de l'aspect dépenaillé qu'il devait offrir, avec sa chemise usée que la transpiration collait à son corps, après le travail auquel il venait de se livrer.

Le fossé entre eux parut s'élargir un peu plus.

— Pourquoi êtes-vous revenue au village ?

Elle rosit imperceptiblement.

— Je suis venue leur apporter un présent pour les remercier de leur gentillesse.

— Que leur avez-vous offert ?

Le rose sur ses joues vira à un beau vermillon qui s'accordait avec la couleur de ses lèvres.

— Du pain, de la bière, du mouton. Mon beau-frère ne m'aurait rien donné d'autre, mais ils ont si peu et ils se sont montrés si gentils pour moi…

Elle semblait si honteuse de la modestie de son cadeau que Caddoc sentit son cœur se serrer.

— Je vous avais dit que vous trouveriez de grands changements à Hamestan.

Il lut la consternation sur son visage. Elle désigna les alentours d'un geste.

— Je pensais que votre existence était difficile à cause de la façon dont vous viviez, mais ces gens-là sont tout aussi misérables. Il en est de même dans tous les autres lieux que j'ai traversés. Je ne m'étonne plus que vous nous haïssiez d'être venus ici.

C'en fut trop pour Caddoc, qui ne put retenir sa colère.

— Et malgré cela, vous venez exhiber cette joaillerie ! lui reprocha-t-il, s'emparant de sa main et la soulevant, pour effleurer de son pouce les trois bagues.

Elle essaya de se dégager, mais il la retint fermement.

— Notre embuscade ne vous a donc rien appris en fait de prudence ? Vous ne pouvez pas prendre garde à vous ?

— Qu'allez-vous imaginer ? Ce n'est pas pour les exhiber que je les porte !

D'un geste brusque, elle dégagea sa main et croisa les bras. Ce geste rapprocha ses seins et, en dépit de sa colère, Caddoc fixa sur eux un regard fasciné.

Pourquoi n'y avait-il pas consacré plus de temps et d'attention, lorsqu'il avait tenu Constance dans ses bras ? Un corps tel que le sien demandait à être caressé et longuement exploré, pas utilisé avec désinvolture et à la va-vite. Comment s'étonner que leur étreinte se soit révélée si peu satisfaisante pour l'un et pour l'autre !

— Je préfère garder ce que je possède en lieu sûr. Les porter sur moi est le meilleur moyen que j'aie pu trouver.

Quelque chose dans le ton de sa voix l'alerta.

— Pourquoi ?

Elle se tordit les mains, jetant un regard inquiet autour d'elle.

— Dites-moi, insista-t-il.

Comme elle ne répondait toujours pas, il s'empara de son bras.

— Si vous essayez de m'enlever une fois de plus, je hurle ! le prévint-elle.

Il ne put retenir une grimace de dépit. La réaction de Constance n'avait rien de surprenant, après la façon dont ils s'étaient séparés, mais elle ne l'en blessait pas moins.

— Vous n'avez rien à craindre de moi. C'est plutôt moi qui cours un danger mortel. Un mot de vous et je me retrouve avec la corde au cou !

— Vous m'en croyez capable ? se récria-t-elle.

— Ce n'est pas pire que ce dont vous me soupçonnez !

— Jadis, nous n'aurions jamais pensé un seul instant que nous pouvions nous faire réciproquement du mal.

— C'était il y a bien longtemps. Nous ne sommes plus les mêmes personnes.

Elle jeta un coup d'œil par-dessus son épaule vers l'endroit où se tenait Edyt. Celle-ci lui adressa un bref hochement de tête avant de s'éloigner.

— Je vous le dirai, mais pas ici.

Sans lui lâcher le bras, Caddoc la conduisit vers le ruisseau. Constance s'appuyait sur lui, son épaule pressée contre la sienne. Sans son visage fermé, on aurait pu les prendre pour deux amoureux en promenade, comme autrefois. S'il s'était agi d'une autre femme, il se serait risqué à lui enlacer la taille. Il l'avait déjà fait dans la forêt, mais à présent qu'il ne s'agissait plus de l'enlever en l'entraînant de force dans les bois, le geste aurait paru trop intime.

Une pensée le frappa soudain.

— Vous n'avez pas remplacé votre canne !

Elle tourna les yeux vers lui et, pour la première fois, lui sourit.

— Après m'en être passée si longtemps et sur une telle distance, j'ai décidé de continuer. Je ne peux pas marcher très loin sans avoir mal aux jambes, mais je suis capable de me débrouiller pour les courts trajets, je pense.

Une note de fierté vibrait dans sa voix. Jusque-là, il n'avait pas mesuré à quel point son pied bot pouvait l'affecter, en dehors de sa difficulté à marcher. Dans ces conditions, il jugea qu'ils s'étaient suffisamment éloignés. Il s'arrêta près du cours d'eau et aida Constance à s'asseoir sur l'herbe moelleuse.

— Bon, dites-moi ce qui vous inquiète. Quelque chose vous trouble, cela se voit sur votre visage.

Elle jetait des regards furtifs à droite et à gauche. De toute évidence, elle se méfiait. Comment s'en étonner ? Quand lui avait-il prouvé qu'elle pouvait lui faire confiance ?

Après une pause qu'il trouva bien trop longue à son goût, elle se confia enfin.

— Peu après mon arrivée chez Robert de Coudray, on a apporté ma malle. Il ne voulait pas que je l'ouvre, mais j'ai insisté. Et devinez ce que j'y ai trouvé ?

La réponse parut évidente à Caddoc, étant donné ce qu'elle portait.

— Vos bijoux disparus, je suppose ?

— Exactement !

L'indignation étincelait dans ses yeux, la rendant encore plus belle.

— L'avez-vous accusé ? s'enquit-il, frémissant à la seule pensée qu'elle ait à affronter le Porc.

Il eut soudain peur pour elle et dut résister à l'impulsion de l'entourer de ses bras, présumant qu'elle n'aimerait pas qu'il la touche.

— C'est un homme dangereux quand on le contrarie.

— Je sais.

Elle baissa les yeux, un instant rembrunie.

— Je n'ai rien dit, mais j'ai veillé à garder sur moi mes possessions les plus précieuses.

Caddoc se sentit gêné de lui avoir prêté des motifs beaucoup moins nobles. Ce n'était pas par vanité qu'elle arborait tous ses bijoux, mais par simple souci de sécurité !

— Ce n'est pas tout.

Elle se mordit la lèvre avant de poursuivre :

— Peu après mon arrivée, j'ai pris un bain et je me suis changée. Or, ma malle a été fouillée pendant ce temps.

Caddoc cilla pour chasser l'image de Constance nue, la peau luisante et parsemée de gouttes d'eau qu'il aurait été si délicieux de lécher une à une…

Contrôle-toi, mon gars !

On aurait dit qu'il avait de nouveau dix-sept ans, quand il avait entraîné Constance dans l'étable pour y chercher refuge contre l'orage et en avait profité pour lui dérober un baiser.

Elle se trouvait à sa portée, maintenant, s'il souhaitait l'embrasser. Il essaya d'imaginer sa réaction, sans doute le même mouvement de recul qu'elle avait eu lorsqu'il l'avait touchée dans la tour. Mais il s'y prendrait avec tant de délicatesse et de précaution qu'il traverserait la carapace de glace dont elle s'enveloppait, jusqu'à ce qu'elle fonde dans ses bras.

— Comment pouvez-vous en être sûre ? demanda-t-il lorsqu'il eut retrouvé la maîtrise de sa voix.

— Les robes se trouvaient sous les chemises. Le linge n'était pas plié comme ma servante l'avait fait avant mon départ de Bredon. De petits détails que je n'aurais peut-être pas remarqués si mon attention n'avait pas été en éveil…

— Mais rien ne manquait ? Pourquoi a-t-il fait cela, en ce cas ?

— Je pense qu'il cherchait quelque chose, murmura-t-elle.

Ses grands yeux bruns semblaient songeurs.

— Je vous ai raconté que Rollo avait voulu s'entretenir une seconde fois avec les marchands, mais qu'ils étaient déjà partis, n'est-ce pas ? Et s'il avait voulu glisser un objet dans la malle et n'avait pu le faire ?

— Qu'est-ce qui vous fait penser cela ?

— Robert m'a demandé si j'avais pu emporter mes affaires en m'enfuyant, alors que ma malle et mes bijoux venaient d'arriver au manoir, et il a paru dépité de ma réponse. Peut-être croit-il qu'il est resté quelque chose dans le coffre. L'avez-vous toujours ?

Sans doute, songea Caddoc. Il n'était pas retourné dans le grenier depuis le départ de Constance, ne voulant pas raviver les souvenirs qu'évoquait ce lieu, et l'objet était assez petit pour avoir été oublié dans un coin.

— Je n'y ai pas touché et je doute que quelqu'un d'autre l'ait fait, répondit-il.

— Pourriez-vous me l'apporter ?

Il la regarda, surpris.

— Pourquoi ? Il était vide !

— Et s'il ne l'était pas ? S'il y avait quelque chose à l'extérieur que nous n'avons pas remarqué ? Après tout, nous ne cherchions que ce que nous nous attendions à trouver.

Elle semblait tout excitée, anticipant déjà quelque découverte. Il espérait qu'elle avait raison, mais n'y croyait qu'à demi.

— Si vous y trouvez quoi que ce soit, qu'en ferez-vous ? Vous le donnerez à Coudray ?

Constance renifla de dédain.

— Sûrement pas ! J'ai un ami puissant qui pourrait le faire traduire en justice.

— Un ami normand ?

Une fois de plus, il ressentit l'aiguillon du désir, mêlé à une pointe de jalousie.

— Oui, l'homme à qui j'ai promis de l'aider à découvrir ce que mijote Robert. Il n'agira pas sans preuves.

Il l'observait attentivement tandis qu'elle parlait. Son expression était sombre et déterminée. Même durant sa captivité, elle n'avait pas montré une telle animosité envers ses compagnons et lui-même.

— Pourquoi le haïssez-vous, Constance ? Je veux savoir !

— En quoi est-ce important ? J'ai mes raisons, voilà tout.

Elle soutint son regard, le mettant au défi d'insister.

— Mon ennemi est aussi le vôtre, cela devrait vous suffire, non ?

Rien ne l'obligeait à lui faire part de ses motifs, aussi acquiesça-t-il d'un hochement de tête, en dépit de sa curiosité.

Elle se releva et lissa sa jupe.

— Il faut que j'y aille. Robert sait que je suis venue ici, mais il s'attend à me voir rentrer d'ici peu. Il était assez furieux comme cela.

Caddoc se leva à son tour et la saisit par les épaules pour l'obliger à lui faire face.

— Constance, ne vous mettez pas en danger en le défiant. Je serai trop loin pour me porter à votre secours, si vous avez besoin de mon aide.

Elle arqua les sourcils, étonnée, puis un léger sourire éclaira son visage. Mais elle le refoula vite et son regard se durcit.

— Si vous voulez m'aider, retrouvez le coffre et apportez-le-moi.

Elle s'éloigna sur ces mots.

— Je vous ai déjà dit que vous perdiez votre temps avec ça ! lui cria-t-il.

Elle lui jeta un coup d'œil par-dessus son épaule.

— Alors, ne le faites pas ! Je reviendrai ici dans cinq jours. Si vous préférez ne pas m'aider, c'est à vous de décider, mais c'est sans doute le seul moyen que j'aie de découvrir ce qu'il me faut savoir.

Il la regarda partir. C'était peut-être la dernière fois qu'il la voyait, à moins qu'il ne retrouve ce qu'elle désirait. Elle perdait son temps, certes, mais il savait déjà qu'il serait au rendez-vous le jour convenu.

Il la laissa faire trois pas de plus avant de la héler.

Elle se retourna.

— Je ferai de mon mieux, Constance, mais je ne peux pas vous promettre que le coffre est toujours là-bas.

Le sourire qu'elle lui dédia en retour fut un vrai rayon de soleil. Il courut vers elle et la prit par les épaules, lui arrachant un brusque soupir. Ce simple son acheva de le rendre fou. Il l'aurait embrassée là, séance tenante, si Ulf, à cet instant, ne s'était dirigé vers eux.

D'un geste désespéré, Caddoc lui fit signe d'attendre et Ulf, battant en retraite, alla se poster près d'une étable.

Caddoc reconduisit Constance jusqu'à son palefroi.

— Je suis heureuse de vous avoir revu, lui dit-elle, comme il détachait l'animal. Je n'aurais pas aimé que nous en restions à ce qui s'est passé la dernière fois que nous nous sommes vus.

Il la hissa sur son cheval, laissant ses mains s'attarder sur sa taille, les doigts écartés sur la douce rotondité de ses hanches.

Elle posa la main sur la sienne et la pressa doucement, avant de se dégager sans rudesse.

— Soyez prudente et ne vous déplacez pas sans escorte ni gardes, lui enjoignit-il avec sévérité. Je ne me suis pas donné le mal de vous délivrer pour qu'un autre bandit aille s'emparer de vous.

Elle écarquilla les yeux, visiblement blessée, puis enfonça

les talons dans les flancs de sa monture avant de s'éloigner au galop.

Caddoc la regarda disparaître, regrettant déjà ses paroles. Il était presque parvenu à rétablir entre eux une certaine confiance et voilà que ce rappel de sa captivité venait de tout gâcher de nouveau !

Quant à la pensée qu'un homme, bandit ou pas, puisse s'emparer d'elle…

C'était une chose qu'il ne voulait pas envisager, tant la jalousie le taraudait.

Chapitre 13

Constance galopa jusqu'à ce qu'elle soit hors de vue d'Aldredley, assez loin pour être sûre de n'avoir pas été suivie.

Lorsqu'elle en fut certaine, elle se laissa glisser à bas de sa monture et s'appuya contre un arbre, la tête en arrière et les yeux clos. Une douce brise soufflait et elle releva un peu plus le menton, laissant l'air rafraîchir son cou et ses joues brûlantes.

Revoir Aelric avait éveillé en elle un écheveau d'émotions qu'elle ne pouvait débrouiller sans y réfléchir davantage, ce qu'elle se refusait à faire.

La peur qui s'était d'abord emparée d'elle à sa vue s'était évanouie avec une indécente promptitude, pour laisser place au désir incontrôlé qu'avait suscité son apparition.

Ses vêtements, humides de sueur après le travail auquel il s'était livré, et sa chevelure plus embroussaillée que jamais auraient dû la repousser, mais la vue de sa chemise moulant sa silhouette musclée et de ses joues empourprées l'avait émue jusqu'au tréfonds d'elle-même. « Oh ! Pourquoi ne me donnes-tu pas ce dont je suis si affamé ? » semblait lui demander son corps.

Le regard d'Aelric avait alors rencontré le sien, brûlant de la même intensité. Il la désirait. Elle l'avait lu sur son visage lorsqu'ils avaient marché côte à côte — la même expression que pendant leurs ébats, dans la tour, avant que la colère ne s'empare de lui. Mais ressentir elle-même un désir aussi puissant la déconcertait.

Elle s'éventa avec le bord de son voile, jusqu'à ce que ses joues refroidissent un peu et qu'elle retrouve une respiration normale.

Puis elle se remit en route vers Hamestan, espérant que les jours passeraient vite. Il lui tardait de revenir pour savoir si Aelric avait accompli sa mission et apporté le coffre. Croiser de nouveau son chemin serait s'exposer encore à la tentation, elle en était consciente, alors que le bon sens lui conseillait de l'éviter. Mais ce n'était pas possible. Cinq jours représentaient un délai assez long pour calmer les désirs insidieux qui la déconcertaient tant. La promesse qu'elle avait faite à Hugh l'obligeait à découvrir quels secrets pouvait dissimuler Robert. Aelric en serait le moyen, rien de plus.

Absolument rien de plus.

En arrivant à Hamestan, Constance découvrit que c'était jour de marché. Des marchands vantaient tout haut leurs marchandises, des gamins au regard gourmand traînaient près de l'étal aux gâteaux, et un joueur de pipeau égrenait ses notes, pendant que son chien au pelage miteux dansait sur ses pattes arrière sous les applaudissements.

Ce spectacle lui arracha un sourire, mais la musique éveilla bientôt en elle une poignante tristesse, lui rappelant Aelric jouant à ce même endroit. Elle avait du mal à imaginer l'homme aux yeux furibonds qu'il était devenu se joignant aujourd'hui à un divertissement aussi léger.

À sa grande surprise, Robert se trouvait sur la place. Il n'était pourtant pas du genre à apprécier les divertissements qu'offraient une fête ou un jour de marché. Jadis, elle ne l'avait jamais vu assister à quoi que ce soit de ce genre, ni même déambuler parmi ses gens.

En l'observant, elle comprit les raisons de sa présence. Il allait d'éventaire en éventaire, inspectant les marchandises et s'entretenant d'un air sévère avec les marchands. Les quatre soldats qui le suivaient de près attestaient seuls son rang, mais le fait qu'il les tienne si près de lui révélait une autre préoccupation.

Un besoin d'étaler son pouvoir ? Des craintes pour sa sécurité ?

Elle ne savait pas trop, mais le voir si étroitement gardé la renforça dans son opinion qu'Aelric ne parviendrait jamais à l'approcher d'assez près pour assouvir son désir de vengeance.

Elle mit pied à terre et fit contourner la place à sa jument. Robert l'aperçut alors et, d'un signe, lui enjoignit de le rejoindre. Bien qu'ulcérée par tant de désinvolture, elle attacha les rênes à un piquet et se fraya un chemin dans la foule.

— Ainsi, vous voilà revenue de votre excursion, commenta-t-il, ignorant la révérence dont elle le gratifiait. Vous n'utilisez pas votre canne ?

— Je me sens plus forte qu'avant, alors j'essaie de m'en passer. Je ne m'attendais guère à vous voir ici…

D'un air suspicieux, Robert inspecta le plateau d'un vendeur de tourtes.

— Je vérifie qu'ils tiennent bien le compte de tout ce qu'ils vendent.

Il hocha la tête, puis lui tendit le bras.

— Puisque vous êtes là, faites donc un tour avec moi.

Ravalant son déplaisir, Constance posa la main sur l'avant-bras de son beau-frère et se mit à marcher à son côté, tandis que les gardes leur emboîtaient le pas.

— Je soupçonne la moitié de ces vagabonds de vouloir me tromper, dès lors qu'il s'agit de me payer ce qu'ils me doivent, grogna Robert.

Elle s'étonna.

— Comment pouvez-vous le savoir ?

Ces pauvres gens portaient des vêtements usagés et elle lisait sur leur visage émacié la même expression à demi affamée qu'elle avait remarquée chez les habitants d'Aldredley. Décidément, la vie de tous ceux qu'elle croisait semblait misérable et accablée de souffrances !

— Aucun d'eux ne semble particulièrement prospère, observa-t-elle.

— Oh ! ils pourraient payer davantage ! J'ai du mal à en tirer des redevances, grommela Robert, grattant son ventre proéminent. Je ne réussis à lever qu'une somme dérisoire, à peine suffisante pour vivre. Je l'ai dit à Avranches, la dernière fois que je l'ai vu, mais il n'a pas voulu en entendre parler. Si j'étais dans sa position, je saurais bien les pressurer !

Constance pinça le nez, dégoûtée par sa dureté et son avarice.

— Vous avez vu Lord d'Avranches récemment ?

Un sourire torve erra sur les lèvres de son beau-frère.

— Lui ? Pensez-vous ! Il est trop occupé à réfléchir à la façon de gérer ces Gallois remuants pour prêter attention à ses vassaux. Mais il va bientôt faire le tour de son fief et je lui conseille de rester à l'écart de ceux qui ont mieux à faire que de le gratifier de courbettes.

Pour la première fois depuis son retour à Hamestan, Constance sentit son attention s'éveiller. Le ton méprisant de Robert ne constituait pas la preuve qu'il trempait dans quelque intrigue, mais les termes dédaigneux dont il usait à l'égard de Hugh lui montraient clairement qu'il n'éprouvait aucun sentiment de loyauté à l'égard de son suzerain.

Que mijotait-il donc ? Elle était si absorbée dans ses réflexions qu'elle n'entendit pas ce qu'il lui disait.

— Eh bien, Constance ?

Elle tourna vers lui un regard interrogateur.

— Votre conscience est-elle satisfaite, après cet acte de charité ?

— Pour le moment, oui. J'étais heureuse de pouvoir les remercier de leur gentillesse.

— Vous semblez remarquablement encline à gaspiller votre temps et votre argent avec ces gens. Votre époux approuvait-il cette générosité innée chez vous ? Cela me surprendrait beaucoup, d'après ce que je savais de lui.

Constance frissonna. Elle s'était toujours demandé si Robert connaissait la véritable nature de Piteur, au moment où il la lui avait donnée en mariage. Ayant entendu les pleurs étouffés que sa sœur versait la nuit, elle n'aurait pas été étonnée d'apprendre que les deux hommes se ressemblaient sur ce point.

En une brève action de grâces, elle remercia le ciel que Jeanne soit à présent en paix et n'ait plus à subir les tourments de Robert.

Une idée lui vint soudain à l'esprit. Jeanne avait dû laisser quelques possessions. Un manteau, peut-être, ou des chemises bien chaudes qui pourraient rendre un peu plus confortable la vie d'Edyt et des villageoises. Elle se promit de les rechercher avant de retourner à Aldredley. Cela lui fournirait une excellente raison, au cas où Robert deviendrait suspicieux.

— J'ai l'intention de renouveler bientôt ma visite au village.

— Vous n'irez nulle part, fut la ferme réponse qu'elle obtint.

— Mais il le faut ! J'ai promis.

Elle sentit des larmes lui piquer les paupières, face à cet obstacle imprévu. Elle les refoula farouchement avant que Robert ne remarque l'effet de ses paroles.

— Je peux apporter une aide à ces gens. Je n'ai pas l'intention de passer mes journées à ne rien faire.

Il se rapprocha d'elle, si près qu'elle sentit son haleine fétide sur son visage.

— Oh ! mais vous ne serez pas oisive ! Vous allez consacrer votre attention aux soins de ma maison. La mort de mon épouse a laissé mes serviteurs désemparés. Vous avez déjà dirigé votre propre maisonnée, vous serez donc capable de prendre sa place.

Ses yeux porcins s'étrécirent, tandis qu'il l'enveloppait d'un regard qui la fit frissonner. Pendant un affreux moment, elle envisagea la pire signification possible à ces mots, avant de parvenir à se calmer. Bien sûr, il faisait allusion au rôle de châtelaine, rien d'autre.

— Je veux bien m'occuper de votre maison, mais je ne vois pas pourquoi je ne pourrais pas aller et venir comme bon me semble.

— Je n'ai pas assez de gardes pour vous escorter ici et là dans la campagne. J'ai vu que vous étiez partie sans escorte ni chaperon, aujourd'hui. C'est inconvenant pour une jeune femme, surtout une veuve qui devrait pleurer son mari.

— Il n'y avait rien à pleurer, riposta Constance en lui lâchant le bras.

Ils avaient achevé le tour complet de la place et se trouvaient tout près de l'endroit où attendait son cheval.

Elle se campa devant son beau-frère, dans une attitude qu'elle espérait empreinte de calme.

— Je peux me déplacer seule ainsi que je l'ai fait aujourd'hui. Je ne suis pas une jeune fille avec une réputation à préserver. Ce n'est pas loin et la route est bonne. Je peux très bien faire ce que vous souhaitez et avoir mes propres distractions. Il n'y a aucune raison pour qu'il n'en soit pas ainsi.

— Et moi je veux que vous restiez sur les terres du manoir !

— Suis-je donc prisonnière ?

Robert releva son menton flasque.

— Non. Mais je vous ordonne de rester ici, où je peux assurer votre sécurité.

— Alors je suis bel et bien prisonnière, marmonna-t-elle en tournant les talons.

— Je ne suis pas un homme déraisonnable. Vous pouvez aller jusqu'à la place du marché ou la berge de la rivière, mais pas plus. Et j'entends être obéi, Constance ! Vous n'avez sûrement pas oublié ce qu'il vous en a coûté, la dernière fois que vous avez quitté ma maison sans permission.

D'un geste preste, il leva la main à hauteur de sa tête, paume en dehors. Elle sursauta et il sourit, satisfait de sa réaction, avant de baisser le bras.

— Je ne vous désobéirai pas, soyez tranquille.

— Vous feriez mieux. La dernière fois, vous avez eu de la chance de vous en tirer avec une raclée. Si j'avais su à ce moment-là que vous aviez fait évader mon prisonnier, je vous aurais jetée en prison pour trahison.

Constance ravala sa haine, l'estomac tordu d'angoisse.

Elle serra les poings, les mains cachées dans les plis de sa jupe. Mieux valait éviter que Robert ne se remette à penser à Aelric, au cas où on découvrirait le rôle qu'il avait joué dans son enlèvement.

— Et le gamin, l'avez-vous retrouvé ? s'enquit-elle d'un ton détaché. Il a dû se faire promptement reprendre, je suppose.

Robert fit la moue.

— Non, je n'ai jamais pu remettre la main dessus. Mais un faiblard comme lui n'a pas dû survivre longtemps, livré à lui-même. Je suis même surpris qu'il ait résisté à dix coups de fouet sans mourir à la moitié du supplice. J'aurais dû le laisser lutter contre moi. L'assistance se serait davantage divertie à regarder son sang couler. Il a sans doute été capturé par des marchands d'esclaves, à moins qu'il n'ait fini noyé dans une rivière. En le délivrant, vous m'avez coûté de l'argent. Un argent que vous allez me rembourser à présent par votre travail.

Constance respira mieux. C'était une bonne chose qu'il croie Aelric mort. Elle le soupesa calmement du regard. Il était trapu et plus grand que ce dernier, mais flasque, alors qu'Aelric avait développé des muscles puissants qui l'avaient surprise lorsqu'elle l'avait touché, éveillant en elle de si étranges sensations. Peut-être n'était-il pas si improbable qu'Aelric l'emporte, après tout. À condition de pouvoir franchir le barrage des gardes…

— Je vais avoir bientôt des visiteurs et vous aurez du pain sur la planche, reprit Robert. Retournez à la maison et donnez des ordres à mes domestiques pour les repas et tout ce qui doit être préparé afin d'assurer le confort de mes invités. Peut-être que dans un mois ou deux, si je suis satisfait de vous, je vous laisserai de nouveau rendre visite à vos amis.

— C'est une grande faveur que vous me faites, ironisa Constance.

— Le mariage ne vous a pas appris les bonnes manières, à ce que je vois. Peut-être un deuxième mari réussira-t-il là où le premier a échoué.

Constance sentit son sang se figer dans ses veines.

— Il n'est pas dans mon intention de me remarier. Je prononcerai mes vœux à Brockley, dès que j'en aurai la possibilité.

Si seulement elle pouvait hâter la venue de ce jour et retrouver dès maintenant la sécurité du couvent ! songea-t-elle avec angoisse. Elle allait tâcher de découvrir la preuve dont Hugh avait besoin, puis elle le supplierait de l'aider, ainsi qu'il l'avait promis.

— Si je vous parle de remariage, c'est parce que c'est ce que vous allez faire, répliqua Robert. Certaine alliance nous serait à tous profitable. Je suis votre protecteur et je sais ce qui est le mieux pour vous.

Constance frémit. Elle avait cru qu'il évoquait une simple hypothèse, mais à présent, elle comprenait pourquoi il avait tant insisté pour qu'elle revienne. Il n'avait jamais été dans ses intentions de la laisser repartir au bout d'un an. Il avait tissé une toile et elle s'y était engluée de son plein gré.

— Il n'en est pas question ! protesta-t-elle. Lord d'Avranches me soutiendra sur ce point.

— Je me moque de l'opinion d'Avranches ! Il a ses propres affaires, avec tous ces problèmes avec les Gallois. Il ne prendra pas le risque de soulever un conflit avec l'un de ses principaux vassaux pour plaire à une femme.

Il plissa les yeux avant d'ajouter :

— Du reste, rien ne garantit qu'il occupera cette place plus longtemps que son prédécesseur. Notre roi est changeant et ne fait pas de cadeaux à ceux qui lui font défaut. Quand je vous aurai trouvé un autre époux, vous pourrez quitter ma maison.

Constance ferma les yeux, submergée par le dégoût et la peur. Jamais elle ne pourrait endurer un autre mariage avec le genre d'homme que lui trouverait Robert. Elle allait s'enfuir le soir même, décida-t-elle. Elle irait à Aldredley, où Edyt accepterait sûrement de la garder jusqu'au retour d'Aelric.

Et ensuite ? Le supplier de la prendre avec lui ? Retourner au camp, où elle serait entourée d'ennemis, et vivre comme eux, en fugitive, pour le restant de ses jours ? Cela ne marcherait jamais. Robert saurait tout de suite où la chercher et Aelric lui avait clairement fait comprendre que sa présence au camp n'était pas la bienvenue. Il la désirait, mais ne voulait pas d'elle.

Seule ici et sans amis, il ne lui restait pas d'autre choix que de se soumettre à Robert pour le moment, jusqu'à ce qu'elle trouve une autre solution.

Elle inclina la tête, tout en se détestant pour sa lâcheté.

Robert claqua des doigts à l'intention des gardes qui les avaient suivis à discrète distance. Les hommes se mirent aussitôt au garde-à-vous.

— Raccompagnez Lady Constance à la maison. J'ai encore à faire ici et je ne veux pas qu'elle reste sans protection.

Il s'éloigna, la laissant tremblante. Elle se hissa sur sa monture, heureuse de n'avoir pas à effectuer le trajet à pied, car ses jambes flageolantes ne la soutenaient plus. Sa réaction à la menace physique de Robert avait été instinctive et spontanée, mais elle n'en ressentait pas de honte. Mieux valait lui laisser croire qu'elle avait peur de lui. Il aurait ainsi moins tendance à la surveiller. Elle dirigerait sa maison ainsi qu'il l'avait exigé, ce qui lui permettrait de chercher les preuves nécessaires pour le livrer à Hugh.

Mais retourner au village dans un mois ou deux ? Ce serait trop tard. Entretemps, Aelric viendrait au rendez-vous et, ne la trouvant pas, penserait qu'elle avait choisi de s'abstenir parce qu'elle ne se souciait plus de ce qu'il avait pu trouver.

La pensée de le savoir si près et pourtant hors de son atteinte fut assez pour lui faire monter les larmes aux yeux. Elle rentra au manoir aveuglée par les pleurs.

En dehors de ses exigences physiques redoutées, Piteur l'avait laissée libre de diriger sa maisonnée comme bon lui semblait, et sa longue expérience avait fait de Constance une maîtresse de maison capable et efficace.

Les serviteurs de Robert, devenus négligents depuis la mort de Jeanne, travaillèrent bientôt avec ardeur. Il en résulta qu'elle put avoir accès à presque toutes les pièces de la maison, excepté la chambre de Robert. Elle saisit toutes les occasions de fureter à la recherche d'un élément compromettant, mais ne trouva rien d'autre que des listes d'invités, dont trois apparaissaient à cinq occasions.

Bien sûr, Robert n'aurait jamais laissé traîner à la vue de tous des lettres fournissant les détails d'une conspiration, mais elle préférait passer son temps ainsi, plutôt qu'à imaginer Aelric en train de l'attendre en vain.

Les visiteurs de Robert vinrent et repartirent, un groupe d'hommes qui lui jetaient des coups d'œil méfiants chaque fois qu'elle s'approchait d'eux.

Pendant les repas, elle demeurait assise en silence à les observer, dans la crainte que l'un d'eux ne soit le mari qu'on lui destinait, mais aucun ne lui accorda plus d'attention que les autres.

Chaque soir, une fois retirée pour la nuit, elle entendait monter des voix querelleuses, mais sans parvenir à distinguer les paroles. Le sommeil la fuyait, car dès qu'elle fermait les yeux, Aelric surgissait devant elle, posant ses lèvres sur les siennes et laissant ses mains voyager sur son corps, ainsi qu'il ne l'avait pas fait durant leur brutal accouplement dans la tour, ou leurs hâtives et tâtonnantes entrevues du passé.

Lorsqu'elle parvenait tout de même à dormir, elle se réveillait entortillée entre les draps, fébrile et assoiffée de quelque chose qu'elle ne savait nommer. C'était comme si son corps, échappant au contrôle de son esprit, lui réclamait des satisfactions qu'elle était incapable de lui octroyer.

Sa frustration grandit jusqu'à ce qu'arrive et s'écoule le jour où elle aurait dû rencontrer Aelric. Bien que son visage ne trahisse aucune émotion, elle se désolait et se révoltait intérieurement, accablée de chagrin. Elle ne saurait jamais s'il s'était rendu au village et il ignorerait qu'elle en avait été empêchée. Il croirait qu'elle avait changé d'avis, comme il l'avait déjà pensé, tant d'années plus tôt.

Elle croisa les bras autour de son buste, glissant les doigts sous son col pour se tâter les épaules, là où la ceinture de Robert avait entaillé sa chair, en laissant des cicatrices profondes.

Si Aelric avait vu ces marques, il ne lui en aurait jamais voulu de ne pas l'avoir rejoint cette nuit-là.

Sept jours depuis sa dernière rencontre avec lui ! Constance sentit qu'elle ne pourrait pas en endurer davantage.

Elle jeta sa broderie avec un soupir irrité, faisant sursauter la jeune fille qu'elle avait choisie pour servante. Cela faisait des jours qu'elle n'avait pas quitté l'enceinte du manoir, ne s'aventurant pas plus loin que la cour. Jusqu'ici, elle n'avait eu aucune raison d'aller où que ce soit. Mais ce jour-là brillait un chaud soleil printanier et elle ressentit le besoin de rencontrer des gens.

C'était jour de marché. Elle décida de marcher jusqu'au bourg, ne serait-ce que pour se rappeler que la vie continuait au-dehors.

Elle envoya la servante chercher leurs capes et toutes deux se préparèrent à sortir.

Robert se tenait dans la grande salle, les jambes étendues vers le feu.

— Hé là, où allez-vous ?

— Au marché. Ma servante va m'escorter, répondit Constance.

Elle rassemblait déjà son courage, prête à contrer les objections de son beau-frère, mais il se contenta de renifler avec dédain, lui demandant de rapporter deux pintades pour les invités qui arriveraient plus tard dans la journée.

Cette fois encore, le bourg fourmillait de gens qui s'arrêtaient devant les étalages pour effectuer leurs achats ou saluaient leurs connaissances. Le temps plus doux semblait avoir amélioré leur humeur à tous, en dépit de la pauvreté dans laquelle ils vivaient. C'était la première fois qu'elle pouvait vraiment observer ce qui avait changé en sept ans et elle fut surprise par ce qu'elle voyait.

La place, autrefois ouverte, était à présent enclose des quatre côtés. On avait construit des bâtiments plus vastes et une nouvelle forge se dressait près du fournil, à la place de l'ancienne hutte. Un spectacle, cependant, lui arracha un frisson. La potence, elle, se trouvait toujours au même endroit.

Elle détourna les yeux, croyant entendre résonner de nouveau les hurlements d'Aelric, et revint sur ses pas, sa journée gâchée.

Un mendiant voûté et vêtu de haillons se tenait appuyé au mur, non loin du puits. Comme elle passait près de lui, il agrippa le bord de sa cape de ses mains crasseuses. Constance se révulsa et tenta de se dégager, mais l'homme tint bon.

— Milady aurait-elle assez bon cœur pour me faire l'aumône ? croassa-t-il d'une voix suppliante.

Elle s'arrêta. Son instinct l'incitait à repousser le quémandeur, mais elle se rappela toute la misère dont elle avait été témoin depuis son retour et la compassion l'emporta en elle sur la répulsion. Elle lui glissa un penny.

Au moment où elle déposait la piécette dans sa main, le mendiant lui saisit le poignet.

— Merci de tout cœur, madame, murmura-t-il d'une voix qui lui parut soudain familière.

Elle le dévisagea et reconnut Ulf.

— Pourquoi êtes-vous ici ? chuchota-t-elle. Tout va bien, au camp ?

Elle imagina Robert découvrant le lieu caché et le massacre qui en avait peut-être résulté et se sentit flageoler à cette seule pensée.

— Il n'est rien arrivé, la rassura Ulf. Mais notre ami qui a deux noms vous a espérée en vain. Il m'a envoyé ici monter la garde pour vous dire qu'il vous attend à l'endroit où vous vous rencontriez autrefois.

Il lui lâcha la main sur ces mots et s'éloigna d'une démarche traînante, la laissant bouche bée. Autour d'elle, les gens vaquaient à leurs affaires, inconscients du tourbillon d'émotions qui l'agitait.

Elle tendit un penny à sa servante.

— Je vais jusqu'à la rivière cueillir des fleurs. Allez donc vous acheter un ruban ou un gâteau.

Il lui fallut un peu de temps pour atteindre la vieille étable sur la rive de la Bollin, mais la pensée qu'Aelric était peut-être là-bas à l'attendre lui fit oublier les inconvénients du trajet.

Tandis qu'elle foulait le vieux sentier familier, les souvenirs se bousculaient dans son esprit.

Elle s'arrêta à l'extérieur du bâtiment bas. Il était déjà vieux, sept ans plus tôt, et c'était un miracle qu'il tienne encore debout, oublié de tous. Pas d'hommes au travail dans les champs, pas de troupeaux paissant alentour, et les poutres commençaient à pourrir.

Elle posa des doigts tremblants sur la poignée rouillée de la porte. Et si c'était un piège ? Si elle se retrouvait de nouveau prisonnière, après s'être jetée de son plein gré dans la gueule du loup ?

Mais elle repoussa cette crainte. C'était stupide, voyons ! Si Aelric voulait l'enlever, il ne l'aurait pas laissée partir, quand il lui aurait été si facile de s'emparer d'elle, à Aldredley.

Et puis, lui chuchota une voix insidieuse, ne préférerait-elle pas être la captive d'Aelric que celle de Robert ?

Prudemment, elle ouvrit la porte et se glissa à l'intérieur.

Chapitre 14

Caddoc attendait dans la pénombre, appuyé contre un mur dans le coin le plus près de la porte, les jambes croisées et le visage dissimulé par son capuchon. Il espérait rester invisible si quelqu'un d'autre que Constance pénétrait dans l'étable et ne pas avoir besoin de faire usage du solide gourdin posé à côté de lui.

Le temps était devenu chaud et l'étable exiguë lui semblait étouffante, bien qu'il ne portât qu'une mince tunique. Il observait la danse des particules de poussière qui voletaient, en suspension dans les rayons de lumière, puis descendaient lentement vers le sol.

Il était arrivé avant le lever du soleil, disposé à attendre jusqu'au crépuscule, quand Ulf pourrait enfin le rejoindre. « Ensuite, nous repartirons », avait-il affirmé à son compagnon. En fait, il était prêt à attendre plus longtemps s'il le fallait pour revoir Constance. Même si Ulf réussissait à la voir, il n'avait aucune certitude qu'elle viendrait.

S'adossant de nouveau au mur, il ferma les yeux. De la vieille paille avait pourri sur le sol, mais l'abri sentait la même odeur que jadis. Il n'aurait jamais imaginé combien une simple fragrance pouvait éveiller de souvenirs.

Le bruit de la porte qui s'ouvrait le ramena brusquement à la réalité, juste à temps pour voir une mince silhouette pénétrer dans l'étable avant de repousser le battant doucement.

Dégrafant le voile qui lui couvrait les cheveux et la gorge, Constance s'avança vers le milieu de l'abri et soupira, se croyant sans doute seule — jusqu'au moment où elle l'entendit remuer et sursauta.

— Aelric ?

Il n'eut que le temps de se relever. Dès qu'elle l'aperçut, elle se jeta contre lui, enfouissant la tête dans la chaude courbe de son épaule, les bras noués autour de sa nuque. Il l'enlaça et la serra contre lui. Elle était tiède et exhalait un doux parfum de rose. Ses seins moelleux se pressaient contre son torse et, bien entendu, son corps réagit de la façon la plus prévisible.

Il aurait pu rester ainsi pour toujours, mais le léger rire aussi surpris que ravi qui lui échappa la fit se raidir, brisant ainsi l'enchantement qui les liait. Il la serra plus fort, jouissant un instant de plus de la sensation, mais déjà Constance luttait pour se dégager.

Elle recula d'un pas, les joues délicieusement empourprées.

— Pardonnez-moi. Je ne sais pas ce qui m'a pris.

Il attendit que son cœur ralentisse et retrouve son rythme habituel pour répondre :

— Quel homme demanderait des excuses pour un tel accueil ? Croyez-vous donc que je sois de marbre ?

C'était une plaisanterie, mais son ton n'en était pas moins sérieux. La rougeur de Constance s'accentua, envahissant son cou, avant de s'immiscer sous le col de sa robe.

— Où est le coffre ?

Il cilla, désappointé. Ainsi, c'était là sa première préoccupation !

— Vous supposez donc que je l'ai ?

— Seriez-vous venu, si ce n'était pas le cas ?

Il retint un soupir. Plus que jamais persuadé que cette piste ne menait à rien, il n'avait accepté de lui apporter l'objet que pour avoir l'occasion de la revoir. Cela le blessait qu'elle accorde plus d'importance à ce mystère qu'à sa présence. S'il en était ainsi…

Il prit une profonde inspiration, décidé à se montrer aussi détaché qu'elle.

— Je suis désolé de vous avoir fait marcher si loin, mais je ne me serais pas aventuré plus près de Hamestan.

— Alors, vous avez le coffre ? J'espère que vous ne vous risqueriez pas ici sans une bonne raison.

— Il faut qu'il y ait en effet une puissante raison, acquiesça-t-il, levant les yeux pour rencontrer les siens.

Le regard qu'elle lui rendit acheva de mettre à mal son sang-froid. Sans doute ne se rendait-elle pas compte de son émoi. Sinon, comment pourrait-elle rester aussi distante ?

Brusquement, elle tourna les talons, s'éloignant un peu plus de lui. Il l'observa, tandis qu'elle examinait les alentours. C'était ici qu'ils s'étaient rencontrés en secret, elle, la jeune fille solitaire, lui, l'adolescent révolté. C'était ici qu'ils avaient évoqué des rêves et des ambitions qui ne s'étaient jamais réalisés. Ici qu'il s'était enhardi au point de glisser pour la première fois le bras autour de sa taille mince, et qu'elle lui avait accordé de plus en plus de libertés, jusqu'au moment où…

Les émotions menaçaient de le submerger. Comment ce qu'ils avaient fait dans la tour avait-il pu se révéler si vide et dégradant, quand le même acte accompli jadis, à cette même place, avait été si doux, empreint de la plus brûlante passion et du désir fou que seuls deux très jeunes gens pouvaient éprouver ?

Il connaissait la réponse. Au camp, elle ne s'était pas donnée de son plein gré, ce n'était qu'un marchandage sous l'effet de la contrainte.

Serait-ce plus satisfaisant, s'ils recommençaient à présent qu'elle n'avait plus l'impression de devoir acheter ainsi sa liberté ? Son corps réagit aussitôt à cette pensée, intensément sensible, vibrant du désir de savoir, de vérifier sur-le-champ…

Peut-être Constance revivait-elle les mêmes souvenirs, mais d'une autre façon, car il vit ses épaules se raidir et elle refusa de rencontrer ses yeux lorsqu'elle se retourna enfin vers lui.

— Depuis combien de temps êtes-vous ici ?

— Je suis arrivé avant l'aube, répondit-il d'une voix sourde.

Il s'éclaircit la gorge avant de poursuivre :

— L'autre jour, je suis retourné à Aldredley ainsi que vous me l'aviez demandé. Je vous ai attendue jusqu'à la nuit, mais vous n'êtes pas venue.

Il crut voir des larmes briller dans ses yeux.

— Je voulais y aller, mais Robert ne m'aurait jamais laissée sortir du bourg.

— J'avais donc raison de m'inquiéter pour vous.

S'inquiéter ! C'était bien peu dire ! Il grimaça à la pensée des affres qu'il avait traversées, fou d'incertitude et d'angoisse. Seules les paroles sensées d'Ulf l'avaient empêché de se précipiter à Hamestan pour s'enquérir d'elle.

Constance essuya ses larmes avec brusquerie. Il esquissa un geste pour l'aider, puis retira sa main, conscient que c'était là une initiative trop intime.

Il l'observait, les bras croisés. Jusqu'à quel point avait-elle tenté d'honorer leurs précédents rendez-vous, dont celui qui aurait dû avoir lieu sept ans plus tôt ?

— Il vous en a empêchée ? s'enquit-il en s'efforçant de garder son calme. Vous a-t-il brutalisée ?

Il s'avança d'un pas vers elle, mais Constance croisa les bras sur son buste, créant ainsi une barrière qu'il n'osa pas franchir.

— Robert a prétendu qu'il était trop risqué pour moi de m'éloigner de la maison, qu'il y avait trop de dangereux hors-la-loi dans les bois. Après ce qui m'était arrivé en venant ici, je pouvais difficilement le contredire sans éveiller ses soupçons. Après tout, vous m'avez dit la même chose, lors de notre dernière rencontre.

— Où croit-il que vous êtes, en ce moment ?

— Encore au marché, je suppose, répondit-elle avec une désinvolture qui ne lui parut pas entièrement convaincante.

Quelque chose la troublait profondément, de toute évidence.

— Il me laisse libre d'aller dans le bourg et jusqu'à la rivière. Je ne suis pas confinée à la maison, mais il sait que je ne peux pas aller très loin à pied.

Il lui toucha doucement l'épaule. Elle sursauta, puis son

corps se détendit et elle inclina la tête, posant la joue contre sa main. Il l'obligea à se tourner vers lui, son chaud regard brun à hauteur du sien.

— Constance, est-ce qu'on vous maltraite ?

Plissant les yeux, elle sourit pour la première fois, touchée sans doute par la farouche inquiétude qui vibrait dans sa voix et la crispation soudaine de ses doigts sur son épaule. Il la désirait si intensément que c'en était douloureux. Mais sous le besoin physique, il découvrait un autre instinct, plus profond — la préserver de tout mal.

— Non. Il est plus rustre et grossier que jamais, mais il ne me brutalise pas.

Caddoc desserra légèrement son étreinte et elle couvrit sa main de la sienne. Le contact de ses doigts frais sur sa peau fit naître en lui des ondes de désir qui se propagèrent de son bras à tout son corps. Une flamme lui incendia le bas-ventre et, de façon plus troublante encore, remonta tout droit vers son cœur.

— Ainsi, vous êtes en sécurité ? Et heureuse ?

— Heureuse ? Non.

Elle lui retira sa main et se tordit les doigts, tiraillant le bord de son voile dans un geste machinal.

— Ma sœur est morte, ainsi que vous me l'avez vous-même appris. Robert attend de moi que j'assume le rôle de châtelaine à la place de Jeanne. Il aime que je me montre modeste, silencieuse, et que je veille au confort de ses visiteurs.

Caddoc serra les poings à la vision de Constance soumise aux ordres du Porc, dans cette demeure qui aurait dû être la sienne.

— Il vous traite en servante ?

Constance arqua un sourcil étonné.

— Il me traite comme tous les hommes traitent les femmes de leur maisonnée. Il attend de moi que j'aplanisse les difficultés et fasse en sorte que sa réputation d'hôte ne soit jamais ternie. Je n'y vois pas d'objections, dans la mesure où cela me donne la liberté d'aller et venir dans le manoir et de découvrir ce que je peux.

— Croyez-vous qu'il vous soupçonne d'agir contre lui ? Est-ce pour cela qu'il vous a empêchée de retourner au village ?

— Oh ! non, il ne soupçonne rien. Il me l'a interdit par pure méchanceté, parce qu'il ne veut pas que j'aide Edyt. Tant qu'il croira que c'est là ma seule raison de vouloir retourner à Aldredley, je ne risque rien.

Elle fronça les sourcils, le regard étincelant de colère. Cette expression aurait enlaidi n'importe quelle autre femme, mais elle avait trop de caractère pour que sa beauté en souffre. Les émotions fortes seyaient à son visage. La colère, l'indignation… ou la passion.

— Et vous n'avez rien découvert qui soit susceptible de lui nuire ?

Elle plissa le front et une légère ride se forma entre ses sourcils. Ils se tenaient si près l'un de l'autre que lorsqu'elle émit un soupir de regret, il sentit son souffle lui caresser la joue. Il se rapprocha encore un peu, jusqu'à ce qu'il ne reste plus entre eux le moindre espace.

— Il reçoit souvent des visiteurs, des hommes qui séjournent au manoir. Souvent, ils semblent discuter avec ardeur, mais ils se taisent dès que je m'approche.

Caddoc fut surpris par un nouvel élancement de jalousie.

— Des hommes ? En connaissez-vous certains ?

— Non.

Sa voix avait été trop ferme et la réponse trop prompte pour le rassurer pleinement. De toute évidence, c'était un sujet auquel elle avait réfléchi.

De nouveau, il eut la tentation de l'attirer dans une étreinte protectrice, mais s'arrêta à temps.

— Je ne souhaite en connaître aucun, précisa-t-elle.

Elle tourna vers lui ses yeux bruns frangés de longs cils, et il vit une lueur de crainte altérer un instant son regard. Cette fois, il céda à l'impulsion qu'il avait repoussée un instant plus tôt et l'enveloppa étroitement dans ses bras. Elle reprit sa respiration, surprise, et ne répondit pas à son geste, ainsi qu'elle l'avait fait à son arrivée, lorsqu'elle s'était jetée à son cou. Mais elle ne résista pas non plus.

— J'ai peur pour vous, Constance.

— Il ne faut pas.

Elle se laissa aller, la joue contre son torse, et son propre pouls se mit à battre à tout rompre dans sa poitrine. Si elle entendait ces coups sourds résonner sous son oreille, comprendrait-elle la raison de cette soudaine accélération ?

Il était déchiré entre le désir qu'elle sache l'effet qu'elle produisait sur lui et sa réticence à affronter ensuite l'énormité des conséquences qui pouvaient en résulter.

Elle respira de nouveau à fond, et ses seins se soulevèrent, pressés contre lui. Lorsqu'elle relâcha son souffle, le son parut s'étrangler dans sa gorge.

Il lui glissa la main sous le menton et le souleva jusqu'à ce que leurs regards se rencontrent enfin, rivés l'un à l'autre. Les lèvres de Constance tremblaient et elle les serra l'une contre l'autre de toutes ses forces, pour cacher les émotions qui l'agitaient.

Il lui enserra le visage de ses deux mains, les doigts sur ses pommettes. Un frémissement d'anticipation le parcourait déjà, mais lorsqu'il pencha la tête vers elle, elle se recula et son regard changea soudain d'expression, comme si elle élevait un bouclier entre eux.

— Je ne peux pas rester ici plus longtemps. Montrez-moi le coffre, s'il vous plaît.

Il soupira, frustré par ce brusque changement de sujet. Mais à quoi s'attendait-il d'autre ? Déjà, il était parvenu à la garder près de lui plus longtemps qu'il ne l'espérait. Si elle était venue, c'était pour une raison précise. Une fois qu'il lui aurait rendu le coffre, elle n'aurait plus besoin de lui. Elle sortirait à jamais de sa vie, malgré ses réticences à la laisser partir.

Tant pis. Il inclina quand même la tête et l'embrassa.

Ce fut le plus bref des baisers, mais Constance eut l'impression qu'il durait l'éternité. Aelric s'écarta avant même qu'elle ait eu le temps de savourer ce qu'il avait fait ou de lui répondre, ainsi que son propre corps l'y incitait, mais la sensation subsista longtemps après que le baiser eut cessé — la fermeté de ses lèvres, le picotement de sa barbe, si rêche et si douce à la fois.

Il recula, la libérant de son étreinte.

— Je suis désolé, fit-il, répétant les mots qu'elle avait prononcés un peu plus tôt. Je ne sais pas ce qui m'a pris.

Ni le ton ni le regard ne semblaient le moins du monde contrits. Constance ignorait si elle devait se montrer offensée de la liberté qu'il venait de s'octroyer ou se féliciter de le voir si peu repentant. Tout ce qu'elle savait, c'était que plus elle s'attarderait dans cette étable étouffante et obscure, plus elle aurait de mal à maîtriser son propre désir. Depuis le moment où elle s'était inconsidérément jetée dans ses bras jusqu'à celui où il l'avait lui-même enlacée, elle n'avait pas cessé de l'imaginer en train de l'embrasser… et bien plus encore.

Cette fois, elle sentait que ce serait une expérience bien différente de l'étreinte brutale et dépourvue d'émotion qu'ils avaient partagée dans la tour. L'émotion et la crainte luttaient en elle à cette pensée. Il lui avait fallu plus de force qu'elle ne l'avait cru possible pour s'écarter de lui et en revenir au sujet qui l'avait amenée.

— Le coffre ? insista-t-elle, refoulant l'émoi qui montait en elle.

Aelric s'assombrit. D'un geste de la tête, il indiqua le coin de l'étable.

— Là-bas…

Elle courut vers l'endroit et s'agenouilla pour découvrir la boîte dissimulée sous de la vieille paille. Puis elle jeta un coup d'œil à Aelric, qui suivait ses gestes d'un regard glacial.

— Vous n'avez pas eu de mal à le transporter jusqu'ici ?

— Il n'est guère encombrant. Et je suis plus fort que je n'en ai l'air, vous savez.

De toute évidence, elle l'avait offensé !

— Ce n'est pas ce que je voulais dire, s'excusa-t-elle.

Il se mit à genoux près d'elle, pliant sous lui ses longues jambes.

— Mes compagnons sont furieux que je vous aie délivrée. J'ai fait en sorte qu'ils ne me voient pas quitter le camp avec cet objet.

Constance tira le coffre vers elle. Il lui parut bien lourd.

— La solution doit se trouver là. Si Rollo savait qu'il était vide, pourquoi a-t-il essayé de le protéger à tout prix ?

Aelric haussa les épaules pour toute réponse.

Constance examina le coffre sur toutes ses faces, sans y trouver de marques particulières. La serrure lui parut quelconque. Elle introduisit la main à l'intérieur et tâta les parois. Elle atteignit le fond plus vite qu'elle ne s'y attendait. Elle retira la main lentement, mesurant la hauteur du coffre avec son bras.

— Il y a quelque chose de bizarre, murmura-t-elle. Il semble plus grand, vu de l'extérieur.

Elle le tendit à Aelric qui l'examina attentivement, soudain intéressé.

— Un compartiment secret ?

Doucement, il promena les doigts sur chaque surface, puis tâta avec précaution les serrures et les ornements. Elle se tenait à genoux près de lui, leurs épaules se touchant presque. Elle tâtonnait autour des ferrures, quand ses doigts rencontrèrent un clou légèrement saillant, dont elle pressa la tête.

On entendit un léger déclic. Constance adressa alors un sourire radieux à Aelric et lut sur son visage une expression de triomphe qui fit écho à la sienne. Le regard encore incrédule, il lui reprit le coffre des mains pour l'examiner de plus près.

— Vous pensiez que nous ne trouverions rien, lui rappela-t-elle.

Aelric se rassit sur les talons, repoussant sa chevelure en désordre.

— C'est vrai. Je n'y croyais pas.

Il n'en était pas moins venu, songea-t-elle, ne pouvant sans doute résister à l'éventualité, aussi aléatoire soit-elle, de détruire Robert. Elle aurait eu mauvaise grâce à le critiquer pour cela, elle qui avait aussi placé tous ses espoirs en cette mince possibilité.

— Si vous ne vous trompez pas, Rollo a remis vos bijoux dans la malle avec les autres objets de valeur, mais pas ce qui aurait pu éveiller des soupçons, si c'était découvert. Là… Mes doigts sont trop gros… Voyez si vous pouvez faire pivoter cela.

Constance enfonça la main dans le coffre, tâtonnant à la recherche du panneau mobile. Elle glissa un ongle sous le fond, qui s'était légèrement soulevé.

Ou elle ne trouverait rien, songea-t-elle fébrilement, ou elle découvrirait là quelque chose qui l'aiderait à atteindre son objectif. Dans l'un ou l'autre cas, elle n'aurait plus aucune raison de revoir Aelric. Plus tard, après s'être séparés, ils pourraient redevenir des étrangers l'un pour l'autre. Prolonger cette rencontre ne ferait que rendre la séparation plus difficile. Mais comment hâter le moment du départ ?

Il posa la main sur son poignet, l'empêchant de faire basculer le panneau.

— Si vous trouvez là-dedans de quoi nuire à votre beau-frère, quel usage en ferez-vous ?

— Je ferai passer la preuve à cet ami dont je vous ai parlé. Lord d'Avranches, comte de Chester. C'est lui qui m'a demandé de découvrir ce que complote Robert.

— Il vous utilise comme espionne ! Un bel ami, en vérité, qui n'hésite pas à vous mettre en danger, pendant qu'il reste bien en sécurité à Chester !

— Il y a des endroits où je peux m'introduire et pas lui, expliqua calmement Constance. Et il ne peut pas s'engager ouvertement tant qu'il manque de preuves.

La jalousie d'Aelric lui parut presque comique, jusqu'au moment où elle en saisit la vraie raison.

— Oh ! bien sûr, vous devez haïr Lord d'Avranches autant que vous haïssez mon beau-frère ! Un Normand…

À son grand étonnement, Aelric se contenta de hausser les épaules.

— Il n'est sans doute pas pire que cet Edwyn, à qui mon père devait loyauté.

Et d'ajouter avec un sourire qui la surprit :

— Les hommes de ma condition ont toujours dû s'incliner devant quelqu'un. Je n'y vois pas d'objection. C'est d'avoir été spolié des terres paternelles qui me révolte.

Un instant, elle le sentit qui resserrait son étreinte autour de son poignet, caressant sa chair du pouce, juste à l'endroit où battait son pouls. Ce simple geste suscita un tel frémissement en elle qu'elle se sentit soulagée lorsqu'il la lâcha.

Achevant de tirer la plaquette de bois, elle renversa le coffre. Quelque chose tomba sur ses genoux.

C'était un parchemin plié autour d'un objet peu volumineux mais assez lourd. Aelric tendit la main pour le déplier, révélant une broche ronde gravée de signes, une pierre rouge incrustée au centre.

Constance écarquilla les yeux.

— Voilà donc ce que Rollo cherchait à protéger ?

— Ce bijou ne vous appartient pas ?

Elle secoua la tête, examinant l'objet dans la lumière.

— Il ne semble pas valoir grand-chose. Certainement pas de quoi perdre la vie ! On dirait un poème, fit-elle remarquer, s'emparant du parchemin. Ou peut-être un chant, mais je ne le connais pas.

Aelric le parcourut des yeux, alors qu'elle le tenait toujours à la main. Troublée par ce contact, elle eut du mal à se concentrer sur le texte, qu'elle lut tout haut.

— La versification est bancale et les rimes tirées par les cheveux, commenta Aelric avec dédain.

— J'espérais une liste de noms, ou les détails d'un complot. Il n'est même pas prouvé que ce document soit destiné à Robert, murmura-t-elle, accablée par la déception.

Aelric soupira.

— Il n'y a rien là-dedans qui vaille les ennuis auxquels nous nous sommes exposés.

Il se leva et lui tendit la main pour l'aider à faire de même.

— Je vais tout de même continuer à chercher, murmura-t-elle.

— Ce que vous faites est dangereux ! Cessez de vous mettre en danger et laissez-moi m'occuper de Coudray, voulez-vous ?

Son ton s'était durci et son habituelle expression farouche, absente jusque-là, reparut soudain sur son visage, y effaçant toute trace de tendresse.

— Vous en occuper ? De quelle façon ?

— Vos procédés se sont révélés vains. Je connais un moyen plus efficace, si vous me libérez du serment que vous m'avez jadis imposé.

Constance hésita, puis faillit accéder à sa demande. Mais c'eût été le condamner à mourir sous les coups des gardes de Robert et mettrait fin à tout espoir d'obtenir l'aide de Hugh.

— Je n'en ferai rien.

Aelric serra les poings.

— Vous êtes prête à risquer votre vie, mais vous refusez de me laisser courir ma chance ?

Il se détourna, dispersant la paille d'un coup de pied furieux. Ses épaules se soulevèrent, puis retombèrent plusieurs fois, tandis qu'il tentait de se maîtriser.

— Vous n'êtes pas le seul à qui il ait fait du mal, argua Constance. Moi aussi, j'ai droit à ma vengeance.

Il fit volte-face, le visage déformé par la colère. D'un geste brusque, il froissa en boule le parchemin qu'il tenait encore à la main, le jetant sur le sol avec une violence inattendue.

Sans un mot, Constance le ramassa et le lissa, fixant de nouveau les mots à travers ses larmes. En ce lieu où ils avaient jadis été tout l'un pour l'autre, voir Aelric traiter un poème avec cette désinvolture constituait une preuve de plus que le garçon qu'elle avait aimé n'existait plus.

— Je me souviens que vous écriviez des chansons,

autrefois, chuchota-t-elle. Que vous jouiez de la musique et que vous chantiez…

Il exhala un soupir excédé.

— Vous croyez peut-être qu'un hors-la-loi a du temps pour de telles futilités ?

— Mais vous aimiez tant cela…

Il l'interrompit d'un geste de la main.

— Il ne reste plus de place dans mon cœur pour les sentiments.

Elle sentit tant de souffrance dans sa voix qu'elle eut soudain envie de tendre la main vers lui afin de le réconforter.

Mais, déjà, il serrait de nouveau les poings, le visage altéré par la rage.

— La vie que je mène est dure et brutale. La seule chose qui me tienne encore à cœur, c'est la vengeance — cette vengeance dont vous m'avez privé, en m'obligeant à prêter ce serment.

L'empoignant par les deux bras, il l'attira à lui, mais sans la moindre tendresse, cette fois, plongeant dans le sien son regard d'un violet sombre tel un ciel d'orage.

— Courez votre chance, si vous le jugez bon. Mais ne comptez pas sur moi pour vous porter secours le cas échéant. Je serai trop loin !

Il sortit en trombe sur ces mots et claqua violemment la porte derrière lui, laissant Constance abasourdie.

Chapitre 15

Caddoc eut beau marcher à grands pas pour tenter d'évacuer le tourbillon d'émotions que Constance avait soulevé en lui, le trajet jusqu'à Aldredley lui prit le reste de l'après-midi.

Elle avait évoqué son droit à la vengeance. Sans doute nourrissait-elle du ressentiment à l'égard de son beau-frère. Mais quelles qu'en soient les raisons, elles ne pouvaient approcher de la gravité de son propre contentieux avec Coudray. Si Constance avait été choyée par son époux au point de s'offenser que Robert veuille lui faire jouer les maîtresses de maison, alors ses problèmes ne pesaient pas bien lourd, en effet !

Parvenu près du ruisseau qui longeait le village, il s'arrêta, la bouche sèche, et s'agenouilla pour porter à sa bouche de longues gorgées d'eau fraîche et claire. Il passa ses mains mouillées sur son visage en sueur, sur sa tête, et se frictionna vigoureusement jusqu'à ce que son corps, au moins, retrouve une certaine fraîcheur, même si la colère bouillonnait toujours en lui, aussi ardente que cette journée inhabituellement chaude.

Sa discussion avec Constance avait réveillé en lui un tel désir de régler ses comptes avec Coudray que sa détermination à tenir son serment s'en trouvait mise à rude épreuve. Il était confronté à un choix auquel il ne s'attendait pas. Loin de lui fournir un moyen rapide et aisé de nuire au baron, l'enlèvement de Constance n'avait fait que lui compliquer les choses.

Il lui fallait prendre une décision — rester au camp et se résigner à cette vie précaire, en commettant d'infimes actes de représailles contre Robert, ou quitter Hamestan en oubliant à jamais Constance et son beau-frère.

Une troisième possibilité — céder à cette soif de vengeance qui réclamait si farouchement satisfaction — le perdrait à jamais aux yeux de Constance.

Le soleil se trouvait déjà à hauteur des arbres. Il avait le temps de rentrer au camp avant la nuit, mais devrait effectuer la plus grande partie du trajet dans la pénombre. Une perspective qui ne lui souriait guère.

Il trouva le vieil homme qu'il avait aidé à couper du bois assis devant sa hutte, à croire qu'il n'avait pas bougé depuis la dernière fois.

— Puis-je vous demander l'hospitalité pour la nuit ? Je me contenterais d'une grange ou d'un hangar.

L'homme l'examina en plissant le front.

— Le fils de Brunwulf, n'est-ce pas ?

Caddoc s'apprêtait à nier, comme la fois précédente, puis, se ravisant, il se redressa et regarda le vieillard bien en face.

— C'est exact.

Était-ce son imagination ? Il crut voir briller des larmes dans les yeux de l'aïeul. Mais peut-être était-ce simplement le larmoiement habituel à beaucoup de vieillards.

— Je l'ai su dès que je vous ai vu. Je me réjouis d'avoir vécu assez longtemps pour assister à ce jour. Prenez mon lit pour la nuit, mon seigneur.

Caddoc lui saisit les mains et les pressa dans les siennes. Une telle manifestation de respect le gênait, quand il n'avait rien fait pour le mériter.

— Je ne suis pas votre seigneur et je ne veux pas vous priver de votre lit. N'importe quel endroit me suffira.

L'homme lui désigna alors une grange basse à l'orée de la clairière. Elle semblait en pire état que celle qu'il venait de quitter, mais il y serait au moins au sec, si une soudaine averse se déclarait dans la nuit.

— Vous allez nous aider, milord, n'est-ce pas ? demanda le vieil homme, en se cramponnant à ses mains.

Caddoc sentit son estomac se nouer.

— Je ne suis pas sûr d'en être capable. Je ne suis pas mon père, hélas.

L'homme lui montra le sol de l'index. Caddoc s'assit près de lui et l'écouta raconter des histoires sur l'excellent baron qu'avait été son père, des histoires sans doute embellies par le temps et la comparaison avec le Porc, car, à les entendre, on aurait pu croire que Brunwulf avait été un véritable saint vivant.

Peut-être avait-il eu grand tort de révéler son identité, mais l'aveu ne risquait guère de parvenir aux oreilles de Robert, et la joie du vieil homme le réjouissait. Elle lui prodiguait un réconfort bienvenu après sa querelle avec Constance.

L'entendre évoquer ainsi le sens de l'honneur de son père et sa fermeté ne faisait qu'accroître sa propre indécision. S'il violait son serment, il se consumerait de honte jusqu'à la fin de ses jours. Mais à quoi servait l'honneur, quand tous ceux qui auraient pu le juger étaient morts ?

Lorsqu'il fut enfin libre de s'éloigner, il se dirigea vers la grange, mais s'arrêta net en voyant un autre voyageur pénétrer dans la clairière.

— Ulf !

Sa conscience lui fit aussitôt des reproches. Il aurait dû l'attendre dans l'étable de Hamestan comme convenu, mais il en était sorti dans une telle colère qu'il en avait oublié jusqu'à son existence.

Comment aurait-il pu rester dans le lieu où se trouvait Constance, après les paroles acerbes qu'il lui avait assenées impitoyablement ?

Il s'avança à la rencontre de son ami et lui saisit la main.

— Toutes mes excuses, j'aurais dû t'attendre, mais…

Ulf l'interrompit :

— Quand j'ai vu Lady Constance, je me suis douté que tu ne resterais pas là-bas.

— Tu l'as vue se rendre à l'étable ?

— Non, je l'ai croisée quand elle revenait vers le bourg.

Le visage d'Ulf s'assombrit.

— Que lui as-tu fait, bon sang ?

Caddoc sentit sa gorge se serrer. Constance n'avait pas dû s'attarder longtemps sur les lieux après son départ, si Ulf et elle s'étaient croisés sur le chemin. Qu'avait-il pu lui arriver pendant ce bref laps de temps ?

— Rien du tout. Qu'est-ce qui n'allait pas avec elle ?

— Elle semblait furieuse et en même temps triste à en mourir. Elle avait les yeux tout rouges. Je crois qu'elle n'a même pas remarqué ma présence sur le sentier.

— Nous ne nous sommes pas séparés en bons termes, admit Caddoc. Mais c'est à cause de son obstination. Une vraie tête de mule !

Ou était-ce à cause de ses propos à lui, quand il lui avait lancé qu'il se lavait les mains de ce qui pourrait lui arriver désormais ? Son cœur se serra, mais ce n'était pas le moment de céder au remords. Il repoussa le souvenir de la dispute à l'arrière-plan de son esprit.

— Nous pouvons passer la nuit ici et dormir dans la paille, déclara-t-il en désignant la grange. Mais il nous faudra garder l'estomac vide, je le crains.

Ulf sourit.

— Pas forcément. Cœur brisé ou pas, ta dame a l'âme généreuse.

Il brandit un penny, mais Caddoc y prit à peine garde, trop ému par l'allusion à Constance.

Avait-il vraiment la capacité de lui briser le cœur ? Et si oui, pourquoi cette constatation le remplissait-elle de joie et non de culpabilité ?

Ulf s'éloigna vers la chaumière qu'il avait visitée lors de leur dernier séjour au village. Il siffla doucement et la jeune fille du logis apparut sur le seuil.

Caddoc les observa, tandis qu'ils échangeaient quelques mots. Ulf pénétra dans la bicoque en se courbant, puis il en ressortit quelques instants plus tard avec deux œufs, un morceau de lard et un sourire de triomphe.

L'espace d'un instant, Caddoc lui envia l'aisance avec laquelle il menait ses affaires. Plus âgé que lui, son ami était loin de prétendre à la beauté. Pourtant, ses manières semblaient attirer les femmes. Il était vrai, aussi, qu'il ne viserait jamais un cœur de noble dame…

— Dis-moi ce qui s'est passé, reprit Ulf tandis qu'ils se restauraient.

Caddoc mâcha une bouchée de lard pour se laisser le temps de préparer sa réponse. Il narra ensuite la découverte de la broche, évoquant avec impatience l'entêtement de Constance, persuadée que tout cela devait avoir une signification.

— Elle s'accroche à l'espoir qu'on peut anéantir le Porc par des moyens légaux. C'est peut-être possible dans le monde où elle vit, mais ce n'est pas assez pour moi. Je veux avoir sa tête, mais elle refuse de me laisser courir ma chance. Elle croit que j'échouerai, parce que je ne suis pas assez bon guerrier.

Ulf cracha un morceau de coquille d'œuf.

— Je doute que tu puisses approcher le Porc d'assez près pour le tuer. Mais tu préférerais mourir en essayant, j'imagine ?

Caddoc éclata de rire.

— Tu as écouté trop de contes et de ballades ! Cela ne se passe pas ainsi dans la vie !

— Tu ne crois donc pas à ce que tu chantes ? C'est vrai que tu ne chantes plus beaucoup, ces derniers temps, je l'ai remarqué.

Caddoc se frotta les yeux d'un geste las. C'était la deuxième fois aujourd'hui qu'on lui faisait cette remarque.

— Les poèmes nous détournent de la réalité.

Ulf secoua la tête.

— Pourquoi accordes-tu la moindre importance à ce que pense la dame ? Tu ne lui dois plus rien, que je sache.

— Je lui ai fait une promesse quand nous nous sommes séparés, il y a sept ans. J'ai juré que je ne verserais pas le sang de Robert de Coudray. Je lui ai demandé de me relever de ce serment, mais elle a refusé.

— Tu vois que tu crois aux ballades, en fin de compte !

Quel est le plus important, pour toi ? Une promesse que tu as faite autrefois à une jeune nigaude — une Normande qui plus est ! — ou en finir avec l'homme que tu hais et qui fait de la vie de tant de gens un calvaire ?

Caddoc tâta la dague toujours accrochée à sa ceinture, à côté de celle de Constance. Cette deuxième arme, à laquelle il s'était habitué bien trop vite, lui semblait à présent aussi familière que la sienne.

Ulf avait raison. Pourquoi se croyait-il tenu par ce serment ? En intervenant auprès de Gerrod pour qu'il épargne la vie de Constance, il avait payé sa dette pour l'avoir délivré jadis. Ils étaient à égalité désormais. Tout ce qui le retenait, c'était sa propre conscience. Et aussi la certitude que briser sa promesse serait se couper à jamais de Constance et des espoirs qu'il pouvait encore nourrir à son endroit.

Il fut réveillé le lendemain matin par des cris et des vociférations furieuses. Il donna un coup de coude à Ulf, qui ronflait près de lui.

D'un geste précautionneux, tous deux abaissèrent leur capuchon et entrouvrirent la porte. Un frémissement de colère s'empara de Caddoc devant le spectacle qui s'offrait à sa vue. Son sang se mit à bouillir dans ses veines et il porta instinctivement la main à ses dagues.

Deux soldats se déplaçaient de maison en maison, obligeant les habitants à sortir, puis les poussant vers la place.

Il échangea un regard avec son compagnon.

— Est-ce nous qu'ils recherchent ? chuchota Ulf.

— Je ne crois pas. Coudray ignore jusqu'à notre existence. Ils n'ont aucune raison de nous chercher en ce lieu.

À moins que Constance ne les ait vendus à son beau-frère ? Et si oui, l'avait-elle fait volontairement ou non ? Il ne savait laquelle de ces deux possibilités serait la pire, si cela se vérifiait.

— Décampons d'ici, grogna Ulf.

Caddoc posa la main sur le torse de son ami pour l'empêcher de se ruer hors de la grange.

— Ils nous rattraperaient sur-le-champ. Attendons l'instant propice et éclipsons-nous discrètement.

Les soldats avaient à présent fait sortir presque tous les villageois. Les malheureux se serraient les uns contre les autres, visiblement apeurés mais résignés à ce qui se passait. De toute évidence, ce genre de scène n'était pas une nouveauté pour eux.

— Nous avons déjà payé ce que nous devions, plaida le vieillard qui leur avait permis de dormir dans la grange. Nous ne pouvons pas donner davantage, ajouta-t-il, aussitôt approuvé par ses voisins.

— Milord dit qu'il le faudra bien, déclara son interlocuteur, qui portait une lourde cape bordée de fourrure. Il a besoin de numéraire.

Des impôts. Caddoc fit la moue. C'était une scène de rapacité, rien d'autre. Ses épaules se détendirent.

— Allons-nous-en, chuchota Ulf.

Caddoc hocha la tête et ils se glissèrent hors de leur cachette. Mais comme il tournait les talons pour s'éloigner, un rire l'arrêta net. L'un des soldats avait renversé d'un coup de pied la pile de bûches qu'il avait coupées quelques jours plus tôt pour l'aïeul. Les morceaux de bois gisaient à présent éparpillés sur le sol.

— Nous allons prendre ceci en guise de paiement. Et des poules. Toutes.

Caddoc s'empourpra de colère. Sans songer un seul instant aux conséquences, il traversa la place au pas de charge, vers l'endroit où les villageois se trouvaient réunis.

— Le seigneur de Coudray possède des forêts pleines de bois. Laissez cet homme ramasser le sien.

Stupéfait, le collecteur d'impôts le dévisagea, puis cracha sur le sol devant lui. Caddoc se carra face à lui. Il était plus grand que le Normand et sa chevelure et sa barbe en broussaille devaient lui donner un aspect étrange, car l'autre cilla de surprise.

— Qui êtes-vous ?

— Mon nom est Caddoc le Farouche. J'ai tué des hommes plus imposants que vous pour bien moins que cela. Laissez ces gens tranquilles !

Du coin de l'œil, il vit apparaître Ulf, qui brandissait un lourd gourdin. Deux des villageois les plus jeunes s'avancèrent de leur côté. Caddoc découvrit ses dents dans un sourire menaçant. La colère et la frustration qu'il s'était efforcé de refouler de haute lutte remontaient à la surface de son être et il poussa un grognement. Il souhaitait presque que le collecteur ordonne à ses soldats d'attaquer, mais celui-ci recula.

— Nous reviendrons un autre jour, marmonna-t-il.

Il claqua des doigts et s'éloigna sans attendre, tandis que ses gardes lui emboîtaient le pas.

Un soupir de soulagement collectif s'éleva dans la clairière. Dès qu'il le put, Caddoc s'arracha aux villageois reconnaissants qui le congratulaient, et reprit le chemin du camp.

— Merci, fils de Brunwulf ! lui cria de loin le vieil homme.

Caddoc aurait eu du mal à dire ce qui lui parut le plus inconfortable — la boule qui se forma dans sa gorge ou le soudain picotement des larmes dans ses yeux.

— C'était de la folie, commenta Ulf tandis qu'ils marchaient côte à côte.

Caddoc tâta sa dague.

— Je ne pouvais tout de même pas rester là à ne rien faire, pendant qu'ils se conduisaient ainsi !

L'impulsion qui l'avait fait voler au secours des villageois l'avait surpris lui-même, mais à la réflexion, il ne voyait pas comment il aurait pu agir autrement. Affronter les hommes de Coudray lui avait causé une ineffable satisfaction — une façon inattendue de nuire au Porc, tout en faisant le bien. Pendant des années, il s'était appesanti sur sa propre infortune, tandis que d'autres souffraient. Mais cela pouvait changer.

Il ne serait jamais un guerrier comme son père et ses

frères, mais il pouvait tout de même être utile à tous ces gens qui auraient dû être les siens. Ce qui signifiait qu'il allait devoir tourner le dos à sa vie actuelle et à tous ceux qu'il connaissait. Il ne pouvait pas prendre le risque d'attirer le danger sur leur tête.

Sa décision était prise, il le comprit soudain.

En arrivant au camp, il alla trouver Gerrod et s'agenouilla devant lui.

— J'ai profité assez longtemps de ton hospitalité et mes actes ont semé suffisamment de trouble parmi vous. Je te prie de bien vouloir me laisser passer une dernière nuit ici, puis je m'en irai.

Surpris, Gerrod haussa les sourcils.

— Tu as une raison, je présume ?

Caddoc lui raconta alors ce qui venait de se passer à Aldredley.

— Je n'aime pas les savoir sans protection. Je ne suis peut-être pas devenu le guerrier que mon père souhaitait faire de moi, mais je peux aider les gens qu'il a laissés derrière lui. Je défendrai tous ceux qui en auront besoin. Cependant, je ne veux pas prendre le risque de vous mettre en danger, ici, au camp.

Couché sur une natte près du feu, Osgood lui adressa un sourire torve.

— Et la catin normande ? Tu vas te trouver plus près de chez elle. Crois-tu qu'elle te récompensera en partageant son lit avec toi ?

Caddoc marcha droit vers lui et le souleva en le saisissant par le col.

— Je doute que le récit de mes actions atteigne jamais ses oreilles, mais si c'est le cas, il est peu probable que nos routes se croisent de nouveau. Toi, par contre, je te conseille de ne pas parler d'elle en ces termes, si tu tiens à conserver ta langue !

Il le laissa retomber et s'essuya les mains sur sa tunique. Surprenant alors le regard de Gerrod, il fut étonné mais réconforté d'y voir briller une lueur d'approbation.

Ignorant Osgood, il commença à réunir les quelques affaires qu'il possédait.

Ce soir-là, à la demande de Gerrod, il joua du *crouth* pour ses compagnons. Il n'avait pas touché l'instrument depuis le soir où il avait couché avec Constance, mais après les deux reproches qu'il avait entendus à ce sujet dans la journée, il ne crut pas bon de refuser.

Il choisit des airs gais, afin que tous puissent chanter et danser, et se réjouit du plaisir qu'il offrait à son auditoire. Appuyée contre Gerrod, Elga sourit, pour la première fois sans doute depuis la mort de Wulf.

Lorsque les notes du dernier chant s'éteignirent enfin, Caddoc s'allongea, le regard perdu dans les flammes.

Le petit groupe lui manquerait, mais il n'y avait plus rien pour lui ici, et la tour était polluée par le souvenir de Constance. Mieux valait partir. Il atteindrait Aldredley en début d'après-midi et s'assurerait que les villageois étaient sains et saufs. Peut-être resterait-il un jour ou deux parmi eux, au cas où le collecteur s'aviserait de revenir.

Il devait exister d'autres villages où Robert semait la ruine et il avait bien l'intention de faire son possible pour soulager les maux de leurs habitants.

Un jour, il se dresserait peut-être contre cet homme, mais en attendant, il se vengerait par d'autres moyens.

Il enveloppa soigneusement son *crouth* dans la tunique que lui avait offerte son oncle gallois et qu'il avait toujours trouvée trop belle pour être portée tant qu'il vivait dans ces conditions.

Serrant l'instrument contre sa poitrine comme il aurait étreint une amante, il s'enroula dans sa cape et sombra peu à peu dans un monde différent, celui des rêves. Un monde où Constance vivait à ses côtés, où la chaleur de ses bras et les rires de leurs enfants l'éveillaient chaque matin au lieu des tiraillements de la faim, du froid et du chagrin.

Robert vociférait dans la grande salle. Rien d'inhabituel en soi, mais ses paroles attirèrent Constance à l'extrémité de la galerie, où elle était occupée à suspendre des branches de romarin pour les faire sécher.

Elle s'était attardée devant l'appartement privé de son beau-frère, dans l'espoir que la chance lui permettrait de s'y introduire, poussée à des mesures plus désespérées, puisque le coffre n'avait livré aucun secret.

Elle se mit à attacher les herbes à la balustrade, se donnant ainsi un prétexte pour se pencher et écouter.

— Et vous êtes parti au lieu de le tuer sur place ? hurlait Robert.

Un homme se tenait devant lui, tordant d'un geste angoissé ses mains ornées de bagues précieuses. Constance le reconnut — c'était le collecteur d'impôts.

— Ils étaient nombreux, milord. Et l'homme avait une dague. Il m'a semblé plus prudent de partir.

— Poltron ! Parlez-moi de cet individu. Était-ce l'un des villageois ?

— Non, milord, répondit l'autre. C'était un vagabond ou un homme des bois, avec les cheveux et la barbe emmêlés comme un sauvage. Son accent n'était pas d'ici. Il a prétendu s'appeler Caradoc le Farouche, ou quelque stupidité dans ce genre.

Constance poussa un léger cri et agrippa la rampe, saisie d'un vertige. Elle aurait reconnu l'homme à sa seule description, mais le nom, même estropié, constituait une preuve en soi.

D'un geste preste, Robert se tourna vers elle, la cherchant du regard dans la pénombre. Baissant la tête pour dissimuler ses yeux pleins de larmes, elle fit mine de s'affairer à sa tâche.

Pourquoi Aelric n'était-il pas retourné tout de suite au

camp, ainsi qu'il en avait l'intention ? Son cœur se sentait étrangement attiré vers Aldredley, à présent qu'elle savait qu'il s'y trouvait.

— Vous pouvez disposer, dit Robert au collecteur.

Puis, se tournant de nouveau vers elle, il lui fit signe de le rejoindre.

Elle s'essuya les yeux, s'assurant qu'il ne restait plus trace de ses larmes. De toute évidence, elle n'y réussit pas, car Robert la dévisagea d'un regard soupçonneux.

— Un nom gallois ! observa-t-il. Et dans le village où on vous a découverte après que vous avez échappé à une bande de hors-la-loi en route vers le pays de Galles ! Peut-être ces villageois en savent-ils davantage sur votre enlèvement qu'ils n'ont bien voulu le dire.

— Oh ! non ! Ce sont de braves gens et la description de l'homme ne me dit rien du tout.

Robert grimaça.

— Il faut que je découvre ce que vos nouveaux amis savent sur votre ravisseur. Ils sont honnêtes et loyaux envers moi, je n'en doute pas, aussi feront-ils leur possible pour m'aider à capturer les bandits qui vous ont menacée.

Il serra les poings, une lueur cruelle dans les yeux.

— Je ferai pendre ce Caradoc avant la fin du mois ! Nous voulons que ces gens soient traduits en justice, non ?

Constance acquiesça d'un hochement de tête. Que pouvait-elle faire d'autre ? Mais ses yeux s'embuèrent.

— Je vous demande pardon. Parfois, le souvenir de ce que j'ai subi me revient inopinément. Ç'a été un tel choc…

— Des invités arrivent céans dans trois jours. J'espère que vous aurez retrouvé votre sang-froid d'ici là, afin de rencontrer votre futur époux.

Pour la deuxième fois cet après-midi-là, la pièce se mit à tourner autour de Constance.

— Époux ?

Robert lui lança un regard sévère.

— Oui. Il vous a trouvée à son goût lorsqu'il vous a vue,

au cours de sa première visite. Il a déjà un héritier, aussi n'accorde-t-il aucune importance à votre damné pied-bot ou au fait que vous n'ayez jamais pu donner naissance à un enfant viable. Il a accepté toutes mes conditions.

Constance blêmit à cette évocation désinvolte de ses fausses couches. Les coups que cet homme lui avait infligés avaient causé la première, et sans doute aussi les suivantes. Elle aurait voulu s'enfuir de la pièce pour donner libre cours à son chagrin, oubliant le monde autour d'elle.

— Je vous ai déjà dit que j'avais l'intention d'entrer au couvent.

— Et je vous ai répondu que vous feriez ce que j'ai décidé ! Nous allons préparer le contrat, afin que Lord d'Avranches puisse le signer à son arrivée.

— Hugh va venir ici ?

Un mince rayon d'espoir brilla soudain en elle. Hugh ne permettrait pas qu'on la force à quoi que ce soit. Si, du moins, elle trouvait les preuves dont il avait besoin…

Elle regagna sa chambre, où elle s'effondra sur son lit. Ses tentatives pour découvrir les projets de Robert avaient échoué lamentablement. Elle n'avait rien à apprendre à Hugh, à part son insuccès et l'annonce d'un mariage auquel il n'était pas obligé de l'aider à échapper.

La menace de se retrouver de nouveau enchaînée à un homme lui soulevait le cœur. Elle ne voulait pas de mari. Mais au fond d'elle-même grandissait une faim à laquelle elle ne s'attendait pas. Un souvenir l'obsédait — celui des lèvres d'Aelric sur les siennes, de ses mains sur son corps. Son visage hantait ses rêves, et voilà que sa vie était en danger ! Elle devait trouver un moyen de l'avertir que l'attention de Robert était désormais fixée sur lui.

Elle se leva et commença à arpenter la pièce. Le prévenir ? Peut-être n'était-ce pas nécessaire. Il s'était porté au secours des villageois et elle l'aimait pour cela, mais cet amour restait enveloppé de tristesse. Faire une telle chose et révéler son nom aux hommes de Robert, c'était le comble de l'imprudence ! Il devait bien se douter qu'après cela, Aldredley serait surveillé. Il n'aurait pas agi ainsi s'il avait eu l'intention d'y revenir.

C'était à lui qu'elle voulait parler de son remariage. C'était son aide qu'elle aurait voulu requérir, afin qu'il empêche cette iniquité. Jamais elle ne lui avait demandé de la protéger et elle n'avait pas imaginé qu'il puisse le faire, jusqu'à ce qu'il lui lance avec dédain qu'il n'endosserait pas le rôle de sauveur.

À présent, il ne lui restait plus rien à espérer. L'absence d'Aelric était un coup de plus, s'ajoutant à tous ceux qui l'assaillaient déjà, et elle se laissa aller à son chagrin, sanglotant de tout son cœur jusqu'à en avoir les paupières rouges et gonflées.

À la fin, ses larmes se tarirent et elle resta étendue, fixant le plafond jusqu'à ce que l'ombre commence à envahir la pièce. Elle se secoua alors, revigorée et bien décidée à agir. Elle allait écrire à Hugh et l'informer des projets de Robert concernant son mariage.

Elle commença à rédiger sa lettre, mais laissa retomber sa plume après avoir composé trois lignes.

Comment être sûre que Robert ne lirait pas cette missive ? Si seulement il existait un moyen de communication qui puisse échapper à son attention !

Une idée la traversa soudain, lui arrachant une exclamation. Elle fouilla dans son coffre à la recherche de la broche et du poème qu'Aelric et elle avaient découverts dans le compartiment secret. Elle avait pensé que la fibule était l'objet que Rollo était censé protéger, mais si ce n'était qu'une diversion ?

Elle relut le texte. La versification était indigente et les rimes maladroites, ainsi que l'avait observé Aelric, mais peut-être était-ce sans importance, si la véritable signification ne résidait pas dans le poème lui-même.

Elle écrivit sa lettre, achevant le court message en recopiant les quatre premiers vers du poème. Cela pouvait n'être rien, mais Hugh en déciderait par lui-même. Elle la scella et l'enfonça dans la manche étroite de sa tunique de dessous, où elle serait dissimulée par les plis de son surcot. Il lui restait à espérer que Robert ne s'abaisserait pas à une fouille corporelle.

Elle savait quelle route Hugh devait prendre depuis Chester et où il ferait halte. Dès le lendemain, elle prendrait un cheval pour se rendre à Aldredley, à l'insu de Robert si possible, et elle persuaderait Guillaume de porter la missive à l'hôtellerie où elle savait que Hugh ferait obligatoirement étape.

L'esprit plus tranquille, elle parvint à passer le reste de la soirée en compagnie de Robert, intérieurement réjouie à l'idée du secret qu'elle portait sur elle.

Chapitre 16

Les relents de fumée et de suie alertèrent Caddoc, qui comprit aussitôt que quelque chose n'allait pas. L'odeur flottait vers lui, portée par le vent. Elle provenait du village.

Ces remugles, qu'il avait déjà respirés auparavant, le ramenèrent brutalement des années en arrière, à l'époque où Guillaume le Bâtard s'était vengé sur le pays, après l'échec de la révolte saxonne. Certes, il éclatait parfois des incendies accidentels, mais c'était inhabituel à cette époque de l'année, alors que les sous-bois étaient encore humides, après les pluies et les neiges de l'hiver.

La nausée lui tordit l'estomac. Ce feu-là ne devait rien au hasard !

Il sut avec une épouvantable certitude ce qu'il allait découvrir en atteignant Aldredley. La seule question était de savoir l'étendue du désastre et si ceux qui l'avaient propagé étaient encore sur place.

Lorsqu'il entama la dernière partie du trajet, il tira son arc. La fumée était devenue plus épaisse. Dense et noire, elle lui emplissait les yeux et la gorge, l'aveuglant de larmes. Plaquant son écharpe sur sa bouche et son nez, il se mit à courir, devinant tout au fond de lui qu'il était trop tard.

La grange où il avait dormi deux nuits plus tôt était en flammes et, à en juger par l'état de ce qu'il en restait, elle brûlait depuis un bon bout de temps déjà. De la paille avait été tirée de l'intérieur et empilée sur le seuil, et on avait jeté dans le brasier les bûches qu'il avait lui-même coupées. On avait aussi mis le feu aux toits en chaume du village, à l'aide de torches.

Caddoc laissa tomber son bagage à l'orée de la clairière et se précipita en courant pour voir ce qui pouvait encore être fait.

Les villageois avaient réagi promptement et effectuaient un va-et-vient ininterrompu entre le ruisseau et les habitations, munis de tous les ustensiles qu'ils avaient pu sauver, mais il y avait trop de départs de feux pour intervenir sur chacun, et leurs tentatives manquaient de méthode. Une petite fille luttait pour remonter un seau beaucoup trop lourd pour elle. Caddoc prit alors le récipient des mains de l'enfant, qui tressaillit lorsque sa main toucha la sienne.

— Laisse-moi aider !

Il se rua vers la plus grande des huttes, qui servait de lieu de réunion. Si, au moins, on pouvait la sauver, les villageois auraient un abri.

— Concentrez vos efforts ici ! cria-t-il, jetant le contenu du seau sur le toit en flammes.

Tous lui obéirent sans poser de questions. Ils revinrent encore et encore jusqu'à l'extinction des dernières flammes, puis tournèrent leurs efforts vers les huttes les plus proches.

Des heures s'écoulèrent ainsi, mais cela aurait pu être aussi bien des jours — Caddoc avait perdu la notion du temps.

Lorsqu'il n'y eut plus rien à faire, il s'affala sur le sol avec les villageois épuisés. Quelqu'un lui passa une fiasque sauvée du brasier et il avala quelques gorgées d'une bière insipide.

— Quand est-ce arrivé ? demanda-t-il d'une voix rendue rauque par la fumée et l'effort.

L'homme qui lui avait offert à boire répondit. C'était le Français qui vivait avec la fameuse Edyt. Il cracha sur le sol.

— Ce matin. Ils sont arrivés juste après l'aube. Ils ont exigé de l'argent, mais nous n'en avions plus à leur donner.

Caddoc fit entendre un gémissement.

— C'est ma faute !

Submergé par la culpabilité, il enfouit son visage dans ses

mains. S'il n'était pas intervenu, les hommes de Coudray ne se seraient jamais livrés à ce cruel acte de vengeance.

— Ils seraient venus de toute façon, objecta le Français. Nous ne sommes pas les premiers à qui ils font cela.

Il lui passa de nouveau la fiasque et Caddoc partagea son contenu avec cet homme qui aurait dû être son ennemi. Ce dernier avait raison. Empêcher le mal ou réparer des torts ici ou là ne suffisait pas et ne suffirait jamais. Serment ou pas, la meilleure façon d'aider ces gens, c'était de se rendre à Hamestan et de tuer Robert.

Un martèlement de sabots retentit soudain. Les hommes de Coudray revenaient-ils s'assurer que la destruction était complète ?

Caddoc tira sa dague, prêt au combat et se réjouissant d'avance d'en découdre avec quelque Normand, quand retentit une voix familière teintée d'angoisse.

— Oh ! non ! Edyt, où êtes-vous ? Que s'est-il passé ici ?

Relevant la tête d'un geste brusque, il vit Constance se jeter à bas de son cheval. Elle passa en courant devant lui et le bouscula sans même le voir en criant le nom de son amie.

Lorsqu'elle eut repéré Edyt, qui s'affairait avec les autres femmes, retirant des chaumières ce qui pouvait encore être sauvé, elle se précipita vers elle et l'étreignit.

Caddoc n'avait pas proféré un son, mais son corps avait dû trahir son émoi, car le Français lui tendit la main.

— Allons retrouver nos femmes.

— Elle n'est pas *ma femme*, rectifia Caddoc.

Sa gorge se serra tandis qu'il prononçait ces mots. Seigneur, il aurait tant voulu qu'elle le soit ! Il le désirait tellement que son cœur se déchirait chaque fois qu'il imaginait ce qui aurait pu être.

Il prit la main qu'on lui tendait et se releva. Ensemble, ils se dirigèrent vers les deux femmes. Constance sanglotait, mais les yeux d'Edyt demeuraient secs, et la lassitude se lisait dans son regard. Pour une femme qui avait dépassé la quarantaine, cette destruction et cette cruauté ne devaient pas être choses nouvelles, hélas.

— Constance ! appela Caddoc.

Elle se figea en entendant son nom, puis se redressa, avant de se tourner vers lui. Son expression s'adoucit et il vit affluer dans ses yeux une émotion qu'il n'osa pas qualifier d'amour. C'était la seule bonne chose qui lui soit arrivée en ce jour funeste et il enveloppa la jeune femme d'un long regard, enfouissant son image en lui tel un trésor pour le temps qu'il lui restait à vivre, aussi court soit-il.

— Que faites-vous ici ? s'écria-t-elle. Vous ne devriez pas être là ! Robert connaît votre nom à présent. Comment se fait-il que ses hommes ne se soient pas déjà emparés de vous ?

— Il n'y avait plus personne pour s'emparer de moi, répondit-il. Je suis venu trop tard pour empêcher cette ignominie.

C'était une chance qu'elle-même soit arrivée après l'incendie, quand le danger était passé. Si elle avait accompli ce voyage pour lui et avait été blessée…

Une rage subite flamba en lui et il hurla presque la question suivante :

— Et vous ? Étiez-vous au courant de ce qui allait se passer ?

Il savait qu'il se montrait injuste en passant sa colère sur elle, alors que sa fureur était dirigée contre un autre. Mais il ne pouvait s'en empêcher.

Constance croisa étroitement les bras autour de son buste. Pour se protéger de lui, songea-t-il, non sans remords. Dieu, qu'il aurait voulu la réconforter ! Ce besoin prenait en lui des proportions alarmantes.

— Croyez-vous que je ne les aurais pas avertis, si je l'avais su ? protesta-t-elle en lui jetant un regard indigné.

Puis, brusquement, elle fondit en larmes.

— Je savais qu'il était en colère, mais… Oh ! comment a-t-il pu faire une chose pareille ? C'est vraiment un monstre !

— Alors permettez-moi de…

— Non !

— Comment pouvez-vous être témoin de cette destruction qu'il a ordonnée et ne pas souhaiter sa mort ?

Elle lui lança un regard de mépris.

— Un excellent prétexte pour justifier vos envies de meurtre, n'est-ce pas ?

Il frémit. Elle ne l'aurait pas blessé davantage en le traitant de sauvage ou en lui crachant à la figure. En dépit de toute la tendresse qu'ils avaient partagée, il n'était à présent rien d'autre à ses yeux qu'un homme des bois sans foi ni loi.

— Vous m'insultez, madame !

Elle posa une main tremblante sur son bras.

— Pardonnez-moi ! Mais quelles que soient vos raisons et l'ampleur de la provocation, vous avez juré de ne pas verser le sang de cet homme.

Son contact fit courir un frisson sur la peau nue de Caddoc, encore humide de sueur après son rude combat contre le feu. Ses mains tremblaient sous l'offense. Comment pouvait-elle remettre ainsi ses motifs en question ?

Il serra les poings, faisant saillir les muscles de ses avant-bras.

— Et si je brise ce serment ?

Constance ôta sa main et se redressa.

— Alors vous et moi ne nous reverrons jamais.

Il baissa la tête, tandis qu'elle lui tournait le dos pour s'adresser au Français :

— Guillaume, j'étais venue requérir votre aide, mais à présent, je ne puis vous charger d'un fardeau supplémentaire. On a besoin de vous ici, je le vois.

— Pour le moment, acquiesça Guillaume. Mais mon temps ici s'achève. Le seigneur de Coudray commence à rappeler tous les hommes qui ont déjà combattu sous sa bannière. Je ne veux plus participer à des guerres. Je vais retourner en France et Edyt m'accompagnera.

Edyt lui sourit et posa la tête sur sa poitrine. Leur évidente et mutuelle affection toucha Caddoc, qui cligna des paupières. En cet instant, attirer Constance dans ses bras lui aurait demandé plus de courage que de se jeter dans un bâtiment en flammes !

Une lueur d'intérêt brilla soudain dans le regard de Constance.

— Il rassemble des forces, dites-vous ?

— À ce qu'il semble.

Oubliant leur querelle, Constance et Caddoc échangèrent un regard.

— Qu'attendiez-vous de mon mari ? s'enquit Edyt.

Constance plongea la main à l'intérieur de sa cape et tira un parchemin scellé de sa manche.

— Hugh d'Avranches va venir à Hamestan. Je voudrais qu'il reçoive ce message avant son arrivée.

Une note d'urgence vibrait dans sa voix.

— Vous avez découvert ce que vous espériez ? interrogea Caddoc.

— En partie peut-être. Mais il y a d'autres nouvelles que je veux lui apprendre

Ses lèvres tremblaient et elle détourna les yeux. De toute évidence, quelque chose la troublait profondément.

D'un geste inattendu, elle lui saisit la main, puis demanda, d'une voix hésitante :

— Je n'ai aucun droit de vous solliciter et vous n'avez pas la moindre raison de m'aider, mais vous chargeriez-vous de mon message, puisque Guillaume ne le peut ?

Aucune raison, songea-t-il, sinon ce droit sur son cœur, dont elle ne semblait même pas consciente. Les dures paroles qu'il lui avait assenées lors de leur précédente rencontre résonnaient encore à ses oreilles. Comment avait-il pu lui parler avec cette cruauté, lui donnant l'impression qu'elle ne possédait pas d'amis en ce monde ?

Elle dut se méprendre sur son silence, qu'elle interpréta sans doute comme de la réticence.

— Hugh vous récompensera si vous l'aidez à révéler la traîtrise de Robert, j'en suis sûre.

Elle évoquait avec tant de chaleur le nom de cet homme qu'il sentit le poignard de la jalousie s'enfoncer de nouveau en lui.

— Récompensé par un Normand pour vous aider à en trahir un autre ?

— La meilleure façon d'aider vos compatriotes, c'est de les débarrasser une fois pour toutes de Coudray ! s'écria-t-elle d'une voix où perçait l'exaspération. Par des moyens légaux et non par la violence.

— C'est vous qui le dites, maugréa-t-il.

Quoi qu'il pense de l'entreprise, il ne pouvait pas laisser Constance sans aide. Sans compter qu'il était curieux de rencontrer l'homme pour qui elle était prête à se mettre ainsi en danger…

— Pourquoi votre noble ami consentirait-il à s'entretenir avec un Saxon, un hors-la-loi qui plus est ?

Elle plissa le front, puis retira une bague de son doigt.

— Donnez-lui ceci et dites-lui que vous venez de ma part. Il comprendra que vous possédez toute ma confiance.

Caddoc referma la main autour de l'anneau, regrettant qu'il ne soit pas le gage d'autre chose.

— Je lui apporterai votre message, si cela peut vous tranquilliser.

Mû par une brusque impulsion, il ajouta :

— Mais en échange, lorsque ce sera fait, je veux savoir deux choses — la raison de votre haine pour Coudray et pourquoi vous souhaitez encore qu'il vive.

Elle baissa la tête et demeura un long moment silencieuse. Un peu en retrait, Edyt le fixait d'un air intensément suspicieux. Il lui lança un regard de défi avant de se rapprocher de Constance. Edyt fit entendre un reniflement de dédain, mais son expression se fit un peu moins réprobatrice. Le laissant seul avec Constance, elle entraîna Guillaume vers les villageois, qui inventoriaient toujours ce qu'ils avaient pu sauver du désastre.

— Très bien, j'accepte vos conditions, consentit enfin Constance avec un lourd soupir.

Elle lui passa la lettre, qu'il retourna entre ses mains, frottant son pouce sur le sceau aux armoiries de l'expéditrice. Puis il glissa le message dans sa tunique, tout contre sa poitrine. Si seulement c'était la main de Constance qu'il sentait ainsi sur sa peau, au lieu d'un froid médaillon de cire !

Le visage de Constance parut soudain moins anxieux.

— Merci, murmura-t-elle dans un souffle.

— Qu'allez-vous faire, en attendant son arrivée ?

Elle promena un lent regard autour d'elle.

— Je ferai ce qui est en mon pouvoir pour aider ces gens. Je leur offrirai l'asile à Hamestan si nécessaire.

— Êtes-vous sûre que ce soit bien sage ? Votre beau-frère n'appréciera guère.

Elle releva le menton d'un air offensé.

— Ne devrais-je donc penser qu'à moi-même ? Je ne peux pas les laisser dans cette situation. En outre, Robert a plus que jamais besoin de ma coopération. Aussi m'accordera-t-il quelques concessions.

— Qu'est-ce qui vous en rend si sûre ?

Constance baissa les yeux, une moue d'amertume aux lèvres.

— Il a parlé de me remarier. Il n'irait pas mettre mon utilité en danger.

— Un mariage ? Et vous acceptez ce projet ? se récria-t-il.

Cette seule idée lui donnait envie de vomir.

— Bien sûr que non ! Je ne souhaite rien de tel, rétorqua-t-elle avec colère.

Son regard s'assombrit de nouveau, pour le plus grand chagrin de Caddoc.

— Je vous l'ai déjà dit, je ne souhaite qu'une chose — me retirer du monde et vivre dans la solitude et la paix.

Il essaya de l'imaginer passant sa vie en silence dans un couvent. En vain. Il avait trop vu flamber en elle ce feu qui l'habitait pour croire un seul instant qu'elle puisse se satisfaire d'une vie de chasteté et de servitude.

— Est-ce là ce que vous voulez vraiment ?

Sa voix s'érailla, plus farouchement réprobatrice qu'il n'en avait eu l'intention. Posant les mains sur ses épaules, il l'attira à lui. Elle se laissa faire sans résister, jusqu'à ce qu'il reste à peine un mince espace entre eux.

— Oui, répondit-elle.

Ses paroles disaient une chose, mais son corps en exprimait une autre. La bouche entrouverte, elle bascula la tête en arrière. Caddoc l'enveloppa de ses bras et la sentit ployer contre lui, chaude et tendre dans son étreinte. Il déglutit, brûlant d'envie de savourer ses lèvres douces et de lui fournir séance tenante une bonne raison d'abandonner son projet de célibat et de négation de soi. Il sentait le désir grandir en elle comme en lui.

Glissant une main sous sa cape, il écarta les doigts pour lui caresser les épaules.

— Vous êtes sûre ?

— Non. Oui. Il le faut, chuchota-t-elle d'une voix torturée et tremblante. Je n'ai nulle part où aller qui puisse me procurer un refuge sûr. Hugh m'aidera, je le sais.

Caddoc eut l'impression de recevoir un seau d'eau glacée sur le corps et toute son ardeur retomba d'un coup. Comment pouvait-elle parler d'un autre homme, quand il la serrait ainsi contre lui ?

Il laissa retomber ses bras, renfrogné, puis l'injustice de sa réaction le frappa soudain et il éprouva un remords.

Quel autre choix avait-elle que de faire appel au comte ? Lui, Caddoc, pouvait lui offrir sa protection, mais il l'imaginait mal menant la rude vie d'une fugitive. Encore moins à présent qu'il avait l'intention de passer son existence à errer sur les terres de Coudray, plus hors-la-loi qu'il ne l'avait jamais été.

— Il faut que je parte à présent, si je veux le trouver.

— Racontez-lui ce que Robert a fait ici.

— Je n'y manquerai pas.

Il se dirigea vers l'endroit où il avait laissé son bagage et le chargea sur son épaule.

— Vous partez en voyage ? s'enquit Constance, avisant son baluchon.

— Je n'ai pas l'intention de rester au camp plus longtemps.

J'apporterai votre message au comte, puis je continuerai ma route.

Il crut apercevoir un éclair de détresse dans son regard. Ou était-ce seulement parce qu'il avait envie de le voir ? Une moue plissa les lèvres de Constance, tandis qu'une ride se creusait sur son front. Deux endroits délectables pour y planter un baiser, songea-t-il.

Au lieu de cela, il endurcit son cœur contre la tentation et quitta la clairière sans un regard en arrière.

Constance fulminait en retournant vers Hamestan, sa colère croissant au rythme du martèlement des sabots de son cheval. Deux sentiments l'agitaient, presque aussi puissants l'un que l'autre, sa fureur contre Robert et ce qu'il avait commis et son désespoir d'apprendre qu'Aelric projetait de partir.

Dans l'étable, il l'avait étreinte avec tant de passion, lui donnant tout lieu de croire qu'il éprouvait encore quelque chose pour elle. Alors comment pouvait-il projeter de partir sans même un adieu ? Quelle sotte elle avait été d'avoir cru en cette chimère !

Elle avait prévu de se glisser dans la maison en espérant que Robert n'avait pas remarqué son absence. Mais, bouillonnante de colère comme elle l'était, elle ignora les conseils d'Aelric et alla trouver son beau-frère dès qu'elle fut de retour.

— Ce que vous avez fait à ce village était de la méchanceté pure !

— Ils ne me respectent pas et refusent de payer ce qu'ils me doivent. Pourquoi tolérerais-je leur insolence ? riposta Robert, qui se leva de son fauteuil. Et ne prenez pas ce ton avec moi, ma fille !

Constance recula.

— Quand Lord d'Avranches apprendra ce que vous avez fait, il sera hors de lui. Ces villageois sont ses vassaux, après tout…

Il s'approcha d'elle et claqua des doigts à quelques pouces de son visage. Constance sentit alors ses joues s'empourprer.

— Avranches ? C'est un faible. Le roi Guillaume a commis une sottise en lui décernant le titre de comte palatin. Je connais une demi-douzaine d'hommes qui gouverneraient bien mieux que lui.

— Et vous êtes l'un d'eux, je suppose ?

— À sa place, j'aurais déjà rétabli l'ordre dans les territoires frontaliers, mais j'ai été victime d'un passe-droit. M'octroyer des terres aussi misérables constituait une insulte que je n'oublierai jamais.

— Lord d'Avranches a partagé ses terres comme il l'a jugé bon et il avait de nombreux vassaux à récompenser.

— Vous me semblez bien entichée de lui, ricana Robert. Voilà qui n'est guère convenable de la part d'une veuve qui va bientôt se remarier.

Lui tournant le dos, il sortit en trombe de la pièce. Constance se laissa tomber dans le fauteuil qu'il venait de quitter et se plongea dans ses pensées. Elle l'avait souvent entendu fulminer en parlant de Hugh, mais, cette fois, il l'avait fait plus ouvertement encore, négligeant toute prudence. Elle frissonna, aussitôt en alerte. Jusqu'ici, elle avait pensé qu'une conspiration ou une révolte, à supposer qu'il y en ait une, serait dirigée contre le roi. Mais peut-être la cible était-elle Hugh ?

« Oh ! Seigneur, faites qu'Aelric arrive à le joindre », pria-t-elle avec ardeur. Pourvu que Hugh ait le bon sens de ne pas repousser ce Saxon revêche à l'air farouche ! Elle avait du mal à imaginer la rencontre de ces deux hommes qu'elle avait aidés au péril de sa vie. Ce fut seulement en se les représentant côte à côte qu'elle comprit pleinement la profonde différence des sentiments qu'elle éprouvait envers l'un et l'autre.

Elle vouait à Hugh une affection fraternelle, mais la passion incandescente qu'elle ressentait pour Aelric éclipsait ce sentiment comme un brasier obscurcit l'éclat d'une chandelle. Elle ne pouvait pas s'en empêcher, malgré tous ses efforts pour contrôler les folles images qui s'emparaient de son esprit à chaque instant de la journée. Un simple contact de cet homme sur son visage ou sur son corps éveillait en elle un désir insatiable d'être possédée par lui. S'il l'avait embrassée aujourd'hui, ainsi qu'il semblait en avoir eu l'intention, ou s'il avait montré, par le moindre signe, qu'il avait renoncé à sa soif de vengeance, elle lui serait tombée dans les bras et aurait abandonné Hamestan pour le suivre sans un regard en arrière.

Elle se blottit dans le fauteuil avec désespoir. Aelric n'était plus capable de cette gentillesse qui l'avait attirée tant d'années plus tôt, mais elle l'aimait malgré tout.

Elle le reverrait une dernière fois et lui révélerait ce qu'il désirait savoir. Mais pas avant que Hugh n'ait en sa possession toutes les informations dont il avait besoin, et quand elle-même serait hors d'atteinte de Robert.

Ensuite, elle se retirerait au couvent, ainsi qu'elle l'avait projeté, avec, au fond de son cœur, le tourment d'aimer un homme qu'elle ne pourrait jamais posséder.

L'arrivée de Hugh fut un soulagement pour Constance. Les jours qui venaient de s'écouler s'étaient révélés une perpétuelle source d'irritation et de colère.

Les visiteurs annoncés avaient fait leur apparition. Elle en avait reconnu certains, tandis que d'autres lui étaient totalement étrangers. Ils étaient arrivés portant des armes qu'ils avaient déposées avec réticence, lui avait-il semblé. Puis ils s'étaient rassemblés en petits groupes, chuchotant entre eux.

Pendant les soirées dans la grande salle, Constance allait et venait parmi les invités, prêtant l'oreille aux conversations lorsqu'elle le pouvait. Aucun des convives ne lui manifestait le moindre intérêt particulier et il ne fut pas question de son mariage. Peut-être l'homme concerné n'était-il pas encore arrivé ? Peut-être même ne viendrait-il jamais ? C'était là un espoir dont elle n'osait se bercer.

Tandis qu'ils attendaient Hugh au portail, Robert s'empara de son bras et le serra avec force.

— Je n'ai pas confiance en vous et je n'aime pas du tout la façon dont vous vous conduisez. À la moindre interférence dans mes affaires, cela ira mal pour vous, je vous préviens !

Constance se tint derrière lui pendant qu'il accueillait son invité et donnait ses instructions aux serviteurs qui avaient ordre de conduire le comte et sa suite dans leurs quartiers. Hugh parut vouloir les suivre, mais il s'arrêta devant Constance, inclinée dans une profonde révérence, et la releva.

— Lady Constance, c'est une joie de vous revoir ! Cela faisait trop longtemps.

— Milord…, répondit-elle, en tâchant de ne pas laisser paraître sa joie.

Quand il lui avait pris la main, elle n'avait pas manqué de remarquer la bague qu'il portait au petit doigt — celle qu'elle avait confiée à Aelric.

— Mon messager vous a donc trouvé, chuchota-t-elle.

— Votre serviteur ? Oui, en effet.

Il plissa les yeux, lui dédiant un regard qu'elle ne parvint pas à interpréter. Elle aurait voulu assister à la rencontre entre les deux hommes.

— Il m'a délivré votre message, outre quelques réflexions de son cru.

— Je crains de n'avoir pas grand-chose de plus à vous apprendre, hélas. Chaque fois que je m'approche d'un groupe où l'on discute, tous se taisent. Mais je vous en prie, soyez sur vos gardes !

— Nous en reparlerons plus tard, murmura-t-il en la conduisant dans la salle. Ce soir, après le dîner.

Constance inclina la tête, refoulant son impatience. Bien sûr, ils courraient moins de risques à s'entretenir loin des oreilles indiscrètes, mais elle avait hâte de savoir ce qu'Aelric avait confié à Hugh et où il se trouvait en ce moment. Peut-être ne reviendrait-il jamais à Hamestan ? En ce cas, le chagrin qu'elle portait en elle demeurerait son secret pour toujours.

Mieux valait cela, sans doute, et ne plus le revoir, plutôt que de lui fournir une raison de haïr Robert davantage…

Le banquet fut un succès. Même Robert ne put rien trouver à redire aux arrangements de Constance, et la soirée se révéla plus festive qu'on aurait pu s'y attendre. On avait fait venir des jongleurs et leurs grimaces déclenchèrent fous rires et applaudissements. L'un des invités réclama ensuite des danses, et Hugh haussa un sourcil en interrogeant Constance du regard.

— Je ne danse pas, lui rappela-t-elle en désignant discrètement son pied.

— Bien sûr, murmura-t-il.

Puis, haussant la voix pour être entendu de tous dans la salle, il annonça :

— Lord de Coudray, j'ai récemment acquis les services d'un nouveau musicien et l'ai amené. Si vous voulez bien me le permettre, j'aimerais contribuer au divertissement de l'assemblée.

Robert agita la main en signe d'acquiescement et se renversa sur son siège. Surtout préoccupé de se remplir la panse, il n'avait prêté que peu d'attention au déroulement des festivités.

Hugh lança des ordres et un homme pénétra dans la salle. Constance sentit alors une pression sur son pied. Hugh lui avait assené un léger coup sous la table. Comme elle le questionnait du regard, il cligna des yeux en direction du musicien qui s'était avancé au centre de la pièce, un instrument à cordes dans les bras.

L'homme portait une tunique de bonne qualité, en laine verte bordée de brun. Ses cheveux lui effleuraient à peine le cou et sa barbe était courte et soignée.

Constance sentit son cœur s'emballer et elle agrippa son gobelet de toutes ses forces. Si elle n'avait pas aussi bien connu chaque trait de son visage et chaque muscle de son corps, elle ne l'aurait pas reconnu.

Mais c'était bien lui qui se tenait là, devant elle, dans la demeure de son ennemi.

Aelric était de retour à Hamestan.

Chapitre 17

Constance jeta un coup d'œil terrifié à Robert, mais son beau-frère accorda à peine un regard au nouveau venu. Bien habillé, avec sa barbe blonde taillée de près, Aelric ne ressemblait guère à l'homme qu'elle avait vu à Aldredley à peine quelques jours plus tôt, et moins encore à l'adolescent efflanqué qui avait défié Robert au pied de la potence.

— Eh bien, qu'attendez-vous ? Jouez ! lui ordonna Robert.

Aelric s'assit sur un tabouret bas, prenant son temps avec un sang-froid que Constance ne lui soupçonnait pas. Un silence attentif s'établit dans la salle. Tous les yeux étaient fixés sur la mince silhouette du barde.

Seul au milieu de la pièce, Aelric entama son premier chant. Il fit glisser l'archet sur les cordes, leur tirant une longue note, dont l'écho se prolongea. Le son parut d'abord discordant et plus rude que celui d'une harpe ou d'une lyre. Les auditeurs commencèrent à chuchoter. Mais lorsque la voix d'Aelric s'éleva, ils se turent un à un, jusqu'à ce que la musique seule emplisse tout l'espace de la salle.

La mélodie venait de lui et non du *crouth*, sa voix montant et descendant pour s'harmoniser avec le son plus grave de l'instrument. Le rythme s'accéléra, l'archet bougeant plus vite et les doigts du musicien courant sur les cordes en une gigue endiablée.

Les spectateurs commencèrent à frapper dans leurs mains et à taper des pieds en cadence. Du coin de l'œil, Constance voyait le genou de Hugh se soulever au rythme de la chanson.

Inconscient de l'effet qu'il produisait, Aelric semblait envoûté par la musique.

Constance esquissa un sourire à la vue de son expression concentrée et de son regard brillant, tandis qu'il penchait la tête vers l'instrument. Son visage exprimait une intense ardeur, mais aussi une joie qu'elle y avait rarement décelée.

Quand le chant s'acheva, un tonnerre d'applaudissements s'éleva dans la salle. Constance y joignit les siens d'aussi bon cœur que les autres convives.

Aelric se leva et s'inclina dans toutes les directions, la bouche incurvée en un large sourire. Son regard se posa un instant sur elle et s'adoucit soudain. Les mains encore levées pour applaudir, elle acheva son mouvement en joignant les deux paumes, qu'elle posa sur sa poitrine.

Repoussant une mèche de cheveux derrière son oreille intacte, Aelric lui adressa un sourire complice. Constance eut alors l'impression que le vacarme s'éteignait autour d'eux et qu'ils se retrouvaient tous les deux seuls dans la pièce.

— Magnifique ! s'écria Hugh, sans se lasser d'applaudir.

— Une autre, milord ?

Hugh acquiesça d'un geste et Aelric reprit sa place. Il plaça les doigts sur l'instrument, mais observa un moment de silence avant de pincer les cordes une à une, puis de les caresser avec l'archet.

Le rythme, cette fois, était plus lent, l'air mélancolique et la langue peu familière. Constance ne comprenait pas les mots, mais le sentiment qui les sous-tendait lui parut évident : il exprimait la nostalgie et une ineffable tristesse.

Elle porta une main à sa joue et ne fut pas surprise de la retirer mouillée.

Lorsque Aelric eut terminé, le silence régna un moment dans la salle, silence que Hugh rompit enfin en applaudissant avec enthousiasme.

— Vous avez fait pleurer la dame, observa-t-il. Je ne sais pas si je dois louer votre talent ou vous faire emprisonner pour votre impudence !

— Oh ! non, pas cela ! chuchota Constance.

Hugh plaisantait, sans doute, mais la seule pensée qu'Aelric pourrait être jeté en prison pour avoir obéi à sa requête lui était insupportable.

Le regard d'Aelric rencontra le sien et le cœur de Constance se mit à battre si follement qu'elle craignit que tous ne l'entendent.

Sans la quitter des yeux, il s'avança vers elle et s'agenouilla.

— Il n'était pas dans mes intentions de causer de la peine à une dame, surtout quand elle est si charmante, mais je ne suis pas responsable de l'effet de mon chant.

— Peut-être pourriez-vous jouer quelque chose de plus gai pour la faire rire ? suggéra Hugh. Ou une chanson d'amour pour lui rendre sa belle humeur ?

Constance cilla pour refouler ses larmes. Hugh ne pouvait pas se douter à quel point des mots d'amour d'Aelric, quels qu'ils fussent, lui déchireraient le cœur.

— Qu'il en soit selon le bon plaisir du musicien, répondit-elle. Mais assez de mélancolie, je vous en prie.

Aelric s'inclina.

— Je suis à vos ordres, milady.

D'une démarche assurée, il regagna sa place au centre de la pièce.

Il enchaîna les morceaux, jouant des gigues et des danses écossaises avec tant d'entrain que Constance mourait d'envie de se retrouver sur la piste avec les autres, qui avaient tous abandonné leurs sièges pour danser.

Les servantes qui passaient de table en table pouffaient en regardant jouer Aelric, se défiant les unes les autres, à qui oserait s'approcher de lui. Dieu merci, il semblait complètement absorbé dans sa musique !

Constance se pencha vers Hugh.

— Pourquoi ne m'avez-vous pas dit qu'il vous accompagnait ?

Ce dernier parut surpris.

— Ne vous attendiez-vous pas à son retour ? Il a beaucoup

insisté pour me suivre ici. C'est une chance que j'aie découvert son talent de musicien. Il m'a assuré qu'il restait des choses à régler entre vous et qu'il devait revenir pour recevoir son paiement. Dois-je me fier à lui ? Et vous, lui faites-vous confiance ?

Constance réfléchit un long moment avant de répondre.

— Oui, mais il est son propre maître. Je n'ai aucune emprise sur lui.

Hugh haussa les sourcils d'un air si incrédule qu'elle en frémit.

Nerveuse, elle jeta un coup d'œil par-dessus son épaule. Il y avait trop de gens ici, elle n'aimait pas cela. La plupart semblaient captivés par la prestation d'Aelric, mais le risque d'être entendue la fit frissonner intérieurement.

Elle repoussa son tabouret.

— Je ne veux pas parler de cela ici. Je me sens lasse et j'ai la migraine. Je vais prendre l'air un moment. Lorsque vous serez disponible pour discuter du contenu de mon message, rejoignez-moi, s'il vous plaît.

Quittant la table, elle longea le mur, puis se glissa hors de la salle et descendit l'escalier pour se retrouver dans la cour. Les serviteurs allaient et venaient, affairés, et nul ne la vit sortir. Elle pourrait se recomposer une attitude avant de rejoindre la compagnie. Ces danses et ces réjouissances auxquelles elle ne pouvait participer lui confirmaient qu'elle n'était pas faite pour cette vie. Brockley et son couvent l'appelaient.

Elle traversa la cour plongée dans l'ombre et s'adossa contre la porte de l'une des remises, le regard levé vers la lune ronde et lumineuse qui brillait dans le ciel. Ses jambes tremblantes semblaient vouloir se dérober sous elle, mais l'air frais lui fit du bien.

Elle n'eut pas conscience du moment exact où la musique cessa, mais le calme régna bientôt alentour, ponctué seulement par les bruits habituels de la maisonnée qui se préparait au coucher. Les serviteurs qui avaient accompagné Hugh et les autres visiteurs sortirent de la maison et se dirigèrent vers le quartier des domestiques, situé à l'autre bout de la cour. Si elle ne rentrait pas tout de suite, elle allait se retrouver enfermée dehors jusqu'au lendemain matin.

Soudain, la porte s'ouvrit et se referma promptement. Une forme solitaire apparut au sommet des marches, examinant les environs avant de descendre prestement les degrés. Constance se hâta à sa rencontre, soulagée. Hugh devait avoir enfin trouvé la possibilité de s'esquiver.

À pas feutrés, elle longea le mur d'enceinte de la cour et faillit se heurter à la haute silhouette qui s'avançait dans l'obscurité, non loin de l'escalier.

Elle poussa une exclamation de surprise, mais une main se posa aussitôt sur sa bouche, étouffant son cri. Une autre main saisit la sienne et la serra avec force.

Elle recula, alarmée.

— Chut ! Ce n'est que moi.

Elle sentit ses jambes faiblir de nouveau. Elle aurait presque préféré la présence d'un agresseur que celle de l'homme qui se tenait devant elle.

Ce n'était pas Hugh qui l'avait rejointe, mais Aelric.

— Que faites-vous ici ?

Il jeta un lent regard autour de lui, se retournant pour examiner les parages.

— Je voulais être seul. Pour me souvenir.

Sa voix était rauque, empreinte d'une peine si profonde que Constance dut lutter contre l'impulsion de le prendre dans ses bras pour le réconforter. Se retrouver en ce lieu devait être déchirant pour lui. Quelle force il avait dû lui falloir pour revenir ici, et quelle audace pour se tenir ainsi devant Robert, au risque d'être découvert !

— Pourquoi avez-vous pleuré, quand j'ai joué ?

Elle se rapprocha de lui, les yeux de nouveau embués à ce souvenir.

— Pourquoi ?

Elle cilla pour refouler ses larmes, ce qui les fit glisser sur ses joues, plus abondantes qu'elle ne le pensait.

— Parce que je sais que votre cœur n'est pas aussi mort que vous avez voulu m'en persuader.

Il inclina la tête. Ses lèvres remuèrent, mais aucun son n'en sortit. Lorsqu'il releva le front, elle vit qu'il fronçait les sourcils. Il lui enserra le visage de ses mains et, du bout du pouce, essuya doucement ses larmes.

— Je ne comprends pas, murmura-t-il.

Ils se trouvaient plus près, sans qu'elle ait remarqué à quel moment ils avaient bougé l'un ou l'autre. Elle sentait la chaleur du corps d'Aelric. Le besoin de le toucher devenait irrésistible et elle était certaine qu'il ne la repousserait pas.

— Personne ne peut chanter comme vous l'avez fait sans éprouver au fond de soi une émotion sincère. Pas seulement de la haine. Il y a bien plus que cela en vous, même si vous le niez farouchement. Je l'ai compris ce soir et cela m'a redonné de l'espoir pour vous.

— Allons donc ! Quel espoir me reste-t-il ? Je me trouve dans la maison qui aurait dû être la mienne, jouant à la table d'un homme que je méprise de tout mon être. S'il reste un coin de tendresse dans mon cœur, je ne peux pas me permettre d'y penser. Je vous l'ai déjà dit, je ne vis plus que pour la vengeance.

— Avec votre cœur *tout entier* ?

Il ne dit rien, mais elle lut une telle détresse sur son visage qu'elle aurait tout donné pour l'attirer dans ses bras. Elle tremblait d'émotion, mais Aelric se méprit sur la raison de son tremblement.

— Il fait froid. Vous devriez être couchée.

— J'attends Lord d'Avranches.

Il lui tenait toujours la main et resserra brièvement son étreinte à l'énoncé de ce nom. Constance tâcha d'ignorer l'onde de chaleur qui se répandit alors dans son bras, soudain plus sensible que le reste de son corps.

— Vous préféreriez sa compagnie à la mienne, n'est-ce pas ?

Il semblait irrité, et elle ne put retenir un petit frémissement secret, tant elle aimait le voir jaloux.

— J'ai à discuter avec lui.

— Non. C'est avec moi que vous avez à discuter.

— Pas maintenant. Il ne faut pas qu'on nous voie ensemble.

Elle tenta de libérer sa main, mais il la passa sous son bras.

— Venez. Nous allons trouver un endroit plus tranquille.

Il lui fit contourner la cour dans l'obscurité et elle le suivit sans résister. Elle ne se sentait guère prête à lui faire les révélations qu'il n'allait pas manquer d'exiger, mais elle n'éprouvait pas non plus la moindre envie de le quitter.

La porte de l'écurie était entrouverte et ils se glissèrent à l'intérieur. Les chevaux remuèrent dans leurs stalles, poussant de petits hennissements et secouant leur crinière. Constance se dirigea vers son hongre favori, dont elle caressa l'encolure tiède et les naseaux duveteux.

Aelric la rejoignit et s'appuya à la porte basse de la stalle, les bras croisés. Ses cheveux étaient juste assez longs pour qu'une mèche lui retombe dans les yeux et elle dut lutter contre la tentation de la repousser doucement en arrière. Au lieu de cela, elle flatta de nouveau le palefroi.

— Merci d'avoir délivré mon message.

À la lueur du clair de lune, elle le vit contracter les mâchoires. Sa barbe, plus courte, révélait la ligne anguleuse de ses mâchoires, ainsi que ses pommettes bien dessinées.

Peut-être à cause de cela, ou de l'assurance toute nouvelle que semblait lui avoir donnée sa prestation de musicien, elle brûlait de passer les doigts sur les fermes contours de son visage.

Il contourna la stalle.

— Lord d'Avranches parle de vous avec beaucoup d'affection.

— J'étais à peine plus qu'une enfant quand nous nous sommes liés d'amitié. C'est lui qui est venu nous apporter la nouvelle de la mort de notre père, à Jeanne et à moi.

Il s'arrêta brusquement et croisa les bras, le dos appuyé à l'échelle qui montait au grenier à foin.

— Seulement des amis ? Quand on voit la façon dont il vous regarde…

Il se tut abruptement. Debout dans la pénombre, il la scrutait d'un regard indéchiffrable.

— Eh bien… Il m'a demandé une fois de devenir sa maîtresse.

Aelric grimaça et elle posa doucement la main sur son bras. Ce n'était pas anodin que cette nouvelle l'affecte ainsi, n'est-ce pas ? Pas anodin du tout…

— J'ai refusé.

— Pourquoi ? Un homme aussi riche et influent, qui semble épris de vous…

— Peut-être, mais je ne l'aime pas. Toute la richesse du monde ne saurait compenser cela.

Voilà ce qu'il n'avait jamais pu comprendre ! Sept ans plus tôt, lorsqu'elle l'avait imploré de l'emmener, il avait commencé par refuser, persuadé qu'elle ne pourrait jamais vivre comme lui.

Elle croisa les bras à son tour, le défiant du regard.

— Nous avons encore des choses à régler ensemble, lui rappela-t-il.

— Je sais. Je vous ai promis de tout vous expliquer, mais pas maintenant. Donnez-moi une soirée pour me rappeler ce beau côté que j'ai redécouvert en vous dans la grande salle, voulez-vous ?

La gorge serrée, elle attendit, redoutant sa réaction. Elle ne pouvait supporter la pensée de voir l'homme sensible qui avait reparu ce soir disparaître une fois de plus derrière ce rempart de haine qu'il avait érigé en lui.

— Voulez-vous ? répéta-t-elle.

Elle posa la main sur son torse et sentit sous sa paume les battements précipités de son cœur. D'un geste brusque, il lui saisit le poignet et l'attira à lui. Elle écarta les doigts, éprouvant le galbe et la fermeté de ses muscles jouant sous sa tunique.

— J'ai déjà attendu si longtemps…, murmura-t-il. Il faut me donner une raison bien convaincante pour retarder encore le moment.

D'une voix rauque de désir, il demanda :

— Vous en voyez une ?

Constance hocha la tête. La faim inassouvie qu'elle lisait si ouvertement sur ses traits croissait également en elle. La dernière fois qu'ils s'étaient trouvés seuls ensemble, il l'avait embrassée.

Quel encouragement lui fallait-il pour qu'il réitère ?

— Quand vous avez joué, vous m'avez fait pleurer parce que je me suis rappelé combien nous nous aimions. J'aurais tant voulu vous tenir une fois encore dans mes bras !

— Nous sommes seuls. Enlacez-moi, dit-il, un sourire incitateur aux lèvres.

Elle n'eut pas le temps d'obéir à l'invite. Déjà, les bras d'Aelric se refermaient autour de sa taille, lui ôtant ses dernières hésitations. Avec un doux soupir, elle noua les bras autour de sa nuque. Aelric glissa une main vers ses reins, tandis que l'autre se nichait entre ses omoplates.

Il se pencha pour l'embrasser sur la bouche, non pas en un furtif effleurement, comme dans l'étable, ne reproduisant pas non plus le farouche et agressif combat qui l'avait si profondément blessée dans la tour, mais avec lenteur, avec tendresse, jusqu'au vertige.

Elle essaya de respirer à fond, mais ses propres lèvres refusèrent de lui obéir. Elles se mouvaient selon leur propre volonté, ardemment réceptives à tous les mouvements d'Aelric, pour se modeler sur eux en réponse. À tâtons, elle chercha son visage, enfonçant les doigts dans ses cheveux pour l'attirer à elle.

— Nous ne pouvons pas faire cela ici, chuchota-t-il, sa bouche tout contre la sienne. Nous risquerions d'être découverts.

Elle ne lui demanda pas ce qu'il entendait par « cela », sachant ce qui allait se passer s'ils ne se séparaient pas tout de suite. Une torturante et délicieuse ardeur envahissait tout son corps, la consumant d'un désir qui exigeait satisfaction. Quelle importance, de toute façon ? Bientôt, elle allait quitter le monde et Aelric avec lui.

— Là-haut ! fit-elle en pointant le doigt vers le grenier à foin.

Ils grimpèrent à l'échelle et se laissèrent tomber sur la paille, tournés l'un vers l'autre.

— C'est vraiment ce que vous voulez ? s'enquit Aelric dans un chuchotement rauque.

Ils rejouaient presque la désastreuse scène de séduction de la tour, mais cela ne se passerait pas de la même manière. Cette fois, il n'y avait ni réticence ni coercition d'aucun des deux côtés, juste un désir si intense qu'il en devenait physiquement douloureux.

— Oui, chuchota-t-elle, le cœur cognant contre ses côtes. Mon mari m'utilisait pour son plaisir et je n'avais pas d'autre choix que de me soumettre à ses volontés. Lorsque je vous ai séduit, dans la tour, c'était pour tenter d'acheter ma liberté. Ce soir, je veux savoir ce que c'est que de me donner par amour.

Il l'attira contre lui et elle se laissa aller. Elle sentait son souffle chaud sur son cou, tandis qu'il explorait méthodiquement son corps par-dessus sa lourde robe, les jambes glissées entre les siennes.

Les doigts gourds et maladroits, Constance le saisit par la taille pour déboucler son ceinturon, puis elle glissa les mains sous sa tunique. Le ventre était plat et musclé, la peau étrangement douce. Elle suivit du bout de l'ongle la fine ligne de poils qui remontait sur son torse. Il gémit sous la caresse, empoignant ses jupes à pleines mains pour les remonter, et se laissa rouler sur elle, si bien qu'elle sentit à quel point il était prêt.

Pourtant, lorsqu'elle commença à lui effleurer le dos, il se raidit.

Bon sang, elle devait rester tranquille ! C'était ce qu'il avait exigé dans la tour, exactement comme Piteur. Elle se retira, tâchant de rester immobile et prête à se laisser prendre, mais cette fois, il s'empara de ses mains et les replaça sur son torse, les pressant contre sa peau nue.

— Non, souffla-t-il. Restez avec moi. Seulement… pas là.

La dernière fois aussi, il avait dit cela. Et ces deux simples mots, *pas là*, produisirent tout à coup un déclic en elle. Elle comprit enfin. Elle n'aurait jamais osé remettre en question les directives de Piteur. Mais Aelric ne lui inspirait aucune peur et elle se fit volontairement provocante.

— Vous ne désirez donc pas que je vous touche ?

Il se souleva sur un coude. À la lueur de la lune, elle lut le dégoût sur son visage.

— Avez-vous oublié ce que le Porc m'a fait ? La façon dont il m'a mutilé ? Je ne vous inspirerais que répulsion.

— Croyez-vous que je me soucie de cela ? Je suis moi-même contrefaite, si bien que la plupart des gens n'osent pas me toucher de crainte que cela ne s'attrape.

Se contorsionnant pour se dégager du poids d'Aelric, elle s'assit.

— Je sais ce qu'il vous a fait. Au cas où vous l'auriez oublié, c'est moi qui ai nettoyé vos plaies. Montrez-moi !

Il ne répondit rien, mais souleva sa tunique. Constance la fit passer par-dessus sa tête et la jeta sur le sol. Puis elle fit pivoter Aelric et s'agenouilla derrière lui.

Même à la faible lumière du clair de lune, on voyait que la chair était marquée partout où la peau lacérée avait cicatrisé. Des bosses et des creux étaient gravés tout le long de son dos. Elle réprima une exclamation de peine, sachant qu'elle risquait de le perdre pour toujours si elle réagissait trop spontanément.

La colère contre Robert qui avait causé cela, et la tristesse de voir Aelric persuadé que cela le rendait moins désirable, l'emportaient de loin, en elle, sur la révulsion.

Du bout du doigt, elle suivit la plus longue des cicatrices, qui lui zébrait le dos en diagonale de l'épaule à la taille, puis elle se pencha et y pressa les lèvres.

Il se retourna pour lui faire face, toujours à genoux. Ses yeux brillaient trop pour être secs, et sa bouche s'incurvait en un sourire incrédule.

Il lui saisit la main et lui embrassa la paume, puis le poignet, avant de continuer tout le long de son bras en une progressive et délicieuse ascension. Parvenu à l'épaule, il passa un pouce sous le col de sa robe et l'écarta, laissant sa bouche voyager vers les douces rotondités de ses seins.

Constance sentit une langue de feu courir dans ses veines, telle une lave de métal fondu qui embrasait tout le corps et l'unissait à celui d'Aelric dans la communion d'un même désir.

Les lèvres d'Aelric voyageaient à présent plus bas. C'était une sensation exquise de sentir le frôlement de sa barbe sur sa peau dénudée. Elle exhala un long soupir, et ce son parut le rendre fou. Les poings dans sa chevelure défaite, il lui renversa la tête en arrière, lui léchant la joue, puis le lobe de l'oreille, traçant une ligne de baisers jusqu'à son épaule et plus bas encore.

Elle tira sur le ruban qui laçait son corsage et aida Aelric à lui ôter sa robe et sa chemise. L'air frais de la nuit caressa alors son corps nu, lui arrachant un frisson.

Elle l'observa, grelottante, tandis qu'il se débarrassait aussi de ses derniers vêtements.

— Vous avez froid, ma douce ? Je ferais mieux de vous réchauffer, en ce cas.

Sa main se posa sur elle, glissant de ses seins à son ventre, avant d'effleurer le creux de ses cuisses.

Constance frémit, tout son corps offert sans réserve. Incroyable qu'un contact aussi léger puisse éveiller en elle des sensations aussi intenses !

Elle frissonna de nouveau, mais de désir et non plus de froid. Aelric la serrait dans ses bras, pressant son torse nu contre ses seins. Il se mit à l'embrasser, explorant son corps avec une telle minutie qu'elle ne tarda pas à haleter, le souffle court, oubliant le froid et la nuit dans la gangue enchantée de leur amour.

Chapitre 18

Ce fut Caddoc qui dormit, mais Aelric qui se réveilla, revenant à la conscience dans un entrelacement de membres nus, recouverts par le foin et les vêtements ôtés la veille dans la précipitation du désir.

Jamais plus il ne porterait le nom d'un autre, il s'en fit la promesse.

Constance dormait, le visage enfoui dans le creux de son épaule, les jambes enlacées aux siennes. Ses longs cheveux bruns cascadaient sur son buste, masquant sa nudité d'un voile pudique. Elle semblait si petite et si fragile ! Durant la nuit, il avait eu peur de la briser entre ses bras, s'il mettait trop d'ardeur à l'aimer.

Elle avait tenu bon, cependant, et rien n'était venu refréner la passion si absente lorsqu'ils s'étaient accouplés dans la tour avec tant de colère. Ils avaient fait l'amour à deux reprises et, les deux fois, elle avait répondu avec toute la force d'un désir enfin débridé, dont le seul souvenir suffisait à l'exciter de nouveau.

Il arrêterait le temps, s'il le pouvait, afin de rester ici avec elle. Cette nuit, dans les soubresauts de l'extase, il avait failli lui demander de partir avec lui, juste après lui avoir crié qu'il l'aimait.

Elle n'avait pas réagi à cet aveu et il ne savait pas très bien s'il en était attristé ou soulagé. Peut-être n'avait-elle pas entendu, ou avait-elle préféré ignorer ses paroles…

Constance bougea un peu, pas tout à fait réveillée, et se

dégagea pour pivoter sur le flanc. Il se laissa rouler sur le côté et l'enveloppa dans une étreinte protectrice, le torse pressé contre son dos. Proche d'elle comme il l'était, il sentit le moment exact où elle se réveilla, car sa respiration se fit soudain plus légère. Il resserra son étreinte, savourant cet instant jusqu'à la dernière seconde, au cas où il la trouverait déjà changée.

Tournant la tête vers lui, elle lui dédia un sourire si doux qu'il en eut le cœur retourné. Un morceau de paille était collé à sa joue. Il l'ôta délicatement.

— Un jour, nous trouverons un lit pour faire cela, fit-il d'un ton enjoué.

Mais sa gaieté retomba, tandis qu'il soupesait leurs chances de recommencer. Si minces, en vérité…

Constance bascula vers lui, étirant les jambes avec une sensualité qui l'enflamma. Tandis qu'elle se retournait, ses cheveux s'écartèrent et ce qu'il vit figea son sang dans ses veines.

Dans l'obscurité, emporté par l'ardeur de la passion, il n'avait pas remarqué ces minces lignes blanches qui lui striaient les épaules et le dos. Il avait vu beaucoup de cicatrices dans sa vie, il en portait lui-même de profondes, et il sut avec certitude que la personne qui les lui avait infligées était la même.

— Votre dos… Comment est-ce arrivé ?

Constance ferma les yeux, la bouche déformée par une moue de souffrance.

— Quand je suis rentrée à la maison, après vous avoir délivré, Robert m'a surprise alors que je m'apprêtais pour mon départ. Il m'a frappée, mais j'ai refusé de lui dire ce qu'il voulait savoir.

Une note de fierté vibrait dans sa voix et Aelric sentit son cœur se briser. La gorge si serrée qu'il avait du mal à respirer, il se prit la tête entre les mains.

— Vous avez fait cela pour moi ? Pourquoi ?

Elle le regarda droit dans les yeux.

— Parce que je vous aimais.

Je vous *aimais*. Et non pas je vous *aime*. Cela signifiait-il qu'elle ne l'aimait plus ? Pourtant, elle n'avait aucune autre raison que l'amour de faire ce qu'ils avaient fait, la veille au soir. Rien ne l'y obligeait et elle n'avait plus besoin de marchander avec lui.

Mais elle l'avait fait tout de même.

— Pendant des années, je vous en ai voulu de n'être pas venue, avoua-t-il, submergé par le remords au souvenir du ressentiment qu'il avait si longtemps nourri. Pourquoi ne me l'avez-vous pas dit avant ?

— Les circonstances de nos retrouvailles ne s'y prêtaient guère ! lui rappela-t-elle. Et puis…

Elle s'empara de sa main.

— Je ne voulais pas que vous l'appreniez de cette façon-là.

Elle s'arrêta en voyant son expression et resserra son étreinte.

— Je n'ai pas pu venir, parce que je suis restée à demi inconsciente pendant des jours. Je vous aurais rejoint en rampant sur les cailloux, si j'en avais été capable !

— Si j'avais su ce qu'il vous a fait, je serais revenu vous chercher, chuchota-t-il.

Son ventre se noua, tandis qu'il imaginait l'agonie qu'elle avait dû traverser.

— Vous y auriez laissé la vie.

C'était vrai, mais cela ne diminua en rien le sentiment de culpabilité qu'il éprouvait.

— Vous auriez dû lui avouer où j'étais.

Elle eut un sourire mélancolique et secoua la tête.

— Cela n'aurait rien changé. Je me suis évanouie, mais il a continué quand même.

— C'est donc pour cela que vous le haïssez, marmonna-t-il, d'un ton qui la fit frissonner. Vous aviez raison, vos motifs sont justes.

Elle s'assit, lui prenant sa tunique et la drapant sur ses épaules comme un manteau. Son expression changea, soudain plus morne, et son regard s'assombrit tandis qu'elle revivait le passé.

— Il y a encore autre chose. J'ai saigné quand Robert m'a battue. Beaucoup, et pas seulement à cause des blessures dans mon dos. Lorsque je suis arrivée au couvent de Brockley, je saignais encore. Les sœurs m'ont expliqué que je venais de perdre un enfant.

Elle se tourna vers lui, le visage empreint d'un indicible chagrin.

— Notre enfant.

La pièce se mit soudain à tournoyer autour de lui. Il entendit le sang gronder dans ses oreilles et secoua la tête, serrant les poings à s'en blanchir les articulations.

Constance sanglotait, les genoux relevés, en essayant de se faire aussi petite que possible. Aelric l'attira à lui et referma étroitement les bras autour d'elle — trop tard, hélas, pour la réconforter de la torture qu'elle avait subie autrefois. Il la tint contre lui tandis qu'elle pleurait, laissant ses propres larmes tomber sur la tête inclinée de Constance, partageant enfin avec elle ce chagrin qu'elle avait trop longtemps porté seule.

— Qu'allons-nous faire maintenant ?

Aelric ne savait pas si Constance faisait allusion à l'avenir immédiat ou à ce qu'ils feraient lorsque le sort de Coudray aurait été réglé. Il n'était pas sûr de pouvoir répondre à l'une ou l'autre de ces questions.

Ses larmes enfin séchées, Constance avait retrouvé son sang-froid avec une étonnante rapidité. Plus vite que lui, il lui fallait l'admettre, mais elle avait eu des années pour se réconcilier avec ces événements, tandis que la dévastatrice nouvelle était encore toute fraîche pour lui.

À la regarder en cet instant, nul ne se serait douté qu'elle venait juste de pleurer dans ses bras, encore moins qu'elle avait crié et gémi pour de tout autres raisons durant la nuit.

Ses années de mariage avec une brute avaient dû l'habituer à ensevelir promptement ses émotions en elle.

À présent, elle s'affairait à se rhabiller, se passant les doigts dans les cheveux pour les démêler et en ôter les brins de paille qui auraient constitué une preuve trop évidente de l'endroit où elle avait passé la nuit.

L'indécision le déchirait. Depuis chaque recoin de la demeure, les fantômes des siens semblaient le regarder, leurs voix silencieuses réclamant vengeance. S'il écoutait cette requête, il perdrait Constance pour toujours, mais s'il ne tentait rien, comment pourrait-il continuer à vivre avec lui-même ?

Et puis, qu'avait-il à lui offrir ? La vie d'épouse d'un vagabond n'était pas faite pour elle. Une nuit passée dans la paille, c'était une chose. Mais des années de misère…

Il brûlait d'envie de la renverser sur leur couche improvisée pour la caresser de nouveau, recommençant le délicieux prélude de l'amour, mais les révélations de Constance avaient trop assombri leur rencontre.

Cette nuit, chaque étreinte et chaque baiser avaient été suscités par un brûlant désir qui réclamait satisfaction. À présent, c'était une sensation différente qu'il éprouvait en la serrant dans ses bras, un partage entre deux personnes qui s'accrochent l'une à l'autre pour se réconforter mutuellement.

D'ailleurs, même s'il avait voulu recommencer leurs jeux d'amour, il n'était plus temps. Le jour était déjà levé.

Constance pencha la tête en avant et ajusta son corsage sur ses épaules. Elle s'était tressé les cheveux en une longue natte, qu'il caressa doucement avant de la laisser retomber sur son épaule, savourant l'intimité de ces gestes. Il déposa un baiser sur sa nuque, jouissant de l'entendre reprendre brusquement sa respiration sous ce geste infime. Les fines cicatrices qui dépassaient du col de sa chemise attirèrent alors son regard.

Elle avait enduré la torture que lui avait infligée Coudray pour le protéger, lui, et cette révélation lui déchirait le cœur. Il serra les poings. Si seulement il pouvait régler ses comptes avec le Porc ! S'il n'avait pas engagé ce qui lui restait d'honneur en prêtant serment, il serait sorti sur le champ des écuries pour aller plonger une dague dans le cœur de Robert, sans la moindre hésitation.

Doucement, il frotta les marques du bout du pouce. Beaucoup moins laides que celles qu'il portait lui-même, elles n'affleuraient qu'à peine, mais la souffrance qu'elles suscitaient en lui étaient pires que la flagellation qu'il avait subie.

Constance posa la main sur son épaule, effleurant de ses doigts frais la peau balafrée de son dos. Des larmes scintillaient dans ses yeux.

Sachant déjà ce que serait la réponse, Aelric tenta une dernière fois d'être relevé de sa promesse.

— En dépit de tout cela, vous ne voulez pas que j'en finisse avec lui ?

— Pas par une effusion de sang !

Elle releva la tête, et l'expression qu'il lut dans ses yeux était plus terrible encore que celle d'un condamné ou du juge qui s'apprête à l'envoyer à la mort.

— Je suis une femme. Je n'ai ni épée ni flèches à ma disposition, alors j'utilise les armes que je peux. Je veux que tous, dans le pays, sachent qu'il est un traître. Mais pour cela, il me le faut vivant.

Il comprenait à présent. Si elle lui refusait ce qu'il désirait si ardemment, c'était parce qu'elle voulait se réserver le plaisir de la vengeance, même si elle refusait de l'admettre.

Il eut un rire amer.

— Si j'avais affronté votre beau-frère en combat singulier ou sur le champ de bataille, vous ne me condamneriez pas pour cela.

— Non, car le sang coule forcément, lors des guerres. Mais nous sommes au-delà de cela, maintenant.

Elle rejeta la tête en arrière, faisant osciller sa lourde natte.

— Mon père est mort dans la bataille. Il brûlait de rejoindre Guillaume et de se battre à ses côtés. Il voulait conquérir des honneurs pour lui-même et la richesse pour sa famille. Tout ce qu'il a gagné, c'est une tombe.

— C'est ce que vous craignez pour moi ? Je ne suis plus le gamin de vos souvenirs ! J'ai passé des années à apprendre à survivre. Je suis un bon guerrier maintenant.

Constance posa la main sur sa poitrine, frôlant du doigt les muscles fermes qui semblaient confirmer ces paroles. Il sentit sa peau brûler sous la caresse et le désir incandescent auquel il avait cédé durant la nuit l'enflamma de nouveau.

— C'est vrai, j'ai peur que vous n'ayez pas le dessus contre lui, admit-elle. Oh ! pas en combat loyal, mais il ne se déplace jamais sans ses gardes du corps. J'ai déjà enduré trop de deuils. Je ne veux pas vous perdre, vous aussi.

— Mais si je courais ma chance ? insista-t-il avec véhémence.

Son pouls se mit à battre plus vite. Il se pencha en avant, mais s'arrêta net en la voyant se couvrir le visage de ses mains. Il lui saisit les poignets et les abaissa de force, la forçant ainsi à le regarder.

— Je suis las de vivre comme je le fais, accablé par la pensée que j'ai échoué à venger ma famille. Maintenant que je sais ce que vous avez souffert vous-même, mon fardeau me semble encore plus lourd.

— Cela vous rendrait-il heureux de devenir un meurtrier ?

— Cela allégerait ma douleur. Cela ferait de moi l'homme que mon père ne m'a jamais vu devenir.

— Mais cela ne le ramènerait pas, ni aucune des autres vies que Robert a prises !

Elle baissa les yeux sur son ventre, pleurant sans doute l'enfant qu'elle avait perdu. Plus tard, lui aussi se désolerait pour ce bébé dont il n'avait même pas soupçonné l'existence. Mais pour l'instant, il devait écarter résolument cette image de son esprit.

— Peut-être cela pourra-t-il sauver d'autres vies, argua-t-il.

Soudain, il sentit sa gorge se serrer. Il avait couché trois fois avec Constance depuis leurs retrouvailles. Trois occasions de créer la vie, sans même qu'il y songe ou ne prenne les plus élémentaires précautions pour empêcher une éventuelle conception.

Cette seule pensée lui coupa la respiration.

— Si vous deviez mourir, cela me briserait le cœur, chuchota Constance.

Ces mots résonnèrent en lui, pareils à une musique. Il y avait si longtemps qu'il se languissait d'entendre cela ! Doucement, il lui saisit le menton pour lui relever la tête, mais au lieu de la tendresse qu'il s'attendait à découvrir dans ses yeux, il rencontra un regard aussi dur que l'acier.

— Vous exultez chaque fois que vous parlez de votre vengeance. Je crains que vous ne deveniez comme lui, si vous l'emportez — un être qui prend son plaisir à tuer.

— Cela n'arrivera jamais ! promit-il.

Sa voix sonna faux à ses propres oreilles et il espéra qu'elle ne s'en était pas aperçue. Oui, il jouirait de la mort de Coudray et il savait qu'elle aussi, même si elle affirmait le contraire. Elle désirait la mort de Robert, même si elle osait à peine se l'avouer à elle-même, torturée par le remords et la culpabilité de désirer une telle chose.

Il ne la prierait plus de le relever de son serment. Il endosserait seul la responsabilité de cet acte — et de ses conséquences.

L'entourant de ses bras, il attira sa tête contre sa poitrine, revenant à la question à laquelle il n'avait pas répondu — ou du moins la partie à laquelle il pouvait répondre, car il ne voulait pas songer à ce qui arriverait, s'il réussissait à tuer Coudray.

— Vous avez demandé ce que nous devions faire à présent. Eh bien, nous allons trouver votre ami le comte. Vous discuterez avec lui de votre message et remettrez l'affaire entre ses mains.

— Et vous vous contenterez de cela ? s'enquit-elle en levant la tête vers lui, le regard brillant d'espoir. Vous promettez de ne rien tenter d'autre ?

— Rien du tout, mentit-il pour la deuxième fois.

— Merci, chuchota-t-elle.

Il perçut une fêlure dans sa voix.

— J'ai été trop longtemps entourée par des hommes qui aimaient infliger la souffrance.

Ces mots l'anéantirent. Il se prit à souhaiter que son mari soit encore vivant pour pouvoir le tuer, lui aussi.

Incapable de la regarder, il enfila sa tunique, puis aida Constance à se lever. Ils descendirent l'échelle avec prudence. Les écuries étaient encore désertes, bien que la cour fourmille déjà d'activité. Il leur serait aisé de se glisser dehors séparément et de se mêler aux serviteurs qui allaient et venaient.

Tandis qu'ils guettaient le moment opportun, Constance noua les bras autour de son cou. Le contact de ces doigts légers sur sa peau éveilla de nouveau ses sens et il l'embrassa lentement, jouissant du contact de ses lèvres et de la façon dont son corps se moulait d'instinct sur le sien.

— Ce que nous avons fait… Je m'en réjouis, murmura-t-elle. Maintenant, au moins, je sais ce que cela peut être, avec quelqu'un que j'aime. Je n'oublierai jamais.

Se haussant sur la pointe des pieds, elle planta un baiser sur sa joue avant de se glisser par la porte entrouverte.

Aelric la regarda partir, saisi d'un étrange pressentiment. Il y avait eu quelque chose de si définitif dans ses paroles…

Avait-elle deviné qu'elle ne le reverrait sans doute pas ? À moins qu'elle ne souhaite pas recommencer l'expérience, parce qu'elle avait en tête un tout autre projet ? Elle ne pouvait tout de même plus envisager d'entrer dans les ordres après ce qu'ils avaient fait ensemble !

L'esprit soucieux, il quitta l'écurie et regagna ses quartiers.

— Votre message ne m'a pas appris grand-chose, soupira Hugh d'Avranches. Le poème m'intrigue. Il est si médiocre qu'il doit avoir un autre but. Ce ne serait pas la première fois qu'on se servirait de vers pour passer un message. Aucun homme ne courtiserait une dame avec un aussi piètre poème, sous peine d'insuccès.

Constance rougit en échangeant un coup d'œil avec Aelric. Hugh ne pouvait savoir ce qui s'était passé entre eux la nuit précédente, mais chacun d'eux n'en était pas moins intensément conscient de la présence de l'autre, ainsi qu'il arrive souvent entre nouveaux amants.

Ils avaient regagné la maison séparément, avant de se rendre ensemble auprès du comte, dès qu'ils l'avaient pu. Aucun d'eux n'avait reparlé de la révélation de Constance, mais les pleurs qu'ils avaient versés de conserve brûlaient encore les joues d'Aelric, bien que depuis longtemps séchés.

Constance avait pris un bain et changé de robe, mais lui avait gardé la même tunique. Il ne possédait que peu de vêtements entre lesquels choisir. Mais surtout, l'odeur de Constance demeurait sur lui et il tenait à la conserver aussi longtemps que possible.

— J'ai besoin d'autres preuves, et rapidement, poursuivit Avranches. Un chiffre ou un code quelconque. Trois des invités qui séjournent ici sont soupçonnés d'être des conspirateurs, et je voudrais agir avant de quitter Hamestan, dans deux jours.

— Je continuerai à chercher, promit Constance.

Elle poussa un soupir excédé et remarqua :

— Il faut que je trouve un moyen de pénétrer dans la chambre de Robert. C'est le seul endroit que je n'ai pas réussi à fouiller et la réponse doit se trouver là.

— Bonne idée, approuva Avranches.

— Non ! se récria Aelric au même instant.

Il lança au comte un regard fulminant, sans se soucier d'être châtié pour cette insolence, ainsi que son interlocuteur en avait le pouvoir.

Il se rapprocha de Constance, luttant contre l'émoi que déclenchait en lui sa simple proximité physique.

— Lady Constance ne peut pas prendre un tel risque. S'il y a des fouilles à effectuer, laissez-moi m'en charger.

— Vous vous mettriez plus en danger que moi, protesta-t-elle.

Son visage s'adoucit, tandis qu'elle posait une main sur son bras.

— Si Robert vous trouvait sur les lieux, il vous tuerait à l'instant. Tandis que moi, je peux toujours alléguer mes devoirs de maîtresse de maison pour expliquer ma présence. Il ne va pas me brutaliser au moment où il s'apprête à annoncer mes fiançailles.

— Vous croyez vraiment cela ? gronda Aelric.

La jalousie le consumait à la seule pensée qu'elle puisse être fiancée à un autre homme.

— Lady Constance a raison, intervint Hugh. Vous prendriez un plus grand risque qu'elle et cela ne servirait à rien. Je veux que vous restiez en vie, au cas où j'aurais besoin de recourir à votre force.

Constance s'insurgea.

— Je vous ai dit que je ne voulais pas de sang versé !

— Bien sûr, la rassura Avranches. S'il suffisait d'assassiner Coudray, j'aurais pu le faire sans avoir à marchander votre aide. Mais il peut résister à l'arrestation et je veux être sûr de pouvoir compter sur des hommes fiables à mes côtés.

Constance semblait toujours suspicieuse, mais Hugh lui dédia un regard si empreint d'innocence qu'elle ne put l'accuser davantage.

— Très bien. Mais laissez-moi jouer mon rôle ainsi que je l'entends. Je fais cela de mon plein gré, c'est mon droit, et rien de ce que vous pouvez dire ne me dissuadera.

Aelric lui prit le bras et l'attira à l'écart, conscient de la sentir frémir à son contact et de la réponse jumelle de son propre corps.

— Après ce que vous m'avez confié ce matin, je n'essaierai pas de vous en empêcher. Mais je vous en supplie, ne vous mettez pas en danger !

Elle pâlit devant l'intensité de sa prière. Le désir flamba dans ses yeux avant de s'éteindre, remplacé par l'irritation.

— Je vous ai donné mon corps, pas le droit de me dicter ma conduite.

Aelric posa la main sur sa joue et se pencha pour lui murmurer à l'oreille, de sorte que nul autre qu'elle ne puisse entendre :

— Quand je vous ai donné *mon* corps, je ne pensais pas renoncer à mon droit de me sentir concerné. Cet homme a déjà causé assez de morts dans mon entourage, sans que j'aie en plus à déplorer la vôtre. Si je décide de vous protéger, je le ferai. Avec ou sans votre consentement.

Constance écarquilla les yeux, mais ses lèvres tremblaient. D'un geste brusque, elle rassembla ses jupes et, sans même prendre congé de ses compagnons, quitta la pièce en trombe, avec la dignité d'une reine.

Avranches et lui échangèrent un regard et Aelric lut dans les yeux du comte la tendresse qu'il ressentait lui-même. Il refoula son irritation. Si cet homme aimait vraiment Constance, ainsi qu'il le prétendait, comment pouvait-il la mettre délibérément en danger ? Et de quel « marchandage » voulait-il parler ?

— Je croyais que Lady Constance m'avait envoyé un simple messager, mais je constate que vous êtes bien plus que cela. Elle vous est chère, n'est-ce pas ?

Aelric inclina la tête en signe d'acquiescement, appréciant la délicatesse de la formule.

— Je mourrais pour elle, s'il le fallait.

Avranches eut un bref sourire.

— C'est bien ce qui risque de se passer, si nous ne découvrons pas ce que mijote Coudray.

— Je ne lui permettrai pas de faire du mal à Constance. Et même si je dois perdre son amour ou la vie, j'en finirai avec cet homme !

— C'est une chance pour une femme d'avoir un champion tel que vous, commenta Hugh.

Aelric paya d'audace :

— Quelle sorte de marché avez-vous passé avec elle ?

Le comte plissa ses yeux rusés.

— Nous sommes convenus que j'empêcherais qu'on la

force à se remarier, si de son côté elle m'aidait à découvrir les preuves dont j'ai besoin.

Aelric comprit soudain pourquoi Constance s'obstinait à ne pas vouloir que Robert meure. Le traduire en justice, c'était la clé de sa propre sécurité.

— Vous pourriez l'aider même sans cela, non ?

— Certes, et c'est peut-être ce que je ferai. Mais de cette façon, j'obtiendrai les preuves qu'il me faut.

Une note de dureté résonnait dans sa voix. En dépit du charme facile qui émanait de lui, il n'aurait jamais accédé à la position qu'il occupait sans faire des choix difficiles, songea Aelric, ainsi rappelé à la réalité.

Hugh retourna le poème entre ses mains dodues.

— Constance a raison, ce texte signifie bel et bien quelque chose, mais quoi ? Est-ce un code ? Un message chiffré ? Et que dit-il ? Il doit avoir un sens pour quelqu'un d'autre que Coudray.

Aelric contemplait les mots. Si seulement il connaissait l'origine de ce chant ! Il se gratta la barbe, songeur. Un chant…

— Il y aurait peut-être un moyen, déclara-t-il lentement.

Avranches haussa un sourcil. Il remplit deux gobelets de vin et lui en tendit un.

Ils burent ensemble, tandis qu'Aelric précisait son idée.

— Vous êtes intelligent, commenta le comte, lorsqu'il eut achevé d'exposer son plan. J'ai besoin d'hommes tels que vous. Quand nous en aurons terminé ici, il faudra que nous parlions un peu plus, tous les deux.

Aelric déglutit. En dépit de ses méthodes sournoises, il éprouvait de la sympathie pour ce robuste Normand, mais la vie d'un serviteur, même pour un homme comme Avranches, ne devait pas signifier grand-chose. Constance avait parlé de récompense, mais il n'osait rien espérer de tel.

Lui-même, qu'avait-il à offrir à la jeune femme ? Elle avait repoussé les avances d'Avranches, en affirmant que la richesse ne suffisait pas, mais s'il lui demandait de partir avec lui et de partager le genre de vie qu'il menait, le suivrait-elle ?

— Mon plan peut ne pas marcher. C'est risqué, et cela peut fort bien ne déboucher sur rien.

Le comte haussa les épaules.

— Dans ce cas, nous ne serons pas dans une situation pire qu'elle ne l'est déjà et Lady Constance pourra poursuivre ses propres recherches.

Aelric serra les poings.

— Je préférerais qu'elle ne soit pas impliquée. Nous la mettons en danger pour servir nos propres fins.

— Lady Constance a des raisons de haïr son beau-frère. Je ne les connais pas, mais je ne lui dénierai pas son droit à la vengeance. Vous aussi avez vos raisons, je suppose ? Constance est persuadée qu'elle peut vous faire confiance. Dites-moi pourquoi.

— Mon nom est Aelric, répondit-il. Cette maison était celle de ma famille.

Brièvement, il raconta son histoire à Hugh. L'exécution d'une poignée de rebelles saxons n'était pas de nature à troubler le comte et il importait peu à présent que sa véritable identité soit connue.

Avranches hocha la tête.

— Coudray a toujours été connu pour sa cruauté. Moi-même, je n'aurais jamais récompensé un tel homme si j'avais eu le choix. Mais pendant la guerre, Guillaume a fait ce qu'il croyait devoir faire. Il regrette la façon dont il a traité le Nord. Un remords qui n'a jamais dû troubler beaucoup Robert de Coudray. La situation est intéressante, en tout cas. Vous voulez le voir mort, j'ai besoin de lui vivant pour en finir avec lui légalement, et Lady Constance veut…

— Elle ne sait pas ce qu'elle veut, l'interrompit Aelric. Ou plutôt, elle nie ses propres désirs. Je lui ai promis que je ne répandrais pas le sang de Coudray pour regagner ma liberté, ce qui s'est révélé un fardeau bien plus lourd que je ne le pensais.

— Briserez-vous ce serment si c'est nécessaire ? Le briseriez-vous si c'était pour sauver Constance ?

— Sans hésitation !

La pensée que Constance puisse le haïr et s'éloigner de lui à jamais lui était insupportable, mais il préférerait mille fois cela que de la voir blessée ou morte.

— D'abord, je veux qu'il soit démasqué, déclara Hugh. Il y a eu déjà trop d'intrigues. Il faut que les gens de ce pays sachent que nous leur apportons des lois et la stabilité. Si c'est une trahison qu'il projette, il en sera châtié comme il convient et c'en sera fini de lui. Cela vous satisfera-t-il, Saxon ?

Aelric réfléchit. Pouvait-il accepter ce compromis ? Voir Robert mourir, mais pas forcément de ses mains ? Et demeurer innocent aux yeux de Constance ?

Il donna son agrément d'un hochement de tête.

— Portez une arme sur vous ce soir, lui conseilla alors Avranches gravement.

Chapitre 19

Constance s'attarda aussi longtemps qu'elle l'osa près de la petite salle où venait d'avoir lieu leur entretien. Elle espérait qu'Aelric ne tarderait pas à reparaître, mais il demeura enfermé avec Hugh plus longtemps qu'elle ne l'avait escompté.

Elle triturait nerveusement sa longue natte, maudissant sa propre impétuosité. Au nom du ciel, qu'est-ce qui lui avait pris de quitter ainsi la pièce ? Elle ne savait même pas ce qu'elle allait dire à Aelric, lorsqu'il sortirait. Un mot lui vint à l'esprit, mais elle le refoula tout au fond d'elle-même. Un mot parfaitement étranger à Aelric, sans doute, et dont elle-même ne retirerait que souffrance et humiliation, si elle avait la faiblesse de le prononcer devant lui.

La meilleure chose qui lui restait à faire, c'était de s'activer, afin de découvrir enfin la preuve indispensable pour confondre Robert.

Enfilant l'étroit corridor, elle regagna la grande salle.

Tandis qu'elle se tenait là, hésitant sur la marche à suivre, la voix tonnante de Robert résonna soudain d'un bout à l'autre de la pièce.

Elle s'aplatit contre le mur dans la pénombre, se dissimulant derrière l'une des épaisses tapisseries, pendant qu'il descendait d'un pas lourd l'escalier menant à la galerie et à sa chambre. Il portait ses vêtements de chasse, de même que les trois hommes qui l'attendaient, debout dans la grande salle.

Elle sourit. S'il s'absentait toute la journée, il serait plus facile de fouiller son appartement.

— Où est Lord d'Avranches ? aboya-t-il.

— Est-il certain qu'il se joigne à nous ? s'enquit un homme chauve.

Tous quatre se rapprochèrent les uns des autres. Si Constance ne s'était pas trouvée si près, elle n'aurait pas entendu un seul mot de leur échange. Et elle ne pouvait s'éclipser à présent sans attirer leur attention.

— Il est aussi fuyant qu'une anguille. Il ne veut jamais prendre d'engagement pour rien, observa un autre, qui tournait le dos à Constance. Peut-être le persuaderait-on en lui faisant miroiter le gibier bien gras qu'il pourra savourer, s'il nous accompagne à la chasse ?

— Croyez-vous qu'il soupçonne quelque chose ? demanda de nouveau le chauve.

— Non, déclara Robert, sans quoi il n'aurait pas accepté mon invitation.

Il semblait sûr de lui.

— C'est seulement qu'il préfère rester ici et se goberger à mes dépens, plutôt que de fournir le moindre effort physique.

— Vous espériez qu'il viendrait pour ne pas avoir à épouser la bancale, hein ? railla un autre, en assenant une bourrade à celui qui tournait le dos à Constance.

— Bah, si ses jambes s'écartent comme celles des autres femmes, je l'épouserai et coucherai volontiers avec, pouffa l'intéressé, assez fort pour que sa voix résonne dans toute la salle. Je pense que ce serait mieux si tout pouvait se régler aujourd'hui, voilà tout.

Constance sentit des larmes de dégoût lui brûler les paupières. Elle recula un peu plus derrière la tapisserie. Malgré sa répulsion, son esprit travaillait fiévreusement. En quoi était-il important que Hugh aille chasser et qu'est-ce qui pourrait s'accomplir plus aisément s'il se joignait au groupe ?

— Hé, le chanteur, venez ici ! cria soudain Robert.

Son appel fit sursauter Constance. Aelric, qui traversait la grande salle, s'avança vers Robert, la tête humblement inclinée.

— Milord ?

— Votre maître a-t-il l'intention de nous accompagner à la chasse ?

— Je ne puis répondre à sa place, mais ce que je sais, c'est qu'il s'est installé dans sa chambre avec des documents et un flacon de vin.

Sa voix avait retrouvé les inflexions mélodieuses de la veille. Il semblait aussi respectueux que n'importe quel serviteur en présence d'un supérieur, mais Constance remarqua qu'il serrait les poings à s'en blanchir les articulations.

— Eh bien, nous avons la réponse, déclara le chauve. Nous perdons notre temps à l'attendre. Allons-y !

Robert acquiesça d'un hochement de tête. Sans un regard pour Aelric, il entraîna ses compagnons hors du bâtiment. Constance exhala un soupir de soulagement. Aelric releva prestement la tête et tourna aussitôt les yeux vers elle, la repérant sur-le-champ.

D'un signe, il l'invita à sortir de sa cachette.

— Vous jouez un jeu dangereux à espionner aussi ouvertement !

— Je n'espionnais pas, se justifia-t-elle. Du moins, pas intentionnellement. Je me suis cachée quand Robert est entré pour ne pas avoir à lui parler.

Aelric était visiblement tendu. Quel effort ne lui avait-il pas fallu pour adresser des paroles courtoises à l'homme qu'il haïssait ? Ses muscles puissants, qu'elle connaissait à présent si bien, devaient être aussi durs que l'acier, en cet instant. Elle lui effleura le poing jusqu'à ce qu'il le desserre assez pour qu'elle puisse glisser sa main dans la sienne. Ce simple contact suscita en elle tant d'impurs désirs qu'elle ne put s'empêcher de rougir.

Les doigts d'Aelric se crispèrent sur les siens avec une telle force qu'elle se dégagea doucement, la main presque meurtrie.

— Avez-vous entendu de quoi ils parlaient ?

— Rien qui n'ait déjà été dit. Personne ne veut d'une femme difforme, n'est-ce pas…

— Connaissez-vous l'homme qu'on vous destine ?

— Non. Et je ne sais pas son nom.

— Que faisiez-vous ici, pour commencer ?

Constance déglutit.

— En fait… je vous attendais.

Un sourire si radieux illumina son visage qu'elle eut l'impression de voir reparaître le soleil après un long hiver.

— Pour me signifier que vous n'avez nul besoin de ma protection, hein ?

— Nous n'aurions jamais dû nous quereller devant Hugh. S'il venait à soupçonner qu'il existe davantage qu'un simple rapport de maîtresse à serviteur entre nous…

Un léger sourire voleta de nouveau sur les lèvres d'Aelric, si éminemment attirantes.

— Existe-t-il davantage, madame ?

Constance hésita avant de répondre. Que pouvait-il y avoir d'autre, hélas ? Elle baissa la tête, tâchant de lui dissimuler ses pensées.

— Lord d'Avranches m'a parlé de votre marché et des raisons pour lesquelles vous souhaitez que Coudray reste en vie. Soyez tranquille, je veillerai à ce que le comte tienne ses engagements envers vous, même si vous ne trouvez pas les preuves qu'il réclame.

Elle lui pressa la main.

— Vous m'aideriez à regagner le couvent ?

— Si c'est ce que vous voulez…, concéda-t-il.

Il baissa les yeux, puis les releva brusquement, son regard bleu assombri de tristesse.

— Regrettez-vous ce que nous avons fait, Constance ?

— Jamais de la vie !

Elle lui reprit la main, heureuse de le sentir répondre à son étreinte. Puis elle renversa la tête en arrière, dans un geste évident d'incitation au baiser. Il parut tout prêt à lui complaire sur ce point, car il se rapprocha d'elle jusqu'à la frôler et il lui effleura les bras des poignets aux épaules, déclenchant en elle une tempête de frissons.

Elle attendait, tous les sens en éveil…

Soudain, Aelric jeta un coup d'œil par-dessus son épaule et, sans modifier son expression, l'agrippa si brutalement qu'elle trébucha contre lui.

— Mon Dieu, la dame se sent mal ! s'écria-t-il d'un ton alarmé.

Constance remarqua que sa voix avait repris l'accent gallois, plus chantant.

— S'il vous plaît, de l'aide, vite !

— Mais que faites-vous ? s'insurgea-t-elle, stupéfaite.

Alors seulement elle perçut les murmures derrière elle. Dans l'ardeur de sa passion, elle avait oublié ce qui l'entourait et les domestiques qui vaquaient à leurs tâches, à présent que leur maître était sorti.

Aelric lui empoigna le bras.

— Voyez-vous une autre explication à leur fournir ? chuchota-t-il.

Elle secoua la tête, puis s'affaissa contre lui, en soupirant avec ostentation et en portant la main à son front.

Les cris d'Aelric avaient attiré l'attention des servantes, qui accoururent, se pressant autour d'elle. Il ne relâcha pas pour autant son étreinte. Les serviteurs échangeaient des regards indécis, surpris de voir cet étranger leur donner des ordres et tenir la maîtresse de maison de façon si intime.

— Il lui faut un endroit où s'étendre. Trouvez-moi une pièce où elle puisse se reposer confortablement !

Et, claquant des doigts à l'intention de la femme qui se tenait le plus près, il demanda :

— Où votre seigneur dort-il ? Il ne doit pas utiliser sa chambre, à cette heure ?

La fille, rougissante, lui désigna la galerie, à l'étage supérieur.

— Mais il ne permettrait jamais cela ! protesta-t-elle.

Aelric se montra ferme.

— J'insiste !

— Que faites-vous donc ? s'enquit Constance à voix basse.

— Je vous donne accès à sa chambre sans éveiller les soupçons.

Se penchant vers elle, il la souleva dans ses bras. Jusqu'à cet instant, elle n'avait fait que simuler le malaise, mais dès l'instant où les mains d'Aelric se posèrent sur son corps, elle se sentit défaillir pour de bon. Son pouls se mit à cogner follement, tandis qu'une vague de désir incoercible déferlait en elle. Son émoi dut se lire sur son visage, ou peut-être fut-ce la détermination d'Aelric, car la servante n'émit aucune autre objection. Aelric la suivit dans l'escalier et pénétra à sa suite dans les quartiers privés de Robert.

La pièce était plongée dans la pénombre et il y régnait une chaleur étouffante, même dans la journée.

— Apportez-lui du vin ! ordonna-t-il.

La fille sortit en hâte et il se dirigea vers le lit — bien plus spacieux que la mince paillasse où elle dormait, constata Constance — où il la déposa avec toutes les attentions d'un marié pour sa toute récente épouse. Ses mains s'attardèrent sur elle un peu plus longtemps que nécessaire, glissant de son postérieur à l'arrière de ses cuisses. Leurs visages se trouvaient tout près l'un de l'autre, et Constance remarqua que son haleine sentait le vin.

De quoi avait-il donc discuté avec Hugh, pour qu'ils boivent une coupe ensemble ? Ses lèvres avaient-elles gardé le goût capiteux du breuvage ?

Elle lécha les siennes en renversant la tête en arrière, se haussant pour rencontrer sa bouche.

Mais Aelric secoua la tête. Avec un sourire éloquent, il détacha ses mains de sa nuque. Elle ne s'était même pas aperçue qu'elle avait oublié de le lâcher !

— Je vous ai dit que nous trouverions un lit un de ces jours. Mais je ne pensais pas spécialement à celui-là… ni à l'utiliser si vite !

— Ne plaisantez pas avec cela, voulez-vous ?

Il n'y aurait jamais de lit pour eux, elle ne le savait que trop. Elle allait partir sous peu au couvent. Mais la tentation la tenaillait si fort ! Oh ! le reprendre dans ses bras et goûter de nouveau à tous les plaisirs de la nuit ! Elle en tremblait toute, parcourue de violents et délicieux frissons.

— Ne craignez rien, répondit-il d'un ton léger. J'aime trop votre tête pour vous faire courir le risque de la perdre.

Il se redressa, rajustant sa tunique.

— C'est tout ce que je peux faire pour vous aider dans votre démarche, même si j'ai l'impression de vous abandonner dans l'antre du lion. Commencez par vous reposer et buvez le vin qu'on va vous apporter, puis utilisez le temps qui vous restera pour découvrir ce que vous pourrez.

Comme il se retournait pour sortir, elle le rappela. Il se retourna, sa mince silhouette se découpant dans l'embrasure de la porte.

— Et votre tête à vous ? Ne tenez-vous pas à ce qu'elle reste sur vos épaules ?

Il esquissa une courbette et s'en alla sans répondre. Son silence équivalait à un « non » et Constance sentit la peur s'insinuer en elle. Le regard d'Aelric était resté inexpressif, mais elle avait décelé dans sa conduite une assurance et une témérité qu'elle ne lui avait jamais vues jusque-là. Sa détermination, lorsqu'il s'était agi de la faire admettre dans les appartements privés de Robert. Ce qu'ils avaient fait la nuit précédente. Sa présence même à Hamestan… Tout cela n'avait plus rien à voir avec l'homme agressif et secret qu'elle avait connu au camp.

Pourtant, il avait accompli avec aisance ce qu'elle n'avait pas osé faire elle-même, et elle devait tirer parti de l'occasion qu'il lui avait fournie.

Elle sirota le vin, ainsi qu'il le lui avait conseillé, et sitôt la servante partie, elle se glissa hors du lit. L'oreille aux aguets, elle entreprit d'examiner les papiers qui jonchaient la table. Elle avait commencé cette périlleuse entreprise pour Hugh, mais elle la terminerait pour Aelric.

Méthodiquement, elle déplia chaque document, dont elle parcourut le contenu. Sur le neuvième parchemin, un cachet de cire noire attira son regard. Il portait le même dessin que la broche qui accompagnait le poème.

Les mains tremblantes, elle l'ouvrit. Les vers familiers lui sautèrent aux yeux. Elle faillit pousser un cri d'excitation. Heureusement, la prudence lui ferma la bouche. Les deux documents étaient semblables en tout point, excepté le fait que dans cette version-ci, de légères éraflures, comme tracées par un ongle, soulignaient certains mots.

Elle ne s'était pas trompée ! Il y avait bel et bien un message caché dans ce texte. Les mots sélectionnés n'avaient aucun sens particulier pour elle, mais elle les répéta jusqu'à les graver dans sa mémoire.

Elle retourna alors dans sa propre chambre, où elle souligna les termes sur le parchemin original, ravie de penser qu'elle avait fait un pas de plus vers la résolution du mystère et la vengeance dont elle avait si soif.

Quand Robert rentra de la chasse, Constance filait près de la cheminée avec ses servantes. Même ce tableau de paix domestique parut exciter la mauvaise humeur du maître des lieux, et elle se sentit soulagée lorsqu'il la congédia, en lui enjoignant d'aller se préparer pour le souper.

Tandis que sa servante lui refaisait sa natte, avant d'y fixer un voile, Constance tournait et retournait la broche émaillée entre ses mains. À présent, elle savait qu'il s'agissait d'un sceau. Elle crut se rappeler en avoir vu une semblable sur la cape de l'un des invités, mais elle n'avait pu s'approcher assez près pour vérifier ses soupçons.

Mue par une impulsion, elle fixa la fibule sur son épaule, tirant un coin du voile dessus pour la dissimuler aux regards. Puis elle enfonça le poème dans sa manche et se dirigea vers la chambre de Hugh.

Le comte l'accueillit avec un gobelet de vin. Le breuvage avait un goût plus riche que celui que servait d'habitude Robert et elle ne reconnut pas le flacon, scellé par un bouchon de cire.

— Je voyage toujours avec mon propre vin, excepté quand je bois en compagnie, expliqua Hugh.

— Vous croyez que vous courez un danger ?

Hugh s'esclaffa.

— Je ne serais pas en vie, si je ne le supposais pas !

Constance songea à la conversation qu'elle avait surprise, ce matin-là, entre Robert et ses amis. Cette partie de chasse recélait-elle aussi un péril ? Peut-être un accident aurait-il pu se produire dans l'épaisseur des bois… Elle commençait à entrevoir confusément les choses.

Aussi fidèlement que possible, elle rapporta à Hugh ce qu'elle avait entendu, et celui-ci afficha une mine grave, sans être surpris cependant.

Lorsqu'elle lui montra le poème, un large sourire éclaira le visage du comte.

— Bon travail !

— Les mots ne présentent aucun sens visible.

— Les mots peut-être, mais certaines lettres sans aucun doute, répondit Hugh, avec plus de confiance qu'elle n'en ressentait elle-même. Cela prendra du temps pour déchiffrer le message, mais nous avons déjà la preuve que Robert est en communication avec au moins l'un des hommes dont je suis certain qu'ils sont impliqués dans le complot visant à susciter des troubles.

— Cela vous suffira-t-il pour le confondre ?

— Probablement, avec de la chance et un peu de hardiesse. Je devrais arriver à le piéger ce soir même.

Constance se mordit la lèvre.

— Alors, j'ai rempli ma part du marché. À vous de tenir votre promesse, à présent.

Hugh la dévisagea.

— Vous souhaitez toujours entrer dans les ordres ?

Elle baissa les yeux vers son gobelet pour éviter son regard. Oh ! non, ce n'était pas ce qu'elle souhaitait, mais les désirs qui consumaient son cœur semblaient si irréalisables ! Aelric avait promis de l'aider à regagner la sécurité du couvent. Pourquoi lui aurait-il fait cette promesse s'il avait eu le moindre espoir d'autre chose ?

— Vous avez juré de m'aider à me retirer, lorsque j'en manifesterais la volonté. Je vous en fais maintenant la demande.

Hugh lui prit la main.

— Je vous ai proposé de devenir ma maîtresse. Vous avez refusé, mais je suis prêt à renouveler cette offre, si cela peut vous garantir la sécurité dont vous avez besoin.

Constance secoua la tête. Il n'avait pas l'intention de l'insulter, elle le savait. La maîtresse du comte de Chester mènerait une vie protégée et confortable. Mais elle n'en serait pas moins une maîtresse.

— Si je voulais un homme…

Elle s'interrompit, fermant les yeux, et le visage d'Aelric se dressa devant elle, tel qu'il était pendant qu'ils faisaient l'amour. Une onde de feu lui brûla la poitrine et un spasme monta du tréfonds de son ventre, si puissant qu'elle faillit gémir tout haut. Les choses qu'elle lui avait permis de faire — ou plutôt qu'elle l'avait incité à faire, corrigea-t-elle, et la façon dont ils avaient mutuellement joui auraient dû la mortifier, mais elle n'éprouvait pas la moindre honte.

C'était aussi bien qu'il ait gardé son sang-froid, lorsqu'ils s'étaient retrouvés seuls dans la chambre de Robert, car bien des idées indécemment sensuelles lui avaient alors traversé l'esprit. Toute la richesse et la sécurité que pouvait lui donner Hugh n'égaleraient jamais l'extase qu'elle avait connue dans les bras d'Aelric.

— Si je désirais un homme, ce n'est pas sa maîtresse que je voudrais être, reprit-elle enfin. Je vous remercie de l'honneur que vous me faites, mais ma réponse est toujours non. Quand vous quitterez Hamestan, je partirai aussi. Peut-être même avant.

Et elle sortit sur ces mots.

C'était peut-être un simple produit de son imagination, mais pendant tout le repas, Constance eut l'impression qu'une atmosphère tendue régnait parmi les convives. Hugh était tranquillement assis près de son hôte, mais il mangeait étonnamment peu. Les invités semblaient épuisés après leur journée de chasse. Elle chercha des yeux Aelric, assis à l'autre bout de la salle, mais il se contenta de jeter un coup d'œil furtif à droite et à gauche, avant de hausser un sourcil interrogateur. Elle lui adressa un imperceptible sourire, osant à peine rencontrer son regard, tant elle craignait que son expression ne suffise à trahir ce qu'elle avait découvert.

La soirée était à moitié écoulée et elle commençait à penser que ses craintes n'étaient pas fondées, lorsque, tout à coup, Robert reposa son couteau et se leva, non sans l'avoir gratifiée d'un déplaisant sourire.

Il se dirigea vers le milieu de la longue tablée et fit signe à l'un des convives de se lever. Constance le reconnut à sa chevelure soigneusement coupée et peignée, qui était tout ce qu'elle avait aperçu de lui pendant le conciliabule du matin. De face, il lui parut quelconque, comme les autres hommes de l'assemblée.

Robert leva la main pour réclamer le silence.

— Je voudrais annoncer officiellement le mariage qui va unir ma maison avec celle de mon ami Guy de Brançoise. Ma chère sœur Constance est sur le point de se fiancer à messire Guy.

Constance sentit son estomac se soulever à ces mots. Elle ne connaissait pas l'homme, mais elle reconnut le nom. C'était le serviteur de Guy de Brançoise que Rollo, son garde du corps, avait rencontré pendant leur voyage, et avec qui il s'était entretenu longuement ! Elle comprenait maintenant pourquoi Robert avait exigé qu'elle revienne à Hamestan. Elle représentait la monnaie d'échange avec laquelle il comptait acheter la loyauté de l'autre baron.

Elle eut soudain l'impression que ses membres se transformaient en plomb et se sentit incapable d'esquisser un geste, mais son regard chercha celui de Hugh, tâchant de lui communiquer ce qu'elle venait de comprendre.

Celui-ci hocha solennellement la tête et se leva.

— C'est une grande nouvelle, il faut la fêter. Je vous propose un peu de musique. Où est mon barde ?

Constance tourna la tête vers Aelric. Il la dévisageait intensément, les lèvres serrées. Si l'annonce de son mariage l'avait affecté, il n'en montra rien.

Prenant son instrument, il s'avança vers le milieu de la salle avec cette même assurance dont il avait fait preuve la veille. Des murmures d'approbation s'élevèrent alentour. Sa précédente prestation avait beaucoup plu aux convives.

— Eh bien, qu'allez-vous nous interpréter, ce soir ? s'enquit Hugh.

Aelric se tourna vers lui. Constance, qui l'observait avec attention, fut sans doute la seule à voir son regard glisser un instant vers Robert, débordant de haine. Puis il cligna des paupières et toute émotion disparut de ses yeux.

— Un chant qui n'est pas de ma composition, mais qui vous plaira peut-être, répondit-il enfin. C'est du moins ce que j'espère.

Il salua Robert d'une profonde courbette et précisa :

— Peut-être certains d'entre vous le connaissent-ils déjà, du reste.

Il s'installa sur le tabouret bas, laissant courir ses doigts sur les cordes, en attendant que le silence se fasse dans la salle.

Puis il commença à jouer.

Chapitre 20

Comme la veille, on n'entendit d'abord que la musique, puis la voix d'Aelric s'éleva. La mélodie ne lui était pas familière, mais lorsqu'elle reconnut les paroles, Constance fut secouée d'un frisson. Elle fit un pas en avant, mais s'arrêta en sentant la main de Hugh se poser sur son poignet.

Incrédule, elle s'assit et écouta, tandis qu'Aelric chantait le poème.

Elle n'était pas la seule à être sidérée par ce qu'elle entendait. Aelric avait à peine achevé la moitié des vers qu'un chuchotement s'éleva dans la grande salle, discret d'abord, puis croissant peu à peu, jusqu'à se transformer en brouhaha. Constance perçut le son d'une épée qu'on tirait de son fourreau. Elle bondit sur ses pieds, repoussant son siège.

À côté d'elle, Hugh demeurait impassible.

— Assez ! Plus de musique ! cria Robert, le visage écarlate.

Aelric s'arrêta de jouer.

— Ce chant vous déplaît-il, Lord de Coudray ?

— Où avez-vous appris ces vers ?

— C'est l'homme du comte d'Avranches ! s'écria quelqu'un.

— Cela ne peut pas être un hasard, marmonna un autre. Il est au courant !

— Taisez-vous, imbéciles ! hurla Robert.

La couleur se retira de son visage, ne laissant que quelques traînées rouges sous son double menton.

— C'est un chant que j'ai découvert récemment, intervint Hugh d'une voix grave.

La voix d'Aelric résonna haut et fort par-dessus le vacarme :

— Dois-je vous dire quelles paroles me parlent le plus, milord ?

Constance observait la scène, abasourdie. Hugh ne pouvait pas avoir déchiffré le code, il n'en avait pas eu le temps. Sans doute Aelric et lui s'efforçaient-ils de donner l'impression qu'ils en savaient plus long qu'ils ne le disaient. Et cela fonctionnait, apparemment. L'ambiance était devenue délétère.

Les paumes moites, Constance serra les poings. Elle tourna les yeux vers Aelric, qui se tenait toujours debout au milieu de la pièce, son instrument à la main. La tête levée, il semblait en alerte, le corps tendu et prêt à l'action.

Un instant, son regard croisa le sien et un sourire effleura ses lèvres, tandis qu'il hochait la tête. Ce n'était qu'un geste infime, mais si confiant et rassurant que ce fut suffisant pour l'apaiser.

— Vous n'avez aucune preuve ! lança Robert à Hugh.

— Vos dénégations vous condamnent, répliqua ce dernier. Les paroles de ces hommes vous condamnent. Les mots écrits sur ce parchemin vous condamnent. Ils vous condamnent tous !

— Vous nous avez attirés dans un piège ! hurla le seigneur de Brançoise.

Robert eut un sourire narquois.

— Vous n'avez que des soupçons, affirma-t-il en croisant les bras, avec une intolérable suffisance.

Constance se leva sur ses jambes tremblantes et s'avança lentement vers lui, consciente d'être la cible de tous les regards.

— Mon garde du corps s'est fait tuer pour protéger ce poème, déclara-t-elle. Il s'était entretenu avec un homme chez Guillaume de Warenne.

Et, se tournant vers messire Guy, qui lui jeta un regard haineux, elle poursuivit à son intention :

— Cet homme était votre serviteur ! Il a donné à Rollo quelque chose que celui-ci a dissimulé dans mon coffre. Puis il m'a abandonnée à mon sort, quand des vagabonds nous ont attaqués. Il se souciait davantage de ce parchemin que de ma sécurité.

Pour la première fois de la soirée, Robert lui adressa un regard débordant d'aversion. Constance espéra que le sien la lui rendait au centuple.

— Je n'ai que votre parole, déclara-t-il. Vous m'avez dit vous-même que vous ignoriez ce qui s'était passé !

Constance porta la main sous son voile, dégrafa la broche qui accompagnait le poème et la jeta sur la table avec une moue de mépris. Puis elle tira le parchemin de sa manche et le brandit devant Robert. Il esquissa un geste pour le lui arracher des mains avant de se reprendre, trop tard pour masquer son intérêt.

— Ce document vous était destiné, reprit-elle. Si vous n'aviez pas retiré mes bijoux du coffre, je ne me serais jamais demandé pourquoi Rollo avait donné sa vie pour défendre une boîte vide !

La voix d'Aelric domina de nouveau le tumulte.

— J'en ai été témoin, et je suis prêt à jurer devant le tribunal des Cent ou tout autre que les événements se sont bien déroulés ainsi que l'affirme Lady Constance.

Robert se tourna vers lui.

— Et toi, qui es-tu ? Pourquoi le barde du comte d'Avranches ose-t-il intervenir ainsi et comment aurais-tu été présent au moment des faits ?

Aelric s'avança vers Robert. Tout le monde à présent semblait figé dans la salle. Il posa précautionneusement son instrument sur la table. L'espace d'un instant, son regard rencontra celui de Constance et il hocha la tête presque imperceptiblement. Une légère rougeur lui colorait les pommettes, mais son visage exprimait le calme, tandis qu'il s'approchait de l'homme qu'il haïssait plus que tout au monde. Levant des mains qui ne tremblaient pas, il repoussa ses cheveux derrière ses oreilles, dévoilant son lobe mutilé et son cou marqué de cicatrices.

— Je suis le fils de Brunwulf. Je suis ici dans la demeure de mes ancêtres pour assister à votre chute.

— Le petit morveux saxon ! s'exclama Robert, stupéfait. Je te croyais mort depuis longtemps. Tu as échoué à l'époque et tu vas échouer encore.

Le cou d'Aelric s'empourpra.

— Je ne suis plus seul, cette fois, et ce n'est pas votre vie que je veux, mais votre déshonneur. Il y a des milliers d'hommes en Angleterre qui ont toutes les raisons de haïr votre roi. Mais vous, vous aviez tout ce que vous pouviez désirer, homme cupide et avide de pouvoir !

Robert parut sincèrement surpris.

— Mon roi ? répéta-t-il.

Hugh contourna la table et Aelric s'écarta pour le laisser passer, profitant de l'occasion pour se rapprocher de Constance. Elle se dirigea vers lui en prenant appui sur le bord de la table, jusqu'à ce qu'ils se retrouvent côte à côte. D'un geste subreptice, il chercha sa main dissimulée dans les plis de sa jupe, et la pressa fermement avant de la relâcher.

— Le complot n'était pas dirigé contre Guillaume, expliqua Hugh. Après l'échec des comtes dans le Shropshire, nul ne serait assez fou pour se dresser de nouveau contre lui. Ce sont mes terres et mon titre que convoite Robert, et ces hommes devaient l'aider à me destituer de ma position de comte, pour qu'il prenne ma place.

La culpabilité se lisait clairement sur le visage de Robert. Ses lèvres esquissèrent une grimace.

Derrière Hugh, un homme commença à tirer son épée. La lame était à peine sortie à moitié du fourreau qu'Aelric poussait un cri d'alarme.

— Prenez garde, milord !

Hugh tira sa propre épée, tandis qu'Aelric saisissait la dague attachée à sa ceinture.

— Sortez d'ici ! ordonna-t-il à Constance, qu'il repoussa doucement vers l'arrière de la salle.

— Non ! Je resterai jusqu'au bout. J'ai le droit d'assister à cela moi aussi.

Il n'insista pas, visiblement approbateur.

— Rengainez vos armes ou vous mourrez tous ! les prévint Hugh. Si vous vous soumettez, je vous ferai grâce.

Il siffla et les six gardes de son escorte se levèrent en brandissant leurs armes.

Les trois conspirateurs se rassirent, déposant leurs épées sur la table.

Robert parut surpris.

— Quoi, personne ne prend ma défense ? s'étonna-t-il en tirant sa lame du fourreau.

Les conspirateurs détournèrent les yeux et Constance comprit alors ce que son beau-frère n'avait pas saisi. Ces hommes n'éprouvaient aucune loyauté foncière envers lui. S'ils s'étaient engagés à ses côtés, c'était à cause de tout ce qu'il leur avait promis.

— Vous rendez-vous à présent, Coudray ? demanda Aelric, les dents serrées. Vos hommes vous ont abandonné. Agenouillez-vous devant Lord d'Avranches et implorez son pardon.

Robert éclata de rire.

— Tu donnes du « lord » à cet homme, toi, un Saxon ! C'est ainsi que tu as survécu ? Je te prenais pour un hors-la-loi, mais tu n'es qu'un chien couchant. C'est toi qui vas te jeter sur moi pour obéir au coup de sifflet de ton maître ?

Robert était acculé. Il ne pouvait plus que se soumettre ou mourir, mais même ainsi, il provoquait Aelric, et cela marchait, songea Constance, à en juger par la façon dont ce dernier fronçait les sourcils et serrait les mâchoires.

Avec un grognement, il se plaça en position de combat, le visage déformé par la colère. D'un geste brusque, il pointa sa dague vers Robert. Cette arme à lame courte ne ferait jamais le poids devant la longue épée de Coudray. Engager le combat signifierait sa mort.

Constance gémit, fixant sur lui un regard éperdu où elle

tâcha de mettre autant d'amour et de supplication que possible, pour l'empêcher de franchir ce pas irréparable. Comprit-il sa prière ? Elle n'avait aucun moyen de le savoir, mais il prit une profonde inspiration et parut retrouver son calme.

— Je ne suis le chien de personne. Lord d'Avranches va lui-même régler votre sort. Ce n'est pas moi qui vous abattrai, bien que j'en meure d'envie. Je me satisferai d'être ici pour assister à votre disgrâce. Vous m'avez tout pris. Vous avez tué mon père, mes frères, toute ma famille.

Il déglutit et leva vers son interlocuteur un regard qui exprimait des affres indicibles.

— Vous avez assassiné mon enfant.

La détresse qui vibrait dans sa voix arracha un frisson à Constance.

— Tu n'as pas d'enfant, railla Robert. À qui en aurais-tu fait un ?

Aelric jeta un coup d'œil vers Constance, qui le dévisagea en retour, abasourdie. Sa lèvre se mit à trembler. Voir révéler ainsi en public la transgression qu'elle avait autrefois commise était plus qu'elle n'en pouvait supporter.

Robert suivit le regard d'Aelric et comprit soudain, à en juger par son expression.

Il ricana, la bouche tordue en un pli mauvais.

— Catin ! Je ne m'étonne plus que vous m'ayez défié et que vous ayez trahi votre peuple pour le sauver ! J'aurais dû vous laisser dans le dénuement quand votre père est mort, plutôt que de vous accueillir dans ma maison. Si j'avais su, j'aurais extirpé ce bâtard de votre ventre !

Poussant un cri de fureur, Constance se jeta sur lui.

— Geste bien inutile, vos coups l'avaient déjà tué !

Plus prompt qu'elle, Robert leva le bras et lui assena un violent coup de poing sur la joue. Des étoiles explosèrent devant les yeux de Constance, qui vacilla. Comme elle s'affaissait, Coudray la releva en l'empoignant par la gorge. La douleur lui fit monter les larmes aux yeux. À travers un brouillard, elle vit Aelric se raidir, tandis que son arme tressautait dans son poing. C'était la première fois qu'elle le voyait trembler ainsi. Toujours, elle lui avait vu la main ferme dans tout ce qu'il faisait.

— Jette cela ! lui intima Robert.

— Lâchez Constance avant que les choses n'empirent pour vous, l'avertit Aelric. Votre temps ici est terminé, Coudray.

— Constance ? répéta Robert. Serait-elle un peu plus pour toi qu'un instrument de plaisir ? Va-t-il falloir que je te l'enlève aussi, comme je t'ai enlevé ton père et tes frères ?

Constance se figea à ces mots. Il allait la blesser. La tuer même, si nécessaire, pour punir Aelric une dernière fois. Son cœur se mit à cogner contre ses côtes. Le sang bourdonnait dans ses oreilles. Elle lutta désespérément pour ne pas s'évanouir.

— Je vais la tuer ! Je le ferai même avec plaisir, maintenant que je sais que cette chienne jouait contre moi.

Aelric s'avança d'un pas et la main de Robert se resserra autour de la gorge de Constance. Elle poussa un cri, bientôt transformé en un faible gémissement.

Robert commença à reculer jusqu'au centre de la salle, l'entraînant avec lui. Constance enfonça les ongles dans les doigts qui l'étranglaient, mais ils étaient comme des griffes d'acier autour de son cou.

— Arrêtez ! hurla Aelric.

Tendant le bras par-dessus la table, il écarta les doigts, laissant tomber sa dague. Elle atterrit dans un plat avec un cliquetis qui résonna dans le silence de la pièce. Puis il leva les deux mains pour montrer qu'elles étaient vides.

— Pardonnez-moi, Constance. Je vous aime.

Il lui tourna le dos sur ces mots et commença à s'éloigner. Il l'abandonnait ! Incrédule, elle voulut crier, mais aucun son ne sortit de sa bouche.

Ce qui se passa ensuite fut si rapide qu'elle ne put s'en souvenir nettement.

Robert commença-t-il à resserrer son étreinte autour de son cou juste avant qu'Aelric ne s'élance, ou fut-ce Aelric qui se rua vers eux en premier, au moment où résonnait l'ultime rire de triomphe de Robert ?

La seule chose dont elle fut certaine, au moment même où la douleur dans ses poumons atteignait un point insupportable, ce fut d'entendre le sifflement d'un objet près de son oreille, puis le gargouillement à peine humain qui jaillit de la bouche de son beau-frère.

La pression se relâcha enfin, un flot d'air lui emplit les poumons, et soudain Aelric fut tout près d'elle, l'attirant contre sa poitrine. Derrière eux, Robert tituba avant de s'affaler sur le sol. Constance vit les mains de son beau-frère s'agripper faiblement à la dague enfoncée dans sa gorge — le poignard orné d'une pierre rouge qu'Aelric lui avait confisqué dans la forêt.

Sans la lâcher, ce dernier se pencha pour retirer la lame d'un coup sec. Robert poussa un son inarticulé, tandis que son sang, que plus rien ne contenait, jaillissait à flots de la blessure.

Avec un cri de répulsion, elle se cramponna à la ferme poitrine d'Aelric, dont les bras l'enlacèrent, tandis qu'il penchait la tête vers elle.

— Ne regardez pas, fit-il d'une voix douce. C'est fini. Pardonnez-moi pour ce que je viens de faire. Je vous aime. Je vous aime. Je vous aime.

Il répétait ces mots comme une prière et elle ne comprit pas pourquoi, puisqu'elle l'aimait, elle aussi. Elle ouvrit la bouche pour le lui expliquer, mais rien d'autre n'en sortit qu'un croassement douloureux. La tête lui tournait et elle se sentait partir, mais cela lui était égal. Elle se trouvait dans les bras d'Aelric, Robert était mort, et elle était trop lasse pour lutter contre l'obscurité qui se refermait sur elle, pareille à un suaire.

Elle reprit conscience peu après, allongée devant le feu, sur un matelas recouvert de fourrure. Quelqu'un porta un gobelet à ses lèvres. Une ale sombre et goûteuse lui emplit la bouche, mais avaler lui fit mal. Robert avait été bien près de réussir dans son dessein.

Elle ouvrit les yeux, s'attendant à voir Aelric, mais c'était une servante qui s'appliquait à la faire boire. Constance se souleva sur les coudes et fouilla la pièce du regard. À l'autre extrémité de la salle, Aelric se tenait debout au milieu d'un groupe, en conversation avec Hugh et ses gardes. Elle ouvrit la bouche pour l'appeler, mais reprendre son souffle lui fut trop douloureux. Il aurait aussi bien pu se trouver au pays de Galles, pour tout le réconfort que lui procura sa vue.

Si des femmes s'affairaient autour d'elle, lui était entouré d'hommes. La panique s'empara d'elle, tandis qu'elle le voyait encerclé de chevaliers normands. Il allait devoir se justifier devant Hugh, à présent que sa véritable identité avait été dévoilée. Après tout, Aelric était un hors-la-loi et Caddoc s'était rendu coupable de tant de délits que la liste n'en finissait pas.

Elle vit soudain Hugh lui frapper amicalement sur l'épaule. Elle cilla, étonnée. Qui sait ? Peut-être le comte connaissait-il déjà son identité avant la fatidique soirée ? Après tout, ils s'étaient fait suffisamment confiance l'un à l'autre pour ourdir ensemble leur ingénieux complot.

Soudain, Aelric jeta un coup d'œil vers elle et, voyant qu'elle avait repris connaissance, traversa la salle pour la rejoindre, puis prit le gobelet des mains de la servante. Constance se sentit rougir de honte lorsque la fille les dévisagea tour à tour, puis posa sur son ventre un regard éloquent. Mortifiée, elle tourna la tête vers le feu.

Aelric s'agenouilla près d'elle, repoussant de sa joue une mèche collée par les larmes.

— Que se passe-t-il, Constance ? Vous ne voulez pas me parler ?

Elle s'obstina à regarder ailleurs. Elle sentait le souffle chaud d'Aelric sur sa joue. Si elle se retournait, elle savait quelle expression elle verrait sur son visage, et que ses lèvres s'avanceraient vers les siennes, appelant le baiser. Mais céder à cette tentation ne ferait que donner raison à Robert, lorsqu'il l'avait traitée de catin.

— Vous m'avez fait honte en public ! Comment avez-vous pu révéler ce que je vous avais confié ? J'ai gardé ce secret pendant sept ans et vous le dévoilez devant tout le monde !

— Je suis désolé. Je n'en avais pas l'intention, s'excusa-t-il d'une voix contrite.

Il lui saisit la main. Elle ne résista pas, mais la serra au contraire, tirant de la force de cette étreinte, avant de tourner la tête vers lui pour le regarder en face.

Tous deux s'examinèrent mutuellement à la lueur du foyer, et Constance se demanda si elle présentait un aspect aussi terrible que le sien. Le sang de Robert imbibait la manche d'Aelric, et une traînée écarlate avait séché sur le dos de sa main, après qu'il s'était essuyé le visage. Cette vue la fit frémir et elle sentit son estomac se soulever. Aelric lui semblait aussi effrayant que la première fois où elle l'avait rencontré sur la route — un homme des bois, dangereux et imprévisible. Rebelle à la loi et si inaccessible qu'elle en aurait pleuré.

— Je suis incapable de vous parler maintenant, murmura-t-elle. J'ai besoin d'être seule.

Le visage d'Aelric s'assombrit, mais il hocha la tête en signe de compréhension.

Constance dégagea sa main et sortit de la pièce en vacillant.

Parvenue dans sa chambre, elle tira sa malle au milieu de la pièce. Puis, secouée de sanglots silencieux, elle commença à jeter dedans tout ce qui lui tombait sous la main, sans souci du désordre.

Ce qui lui importait, à présent, c'était d'en finir le plus vite possible, afin de pouvoir quitter Hamestan pour toujours.

Aelric avait suivi des yeux Constance, tandis qu'elle quittait la grande salle. Qu'aurait-il pu faire d'autre ?

L'expression d'horreur qu'il avait lue sur son visage avant

qu'elle ne s'enfuie resterait en lui pour toujours, gravée au fer rouge dans son cœur.

Il ne lui en voulait pas. Il avait brisé son serment, avec des intentions délibérément meurtrières. Les longues années où il s'était exercé à lancer la dague lui avaient bien servi, en fin de compte, et le coup qui avait occis le Porc avait été assené avec toute la force de la haine accumulée pendant sept ans.

Il acheva l'ale que Constance avait laissée, en observant de loin Avranches occupé à régler l'affaire, et les trois conspirateurs emmenés sous bonne garde. Tout cela ne le concernait plus. Son rôle s'était achevé avec la mort de Coudray.

Au bout d'un moment, le comte le rejoignit.

— Où est Lady Constance ?

Aelric le renseigna d'une voix sourde. Évoquer son départ suffisait à raviver sa blessure.

— Ce que vous avez dit au sujet de l'enfant était-il vrai ? s'enquit Hugh.

L'expression d'Aelric fut une réponse suffisante pour son interlocuteur, qui exhala un lourd soupir.

— Elle a porté seule ce fardeau pendant tant d'années… Comme elle a dû souffrir !

— Son mariage n'a pas été heureux. Je sais qu'elle a souffert bien plus qu'elle ne veut l'admettre, marmonna Aelric.

Des bribes de conversations, des révélations, lui revenaient à l'esprit. Pour la première fois de cette interminable journée, il esquissa un sourire.

— Elle n'aura plus besoin de se remarier, maintenant.

— Elle a l'intention d'entrer dans les ordres, précisa Avranches, qui ajouta en croisant les bras : Allez-vous la laisser faire ?

Aelric se mordilla le pouce. Des visions du camp, avec ses conditions précaires d'existence, lui traversèrent l'esprit. La première fois qu'il s'était enfui, acceptant d'emmener sa jeune amante, il ne savait rien du genre de vie difficile que cela entraînerait. Il le savait, à présent, et ne pouvait pas demander à Constance d'errer ici et là dans le pays, assurant sa subsistance au jour le jour, sans amis ni famille.

— Je n'ai pas les moyens de prendre une épouse.

Avranches hocha la tête.

— Alors qu'il en soit ainsi. J'ai des affaires à régler. Mais venez me voir demain matin.

Aelric inclina la tête et, lorsqu'il releva les yeux, Avranches avait déjà disparu. Il se laissa tomber sur le matelas qui avait servi à Constance et s'étendit devant le feu, trop épuisé et abattu pour esquisser le moindre geste.

Le lendemain matin, après s'être lavé dans un abreuvoir d'eau froide, Aelric se présenta devant Hugh d'Avranches dans la grande salle. Constance n'était visible nulle part.

Après un échange courtois où il lui demanda s'il avait bien dormi, le comte se leva et contourna la table pour lui faire face.

— Comment vous sentez-vous, après les événements d'hier ?

Aelric n'avait pensé à rien d'autre pendant qu'il était allongé sans dormir, aussi sa réponse ne se fit-elle pas attendre.

— J'ai rêvé si longtemps de vengeance que maintenant, je me sens… vide. La mort de Robert ne ramènera pas ceux qu'il a tués. Elle ne reconstruira pas les maisons qu'il a détruites ni ne replantera les champs qu'il a dévastés.

Avranches fit la moue.

— Non. Mais à présent qu'il n'est plus là, ce sera plus facile. J'ai négligé trop longtemps cette partie de mes terres. Je vais m'en occuper sérieusement.

— Afin de les rendre plus rentables pour votre peuple, commenta amèrement Aelric.

Hugh arqua un sourcil.

— Plus rentables pour tout le monde, corrigea-t-il. Et vous pouvez jouer votre rôle.

— Comment cela ?

— Nous sommes ici pour y rester. Je voudrais établir la

paix, si je le puis, et j'ai besoin d'hommes d'honneur pour m'y aider. Travaillez avec moi. Vivez à nos côtés et aidez-nous à reconstruire l'Angleterre.

— C'est-à-dire vous servir ?

Avranches acquiesça d'un hochement de tête.

— Vous avez affirmé que vous étiez prêt à mourir pour Constance. Je vous offre la possibilité de vivre pour elle. Ce sera plus difficile et vous demandera davantage de courage. Je ne peux pas vous rendre votre famille, mais je peux vous proposer un avenir.

Il le regarda dans les yeux et termina :

— Je peux vous donner Hamestan.

— Est-ce en votre pouvoir ?

— Je suis comte palatin. Je détiens des pouvoirs que ne possèdent pas les autres hommes de mon rang. Je peux vous rendre votre maison, pas pour que vous la dirigiez de façon indépendante, vous devez bien le comprendre, mais en tant que vassal.

Aelric laissa son regard se perdre dans les flammes. La grande cheminée ne se trouvait pas là de son temps, ni la galerie et les dépendances. Hamestan avait changé, mais lui aussi. Avranches lui offrait bien plus qu'un bâtiment — un avenir, qu'il pourrait partager avec Constance, s'il ne l'avait pas complètement perdue.

Songeant à elle, il comprit qu'il ne pouvait donner à Hugh qu'une seule réponse.

C'était une journée superbe. Trop radieuse pour son cœur meurtri, songea Constance, qui quittait la maison pour toujours.

Le valet de Hugh portait sa malle sur son épaule. Le bagage ne pesait pas lourd. Elle n'aurait pas besoin de grand-chose dans la vie qu'elle allait désormais mener. Ses yeux s'embrumèrent tandis qu'elle traversait la cour en direction des écuries.

Soudain, une haute silhouette surgit devant elle, lui bloquant le passage.

— Est-ce que je ne mérite pas un adieu ? demanda Aelric. Vous ai-je donc si gravement fait tort ?

— Vous aussi, vous êtes déjà parti sans me faire vos adieux, riposta-t-elle vivement.

Malgré tout, elle plongea les yeux dans les siens et fut stupéfaite d'y découvrir un amour intense.

— Non, vous ne m'avez pas causé de tort, admit-elle dans un chuchotement.

À l'instant où la dague d'Aelric avait frappé, elle avait souhaité autant que lui la mort de Robert. Elle ne pouvait pas le condamner pour ce qu'il avait fait, après avoir elle-même si ardemment désiré la fin de son beau-frère.

— C'est moi qui vous ai fait du tort en vous liant par un tel serment, et c'est moi qui devrais vous demander pardon.

— Et au lieu de cela, vous vous enfuyez au couvent ? Je ne vous laisserai pas faire !

Il croisa les bras, lui barrant l'accès aux écuries. En se remémorant ce qu'ils avaient fait en ces lieux deux nuits plus tôt, Constance sentit le désir monter en elle. Mais elle secoua la tête, accablée.

— Robert est mort. Il n'y a pas eu de procès. Hugh n'est pas obligé de tenir sa promesse et je ne veux pas qu'on me force à me remarier

— Pas même avec un homme qui vous aime ?

La lèvre inférieure de Constance se mit à trembler.

— Vous m'avez dit qu'un vagabond qui vit dans les bois ne pouvait se permettre de prendre une épouse.

— C'est vrai. Mais un shérif en possession de terres octroyées par le comte palatin du Cheshire le peut parfaitement, lui.

Les yeux de Constance s'embrumèrent de nouveau.

Seigneur, se pouvait-il qu'il dise vrai ? Elle avait du mal à le croire.

— Vous êtes prêt à jurer loyauté à Hugh ? Au roi Guillaume ?

— C'est à vous que va ma loyauté, Constance, répondit-il sans l'ombre d'une hésitation.

Il s'empara de ses mains, qu'il pressa sur sa poitrine. Elle sentit tous ses sens s'enflammer à ce contact.

— Vous n'êtes pas faite pour le cloître, ni pour passer votre vie dans une cellule sinistre, vêtue d'une robe de bure.

— Et pour quoi suis-je donc faite ?

— Pour la vie et la lumière. Pour de longues journées au soleil.

— Des journées au soleil ? répéta-t-elle, tandis qu'un sourire naissait sur ses lèvres.

Levant le visage vers lui, elle le regarda bien en face.

— Et les nuits ?

Il referma les bras autour de sa taille.

— Les nuits ? Eh bien, vous les passerez avec moi. Dans mon lit.

Il déposa un baiser sur son front, puis s'écarta pour la regarder intensément.

— Dans mes bras.

Il lui frôla la joue de ses lèvres, les mains de chaque côté de son visage, enfouies dans son épaisse chevelure.

— Dans mon cœur.

Constance appuya la tête contre sa poitrine et sentit battre avec force l'organe en question.

— Je craignais que vous ne preniez plaisir à ce meurtre, mais cela n'a pas été le cas, n'est-ce pas ?

L'espace d'un instant, le regard bleu d'Aelric se perdit au loin.

— Je pensais que sa mort m'inspirerait un sentiment de triomphe, mais je n'ai ressenti que du soulagement de vous savoir sauvée. J'étais prêt à le laisser vivre, mais pas au risque de vous perdre.

Constance déglutit. Toute sa vie, elle avait été utilisée. Robert, Piteur, Hugh lui-même, tous lui avaient dicté sa conduite et s'étaient servis d'elle à leurs propres fins. Et voilà qu'elle avait devant elle un homme qui n'avait jamais agi ainsi. Un homme qui avait risqué sa liberté et sa vie pour la préserver du danger.

— Pourrez-vous oublier le passé, à présent que Robert est mort ?

Aelric sourit. La flamme de la colère avait disparu de ses yeux. Pour toujours, on pouvait l'espérer.

— Je peux. Et vous ? Vous n'aurez plus jamais à subir ce que vous avez enduré. Le passé est mort.

Penchant la tête vers elle, il l'embrassa avec une infinie douceur.

— Il est temps que nous commencions à vivre pour l'avenir. Ensemble.

— Ensemble, répéta Constance.

Aelric la serra étroitement dans ses bras, l'enveloppant toute, et la sensation qui l'envahit alors dépassa en elle l'intensité même du désir.

Tandis que leurs lèvres se joignaient tendrement, elle comprit que, par ce simple geste, il la revendiquait pour sienne avec bien plus de force que s'il l'avait étreinte avec toute l'ardeur de la passion.

Elle l'aimait, et elle savait sans l'ombre d'un doute qu'il l'aimait aussi, plus qu'aucun homme ne l'avait jamais aimée…

MARGUERITE KAYE

L'Anglaise et le prince

Traduction française de
MARIE-JOSÉ LAMORLETTE

Les Historiques

HARLEQUIN

Titre original :
THE WIDOW AND THE SHEIKH

Ce roman a déjà été publié en 2016.

Chapitre 1

Royaume de Qaryma, Arabie — Printemps 1815

C'était la fin de l'après-midi. Azhar avait voyagé toute la journée sous le soleil implacable du désert, s'arrêtant à peine pour se reposer. Sentant enfin sa destination toute proche, il était impatient d'arriver et d'en finir une fois pour toutes avec la tâche qui l'attendait. Une tâche difficile, qui risquait d'être pénible, mais dont il tirerait une juste récompense. Dix ans plus tôt, il était parti et avait juré de ne jamais revenir. Cette fois, lorsqu'il partirait, ce serait pour toujours.

Azhar arrêta son chameau et se protégea les yeux avec sa main. Le spectacle du désert n'était jamais figé. Les sables frémissaient sans arrêt comme un gigantesque serpent qui ondulerait, tandis que des vents secs malmenaient le relief des dunes. Ce jour-là, les couleurs variaient du doré jusqu'à un brun chocolat là où le soleil jetait des ombres dans les vallées ouvertes entre les vertigineuses falaises sablonneuses. L'immensité du panorama, le bleu vibrant du ciel et la chaleur blanche et brûlante de l'astre l'emplissaient d'admiration et d'une nostalgie douloureuse. Ses voyages commerciaux lui avaient fait parcourir de nombreuses étendues désertiques à travers toute l'Arabie, mais aucune ne touchait son cœur comme celle-là.

Dix longues années auparavant, il avait rejeté cet endroit et les gens qui le peuplaient. Depuis, il refusait d'y penser et de laisser le souvenir affecter la nouvelle vie qu'il s'était forgée, la vie qui le définissait maintenant. Grâce à ses affaires, il était indépendant, soumis à l'autorité d'aucun homme, responsable que de lui-même. Régler les choses ici, à Qaryma, finirait de le rendre libre.

Un peu plus loin, niché dans la vallée, se trouvait l'oasis Zazim, avec son lac aux contours délimités par une végétation luxuriante. Le plan d'eau parfaitement immobile était d'un vert argenté, et reflétait les crêtes des dunes les plus hautes avec la netteté d'un tableau. Même si c'était un vain espoir, car l'oasis était une étape bien connue pour les voyageurs fourbus, Azhar souhaitait une dernière nuit de solitude avant de se débarrasser de l'obligation qui l'avait amené ici. Descendant dans la vallée, il sentit son irritation monter en constatant qu'il n'aurait pas l'oasis pour lui tout seul.

Une tente était montée à l'autre bout du lac, dans l'ombre prodiguée par un bouquet de palmiers. Elle était bâtie de façon similaire à celle que portaient ses propres mules, un mélange de lourdes couvertures en laine et de peaux tendues sur une simple structure en bois, mais celle-ci paraissait plus vaste, semblable à celles qu'utilisaient les Bédouins, certainement pas celle d'un homme qui voyageait seul. C'est alors qu'il remarqua l'absence de tout signe de vie. Personne n'abandonnerait de son plein gré une possession aussi précieuse. Le silence épais ne lui laissait aucun doute sur le fait qu'il n'y avait ni hommes ni bêtes ici, mais si l'expérience lui avait appris une chose, c'était de toujours rester sur ses gardes, de toujours parer à l'inattendu. Tandis que son chameau, suivi de la file de mules, entamait la lente descente, Azhar posa d'instinct sa main sur la poignée de son cimeterre.

Julia Trevelyan s'éveilla en sursaut et s'assit droit sur sa couchette. Son cœur battait si vite qu'elle en sentait les pulsations jusque dans sa gorge. Sa camisole de toile fine collait à sa peau, humide de sueur et couverte de minuscules grains de sable qui l'irritaient. Il faisait une chaleur étouffante. L'air était si sec que chaque respiration en devenait douloureuse. L'éclat aveuglant du soleil du désert, filtrant à travers les coutures et les quelques ouvertures de la tente qui dégageait une odeur de renfermé, lui indiqua qu'il devait être tard dans l'après-midi, ce qui lui paraissait difficilement croyable.

Sa tête la lançait. L'intérieur de sa bouche lui donnait l'impression d'être tapissé de poils de chameau. Tendant la main vers l'outre d'eau qu'elle gardait près de son lit, elle batailla pour ôter le bouchon tant ses doigts tremblaient. Elle but avec avidité, désirant si ardemment étancher sa soif que le précieux liquide ruisselait sur son menton et sa poitrine. La douleur qui lui vrillait les tempes s'intensifia. Elle avait l'impression d'avoir le cerveau en feu. Elle vida le contenu de l'outre sur sa tête dans l'espoir de se rafraîchir. Hanif, son guide, serait horrifié par le gaspillage de cette ressource si précieuse, mais Julia ne se préoccupait guère de ce genre de détail et, en outre, l'oasis où ils campaient était bordée d'eau.

Où était Hanif ? Pourquoi ne l'avait-il pas réveillée ? Quelle heure était-il ? Julia chercha la montre de gousset de Daniel, qu'elle gardait aussi à proximité de sa couchette, mais ne la trouva pas. Elle avait dû la ranger ailleurs. Pourtant, cela ne lui ressemblait guère d'égarer un objet de cette valeur. Elle fronça les sourcils, et le cercle douloureux autour de sa tête se resserra. Elle ne se rappelait même pas s'être allongée.

Le silence la frappa soudain. Elle écouta avec attention. Rien. Pas un frémissement. Pas une voix. Ni le hennissement aigu d'une mule, ni le blatèrement plaintif d'un chameau. Elle frissonna en dépit de la chaleur étouffante. Elle était ridicule. Hanif et ses hommes étaient très bien payés pour leurs services. Ils ne l'auraient pas abandonnée ici.

Seule.

Au milieu d'un désert.

Une vague de panique fit battre follement son cœur. Elle se sentit stupide. Julia repoussa la couverture et se mit debout. Trop vite. La tente oscilla. Elle tituba. Des étoiles brillèrent devant ses yeux. Etait-elle malade ? Trop de soleil, peut-être ? Pas assez d'eau ?

Elle chancela jusqu'à l'avant de la tente et passa la tête entre les rabats en peau de chèvre. Le soleil dardait ses rayons avec force, éblouissant le paysage d'une lumière blanche aveuglante. La journée était bien avancée. Elle contempla avec stupéfaction l'endroit où avait été dressé le campement. Il ne restait rien, sauf les cendres froides du feu de la veille au soir. Les chameaux et mules de bât avaient disparu. La surface de l'eau de l'oasis était immobile. Pas une feuille des palmiers qui prodiguait un peu d'ombre ne bougeait. Elle était seule, complètement seule.

La colère et la confusion prirent le pas sur sa peur. Pourquoi ne s'était-elle pas réveillée plus tôt ? Hanif et ses hommes ne pouvaient avoir emballé toutes leurs affaires sans faire aucun bruit, et elle était connue pour avoir le sommeil léger. Pourquoi n'avait-elle rien entendu ? En retournant dans la tente, elle remarqua alors que ses habits étaient éparpillés par terre. La grande malle bardée de cuir dans laquelle elle les rangeait était grande ouverte, vide. L'estomac de Julia se retourna. Où était l'autre malle ? Le grand coffre qui constituait l'unique raison pour laquelle elle était ici, si loin de chez elle, à des milliers de milles de l'Angleterre. Elle dut se forcer à regarder. « S'il vous plaît, s'il vous plaît, s'il vous plaît », murmura-t-elle en se frayant un chemin vers le fond de la tente.

La malle n'était nulle part. Mais elle devait y être ! Les genoux flageolants, Julia explora en titubant les recoins les plus sombres, mais rien, aucune trace. Puis elle se mit à fouiller avec frénésie, soulevant sa couchette, secouant son oreiller, jetant jupes et jupons en l'air dans une vaine tentative pour retrouver le coffre et son précieux contenu. Mais il n'était plus là, et les croquis des fleurs du désert qu'elle avait dessinées avec tant de soin, les spécimens de plantes qu'elle avait si laborieusement collectés, étiquetés et rangés avaient disparu avec lui. Elle était presque arrivée au bout de sa quête. Ses carnets vibraient de couleurs, les minuscules tiroirs du coffret étaient presque pleins. La promesse qu'elle s'était faite était si près d'être accomplie, et sa liberté enfin à sa portée. Maintenant, tout était perdu.

Elle ne parvenait pas à le croire. Cela ne pouvait tout simplement pas arriver. « De grâce, supplia-t-elle, faites que ce soit un horrible cauchemar dont je vais m'éveiller. » S'affalant sur le sable, Julia lutta pour contenir ses larmes. Elle ne pleurait jamais. Elle était capable de faire face, se dit-elle fermement. Ne s'était-elle pas très bien débrouillée toute seule ces derniers mois ? Elle s'était déjà retrouvée dans des situations bien pires. Une fois, la chaloupe dans laquelle Daniel et elle naviguaient avait sombré au milieu d'un fleuve boueux, agité par un courant rapide, dans les profondeurs d'une jungle. Tous deux avaient flotté, accrochés à l'épave ballottée vers l'aval, se rappela-t-elle, jusqu'à ce que l'eau devienne moins profonde et qu'ils puissent patauger jusqu'à la rive. Ils avaient tout perdu, alors. Non, pas tout à fait. La montre de Daniel et sa bourse étaient attachées sur lui. Pragmatique, comme toujours.

Sa bourse à elle ! Julia prit son oreiller dans le coin où elle l'avait jeté lors de ses fébriles recherches, mais elle eut beau le tâter et le bourrer de coups de poing, la bourse en cuir emplie de pièces d'or resta introuvable. Ils avaient dû prendre la montre de Daniel aussi. Elle sentit ses larmes refluer. Ils s'étaient tenus là, debout au-dessus de son corps endormi, mettant la tente sens dessus dessous, et elle ne s'était pas réveillée.

Juste ciel, que s'était-il encore passé pendant qu'elle dormait ? Un peu tard, Julia vérifia qu'elle n'avait pas été molestée de quelque façon que ce soit et fut soulagée en constatant que cela n'avait pas été le cas. Elle se mit à trembler en pensant à ce à quoi elle avait échappé. Ils auraient pu facilement lui trancher la gorge.

Assez !

Si elle continuait ainsi, elle allait sombrer dans le désespoir, et elle n'en avait guère le temps. « Inutile d'imaginer le pire, se reprit-elle fermement. C'est le moment de faire le point, pas d'avoir des vapeurs. » Elle n'était pas blessée. Son or avait disparu, son seul souvenir de Daniel, sa montre qu'elle chérissait, avait également disparu, mais il fallait espérer que sa cachette secrète de billets de banque était demeurée intacte.

Le bruit amorti de sabots dans le sable, à l'extérieur de la tente, l'empêcha de vérifier. Ils étaient revenus, se rendant compte qu'ils avaient eu tort d'agir ainsi ! Le soulagement l'envahit, rapidement suivi par une colère folle. Elle avait été bien trop gentille, bien trop accommodante. Il était temps de rappeler clairement qui commandait ici et à qui appartenait l'argent qui finançait cette expédition.

Mais Hanif s'était déjà emparé de sa bourse et de tout ce qui avait de la valeur. Il n'avait aucune raison de revenir. Plutôt toutes les raisons de fuir. Se retenant de justesse de sortir en trombe de la tente, Julia se contenta d'écarter légèrement le rabat et jeta un coup d'œil dehors avec précaution.

Une silhouette solitaire assise sur la haute selle d'un chameau qui traînait derrière lui trois mules de bât se trouvait juste à quelques mètres d'elle, et cet homme était un parfait inconnu pour elle. Sa tête et la majeure partie de son visage étaient couvertes d'un kéfié blanc maintenu en place par une tresse de foulards rouge foncé, ce qui ne laissait voir que ses yeux, des pommettes hautes et l'extrémité de son nez. Elle ne pouvait que deviner son âge. Pas vieux. Trente-cinq ans, peut-être moins. Il portait une longue tunique ample du même rouge sombre que l'agal qui fixait son kéfié, et une cape que l'on appelait une abba, elle le savait, faite de coton ou de mousseline écru. Ses hautes bottes d'équitation en cuir brun se redressaient au bout. Sa mise simple, quelque peu négligée et recouverte d'une fine couche de poussière, suggérait qu'il venait de loin. Malgré son appréhension, il y avait quelque chose dans cet homme qui retenait son attention. Etait-ce l'aisance avec laquelle il commandait à cette bête nerveuse qui lui donnait une présence aussi impérieuse ? Le faucon encapuchonné perché à côté de lui sur la selle ? Ou la façon dont il se tenait, les épaules très droites, parcourant le désert des yeux comme si lui et lui seul avait le droit d'être ici ?

Il émit un claquement avec sa langue et le chameau se mit docilement à genoux, lui permettant de descendre avec fluidité. Ses vêtements laissaient deviner un corps athlétique. Il gardait la main posée sur la poignée de son redoutable cimeterre accroché à une ceinture lâche sur ses hanches. Tout occupé à détacher les trois mules, Julia se dit que ce serait le moment de courir se mettre à l'abri dans les buissons qui entouraient le lac, ou même dans le lac.

Elle était sur le point de se fondre de nouveau dans l'ombre protectrice de la tente, projetant de sortir en rampant par l'arrière, quand elle vit le chien, un saluki élancé, d'un gris argenté. Malheureusement, l'animal l'aperçut exactement au même moment. Il dressa les oreilles, son corps mince frémit tandis qu'il se tournait vers elle. Julia battit prestement en retraite, mais alors même qu'elle tentait de pratiquer une ouverture à la base de la tente, le pan de devant fut écarté d'un coup et le chien, immédiatement suivi de son propriétaire, entra.

Attrapant la première arme qui lui tomba sous la main, elle se tourna pour faire face aux intrus. L'animal était assez près pour qu'elle sente son haleine sur ses pieds nus, son poil était hérissé, ses babines retroussées.

— Restez où vous êtes, ordonna Julia, agitant son arme dans la direction de son maître. Si vous tenez à la vie, restez où vous êtes.

Elle avait parlé en italien, la langue qu'elle employait pour communiquer avec Hanif, car son turc et son arabe étaient assez rudimentaires. Et certainement pas à la hauteur de la situation critique dans laquelle elle se trouvait en cet instant.

Le nomade l'ignora et s'avança à l'intérieur. Il n'avait pas tiré son épée, mais il maniait une dague soigneusement aiguisée. Le sang de Julia se glaça dans ses veines. Il faisait au moins une tête de plus qu'elle. Avec son mètre soixante-dix, elle était autrefois de la même taille que Daniel.

— Je suis sérieuse, lança-t-elle en brandissant son arme, passant à l'anglais sans s'en rendre compte tant elle était effrayée. Si vous faites un pas de plus, je…

Il ne fit pas un pas mais plusieurs, et cela si rapidement qu'elle n'eut guère le temps d'esquisser le moindre mouvement avant qu'il ne parcoure la distance qui les séparait. Une main ferme couvrit sa bouche, l'empêchant de hurler. Un bras puissant lui ceignit la taille, la tenant étroitement contre un corps dur et sec. La dague qu'il tenait paraissait assez acérée pour trancher du métal, sans parler de vêtements ou d'une chair délicate. La brosse à cheveux que Julia avait brandie de façon assez absurde tomba dans le sable tandis qu'elle se débattait vivement, se tortillant et donnant des coups de pied de toutes ses forces. Le chien aboya, mais n'essaya même pas de l'attaquer.

Tout à fait indifférent à ses efforts pour se libérer, l'homme la souleva sans peine du sol et la tint contre son flanc pendant qu'il parcourait rapidement la tente. Il ne relâcha Julia que lorsqu'il se fut assuré qu'elle était vide, puis il écarta le kéfié de son visage et claqua dans ses doigts pour renvoyer son chien garder docilement l'entrée.

Ses cheveux d'un noir de jais, coupés très court, mettaient en valeur son visage aux traits nets. Un front large, des pommettes hautes, un menton étonnamment rasé de près et marqué d'une petite fossette au milieu, qui mettait en valeur la symétrie parfaite de son visage. Ses yeux d'un brun doré bordés de cils épais rappelaient les couleurs d'un coucher de soleil. Son nez était fort, son apparence austère atténuée par la sensualité de sa bouche qui, sur un visage moins viril, aurait paru trop féminine. L'âme d'artiste de Julia enregistra tout cela en quelques secondes. Il était l'un des hommes les plus beaux qu'elle ait jamais vus. Dans d'autres circonstances — des circonstances très différentes — ses doigts l'auraient démangée de le dessiner, de retranscrire son attitude puissante et hautaine, sa grâce nonchalante.

Il ramassa la brosse et la lui tendit.

— Que comptiez-vous faire avec cela, me coiffer à mort ? demanda-t-il avec un rire bref, même si ses yeux ne montraient aucun signe d'amusement. Que faites-vous ici ? Pourquoi êtes-vous seule dans le désert ?

Il s'exprimait dans un anglais parfait avec un léger accent, indéniablement arabe, mais qui témoignait d'une excellente éducation. Cet homme n'était certainement pas le pauvre nomade pour qui elle l'avait pris. Julia recula d'un pas, regardant l'entrée ouverte de la tente.

— Je ne vous le conseille pas, dit-il. Je vous rattraperai aisément. Et même si je ne le pouvais pas, Uday ici présent en serait certainement capable.

Le chien dressa les oreilles en entendant son nom.

— Uday signifie « au pied rapide », et il l'est. Très rapide, même.

Le chien montra les dents, presque comme s'il souriait à Julia avec dédain. Son maître et lui étaient bien assortis. Julia bougea, non pas parce qu'elle doutait que l'animal fasse honneur à son nom, mais parce qu'aucune autre solution ne s'offrait à elle.

Elle n'avait fait que deux pas avant que l'homme ne la saisisse de nouveau et la repousse vers le fond de la tente.

— Madame, il vous arrivera bien plus de mal à courir sous le soleil brûlant sans chapeau, chaussures ni eau que vous n'en subirez de ma part.

Il avait raison. Et elle détestait cela. Elle n'était pas armée, lui était fort bien équipé. Elle ne pourrait guère le distancer ni avoir le dessus sur lui. Il ne lui restait plus qu'à le considérer d'un air bravache. Elle ne devait surtout pas montrer sa peur. Nouant ses mains qui tremblaient, Julia lui jeta un regard noir.

— Je n'ai pas l'intention de m'enfuir. Ce n'est pas moi qui suis l'intruse. Cette tente est ma propriété. Vous n'avez aucun droit d'être ici. J'exige que vous partiez. Immédiatement.

Il la dévisagea avec stupeur.

— Je vous ai demandé de partir, répéta-t-elle, cette fois en italien.

Il ne bougea toujours pas.

— Je vous ai entendue, répondit-il dans la même langue, avant de revenir à l'anglais. Cette tente est peut-être la vôtre, mais ce royaume ne l'est pas. Vous n'avez pas votre place en ce lieu. Je répète : que faites-vous ici ?

Julia se hérissa.

— Sauf votre respect, cela ne vous regarde pas.

Une lueur de colère passa sur son visage.

— Avez-vous des papiers officiels ? Qui vous a donné l'autorisation de voyager ici ?

Même s'il parlait d'un ton vif, il avait remis sa dague dans sa ceinture. La peur de Julia commença à diminuer, laissant l'indignation prendre le dessus. L'arrogance de cet individu ! Elle croisa les bras.

— Bien sûr que j'ai des papiers, et ils sont parfaitement en règle.

— Montrez-les-moi.

Il tendit une main impérieuse. Julia était sur le point de l'informer qu'il n'avait aucun droit de les lui réclamer, quand il lui vint à l'esprit qu'il pouvait bien être une sorte de personnage officiel. Il ne serait pas prudent de s'opposer davantage à lui, surtout si elle voulait lui demander son aide.

— Si vous voulez bien m'accorder un instant, je vais les chercher.

Remerciant le ciel d'avoir pris la précaution de ne pas mettre ses papiers avec le reste de ses objets de valeur dans sa valise, Julia glissa anxieusement les doigts dans la petite ouverture aménagée dans la doublure de sa malle à vêtements. A son immense soulagement, le mince paquet de papiers était toujours là, ainsi que sa liasse de billets de banque plutôt modeste qu'elle décida de laisser dans la cachette pour le moment. Lissant les papiers marqués de plis, elle les tendit à l'inconnu.

— Ils sont au complet et, je pense que vous serez d'accord, parfaitement en règle.

L'homme fronça les sourcils.

— Ces papiers se réfèrent au royaume de Pétrisa.

— Exactement. Signés par les autorités adéquates, acquiesça Julia, y compris le consul britannique à Damas.

Qui lui avait rapporté, comme le colonel Missett, consul général au Caire, plusieurs incidents de vol et de meurtre effrayants dans l'intention de la faire renoncer à ce voyage. Et, au vu des derniers événements, leurs sévères mises en garde ne s'étaient révélées que trop exactes. Ils n'avaient cependant pas réussi à la dissuader, sous-estimant son extrême motivation qui la poussait à accepter les risques de son aventure — principalement parce qu'elle avait choisi de ne pas informer ces augustes gentlemen de la nature précise de sa mission. C'était ses affaires, pas les leurs. Sa vie, pas la leur.

— Eh bien ? demanda-t-elle. Satisfait ?

Mais l'étranger fronçait toujours les sourcils.

— Comme vous le disiez, vos papiers sont parfaitement en règle. Il n'y a qu'un problème, et je crains qu'il ne soit de taille. Nous ne sommes pas à Pétrisa. Ici, c'est l'oasis Zazim, dans le royaume de Qaryma.

Elle resta stupéfaite. Il se trompait. Ou bien il mentait, pour une raison quelconque. Pour la punir d'avoir été grossière peut-être.

— C'est absurde, reprit-elle fermement. Je n'ai jamais entendu parler de Ka… Karim…

— Qaryma.

S'il avait raison, alors sa situation était plus que fâcheuse. Elle n'avait pas de papiers valides pour voyager ici, pas d'autorisations, ce qui faisait d'elle l'intruse, pas lui. Elle s'efforça de ne pas paniquer. Entrer illégalement quelque part n'était un crime que si on l'avait fait volontairement, non ? Elle se racla la gorge.

— Ils m'ont assuré… mon guide m'a assuré… Vous êtes certain que ce n'est pas Pétrisa ?

— Je ne pourrais pas en être plus sûr.

Son ton était implacable. Il était certes un peu intimidant, mais l'instinct de Julia lui soufflait qu'il disait la vérité. Elle n'avait d'autre choix que de le croire. Elle était seule et, même si ce n'était pas sa faute, complètement en tort.

— Il semble, ajouta-t-elle prudemment, que je vous doive des excuses. Apparemment, j'ai franchi la frontière sans en avoir l'intention.

— Vous deviez avoir un guide, un interprète, des hommes pour monter votre camp. Où sont-ils ?

Son ton l'irrita. Elle serra ses bras autour d'elle.

— J'ai parcouru la moitié du monde en ne comptant que sur moi-même. Je ne suis pas une écervelée et suis tout à fait capable de m'occuper de moi-même.

Même si, pour le moment, elle se retrouvait quasiment sans ressources.

— Je ne sais pas du tout où sont mon guide et ses hommes, admit-elle de mauvais gré. Ils sont partis brusquement dans la nuit.

— Et vos chameaux, vos mules ?

— Ils ont tout pris.

Le dire à voix haute la fit se sentir complètement stupide. Mortifiée, elle lança un regard de défi à l'inconnu.

— Je n'ai rien pu faire pour les arrêter, je pense qu'ils ont mis une potion quelconque dans mon thé hier soir.

Sa main, remarqua Julia, alla à la poignée de son cimeterre, et il maugréa quelque chose de méchant en arabe. Du moins le supposa-t-elle.

— Vous ont-ils fait du mal d'une manière ou d'une autre ?

Les joues de Julia s'enflammèrent.

— Non. Je… non, ils ne m'ont fait aucun mal. D'aucune façon, si je comprends bien votre question.

— Le ciel soit loué. Je suis profondément désolé, madame, que vous ayez dû endurer un traitement aussi barbare. Je vous assure qu'aucun sujet de Qaryma ne se comporterait de façon aussi abominable avec une personne étrangère. Ces scélérats ne vous ont peut-être pas violée, mais ils ont violé les frontières souveraines de Qaryma en toute impunité.

Il paraissait à la fois furieux et perplexe devant ce fait.

Tandis qu'il consultait de nouveau les papiers de Julia, son froncement de sourcils s'accentua.

— Vous voyagez vraiment seule, sans compagnie ?

— Je suis venue toute seule d'Angleterre, déclara-t-elle avec un petit sourire.

L'homme ne sembla pas partager sa fierté pour son exploit, il eut plutôt l'air atterré.

— Vous êtes mariée, reprit-il en indiquant son alliance. Votre mari, où est-il ? Je suppose que même un Anglais n'exposerait pas une femme aux dangers de voyager sans protection ? Si j'étais marié, ce que je ne suis pas, je ne me montrerais certainement pas aussi cavalier avec la sécurité de mon épouse. C'est une question d'honneur, sans parler de…

— … du fait que nous sommes le sexe faible ? acheva Julia pour lui. Par chance, mon époux ne partageait pas vos vues.

Ce qui n'était pas tout à fait exact. La tranquille conviction de Daniel qu'il était supérieur à elle dans tous les domaines avait été l'une des choses qui l'irritaient en lui. Toutefois, quand cela servait ses intérêts, ce qui signifiait invariablement quelque chose dont bénéficieraient ses recherches, il avait l'indulgence de lui reconnaître des talents et des capacités qu'il n'avait pas jugé bon de reconnaître jusque-là.

— En vérité, j'allais dire qu'il s'agissait d'accomplir la promesse que votre époux a faite le jour de son mariage, vous protéger.

— Je suis plus que capable de me protéger moi-même, affirma Julia.

Un sourcil levé et un regard sceptique jeté sur la tente pillée la firent rougir.

— Vous avez dit que votre mari ne partageait pas mes vues.

— Oui, et alors ?

— Vous avez parlé de lui au passé.

— C'est parce que je suis veuve, répondit-elle. Daniel est mort d'une fièvre contractée en Amérique du Sud il y a plus d'un an.

— Mes sincères condoléances.

— Merci.

De retour en Cornouailles, elle avait pleuré la perte de l'homme qu'elle avait connu toute sa vie, comme ami, collègue botaniste de son père et, les sept dernières années, comme son mari. L'ami, le botaniste, le compagnon lui manquaient encore, mais l'époux ? La distance et le temps, dont six mois de voyage en solitaire, lui avaient fait envisager différemment son mariage.

Toutefois, le fait que Daniel se soit montré cavalier avec sa sécurité, comme l'inconnu le suggérait, n'était pas son affaire, tout comme le fait surprenant qu'un homme aussi superbe soit encore libre n'était pas la sienne.

Elle avait besoin d'obtenir son aide, pas de connaître son histoire. D'ailleurs, elle ne pouvait pas croire qu'elle avait gaspillé un tel temps précieux avant de la lui demander.

Elle sourit avec ce qu'elle espéra être un air conciliant.

— Maintenant que vous êtes au courant de ma situation, vous comprendrez pourquoi je dois solliciter votre assistance pour poursuivre les hommes qui ont trahi ma confiance. Ils n'ont pas pu aller trop loin et… voyez-vous, ils ont emporté une de mes possessions que je dois absolument retrouver.

Mais l'inconnu secouait déjà la tête.

— Oh ! s'il vous plaît, le coupa Julia quand il s'apprêta à parler, et elle ne put empêcher l'angoisse de percer dans sa voix. Je vous en supplie. Peu m'importent les mules ou les chameaux. Je ne me soucie même pas de l'argent ou des bijoux qu'ils ont volés, hormis la montre de gousset de Daniel, qui a une très grande valeur sentimentale pour moi. Mais il y a un autre objet plus précieux que tous mes biens réunis. Ils ont pris mon or, mais j'ai encore de l'argent. Je peux vous récompenser généreusement si seulement vous acceptez…

— Je ne suis pas un guide, madame, et je n'ai certainement ni besoin ni désir de votre argent.

Le regard qu'il jeta à Julia la fit tressaillir.

— Je vous demande pardon, je ne voulais pas vous insulter,

seulement je suis désespérée. Je ne puis vous dire combien… combien il est vital que je…

— Non.

Il détacha les doigts de Julia de sa manche.

— Ce serait une vaine poursuite, croyez-moi. Quoi qu'ils aient pris, cela aura déjà été vendu sur un marché quelconque. On se débarrasse toujours très vite des marchandises volées, il y a toujours un acheteur sans scrupule qui ne pose pas de questions en échange d'une bonne affaire.

— Mais…

— Je suis moi-même un négociant — honnête, ajouterai-je — mais je sais comment ces vauriens s'y prennent. Je suis désolé. J'aimerais qu'il en soit autrement, en particulier pour la montre, mais je crains que vous ne deviez considérer vos possessions comme perdues.

Son ton était ferme et sans équivoque. Forcée d'admettre qu'il disait la vérité, Julia se sentit complètement découragée. Elle se représenta la malle de Daniel marchandée dans un souk. Les échantillons, si précieux pour elle, avaient sans doute été déclarés sans valeur par les voleurs, vidés des tiroirs pour se flétrir au soleil du désert. Sa boîte de peinture, sa petite truelle seraient vendues, mais ses carnets de notes, ses croquis — non, ils ne signifieraient rien pour ces hommes. Ils n'avaient aucune idée de leur extrême importance.

Sa colère se mua en une détermination à ne pas s'avouer vaincue. Si elle ne pouvait récupérer son travail acharné, elle devrait simplement trouver un moyen de recommencer depuis le début. Il était absolument inenvisageable qu'elle rentre en Cornouailles sans avoir achevé sa tâche. Elle était venue de si loin, elle avait triomphé de tant d'obstacles en route qu'elle ne laisserait pas — c'était hors de question — une traîtresse bande de Bédouins l'amener à renoncer.

— Très bien, dit-elle d'un ton bref, si vous ne voulez pas m'aider à poursuivre ces voleurs, peut-être m'aiderez-vous à engager un guide plus digne de confiance ? Tout ce que je demande est que vous me raccompagniez dans le royaume de Pétrisa et que vous m'assistiez pour changer des billets de banque en monnaie locale ; alors je pourrai racheter des chameaux, des mules…

Elle s'interrompit, car il secouait de nouveau fermement la tête.

— Je suis désolé, mais je dois à nouveau refuser. Je ne retournerai en aucun cas sur mes pas. J'ai des affaires de la plus haute importance à régler ici, dans la capitale Al-Qaryma.

Julia le dévisagea avec effroi.

— Vous voulez dire que vous allez me laisser seule dans cette oasis, sans papiers valides, sans les moyens de retourner à Pétrisa ? Au nom du ciel, que suis-je censée faire ?

C'était une excellente question, tout à fait pertinente, pensa Azhar en regardant l'Anglaise avec un mélange d'irritation et de curiosité. Elle était plus âgée qu'il ne l'avait jugé au départ, peut-être vingt-six ou vingt-sept ans. Plus dans le premier éclat juvénile, mais trop jeune pour être veuve et encore plus pour aller seule à l'aventure dans un pays étranger, aussi compétente qu'elle ne se croie.

Bien qu'il doive concéder qu'elle était sans doute plus intrépide que sûre d'elle-même, s'il fallait en croire son discours sur le fait qu'elle avait voyagé seule depuis l'Angleterre — et il n'avait aucune raison d'en douter —, il y avait de l'honnêteté et de l'intelligence dans ces yeux écartés d'un beau vert s'harmonisant avec les palmiers alentour. Elle manquait peut-être de jugement, mais elle avait du courage et de la force de caractère. Malgré son agacement face à ce contretemps qui contrariait ses plans, Azhar ne pouvait s'empêcher de la trouver attirante — à sa façon unique.

Elle n'était pas exactement belle, son visage était trop allongé pour cela, son front trop haut, mais elle était séduisante, avec cette épaisse chevelure auburn et ces grands yeux émeraude. Son corps, sous la hideuse chemise de nuit qu'elle portait, serait considéré comme trop mince et trop grand ici, en Orient, mais Azhar trouvait que sa silhouette souple et élancée lui conférait une certaine allure. La couleur de ses cheveux figurait un tempérament enflammé, une nature fougueuse. Et cette bouche, lorsqu'elle n'était pas pincée en une ligne ferme, témoignait d'une nature sensuelle.

Horrifié par la nature de ses pensées, il s'obligea à détacher ses yeux d'elle. Comme s'il n'avait pas assez de préoccupations en ce moment, il devait maintenant endosser la responsabilité d'une parfaite inconnue. Car il n'avait pas d'autre solution. Il ne pouvait évidemment pas l'abandonner à son sort. Sa colère flamba de nouveau à la pensée des vauriens qui l'avaient volée et abandonnée. Que les scélérats qu'elle avait employés aient eu la témérité de franchir illégalement les frontières de Qaryma, et ce en toute connaissance, le stupéfiait et le rendait fou de rage. La situation avait dû vraiment changer depuis sa dernière visite. Dix ans auparavant, nul n'aurait osé traiter le royaume avec une telle impudence.

Azhar poussa un profond soupir. Un seul problème à la fois. Il concentra son attention sur la décision qu'il devait prendre immédiatement.

— Je ne peux en toute conscience vous abandonner ici, mais je ne peux non plus vous raccompagner au-delà de la frontière. Je n'ai donc pas d'autre choix que de vous emmener à Al-Qaryma.

Elle parut plus effrayée que ravie.

— Mais je n'ai pas les bons papiers ! On va me jeter en prison.

Un fait qu'Azhar lui-même avait mentionné. Il aurait mieux fait de tenir sa langue.

— Ne craignez rien, je ferai valider vos papiers quand nous atteindrons la ville.

— Comment pouvez-vous me promettre une chose pareille ? Vous m'avez dit que vous étiez un marchand ?

Pourquoi ne pouvait-elle simplement dire « Merci » !

— J'en suis un, et prospère. En tant que tel, j'ai de nombreux contacts haut placés. Soyez sans crainte, je ne suis pas sans influence, madame… ?

— Trevelyan.

— Trevelyan, répéta lentement Azhar. Cela ne sonne pas très anglais.

— C'est parce que ce n'est pas anglais. C'est un nom des Cornouailles. Mon mari et moi sommes tous deux nés dans les Cornouailles, qui sont le plus beau comté d'Angleterre, monsieur… sahib ?

« Sahib », l'appellation polie et commune à laquelle il avait répondu pendant de nombreuses années. C'était comme cela qu'il s'était défini, un homme de qualité sans nom et sans racines.

— Vous pouvez m'appeler Azhar.

— Azhar, s'appliqua-t-elle à répéter.

— Cela signifie étincelant, ou brillant.

— Mon nom est Julia. Je crains que cela ne signifie rien de particulier, mais vous pensez sans doute que je devrais être appelée « Fardeau » ou « Embarras ».

Elle croisa les bras, faisant remonter sans le vouloir ses seins sous sa chemise de coton. Azhar sentit son sang réagir, non sans irritation. Le désir, qui l'avait totalement déserté à l'arrivée de cette lettre fatidique qui l'avait amené ici, revenait maintenant au moment le plus inopportun. Il ne pouvait se permettre d'être distrait. Il n'avait vraiment pas le temps d'être attiré et encore moins séduit par cette veuve anglaise, d'autant plus qu'elle était l'exact contraire de tout ce que ces mots impliquaient.

— Ce que vous êtes, madame Julia Trevelyan, c'est un désagrément auquel je dois faire face, déclara-t-il. La journée est déjà bien avancée. Je vais aller chasser pour trouver de la nourriture, puis je préparerai un repas. Vous êtes la bienvenue pour le partager avec moi. Je ne vous droguerai pas, mais je peux involontairement vous empoisonner, car mes talents culinaires sont assez rudimentaires. J'essaierai toutefois de ne pas le faire. Une Anglaise morte est la dernière chose que je souhaite avoir sur les bras.

— Une Cornouaillaise, lui lança Julia tandis qu'il quittait la tente, mais Azhar choisit de l'ignorer. Ainsi suis-je un désagrément ? marmonna-t-elle. Et quel désagrément cela a-t-il représenté pour moi à votre avis, M. « Vous-pouvez-m'appeler-Azhar », d'être volée et laissée pour morte ?

Ne recevant aucune réponse de l'autre côté de la tente, Julia soupira. Elle se montrait très ingrate. Au moins, il ne l'abandonnait pas. Elle envisagea d'ignorer son invitation à partager son repas, mais son estomac lui rappela alors qu'elle n'avait pas mangé depuis la veille. Elle pouvait rester assise ici, en sueur et affamée, avec juste sa fierté pour lui tenir compagnie, ou bien s'habiller, se montrer obligeante et obtenir une nourriture dont elle avait grand besoin.

Décidant de renoncer au statut de martyre, elle se mit à ramasser ses vêtements de la veille qui gisaient dans le sable, près de sa couchette.

Sans époux choqué et n'approuvant point de voir son corps sans corset, elle avait abandonné les contorsions quotidiennes requises pour se lacer elle-même après les premiers jours de voyage dans le désert. Il n'y avait rien au monde, avait-elle découvert, de plus inconfortable que du sable coincé entre une peau délicate et de raides baleines. L'intense chaleur produite par la combinaison d'un corset et du soleil du désert transformait l'inconfort en torture.

De fait, sa garde-robe entière n'était pas adaptée à ce climat. Tandis qu'elle enfilait une jupe de drap et un corsage en toile par-dessus sa camisole, avant d'ajouter une veste, la sueur coula dans son dos. Une fois encore, Julia déplora son manque de courage et de bon sens de n'avoir pas préféré les tuniques amples et les capes flottantes faites pour résister aux températures du désert. Elle avait été sur le point d'en acheter dans un souk de Damas, mais en imaginant le visage réprobateur de Daniel qui la jugeait par-dessus son épaule, elle avait changé d'avis. Elle le regrettait vraiment à présent, autant irritée par sa loyauté naturelle envers les opinions de son mari décédé que par sa garde-robe très britannique. Daniel lui-même mettait un point d'honneur à être toujours impeccablement vêtu, que ce soit dans des mangroves marécageuses ou à mi-hauteur d'une montagne des Alpes. Alors que Julia se considérait comme cornouaillaise avant tout, son époux avait incarné la quintessence de l'Anglais à l'étranger.

Non, ce n'était pas vrai. Par-dessus tout, Daniel était un homme de science. Il l'appelait sa femme de science. Au début, elle en avait été très fière. Maintenant — oh, maintenant ce n'était pas le moment de regarder en arrière. Maintenant, c'était le moment de se concentrer sur la réalisation de sa promesse. Elle avait été si près d'aboutir, si près d'apercevoir après tout ce temps la lumière de la liberté au bout du tunnel. Lorsqu'elle aurait accompli son devoir de mémoire, elle pourrait enfin envisager un avenir qu'elle bâtirait elle-même. Pendant un instant, elle se sentit submergée par le découragement, mais elle se ressaisit très vite. Dans cette ville où elle devait de toute façon se rendre, elle engagerait un nouveau guide de confiance. Dans cet étrange royaume, peut-être trouverait-elle même des spécimens de plantes rares et jamais découvertes. Ce nuage noir pourrait se doubler d'une lumière inattendue.

Elle enfila ses bas et laça ses bottines. Daniel s'était toujours moqué de la notion de destin, mais désormais elle n'était plus obligée d'être d'accord avec lui. Elle avait ses propres opinions à elle, maintenant. Le hasard avait fait que son chemin croise celui de ce mystérieux homme du désert. Elle devait s'assurer à présent de tirer le meilleur parti de la situation.

Chapitre 2

Le flamboyant spectacle du coucher de soleil dans le désert ne manquait jamais de lui couper le souffle. Julia regardait, fascinée, tandis que le ciel orange vif et doré cédait la place à un doux et pâle bleu nuit, comme si le soleil, dans sa rapide descente vers l'horizon, tirait un rideau de scène derrière lui. Les rares nuages cotonneux allaient du gris foncé à la couleur de l'étain, puis viraient au blanc pendant que le ciel s'assombrissait pour prendre une teinte indigo. Les étoiles commençaient à scintiller, un tapis de bijoux argentés suspendus si bas dans le firmament qu'elle avait l'impression de presque pouvoir les toucher. La lune illuminait le ciel de sa couleur laiteuse. Le paysage du désert était sombre et changeant, les dunes nettement délimitées, doucement arrondies ou plus vertigineuses. L'air changeait, de sec et poussiéreux il devenait doux et salé. Elle inspira profondément, levant son visage vers le ciel où les étoiles les plus grosses étaient maintenant entourées de points lumineux, savourant la brise légère qui faisait frémir les palmiers autour de l'oasis.

Elle vit d'abord le faucon, l'oiseau de proie dont elle avait appris par Hanif qu'il était un compagnon essentiel pour tout voyageur dans le désert. Il tomba du ciel, apparemment de nulle part, pour se percher sur la selle en bois du chameau. Un instant plus tard, Azhar émergea de l'obscurité naissante, son saluki élancé bondissant sur ses talons. Julia fut frappée de nouveau par l'autorité naturelle qui émanait de lui. Elle l'avait déjà remarquée quand elle l'avait aperçu pour la première fois sur le chameau. C'était plus qu'être simplement à l'aise dans son environnement, mais ce n'était pas tout à fait de l'arrogance. Elle pouvait sans peine le trouver intimidant. Elle pouvait aussi, bien trop facilement, le trouver terriblement attirant.

Terriblement ? Etait-ce le mot juste ? Elle n'était pas sûre qu'il y ait un mot pour cela, cette capacité qu'il avait d'être à la fois captivant et provocant en même temps. Non, pas provocant, impérieux était peut-être le terme plus exact. Quelqu'un qui savait être irrésistible mais qui ne montrait pas sa sensibilité en retour. Impénétrable ? Là, elle laissait beaucoup trop aller son imagination. Mais le visage d'Azhar figerait n'importe quelle femme sur place. Julia brûlait de dessiner ces traits virils, la courbe sensuelle de sa bouche. Oui, c'était la bouche, plus encore que le corps dur et gracieux, qui faisait penser à des baisers brûlants. Ou qui y ferait penser, si l'on avait la moindre idée de ce qu'étaient des baisers brûlants. Elle ne doutait pas qu'Azhar le savait, lui. Il était étrange qu'elle puisse être aussi certaine que l'expérience serait délicieusement agréable, alors qu'un plaisir physique exquis était pour elle une notion aussi peu familière qu'une étreinte passionnée. Elle eut tout d'un coup très chaud, à force de le regarder et de nourrir des pensées aussi inhabituelles.

Ce devait être le désert, sa chaleur étouffante et sa beauté sauvage qui produisaient cette magie exotique. En observant Azhar qui puisait différentes choses dans les sacoches des mules, Julia eut l'impression qu'ils pourraient être les deux seuls êtres sur Terre sous ce vaste dais d'étoiles, si loin du comté de Cornouailles, dans une vie totalement différente de celle qu'elle avait connue. Elle pouvait nourrir des pensées folles et étranges, elle pouvait même choisir de les mettre en pratique, et personne n'en saurait jamais rien.

Non pas qu'elle ose. Elle avait éprouvé cette sensation une fois auparavant, se rappela-t-elle, en Amérique du Sud. Daniel avait été offusqué quand elle l'avait embrassé avec ardeur, atterré à l'idée de faire l'amour sous les étoiles, même s'ils étaient mariés et complètement seuls. Tandis qu'Azhar approchait, ce souvenir la fit rougir de honte, effaçant toute trace de ses pensées osées et de ses fantasmes.

— Alors vous avez décidé de vous joindre à moi, finalement, dit-il.

Julia se força à afficher un grand sourire.

— S'il y a assez de nourriture pour deux, oui, s'il vous plaît.

— Savez-vous allumer un feu ? Les aliments que j'ai trouvés ne vont pas se cuire tout seuls.

Le sourire de Julia s'évanouit. C'est vrai, elle aurait dû s'occuper de tâches pratiques au lieu de rêvasser, mais elle préférerait qu'on ne le lui fasse pas remarquer.

— Je sais faire du feu, répliqua-t-elle d'un ton crispé. Je peux même écorcher ce lapin que vous avez là et le faire cuire. Donnez-le-moi.

Sans qu'elle l'ait voulu, cette requête avait sonné comme un ordre. L'expression d'Azhar se fit hautaine. Comment y parvenait-il ? Un haussement de sourcils. Un éclat dur dans les yeux. Le pli de sa bouche.

— Ce n'est pas un lapin, c'est un lièvre.

Eh oui, une fois de plus il avait raison.

— Si c'en est un, c'est un très petit lièvre, déclara Julia. En Angleterre, ils sont deux fois plus gros.

Il tira une dague de sa ceinture et se mit à écorcher leur dîner d'une main experte.

— Nous sommes en Arabie, pas en Angleterre. Ce lièvre est un produit de son environnement désertique aride.

Son faucon, immobile sur la selle du chameau, observait la scène avec une lueur d'espoir dans ses yeux perçants, Julia en était convaincue.

— Vous savez, je ne suis pas une de ces personnes arrogantes qui parcourent le monde dans le but de prouver que l'Angleterre est une nation supérieure à toutes les autres, si c'est ce que vous pensez.

Azhar sourit légèrement — très légèrement — mais c'était néanmoins un sourire. Julia considéra que c'était un progrès.

— Je ne suis jamais allé en Angleterre, dit-il, un pays qui est paraît-il humide et verdoyant, alors je veux bien croire que les lièvres y sont plus gros que dans le désert. Maintenant, voulez-vous allumer le feu, s'il vous plaît ? Je préférerais manger avant l'aube.

Julia prépara rapidement le feu, le faisant prendre avec ce qu'elle espéra être une démonstration d'adresse satisfaisante, consciente des yeux d'Azhar posés sur elle. C'était très troublant.

— Là, vous voyez que je sais parfaitement me débrouiller.

— En effet.

Le lièvre était bien disposé dans la marmite. Le faucon et le chien se régalaient délicatement de leur part de déchets. Des plis de sa tunique, Azhar sortit une poignée herbes aromatiques odorantes. Versant de l'eau sur le lièvre pour le faire cuire en ragoût, il posa la marmite sur le feu.

— Vous savez, ce n'est pas ma faute si les hommes que j'ai engagés se sont révélés être des bandits, déclara Julia, car son « en effet » l'avait piquée au vif.

Etait-ce sa faute ? se demanda-t-elle. Daniel aurait-il choisi de meilleurs guides, plus fiables ? C'est certainement ce qu'il prétendrait s'il était là. Non, ce que Daniel ferait, ce serait de trouver un moyen de la rendre responsable. Elle se souvenait maintenant qu'il l'avait accusée de la perte de leur chaloupe. Elle l'avait distrait à un moment crucial, avait-il prétendu tandis qu'ils étaient allongés, trempés et frissonnants, sur la berge boueuse du fleuve. Simplement soulagée d'être en vie, Julia n'avait pas cherché à en discuter avec lui sur le moment, et plus tard… eh bien, plus tard, elle avait fait ce qu'elle faisait toujours, essayer d'oublier cet épisode. Et elle avait cru y avoir réussi. C'était curieux comme tant de ces incidents lui revenaient en mémoire dernièrement. Ce qui lui rappela autre chose.

— Azhar, puis-je vous poser une question qui me tracasse ? Pourquoi, d'après vous, Hanif a attendu si longtemps pour me voler ?

— Que voulez-vous dire ?

— Je voyage dans le désert depuis plus d'un mois. Pourquoi attendre jusqu'à maintenant, alors qu'ils auraient pu tout aussi facilement me droguer la première nuit, ou pendant la première semaine ?

— Un mois !

La fureur étincela dans les yeux d'Azhar.

— Cela suggère qu'ils ont délibérément attendu que vous ayez franchi la frontière de Pétrisa.

— Mais pourquoi ?

Il pinça la bouche.

— Je pense que c'est parce qu'ils ont jugé plus sûr d'agir ici. Ce qui laisse supposer que l'application de la loi et le maintien de l'ordre se sont beaucoup relâchés à Qaryma, ajouta-t-il d'un air sombre. Si c'est le cas, alors les choses ont radicalement changé.

— Changé ? Il y a donc longtemps que vous n'êtes pas venu ici ?

— Dix ans, répondit-il. Je ne suis pas rentré chez moi depuis dix ans.

— Chez vous ? Qaryma est votre pays ?

Julia Trevelyan le regardait d'un air interrogateur. Azhar jura intérieurement. Il ignorait comment le mot lui avait échappé. Il avait des maisons, mais pas de foyer ni de patrie.

— « Etait », pas « est », corrigea-t-il. Expliquez-moi, si vous le voulez bien, ce qui vous a occupée durant tant de semaines dans le désert ?

Ces mots ressemblaient plus à un ordre qu'à une requête, mais ils produisirent l'effet voulu. Même si elle hésita un instant, Julia accepta de changer délibérément de sujet.

— Des échantillons, dit-elle. Je collectais des échantillons de plantes. Je suis botaniste.

Il rit, de surprise.

— Des plantes ! Vous êtes ici pour ramasser des plantes ?

— Pas tant des plantes que des racines et des graines, répondit-elle avec hauteur. Et ce qui est encore plus précieux à mes yeux sont mes croquis et mes notes, sur les plantes elles-mêmes, leur habitat, la végétation qui les entoure, ce genre de choses.

— Vous êtes une artiste, madame Trevelyan ?

— Julia. Si vous êtes Azhar, je serai Julia. J'ai quelques talents pour le dessin, oui.

— Et vos croquis, où sont-ils ? demanda-t-il, même s'il devinait la réponse.

— Envolés, confirma-t-elle. Avec mes couleurs, mes carnets et tous mes spécimens. Ils se trouvaient dans un coffre spécial. Il renfermait plein de petits tiroirs, et des plateaux, et… des choses de ce style.

Elle fronçait avec force les sourcils, en serrant ses doigts vigoureusement. Sa détermination à ne pas pleurer était bien plus touchante que la vue des larmes.

— C'est ce coffre que vous vouliez si désespérément retrouver, davantage même que la montre de votre mari ? demanda Azhar, se rappelant avec regret la façon dont il l'avait brutalement confrontée à la réalité.

Julia hocha la tête et s'efforça d'afficher un sourire tremblant.

— Comme vous l'avez justement fait remarquer, ils auront disparu depuis longtemps. Ce que j'espère — c'est-à-dire ce que j'apprécierais beaucoup — c'est que lorsque nous arriverons à Al-Qaryma, vous m'aidiez à me procurer un autre guide.

Un nouveau sourire.

— Avec votre aide, je suis sûre que je trouverai quelqu'un de plus fiable qu'Hanif.

Il en fut stupéfait. Une autre femme — et même un autre homme — auraient été trop affectés par leur récente mésaventure pour souhaiter autre chose que de s'estimer heureux d'être en vie et de rejoindre au plus vite la sécurité de leur pays.

— Vous ne pouvez pas souhaiter rester dans le désert après ce qui s'est passé ?

— C'est mon seul désir. Il faut que je recommence mon

travail du début. Je vous en prie, Azhar, déclara-t-elle gravement en le regardant par-dessus le feu, ses grands yeux verts élargis, je vous en prie, dites que vous m'aiderez.

— Que comptiez-vous faire de vos échantillons ? Les vendre ? En tant que négociant international, je sais qu'il existe un marché fructueux pour les plantes exotiques, en particulier avec la mode récente de créer des jardins botaniques.

— C'est vrai, mon mari et moi avons fourni des plantes à plusieurs de ces jardins, des plantes collectées durant nos voyages en Amérique du Sud. Mais Daniel, en vrai puriste, refusait de souiller ses recherches scientifiques par un profit commercial et n'acceptait pas de paiement en échange. Pour ma part j'en aurais été plus qu'heureuse, étant donné que notre situation était plus que modeste — mais la question n'est pas là.

Un époux qui choisissait de faire subir la pauvreté à sa femme, quels que soient ses principes scientifiques, semblait être un élément notable à Azhar, mais il se retint de le faire remarquer.

— Quelle est la question, alors ? demanda-t-il.

— Un livre. Le livre de mon mari. Son œuvre majeure. Le travail de sa vie.

Julia baissa les yeux sur ses genoux, plongée dans ses pensées pendant plusieurs minutes, avant de donner un petit coup de tête comme pour s'éclaircir l'esprit.

— C'est un traité. Un guide illustré exhaustif des espèces rares et exotiques du règne végétal. Mais il n'est pas encore complet et son vœu le plus cher — son dernier vœu, le seul — était que je le termine pour lui.

Son intonation troubla Azhar. Elle était sèche. Peut-être tentait-elle simplement de ne pas se laisser bouleverser.

— Un honneur, vraiment, souligna-t-il, de vous en confier l'achèvement.

Julia haussa les épaules.

— Mon père est un naturaliste renommé, un spécialiste de la faune et de la flore de Cornouailles. C'est moi qui ai illustré son livre sur le sujet. J'ai rencontré Daniel quand papa l'a pris comme assistant. Avant même que nous soyons fiancés, j'ai travaillé pour lui sur des croquis de spécimens et, pendant les sept ans de notre mariage ou presque, j'ai voyagé avec lui, prenant des notes, dessinant et peignant. Alors, vous voyez, Daniel ne considérait pas cela comme un honneur. Il n'y a personne qui convienne mieux que moi pour exécuter cette tâche, c'est tout.

Son explication, sa voix atone intriguèrent encore plus Azhar. Dénuées d'émotion, ou au contraire encore agitées de sentiments ? Il n'en avait aucune idée.

— Ce voyage que vous avez fait, à l'autre bout du monde et toute seule, est donc une sorte de pèlerinage ?

— Oui, dans le sens où c'est une mission que je dois achever. Mais seulement afin de pouvoir construire ensuite ma propre destinée, libre de toute entrave. L'œuvre de mon mari a bien évidemment été le travail de toute ma vie, et le sera encore jusqu'à ce que je termine ce dernier devoir conjugal. Mais je suis lasse de faire mon devoir. Voilà, je l'ai dit. Enfin, je le reconnais.

Elle lui lança un regard noir, le mettant au défi de parler, mais Azhar était si déconcerté par ce changement en elle qu'il ne pipa mot.

Julia sembla prendre son silence pour une condamnation.

— Vous me trouvez sans cœur, n'est-ce pas ? demanda-t-elle. Vous pensez probablement que je suis égoïste et insensible, mais vous ne connaissez pas toute l'histoire.

Elle avait visiblement envie de la lui raconter, et la curiosité d'Azhar était bel et bien piquée maintenant.

— Qu'est-ce que je ne sais pas ?

Elle n'hésita qu'un bref instant. Il devina aisément le moment où elle décida de faire fi de toute prudence. Se rendait-elle compte à quel point ses sentiments se reflétaient sur son visage ? Azhar pensa que non.

— Daniel m'a fait promettre sur son lit de mort d'achever son chef-d'œuvre, avoua-t-elle. Même sur son lit de mort, il n'a pu penser qu'à cela — son livre. Alors bien sûr j'ai promis, car comment pouvais-je refuser à un mourant d'exaucer son dernier souhait ?

Que pouvait-il répondre à une telle question ? La similitude avec sa propre situation frappa soudain Azhar. L'univers lui jouait-il un tour ?

Par chance, Julia continua sur sa lancée.

— Mais cela n'était pas encore suffisant pour Daniel, poursuivit-elle. J'ai dû promettre que je garderais secret, même pour mon père, le fait qu'il n'avait pas achevé son traité lui-même, que je viendrais ici, en Arabie, pour compléter les chapitres manquants. Il m'a fait jurer que je terminerais toutes les planches en couleur, que je ferais une bonne copie du tout et que je le ferais relier en deux éditions, un in-folio et un in-quarto. Daniel a été très précis sur la reliure de chacune d'elles. Et sur les destinataires. Il a aussi exigé que j'obtienne l'autorisation de M. Joseph Banks, le président de la Société royale, pour une dédicace, et enfin que je solliciterais M. Banks pour le compte de Daniel afin qu'il soutienne sa candidature comme membre posthume.

Elle s'interrompit, fronçant les sourcils en considérant ses doigts sur lesquels elle avait fait le décompte de ses promesses et des exigences de Daniel, puis son front s'éclaircit.

— Oh ! oui, et j'ai dû promettre encore que je persuaderais M. Banks d'accueillir Daniel comme membre à titre posthume de la Société d'horticulture de Londres.

— Votre époux avait une grande confiance dans vos pouvoirs de persuasion, observa Azhar.

— Non, Daniel avait une grande confiance dans les résultats de ses années de recherches, rétorqua Julia. Pour être honnête, son livre est un excellent ouvrage et ses catégories sont tout à fait novatrices, aussi. C'est son legs au monde scientifique et il mérite d'être reconnu. Je ne pense pas avoir de problèmes pour convaincre M. Banks d'agréer à ses dernières volontés.

Elle repoussa ses cheveux de son visage, et changea de position pour mieux faire face à Azhar.

— Vous savez, j'ai toujours pensé que c'était l'amour de la science qui guidait Daniel, et qu'il souhaitait que son travail soit reconnu dans les hautes sphères des communautés scientifiques et académiques comme l'un des guides de référence indiscutable dans son domaine. Je le respectais pour cela, mais je me demande maintenant si ce n'était pas la célébrité qu'il convoitait en fait, si ce n'était pas de son nom qu'il voulait que l'on se souvienne.

Azhar commençait à se forger sa propre opinion du défunt mari de Julia, une opinion extrêmement critique, mais il choisit sagement de la garder pour lui.

— Cela fait-il une différence matérielle ? demanda-t-il.

Julia fit la moue, puis sourit.

— Non, je ne pense pas. Mais, quelles que soient ses raisons, ma tâche reste la même.

— Vous avez endossé un très lourd fardeau.

— C'est ce que j'ai pensé au début, et il y a en effet des aspects de ma mission qui le sont — cependant, j'ai trouvé l'expérience des voyages très libératrice. Je ne me suis pas du tout sentie seule, vous savez. De fait, j'ai beaucoup apprécié ma propre compagnie. Et à part les événements de la nuit dernière, la beauté de l'Arabie m'a fascinée. En outre, ajouta-t-elle, son sourire se faisant ironique, je n'avais pas le choix. On ne peut pas rejeter les dernières volontés d'un mourant.

Azhar tressaillit. Ses paroles se rapprochaient tellement de ses propres pensées à propos du message qui l'avait amené ici. Demain… — mais soudain, désespérément, il ne voulut pas penser au lendemain. Pas encore.

— Ainsi, c'est sur l'ordre de votre mari que vous êtes ici, seule ?

— Vous comprendrez maintenant pourquoi, quand vous m'avez demandé si j'avais sa permission de voyager, j'ai trouvé cela quelque peu ironique, répondit Julia. Daniel dicte mes actions depuis sa tombe aussi efficacement qu'il le faisait avant de mourir.

Sa bouche se pinça.

— Mais plus pour très longtemps. Je vais finir son livre, je mènerai à bien toutes ces promesses, et ce sera le point final. Toute ma vie, je n'ai fait qu'obéir, dessinant et peignant sur commande. D'abord pour mon père, ensuite pour Daniel. J'ai gagné mon droit à la liberté et, le ciel m'en soit témoin, je vais en profiter.

La liberté. Ces dix dernières années, Azhar s'était cru libre, mais dès l'instant où il avait ouvert cette lettre, il avait su qu'il s'était dupé lui-même. La liberté exigeait que l'on coupe tout lien, que l'on se débarrasse de tout fardeau, que l'on accomplisse honorablement son devoir, tout comme Julia le disait. Toute cette période l'avait changé à jamais, avait fait de lui l'homme qu'il était maintenant, vivant à sa guise. Ce n'était pas cette missive elle-même, avec ses nouvelles aussi fâcheuses qu'inattendues qu'elle contenait, ni l'ordre reçu par-delà la tombe qui le conduisaient ici. C'était ce besoin d'en finir une fois pour toutes, ce besoin de vraie liberté qui lui avait fait parcourir tant de milles dans les sables du désert.

Julia et lui cherchaient la même chose.

— Vous aspirez ardemment à votre liberté, dit-il. Il serait grossier de ma part de ne pas vous aider à atteindre cette situation plus qu'enviable.

Elle le regarda, rayonnante.

— Vous allez m'aider à trouver un guide, des chameaux et de la peinture — pourrai-je acheter des couleurs ?

Elle lui demandait si peu. Tout à sa mission, elle ne se souciait pas des dangers qu'elle avait affrontés ni de ceux à venir. Lui, entre tous, pouvait le comprendre et elle forçait son admiration. Sa ténacité. Son courage. Sa détermination à tirer le meilleur parti d'un sort qui en aurait effrayé plus d'un. Elle n'avait pas versé une larme. Elle n'avait pas fait mine de se livrer à lui, elle n'avait pas non plus joué la damoiselle en détresse, quand bien même sa situation l'aurait amplement justifié. Elle n'attendait pas de lui qu'il la sauve, elle souhaitait seulement qu'il l'aide en lui fournissant les moyens de se sauver elle-même. Jamais, il n'avait rencontré une telle femme.

— C'est d'accord, reprit-il. Je vais vous emmener à Al-Qaryma, et là vous trouverez tout ce qu'il vous faut.

Son visage s'éclaira.

— Merci, Azhar. Merci infiniment.

A sa surprise, elle lui prit la main et baisa ses doigts. Sa bouche était chaude sur sa peau. Son corps réagit instantanément, provoquant une violente réaction jusque dans ses reins. Horrifié, il lui arracha sa main.

— Je suis désolée. Je n'avais pas l'intention… Je ne pensais pas… Je…

L'embarras de Julia masqua heureusement son propre malaise.

— La journée a été longue et riche en émotions, déclara-t-il.

Il remua le ragoût.

— Vous devez être affamée. Mangeons, et ensuite vous devrez vous reposer. Nous partirons pour Al-Qaryma à l'aube.

Ils se servirent directement dans la marmite qui refroidissait, avec leurs doigts. Julia, habituée maintenant à cette façon de faire, et se souvenant de n'utiliser que sa main droite, mangea avec un vif plaisir, sans se soucier du manque de couverts.

Sa confession lui avait donné de l'appétit. Elle avait du mal à croire qu'elle avait dévoilé toutes ces pensées intimes à ce parfait étranger. Elle n'avait pas hésité à se décrire sous une lumière crue et peu flatteuse. Elle n'était pas du tout fière de ses sentiments et se sentait terriblement coupable de les éprouver, sans parler de les exprimer à voix haute. Son ressentiment était évident, pourtant Azhar ne l'avait pas condamnée. Au contraire, d'après le peu qu'il avait dit, il avait semblé avoir de la sympathie pour elle.

En outre, cela lui avait fait du bien, en fin de compte, d'exprimer un peu de ce qu'elle ressentait. Daniel avait consacré toute sa passion à son livre, la forçant à endiguer la sienne.

Elle ignorait même complètement si elle était encore capable de manifester une telle ardeur, car après cette première fois, la seule fois où elle avait osé essayer d'instaurer une forme d'intimité entre eux et avait été repoussée, elle avait pris soin de ne pas contrarier son époux par des démonstrations autres qu'une réponse tiède à ses propres initiatives, peu fréquentes. Cela semblait le satisfaire. En tout cas il n'avait jamais paru mécontent, ce qui était la même chose, non ?

En se rappelant la façon dont son estomac s'était contracté quand elle avait baisé la main d'Azhar, Julia n'en était plus aussi sûre. Il s'était produit comme une sorte d'alchimie entre sa peau et celle d'Azhar, une étrange réaction qui s'était propagée de la main d'Azhar à ses lèvres jusqu'à son ventre et avait fait naître des picotements dans ses veines. Et tout ce qu'elle avait fait, c'était d'embrasser sa main !

Pour son plus grand embarras, et le sien. Qu'est-ce qui lui avait pris ? Elle lui lança un coup d'œil de côté tandis qu'il jetait les restes de leur repas frugal à son saluki, et elle comprit. Azhar était tout simplement l'un des hommes les plus séduisants qu'elle avait jamais rencontrés.

L'un des plus intrigants, aussi. Il se livrait peu. Il était un riche commerçant, n'était pas marié. Il avait été absent de ce royaume, sa patrie, pendant dix ans. C'était tout ce qu'elle savait sur lui. Toutefois, il ne souhaitait visiblement pas s'étendre sur les raisons de son départ, et la dernière chose que Julia souhaitait était de le contrarier. Mieux valait qu'elle s'en tienne à des sujets plus neutres.

— Merci beaucoup, dit-elle quand il se retourna vers elle, en s'essuyant les mains sur un grand mouchoir blanc. Je ne me rappelle pas avoir jamais mangé un lièvre aussi délicieux.

Elle fut récompensée d'un sourire.

— Pas même un gros lièvre anglais ?

— Pas même un énorme lièvre de Cornouailles, répondit-elle en riant.

Elle se pencha en arrière pour contempler la voûte céleste.

— Nous avions un télescope chez nous — chez mon

père — dans la baie de Marazion, mais les étoiles dans le ciel du désert paraissent si proches que l'on n'en a presque pas besoin. J'ai essayé de les peindre, mais il est impossible de rendre une telle magnificence.

— Vous ne limitez donc pas votre art aux spécimens botaniques ?

— Je n'ai guère eu le temps de peindre autre chose, mais… non, pas totalement. Quand tout cela sera terminé, je pourrai dessiner ce qui me plaît. Et peut-être aussi me plier aux désirs d'éventuels clients, car je devrais trouver un moyen de gagner ma vie.

Azhar fronça les sourcils.

— Votre mari n'a pas pris de dispositions pour vous ?

— Le peu que nous avions passera dans ce voyage et l'édition de son livre. Daniel supposait que je retournerais vivre chez mon père.

— Mais vous avez d'autres projets ?

— J'adore papa, mais je n'ai aucune intention de troquer un maître pour un autre, répondit-elle avec ironie. Je ne veux pas dire qu'il n'est pas gentil ou affectueux. Mon père est, comme l'était Daniel, une sorte de… oh, de tyran bienveillant. Aimable et aimant, mais très égoïste. Papa et Daniel estimaient tous les deux que mon temps leur appartenait, que leurs souhaits étaient les miens. Il ne leur est jamais venu à l'idée que je pouvais avoir mes propres désirs. Vous voyez, des tyrans bienveillants.

— Vous avez une façon très juste de décrire les choses.

— Mais vous comprenez ? Votre propre père…

— Il est mort.

De nouveau, son visage n'exprima rien. Il n'avait pas bougé, pourtant Julia avait l'impression qu'il s'était physiquement détaché. C'était une méthode extrêmement efficace pour clore un sujet, mais sa curiosité ne faisait que croître. Elle se rappela cependant qu'elle avait besoin de garder ses faveurs. Le silence s'étira jusqu'à devenir inconfortable. Il fallait qu'elle trouve quelque chose à dire. N'importe quoi.

— Connaissez-vous les jardins botaniques du Caire, Azhar ?

Sa réponse fut un regard impassible.

— Ils ont été créés sous l'occupation de Napoléon. Un certain M. Delile en était le directeur, alors, un correspondant de mon mari. M. Delile a rédigé les chapitres botaniques de *Voyage en Basse et en Haute-Egypte*, vous savez.

— Non, je ne le savais pas.

— Et vous n'avez pas envie de le savoir, ajouta-t-elle, découragée. Vous préféreriez être seul.

— Non !

Julia, mais également le chien tressaillirent à cette vive exclamation. Azhar fit une grimace.

— Pardonnez-moi. Ce voyage a été… j'ai été…

Il s'interrompit en secouant la tête.

— Je vous en prie, restez un moment. Dites-moi… dites-m'en un peu plus sur votre propre voyage. Vous êtes-vous arrêtée au Caire en allant vers Damas ? C'est une ville que je connais bien. L'une de mes résidences se trouve dans les faubourgs.

Julia le regarda d'un air méfiant. Ce qui, dans ce voyage, l'avait rendu si… nerveux, oui, c'était cela, l'intéressait beaucoup plus. Mais elle le connaissait déjà assez bien pour ne pas poursuivre dans cette voie.

— Vous avez donc plus d'une résidence ? Je suppose que le commerce — quel que soit votre domaine — se révèle donc plutôt fructueux ?

— Des soies et des épices, principalement. Je travaille dur, mais oui, mon activité rapporte. Bien que je voyage beaucoup, et que j'aie d'autres maisons à Damas et à Naples, je passe plusieurs mois de l'année en Egypte. Je connais bien le colonel Missett, votre consul général, mais apparemment il doit être bientôt remplacé par un nouvel homme, Salt.

— Je l'ignorais. Voulez-vous dire par hasard un certain Henry Salt ? C'est un nom si inhabituel, je me demande si cela pourrait être la même personne.

Azhar haussa un sourcil.

— Vous le connaissez ?

— Un peu. J'ai lu son *Voyage en Abyssinie,* naturellement.

— Naturellement ?

Julia grimaça.

— Naturellement, parce que M. Salt est — était — un autre correspondant de mon mari.

— De fait, j'ai moi aussi lu le récit de M. Salt de son voyage en Abyssinie. C'est un pays avec lequel je commerce. J'ai trouvé ses vues… intéressantes.

— Vous voulez dire qu'elles étaient en opposition avec les vôtres ?

— Nos expériences du pays étaient très différentes.

— Vous voulez dire parce que votre intérêt pour ce pays est tout d'abord de faire fructifier vos affaires ? D'après ce que je sais, une grande partie de la mission de M. Salt là-bas était également de promouvoir le commerce. Allez-vous cultiver vos relations avec lui, au Caire ? Même si je crois que c'est le pacha qui détient le vrai pouvoir. Est-ce que vous…

Azhar rit.

— Oui, je le connais très bien aussi. Dans mon travail, il est indispensable de cultiver ses relations. Permettez-moi de vous dire, madame — Julia — que vous êtes une femme tout à fait singulière.

— J'ignore si c'est un compliment ou une insulte.

— Un compliment, répondit-il. Assurément, un compliment.

A la lumière des flammes, ses yeux ressemblaient à de l'or fondu. Julia se prit à imaginer un instant la lueur de désir qui brillait à l'intérieur, même si ce n'était que le reflet du feu, mais pendant un moment elle soutint son regard et se laissa aller à penser ce que ce serait s'il se penchait, s'il se rapprochait d'elle, s'il posait sa bouche sur la sienne. Son estomac se serra, et elle frissonna.

Puis la réalité reprit brusquement ses droits. Se rappelant la façon dont il lui avait arraché sa main un peu plus tôt, elle se mit debout avec effort, rompant le charme qu'elle était sûre d'avoir été la seule à éprouver.

— Il est tard, et je suis très fatiguée.

Azhar se leva aussi, avec une grâce féline qu'elle ne posséderait jamais.

— Nous partirons à l'aube.

— Et mes affaires — la tente, mes habits ?

Il écarta sa question d'un geste de la main.

— Mes mules peuvent porter vos effets personnels. J'enverrai quelqu'un prendre le reste.

Envoyer quelqu'un ! Ainsi, il avait de la famille dans cette ville où ils se rendaient. Julia ajouta cette bribe d'information à la très courte liste de choses qu'elle savait sur lui.

— Merci, dit-elle. D'être venu à mon secours aujourd'hui. D'avoir promis de m'aider alors que vous avez vos propres affaires à régler, et que, j'en suis sûre, la dernière chose que vous souhaitez est d'être gêné par une Anglaise quelque peu encombrante.

— Une Cornouaillaise, corrigea-t-il doucement. Bonne nuit, Julia.

— Vous n'avez pas dressé votre tente.

— Bonne nuit, Julia, répéta-t-il, avec fermeté cette fois.

Il avait l'intention de monter la garde. Et il voulait être seul. Il n'avait pas envie non plus qu'elle fasse des commentaires. Elle savait assez bien interpréter son mode de communication silencieux, maintenant.

— Bonne nuit, Azhar.

La journée avait été longue. Se cramponnant au siège affreusement inconfortable du chameau derrière Azhar, le postérieur complètement engourdi, Julia tenta d'ignorer la nausée grandissante qui l'assaillait tandis qu'ils se balançaient de manière périlleuse en haut de l'animal. Le bien nommé « vaisseau du désert » lui donnait le mal de mer. Elle aurait donné cher pour pouvoir voyager sur l'une des mules de bât, ce dont elle avait l'habitude, mais avec ses quelques affaires personnelles ajoutées à leur fardeau, cela n'avait pas été possible.

L'excitation initiale d'être assise si près d'Azhar, leurs deux corps pressés par la force des choses l'un contre l'autre, s'était dissipée. Elle avait trop chaud dans sa jupe et sa veste de lainage. Le drap dont il avait fabriqué une coiffe pour elle la protégeait beaucoup mieux du soleil que son chapeau, mais sa tête la lançait quand même, ses yeux étaient irrités par le sable et elle dégoulinait de sueur. Jamais, de sa vie, elle ne s'était sentie aussi peu séduisante.

Azhar, lui, était encore plus beau à voir à la lumière du jour. Sa peau avait la couleur du bronze bruni, celle du sable des dunes à l'ombre. Ses yeux étincelaient, doré foncé comme le soleil. Ses cheveux semblaient presque bleu-noir, ils étaient lisses et brillants lorsqu'il ôta sa coiffe pour la remettre en ordre. Julia constata que pas une seule goutte de sueur ne perlait sur son front, alors que ses propres cheveux collaient en mèches ternes sur ses tempes et sa nuque. Il ne paraissait pas du tout affecté par la chaleur, buvant sobrement à son outre en peau de chèvre lorsqu'ils s'arrêtaient, alors qu'elle devait lutter pour ne pas vider la sienne en une longue goulée avide. Et cela l'irritait au plus haut point.

Quand le soleil avait atteint son zénith, ils avaient fait une courte pause, mais Julia avait eu l'impression que c'était uniquement pour la ménager. Pendant qu'elle somnolait par intermittence à l'ombre, Azhar restait assis à fixer les vastes étendues du désert. Le pli qui marquait son front, sa bouche serrée donnaient un air austère à ses traits, ce jour-là, le rendant plus intimidant que beau. Julia avait une centaine de questions à poser, par exemple où passerait-elle la nuit, mais à chaque mile qu'ils parcouraient, il devenait plus distant et renfermé.

— Al Qaryma.

Azhar arrêta le chameau au sommet d'une dune, tirant Julia de la transe où elle se répétait « Je ne vais pas être malade. » Il fit claquer sa langue pour mettre leur monture à genoux et mit pied à terre avec une agaçante et fluide facilité, avant de l'aider à descendre maladroitement.

Cependant, un seul regard sur le panorama qui s'offrait à eux lui fit totalement oublier sa nausée. La petite ville émergeait fièrement des champs verdoyants qui entouraient la grande oasis, laquelle scintillait sous le soleil de cette fin d'après-midi. Des grappes de bâtiments étaient serrées contre les contours de la ville, émaillée de fontaines jaillissantes et reliées par des rubans gris et poussiéreux qui n'étaient autres que d'étroites ruelles sinueuses. Et au-dessus de tout, se dressant sur une colline peu élevée, s'élevait un vaste palais, coiffé de dômes d'un blanc éclatant, et flanqué de tours ornées d'émeraude et d'or.

— C'est magnifique, s'exclama Julia, fascinée. C'est comme une cité magique surgissant du désert. Mon Dieu, comme elle a dû vous manquer ! Si j'étais née ici, je ne sais pas si je pourrais m'en arracher, et encore moins en rester éloignée pendant dix ans.

Azhar contemplait fixement le paysage, les sourcils joints.

— Elle est indéniablement belle, mais une cage dorée reste une cage, répondit-il.

— Quelle déclaration étrange ! Qu'entendez-vous par là ?

— Ce que je veux dire, c'est que cette ville n'est plus ma patrie. Ce royaume ne constitue plus les limites de mon horizon, ajouta Azhar. Je n'ai pas de chez-moi. Je n'ai pas de famille. Je n'ai pas de pays. Je ne réponds de rien à personne. Mon cœur et ma vie appartiennent à moi seul.

— Vous devez mener une existence très solitaire.

Son sourire fut fugace, mais d'une indéniable sensualité.

— Ma détermination à ne jamais m'encombrer d'une épouse ne m'empêche pas d'apprécier la compagnie des femmes.

— Je doute que vous ayez apprécié la compagnie de cette femme en particulier, répondit Julia d'un ton acerbe, car son sourire lui donnait des picotements. Je n'ai été rien d'autre qu'une source d'embarras.

Il secoua la tête.

— Vous vous sous-estimez.

La taquinait-il ? Il ne pouvait pas vouloir dire sérieusement qu'il se plaisait près d'elle. Il avait ramené son attention sur la cité. Son expression demeurait impénétrable.

— Azhar, qu'est-ce qui vous a ramené ici ? Vous en êtes parti si longtemps.

— Pas assez longtemps. Je n'aurais jamais cru que je reviendrais. Vous savez, la similitude de nos situations m'a fortement frappé hier soir, dit-il sombrement. Vous seriez surprise d'apprendre que mes raisons de faire ce voyage sont assez identiques aux vôtres. Moi aussi, je viens afin d'assurer ma liberté. Je suis également ici à la demande d'un mort.

— Que voulez-vous dire ? Quel mort ? Azhar…

Mais il se dirigeait déjà vers le chameau.

— Plus de questions. Maintenant, c'est le moment d'agir. Tout s'éclairera en temps voulu.

Il claqua sa langue, et le vaisseau du désert se mit à nouveau docilement à genoux.

Complètement désorientée, Julia le laissa la hisser sur le chameau. Il monta devant elle et remit l'animal sur ses pieds. Leur petite caravane descendit dans la vallée, dépassant le plan d'eau bleu de l'oasis, le vert vibrant des champs irrigués, et Julia, dont la tête tournait sous l'assaut des couleurs et des odeurs, se concentra pour rester droite sur la selle.

Des questions se bousculaient dans sa tête, mais qui resteraient sans réponses pour le moment. Ils continuèrent leur route en empruntant des rues tortueuses, cheminant le long de places avec des fontaines qui gazouillaient, traversant des souks maintenant fermés pour la journée, l'air encore emprunt de cannelle et de macis, de cardamome et du cumin qu'on y avait vendus. Les gens les fixaient, se donnant des coups de coude, et un attroupement se forma très vite. Il était inhabituel qu'une femme monte le même chameau qu'un homme — Julia savait au moins cela. Etait-ce tout ce qui attirait leur attention ? Peut-être que leur intérêt était accru par ses vêtements occidentaux. Ils n'en avaient probablement jamais vu, et encore moins portés par une femme. Oui, c'était cela. Même s'il commençait à sembler que toute la ville sortait pour les voir passer.

Se sentant à la fois mal à l'aise et anxieuse, Julia était reconnaissante de pouvoir se cacher derrière son voile improvisé. Azhar, remarqua-t-elle seulement à ce moment-là, n'avait pas couvert son visage. Risquant un coup d'œil en arrière, elle vit qu'ils étaient suivis par une foule grandissante. Les murmures et les marmonnements étaient parfaitement audibles, même par-dessus le bruit des sabots des mules et du chameau, mais Azhar regardait résolument devant lui, le regard fixe. Ils continuèrent ainsi et la file de gens derrière eux devint une procession, les murmures et les marmonnements une sorte de lamentation — non, pas une lamentation. Ce n'était pas un son triste. Julia ne pouvait pas voir le visage des femmes, mais les hommes souriaient, les enfants riaient.

— Azhar, chuchota-t-elle entre ses dents. Que se passe-t-il ?

Il resta silencieux. Et ils avançaient toujours. Devant leur petite caravane, les habitants d'Al-Qaryma se jetaient à genoux. Quelqu'un avait éparpillé des pétales de rose sur leur passage. Des pétales de rose ! Julia entendait nettement chanter dans la marée humaine qui les suivait. Des cloches se mirent à sonner. C'était plus, beaucoup plus que de la simple hospitalité. Et ce n'était pas Julia qui les intéressait, mais Azhar. Il était parti pendant dix ans, mais tous ces gens étaient sortis de chez eux pour fêter son retour. Pourquoi ? Qui pouvait-il bien être ?

Elle commença à comprendre lorsqu'il finit par arrêter le chameau devant le palais. Deux gardes armés de cimeterres étincelants, vêtus d'un blanc immaculé, ouvrirent les portes en grand et tombèrent à genoux en signe d'obéissance. D'autres gardes, deux longues rangées de sentinelles, se mirent au garde-à-vous. Aux hautes fenêtres du palais qui donnaient sur la cour, Julia put voir des visages qui regardaient en bas. Derrière eux, les gens s'amassaient. Comme Azhar donnait son ordre habituel et que le chameau s'agenouillait docilement, la foule devint silencieuse.

Azhar descendit de sa monture tandis que Julia glissait à terre, le corps trempé de sueur froide.

— Azhar ? murmura-t-elle, mais il avait les yeux rivés sur l'immense portique, l'entrée solennelle du palais, dont un homme émergeait.

Vêtu d'une tunique dorée, sa coiffe incrustée de pierres précieuses, il se dirigea vers eux. De haute stature, il aurait été jadis considéré comme beau, mais son corps avait à présent tendance à l'embonpoint. Au-dessus de la barbe courte, taillée avec soin, ses joues étaient rubicondes et son menton pendait. Il avait l'air imbu de ses droits, et on sentait poindre de l'arrogance ainsi qu'une trace d'irascibilité autour de la bouche. Il jouissait visiblement d'un statut de privilégié, occupait une position lui conférant un certain pouvoir, et Julia soupçonna qu'il utilisait les deux à son avantage. Un homme qui exigeait non seulement le respect, mais aussi l'humilité. Une fraction de seconde trop tard, assez tard pour que ce personnage royal le remarque, Julia s'agenouilla et inclina la tête.

A son grand étonnement, Azhar resta debout. Elle observa à la dérobée l'homme qui approchait. Il s'efforçait de sourire, mais le ressentiment à peine dissimulé de son expression la fit frissonner. Dans la cour bondée, la tension était palpable. Il s'arrêta devant Azhar et prononça un mot. Julia n'avait que des rudiments d'arabe. « Frère », crut-elle entendre, mais c'était impossible. Ils étaient l'antithèse l'un de l'autre.

Azhar ne fit qu'un léger signe de tête, mais le personnage royal se mit alors à genoux, non sans mal, et lui baisa la main avant de se relever, de se tourner vers la foule et de prononcer les paroles rituelles de bienvenue, en remerciant Dieu de l'arrivée d'Azhar.

Des vivats jaillirent et les formules traditionnelles de bienvenue retentirent, encore et encore. Julia ne put plus se retenir.

— Azhar !

Le silence qui suivit son exclamation lui fit comprendre qu'elle avait probablement manqué à tout protocole, sinon commis une faute de lèse-majesté, mais il était trop tard, maintenant.

— Azhar, reprit-elle en se mettant debout. Voulez-vous s'il vous plaît me dire ce qui se passe, au nom du ciel ?

Il se tourna vers elle, et l'on aurait dit que chaque personne présente dans la cour retenait son souffle.

— Julia, permettez-moi de vous présenter mon frère, le prince Kamal, cheik al-Farid. Kamal, voici Mme Julia Trevelyan. Elle sera notre invitée pendant quelques jours.

De façon automatique, Julia fit une révérence, même si l'homme l'ignorait complètement, s'adressant à Azhar par-dessus sa tête.

— Je ne comprends pas, dit-elle en provoquant à nouveau une réaction choquée dans la foule, comme elle interrompait Azhar, mais elle ne s'en souciait plus. S'il s'agit là de votre frère, alors vous êtes…

— Je suis le cheik al-Farid, prince héritier Azhar de Qaryma, répondit-il d'un ton sarcastique. Bienvenue dans mon royaume.

Chapitre 3

Azhar versa les dernières gouttes de café contenues dans le pot. Le liquide sombre et épais, qu'il avait toujours préféré sans le sucre habituel, le brûla en descendant le long de sa gorge, ajoutant à la sensation d'énervement qui l'avait tenu éveillé toute la nuit. Sa première nuit ici, au palais, depuis dix ans. Cet endroit ne lui avait guère manqué, ni ce désert, ni cette vie, il avait appris à ne plus y penser. Il l'avait appris trop bien, même. S'arracher à sa vie réelle pour revenir aussi brutalement, tout cela était arrivé trop vite et risquait de le submerger. La séduction du désert lui-même était puissante. Il n'avait pas oublié sa beauté mystique, mais il en avait réprimé le souvenir. La veille, le premier regard qu'il avait posé sur Al-Qaryma avait remué le tréfonds de son âme. Le monde contenait de nombreux autres déserts, d'autres belles villes, mais c'était seulement ici, dans ce royaume, que se trouvait son peuple.

Son peuple ?

Non, ces gens n'étaient pas son peuple. Ces foules qui l'avaient suivi dans les rues la veille, ce peuple qu'il se refusait à reconnaître, ne lui appartenaient pas. Ils étaient le peuple de son père, et maintenant ils seraient celui de Kamal.

Comme surgi de ses pensées, un coup discret frappé à la porte précéda un serviteur qui annonça l'arrivée de son frère. Le formidable changement dans son apparence frappa de nouveau Azhar. Kamal avait toujours été un enfant avide, avec un penchant pour les douceurs et les pâtisseries qu'il n'essayait pas de refréner, mais la jeunesse l'avait protégé des pires effets de la gloutonnerie. Maintenant, à vingt-neuf ans, deux ans de moins que lui, son frère paraissait au moins dix ans de plus.

Prenant soin de masquer ses pensées derrière une apparence affable, Azhar se leva.

— Enfin. Nous n'avons pas eu l'occasion de parler en privé hier soir. C'est bon de te voir, Kamal. Relève-toi, je t'en prie, ce n'est pas la peine — tu sais que je n'ai jamais aimé les cérémonies.

Son frère esquiva l'accolade offerte et se courba à la place sur la main d'Azhar.

— Les choses sont très différentes maintenant que tu vas bientôt être couronné. En tant que roi, le cérémonial est précisément ce que l'on te demande d'observer.

Il ne l'avait donc pas imaginé la veille, il y avait bien un côté coupant dans le ton de Kamal.

— Tu dois savoir que je ne m'attendais pas à cela et que je ne le voulais pas, déclara Azhar en s'asseyant sur le divan près de la fenêtre, et en faisant signe à son frère de le rejoindre. La lettre que j'ai reçue a été un vrai choc pour moi.

— La santé de notre père déclinait depuis quelque temps. Cette dernière année, il était trop faible pour régner. J'ai été obligé de prendre sa place et d'assumer le contrôle des affaires. Avec sa bénédiction, ajouterai-je.

— Une obligation dont tu t'es acquitté avec un grand talent, j'en suis sûr.

— On fait humblement de son mieux, même si la responsabilité ne pèse sur nos épaules que de façon temporaire. Maintenant le fardeau te revient, mon frère.

Oui, son frère était bel et bien hostile. Un sentiment qui se comprenait de la part de quelqu'un qui pensait que ses pouvoirs allaient lui être arrachés — et c'était un autre détail qu'il avait oublié à propos de Kamal, à quel point il aimait user d'une miette de pouvoir et d'influence, même la plus insignifiante. Il serait très facile de le rassurer sur ce point, mais l'instinct d'Azhar lui conseillait de ne rien dire pour le moment. Même si ses intentions étaient fermes, même s'il était sûr de lui, l'expérience lui avait appris l'intérêt de se taire jusqu'à ce qu'il soit prêt à agir. Le silence était un puissant allié. Il y avait des informations à glaner en gardant Kamal dans une bienheureuse ignorance pour l'instant, et le savoir que l'on possédait était encore plus puissant que le silence. Azhar dévoilerait bientôt ses projets, mais pas tout de suite.

— Quand je disais que cette lettre m'a causé un choc, dit-il en choisissant ses mots avec soin, je faisais allusion non seulement au décès de notre père, mais aussi au fait que j'aie été désigné comme héritier légitime.

Kamal parut stupéfait.

— Tu plaisantes ! Et c'est une plaisanterie de mauvais goût, si je peux me permettre. Pensais-tu réellement que le roi aurait jamais songé à te déshériter ?

— Je suis tout à fait sérieux. Je croyais que mon départ était définitif et irrévocable.

— Et pourtant tu es revenu quand même, répondit Kamal avec un sourire crispé. Je savais que tu le ferais. Je savais que tu ne pourrais résister au désir de réclamer ton royaume, bien que tu aies renoncé à tout droit là-dessus il y a tant d'années.

Azhar tressaillit intérieurement devant cette animosité à peine déguisée, mais il garda une expression neutre, se rappelant que les sentiments de son frère étaient parfaitement naturels. Kamal avait toujours adoré son statut royal, et avait toujours souffert de sa position subordonnée en tant que fils cadet. A ses yeux, Azhar était revenu pour prendre ce qui lui revenait de droit. Son ressentiment était compréhensible, même s'il était décevant à constater.

— Tu m'accuses à tort, reprit-il. Je ne savais pas que je pouvais réclamer ce royaume. Notre père…

— Oh ! s'il te plaît, finissons-en avec cette comédie ! Tu as toujours été son favori et tu le sais, Azhar. Fils aîné, fils préféré — c'était toi. Rien de ce que je faisais n'était jamais assez bon pour lui.

Le ton de Kamal était affreusement familier. Azhar avait oublié combien il pouvait se montrer irritable quand il n'obtenait pas ce qu'il voulait. Une chose qu'il avait en commun avec leur père, et un élément de plus qui n'avait visiblement pas changé. Quant à ses paroles…

— Tu sais très bien que c'est faux, continua Azhar. Quand je suis parti, il m'a interdit de revenir. « Si tu me défies et pars maintenant, ce sera pour toujours. Ma décision, une fois prise, sera irrévocable. » Tels ont été ses mots — des mots que je ne risque pas d'oublier.

— Que pouvait-il dire d'autre, face à ta détermination de lui désobéir ?

Azhar grinça des dents.

— Il ne m'a pas laissé le choix. Il y a un monde hors de Qaryma. Tout ce que je voulais, c'était le voir. Je ne sais plus combien de fois je l'ai supplié de me donner la permission d'expérimenter un peu ce que le vaste monde a à offrir.

— Et plus tu le suppliais, plus il était résolu à te le refuser. Vous vous ressembliez vraiment beaucoup en ce sens, déclara Kamal. Têtus, déterminés à imposer votre volonté à tout le monde, incapables d'écouter d'autres points de vue. Comme il est ironique que l'homme qui prétend n'avoir jamais voulu être roi soit maintenant destiné à en devenir un à l'image de notre père.

Kamal se trompait. Azhar ne désirait en rien gouverner. Il était venu ici dans le dessein de le prouver. Kamal cherchait visiblement à le mettre en colère sans se douter un seul instant que son frère pourrait lui apporter le salut auquel il tenait tant. Cependant, son attitude vindicative le poussa de nouveau à se taire. Contrairement à lui, Kamal avait eu accès au testament de leur père, et visiblement il en éprouvait un cuisant ressentiment.

— Pour revenir à ce que je te disais, reprit-il, le message que j'ai reçu m'a causé un grand choc. Quand je suis parti…

— Tu sais, je n'ai jamais compris pourquoi tu tenais tellement à t'en aller, Azhar. Tout ce que tu pouvais souhaiter était ici, mais tu as toujours voulu mettre de la distance entre Qaryma et toi, n'est-ce pas ?

— Partir pour de bon n'a jamais été mon intention. Si notre père m'avait donné la permission de voyager avant que j'atteigne ma majorité, j'aurais honoré toutes les conditions qu'il imposait à mon retour. Mais il n'a rien voulu savoir et j'ai été obligé d'attendre mon vingt et unième anniversaire. Il ne pouvait plus me refuser le droit de m'en aller, mais il pouvait me refuser celui de revenir, et c'est ce qu'il a fait. Quand je suis parti, notre père a établi clairement que le prix de mon départ serait l'exil permanent.

Kamal souffla.

— Il a dit cela parce qu'il voulait désespérément te garder ici. Il n'a jamais renoncé à l'espoir que tu reviendrais en rampant devant lui. Il aurait pu se réjouir d'avoir un second fils sous la main pour hériter, un fils qui, contrairement à son aîné, était obéissant, respectueux et avait envie de régner, mais non — c'était toi qu'il voulait. Cela a toujours été toi. Je n'étais bon qu'à une chose, t'envoyer un message à sa mort. Un message qu'il a fait viser par le Conseil, également. Il n'aurait pas pu rendre plus clair son désir de m'exclure.

— Si c'est vrai, alors pourquoi a-t-il insisté pour que je ne sois prévenu qu'après sa mort ? Il t'a nommé régent pendant sa maladie. Pourquoi ne pas m'appeler pour remplir ce rôle ?

— Dix ans sans un mot de toi, Azhar. Dix ans ! répliqua amèrement Kamal. Tu ne crois pas que tu avais fermement signifié, à ce moment-là, que tu ne reviendrais jamais tant qu'il était encore en vie ?

— Il *savait* que je ne voulais pas régner. Il savait que je ne l'ai jamais voulu. Il n'a pas pu me plier à sa volonté quand il était vivant. Ce message a été sa tentative de le faire par-delà la tombe.

— Une tentative qui s'est révélée fructueuse, poursuivit Kamal avec un plaisir malveillant. Notre père pouvait certainement se montrer à la fois capricieux et vindicatif. Peut-être qu'en te privant délibérément de la chance d'une réconciliation quelconque, il te punissait d'avoir tourné le dos à Qaryma et surtout à lui. A présent, il est trop tard pour être pardonné et tu devras vivre avec cela sur la conscience. Pauvre Azhar.

La colère le disputait à la blessure, chez Azhar, devant le ton sarcastique de son frère. Cependant sa fierté l'emporta et il parvint à dissimuler ses sentiments.

— Je ne désire nullement être pardonné, n'ayant commis aucun crime, répliqua Azhar d'un ton bref, en se levant. Tu vas trop loin, frère.

— Pardonne-moi.

Kamal tomba à genoux, et Azhar ne fit pas un geste pour l'en empêcher.

— Cela a été une période assez difficile d'essayer de protéger tes intérêts sans savoir au bout de combien de temps tu reviendrais.

— J'ai été négligent, je devrais te remercier d'avoir gouverné le royaume en attendant mon retour, assura Azhar en lui faisant signe de se relever.

— Tes remerciements sont assurément les seuls que je recevrai, répondit son frère. Tu n'as pu manquer de voir hier combien les gens sont contents de te retrouver.

En vérité, Azhar avait fait de son mieux pour ignorer les manifestations de joie à son arrivée. Il fit un geste évasif de la main.

— Un témoignage de respect, rien de plus.

— Ils seront impatients de te voir couronné.

— Parce qu'un couronnement demande à être célébré, et somptueusement, rétorqua Azhar avec une ironie désabusée. Les meilleures choses arrivent à ceux qui attendent. Je viens juste de rentrer.

— Mais jusqu'à ce que tu sois nommé roi, il y a certains pouvoirs que tu ne peux exercer. L'autorité qui m'a été conférée comme régent…

— Peut se prolonger, j'en suis sûr, pour le moment.

— Certainement, si c'est ton souhait, mais… je supposais que tu prendrais le contrôle immédiatement.

Kamal avait l'air perplexe, ce qui était tout à fait compréhensible. Azhar ne savait pas trop bien lui-même ce qu'il voulait, hormis se donner un peu de temps. Il se détourna pour regarder par la fenêtre l'une des soixante-cinq fontaines du palais. Il les avait comptées une fois. Curieux qu'un détail aussi futile soit resté gravé dans son esprit. Son voyage jusqu'ici avait été dicté par un sentiment d'urgence, un besoin de trancher enfin les liens du devoir qui le liaient à cet endroit. Mais maintenant, il n'était plus aussi pressé. Il n'avait aucun doute sur ce qu'il devait faire, mais il avait besoin de réfléchir à la meilleure façon de le mettre en œuvre.

Oui, tout ce qu'il lui fallait était un peu de temps. Il voulait s'assurer que Kamal soit capable de gouverner ou, si nécessaire, le former à ce rôle.

— J'ai besoin de réfléchir, déclara-t-il en faisant à nouveau face à son frère. Que tu le croies ou non, ce soudain héritage a été un choc pour moi, et mon absence a été longue. Le couronnement peut attendre. Je dois refaire connaissance avec le royaume. D'ici là, tu continueras à régner, pendant que je déciderai comment effectuer au mieux la passation du pouvoir.

— Et combien de temps cela te prendra-t-il, d'après toi ?

Azhar n'en avait aucune idée.

— Je t'informerai et j'informerai le Conseil de mes intentions demain.

— Et la femme ?

Julia. Penser à elle était aussi rafraîchissant que de plonger dans l'eau claire et fraîche d'une oasis. Julia, sa prise sur le monde réel, son socle. La veille, sous le coup de sa révélation, épuisée par leur longue journée de voyage, elle s'était cramponnée à sa manche, le suppliant de ne pas l'oublier parmi toute l'agitation de son retour. Comme si c'était possible.

— Mme Trevelyan est une botaniste anglaise.

« Cornouaillaise », corrigea Azhar en silence.

— Qu'est-elle pour toi ?

— Je l'ai trouvée, seule, dans l'oasis Zazim. Son guide

et ses hommes avaient disparu dans la nuit, emportant tous ses biens avec eux.

— Stupides étrangers, à quoi s'attendent-ils ? Le désert n'est pas un endroit pour une femme qui voyage seule. Qu'imaginait-elle ?

Azhar serra les poings.

— J'aimerais savoir ce que tu en penses, poursuivit-il. Une action criminelle a été perpétrée dans l'une de nos plus grandes oasis. Ces brigands n'auraient pas dû oser franchir nos frontières, et encore moins déshonorer notre pays d'une façon pareille.

Les joues de Kamal s'empourprèrent.

— Un royaume sans roi est affaibli. Il est la porte ouverte aux malfrats de toute sorte. Comment peut-on s'attendre à ce que j'impose le respect sans couronne ?

« Gagne-le, pensa amèrement Azhar. Le respect ne peut pas être exigé. » Mais s'opposer davantage à son frère ne l'avancerait à rien.

— Je ne pouvais pas laisser Mme Trevelyan seule et sans défense, alors je l'ai amenée ici. N'importe quel homme d'honneur aurait fait la même chose.

Kamal haussa les épaules.

— Comme tu l'as fait remarquer, l'oasis Zazim est l'une de nos plus grandes oasis. C'est une étape populaire et très fréquentée. Quelqu'un d'autre serait arrivé assez rapidement. En tant que prince héritier de Qaryma, j'aurais pensé que tu avais des affaires plus urgentes auxquelles te consacrer.

— En tant que prince héritier de Qaryma, je suis responsable du bien-être et de la sécurité de tous dans ce royaume, que ce soit des sujets ou des visiteurs.

Soudain las de la compagnie de Kamal, Azhar frappa fortement dans ses mains. La porte s'ouvrit aussitôt.

— A demain, frère, dit-il, ne laissant à Kamal d'autre choix que de sortir en s'inclinant.

Azhar sourit en lui-même. Sa position privilégiée n'était pas sans avantages.

Après une nuit divinement confortable dans les appartements somptueux qui lui avaient été assignés, puis s'être prélassée dans le luxe d'un bain chaud avant de s'effondrer sur l'immense divan, Julia avait passé la matinée à attendre non sans inquiétude des nouvelles d'Azhar. Elle savait qu'il aurait à s'occuper de questions importantes, mais il avait promis de ne pas l'oublier. Elle fut donc à la fois soulagée et ravie quand un serviteur se présenta devant elle et lui demanda silencieusement de le suivre. Peut-être allait-il l'emmener au souk pour y acheter le matériel essentiel à sa mission. Plus tôt elle se remettrait au travail, mieux ce serait.

Elle se tint derrière lui tandis qu'il la conduisait à travers une série de corridors en marbre et éclairés par des verrières. L'homme marchait vite, l'obligeant à forcer son allure pour rester à sa hauteur. Grâce aux arcades ouvertes, elle entendait des bruits de voix assourdis. En revanche, rien ne filtrait derrière les lourdes portes imposantes, gardées par des sentinelles vêtues de simples tuniques blanches, un cimeterre pendant à leur ceinture en cuir. Que gardaient ces hommes — ou qui ? Combien de personnes vivaient dans ce palais, véritable cité en plein cœur d'une ville ? Où l'emmenait ce serviteur ? Et pour rencontrer qui ? Complètement désorientée, Julia le suivit dans un autre tournant à angle droit et découvrit que le couloir se terminait par une autre de ces immenses portes gardées.

— Où nous trouvons-nous ? demanda-t-elle, bien qu'elle sache que sa requête était inutile.

Même s'il la comprenait, le serviteur garderait un silence impassible. D'ailleurs, il s'effaçait déjà, et le garde à la porte la poussait à avancer avec un visage qui, lui sembla-t-il, n'admettrait aucune objection. Prenant une grande inspiration, elle passa devant lui et entra dans la pièce.

Sauf que ce n'était pas une pièce. Elle se trouvait sur une terrasse basse qui menait à l'un des plus beaux jardins qu'elle ait jamais vu. Des cyprès formaient des bosquets ombragés. Des allées de mosaïque serpentaient entre des massifs de fleurs luxuriantes soigneusement entretenus. De hauts piliers de marbre se dressaient au pied d'un long bassin empli de poissons aux couleurs vives. De l'eau se déversait des bouches de dauphins joueurs en pierre dans la fontaine qui se trouvait à l'extrémité. Les sens de Julia étaient assaillis par une profusion de parfums et de sons. Dans un coin, une autre fontaine alimentait un espace ressemblant à une oasis où foisonnaient cactus et plantes exotiques, dont certaines que Julia ne connaissait pas. Une autre allée sinueuse l'emmena au-delà d'une grille dans une roseraie où les fleurs, comme les étoiles dans ce ciel d'Arabie, étaient plus grosses et plus colorées que celles que l'on voyait en Angleterre. Sous ses pieds, elle sentait le gargouillis du système d'irrigation souterrain, certainement fort complexe. Tournant à un coin au bord du jardin, elle découvrit des orangers et des citronniers, d'autres piliers de marbre et des ponts rustiques qui traversaient les canaux d'écoulement laissés à ciel ouvert. Enfoui au fond du jardin, presque dissimulé à la vue, s'élevait un petit pavillon de marbre de style classique, qui évoquait un temple grec mais en plus modeste. Et debout à l'entrée, avec l'air d'être tout juste descendu du mont Olympe, se tenait Azhar.

Il était vêtu d'un ample sarouel et d'une longue tunique bleu foncé fermée au col par des brandebourgs noirs. Les lignes simples de la tunique mettaient en valeur la largeur de ses épaules et de son torse. Il ne portait pas de coiffe, et le soleil faisait briller ses cheveux très noirs, pareil à de la soie. Il était vraiment un homme à la beauté extraordinaire.

Un prince. Pas un homme, un prince. Prince héritier, pas moins. Elle ferait bien de se rappeler ce fait assez important. Elle fit une révérence hâtive.

— Votre Altesse.

— Azhar est tout à fait suffisant quand nous sommes seuls, Julia.

Enhardie par son sourire, Julia céda à l'attraction de l'ombre accueillante et de cet homme fascinant, et le rejoignit sur la terrasse du pavillon.

— Je n'ai jamais vu de jardin aussi merveilleux. Je suis éblouie par sa profusion d'espèces. Le système d'irrigation doit être très ingénieux pour permettre à des variétés aussi différentes que les roses et les plantes grasses de pousser sur le même sol, sous ce soleil impitoyable. Mon père serait sidéré, et très envieux.

— Ah, oui, je me souviens que vous avez dit que votre père était un botaniste, en même temps qu'un… — quels mots avez-vous employés, déjà ? — un tyran bienveillant ?

— Vous devez me trouver très irrespectueuse. J'étais un peu énervée.

— Vous aviez des raisons de l'être. De fait, je ne peux penser à aucune femme de ma connaissance qui aurait été moins agacée, tout bien considéré. Je vous en prie, asseyez-vous et prenez un thé à la menthe avec moi.

— Merci.

Elle répondit à son invitation, se laissant choir avec gratitude sur un siège bas et rembourré pendant qu'elle s'éventait le visage.

— Je suis honorée que vous ayez trouvé le temps de m'accorder une audience.

— Vous n'êtes pas l'un de mes sujets, Julia, il ne s'agit pas d'une audience. Je n'ai pas oublié ma promesse de vous aider.

Parce qu'elle s'était accrochée à sa manche et l'avait supplié de ne pas l'oublier. Les orteils de Julia se recroquevillèrent d'embarras et ses joues s'enflammèrent à ce souvenir.

— Je vous ai embarrassé devant vos sujets. Quand je me suis réveillée ce matin, j'étais mortifiée de m'être conduite sans aucune retenue.

— J'aurais dû vous avertir de ce qui allait arriver. Cela n'a pas été correct de ma part.

— C'est vrai, acquiesça-t-elle, mais franchement, Azhar, votre retour était déjà assez difficile sans avoir en plus à vous expliquer devant une Anglaise encombrante.

— Une Cornouaillaise, rectifia Azhar avec un petit sourire. Vous voyez, je m'en souviens.

Et il changeait de nouveau de sujet. Julia hésita, mais elle n'aurait peut-être plus l'occasion de lui parler seule à seul.

— Et je me souviens très nettement de vous disant que vous aviez juré de ne jamais revenir à Qaryma. Pourtant, vous êtes là.

Azhar hocha la tête.

— En effet, je ne suis pas ici par choix. Quand j'ai quitté Qaryma, je pensais que c'était pour toujours, mais il apparaît que mon père avait d'autres idées. Malgré nos nombreux désaccords, il a choisi de ne pas me déshériter quand il est mort il y a trois mois.

— Alors c'était ce que vous vouliez dire hier, quand vous avez déclaré que vous étiez ici sur la requête d'un mort.

Sans réfléchir, Julia glissa à bas de son pouf pour s'agenouiller près du sien et prendre sa main dans les siennes.

— Je suis tellement désolée, déclara-t-elle. Revenir dans des circonstances aussi tragiques doit être très douloureux, vraiment.

En se raidissant, Azhar retira sa main.

— Mon père et moi étions fâchés. Je n'ai pas besoin de votre pitié.

Les joues en feu, Julia se remit debout.

— Ce n'était pas de la pitié que je vous offrais, mais de la sympathie. En dépit de tous ces différends qui existaient entre votre père et vous, ce palais, cette ville, ce royaume tout entier doivent être emplis de souvenirs pour vous. A votre place, je trouverais cela extrêmement pénible, mais je suis une simple mortelle. Je suppose que les princes ne sont pas touchés par des émotions aussi humaines.

Elle s'attendit à ce qu'il la rejette mais, quand Azhar se leva, il ne partit pas à grands pas et ne lui ordonna pas non plus sèchement de quitter le jardin.

— Hier, quand nous sommes arrivés, je m'attendais presque à ce que mon père apparaisse aux portes et m'interdise d'entrer, avoua-t-il. Puis le soir, lorsqu'on m'a fait prendre cette place de cérémonie au dîner, j'ai eu l'impression… j'ai dû me forcer à ne pas regarder par-dessus mon épaule, m'imaginant le voir surgir à tout moment. Il avait une présence si puissante, il est difficile de croire qu'il n'est plus là.

Il prit le bras de Julia et la fit pivoter face à lui.

— Bien qu'il soit mort il y a trois mois, pour moi il était mort depuis dix ans, mais les souvenirs, les fantômes du passé subsistent. Vous aviez raison à ce sujet. Ils sont… je les trouve très troublants.

— Juste ciel ! Un prince qui n'est ni infaillible ni indifférent aux sentiments.

Azhar sourit faiblement.

— Seulement indifférent à certains sentiments. Est-il possible pour vous d'ignorer le fait que je suis un prince ?

— Vous n'êtes pas seulement un prince, mais un prince héritier.

Julia fronça les sourcils.

— Et un cheik, avez-vous dit. Alors que votre frère… Il est aussi prince et cheik ? C'est bizarre.

— Pas aussi bizarre ni compliqué que votre système britannique, pour autant que je le comprenne… ou ne le comprenne pas, ajouta Azhar. Cheik est simplement un titre honorifique donné à un homme d'influence et de haut rang. En tant que fils du roi, Kamal et moi sommes princes. Et puisque je suis l'aîné, je suis prince héritier. Et en qualité de personne que mon père a choisie pour exécuter son testament lorsqu'il ne serait plus là, Kamal est aussi régent.

— Alors vous voulez que j'oublie que vous êtes un cheik, un prince et un prince héritier qui sera bientôt roi ? Cela fait beaucoup, ajouta Julia avec réticence. Me permettra-t-on de m'exprimer en toute liberté sans que j'aie à m'inquiéter d'être jetée dans un cachot ?

Le sourire d'Azhar s'élargit.

— Je doute que même la menace d'un cachot vous empêche de dire ce que vous pensez. Vous êtes une femme tout à fait extraordinaire.

— Singulière, et maintenant extraordinaire. Je suis flattée.

— Dire la vérité n'est pas de la flatterie. Je n'ai jamais rencontré personne comme vous.

— Si vous continuez dans ce registre, mon séjour à Qaryma risque de me rendre bien vaniteuse.

— Pour une femme qui a parcouru seule la moitié du monde, qui a endossé une tâche qui aurait fait fuir n'importe qui — homme ou femme —, qui a été volée, droguée et emmenée par un parfait étranger dans un royaume éloigné dont elle n'avait même jamais entendu parler, vous avez une bien piètre opinion de vous-même. Votre mari doit répondre de beaucoup de choses, à mes yeux, car je devine que c'est lui le responsable de votre faible confiance en vous.

— Ne pensez-vous pas que c'est plutôt que mon mari attendait beaucoup de moi ?

— Votre époux s'est montré certes très exigeant avec vous. Savoir s'il a réfléchi aux implications de ce qu'il a vous a imposé sur son lit de mort…

— Non, il n'y a pas réfléchi. C'est tout à fait évident pour moi maintenant.

Julia posa les mains sur le parapet de la terrasse, regardant le jardin.

— L'autre soir, les choses que je vous ai confiées au sujet de Daniel… je ne les avais jamais exprimées auparavant. Je n'avais même pas pris conscience que j'avais en moi certaines de ces pensées. J'ai dû paraître très… dénuée de sentiments. Je ne le suis pas. Je tenais à Daniel. Je le respectais et je l'aimais. Je pense qu'il m'aimait aussi, à sa façon, mais pas autant que son travail. Son précieux livre. Ce que je regrette un peu.

Elle fit une grimace.

— Plus qu'un peu. Je ne sais pas pourquoi je vous raconte tout cela.

— Peut-être parce que nous nous sommes rencontrés dans des circonstances peu ordinaires.

— Il est certain que tout cela, vous, le palais, la ville, me paraît irréel. Peut-être est-ce parce que nos chemins ne sont destinés qu'à se croiser brièvement.

— Peut-être.

Azhar la rejoignit à la balustrade.

— Julia, êtes-vous vraiment décidée à retourner dans le désert pour achever votre tâche ?

— Bien sûr, que je le suis. C'est pour cela que je suis venue ici, répondit-elle, étonnée qu'il ait pu penser une chose pareille. Oh ! vous craignez que je ne m'attarde plus que prévu ? Ne vous inquiétez pas. Je sais que je me suis mal conduite hier soir, m'accrochant à votre manche et… et… vous mettant dans l'embarras avec mes supplications, mais je sais très bien que votre temps est précieux. Tout ce que je demande est quelques chameaux et un guide, et je me mettrai en route. Si vous aviez la bonté d'échanger quelques-uns de mes billets de banque contre de la monnaie locale, je pourrais acheter tout ce qu'il me faut. Ces billets à ordre sont valables pour des livres impériales, évidemment, mais en tant que commerçant, je suis sûre qu'il vous sera assez facile de les réutiliser lors d'une prochaine transaction. J'aurai besoin de matériel de dessin, aussi, et d'une boîte d'aquarelle. Ainsi que de quelques habits. J'ai décidé d'acheter des vêtements adaptés à ce pays. Mais je suis sûre que tout cela peut être accompli en l'espace d'un jour, peut-être deux, alors…

Elle s'interrompit, ayant l'impression de réclamer beaucoup trop.

— Alors vous voyez, conclut-elle d'un ton penaud, je ne serai bientôt plus un fardeau pour vous.

— Vous n'êtes pas un fardeau pour moi, comme vous le dites. Je ne m'inquiète pas du tout que vous vous attardiez plus que prévu. Au contraire, vous pouvez demeurer au palais autant qu'il sera nécessaire.

— Je vous remercie, mais je ne pourrais vraiment pas — il y a mes plantes, mes croquis, et le problème de mes documents de voyage.

— Vos papiers ne sont pas un problème. J'ai évidemment l'autorité requise pour vous accorder la permission de rester ici aussi longtemps que vous en avez besoin.

— Evidemment.

Julia leva les yeux au ciel.

— J'oubliais.

— Vous oubliiez ? répéta Azhar, l'air surpris. Bien ! J'espère que vous pouvez continuer à oublier mon rang. Est-ce possible, à votre avis ? Non, attendez, ne répondez pas tout de suite. Venez avec moi. J'ai une proposition à vous faire.

Ce n'était pas du tout ce qu'il avait eu à l'esprit lorsqu'il l'avait fait venir dans le jardin, mais l'idée qui se formait dans sa tête lui paraissait tout à fait appropriée. Azhar conduisit Julia de la terrasse dans l'une des allées tortueuses qui traversaient l'orangeraie.

— Ce jardin est le plus grand du palais, mais il y en a beaucoup d'autres. Outre le formidable système d'irrigation que vous avez mentionné, je suis sûr que nous avons quantité de plantes uniques dans cette région du désert. Je ne prétends pas à votre compétence, mais je pourrais faire en sorte que vous parliez avec notre jardinier en chef.

— Je ne parle pas l'arabe, Azhar, et…

Il écarta sa remarque d'un geste de la main.

— On peut trouver un interprète.

Ils étaient arrivés au mur qui délimitait le jardin, et regardaient au-dessous d'eux l'étendue verte constituée par l'oasis d'Al-Qaryma. La vue était plus magnifique que dans les souvenirs d'Azhar. Il se tourna et vit sa propre admiration se refléter sur le visage de Julia. De l'eau d'un bleu presque turquoise, un vert si vibrant qu'il était émeraude, de vastes champs cultivés, des arbres fruitiers, et puis, comme si quelqu'un avait érigé un mur invisible, la nette délimitation qui marquait le début du désert, les sables couleur d'or pâle et d'argent dans la lumière de cette fin de matinée, d'abord lisses et plats avant de se changer en dunes et en éperons rocheux.

— C'est d'une beauté terrifiante, dit doucement Julia.

— Terrifiante ?

— La nature à son stade le plus splendide et le plus mortel. C'est comme se tenir au bord d'un de ces lacs de Suisse, si bleus et si calmes et en même temps si profonds et si dangereux. Vous avez l'envie toute-puissante de plonger dedans, même si vous savez que le froid va vous tuer. Ce désert — votre désert — me donne envie d'aller y marcher des heures et des heures. Vous pensez probablement que je suis ridicule.

— Non. Je ne l'aurais pas dit ainsi, mais vos mots décrivent exactement ce que je ressens vis-à-vis de Qaryma. Une beauté terrifiante.

— Cet endroit vous a manqué, n'est-ce pas ? Malgré ce que vous avez dit, je pense que vous avez été très malheureux loin d'ici.

Il était vrai que par le passé ce pays et ces gens avaient été précieux pour lui. Il avait aimé ce royaume où il était né et dans lequel il avait été élevé pour gouverner. Il n'avait jamais remis en question son devoir ni son destin. Jusqu'à ce qu'il parte, et prenne sa vie en main. Il avait tourné le dos à Qaryma et endurci son cœur. Il ne voulait pas se défaire de ce bouclier protecteur durement gagné, un bouclier qui protégeait son indépendance durement gagnée, elle aussi.

— Non, répliqua-t-il fermement. Il ne m'a pas manqué.

Julia parut sceptique.

— Je trouve cela très difficile à croire. Regardez tout cela, s'exclama-t-elle. C'est superbe et c'est à vous.

— J'ai visité beaucoup d'endroits tout aussi superbes dans le monde.

— Moi aussi, mais seule la Cornouailles est mon pays, Azhar. Qu'y a-t-il de mal à admettre un attachement sentimental pour l'endroit où vous êtes né et avez grandi, un lieu qui fait partie intégrante de vous ?

Les paroles de Julia, faisant écho à ses propres pensées, le mirent mal à l'aise.

— Je n'ai pas de pays, soutint-il avec entêtement.

— Vous en avez un maintenant, Votre Altesse.

Son ton autant que ses mots le hérissèrent.

— Comment osez-vous…

— … vous dire la vérité en face, à vous, un prince ?

Elle croisa les bras et lui lança un regard noir.

— Allez-y, appelez les gardes et faites-moi accuser de trahison, mais je vous préviens que je n'hésiterai pas à faire usage de votre ordre royal d'oublier que vous êtes un prince, pour ma défense. Votre cause sera rejetée par le tribunal.

Une nouvelle fois, la surprise fit rire Azhar.

— J'en doute, étant donné que le tribunal dépend de moi, mais je dois sincèrement vous féliciter, madame, d'appliquer mon ordre royal de manière si efficace.

Julia fit une petite révérence.

— Merci.

Elle ne retira pas ses paroles et ne s'excusa pas, nota Azhar. Aussi désagréables que puissent être certaines de ses opinions, il pouvait se fier à elle pour s'exprimer librement, ce qui était exactement ce dont il avait besoin.

— Combien de temps vous faudrait-il, à votre avis, pour terminer votre travail ici ?

Elle secoua la tête, déconcertée comme toujours par le brusque changement de sujet.

— Je ne sais pas. J'avais presque fini. Peut-être un mois, si je parviens à localiser les bons spécimens.

Un mois. Un mois était plus que suffisant pour venir à bout de toutes ses inquiétudes. Kamal manquait d'expérience, et peut-être aussi de jugement. Il était faible, il l'avait toujours été, mais c'était parce qu'on ne lui avait jamais donné l'occasion d'être fort. Un mois donnerait amplement à Azhar le temps d'évaluer l'état du royaume, de remédier aux faiblesses de son frère et de lui prodiguer quelques conseils, s'assurant ainsi qu'il laisserait Qaryma entre de bonnes mains et qu'il pourrait partir la conscience tranquille.

Toutefois, cela représentait aussi une longue absence pour son empire commercial. Il avait laissé à son agent le soin de veiller à sa bonne marche, mais il n'avait jamais accordé à cet homme plus qu'une autorité superficielle. Azhar goûtait le jeu du marchandage et du troc. Il aimait les risques et le danger qui pouvait émaner des quelques endroits reculés où il se rendait. Il éprouvait de l'excitation lorsqu'une transaction lui rapportait de l'argent, et il savourait même celles qui finalement ne se concluaient pas en sa faveur pour les défis qu'elles offraient. Il adorait le tout, cette vie loin d'ici, seulement limitée par sa propre ambition. Son activité lui manquerait, certes, mais son affaire survivrait sans lui un mois de plus. Il ne lui en faudrait pas davantage, il en était sûr. Puis il réclamerait sa liberté, s'échapperait de cette cage dorée et, ce faisant, il aiderait Julia à s'affranchir également. C'était un excellent plan.

— Un mois, conclut-il en lui souriant. Parfait. Nous sommes d'accord, donc ?

— D'accord sur quoi ? demanda-t-elle sans comprendre.

Azhar n'était pas homme à verser dans l'indécision. L'une des clés de sa réussite dans les affaires était sa capacité à agir vite. Pourtant son instinct, ce matin, lui avait dicté de ne *pas* agir hâtivement et de se laisser du temps. Maintenant, le fait qu'il ait compris pourquoi et trouvé une stratégie pour y remédier le remplissait de soulagement. Même si dans son excitation, s'aperçut-il, il ne s'était pas vraiment expliqué.

— Sur le fait que vous allez rester ici comme mon invitée d'honneur, lui révéla-t-il. Avec un accès illimité à la fois aux jardins et au royaume tout entier, vous devriez pouvoir collecter tous les spécimens qu'il vous faut. Et, en outre, que vous me permettrez d'être votre guide personnel.

Julia demeura interloquée.

— Mais comment pourrez-vous… Je veux dire, ne serez-vous pas bien trop occupé à être un prince ? Les gens vont s'attendre…

— Je vais laisser les rênes à Kamal, temporairement. Vous escorter à travers Qaryma me permettra de redécouvrir mon royaume et de refaire connaissance avec mon peuple, tout en vous permettant d'effectuer vos recherches sur notre flore.

— C'est une offre très généreuse et, je dois le souligner,

tout à fait inattendue, Azhar. Je ne vois vraiment pas pourquoi vous voudriez me consacrer tant de temps alors que vous avez de nombreux problèmes bien plus importants à régler.

Et elle le pensait ! Quelle sorte d'homme avait été son époux, pour apprécier si peu sa femme ?

— Ce sera un exercice très utile pour moi, pour ne pas dire une expérience éducative, de voir mon… ce royaume à travers vos yeux. Tout ce que je demande en échange, c'est que vous partagiez vos idées avec moi, à votre façon inimitable.

— Même si elles ne sont pas flatteuses ?

— Surtout si elles ne sont pas flatteuses.

Elle fronçait de nouveau les sourcils. Il souhaita qu'elle ne réfléchisse pas tant à ses paroles. Il y avait certaines questions qu'il préférerait qu'elle ne pose pas.

— Qu'en pensez-vous, avons-nous un marché, Julia ?

Mais Julia n'était pas du genre à se laisser bousculer pour accepter quoi que ce soit.

— Pour un commerçant prospère, il me semble que vous scellez un accord qui n'est pas très équitable. Pour autant que je puisse le voir, le profit serait uniquement pour moi.

— Pas si l'on prend en compte la valeur de votre délicieuse compagnie.

Elle rit, mais secoua la tête.

— Je suis sérieuse. Vous rendez-vous compte que vous m'offrez beaucoup plus que ce que j'aurais pu accomplir avec Hanif pour guide ? A ma connaissance, ce désert est plus loin au sud que tout endroit où n'importe quel botaniste occidental est allé. Il en résultera que le livre de Daniel sera tout à fait unique.

Ce n'était pas l'objectif qu'Azhar avait à l'esprit, ni même qu'il se souciait d'atteindre, mais il tint sa langue.

— Alors vous vous serez acquittée de vos obligations envers lui avec un intérêt supplémentaire, dit-il à la place.

Sa récompense fut un sourire rayonnant.

— Vous m'avez fort bien comprise. Merci, Azhar. Merci beaucoup.

Le sourire de Julia se fit malicieux.

— Je vous suis extrêmement reconnaissante, et en échange je promets de m'efforcer d'être aussi grossière, aussi critique et aussi franchement irrespectueuse que je le pourrai vis-à-vis de ce magnifique royaume et de celui qui le gouverne. A ma façon particulière, bien sûr.

Chapitre 4

Julia se frotta les yeux, repoussa les draps et se redressa sur son séant. Le divan était installé sur une estrade centrale, sous un dais richement chantourné que supportaient quatre piliers en bois sculptés de multiples détails. Sa chambre était décorée de façon luxueuse, les murs couverts de panneaux en relief représentaient de ravissants tableaux d'une végétation luxuriante, d'oiseaux colorés et autres animaux exotiques. La fenêtre ornée de vitraux, enchâssée au centre du plafond en pente, laissait filtrer par intermittence une lumière douce, dont les couleurs dansaient sur le sol de marbre clair délicieusement frais sous ses pieds. Il était très tôt, mais elle était bien trop excitée pour dormir, car ce jour-là elle devait quitter le palais avec Azhar pour la première fois.

Il l'avait fait prévenir la veille au soir, confirmant ce qu'ils avaient décidé ensemble dans le jardin deux jours plus tôt. Il avait dû informer l'assemblée d'anciens qu'il appelait le Conseil du plan d'action qu'il se proposait de mettre en œuvre. Julia trouvait surprenant que quelqu'un d'aussi manifestement indépendant qu'Azhar permette à un tiers de prendre des décisions pour son compte, même si la personne en question était son frère qui avait semblait-il exercé le pouvoir pendant la période où leur père était malade. Il paraissait étrange que le cheik mourant n'ait pas fait appeler plus tôt son héritier. Ils étaient fâchés, avait dit Azhar. Ce qui signifiait qu'il ne pouvait pas — ou ne voulait pas — revenir à Qaryma pendant que son père, le roi, était encore en vie ? Il s'était attendu à être déshérité, il l'avait reconnu. Avait-il alors supposé que son frère prendrait sa place ? C'était une théorie assez sensée. Elle connaissait de nombreux exemples dans l'aristocratie anglaise où des fils cadets héritaient pour toutes sortes de raisons. Et le frère d'Azhar, avait-il lui aussi supposé qu'il deviendrait roi ? Julia ne savait rien des lois et des coutumes de ce royaume, mais il était probable qu'il y ait pensé, surtout avec l'absence prolongée d'Azhar.

Dix ans. Tant de choses avaient dû changer durant une période aussi longue. Elle comprenait qu'Azhar prenne le temps d'évaluer la situation avant d'assumer le pouvoir. Cela laisserait aussi le temps à son frère de s'habituer à l'idée de devoir céder sa place. Julia grimaça. C'était injuste de sa part de porter un jugement, étant donné qu'elle n'avait été que quelques instants en compagnie de cet homme, mais Kamal lui avait tout de suite déplu. Il ne lui semblait pas être un homme qui accepterait volontiers d'être dépossédé de son statut actuel. Toute cette situation ressemblait à un conte de fées, le beau prince revenant après dix années passées dans le désert pour chasser son méchant frère du trône. Non pas que Kamal soit réellement méchant. Juste un peu repoussant.

Julia sourit pour elle-même. Laisser s'emballer son imagination ne lui ressemblait pas. Mais d'un autre côté, elle n'avait pas exactement l'habitude de se réveiller dans une suite privée, au sein d'un palais royal. Durant tous ses voyages, et même dans des livres, elle n'avait jamais rien vu d'aussi luxueux. Ni d'aussi magnifique. Traversant la chambre pieds nus, elle fit glisser la porte qui donnait sur son salon. Avec trois fenêtres qui allaient du sol au plafond, les panneaux vitrés sertis dans de délicats cadres en fer forgé, la lumière entrait à flots, et cela faisait de cette pièce l'endroit parfait pour travailler.

Les carnets de croquis, les fusains, les crayons et la boîte d'aquarelle qu'Azhar avait miraculeusement trouvés pour elle la veille étaient posés sur la table. C'était très attentionné de sa part d'avoir pris le temps de s'en occuper, alors qu'il avait des affaires bien plus importantes à régler. Elle avait passé toute la matinée à dessiner dans le jardin, puis s'était retirée dans ce délicieux salon pour échapper à la chaleur écrasante de l'après-midi et ajouter des touches de couleur à ses croquis. Elle n'en revenait pas de la chance qu'elle avait eue. Etre sauvée par un prince, transportée dans son palais magique et pouvoir réaliser ce qu'elle désirait le plus ! Julia sourit de nouveau pour elle-même. Cela pouvait donner l'impression d'un conte de fées, oui, mais elle n'avait guère l'étoffe d'une princesse. Azhar, en revanche, avait tout du prince charmant. Un prince fort séduisant et prévenant, qui pouvait bien la trouver peu commune et extraordinaire, mais qui allait disparaître de sa vie dans un mois. Elle ferait bien de ne pas trop s'habituer à son agréable compagnie, à son délicieux sourire et à cette façon qu'il avait de la pousser à des confidences qu'elle ne ferait pas normalement.

Mais d'un autre côté, à condition qu'elle se rappelle qu'il ne s'agissait là que d'un moment hors du temps, cela signifiait tout un mois pour profiter de toutes ces bonnes choses. Elle recroquevilla ses orteils dans la profondeur épaisse du tapis qui recouvrait le sol, tissé dans des couleurs vibrantes de pierres précieuses. Un énorme divan à trois côtés était installé dans une avancée des fenêtres qui ressemblait à une serre, parsemée de coussins ornés de glands dorés et délicatement brodés de soie. D'autres sièges étaient pourvus de grands coussins et plusieurs chaises basses en bois doré étaient disposées autour de la table. Les fenêtres étaient drapées de longs rideaux de voile clair qui protégeaient la pièce de la chaleur, même si elle était orientée au nord. Au-dessus d'elle, le plafond était lui aussi très travaillé, un treillis de corniches dans des tons dorés, rouges et émeraude.

Ecartant les rideaux vaporeux, Julia regarda le patio qui s'étendait au-delà, aussi fascinée ce jour-là qu'elle l'avait été chacun des trois derniers matins. Incapable de résister à la douceur de la lumière matinale, elle souleva le loquet d'une des portes-fenêtres et sortit.

La cour intérieure était ceinte de trois murs, le quatrième

étant formé par la pièce dont elle venait, ce qui rendait l'endroit complètement privé. Il faisait déjà chaud, même si l'air avait ce goût humide et salé du petit matin. Le soleil était encore bas, le ciel bleu pâle agrémenté de quelques nuages roses. Un citronnier poussait dans un coin, tandis qu'un banc en bois formant un croissant était disposé autour de son tronc. Un long bassin rectangulaire allait de la marche devant les fenêtres jusqu'au mur du fond. De grands buissons de jasmin soigneusement taillés se dressaient comme des sentinelles dans des pots en céramique de chaque côté du plan d'eau. Le parfum des délicates fleurs blanches l'enivra quand Julia passa les doigts sur les feuilles couvertes de rosée. Deux marches descendaient dans le bassin, qui était tapissé de carreaux d'un turquoise irisé. Relevant l'ourlet de sa chemise de nuit, Julia trempa la pointe de ses pieds dans l'eau fraîche, frissonnant de plaisir à son contact sur sa peau, jusqu'à ses mollets, puis jusqu'à ses genoux comme elle descendait plus bas. Elle allait céder à la tentation de s'immerger complètement, quand un bruit venu de la terrasse la fit sursauter.

Elle sortit du bassin, le bas de sa chemise de nuit claquant contre ses chevilles mouillées. La servante inclina la tête, mais pas assez vite pour que son sourire vite réprimé échappe à Julia.

— Bonjour, Aïcha, dit-elle en arabe, en joignant les mains et en s'inclinant selon la salutation traditionnelle.

La jeune fille sourit timidement, l'invitant à rejoindre la table mise pour le petit déjeuner.

— *Shukran*, dit encore Julia. Merci, Aïcha.

S'asseyant sur un grand coussin, elle s'obligea à attendre d'être servie, sachant que le faire elle-même serait une faute grave à l'étiquette. Le café versé d'une haute cafetière en argent dans la délicate tasse en porcelaine était épais, sombre et sucré. Il y avait des pâtisseries garnies de fruits confits et de noisettes, saupoudrées de sucre en poudre ; un épais fromage blanc au miel ; et du melon, des pêches ainsi qu'un fruit que

Julia n'avait jamais vu auparavant, délicatement découpé en forme de fleur, le tout servi avec une orange pressée.

— Mangez avec contentement et bonne santé, déclara la jeune fille en arabe, la phrase prononcée rituellement avant un repas étant familière à Julia.

— *Shukran*, répéta-t-elle, se sentant démunie et notant mentalement d'améliorer son vocabulaire de toute urgence.

Elle croisa ses jambes sous elle avec maladresse et se mit à manger, fermant les yeux tandis que la pâtisserie légère et feuilletée fondait sur sa langue. Le café doux-amer lui brûla la gorge, la débarrassant des derniers vestiges du sommeil. Rassasiée, elle se rinçait les doigts dans un bol en cuivre empli d'eau parfumée aux pétales de rose quand Aïcha revint, indiquant qu'il était temps pour elle de s'habiller en tenant ouverte la porte de la chambre.

Les vêtements étalés sur le divan n'étaient pas les siens. A la place de l'épais drap brun et de la toile blanche, ceux-ci offraient une palette de couleurs dans les plus douces des étoffes.

— Pour moi ? demanda-t-elle, et Aïcha acquiesça.

Même s'il était très inconvenant de sa part d'accepter un tel présent, Julia n'hésita qu'un instant. Azhar n'avait sûrement pas choisi ces vêtements lui-même. Elle s'acquitterait de sa dette, elle ne voudrait pas lui être redevable ni accepter sa charité, mais il serait grossier de les refuser.

Les vêtements n'étaient pas seulement pratiques, ils étaient magnifiques. La douce chemise en coton vert pâle, portée sur un sarouel du même tissu, avait des manches larges resserrées aux poignets. Une large ceinture en bandes de soie tressées, dans plusieurs nuances de vert, fut nouée sur sa taille pour maintenir la chemise. Par-dessus fut drapée l'abba, la cape, à l'ourlet alourdi par de jolies perles cousues sur l'étoffe. Le kéfié qu'Aïcha plia habilement avant de le poser sur sa tête était fait du même coton que la tunique, et maintenu par un autre bandeau de soies de plusieurs couleurs. Le voile était coupé dans un tissu vaporeux, incroyablement léger, qui permettait à Julia de respirer facilement. Des bottines jaunes aux pointes recourbées, confectionnées dans du chevreau si souple qu'on aurait dit des pantoufles, complétaient sa tenue. Julia contempla avec émerveillement la créature exotique qui lui faisait face dans le miroir en pied, stupéfaite par sa transformation. Elle pouvait avoir l'air d'une princesse arabe, finalement !

— Vous aimez ? demanda Aïcha.

— Cela me plaît beaucoup, vraiment, répondit Julia en tournant sur elle-même.

En Angleterre, cette tenue serait considérée comme indécente, même si elle ne laissait pratiquement pas voir de peau, et Julia comprenait pourquoi. Les légères couches d'étoffe ceignaient son corps en plis doux, faisant ressortir ses courbes qui n'étaient visiblement pas corsetées. Aïcha avait habilement tressé ses cheveux en une longue natte qu'elle avait fait passer par-dessus son épaule. Il y avait quelque chose d'impudique dans cette tresse rousse, quelque chose d'exotique dans les yeux de Julia qui brillaient au-dessus du voile diaphane. Et quelque chose de tout à fait exquis dans la caresse de cette souple tenue sur sa peau. Elle paraissait et se sentait complètement différente. Une créature sensuelle, faite pour le désert.

Faite pour un prince du désert ? Que penserait Azhar de cette nouvelle Julia ? Il avait décrit l'ancienne comme singulière et extraordinaire. Il avait dit qu'il trouvait sa compagnie délicieuse. Maintenant, vêtue de cette nouvelle tenue, Julia avait presque l'impression de mériter cette description, pour la première fois de sa vie. Elle tourna de nouveau devant le miroir. Son voile et sa longue natte décrivirent un large arc sinueux. Elle se sentait sensuelle et audacieuse, et oui, elle se sentait aussi désirable. Tout cela était une fantaisie, bien sûr, une vanité extravagante, mais c'était aussi divinement distrayant.

Un mois hors du temps, c'était ce qu'elle avait ici dans la cité magique d'Al-Qaryma avant que la réalité ne la rattrape.

Pendant un mois, elle s'autoriserait à être cette créature séduisante. Elle profiterait de la compagnie de l'homme qui avait aidé à créer sa nouvelle personnalité. Quoi que cela implique. Bientôt, le mirage s'estomperait et elle serait de nouveau Julia. Mais pas maintenant. Pas encore.

Azhar l'attendait dans la cour principale du palais. Un petit cercle de gardes se tenait autour de lui. D'après les divers gestes qu'il faisait, il semblait donner une série d'ordres complexes. Hormis sa coiffe écarlate fixée par une bande de soie dorée, sa tenue se composait des mêmes vêtements simples qu'il portait quand elle l'avait rencontré dans l'oasis. Contrairement à Kamal, il possédait une autorité naturelle et n'avait pas besoin d'habits ostentatoires pour l'accroître artificiellement. Les gardes lui accordaient toute leur attention. Une douce brise faisait voleter sa cape derrière lui, et moulait sa tunique sur sa silhouette mince et musclée. Le mélange d'austérité et de beauté sur ses traits coupa de nouveau le souffle à Julia. Se sentant soudain intimidée dans ses nouveaux vêtements, et ne sachant pas s'il s'attendrait à être traité en prince ou en homme en présence de tiers, elle se tint à l'abri du portique, attendant qu'il la remarque.

Lorsqu'il le fit, il congédia brièvement ses hommes et marcha à grands pas vers elle.

— Pardonnez-moi de vous avoir fait attendre. Le fait que la garde du palais ne soit pas utilisée au mieux de ses capacités me pose un problème. Certaines des pratiques que j'ai découvertes sont totalement inefficaces et représentent un gaspillage ridicule. Il semble que mon avis soit partagé par plusieurs des hommes. J'ai déjà effectué quelques changements, mais je devrais considérer la situation en profondeur un peu plus tard. En parlant de changements…

Azhar l'étudia d'un air appréciateur.

— Mes compliments, Julia. Une transformation remarquable de rose anglaise en fleur du désert.

Il effleura de ses lèvres le bout de ses doigts, ce qui la fit frissonner.

— Je souffre beaucoup moins de la chaleur et suis tout à fait à l'aise habillée ainsi, répondit-elle en ressentant tout le contraire. Je vous suis très obligée d'avoir veillé aux moindres détails. Bien sûr, je vous rembourserai les dépenses que vous avez engagées pour moi lorsque j'aurai changé mes billets de banque.

— Naturellement.

Azhar parlait d'un ton aussi détaché qu'elle, mais ses yeux et son expression fermée racontaient une autre histoire.

— Je le pense, insista-t-elle. Il ne serait pas convenable que je…

Il se raidit.

— Julia, je pense que vous avez laissé derrière vous les convenances lorsque vous êtes partie seule dans le désert, mais si cela peut vous faire plaisir, je tiendrai un compte de vos dépenses.

— Je ne voulais pas vous insulter. Je suis désolée.

— Non, c'est moi qui dois m'excuser. J'oublie parfois que vos coutumes sont très différentes des nôtres.

La bouche d'Azhar s'adoucit de nouveau.

— Vous êtes mon invitée d'honneur, Julia. En tant que votre hôte, c'est mon devoir d'assurer que l'on veille à votre confort dans tous les domaines, et vous ne pouvez nier que vos tenues anglaises n'étaient guère appropriées et encore moins confortables.

— A dire vrai, je ressemblais à un torchon froissé, concéda-t-elle. Merci d'être trop gentleman pour le faire remarquer.

Il rit.

— Je n'ai aucune idée de ce que signifie cette image, mais je vous l'assure, même si je le savais, rien ne serait plus éloigné de mes pensées. Ce que je sais, c'est que ce que vous portez maintenant représente une très nette amélioration. Maintenant, si nous avons fini de parler de vêtements, nous devrions partir pendant que le soleil est encore bas. Avez-vous pris votre matériel de dessin ?

— Oui. Autre chose dont je dois vous remercier, et qui devrait être ajoutée à la liste croissante de mes dettes.

— Je vous certifie que mes coffres peuvent le supporter. J'ignore de quel autre équipement botanique vous aurez besoin, mais si vous me fournissez une liste je le ferai porter dans vos appartements. Maintenant, allons-y.

Il partit le premier à travers la cour où pas un, mais deux chameaux attendaient, et le cœur de Julia sombra. Après plusieurs vaines tentatives pour maîtriser l'art de monter son propre chameau, terriblement consciente d'Hanif et de ses hommes qui riaient sous cape, elle avait préféré l'une des mules de bât. Avec le recul, cela avait été une erreur, indiquant son inexpérience au guide. Elle ne pouvait guère demander à Azhar de lui faire amener une mule, mais elle n'était pas du tout sûre de pouvoir se hisser sans aide dans le haut siège du chameau, et encore moins de guider l'animal.

Azhar, qui avait mis ses fournitures de dessin dans les sacoches de sa propre monture, prit la paire de rênes des mains du conducteur de chameau et le congédia. En réponse à l'étrange claquement de langue, l'animal s'abaissa et émit les horribles grognements et grondements que faisaient tous les chameaux quand on les obligeait à s'agenouiller.

— Voulez-vous que je vous aide ? demanda-t-il. Il y a un coup à prendre.

— Je sais, dit sombrement Julia.

Les paumes moites, elle s'approcha de la bête et essaya d'imiter le claquement de langue. Le résultat, à son vif embarras, lui rappela un poulet légèrement hystérique. Plissant le visage pour faire un autre essai, elle dut réussir par quelque petit miracle à produire quelque chose d'approchant du bruit correct, puisque son chameau, bien que réticent, s'agenouilla sans manquer de manifester son irritation. Elle savait d'expérience — une expérience amère — qu'elle devait rapidement se mettre en selle avant que l'animal ne change d'avis, alors elle se jeta sur le siège élevé, rampant presque pour se hisser dessus, tandis que le chameau, fidèle à tous ceux qu'elle avait connus, et malgré le pied d'Azhar posé sur sa patte de devant pour le retenir, se cabrait de façon alarmante.

Alors que l'animal détendait ses pattes arrière et que Julia plongeait en avant, elle se rendit compte qu'Azhar tirait sur la bride et criait. Elle s'accrocha désespérément au pommeau de la selle et parvint à rester à bord. De justesse. L'inévitable deuxième tentative de l'éjecter avait réussi la dernière fois, car elle ne s'y était pas attendue. Mais cette fois, quand le chameau déplia immédiatement ses pattes de devant, au lieu d'être projetée en arrière dans la selle avant de culbuter et d'atterrir sur son postérieur, Julia se pencha rapidement en avant et se cramponna comme si sa vie en dépendait. L'honneur étant sauf des deux côtés, l'animal se tint docilement immobile et Julia, reprenant son souffle, se tourna vers Azhar avec un sourire triomphant. Un sourire qui s'évanouit vite lorsqu'elle vit sa sombre expression.

— Je supposais que vous saviez ce que vous faisiez.

— Eh bien, en théorie…

Il jura à voix basse.

— En théorie ? En pratique vous auriez pu être tuée.

— Sottise, je suis déjà tombée plusieurs fois et j'ai seulement été un peu secouée.

Azhar jura de nouveau.

— Vous auriez pu tomber et vous rompre le cou. Je pensais… je supposais que, comme vous aviez passé plus d'un mois dans le désert — ce scélérat de guide ne vous a-t-il donc rien appris ? Comment diable vous êtes-vous débrouillée ?

— Je montais une mule, avoua Julia, et avant que vous n'éprouviez le besoin de faire remarquer qu'en agissant ainsi j'ai contribué à ma propre disgrâce en montrant mon inexpérience, j'ai déjà découvert cela par moi-même.

Elle baissa les yeux. Elle était perchée très haut et les pavés, contrairement au doux sable du désert, paraissaient menaçants. Elle frissonna.

— Je suis désolée. Je me souviens, maintenant, vous avez dit que la dernière chose que vous vouliez avoir sur les bras était une Anglaise morte, dit-elle en une piètre tentative pour plaisanter.

Elle reçut en réponse une piètre tentative de sourire.

— Une Cornouaillaise, lui rappela Azhar. Mais c'est vrai, je préférerais de beaucoup que vous vous arrangiez pour ne pas vous tuer pendant que vous êtes sous ma protection. Pouvez-vous réussir à rester en selle si je conduis votre monture ?

Julia ouvrit la bouche pour exiger de tenir les rênes, puis se ravisa.

— Je crois.

— Et n'hésitez pas à me prévenir si vous éprouvez des difficultés, ajouta-t-il d'un ton bref.

En l'espace de quelques instants il monta sur son propre chameau et se rangea à côté d'elle, puis il la surprit en tendant le bras pour lui presser la main d'un geste rassurant.

— Mes dessins ressemblent à des traces de tarentule, avoua-t-il. Ce n'est pas une faiblesse d'admettre un manque de compétence, Julia.

Les souks ouvraient déjà tandis qu'ils se frayaient un chemin dans les rues sinueuses et animées d'Al-Qaryma, les odeurs familières d'épices se mêlant à la fraîcheur matinale de l'air. Il pourrait se trouver dans n'importe quelle ville d'Orient, pensa Azhar, son kéfié fixé sur son visage, alors qu'il refusait de prêter attention aux gens qui s'agenouillaient sur son passage, au petit groupe d'enfants qui couraient derrière eux. La veille, le Conseil avait été choqué quand il avait catégoriquement refusé de lui permettre d'organiser les audiences de cérémonie et les célébrations solennelles qui précédaient tout couronnement. Le peuple avait déjà attendu trois mois. Un mois de plus ne ferait pas de différence notable.

Le Conseil avait été encore plus interloqué par son refus de prendre immédiatement possession de son trône. Mais

Kamal avait été le gardien de Qaryma pendant plus d'un an, alors que la maladie de leur père diminuait de plus en plus ses forces. Son frère était très capable de continuer à le représenter, non ? avait demandé Azhar. La réponse à cette question n'avait pas récolté l'unanimité. Bien que certains des membres les plus récents du Conseil se soient montrés enthousiastes, Azhar avait remarqué que les anciens étaient plus réservés dans leur soutien à Kamal, et encore plus réservés dans leur réaction vis-à-vis de lui. Il s'agissait de traditionalistes, d'hommes qui avaient été loyaux envers son père presque aussi longtemps qu'il avait régné, et Azhar ne savait s'ils le jugeaient durement d'être parti ou d'être revenu.

Il soupira impatiemment. Cela n'avait pas d'importance. Ils n'avaient d'autre choix que d'obéir à ses ordres. Il n'avait besoin ni de leur accord, ni de leur approbation. Lorsqu'il choisirait de les informer de la situation réelle, ils comprendraient sa manière d'agir — non pas qu'il ait besoin non plus de leur compréhension. Ce qui importait maintenant, c'était de tirer le meilleur parti du temps qu'il s'était donné. Et ce faisant, de profiter de la compagnie de la femme incroyable et unique qui l'accompagnait.

Tandis qu'ils laissaient la ville et l'oasis derrière eux, avec les manifestations gênantes des gens qui le traitaient comme leur prince héritier, Azhar fit avancer le chameau de Julia à la hauteur du sien. Dans sa tenue orientale, elle paraissait à la fois exotique et pourtant indéniablement occidentale. Les douces étoffes mettaient en valeur les lignes minces et les courbes tendres de son corps. Les couleurs vives faisaient ressortir le vert de ses yeux, le brun cuivré de ses cheveux. Elle avait passé les jambes autour du pommeau de la selle. On apercevait une mince bande de chair fort attirante au-dessus de sa bottine, sous l'ourlet de son sarouel. S'obligeant à s'en détourner, il découvrit qu'elle l'observait, essayant de déterminer son humeur. Il sourit derrière son kéfié.

— Aimeriez-vous essayer de prendre la bride vous-même ?

Ses yeux se firent méfiants.

— Azhar, je suis une excellente cavalière, mais je suspecte que je ne maîtriserai jamais l'art de monter un chameau. Et je n'aurai sûrement jamais à le faire, étant donné qu'ils sont assez rares en Angleterre.

— Nul doute que les chameaux anglais, s'ils existaient, feraient deux fois la taille de nos maigres animaux du désert.

— Vous vous moquez de moi.

— Je ne me moque pas, je vous taquine gentiment, déclara-t-il en arrêtant leurs montures. Mais je n'aime pas le fait que vous vous dépréciiez en condamnant votre incapacité à contrôler un chameau.

— C'est assez stupide de ne pas être capable de monter le vaisseau du désert lorsqu'on a passé un mois à voyager dans ce pays.

— Vous êtes très dure avec vous-même. Si votre guide avait fait l'effort de vous apprendre, vous seriez tout à fait à l'aise depuis longtemps.

— Daniel n'aurait certainement pas partagé votre assurance.

Les mains d'Azhar se crispèrent sur les rênes.

— Daniel n'est pas ici pour approuver ou non, rétorqua-t-il d'un ton sec.

Cet homme était un sot. Manifestement, il saisissait chaque occasion de faire ressortir les manquements de son épouse. Mais il ne servirait à rien de la fustiger d'avoir écouté de telles fadaises. Ce dont elle avait besoin, c'était d'encouragement.

— Aimeriez-vous prendre la bride juste un petit moment, Julia ?

— Et s'il s'emballe ?

— Il faut fournir beaucoup d'efforts pour faire s'emballer un chameau. A dire vrai, il faut fournir beaucoup d'efforts pour pousser un chameau à faire quoi que ce soit. Sa réputation d'animal entêté n'est pas usurpée.

Toutefois elle ne paraissait pas convaincue, regardant d'un air dubitatif la distance entre la selle et le sable.

— Julia, même si vous tombez sur votre délicieux

arrière-train, le sable ici est très moelleux. La cour était une autre histoire.

Au-dessus de son voile, les yeux de Julia s'élargirent.

— Vous trouvez que mon… mon arrière-train est délicieux ?

Azhar rit.

— Très.

— Comme c'est étrange. Personne ne m'a jamais dit cela auparavant.

Elle fronça les sourcils.

— En vérité, je ne crois pas que quiconque l'ait mentionné de quelque manière que ce soit jusqu'à présent.

— Peut-être que les hommes que vous connaissez sont particulièrement peu observateurs, répondit Azhar. Pour ne pas dire peu connaisseurs.

— Cela vient peut-être de cette tenue.

— Je n'admirais pas les habits, mais la femme qu'ils ornent.

Elle était assez proche de lui pour qu'il voie rosir ses joues sous son voile léger. Assez proche pour qu'il cède à l'envie de passer les doigts sur sa natte soyeuse et qu'il l'entende inspirer vivement quand il le fit. Assez proche pour que sa jambe frôle la sienne et qu'il fasse remonter ses doigts sur son bras, par-dessus les doux plis de sa tunique, pour les poser sur son épaule. Si proche qu'il vit la flamme du désir qu'il éprouvait reflétée dans ses yeux. Proche de façon si troublante qu'il pouvait presque poser ses lèvres sur les siennes.

Mais, alors même qu'il bougeait pour franchir cette distance infinitésimale, son chameau blatéra, l'équilibre de Julia sur la selle vacilla, et il reprit la bride qu'il avait presque lâchée.

— Un vieux dicton dit que dans le désert un chameau est plus utile qu'un royaume, prononça-t-il avec regret, mais comme endroit pour faire l'amour, il laisse beaucoup à désirer.

S'agrippant au pommeau de sa selle, Julia ne trouva rien à répondre à cette remarque scandaleuse. Comment étaient-ils passés du sujet d'apprendre à monter un chameau à celui de son arrière-train — son *délicieux* arrière-train — puis à l'évocation d'un baiser en l'espace de quelques mots ? Comment était-il seulement possible qu'ils aient mêlé des sujets aussi différents ? La tête de Julia tournait et son corps palpitait. Pour une fois, elle n'eut pas de mal à déchiffrer l'expression d'Azhar, car elle reflétait exactement ses propres sentiments.

— Azhar…

Se rendant compte qu'elle n'avait aucune idée de ce qu'elle allait dire, elle haussa les épaules.

— J'aimerais essayer de prendre les rênes, s'il vous plaît, à condition que vous gardiez un œil attentif sur moi.

— Une suggestion très prudente, répliqua-t-il en lui décochant un sourire en biais.

Elle rit.

— Je ne suis pas sûre que prudent soit le mot que j'utiliserais pour décrire ce que je suis sur le point de faire.

— Peut-être pas, mais c'est beaucoup moins dangereux que ce que j'étais en train de tenter. Et je ne fais pas allusion au danger physique. J'espère que je ne vous ai pas offensée.

— Vous savez très bien que non. Si vous voulez le savoir, continua Julia avec audace, j'avais envie de vous embrasser.

Une fois de plus, elle lui arracha un rire de surprise.

— Je crois que c'est ce que l'on appelle un heureux concours de circonstances, répondit-il, parce que c'est exactement ce que j'avais envie de faire aussi. Quand bien même j'aurais pu choisir un moment plus propice.

La façon dont il la regardait la faisait se sentir non seulement hardie, mais également libre et sensuelle.

— Alors j'espère que vous choisirez mieux la prochaine fois, ajouta-t-elle en prenant la bride, et en poussant le chameau à avancer.

Son geste aurait pu avoir un bel effet théâtral si sa manœuvre avait marché. Hélas, le chameau refusa obstinément de lui obéir. Julia tira plus fort sur les rênes. L'animal tourna son long cou et essaya nonchalamment de la mordre. Surprise, elle relâcha son emprise sur la bride, et à sa vive stupeur le chameau se mit à avancer lentement.

— Je croyais que vous disiez comprendre la théorie, s'exclama Azhar en la rattrapant avec sa propre monture.

— Manifestement, je me trompais. Que dois-je faire pour changer de direction ?

— Si vous me permettez de passer devant, votre chameau suivra naturellement le mien.

— Et pour m'arrêter ?

Azhar rit.

— Faites exactement la même chose que pour partir. Nous avons environ une heure de chevauchée jusqu'à l'oasis, pensez-vous que vous y parviendrez ?

Julia risqua un coup d'œil de côté. Elle montait un chameau, dans un désert magnifique, dans le royaume qui appartenait à cet homme sublime. Un homme qui pensait qu'elle avait le plus délicieux des postérieurs. Un homme qui avait envie de l'embrasser autant qu'elle en avait envie.

— Je sais que je vais regretter cette déclaration, mais en cet instant je pense que rien ne m'est impossible.

Une heure plus tard, elle se repentait amèrement de ses paroles. Son postérieur ne lui paraissait plus du tout délicieux, mais complètement engourdi. Elle éprouva un immense soulagement quand le chameau d'Azhar ralentit devant elle. Arrêtant sa propre monture d'une façon hésitante mais efficace, Julia descendit en se laissant simplement glisser sur le sable, pour découvrir à ses frais qu'il n'y en avait qu'une couche très fine sur un rocher rouge friable.

— Vous êtes-vous fait mal ?

Etourdie, elle secoua la tête, laissant Azhar la remettre sur ses pieds. Ayant découvert que le meilleur moyen d'éviter le mal de mer à cause de la selle qui oscillait était de se concentrer uniquement sur ce qu'il y avait devant elle, elle avait n'avait cessé de fixer le dos d'Azhar. A présent, elle prenait conscience de ce qui l'entourait et elle étouffa un cri de surprise.

— Quel est cet endroit ?

Azhar prononça le nom en arabe.

— Cela signifie l'oasis du Rocher rouge et de la Cascade grondante, expliqua-t-il. C'est beaucoup plus commun dans la traduction.

— Ce lieu n'a rien de commun, il est absolument à couper le souffle.

L'oasis était petite, un creux protégé par une formation rocheuse semi-circulaire d'environ trente pieds de haut. La cascade tombait du milieu des rochers dans un bassin profond. L'eau qui avait frappé le rocher pendant des années y avait sculpté des formes fantastiques. Derrière la cascade, une espèce de mousse d'un vert argenté poussait en de longues frondes. Des arbres de la même couleur étrange poussaient de chaque côté, presque aussi hauts que les rochers, leur reflet miroitant sur la surface agitée de l'eau. L'air était agréablement frais et humide, l'ombre projetée par la formation rocheuse offrait un répit bienvenu, la chaleur du soleil étant déjà brûlante bien qu'il ne puisse être beaucoup plus tard que 10 heures du matin.

Les maisons basses en pierre, construites dans la même roche rouge, étaient groupées au bord de l'eau du côté ombragé, et se fondaient si bien dans leur environnement que Julia ne les remarqua pas tout de suite.

— C'est si tranquille, dit-elle. Personne ne vit ici ?

— A cette heure de la journée, les hommes doivent être au travail, répondit Azhar. Il y a une mine de diamant à deux heures de trajet d'ici. Seules les femmes doivent être là.

— Et je suppose qu'elles ne se montreront pas à un étranger. Bien que… Vous savez, je viens juste d'y penser, mais quand nous sommes arrivés à Al-Qaryma on vous a reconnu presque immédiatement, même si vous étiez parti dix ans.

Azhar finit d'entraver les chameaux.

— J'étais un homme adulte quand je suis parti, Julia, et

je n'ai pas passé toutes mes années de formation enfermé derrière les murs du palais.

Curieuse de savoir comment il passait ses journées, Julia fut distraite par un cri de bienvenue qui venait de la plus grande maison du village. Une vieille femme se tenait sur le seuil, son visage ridé dépourvu de voile, ses bras tendus en signe d'accueil. Lorsqu'il la vit, le visage d'Azhar s'illumina.

— Johara, expliqua-t-il à Julia. C'est une herboriste. Je craignais… mais j'aurais dû savoir qu'elle serait toujours là. Je crois qu'elle vivra éternellement. Venez, laissez-moi vous présenter.

Il arriva au côté de Johara juste à temps pour l'empêcher de tomber à genoux. Il la serra dans ses bras et lui parla gentiment dans sa propre langue.

— Mme Julia Trevelyan, annonça-t-il en présentant Julia.

Le visage de la femme était très ridé, sa petite silhouette frêle et courbée, mais ses yeux, sous leurs paupières qui tombaient, étaient d'un bleu vif et farouchement inquisiteurs. Herboriste, guérisseuse, sage-femme, magicienne ou sorcière, selon la culture à laquelle elles appartenaient, Julia avait rencontré plusieurs fois des femmes comme Johara lors de ses voyages. Elle savait qu'elles étaient respectées et craintes. Elle s'agenouilla, se penchant sur la main noueuse de la petite vieille, et marmonna les paroles rituelles de salutation dans son arabe hésitant.

Une fois qu'il l'eut aidée à se relever, elle fut récompensée par un signe de tête approbateur d'Azhar et un regard de la vieille femme qu'elle ne put qualifier que de narquois. Puis Johara se répandit en un torrent d'arabe, accompagné de nombreux gestes. Se tenant sur le côté, Julia vit s'ouvrir les portes des autres maisons du village et des dizaines de femmes de toutes tailles et de tous âges en sortir, par deux, par trois et même parfois par quatre. Elles étaient toutes voilées de la tête aux pieds. Une à une, elles s'avancèrent, s'inclinèrent, les yeux rivés sur le sol, et formèrent deux rangées devant l'herboriste et leur prince héritier.

Se sentant gênée, Julia s'écarta un peu. Azhar, qui tournait le dos aux arrivantes et était en grande conversation avec Johara, ne semblait pas s'être aperçu de leur présence. Julia tira sur sa manche pour attirer son attention et fit un signe par-dessus son épaule. Il se tourna avec réticence, lui sembla-t-il. Les avait-il ignorées volontairement ? Elle surprit ce qui ressemblait à une lueur d'agacement ou d'embarras dans ses yeux, avant qu'il ne prononce une sorte de salutation formelle et ne leur indique de se relever. Elles s'exécutèrent avec lenteur, leurs yeux au-dessus de leurs voiles attendant visiblement plus de lui, mais Azhar parla à mi-voix à Johara et se détourna.

— Nous sommes invités à prendre le thé, déclara-t-il à Julia en la prenant par le bras et en la forçant à entrer dans la maison de la guérisseuse sans un regard en arrière.

— C'était un peu rude, si je peux me permettre.

Julia se dégagea d'un geste brusque.

— Ces femmes voulaient seulement montrer leur respect à leur futur roi, et vous leur avez pratiquement tourné le dos.

La bouche d'Azhar se pinça.

— Je ne mérite pas…

Il s'interrompit. Lorsqu'il reprit la parole, ce fut entre ses dents.

— Je ne suis pas encore leur roi. Je n'ai pas été couronné.

Ses joues s'étaient légèrement empourprées.

— C'est une fausse excuse. Leur respect vous embarrasse-t-il ? demanda Julia, troublée par la vigueur de sa réaction, et se rappelant maintenant la façon dont il avait ignoré la foule qui les avait suivis à travers la ville à leur arrivée. Tout cela me paraît certes un peu étrange, les courbettes et l'envie de vous toucher, mais après tout je viens d'un pays qui a enfermé un roi et mis sur le trône à sa place un freluquet trop gros, trop gâté et franchement trop nerveux.

Les similitudes entre les deux régents, le prince George et le prince Kamal, frappèrent soudain Julia. Ce fut à son tour de rougir.

— Je ne songeais pas à faire de comparaison, bien sûr. C'est juste que… Je veux dire, je suis sûre que votre frère n'est pas…

« Un libertin ? Un débauché ? », s'interrogea-t-elle en silence.

— … un homme dissolu.

— Vraiment ? Vous semblez bien sûre de vous, pour quelqu'un qui a passé moins d'un quart d'heure en sa compagnie.

Azhar lui décocha l'un de ses regards hautains. Au lieu de calmer Julia, cela ne fit que la hérisser davantage.

— Je suis une très fine interprète des caractères, répliqua-t-elle.

— Si fine que vous avez employé un voleur comme guide.

— Oh ! voilà qui est…

De nouveau, elle s'interrompit.

— Vous avez tout à fait raison, bien sûr. C'est moi qui me suis montrée injuste en portant un jugement sur un homme que je ne connais pas. Non pas que je connaisse le prince George non plus, mais ses habitudes sont bien connues et… et de toute façon, Azhar, nous nous sommes fortement éloignés du sujet qui nous occupe. Même si cela vous met mal à l'aise, tout ce que ces femmes faisaient était de vous témoigner le respect dû à leur prince.

— Même un prince doit gagner le respect, Julia.

Azhar ôta sa coiffe, en arrangea les plis et la remit.

— Je n'avais pas l'intention d'être grossier. Je…

Une femme portant un énorme plateau pour le thé l'interrompit. Elle fut suivie de Johara, qui les invita tous les deux à prendre place sur les coussins disposés près de la table basse. Tandis que le suave thé à la menthe était servi cérémonieusement, Azhar demanda à Johara d'expliquer son art à Julia, puis il traduisit les mots de la vieille femme et les questions passionnées de Julia. Bien qu'elle connût certaines des plantes mentionnées, beaucoup lui étaient mystérieuses, soit à cause de leurs noms locaux, soit simplement parce qu'elle ne les avait jamais vues. Par l'intermédiaire d'Azhar, Julia ne cessait d'interroger Johara, tandis que le savoir encyclopédique de la vieille femme devenait de plus en plus évident. Finalement, Johara tapa dans ses mains et appela une de ses filles.

Le livre qui fut posé avec vénération sur la table était un in-folio relié de cuir rouge sombre et visiblement très ancien.

— Vous êtes vraiment privilégiée, observa Azhar. Ce livre s'est transmis de mère en fille dans la famille de Johara depuis plus de deux siècles.

Les illustrations étaient si belles que Julia manqua de s'exclamer d'admiration. Des plantes, des fleurs, des arbres et des racines, une espèce par page, et au-dessous ce que Julia supposa être des recettes pour des potions médicinales, rédigées minutieusement en arabe. Julia tourna les pages avec soin, effleurant les planches délicates.

— Ces illustrations sont merveilleuses, murmura-t-elle. S'il vous plaît, dites à Johara que je suis extrêmement honorée, que je n'ai jamais rien vu d'aussi magnifique. *Shukran*, ajouta-t-elle en joignant les mains. De grâce, dites-lui que je suis très, très reconnaissante.

— Johara m'assure que vous pouvez copier les dessins, si vous voulez, mais vous ne devez pas transcrire les recettes, sinon une malédiction tombera sur vous et votre famille, expliqua Azhar. C'est un avertissement que je ne prendrais pas à la légère si j'étais vous. Mais je pensais que vous préféreriez dessiner certaines de ces plantes dans leur habitat naturel. Beaucoup d'entre elles poussent ici, dans l'oasis. La fille de Johara vous montrera où, si vous voulez.

— Si je veux ! Quand pouvons-nous commencer ? Oh ! je ne voulais pas paraître impolie, mais…

— Mais vous êtes impatiente de vous mettre à la tâche, continua Azhar en souriant. Nous avons environ quatre heures devant nous.

— Merci. Oh ! merci beaucoup, mais vous ? Qu'allez-vous faire pendant que je travaille ?

— J'ai dix ans d'histoire à faire resurgir, Julia. Je ne manquerai pas d'occupation.

Tandis qu'Azhar attendait que Johara convoque les femmes du village, il regarda Julia s'éloigner vers l'autre bout de l'oasis avec des sentiments mêlés. L'honnêteté qu'il lui avait demandée avait un prix. Elle voyait trop de choses. Davantage, suspectait-il, que ce qu'elle choisissait de lui dire. Cependant, sans doute préférerait-il qu'elle garde certaines de ses pensées pour elle.

Il était d'ailleurs assez déconcerté par sa façon de percevoir les choses. Elle l'amenait naturellement à lui faire des confidences qu'il aimerait mieux garder pour lui, et à se confronter à des faits qu'il préférerait ignorer. L'adulation injustifiée de son peuple, par exemple. Les gens ne se rendaient-ils pas compte qu'il les avait abandonnés ? En rentrant dans son royaume, il s'était attendu à être accueilli avec un certain ressentiment, au mieux avec une acceptation maussade. Si seulement son frère avait fait plus d'efforts pour se faire aimer ! Il avait eu dix ans pour montrer qu'il était digne de régner. D'un autre côté, Kamal n'avait-il pas toujours cru que le rang de naissance l'emportait sur tout ? Se rappelant la comparaison de Julia entre son frère et le… — comment l'avait-elle appelé ? — le « freluquet » de prince régent anglais, il se mit à rire. C'était bien vu, il ne pouvait le nier. Il ne savait pas très bien ce qu'était un freluquet, mais il l'imaginait sans mal.

Oui, Julia en devinait trop, mais elle ne disposait pas du tableau complet. Si c'était le cas, elle comprendrait…

Azhar s'arrêta. Il avait besoin de son honnêteté, pas de sa compréhension. Il n'avait pas besoin de s'expliquer devant elle. Même si elle avait raison à propos du respect qu'on lui portait. C'était curieux, il n'avait pas de scrupules à duper Kamal et son Conseil, même s'il avait pris grand soin de ne pas leur mentir, il ne leur avait révélé qu'une partie de la vérité. Mais l'idée de tromper le peuple le rendait très mal à l'aise.

Dehors, les femmes s'étaient rassemblées. Ce qu'il avait l'intention de faire était pour leur bien. Et le sien. C'était la meilleure solution. Mais entre-temps, comme Julia l'avait fait remarquer, couronnement ou pas, il devait faire preuve de considération envers ceux qui se croyaient ses sujets. Otant son kéfié pour en arranger soigneusement les plis, Azhar sortit afin d'en faire la démonstration.

Chapitre 5

Ils rentrèrent au palais en début de soirée. Azhar escorta Julia jusqu'à ses appartements, portant son matériel de dessin qu'il posa sur la table de son salon.

— Je vous remercie infiniment pour cette rencontre, Azhar, déclara-t-elle. J'ai fait plus de croquis en un après-midi que j'en réalisais auparavant en deux ou trois jours dans le désert. J'aimerais seulement pouvoir mieux parler votre langue, il y a un millier de questions que j'aurais voulu poser à Johara. Elle est l'une des herboristes les plus savantes que j'ai jamais rencontrées.

— Et vous avez rencontré beaucoup de ces femmes lors de vos voyages ?

— Plusieurs. Elles se sont révélées d'un immense secours pour étayer le livre de Daniel.

Julia étouffa un bâillement.

— Je vous demande pardon, la journée a été fort longue, mais très productive — du moins de mon point de vue. Je crains de ne pas vous avoir beaucoup aidé.

Elle lui jeta un coup d'œil de côté. Il avait enlevé sa coiffe et se tenait à la fenêtre, contemplant sa petite cour intérieure.

— Pour être honnête, je ne sais pas très bien ce que vous attendez de moi.

— De dire ce que vous pensez, comme vous l'avez fait aujourd'hui, répondit Azhar d'un air piteux. Je n'avais pas l'intention d'offenser les femmes du village, mais je l'ai fait.

Vous me l'avez très justement fait remarquer, et je vous en suis reconnaissant.

— Mais l'important est que vous vous soyez efforcé de remédier à la situation, continua Julia. Je vous ai vu leur parler.

Elle alla se placer à côté de lui, ouvrant l'une des portes-fenêtres pour laisser entrer la légère brise du soir.

— Vous avez beau le nier, la situation de votre peuple vous tient à cœur.

Azhar sortit sur la terrasse, l'enjoignant de le suivre.

— C'est mon devoir de me conduire honorablement, Julia, c'est tout.

— En tant que prince de sang royal, voulez-vous dire ?

— Oui, mais aussi en tant qu'homme.

— Cela, je n'en douterais jamais. Vous auriez pu aisément me laisser à l'oasis, mais votre conscience vous a dicté de ne rien en faire, et je vous en serai éternellement reconnaissante. A l'homme, pas au prince.

Le crépuscule était tombé et, bien qu'ils soient à l'intérieur d'un vaste palais, au milieu d'une ville, c'était ce moment du soir où le silence et la tranquillité recouvraient tout comme une cape. Azhar glissa les bras autour d'elle et l'attira à lui. Seules quelques couches de coton et de soie les séparaient. Il fit descendre sa main jusqu'au creux de ses reins.

— Julia ?

L'estomac de Julia se noua. Elle passa les doigts dans ses cheveux courts et soyeux.

— Azhar ?

— Nous ne sommes plus sur un chameau, maintenant.

— Non, en effet.

— Alors, je me demandais s'il se pourrait que le moment soit…

— Propice ?

— Exactement, répondit-il en inclinant la tête vers elle. Tout à fait propice. Et fort bien choisi, à mon humble avis.

Les paupières de Julia se fermèrent lentement tandis que ses lèvres caressaient les siennes, faisant courir des frissons de délice sur sa peau. Il l'embrassa avec lenteur, plaquant sa main dans son dos pour la mouler contre lui pendant que ses lèvres s'ajustaient aux siennes. Il l'embrassa comme s'il la goûtait, comme s'il la savourait. Le crépuscule, l'ardente chaleur du soleil qui s'était amassée sous sa peau et irradiait tout son corps à présent, ce séduisant homme du désert qui la tenait serrée contre lui, le frôlement sensuel de ses vêtements orientaux, l'étincelle persistante de désir qu'elle avait ressentie tout au long de la journée, n'attendant que d'être enflammée, faisaient frémir le ventre de Julia et battre son sang dans ses veines. Elle fit remonter ses doigts le long du dos d'Azhar, appréciant la sensation de la soie fine qui se plissait sur sa colonne vertébrale, et leur baiser s'approfondit. La langue d'Azhar toucha la sienne et elle laissa échapper un curieux petit soupir de ravissement. Et puis, aussi lentement qu'il avait commencé, le baiser s'arrêta, de plus en plus léger.

Ouvrant les yeux, Julia battit des cils. Etait-ce là l'étreinte brûlante qu'elle s'était plu à imaginer lorsqu'ils étaient seuls dans le désert ? Elle en ressentait l'ardeur, mais peut-être existait-il différents degrés de baisers.

— Je suis vraiment ravie de ne pas me trouver sur un chameau, dit-elle. Je n'avais encore jamais été embrassée ainsi. Merci beaucoup.

— Julia, je vous en prie, ne me remerciez pas. Ce fut un plaisir, dans tous les sens du terme.

Azhar pressa ses lèvres sur son front.

— Je dois vous laisser. Je suis attendu pour dîner avec mon frère, et j'ai des affaires urgentes à traiter dès demain. Je serais très pris durant ces prochains jours.

— Mettre de l'ordre parmi les gardes du palais.

— Entre autres choses. J'ai découvert, en parlant avec les femmes de l'oasis aujourd'hui, qu'il y avait eu des problèmes dans l'importation de denrées indispensables, une situation que je dois examiner, et certains marchands du souk posent des problèmes qui… Mais ces questions ne doivent guère vous intéresser.

— Je croyais que vous laissiez Kamal gérer ce genre de choses ?

Il haussa les épaules.

— Le commerce est mon domaine. Il est plus simple pour moi de m'en occuper.

Julia dissimula un sourire. En fait, il lui était probablement impossible de ne pas s'en occuper. Elle se demanda combien de temps laisserait-il le contrôle du royaume à son frère. Moins d'un mois, sans aucun doute.

— Ne vous inquiétez pas pour moi, reprit-elle. Entre votre magnifique jardin et l'oasis aujourd'hui, j'ai du travail pour une semaine au moins. Je vous en prie, ne vous sentez pas obligé de passer du temps avec moi.

— C'est un plaisir, pas une obligation, mais si cela vous convient de poursuivre vos études pour l'ouvrage de votre mari, alors convenons de nous retrouver dans le jardin dans trois jours. Je vais demander à votre servante de vous apporter de l'eau pour votre bain.

— Merci, après tant de temps passé en selle, ce sera fort bienvenu.

— L'eau chaude a des vertus très apaisantes pour les membres et les corps fatigués.

Azhar eut un sourire coquin tandis qu'il faisait descendre ses mains le long du dos de Julia. Quand ses doigts pressèrent son postérieur, il laissa échapper un doux gémissement, puis son sourire s'évanouit et ses lèvres trouvèrent de nouveau les siennes.

Cette fois-ci, elle n'eut plus aucun doute. Le baiser qu'ils échangèrent n'était pas seulement brûlant, mais aussi charnel. Là, point de douceur, il était dur, sombre, sauvage. Sa langue se mêlait à la sienne. Julia se pencha en arrière, lui offrit sa bouche et se cramponna à ses épaules pour se maintenir son équilibre tandis qu'il la serrait contre lui. Son excitation grandit. Le sentir rigide et dur entre ses cuisses fit naître une chaleur entre ses cuisses. Elle passa une jambe autour de lui, s'abandonnant au besoin de se presser davantage contre lui, et il grogna, l'embrassant plus fort, plus profondément, jusqu'à ce qu'elle soit obligée de s'interrompre pour reprendre sa respiration.

Lui aussi avait le souffle court. Ils restèrent un long moment à se dévisager, les yeux assombris par le désir. L'ardeur avec laquelle elle avait répondu à son étreinte déconcertait Julia. Tout à coup, elle se rappela l'expression horrifiée de Daniel lors de cette nuit lointaine, sous un autre ciel étranger, lorsqu'elle avait tenté de le séduire. Honteuse, elle commença à se dégager.

— Je suis désolée, bafouilla-t-elle. Je n'ai jamais… Je n'avais pas l'intention… Je ne sais pas ce qui m'a pris.

— Le même sentiment que moi, j'espère.

Azhar l'attrapa alors qu'elle se détournait, la forçant à lui faire face.

— La passion. Dans ma culture, elle est reconnue comme un appétit parfaitement sain et naturel, et ce depuis des millénaires. Vous n'avez pas à vous en excuser et n'avez aucun reproche à vous faire, Julia.

— Non ? Mais je pensais que… Je pensais qu'une femme… Un tel manque de retenue était…

— Tout à fait enivrant.

— Vous voulez dire que vous n'êtes pas choqué ?

— Choqué ! Au nom de tout ce qui est sacré, quel genre d'homme était votre mari ? Non, ne répondez pas, j'en ai déjà une très bonne idée.

Il écarta les cheveux de Julia de son front.

— Il n'y a rien de plus efficace pour attiser le désir d'un homme que la passion d'une femme. Voir le feu dans vos yeux, sentir le feu qui coule dans vos veines quand vous me touchez m'enflamme aussi. Imaginez-vous que je préférerais embrasser une femme qui réagirait simplement avec… docilité ? Non. Aucun homme au sang vif n'aimerait cela. Ne vous excusez jamais de votre tempérament fougueux. La retenue, Julia, n'a pas de place dans l'amour physique.

Azhar l'embrassa encore brièvement sur la bouche.

— Je suis maintenant officiellement en retard. Profitez bien de votre bain. Mon seul regret est de ne pas pouvoir le partager avec vous.

— Azhar !

Il rit.

— Ma rose anglaise. Si aisément choquée. Vous pourriez apprendre beaucoup de choses de l'Orient avant de partir. Vous n'avez qu'à demander. Je ne suis pas dénué de talents dans ce domaine.

— Cornouaillaise ! lança-t-elle après lui. Je suis une rose de Cornouailles, si je suis une rose quelconque.

Mais il se contenta de rire de nouveau, s'emparant de sa coiffe sur le sofa avant de refermer doucement derrière lui la porte de ses appartements.

« Pas dénué de talents. » La signification de cette remarque laissait entrevoir un monde dont Julia ignorait tout, mais cela n'empêcha pas un frisson de désir la traverser. L'idée d'être l'élève d'Azhar dans les arts de l'amour était aussi délicieuse qu'un péché. Décidément, cette nouvelle Julia apparaissait aussi effrontée que différente.

Deux jours plus tard, Julia posa son pinceau avec un soupir de satisfaction et étira ses bras. Elle avait presque fini de reproduire les échantillons qu'elle avait collectés à l'oasis du Rocher rouge et de la Cascade grondante. Elle aurait aimé pouvoir prononcer ce nom en arabe mais, même si elle se souvenait la façon dont Azhar l'avait prononcé, elle était incapable de le répéter.

Après avoir mis sa dernière planche de côté afin qu'elle sèche, elle se dirigea vers la terrasse où Aïcha avait laissé un pichet de citronnade, en prenant soin de tirer les rideaux derrière elle pour protéger ses précieuses aquarelles des rayons destructeurs du soleil. Le lendemain matin, elle allait revoir Azhar pour la première fois depuis qu'ils s'étaient embrassés. Tandis qu'elle se remémorait ces baisers, son ventre se crispa.

Elle avait très envie d'acquérir les connaissances auxquelles il avait fait allusion, mais elle n'était pas sûre d'avoir le courage de lui réclamer. Il semblait impossible d'imaginer une telle conversation à la lumière crue du jour. Une démonstration pratique sous le couvert de l'obscurité, peut-être — mais non, elle avait même du mal à s'imaginer cela.

Elle but une gorgée de la rafraîchissante boisson acidulée, en se dirigeant nerveusement jusqu'au siège installé sous le citronnier. La retenue, avait dit Azhar, n'avait pas de place dans l'amour physique, mais c'était tout ce qu'elle connaissait. Aucun homme n'a envie d'une femme qui répond avec docilité, avait-il dit aussi. Là encore, ce comportement était tout ce qu'elle avait jamais manifesté. C'était ce que Daniel attendait d'elle — ou souhaitait ? Cela rendait-il son mari moins homme et elle-même moins femme ?

Appuyant l'arrière de sa tête contre l'écorce de l'arbre, elle ferma les yeux, essayant de se rappeler à quoi cela ressemblait de faire l'amour avec Daniel. Une étreinte maladroite, parce qu'elle ne savait rien de la question ; sa mère était morte quand elle avait huit ans et la seule autre femme présente dans leur foyer était la gouvernante de son père, une Cornouaillaise aigrie qui ne s'était jamais mariée. Alors oui, des gestes gauches et empruntés au début, parce qu'elle ne savait pas à quoi s'attendre et que Daniel… Mais Daniel avait-il eu plus d'expérience qu'elle ?

Elle se redressa, surprise par cette pensée qui ne lui était encore jamais venue à l'esprit. Pourquoi pas, après tout ? Elle fronça les sourcils. Se pouvait-il qu'elle ait simplement présumé que, parce qu'il était un homme, il devait être mieux armé qu'elle ? Ou juste parce qu'il était Daniel, et que même avant leur mariage elle avait pris l'habitude d'accepter qu'il en sache toujours plus qu'elle ? Julia eut un mouvement de recul. Cela la faisait paraître horriblement faible. Et même assez pathétique. Mais était-ce vrai ?

Elle considéra soigneusement la question, fixant les glaçons sucrés dans son verre. En y réfléchissant, il était hautement improbable que Daniel ait eu des relations intimes avec une femme avant leur nuit de noces, à moins que ce n'ait été avec l'une de ces créatures qui arpentaient les rues autour des ports miniers de Portreath ou de Hayle — mais non, elle ne pouvait croire qu'il ait eu ce genre de penchant.

— Bonté divine, marmonna-t-elle embarrassée, mais cependant mi-horrifiée et mi-amusée. Je crois bien que le pauvre Daniel était aussi innocent que moi.

Après ces premières tentatives, ils avaient progressé jusqu'à ce que Daniel atteigne la jouissance, mais Julia n'avait jamais guère plus éprouvé que de faibles sensations quand son mari la touchait. Elle avait appris tant bien que mal, par des tentatives pas toujours réussies, à s'exciter elle-même, mais elle n'avait jamais osé en faire part à Daniel. Elle en éprouvait trop de honte et savait qu'il trouverait cela sordide. Les avait-elle privés tous les deux de plaisir, en gardant cela pour elle ? Et ce qu'elle avait gardé pour elle avait-il découragé son mari ?

Le cœur serré, Julia fut forcée d'admettre que c'était bien possible. Pour la première fois depuis des semaines, elle céda à ce sentiment qui lui était familier : un mélange d'impuissance face au fait qu'elle avait gaspillé tant d'années de sa vie, et un profond regret de ne pas avoir eu le courage d'essayer d'améliorer les choses pendant que Daniel était encore en vie. Comme elle en voulait à son mari — et, dans une moindre mesure, à son père — d'avoir créé cette Julia-là. Et comme elle se détestait d'être restée si longtemps cette fade version d'elle-même.

C'était sa faute.

— Non.

Elle bondit sur ses pieds et remua les bras, comme si ces gestes avaient le pouvoir de disperser ses sombres pensées. Elle en avait fini avec cette façon de s'apitoyer sur elle-même. Elle avait laissé cette Julia derrière elle quand elle avait décidé de partir seule en voyage. Elle était une nouvelle Julia, maintenant, et lorsqu'elle aurait rempli toutes les promesses qu'elle avait faites à Daniel sur son lit de mort, elle serait enfin libre.

— Et d'ici là, je ferais bien de me rappeler que je n'étais pas la seule à être réservée quand on faisait l'amour, déclara-t-elle au citronnier. Mon plaisir n'intéressait pas Daniel. Bien au contraire. Il l'a positivement *étouffé* la seule fois où j'ai tenté de l'exprimer.

Julia retourna sur la terrasse, reposant son verre sur le plateau d'un geste décidé.

— Eh bien, Daniel, s'exclama-t-elle en levant les yeux vers le ciel bleu, il n'est plus question que je refrène mon désir. Et maintenant, j'aimerais beaucoup découvrir ce que cela fait de se sentir comblée.

Julia passa une nuit agitée pleine de rêves ennuyeux et sans fin dans lesquels on lui demandait de suivre de parfaits étrangers avec des notes qu'elle avait oubliées, des messages dont elle ne parvenait pas à se souvenir. S'éveillant au moment où le soleil se levait, elle rejeta les draps humides et emmêlés et avec eux son humeur morose. Elle était déterminée à ne plus perdre de temps avec ce qui aurait pu être ou ne pas être dans le passé, et désirait plus que tout se concentrer sur la tâche qui lui permettrait de mettre tout cela derrière elle pour toujours.

Ouvrant l'armoire laquée qui contenait ses nouveaux habits, elle s'accorda un instant de pur plaisir sensuel à passer les mains dans la profusion d'étoffes soyeuses et légères, admirant l'abondante gamme de couleurs vives. Elle n'aurait jamais choisi de telles couleurs elle-même, son côté pratique l'inclinant vers du marron, du noir ou du gris. En tant qu'artiste, ce n'était pas qu'elle n'avait pas le sens des couleurs, mais elle ne l'avait jamais appliqué à sa personne. C'était Aïcha qui avait sélectionné ces vêtements, en assez grande quantité pour lui offrir un large choix pendant le mois qu'elle passerait ici, mais ni trop opulents ni trop nombreux pour qu'elle se sente embarrassée, car elle savait, malgré ce qu'avait dit Azhar, qu'il ne la laisserait pas les payer. Son attention aux détails ne s'appliquait pas qu'à ses affaires. C'était un homme très attentionné. Qui sortirait de sa vie d'ici un mois, lui rappela sa conscience. Mais Julia ne l'écouta pas. Elle avait mieux à faire que de compter les jours.

Elle choisit un sarouel bleu foncé orné de broderies et de perles noires aux chevilles et attaché à la taille par une ceinture de soie ébène. La tunique turquoise portait les mêmes ornements le long de l'ourlet et au bas des larges manches flottantes. Ses cheveux luisaient grâce aux huiles avec lesquelles Aïcha les avaient enduits avant de les laver, et étaient parfumés par l'eau de rose avec laquelle elle les avait rincés. Julia n'avait jamais aimé ses cheveux, trouvant que leur couleur flamboyante jurait avec sa nature sérieuse et le travail respectable qu'elle devait accomplir. Autre chose qui avait changé ici, dans le désert. Elle aimait l'idée d'une Julia flamboyante, même si c'était seulement de la vanité. Elle laissa ses cheveux détachés sur ses épaules, enfila des pantoufles turquoise et choisit un voile de soie assorti pour couvrir ses cheveux et son visage pendant qu'elle traverserait le palais et serait offerte aux regards. Après avoir pris son matériel de dessin, elle quitta ses appartements et se dirigea vers le jardin.

Azhar se versa une tasse du café qu'il avait fait apporter au pavillon. En entendant des pas, il se leva, s'attendant à voir apparaître Julia, mais ce fut son frère qui surgit devant lui et, à en juger par son expression, il n'était pas là pour admirer le jardin. Le cœur d'Azhar se serra.

— Tu m'as fait espionner, s'exclama Kamal dès qu'il fut assez près du pavillon pour être entendu.

— Bonjour, frère. Veux-tu prendre une tasse de café avec moi ?

Kamal l'ignora, montant en soufflant les marches de la

terrasse pour se laisser choir sans cérémonie sur l'une des chaises basses.

— Quelles sont tes intentions en te rendant dans les mines interroger les ouvriers ?

— On t'a mal informé. Je suis allé au village, pas dans les mines, rétorqua Azhar, d'une voix plus dure. Et il me semble que c'est toi qui m'as fait espionner, au lieu du contraire. Mais ton espion, si je peux me permettre, est plutôt stupide.

— J'agis comme gouvernant temporaire à ta propre demande, je te rappelle. Je compte donc être informé de tout ce qui se passe.

— Naturellement. Mais je me demande pourquoi le fait que je visite à l'un de mes propres villages serait considéré comme inconvenant, déclara Azhar d'un ton acerbe.

Croisant les mains sur son ventre rebondi, Kamal remua, mal à l'aise.

— Tu ne les as pas avertis. Le protocole veut que l'on prévienne le plus tôt possible d'une visite royale afin que l'on puisse préparer un accueil comme il sied.

— Et pour éviter toute surprise, je présume. Quoi qu'il en soit, il ne s'agissait pas d'une visite formelle. J'ai emmené Mme Trevelyan voir Johara, l'herboriste.

Kamal ricana.

— Pour satisfaire son obsession bizarre à propos de notre flore exotique. Comme c'était attentionné de ta part. Il vaudrait mieux à l'avenir que tu m'informes avec précision de tes intentions quand tu te déplaces dans le royaume.

— Cela vaudrait mieux pour qui, Kamal ?

Son frère haussa les épaules.

— Je souhaite simplement éviter de malheureux malentendus.

Azhar l'étudia par-dessus le bord de sa tasse de café, se demandant à quels malentendus, heureux ou malheureux, Kamal se référait. Il avait quitté le village en bons termes avec les femmes, et Johara avait été si impressionnée par Julia qu'elle avait insisté pour qu'Azhar revienne à nouveau avec elle. Pourtant Kamal était mal à l'aise. Cachait-il quelque chose ou était-il simplement dépité ?

— J'ai clairement exprimé mes intentions quand je me suis adressé au Conseil, déclara-t-il. Durant ce laps de temps où tu exerces encore, je profiterai de l'occasion pour refaire connaissance avec Qaryma.

— Si tu décides d'aller voir d'autres villages, d'autres mines…

Azhar se raidit.

— J'irai où je voudrai, et je parlerai à qui je souhaiterai. Tu es peut-être régent, mais je n'ai pas de comptes à te rendre.

Les yeux de Kamal brillèrent d'irritation.

— Non, mais moi j'ai des comptes à rendre pour ce royaume.

Il se releva.

— Les choses ont changé, Azhar.

— C'est précisément pourquoi j'ai décidé que durant cette période…

— *Tu* as décidé !

Kamal lâcha un méchant juron d'une voix sifflante.

— Tu es parti pendant dix ans et tu penses que tu peux reprendre les rênes comme si tu étais parti dix minutes, procédant à des changements au gré de tes désirs dans des domaines qui ont parfaitement bien fonctionné sans toi ! Pendant dix ans tu as vécu dans le monde extérieur, à faire fortune, ne te souciant en rien de ce qui se passait ici, mais comptant sur moi pour protéger ton héritage. Pendant dix ans je suis demeuré ici, soutenant notre père dans sa maladie, endossant ses responsabilités quand il était trop faible — et qu'as-tu fait, toi ? Tu n'as aucun droit de me critiquer, et certainement aucun droit de me juger.

— Kamal…

— Tu ne mérites pas ce royaume ou ses richesses. Tu n'en as jamais voulu. Ils devraient m'appartenir !

— Kamal !

Mais son frère balaya sa main qui voulait le retenir et descendit d'un pas furieux les marches du pavillon.

— Tu parles avec colère, mais tu as absolument raison, marmonna Azhar d'un ton las. Je n'ai jamais eu envie de gouverner et je ne mérite pas de posséder quoi que ce soit de ce royaume.

Comme Julia tournait au coin d'une haie et s'engageait dans l'allée qui menait au pavillon, Kamal surgit en trombe devant elle et la bouscula violemment, le visage écarlate, contracté par la rage. Se baissant pour ramasser sa coiffe et son matériel de dessin éparpillé, elle fixa avec stupeur le cheik qui s'éloignait.

— Vous a-t-il blessée ? Laissez-moi vous aider.

Azhar, qui avait visiblement suivi son frère, se pencha pour rassembler ses affaires.

— Je vais bien, merci. Qu'a-t-il bien pu se passer pour le mettre dans cet état ?

Azhar secoua la tête, la précédant pour rejoindre la terrasse. Il leur servit une tasse du café noir et amer que Julia apprenait à apprécier. Elle attendit pendant qu'il buvait à petites gorgées, tambourinait de ses doigts sur la table et buvait de nouveau, en contemplant fixement le jardin. Il était vêtu ce jour-là d'un sarouel bleu foncé sous une tunique rayée de même couleur. Il avait des ombres sous les yeux. Le pouls qui battait dans sa gorge et le fait qu'il pliait et dépliait compulsivement les doigts de sa main gauche étaient les seuls signes qu'il ne contrôlait pas complètement son humeur.

Se rendant finalement compte qu'elle l'étudiait, il leva les yeux.

— Il a terminé son petit discours en me traitant de bâtard d'un âne, ce qui peut vous paraître ridicule, mais qui est une grave insulte dans notre langue. Et même une trahison, quand elle est adressée à un futur roi.

— Ce qui, j'en suis sûre, le tiendra éveillé toute la nuit en pensant aux conséquences de ses paroles, une fois sa colère retombée.

— Kamal sait très bien que je ne le punirai pas pour des mots prononcés dans le feu d'une discussion animée, et en privé.

— Vraiment ? Alors j'espère qu'il vous en sera reconnaissant. Si la situation était inversée, je ne pense pas qu'il se montrerait aussi clément.

— Non, vous vous trompez, répondit Azhar. Tout compte fait, Kamal est mon unique frère.

Julia ouvrit la bouche pour lui dire exactement ce qu'elle pensait de Kamal, mais elle se ravisa, se rappelant sa comparaison malheureuse avec le prince George.

— Il est évident que vous le connaissez mieux que moi, reprit-elle, d'un ton qu'elle espéra neutre.

En vain.

— Visiblement, vous n'en croyez pas un mot, déclara Azhar. Je vous en prie, éclairez-moi.

Les pulsations dans son cou ne s'étaient guère calmées.

— Non, répliqua-t-elle.

— Non, vous n'êtes pas d'accord avec moi, ou non, vous ne voulez pas m'éclairer ?

Elle réussit de justesse à s'empêcher de croiser les bras pour masquer son hostilité.

— Non, je ne me laisserai pas pousser à dire quelque chose qui vous mettra encore plus en colère que vous ne l'êtes déjà, répliqua-t-elle.

— Je ne suis pas en colère contre vous.

— Si, rétorqua-t-elle, parce que pour une raison quelconque vous répugnez à être en colère contre votre frère.

Azhar cessa de plier et de déplier ses doigts. Il repoussa sa tasse de café et se leva, fixant le jardin.

— Je suis en colère contre Kamal, mais c'est injuste de ma part. Il m'en veut d'être revenu, ce qui se comprend très bien, alors qu'il a été pendant si longtemps le gardien du royaume. Il perçoit les enquêtes que je mène sur le bon fonctionnement de Qaryma comme des critiques à son égard. Là encore, cela se comprend.

Azhar ne paraissait guère convaincu, pensa Julia en finissant sa tasse de café et en le rejoignant. C'était la première fois qu'il admettait s'inquiéter des capacités de son frère, et qu'il reconnaissait que ses visites dans le royaume ne visaient pas seulement à lui permettre de refaire connaissance avec Qaryma, mais à vérifier si le pays se portait bien. Cependant, elle décida de ne pas attirer son attention là-dessus.

— Si votre frère n'avait rien à cacher, déclara-t-elle à la place, il n'aurait pas besoin d'être sur la défensive.

— Je pourrais l'être moi-même, si j'étais à sa place, répondit Azhar. Kamal… oh, je ne sais pas. Les choses ici ont changé, il me l'a dit lui-même. Nul doute qu'il est simplement anxieux d'avoir mon approbation, rien de plus.

Il se secoua légèrement.

— Assez parlé de Kamal. Je vois là un changement que j'approuve de tout cœur, affirma-t-il en repoussant les cheveux de Julia de son visage. Dès notre première rencontre, j'ai eu envie de les voir ainsi.

Il lissa ses cheveux le long de son dos, ses doigts effleurant son dos.

— Une rivière de feu.

Rivière de feu ou pas, ses caresses enflammaient déjà Julia. Elle soupçonna qu'il se servait de sa chevelure comme d'une distraction, mais ne manqua pas de l'apprécier. Elle se serra dans ses bras et posa les mains sur ses épaules, sentant frémir ses muscles sous le fin coton de sa tunique.

— Cela existe-t-il, une rivière de feu ? demanda-t-elle.

Azhar fit remonter ses mains sur ses côtés et s'arrêta juste sous ses seins.

— Oui, c'est ce que vous avez attisé en moi, dit-il doucement.

Il sentait certainement tambouriner son cœur, ainsi que la chaleur de sa peau à travers sa tunique. Julia plaqua ses mains dans son dos, suivant son épine dorsale jusqu'à la courbe ferme de ses fesses. Ses iris étaient sombres. Sa respiration saccadée.

Azhar prit ses seins dans ses mains. Elle réprima un

gémissement lorsqu'il se mit à caresser ses mamelons avec ses pouces. La soie délicate paraissait râpeuse sur sa peau devenue extrêmement sensible. Ses mains sur elle envoyaient des ondes de sensation dans le bas de son corps, faisant se crisper son ventre, palpiter ses entrailles. Il se pencha plus près, la bouche sur son oreille dont il mordilla le lobe.

Le corps de Julia réclamait violemment de s'offrir à lui, elle voulait le supplier de la prendre, des mots qu'elle n'avait jamais prononcés de sa vie. Tout son corps vibrait à l'unisson. Ses mamelons étaient douloureux de désir. Il sema des baisers le long de sa mâchoire. Il lécha sa lèvre inférieure tandis que ses mains continuaient à saisir ses seins et à les caresser, attisant les feux qui flambaient sous sa peau, puis descendaient de ses mamelons à son ventre et s'installaient entre ses cuisses.

Et alors il l'embrassa. Un baiser sombre comme du chocolat fondu, comme du miel chaud, suave et entêtant, qui embruma son cerveau et ajouta aux vigoureuses réclamations de son corps. Sa langue toucha la sienne, la caressa, la rendant langoureuse et l'enflammant en même temps. Lorsqu'il interrompit ce baiser, elle protesta en gémissant jusqu'à ce qu'il couvre la pointe de son sein de sa bouche et la suce à travers la soie de sa tunique, et elle laissa échapper un étrange petit miaulement de plaisir. Elle bougea impatiemment contre la balustrade, ses mains montant et descendant dans le dos d'Azhar ; elle sentait ses muscles se nouer sous ses doigts et elle avait envie de répondre à son étreinte, mais ne savait pas de quelle façon, hésitant de peur de se tromper. Elle se sentait perdre pied. Par sa bouche sur son autre mamelon, maintenant. Puis de nouveau sur ses lèvres, en un baiser où elle risquait bien de se noyer.

Et ses mains. Ses mains, juste ciel. Sur ses fesses. L'attirant contre lui, pressant la bosse dure de son érection entre ses jambes. Et ses mains, encore. Qui dénouaient la ceinture de son sarouel, qui se glissaient entre ses cuisses, qui se coulaient en elle.

Le gémissement étouffé de Julia était un peu rauque. Il enfonça ses doigts plus haut dans sa féminité et se mit à la caresser. Elle était si brûlante. Et si serrée. Pourtant il s'immisçait facilement en elle, effleurant la perle de son plaisir, et…

— Oh ! oui, là ! cria-t-elle sans pouvoir se retenir. Je veux dire… Enfin, je ne voulais pas dire…

— Comme cela ? demanda-t-il en recommençant. Vous voulez parler de cette caresse ? Ne soyez pas timide, Julia, comment puis-je apprendre ce qui vous fait plaisir si vous ne le partagez pas avec moi ?

— Tout ce que vous faites me plaît.

— Alors laissez-moi vous satisfaire un peu plus, dit-il.

Il l'embrassa et la caressa, sa langue et ses doigts la pénétrant à l'unisson, l'excitant délicieusement, la faisant se crisper autour de lui tout en gémissant contre lui, son corps arqué pour qu'il puisse monter plus haut. Elle s'entendait pousser des petits cris et implorer sans parvenir à s'arrêter. Elle s'accrochait à lui, ne voulant pas que cela finisse, ayant peur que cette attente ne finisse jamais, mais alors Azhar la pressa de se laisser aller, et il fit quelque chose de nouveau et de magique. Elle n'eut d'autre choix que de s'abandonner avec un cri tremblant, de se cramponner à lui tandis que son orgasme la traversait de secousses, brûlant et sauvage comme le désert juste derrière eux, ondoyant comme le sable doux des dunes, la laissant vivante, aussi éclatante et ardente que le ciel au-dessus d'eux, comme si toute cette couleur et toute cette beauté exotique avaient été infusées dans ses veines.

— Bonté divine.

Julia rougit.

— Je veux dire… bonté divine.

Son ravissement total et le fait qu'elle n'essaie pas de le dissimuler étaient à la fois rafraîchissants et excitants. Non pas qu'Azhar ait besoin d'être excité davantage.

— Vous n'êtes sûrement pas à court de mots ? la taquina-t-il.

Ses joues s'empourprèrent de plus belle.

— Je n'ai pas l'habitude de parler après des événements de ce genre. Ni pendant. Non pas que ce genre d'événement me soit… oh, vous savez ce que je veux dire.

Il écarta les cheveux de son visage.

— Le plaisir de ces événements, comme vous dites, peut être accru par la communication.

— J'ai bien sûr éprouvé du plaisir, dit-elle. Mais vous…

— Nous avons un dicton, Julia. Tout voyage a plusieurs destinations. C'était simplement la première étape d'un long du chemin. Et c'est suffisant pour l'instant.

Elle ne parut pas convaincue. D'ailleurs, il aurait donné cher pour continuer leur étreinte et la posséder totalement, en particulier en la regardant maintenant, les cheveux décoiffés, sa tunique en désordre, ses mamelons encore clairement visibles à travers la soie.

— Une partie de mon plaisir est de vous enseigner à savourer le vôtre, Julia. De vous aider à apprendre, si vous voulez que je le fasse, même si je soupçonne que libérée de toute contrainte vous pourrez m'aider à apprendre aussi.

— Je ne peux imaginer comment ce serait possible. J'ignore de quoi vous avez envie, et même si je le savais…

— Julia, le moment venu, je vous promets que vous saurez.

Elle sourit d'un air incertain.

— J'espère que ce moment viendra bientôt. Je ne peux pas croire que nous soyons ici depuis près d'une semaine, déjà. Seulement trois de plus et je rentrerai en Angleterre.

Elle n'en avait pas eu l'intention, mais pour Azhar ses paroles furent aussi efficaces qu'un plongeon dans de l'eau glacée. Dans trois semaines, lui aussi réclamerait sa liberté. Même si c'était tout ce à quoi il aspirait, c'était un temps terriblement court pour mener à bien tout ce qu'il avait à faire. Cela signifiait aussi qu'il n'avait plus que trois semaines à passer avec Julia et, de façon tout à fait étonnante car il n'avait pas du tout l'habitude de passer du temps avec une femme, ce délai lui paraissait également trop bref. Elle lui plaisait. Et il ferait bien de veiller à ce qu'elle ne lui plaise pas trop.

— Vous êtes certaine que trois semaines seront suffisantes pour vos projets ? demanda-t-il.

— Oh ! oui, répondit-elle gaiement. Il y a plus qu'assez de plantes, même dans la petite partie de ce charmant royaume que j'ai déjà visitée, pour compléter le livre de Daniel. En outre, dans trois semaines, je suis sûre que vous serez plus que prêt à prendre la place qui vous revient comme roi de Qaryma, et impatient de le faire.

Il lui avait demandé d'être honnête, mais il ne l'avait point été en retour et, en plongeant son regard dans ses francs yeux verts, Azhar se rendit compte qu'il ne voulait pas lui mentir. Même s'il ne la connaissait que depuis quelques jours, son instinct lui dictait qu'il pouvait lui faire confiance.

— Julia, je ne prendrai pas la couronne à Kamal dans trois semaines.

— Il vous faut plus de temps ?

— Je ne la lui prendrai pas du tout, déclara-t-il. Mon père nous a joué à tous les deux un très mauvais tour en refusant de changer le légataire de son héritage. Quand je suis parti il y a dix ans, c'était pour toujours. Je ne suis pas venu ici pour prendre ma couronne, Julia, je suis venu pour la transmettre. Dans trois semaines, j'ai l'intention d'abdiquer.

Chapitre 6

— Entrez ! lança joyeusement Julia en arabe quand on frappa à la porte de sa suite, pensant que c'était sa servante qui venait desservir le petit déjeuner.

Elle acheva d'enrouler les dernières racines séchées qu'elle avait ramassées deux jours plus tôt dans du coton protecteur, avant de les ranger avec soin dans son nouveau coffret à échantillons. Elle leva les yeux, souriante.

— Regardez comme c'est un abri parfait pour ma nouvelle collection, s'exclama-t-elle.

Mais ce n'était pas la jeune fille qui se tenait devant elle en l'observant, c'était Azhar.

— Votre deuxième visite au village de l'oasis s'est révélée fructueuse, donc ? demanda-t-il.

— Oh ! J'attendais Aïcha. Oui, très fructueuse. Johara et moi avons réussi à communiquer tant bien que mal, avec mon vocabulaire limité et force gesticulations.

Azhar était vêtu de vert bouteille, ce jour-là, son sarouel et sa tunique coupés dans de la soie.

— Je suis désolé de ne pas avoir pu rester pour vous servir d'interprète.

— Vous deviez vous occuper de vos propres affaires à la mine de diamants. J'espère que votre journée a été tout aussi productive.

— Pas particulièrement. La mine elle-même n'est apparemment pas aussi rentable qu'autrefois, mais je n'ai pas réussi à savoir pourquoi.

— Peut-être que les réserves s'épuisent, tout simplement.

— Peut-être, mais c'est néanmoins un problème que je dois résoudre au plus vite.

Il se frotta les yeux d'un geste las.

— Le commerce des diamants fournit à Qaryma l'une de ses principales sources de richesse. L'impact de la diminution de la production se reflète fortement dans les comptes du Trésor que j'ai passé la journée d'hier à étudier — au grand dam de mon frère, inutile de le dire.

— Vous ne le soupçonnez tout de même pas de fraude ? s'enquit Julia.

Azhar haussa les épaules.

— Je n'ai aucune raison de le suspecter de quoi que ce soit. Je veux simplement m'assurer que tout est en ordre.

— Avant de lui transmettre le contrôle du royaume, voulez-vous dire.

Julia referma le couvercle de son coffret et le poussa de côté.

— Nous avons à peine eu l'occasion de parler depuis que vous m'avez informée de votre intention d'abdiquer.

— Avez-vous été choquée ?

— Beaucoup au début, puis je me suis rappelé ce que vous m'avez dit le jour où nous nous approchions de la ville pour la première fois. Que vous étiez ici à la demande d'un défunt, pour réclamer votre liberté.

Julia sourit légèrement.

— Je n'ai pas compris ce que vous entendiez par là à ce moment-là, mais je sais maintenant que vous vouliez dire vous libérer de la couronne. Si tel est le cas, Azhar, si vous êtes vraiment résolu à partir d'ici, je ne comprends pas pourquoi vous avez besoin de moi.

— Cela n'a pas changé. Il est extrêmement important pour moi d'être sûr que Qaryma est entre de bonnes mains avant de quitter la ville. J'ai peur de ne voir que ce que je veux bien voir. J'ai besoin d'un regard neuf, et vous êtes la personne idéale pour me l'apporter. Quelqu'un de neutre, sans attachement sentimental à Qaryma.

Exactement comme il s'était décrit lui-même, pensa Julia.

— Pourquoi n'avez-vous pas parlé à Kamal de vos plans ? Vous avez l'intention de lui confier votre royaume, mais vous ne lui confiez même pas qu'il va être à lui. A moins que… s'agit-il d'une sorte de période d'essai ? Pour vous permettre de le juger ? Mais s'il échoue…

— Il n'échouera pas. Cela ne se peut pas. Il est impossible pour moi de rester ici, Julia. J'ai durement gagné ma liberté.

— Mais elle est loin d'être gagnée tant que vous n'aurez pas abdiqué, répliqua-t-elle vertement.

Le rire d'Azhar fut amer.

— Vous avez tout à fait raison. Ces dix dernières années, cette liberté n'était en fait qu'un mirage.

— Vous pensiez vraiment que votre père vous avait déshérité ?

— J'avais toutes les raisons de le croire.

— Cela a dû être un choc terrible de découvrir qu'il ne l'avait pas fait. Vous avez dit que vous avez reçu une lettre vous apprenant que votre père était mort, je crois ?

— La lettre était de mon père, même s'il avait ordonné qu'elle ne soit envoyée qu'après sa mort. Il n'avait visiblement aucun désir de se réconcilier avec moi, notre dispute était bien aussi définitive que je le pensais. Contrairement à votre mari, mon père ne pouvait pas contrôler mes actes pendant qu'il était en vie, mais…

— En refusant de vous déshériter, il vous obligeait à revenir contre votre gré. Il gardait le contrôle sur vous jusque dans la tombe, coupa Julia, en ouvrant de grands yeux. Exactement comme Daniel !

— En effet. Je savais que vous, la première, vous comprendriez.

— Certes. Toutefois, je dois dire que vous devez appartenir à une toute petite minorité d'hommes qui renoncent volontairement à une telle position de pouvoir et de privilège.

— La plupart des hommes ne comprennent pas l'implication d'une telle position. En découlent de grandes responsabilités.

En tant que roi, je serais contraint par mes devoirs envers mon royaume, j'y serais lié par ma couronne. Ce n'est pas une existence libre.

Julia frissonna.

— Non, effectivement, mais en tant que fils aîné vous avez dû grandir en sachant que Qaryma serait vôtre un jour.

— Et en m'insurgeant contre ce destin, même si je n'ai jamais cru que je pourrais l'éviter. Je n'ai jamais eu envie de régner, alors que Kamal… C'est l'une des choses qui l'ont mis si en colère l'autre jour dans le jardin. Il a toujours eu désespérément envie de régner. Même quand nous étions enfants, c'était un sujet de discorde entre nous. Il voulait le pouvoir, mais ne pouvait pas l'avoir. Cela ne m'intéressait pas du tout, mais je devais en porter le fardeau. Cette ironie du sort l'a toujours rongé.

Julia leva les yeux au ciel.

— Je peux l'imaginer. N'avez-vous jamais été proches ? Je ne sais presque rien de votre passé.

— C'est parce que je l'ai placé derrière moi, répliqua Azhar.

Julia lui décocha un regard sceptique, l'obligeant à lever les mains en un geste de défense.

— Lorsque je partirai d'ici, il sera derrière moi pour toujours.

— Connaître le contexte est primordial, rétorqua-t-elle. Pour comprendre une plante, on doit comprendre son environnement.

Les lèvres d'Azhar frémirent d'amusement.

— Je ne suis pas une espèce rare à étudier et à ranger dans une catégorie.

— Non, vous n'êtes pas rare, vous êtes tout à fait unique, c'est pourquoi j'aimerais vous comprendre un peu plus.

— Vous me flattez.

— Dire la vérité n'est pas flatter, répondit-elle, lui renvoyant ses propres mots.

— Vous êtes une femme très retorse, Julia Trevelyan.

— Je ne pense pas que je vais ajouter cet adjectif à ma liste de compliments. Mon côté retors a-t-il eu des résultats ?

Il rit.

— Oui, mais vous ne devez pas en conclure que vous avez établi un précédent. Nous allons faire un tour du palais. Vous voulez en savoir plus sur mon passé. Le palais le contient et le définit à la fois. Pouvez-vous être prête dans une demi-heure ?

— Le palais est édifié autour de quatre cours. La Première Cour fonctionne purement comme une cour d'entrée, avec accès aux écuries, aux quartiers des gardes, aux cuisines et aux réserves. N'importe qui peut y entrer. Nous sommes actuellement dans la Deuxième Cour, qui est la première cour intérieure, et la première dans laquelle l'entrée est strictement contrôlée. Vous remarquerez que le mur d'enceinte est beaucoup plus haut que celui de la Première Cour.

Julia parcourut du regard l'immense espace ouvert, où cinq allées distinctes formées par des haies de buis et bordées par des cyprès et des platanes partaient en éventail de la grille d'entrée. Elle était déjà passée par là et avait été séduite par les jardins bien dessinés qui se déployaient de façon classique autour d'un grand pentagone. Elle avait remarqué le mur élevé, mais n'avait pensé qu'à l'ombre qu'il prodiguait. A présent, il la faisait frissonner.

— On dirait un château fort.

— C'est parce que le palais a été construit à l'origine comme une forteresse. Ces murs constituent la partie la plus ancienne du palais, qui remonte à près de cinq cents ans.

— Y a-t-il encore des guerres ?

— Pas depuis un siècle, au moins.

— Alors les murailles et la grille…

— Elles sont là pour la tradition. Elles symbolisent la majesté du roi et rappellent sa force et son pouvoir. Les murs mettent en évidence le fossé qui sépare un roi de son peuple.

— Un fossé que vous avez dû franchir. Vous connaissez

le désert, Azhar, et d'après ce que j'ai pu observer, ils savent qui vous êtes.

— C'est vrai, confirma Azhar. Même enfant, je détestais être confiné entre ces murs. J'ai toujours aspiré à savoir ce qui se passait à l'extérieur.

— Mais votre père préférait que vous restiez à l'intérieur ?

— Il préférait que mes sorties dans le royaume soient formelles.

Il montra le chemin le long de l'allée centrale.

— Mon père pensait qu'un roi doit être vu pour gouverner, qu'il doit être une présence pour son peuple, mais que cette présence doit être orchestrée. Par des processions. Des banquets. Des cérémonies. La ligne entre le roi, sa famille et ses sujets doit toujours être tracée avec fermeté dans le sable. Et toujours, depuis mon plus jeune âge, dès que j'ai été assez grand pour penser par moi-même, j'ai été en désaccord avec lui. Je voulais voir, entendre par moi-même et me forger ma propre expérience.

— Comme maintenant, acheva Julia.

Azhar eut un sourire sombre.

— En effet. Si je fais des erreurs, ce sont mes erreurs. Un roi, lui, ne peut se le permettre.

— Ne pas les admettre, en tout cas. C'est là un trait royal que Daniel possédait en abondance, intervint Julia. Il détestait avoir tort. Une fois en Amérique du Sud, quand notre chaloupe…

Elle s'interrompit brusquement, choquée par l'amertume de sa voix.

— Votre chaloupe ?

Azhar leva un sourcil interrogateur, mais elle secoua la tête.

— Aucune importance. Il me l'a reproché, et même si c'était ridicule je l'ai laissé faire parce que c'était plus facile que de discuter avec lui. Il est pitoyable, avec le recul, de voir à quel point j'ai laissé ses idées me gouverner.

— Et vous donner une très faible opinion de vous-même, ajouta gentiment Azhar.

— Oui, vous l'avez dit plusieurs fois et je commence à penser que vous avez raison, c'est pourquoi je suis résolue à essayer de ne pas m'appesantir sur le passé. Je ne suis pas à l'abri des erreurs — mon guide en est un exemple évident — mais je ne suis pas non plus stupide. J'ai parcouru seule la moitié du monde. J'ai été droguée, volée et emmenée par un parfait étranger dans un royaume éloigné dont j'ignorais l'existence il y a huit jours, mais je suis là, toujours vivante et je ne baisserai jamais les bras. Vous voyez, conclut-elle en souriant, j'écoute bel et bien.

— Je suis content de l'entendre.

Le sourire d'Azhar lui contracta le ventre. Sa bouche la troublait. Elle lui rappelait les baisers qu'ils avaient échangés dans le jardin. Elle en désirait d'autres ardemment mais s'efforçait de ne pas y penser.

— Nous sommes censés parler de votre passé, pas du mien, reprit-elle.

Elle s'appliqua à ramener cet homme captivant à leur environnement presque aussi séduisant. Il faisait frais à l'ombre des grands arbres. Au centre du pentagone, de chaque côté de leur allée, il y avait deux fontaines assorties dont la base en forme d'étoile était recouverte de mosaïque dorée, et l'intérieur garni de carreaux turquoise. Au milieu de chacune d'elles, de l'eau jaillissait d'une urne énorme. Julia s'assit sur le bord de la fontaine la plus proche et passa sa main dans l'eau.

— C'est très tranquille, ici. J'aurais cru qu'une cour comme celle-ci serait pleine de gens allant et venant — car c'est une sorte d'antichambre, non ?

— Oui, répondit Azhar avec l'un de ses sourires fugaces, une antichambre. Vide.

Il s'assit à côté d'elle, se penchant en arrière pour regarder le mur intérieur visible au-dessus des cyprès.

— Mon père se montrait toujours très méfiant vis-à-vis des commerçants étrangers. Il pensait que Qaryma devait se suffire à elle-même, que nos richesses devaient être protégées.

Il connaissait parfaitement ce désert, mais il s'aventurait rarement au-delà des frontières de son domaine, hormis pour des visites officielles.

— Mon propre père ne quitte jamais la Cornouailles. Il dit que tout ce qu'il lui faut se trouve là, et en un sens c'est vrai, ajouta Julia. Il a sa maison, ses jardins, ses réunions de sa Société — des hommes de sciences comme lui, qui se retrouvent une fois par mois pour discuter de leurs dernières découvertes.

Elle fit une grimace.

En réalité, ce qu'ils font surtout est de ressasser leur propre travail.

Azhar rit.

— A vous entendre, on dirait qu'ils mâchent leurs papiers et les recrachent.

— C'est plus ou moins ce qu'ils font. En Cornouailles, papa est respecté et admiré, un expert reconnu. Célébré, en un sens. Des botanistes viennent de toute l'Angleterre pour voir ses jardins, vous savez.

Elle se mordilla la lèvre.

— Sa renommée dans son champ d'activité est méritée, mais c'est un tout petit domaine. Il désapprouvait le livre de Daniel. Il prétendait qu'il couvrait un espace bien trop large — que les meilleurs travaux se concentrent sur un champ d'étude étroit.

Azhar attrapa un petit poisson dans sa main, ses minuscules écailles étaient vertes et dorées.

— Alors je suppose qu'il désapprouve que vous le finissiez ?

— En vérité, il ne sait pas que c'est ce que je fais, avoua Julia.

Azhar remit le poisson qui se débattait dans l'eau, doucement.

— Dans ce cas, que croit-il que vous faites en Arabie ?

— Il ne sait pas non plus que je suis ici. Il pense que je suis sur une île des Hébrides — c'est en Ecosse, l'endroit le plus reculé d'Angleterre auquel j'ai pu penser. Je lui ai dit que j'avais besoin de solitude pour me remettre de la mort de Daniel.

Azhar parut si surpris qu'elle rit.

— Je voulais lui faire la surprise du livre quand il sera achevé.

— Je pense que vous allez faire bien plus que cela.

— Vous pensez qu'il sera en colère ?

Azhar secoua la main pour la sécher.

— D'après mon expérience, les hommes comme votre père n'aiment pas être dépassés, en particulier par leurs propres enfants.

— Croyez-vous que votre père craignait que vous ne soyez un meilleur roi que lui ?

Azhar souffla avec dérision.

— Mon père pensait que personne ne ferait un meilleur roi que lui. Ce qu'il craignait, c'était que je ne sois aucune sorte de roi, raison pour laquelle il refusait de me laisser la moindre liberté.

— C'était courir au désastre. Il aurait dû savoir qu'un enfant au caractère aussi aventureux que vous l'étiez, j'imagine, deviendrait un homme qui voudrait explorer le monde. Si seulement il vous avait permis de voyager quand vous étiez plus jeune, pour satisfaire votre envie d'ailleurs…

— Ce n'était pas aussi simple, expliqua Azhar en soupirant. Ce n'était pas seulement mon désir d'expérimenter un monde au-delà de Qaryma, Julia, c'était le fait que, pour moi, Qaryma était…

— … une cage dorée, acheva-t-elle pour lui. Une très belle cage, et dont votre père est désormais absent.

— Si je restais ici, elle me condamnerait pour le reste de ma vie.

— Vous exagérez, non ?

En secouant la tête, il se mit debout et lui prit la main pour l'aider à se lever.

— Venez, nous pourrons continuer notre tour plus tard. J'ai demandé que l'on nous apporte des rafraîchissements.

— C'est ici la salle de réception pour le Divan qui se trouve juste après, annonça Azhar en s'effaçant pour laisser passer Julia. Le Divan est la salle utilisée pour les réunions du Conseil, où les visiteurs étrangers sont reçus et où se tiennent des cérémonies comme des mariages et des couronnements.

— C'est donc une salle du trône ?

— C'est l'un de ses usages. Je vous la montrerai lorsque nous aurons mangé.

Il se laissa choir sur l'un des coussins en velours éparpillés autour de la table basse en marbre, mais Julia continua à examiner la salle. Etant l'une des premières pièces que les visiteurs voyaient, elle était luxueuse, faite pour intimider et impressionner à la fois, mais Julia, nota Azhar avec amusement, était plus fascinée qu'intimidée. Elle passait les doigts sur les mosaïques qui ornaient les murs, s'attardait, la tête penchée en arrière, sur les vitraux du plafond en forme de dôme, faisait le tour des douze piliers qui formaient le portique du Divan, plongeait les doigts dans la fontaine au centre de la pièce. Finalement elle le rejoignit à la table, s'asseyant sur le coussin à côté de lui et regardant les fruits et les pâtisseries avec un plaisir non déguisé.

— Je meurs de faim, déclara-t-elle. De ma vie, je n'ai jamais mangé une nourriture aussi délicieuse que celle qui m'a été servie ici. Je vais rentrer en Cornouailles un peu plus ronde que lorsque j'en suis partie.

Elle tapota son ventre plat et mordit dans une pâtisserie.

— Des amandes, bien sûr, il y a toujours des amandes, et des raisins secs. Et… du poulet ?

— De la pintade de Guinée.

Un petit bout du gâteau demeurait suspendu au coin de ses lèvres. Azhar regarda, fasciné, tandis qu'elle le léchait avant de mettre le reste de la pâtisserie dans sa bouche, fermant les yeux pour la savourer.

Il s'agita sur le coussin. Savait-elle ce qu'elle lui faisait ? Elle prit un autre gâteau sur le plateau, une sorte de tube enveloppé de sucre et de cannelle. Le sexe d'Azhar se durcit.

Elle ne pouvait imaginer le désir qu'elle suscitait. Il doutait qu'elle ait jamais caressé un sexe d'homme. Il se servit un verre de jus de fruits glacé pour se rafraîchir et but une longue gorgée.

— C'est délicieux ! s'exclama Julia, n'ayant aucune idée de l'effet qu'elle produisait. Puis-je avoir du jus de fruits ? J'ai très chaud.

Et il était en feu.

— Laissez-moi vous rafraîchir, dit-il en prenant un petit morceau de glace dans le plat en argent et en le glissant dans sa bouche.

Ses lèvres formèrent un parfait *o* de surprise et Azhar céda au désir de les couvrir des siennes.

La glace froide, la chaleur de ses lèvres, la douceur de sa langue, son propre corps brûlant le firent frissonner de délice. Bien qu'il ait envie de la dévorer, il la savoura, gardant ses distances, limitant leur contact à leurs lèvres et à leur langue. Elle avait un parfum de jasmin. La glace fondit et il en attrapa un autre morceau à tâtons. Julia ouvrit la bouche, les yeux clos, les joues enflammées, et lorsqu'il l'embrassa, elle lui rendit son baiser avec une fougue qui menaça de vaincre la fragile maîtrise qu'il tentait de préserver.

Il fit descendre le glaçon suivant le long de son cou et de sa gorge, l'allongeant sur les coussins, déboutonnant sa tunique pour écarter le vêtement. Sa peau était d'une blancheur laiteuse. Ses mamelons dressés étaient rose pâle. Il laissa fondre la glace dessus, la regardant frissonner, conscient de ses grands yeux fascinants fixés sur lui, puis il prit l'une des pointes glacées dans sa bouche et la suça avec force.

Le gémissement de Julia lui contracta les reins. Le second mamelon, délicieusement dur, se changea de glace en feu lorsqu'il l'enveloppa de ses lèvres. Elle le regardait toujours, les yeux brillants, sa chevelure, libérée de son turban, jetant des éclats de feu dans la lumière colorée du plafond en vitrail. Il savait qu'elle avait très envie de le toucher, mais qu'elle ne le ferait pas sans qu'il la guide. Sans avoir jamais été instruite, elle apprit vite. Ses gestes à la fois voluptueux et innocents étaient enivrants. Et le fait qu'ils s'adonnent au plaisir à deux pas du Divan ajoutait un frisson d'excitation supplémentaire au ravissement d'Azhar.

Il défit le dernier bouton qui fermait sa tunique. Un autre glaçon descendit le long de son corps en la taquinant, se logea au creux de son nombril. Il le lécha jusqu'à ce qu'il disparaisse. Puis il dénoua la ceinture de son sarouel.

— Azhar, quelqu'un pourrait venir.

Il rit.

— Ce n'est pas une possibilité, Julia, c'est une certitude, affirma-t-il en soulevant son postérieur d'un geste preste pour lui enlever le vêtement.

— Azhar !

— Julia, nous ne serons pas dérangés. Nul n'ose entrer ici sans ma permission.

Il prit un dernier glaçon dans le plat.

— Qu'allez-vous faire avec cela ?

Elle n'en avait aucune idée. Savoir qu'il allait être celui qui l'initierait à ce plaisir raffiné ne fit qu'accroître son désir. Avec un sourire coquin, il posa la glace sur sa langue, s'agenouilla entre ses jambes et glissa sa langue en elle.

Elle s'arqua sous lui. Il la souleva plus haut, les mains sur ses fesses. La glace avait déjà fondu, mais elle avait atteint son but. Julia était mouillée, brûlante et déjà gonflée de désir. La dernière fois il avait pris son temps, là il l'amena rapidement à l'extase, la léchant dehors, dedans, observant son orgasme qui ne fit qu'accroître son excitation. Il passa encore sa langue sur elle tandis que la vague de plaisir refluait, produisant un autre flot de volupté, puis un dernier. Elle se cramponnait à ses épaules. La chair douce en haut de ses cuisses était humide. Etalée sur les coussins écarlates, sa chevelure se répandait comme un halo autour d'elle, ses seins se soulevant délicieusement, son visage empourpré. Tandis que ses yeux, embrumés d'une passion assouvie, demeuraient fixés sur lui.

C'était une réaction primaire, ce sursaut de fierté virile à lui avoir donné un tel plaisir, mais il le savourait. Son sexe était douloureusement dressé dans son sarouel. Il ne se souvenait pas d'avoir jamais été aussi excité. Une brève étreinte dans la chaleur mouillée de Julia aurait été suffisante pour qu'il arrive à l'orgasme. Mais Azhar voulait prendre son temps. Il pouvait attendre, même si cela impliquait de verser le reste de la glace sur son propre ventre. Il regarda Julia, toute de chair crémeuse, de mamelons roses et de boucles d'un roux sombre entre les jambes, et il comprit que ce qu'il lui fallait surtout, c'était cesser de la regarder.

Il se leva et lui prit la main pour la relever.

— Je vais vous laisser… vous arranger, déclara-t-il.

— Mais, et vous ?

— Moi aussi, j'ai besoin de m'arranger, répondit-il d'un ton ironique.

— Non, je voulais dire…

— Je sais ce que vous vouliez dire. Cela était seulement une autre étape dans notre voyage de découverte, Julia. Pas une étape que j'avais prévue, mais je vous le promets, une étape aussi délicieuse pour moi que pour vous.

Julia regardait les pâtisseries d'un air résolu quand Azhar revint, les cheveux mouillés, toute rougeur disparue de sa peau. C'était stupide de se sentir intimidée, mais elle l'était, et encore plus stupide d'être gênée par l'appétit que leurs caresses lui avaient donné, mais c'était le cas.

— Mangez, je vous en prie, s'exclama-t-il lorsqu'elle s'écarta avec détermination de la table. Mais évitez les gâteaux allongés au sucre et à la cannelle, par pitié pour ma tranquillité d'esprit.

Julia l'observa par en dessous tandis qu'elle se restaurait. Quiconque pourrait-il deviner ce qu'ils venaient de partager en les regardant ? Azhar, qui fixait un vague point dans l'espace, son assiette à peine entamée, arborait son air distant habituel, alors qu'elle avait l'impression que la créature débridée et sensuelle qu'elle était devenue devait encore se voir sur son visage, même si elle avait arrangé ses vêtements et repoussé ses cheveux sous son bandeau.

Elle grignota une amande au sucre et se versa un autre verre de jus de fruits. Un quart d'heure plus tôt, Azhar avait été échauffé par la passion. Alors que maintenant son visage était fermé, ses yeux assombris par la colère. Même si elle avait du mal à comprendre qu'il puisse laisser tout ce qui les entourait derrière lui, elle comprenait son désir de liberté. Il était déjà assez dur d'être mariée à Daniel, alors être marié à un royaume…

Assez dur ! Julia reposa son verre avec soin. Son mariage n'avait pas été si pénible. Elle n'avait pas été malheureuse et elle connaissait des mariages bien pires. Mais elle n'avait pas été heureuse non plus. Azhar avait comparé Qaryma à une cage dorée. Elle sourit à l'idée de décrire son mariage de cette façon, mais il ne faisait aucun doute qu'elle s'était sentie confinée à l'intérieur. Et les promesses qu'elle avait faites à Daniel la contraignaient encore, même si, d'une certaine façon, elles l'avaient aidée à s'emparer de sa liberté. Car, si elle n'avait pas eu à terminer son livre, elle ne serait pas venue ici, n'aurait pas éprouvé sa force de caractère, n'aurait jamais découvert le côté sensuel de sa nature réprimé pendant si longtemps. Elle n'aurait jamais rencontré Azhar.

En le regardant, en se remémorant ce qui s'était passé entre eux ici même moins d'une heure auparavant, elle ressentit le plus délicieux des frissons. Elle n'était pas encore libre, mais le processus de gagner sa liberté s'avérait bien plus plaisant qu'elle n'aurait jamais pu l'imaginer.

Azhar la fit passer entre les colonnes de marbre.

— Pourquoi n'y a-t-il pas de gardes ? demanda-t-elle.

— Parce que je les ai relevés de leur poste pendant que nous sommes ici.

— Oh. Et la Deuxième Cour, l'avez-vous vidée aussi ?

— Pas vidée, c'est la principale voie de passage à travers le palais, mais j'ai demandé que seules les personnes ayant des affaires urgentes à régler soient autorisées à passer.

— Demandé ou ordonné ?

Il haussa les épaules.

— Pour la plupart des gens ici, c'est la même chose.

Il souleva la lourde barre de fer qui fermait la double porte et écarta les battants.

— Le Divan.

La salle mesurait environ cinquante pieds de long, avec au centre un dôme couronné par un croissant ambré. Des constellations dorées étaient peintes au plafond et le sol était constitué d'une mosaïque au dessin recherché, turquoise et or. Par contraste, les murs étaient tout blancs et seulement relevés d'une frise turquoise et or. Hormis l'immense fauteuil sculpté garni de tissu vermeil, le vaste espace était complètement vide.

— Mon frère et moi avions l'habitude de jouer ici quand nous étions enfants, lui raconta Azhar. Nous faisions la course avec nos chevaux de bois, et nous nous battions pour rire avec nos cimeterres en bois.

— Ainsi, vous étiez proches quand vous étiez plus jeunes ?

— Nous n'avons que deux ans de différence, répondit-il. Notre mère est morte en couches deux ans après la naissance de Kamal, et notre père ne s'est jamais remarié.

— Est-ce la coutume ? demanda Julia, surprise. Ne se sentait-il pas seul ?

— Mon père s'est marié comme tous les rois de Qaryma, pour avoir un héritier. Ma mère lui en ayant donné deux, il n'a pas ressenti le besoin de prendre une autre épouse. Quant à savoir s'il se sentait seul — si votre question est : a-t-il pris des maîtresses, la réponse est oui. Il appréciait la compagnie des femmes. C'est l'une des rares choses que nous avions en commun.

— Deux choses, ne put s'en empêcher d'ajouter Julia.

Vous prenez tous les deux des maîtresses, mais aucun de vous n'offre d'amour.

Il lui jeta un regard en coin.

— Exactement. Et qu'en est-il de vous, Julia ?

— Que voulez-vous dire ?

— Avez-vous encore de la place dans votre cœur pour de l'amour ?

— Si vous voulez savoir si je me remarierai un jour, je vous répondrai que non, sans le moindre doute. Ma liberté n'est peut-être pas aussi chèrement gagnée que la vôtre, mais elle tout aussi précieuse, répondit-elle. Mais nous ne sommes pas ici pour parler de moi. Dites-m'en plus sur les réunions du Conseil qui ont lieu ici.

— Sous le règne de mon père, il se réunissait trois fois par semaine, mais Kamal a réduit cette fréquence à une fois. La qualité de membre est héréditaire et représente les plus anciennes familles du royaume, mais le roi a aussi autorité pour introniser un homme doté de connaissances ou de talents spéciaux. Le contremaître en chef des mines de diamants, par exemple.

— Ainsi, le Conseil qui se réunit maintenant est celui que votre père a choisi ?

— Kamal a nommé un certain nombre d'hommes plus jeunes. Et quelques-uns des collègues de mon père ont démissionné.

Azhar se pinçait l'arête du nez. C'était signe que quelque chose lui déplaisait, avait remarqué Julia.

— Cela peut être une bonne chose. Des hommes plus jeunes se tournent plus souvent vers le progrès, suggéra-t-elle.

— Ou bien ils peuvent être plus facilement influencés. Bien que le roi de Qaryma ait le pouvoir absolu, il est plus facile de gouverner avec le Conseil de son côté. Mon frère a toujours trop aimé agir à sa guise. Il supporte mal que l'on s'oppose à sa volonté, mais il n'a pas non plus une volonté très forte.

Azhar grimaça.

— Un Conseil docile est la solution idéale.

Une solution idéale pour un monarque faible. Julia se raidit, car elle comprenait maintenant à quel point sa question allait lui déplaire.

— Etes-vous tout à fait certain de vouloir transmettre votre royaume à un tel homme ? Pouvez-vous vous fier à Kamal ?

— En avez-vous vu assez ? demanda Azhar comme s'il n'avait pas entendu.

Il s'éloigna, ouvrant la double porte à l'autre bout du Divan.

— Ces portes ouvrent sur la Troisième Cour. Je n'ignore pas votre question, Julia, reprit-il comme elle passait devant lui. Je réfléchis à la manière d'y répondre le mieux possible.

La Troisième Cour faisait à peu près la moitié de la Deuxième et se présentait différemment. Deux grands pavillons se dressaient côte à côte. Il y avait une fontaine dans chaque coin, un labyrinthe bas taillé avec précision et d'autres allées pavées de mosaïques.

— Cette cour est réservée à la famille royale, énonça Azhar. Ces portes dans le mur conduisent à ce qui était autrefois un harem à l'ancienne mode, avec des concubines et des eunuques. Ma mère l'a fait ouvrir et l'a transformé en ce qui est maintenant le quartier des femmes. Certaines de ses anciennes servantes vivent encore ici avec l'épouse de Kamal.

— Je suis surprise que quelqu'un de manifestement aussi avide que votre frère n'en ait qu'une.

— Il a peut-être ses défauts, mais il reste mon frère. J'apprécierais que vous gardiez de telles pensées pour vous. De plus, entendues par un autre que moi, elles pourraient être considérées comme un acte de trahison.

— Excusez-moi, c'était une piètre tentative de faire de l'humour, avoua Julia d'un ton contrit. Où sommes-nous maintenant ?

— Ce bâtiment est la bibliothèque, continua Azhar en ouvrant la porte du plus grand des pavillons, qui vu de près était en forme de croix. Nous y serons bien.

La porte de la bibliothèque était composée de panneaux

de bronze. Des vitrines recouvraient les murs de chaque bras de la croix et la lumière entrait à flots par les fenêtres ouvertes dans le dôme central, sous lequel était disposé un immense divan circulaire. Azhar s'y assit, faisant signe à Julia de le rejoindre.

Il étendit ses longues jambes devant lui et croisa les bras.

— Vous demandiez si Kamal et moi étions proches. On pourrait imaginer que c'était le cas, avec seulement deux ans de différence, pas de mère ni de frères et sœurs, mais nous ne l'étions pas. J'étais un garçon vigoureux. J'aimais monter — des chevaux et des chameaux —, j'aimais me battre avec mon épée et mes poings, j'aimais nager et courir. Kamal… eh bien, Kamal a toujours été indolent. Malheureusement, notre père était un homme qui accordait de la valeur à ce qu'il appelait les qualités viriles. A ses yeux, Kamal était un moins bon fils parce qu'il ne brillait pas comme moi dans ce genre d'activités. Toutefois, je n'ai jamais cherché à en tirer parti, croyez-moi.

— Je vous crois.

— Malgré tout, Kamal était jaloux. Je pense qu'il y avait une partie de lui qui souhaitait m'imiter. Et il souhaitait aussi que je remplisse mon rôle de grand frère, quand bien même il aurait préféré être l'aîné, vous voyez ? Il en faisait toujours trop, comptant sur moi pour le tirer d'un mauvais pas quand il se retrouvait dans une situation gênante. Comme la fois où il a pris des libertés avec la sœur d'un de nos amis et que ses frères ont voulu le punir.

— Il a dû vous en vouloir, déclara Julia.

— Cela n'a pas changé, répondit Azhar d'un ton las.

— Les choses n'ont pas dû être simples pour lui, ajouta-t-elle, en pensant que cela n'avait pas changé non plus. Un frère plus grand, plus fort, plus rapide. *Beaucoup plus séduisant.*

— Et le pire de mes crimes. Plus âgé.

— L'héritier, par accident de naissance. Un crime vraiment affreux, agréa Julia avec ironie.

— Je sais, mais je crois que Kamal pense vraiment que c'est ma faute.

— Vous ne l'aimez pas beaucoup, n'est-ce pas ?

Azhar frémit.

— J'essaie de ne pas le montrer, mais il n'est pas stupide. Il est faible, mesquin et paresseux, mais loin d'être stupide. Je ne suis pas aveuglé par ma détermination à abdiquer, Julia. Tout ce dont Kamal a besoin, c'est de motivation pour progresser. Une fois qu'il saura que Qaryma est à lui, et que je sortirai vraiment de sa vie pour toujours, alors il fera ses preuves.

Mais Julia commençait à penser qu'Azhar était bel et bien aveuglé par ses désirs. Comme elle, il aspirait ardemment à sa liberté, mais la ressemblance s'arrêtait là. Daniel était mort. L'amour d'Azhar pour son royaume avait seulement été enterré. C'était un homme d'honneur avec un sens poussé du devoir. Cette idée qu'il avait, de pouvoir mettre Qaryma en ordre et de former Kamal, était une intention très louable, mais malheureusement impossible.

Les orteils de Julia se recroquevillèrent dans ses pantoufles d'appréhension, mais l'honnêteté était ce qu'Azhar lui avait demandé et elle avait résolu d'être fidèle à elle-même.

— Vous vous êtes fixé une tâche herculéenne si vous comptez remédier à toutes ces choses en trois courtes semaines, et… et je pense que vous devriez vous demander pourquoi, ajouta-t-elle prudemment. Vous avez beau le nier, vous tenez à votre royaume et vous savez dans votre cœur que votre frère n'est pas apte à gouverner — qu'il ne sera jamais la moitié de l'homme que vous êtes. Vous pouvez apaiser votre conscience en consolidant ce qui ne va pas, en remédiant aux problèmes que vous découvrez. Cela vous permettra peut-être de profiter de votre liberté pendant quelques années de plus, mais au fond ce sera ce que cela a toujours été — un mirage. Vous serez obligé de revenir, finalement. Je suis vraiment désolée, Azhar, mais, que cela vous plaise ou non, la seule chose devant laquelle vous ne pouvez abdiquer est votre conscience.

Azhar se leva. Il était en colère, elle pouvait voir la pulsation qui battait dans sa gorge, mais il faisait un effort immense pour ne pas le montrer.

— Je ne vous permettrai pas de me condamner à une vie entière de captivité avant de comprendre ce que cela impliquerait. Et le prix que j'aurais à payer. Venez avec moi.

— Où allons-nous ?

Il sortit à grandes enjambées de la bibliothèque, traversa la Troisième Cour jusqu'à d'autres portes en fer qu'il ouvrit avec une énorme clé, faisant passer Julia dans un couloir qui menait à une dernière porte qu'il ouvrit aussi.

— La Quatrième Cour, déclara-t-il.

C'était un carré formé par trois hauts murs et un parapet plus bas. Au centre se dressait un pavillon, mais ce furent les jardins qui attirèrent l'attention de Julia, car ils n'étaient pas du tout conçus dans le style formel de la Troisième Cour. Ils offraient une débauche d'espèces et de couleurs, plus dans l'esprit d'un jardin de cottage anglais que dans celui d'un roi arabe.

L'endroit était étonnamment intime. Des herbes aromatiques plantées au bord des allées sinueuses parfumaient l'air quand la tunique de Julia les frôlait. Le parapet donnait sur Al-Qaryma, jusqu'à l'oasis et au désert situés au-delà ; c'était la même vue que dans le grand jardin, mais contemplée de plus haut. Ce mur, là, devait séparer les deux jardins. Vagabondant d'une allée à l'autre, Julia découvrit un mélange séduisant de fleurs et de buissons, certains exotiques, d'autres typiquement anglais, rivalisant pour occuper l'espace et cohabitant avec une parfaite harmonie qu'elle n'aurait jamais crue possible si elle ne l'avait pas constatée par elle-même.

— C'est comme si quelqu'un avait commandé à l'Orient de se mélanger à l'Occident, s'exclama-t-elle. Un jardin secret, à qui appartient-il ?

— La Quatrième Cour est réservée à l'usage exclusif du roi de Qaryma.

Julia ouvrit de grands yeux.

— Ce sont les quartiers privés de votre père ?

Pendant qu'elle parcourait le jardin, Azhar était resté immobile à la porte de la cour. Pour lui, ce n'était pas un lieu magique. C'était le sanctuaire de son père.

— Je suis désolée, dit-elle. Je n'aurais pas dû me laisser transporter ainsi.

Azhar haussa les épaules.

— J'avais oublié, murmura-t-il. Je ne me souvenais pas qu'il était si…

Il s'interrompit avec un geste vague.

— En le voyant à travers vos yeux, je me rends compte qu'il est… Je peux comprendre votre surprise.

— Qui l'entretient ?

Un autre haussement d'épaules.

— Le palais dispose d'une armée de jardiniers. Il y a une porte d'entrée dans le mur qui sépare ce jardin du jardin principal où vous avez travaillé.

Julia n'avait pas remarqué de porte, et pourtant elle avait passé des heures et des heures de l'autre côté, mais ce n'était guère le moment de demander s'il était possible de…

— Je vous ferai donner la clé, proposa Azhar comme s'il avait lu dans son esprit. Si vous voulez vraiment peindre cela, je veux dire. Je doute qu'il y ait de nouvelles espèces à répertorier, pour vous.

— C'est l'aspect inattendu de ce jardin qui me séduit. Je n'aurais pas pensé… je pensais que votre père… Tout cela ne correspond pas vraiment à l'homme que j'imaginais.

— Non ?

L'expression d'Azhar était indéchiffrable, mais de petites lignes de tension se dessinaient sous ses yeux et le pouls battait encore vivement dans sa gorge, signe manifeste qu'il était troublé. Julia lui toucha légèrement le bras, mais il se tourna vers l'édifice qui se dressait au centre de la cour.

— Voici le Pavillon royal, déclara-t-il.

Le pavillon comportait deux niveaux, et le large toit débordait pour former des arcades qui l'entouraient. Un énorme dôme doré sortait du milieu du toit, avec un petit minaret qui semblait incongru à côté de lui. Les murs extérieurs étaient recouverts de marbre d'un blanc d'albâtre, comme pour le pavillon du jardin principal, ce qui faisait vivement ressortir les couleurs éclatantes des hautes fenêtres ornées de vitraux — six à chaque niveau de la façade.

Azhar ouvrit la double porte avec une autre clé et s'effaça pour laisser entrer Julia. La salle était d'une beauté à couper le souffle et d'une taille impressionnante, car elle comprenait deux étages et occupait toute la longueur du pavillon ; le plafond s'incurvait pour culminer dans le dôme doré au centre du toit, conférant à l'endroit une ambiance de cathédrale. La lumière entrait à flots, des rayons aux tons vifs d'émeraude, de rouge et de bleu dansaient sur le sol en mosaïque aux motifs recherchés. Les murs étaient recouverts de carreaux jusqu'au niveau du premier étage, dans de riches tons émaillés qui brillaient comme s'ils avaient été cirés. Du dôme pendait le plus grand candélabre que Julia avait jamais vu, accroché à une très longue chaîne et dominant la table en marbre incrusté d'or qui occupait le centre de la salle. A l'autre bout, installé dans l'embrasure d'une fenêtre, se trouvait un vaste divan. Il n'y avait pas d'autres meubles dans cet immense espace.

— Une autre salle du trône, murmura Julia d'une voix assourdie.

— C'est ici que mon père donnait ses audiences privées. Il signait ses documents officiels et ses décrets royaux à cette table. C'est de cette salle qu'il gouvernait et exerçait le pouvoir.

Julia tourna sur elle-même, la tête penchée en arrière, admirant le dôme.

— Quand vous avez dit que c'étaient les quartiers privés de votre père, j'imaginais quelque chose de plus intime.

Azhar eut un sourire crispé.

— Il y a quelques antichambres à l'arrière du pavillon, il

est plus grand qu'il n'en a l'air de l'extérieur, mais c'est dans cette salle que mon père passait la majeure partie de son temps.

Julia frissonna. C'était un espace intimidant à occuper pour un homme seul, mais elle supposait que c'était justement là qu'Azhar voulait en venir.

— Eh bien, maintenant je peux au moins comprendre le jardin, lança-t-elle. Il s'agit bien sûr d'un tour de force très intelligent, ajouta-t-elle comme Azhar la regarda d'un air interrogateur. Il paraît si sauvage, si incontrôlé, si naturel, et cependant ce résultat ne peut être obtenu que par des plans méticuleux.

Azhar se déplaçait nerveusement dans la salle, s'arrêtant de temps à autre, le regard attiré par le divan. A en juger par son expression orageuse, ses souvenirs paraissaient loin d'être agréables.

— Mon père aimait tout contrôler, même la nature, révéla-t-il d'un ton amer. C'est ici, dans cette salle, que je l'ai vu pour la dernière fois. C'est ici qu'il m'a informé que si je partais, ce serait pour toujours. Pendant toute mon enfance, mon père a essayé de me former et de me cultiver comme ce jardin, dehors. En domptant le côté farouche de ma nature, en y imposant un cadre. Quand j'ai été plus âgé, les contraintes me sont devenues intolérables, mais plus je protestais, plus il faisait preuve d'autorité. Je suis un homme d'action, j'en ai toujours été un, mais il me bridait sans arrêt. Il voulait maîtriser chaque minute de chaque heure de mon temps. Lors de mon éducation ici comme l'héritier, Julia, ma vie ne m'appartenait pas.

Il parlait avec une telle passion qu'elle ne pouvait s'empêcher d'éprouver de l'empathie pour lui. Les liens de son mariage n'étaient rien à côté des chaînes qu'un futur roi devait supporter.

— Je vois maintenant pourquoi vous n'aviez d'autre solution que de partir.

— Il ne m'a pas laissé le choix. Je souhaitais ardemment m'en aller plus tôt, mais jusqu'à mes vingt et un ans je ne pouvais pas le faire sans sa permission. A cette époque, tout ce que je voulais était tendre à la liberté, pas quitter Qaryma pour toujours, mais être libre de voyager durant une certaine période et revenir. Mais il n'a jamais voulu m'accorder ne fût-ce qu'un petit espace de liberté.

— Peut-être parce qu'il savait qu'une fois que vous y auriez goûté, vous ne reviendriez pas, avança Julia.

Azhar haussa les épaules.

— Il est impossible maintenant de savoir si cela aurait été le cas. Si j'étais parti à seize ans, dix-sept ans ou même vingt, avec la bénédiction de mon père, sans la nécessité de me forger ma propre voie, de payer ce chemin de mes efforts, je n'aurais pas démarré mon affaire. Je n'aurais pas semé les graines de la vie que je me suis bâtie hors de Qaryma. Je serais probablement revenu, mais je ne peux pas en être certain.

— Votre père était un sot, si vous voulez mon avis, déclara Julia. Je suis désolée si c'est un acte de trahison de le dire, mais c'est vrai. Il aurait dû savoir qu'essayer de vous garder à Qaryma était courir à sa perte. Il n'y a rien de plus tentant que le fruit défendu. Sa conduite a plus ou moins provoqué votre départ.

Azhar eut un rire sec.

— Alors que la date de mon anniversaire approchait, je me suis mis à redouter que mon père ne tombe malade. Qu'il puisse mourir avant que j'aie l'occasion de m'échapper était l'une de mes plus grandes peurs.

— Mais vous y êtes parvenu.

— Le matin même où j'ai atteint ma majorité. « J'ai vingt et un ans, lui ai-je annoncé, vous ne pouvez m'empêcher de partir. » « Mais je peux t'empêcher de revenir », m'a-t-il répondu. Et ainsi, d'une certaine façon, il m'a accordé ma liberté. La liberté, Julia.

Il eut un grand sourire.

— Pour la première fois, être libre de faire ce que je

voulais quand je voulais, d'aller où j'avais envie d'aller — de n'en répondre devant personne. Vous ne pouvez imaginer combien cela m'a paru bon.

— Je le peux, acquiesça-t-elle avec chaleur.

— Bien sûr.

Il lui pressa la main.

— Nous voulons la même chose, après tout. Quand le temps a passé, quand j'ai commencé à créer mon commerce, à faire ma vie, j'ai vite compris que je ne retournerais jamais à Qaryma. Que mon père, en vérité, m'avait fait une faveur en m'exilant.

— Et en vous permettant de devenir un homme d'action.

— Et chacun de mes actes dictés par moi seul. Je m'étais échappé. Je n'étais plus un futur roi défini par mon royaume, j'étais moi-même, défini par mon propre succès et, dans les premiers temps, par mes échecs, aussi. J'adore mon activité, Julia. Elle… elle fait partie intégrante de moi. Si je restais ici comme roi, je devrais y renoncer. Je ne veux pas le faire, poursuivit-il d'un ton âpre. J'ai laissé mon père avec un fils qui appréciait ce que je détestais, un fils qu'il aurait pu modeler à son image comme il avait essayé de le faire avec moi. Kamal est beaucoup plus malléable. Mais mon père…

— Vous pensez qu'il était aveugle aux faiblesses de Kamal ?

— J'en doute. Mais je ne comprends pas pourquoi il n'a pas pris de mesures pour y remédier.

— Peut-être, bien que vous soyez convaincu du contraire, parce que votre père espérait secrètement que vous reviendriez.

— Non ! Mon retour ici est une punition, pas une récompense. Kamal gouvernera, Julia, parce que je ne veux pas renoncer à ma vie pour me marier avec Qaryma.

— Est-ce vraiment une tâche aussi coûteuse ? demanda Julia en hésitant. Ne pourriez-vous nommer des agents pour gérer votre affaire ? Pardonnez-moi, Azhar, mais si être roi est vraiment aussi horrible, alors franchement je ne comprends pas pourquoi un homme faible comme votre frère serait si heureux de le devenir.

Elle tressaillit devant l'expression rageuse d'Azhar, mais elle était allée trop loin pour s'arrêter maintenant.

— Je ne connais votre frère que par ce que vous m'avez dit de lui, et cela m'a conduite à supposer qu'il est égoïste, paresseux, et que se sacrifier lui répugne.

Azhar ne pipa mot, mais ses yeux étaient aussi durs que du silex. Il n'appréciait pas ce qu'il entendait. Elle détestait lui livrer le fond de sa pensée, mais elle se devait pourtant de continuer.

— Le peuple de Qaryma vous aime, Azhar. Il vous respecte. Il vous veut *vous*, pas votre frère. Même si je sais que vous pensez que c'est immérité.

Elle s'arrêta, mais il resta silencieux.

— Vous pensez que parce que Kamal est resté au côté de votre père, il mérite davantage d'être roi, se força-t-elle à poursuivre, mais… mais vous êtes l'héritier légitime, vous êtes l'héritier que votre père voulait, pas Kamal. Qui plus est, par chaque nuit d'insomnie que vous passez à essayer de rendre ce royaume sûr pour le règne de votre frère, vous prouvez que vous aimez Qaryma. Comment pouvez-vous considérer votre futur règne comme une condamnation à la prison, alors que c'est si manifestement ce que vous êtes destiné à faire ?

Julia se sentait malade d'appréhension, car elle savait combien ses paroles étaient pénibles pour lui, mais cependant elle était fière d'elle-même d'avoir eu le courage de parler. Azhar desserra lentement ses poings. Lorsqu'il se retourna, elle crut qu'il allait s'en aller, mais à la place il se dirigea vers le divan et s'assit.

— Je suis le cheik al-Farid, le roi Azhar de Qaryma, déclama-t-il. Je suis la source de tout pouvoir, de toute sagesse, de tout bonheur. Je suis l'Infaillible. Je fais les lois et les applique. Nul ne peut me remettre en question. Nul ne peut me faire de mal.

Julia en resta bouche bée.

— Ce sont les mots que je prononcerais à mon couronnement,

et que mon père a prononcés avant moi. Vous pouvez penser qu'ils sont ridicules, une simple cérémonie, mais c'est ce que beaucoup de gens croient ici, à Qaryma. En tant que roi, je jouirais d'un pouvoir absolu, Julia. C'est ainsi que Qaryma a toujours été gouverné. Il n'y a pas d'autre manière de gouverner, hormis de ne pas gouverner du tout.

Il repoussa son turban pour passer les doigts dans ses cheveux, puis tendit la main pour qu'elle le rejoigne.

— Un tel pouvoir a un prix élevé. Il faut travailler extrêmement dur pour avoir l'air infaillible, continua-t-il avec une ironie désabusée. Ma vie ne m'appartiendrait plus, elle appartiendrait à mon peuple. Ces paroles, les promesses que je ferais si je prenais la couronne, exigeraient de moi que je place ce royaume et ces gens à la première place, avant tout le reste.

— Comme vous l'avez fait ces dix dernières années avec votre empire commercial pendant que vous le bâtissiez, j'imagine.

Le sourire d'Azhar se changea en grimace.

— Exactement, ce qui est une partie du problème. Contrairement à mon frère, je suis incapable de faire les choses à moitié. En dix ans, je n'ai jamais été satisfait de ce que j'avais réalisé, j'ai toujours été poussé à conquérir un autre sommet, et encore un autre. Pouvez-vous imaginer comment je serais, si j'avais la charge d'un royaume ?

— Vous seriez quelqu'un d'altruiste, répondit Julia.

Elle le voyait comme un compliment, mais il secoua la tête d'un air sombre.

— Non, car j'éprouverais certainement du ressentiment à un moment ou à un autre.

Il lui prit la main et mêla ses doigts aux siens.

— Vous dites que je pourrais nommer des agents pour gérer l'affaire que j'ai créée à partir de rien, ce commerce qui est la seule chose que je possède. En effet, je le pourrais si tout ce dont je me souciais était l'argent, mais ce n'est pas le cas.

— Non, agréa Julia en souriant. C'est faire qui vous importe, n'est-ce pas ?

— Oui. Faire, répéta Azhar en lui prenant la main. Et voyager, ou du moins… Ce n'est pas tant l'envie de voyager, ce désir a été satisfait ces dix dernières années, mais il y a une différence entre savoir que je peux aller où je veux et savoir que je ne peux me déplacer que là où mon royaume exige que j'aille, vous voyez ?

Elle hocha de nouveau la tête. Elle commençait à comprendre. Le fait qu'il se réfère à Qaryma comme à une cage dorée semblait maintenant bien en dessous de la vérité.

— Vous seriez marié à votre royaume.

— Et l'on s'attendrait à ce que je me marie pour le royaume, rétorqua-t-il sèchement, avec une fiancée convenable, choisie dans le seul but de produire un héritier, qui lui-même n'aura de cesse d'attendre le jour où il héritera à son tour. Et ainsi de suite. Je ne veux pas de cela, Julia.

Elle pressa la main d'Azhar sur sa joue.

— Le problème, Azhar, c'est que vous êtes si droit, et si incapable de ne pas vous dévouer entièrement à votre tâche. Vous ne pourriez pas n'être roi qu'une partie de votre temps, n'est-ce pas ?

— Non. Maintenant, comprenez-vous pourquoi je ne peux pas être roi du tout ?

Julia se mordit la lèvre.

— Oui, dit-elle.

C'était vrai. Elle comprenait parfaitement pourquoi il refuserait de régner, et pourquoi il devait partir, mais elle avait du mal à imaginer comment il allait apaiser sa conscience ensuite.

Chapitre 7

De l'action, décida Azhar, de l'action, c'était ce qu'il fallait pour prouver à Julia qu'il avait raison et qu'elle se trompait complètement. Oui, réussir en trois semaines était ambitieux, mais avec de la volonté rien n'était impossible, et il avait une volonté de fer. Maudite soit Julia, et avec elle ses doutes et ses questions sans fin.

Il cessa ses furieuses allées et venues et regarda par la fenêtre. Ce n'était pas tout à fait exact. Même s'il n'était pas d'accord quand Julia affirmait que sa conscience ne lui permettrait pas de rester loin de Qaryma, il savait bien en lui-même qu'il tenait au royaume où il était né et avait grandi. Il était attaché aux gens, aussi. Il leur souhaitait le roi qu'ils méritaient, un roi qui désirait régner et était apte à le faire. Pas un roi qui voyait son royaume comme fardeau. Pas un roi qui les avait abandonnés dix ans plus tôt. Et qui repartirait dans trois semaines, pour toujours.

Il ouvrit la porte-fenêtre qui donnait sur sa terrasse privée, en emportant son café. Concernant Kamal, cependant, il devrait considérer les points positifs que Julia avait soulevés. Comme ses défauts qui pouvaient être corrigés et n'étaient en rien des tares fatales et irrémédiables.

Agir. Azhar savait exactement quelles actions il allait entreprendre. Il appela un serviteur et donna une série d'ordres. Le regard neuf qu'il avait demandé à Julia de lui fournir portait déjà ses fruits.

Après avoir passé la matinée à rédiger ses notes, l'une des tâches qu'elle aimait le moins et négligeait le plus, Julia avait mangé des fruits pour le déjeuner et s'était assoupie sur le sofa de son salon. Quand Aïcha la secoua doucement pour la réveiller, elle avait l'esprit confus, et le début d'une migraine pointait à cause du soleil qui entrait à flots par les rideaux qu'elle avait laissés ouverts. Il lui fallut bien cinq minutes pour comprendre qu'Azhar requérait sa présence dans une salle dont elle ne put traduire le nom, mais qui se trouvait dans la Deuxième Cour.

Sur l'insistance d'Aïcha, elle troqua ses habits froissés contre une tunique et un sarouel bleu marine, et fixa un voile bleu ciel sur son visage pour traverser le palais. Le temps qu'elle arrive dans la Deuxième Cour, se hâtant derrière le garde imposant qui la guidait, elle commença à craindre qu'Azhar ne se soit lassé de l'honnêteté qu'il avait exigée d'elle et qu'il la chasse de Qaryma.

L'immense porte se referma en claquant derrière elle et la scène qui s'offrit à elle la convainquit qu'elle avait vu juste. Bien que la salle soit beaucoup plus petite que le Divan, et d'une certaine manière plus décorée, le sentiment d'autorité qui planait rendait l'atmosphère oppressante. Les murs étaient recouverts de panneaux peints, tandis que le plafond voûté et garni de céramiques se reflétait sur le sol de marbre. Au centre, le trône ressemblait plutôt à un fauteuil bas avec des pieds griffus et dorés. Et sur le trône était assis Azhar, vêtu d'une tunique et d'une cape de soie blanche. Sa coiffe était également blanche, mais le bandeau qui la maintenait semblait être fait de cordelières en or.

Hésitant sur le seuil, Julia repoussa son voile en arrière.

— Vous paraissez extrêmement royal, s'exclama-t-elle. Quel est cet endroit ? Devrais-je m'agenouiller ?

Azhar se leva et lui tendit une main en signe de bienvenue.

— C'est la Salle des Suppliques, et bien sûr vous n'avez pas à vous agenouiller.

— Vous voulez dire que c'est une salle de tribunal. Me fait-on un procès ?

— Avez-vous commis un crime ?

Elle lui rendit son sourire, un peu incertaine.

— Certaines des choses que je vous ai dites hier à propos de votre frère étaient de l'ordre de la trahison.

— Mais quelques-unes étaient tout à fait vraies, répondit Azhar, et en tant que telles, elles nécessitaient d'agir. Ce matin, j'ai eu une audience solennelle avec Kamal, ici. J'ai commencé à mettre des mesures en place pour répondre à vos inquiétudes légitimes.

Julia parcourut des yeux la salle, le trône, le prince qui se tenait devant elle.

— Vous avez revêtu votre tenue d'apparat pour vous expliquer avec votre frère.

Azhar sourit légèrement.

— J'ai pensé qu'une démonstration d'autorité s'imposait pour rappeler à mon frère que ma parole est sans appel et que mes ordres doivent être exécutés.

— La première fois que je vous ai vu, vous étiez assis sur un chameau dans des vêtements de nomade, rétorqua Julia, pourtant il y avait quelque chose en vous qui m'a fait penser… oh, je ne sais pas. Ce que je veux dire, je suppose, c'est que vous n'avez pas besoin d'habits particuliers ou d'un trône pour intimider qui que ce soit ou dégager une autorité naturelle, Azhar.

— Julia, vous-même n'avez pas été réellement intimidée par moi quels que soient mes vêtements, et je vous en remercie profondément. A présent, je n'ai pas beaucoup de temps. J'ai convoqué le Conseil dans une heure. La première de mes décisions, qui, je l'espère, trouvera votre approbation.

L'approuver ! Azhar ne lui avait jamais demandé son approbation auparavant. Il avait probablement utilisé ce mot sans faire attention.

— J'ai ordonné à Kamal de reprendre les trois réunions par semaine, continua Azhar. Un monarque faible — vous remarquerez que je ne nie pas que mon frère est faible — a besoin d'un Conseil fort pour soutenir son règne. J'ai aussi l'intention de revoir la liste des membres avant de partir, pour m'assurer qu'il dispose des conseillers les plus sages et les plus fiables.

— Excellente décision, acquiesça Julia, parce qu'Azhar semblait attendre quelque chose d'elle.

Cela parut lui suffire, car il sourit.

— Puis il y a la question de rétablir la sécurité aux frontières, poursuivit-il. Les actions à entreprendre seront les suivantes.

Il établit alors une longue liste. Julia s'émerveilla devant la minutie dont il faisait preuve et de sa mémoire pour les tâches à accomplir. C'était presque comme s'il mettait des mesures en place pour empêcher son propre retour.

— Le problème du rendement décroissant de la mine de diamants me préoccupe toujours. Il y a quelque chose qui m'échappe, j'en suis sûr. J'ai décidé de visiter les autres mines. J'espère vivement que vous m'accompagnerez. Nous irons plus à l'est, où le terrain est très différent — vous devriez trouver quelques nouvelles espèces dignes de votre attention, et j'apprécierais de connaître vos vues sur… ce que nous pourrons découvrir, quoi que ce soit.

— Je ferai ce que je peux, mais comme je ne parle pas l'arabe…

— En tant qu'artiste, vous avez un œil pour les détails, Julia. Cela apparaît dans vos magnifiques peintures.

— Merci, mais en vérité je suis seulement une bonne dessinatrice, rien de plus.

— Vous vous qualifiez de simple dessinatrice, mais vous êtes une véritable artiste. Je pensais que vous aviez décidé de cesser de vous dévaloriser, vous et vos talents.

— Très bien, je suis une artiste, déclara-t-elle, et mon œil d'artiste est à votre disposition. A quelle distance d'Al-Qaryma sont les mines ?

— Suffisamment loin pour que nous soyons obligés de

passer deux nuits hors du palais. Nous camperons dans le désert.

— Voyagerons-nous… On s'attendra sans doute à ce que vous vous déplaciez avec une grande caravane ?

— Il ne s'agit pas d'une procession royale. Nous effectuerons ce voyage sans escorte.

Deux nuits sous les étoiles. Seule avec Azhar. Cette perspective était à la fois excitante et un peu effrayante. Et si ce voyage conduisait à une progression dans leur autre voyage, intime celui-là ? A quels endroits non encore découverts et magiques cela pourrait-il les mener ? Avec Azhar comme guide, l'aventure serait forcément aussi excitante que la destination.

Elle frissonna, puis se rappela le véritable objectif de leur déplacement.

— Je suis flattée, Azhar. J'apprécie l'honneur que vous m'avez fait en vous confiant à moi. Pouvez-vous compter sur Kamal pour appliquer vos instructions pendant votre absence ?

Azhar fronçait de nouveau les sourcils.

— Il était sur la défensive, naturellement, et plutôt disposé à voir mes suggestions comme des critiques, mais il n'a pas refusé de coopérer.

— Il n'a pas d'autre choix que de le faire, répliqua Julia. En ce qui le concerne, vous êtes son futur roi.

Azhar lui décocha l'un de ses regards intimidants, mais elle se contenta de le lui rendre.

— N'était-ce pas l'objectif visé en vous habillant aussi solennellement, en choisissant cette salle de tribunal pour l'audience ?

— Ce qui compte, c'est sa collaboration. Je l'ai obtenue, déclara-t-il avec raideur.

Et tout à coup, Julia vit la faille fondamentale dans sa logique. C'était si simple, si évident, qu'elle ne parvenait pas à croire qu'elle ne l'ait pas vue plus tôt. Azhar jugeait son frère faible, mais il ne doutait pas de sa bonne foi. Ou il ne voulait pas en douter. Quand il partirait, Kamal serait roi.

Un homme faible qui était aussi honnête serait reconnaissant des vérifications, des ajustements et des soutiens qu'Azhar avait mis en place. Mais un homme corrompu s'empresserait de les démanteler sans perdre un instant.

Le cœur de Julia se serra. Azhar prétendait accorder plus de prix à sa liberté qu'à n'importe quoi, mais il était d'abord et avant tout un homme d'honneur. Il accepterait de transmettre son royaume à un homme faible, mais il ne le laisserait jamais entre les mains d'un dirigeant malhonnête. Elle espéra ardemment que leur voyage dans le désert prouverait que Kamal appartenait à la première catégorie, sinon Azhar scellerait son propre sort.

— Puis-je prendre votre silence pour un acquiescement ? demanda-t-il.

Julia n'hésita que brièvement avant de hocher la tête.

Elle fut récompensée d'un sourire dans lequel elle détecta sans nul doute une trace de soulagement.

— Je dois vous laisser, maintenant, dit-il, je ne veux pas faire attendre le Conseil. Contrairement à ce que pensent certains, j'ai découvert qu'arriver en retard ne sert en rien votre propre prestige, mais donne plutôt l'impression que l'on n'accorde que peu d'importance aux autres. Que votre servante prépare vos bagages. Nous partirons à l'aube.

Un bref sourire et Azhar partit, laissant Julia en proie à sa seconde idée indésirable de la journée. Ce n'était pas la crainte de le contredire qui lui faisait garder le silence, mais plutôt la crainte de le blesser. Elle commençait à tenir à cet homme, et elle serait folle de céder à cette inclination. Qu'il reste à Qaryma ou non, qu'il soit marié à son royaume ou à son affaire, son avenir était à mille lieues du sien. Son destin était entre ses mains, elle avait sa propre liberté à conquérir. Ce nouveau voyage dans le désert la rapprocherait de la fin de sa récolte d'espèces.

Elle avait l'impression que le temps s'accélérait dans ce monde fantastique. Mais elle décida que d'ici la fin de son séjour, elle en profiterait au maximum. Lorsqu'ils seraient seuls dans le désert sous les étoiles, l'occasion de franchir une nouvelle étape dans le voyage privé qu'Azhar et elle avaient entamé se présenterait sûrement. Un voyage qu'elle saurait pleinement apprécier, qu'elle n'esquiverait pas.

Le ciel était d'un spectaculaire rose fuchsia lorsqu'ils se mirent en route au point du jour le lendemain. Tandis que le soleil se levait lentement au-dessus de l'horizon, il s'éclaircit du rose à l'orange passant ensuite à un éclatant jaune d'or. Julia avait réussi à monter de façon fluide sur son chameau, à la manière des Bédouins, en posant un pied léger sur son cou — ce qui avait pour effet de lui prodiguer ces quelques secondes indispensables pour s'asseoir avant que l'animal ne se cabre. Se félicitant encore de ce succès et se concentrant pour s'adapter au rythme oscillant du « vaisseau » qui la portait, car ce n'était guère un mouvement naturel, elle ne remarqua qu'Azhar et elle n'avaient pas de mules de bât que lorsqu'ils furent déjà assez loin de la ville.

— Nous n'avons pas de tentes. Et mes habits…

— On s'occupe de tout cela, répondit Azhar.

— Comment ? De quelle manière ?

Il lui jeta un coup d'œil.

— A la manière d'une surprise, Julia, rien de plus inquiétant. Une série de petites attentions, afin de vous montrer ma gratitude.

— D'attentions ? Quelles sortes d'attentions ?

Au-dessus du bandeau de soie qui couvrait son visage, les yeux d'Azhar se plissèrent en un sourire.

— Vous saurez tout en temps voulu. Dans chaque voyage, la patience est une vertu qui embellit l'expérience. J'espère avoir l'occasion de vous le démontrer.

Ses intentions étaient claires. Julia se rappela que ce n'était pas choquant puisque ce monde n'était pas réel mais relevait plutôt de la magie. La réalité la rattraperait bien assez tôt. Elle résolut de nouveau de profiter de tout ce qui se présenterait, quoi que ce fût. Elle n'était pas choquée, elle était excitée.

Le ciel devint et resta d'un bleu vif clair, le soleil d'or pâle. Le désert s'étendait devant eux, vaste champ de sables ondulants. Comme le ciel, l'air était vif, ni trop sec ni trop chaud, même si la température n'allait pas tarder à grimper. Julia ne pourrait jamais s'acclimater à la chaleur ardente comme les vrais habitants du désert le faisaient. Elle se flétrissait toujours comme une plante assoiffée dans la fournaise du soleil de l'après-midi, et elle souffrait d'une migraine lancinante si elle était assez sotte pour y rester exposée trop longtemps. Mais elle aimait le picotement sur sa peau, ce mélange particulier d'air sec et de sable qui était l'essence même du désert. Elle s'extasiait toujours devant le lever et le coucher du soleil. Elle goûtait la saveur étrangement salée de l'air quand la nuit tombait et que la magnifique voûte céleste était illuminée par les étoiles. Elle adorait la façon dont le paysage se modifiait sous ses yeux, ses contrastes, les sables dorés qui glissaient en vagues lisses et les tendres roches rouges, les verts vifs des oasis et la palette exotique des plantes qui y poussaient. Elle admirait aussi les couleurs des vêtements et humait avec joie les odeurs des marchés. Elle s'était même habituée à la variété déconcertante des bruits émis par son chameau, sa façon de souffler comme un bœuf mécontent quand il la portait, ses grognements quand elle l'obligeait à se mettre à genoux, l'espèce de bêlement qu'il produisait lorsqu'il communiquait avec d'autres bêtes.

Elle passa sa jambe autour du pommeau de la selle, tenta en un vain de trouver une position plus confortable dans cette sorte de caisse carrée, et regarda autour d'elle avec un bonheur si intense qu'elle eut l'impression qu'elle allait éclater. C'était son moment préféré de la journée, quand le matin scintillait de promesses. Promesses de nouveaux lieux et de nouvelles expériences. Promesses de nouvelles rencontres. Peut-être même de nouvelles plantes.

Et à côté d'elle, Azhar. En le regardant, elle sentit son

bonheur se changer en une joyeuse excitation. Sa tunique était rayée de bleu pâle et de blanc aujourd'hui, les bottes qui ceignaient ses longues jambes étaient en cuir bleu foncé. Sa cape était faite de soie blanche et se gonflait dans la brise légère autour de sa silhouette musclée. Son kéfié était aussi en soie blanche, attaché par un bandeau bleu sombre. Il se tenait assis sur son chameau avec cette aisance gracieuse, cet air inconscient d'autorité que Julia avait remarqués dès leur première rencontre. Azhar n'avait pas besoin d'une longue caravane derrière lui, il n'avait pas besoin d'une troupe de serviteurs ni même de vêtements dorés pour proclamer son statut. Son allure était bien celle d'un souverain.

Bien que ses habits le recouvrent entièrement, à part ses mains et la partie supérieure de son visage, il parvenait quand même à paraître terriblement séduisant. Sous son voile, un sourire fit frémir la bouche de Julia. Cet homme, cet homme d'honneur, puissant, magnifique, la trouvait attirante. Elle s'en étonnait toujours mais n'en doutait plus désormais et le savoir la transportait, l'emplissait d'une assurance qu'elle n'avait jamais possédée auparavant. Jusqu'ici, leur « voyage » d'exploration physique avait été uniquement centré sur elle. Elle avait été satisfaite — plus que satisfaite — de laisser Azhar le diriger et décider de chaque étape. Tout en le regardant, elle décida de le surprendre. Elle voulait le voir nu. Elle voulait le contempler quand il perdrait tout contrôle. Cependant, son manque total d'expérience dans ce domaine la découragea un instant, mais elle se reprit très vite. Son instinct, se dit-elle, ferait le reste, guidé par la passion. Ce qui se passait entre un homme et une femme était la chose la plus naturelle du monde. Elle n'avait qu'à laisser faire la nature — sa nature, jusqu'ici endormie.

Il leur fallut trois heures pour atteindre le village. Julia ne songeait plus à la nuit à venir, malgré la promesse de nouvelles merveilleuses découvertes, mais demeurait concentrée sur la nécessité de garder son postérieur engourdi perché sur la selle. Au-dessus d'eux, le ciel était maintenant d'un bleu d'azur parsemé de nuages blancs. Une chaîne de montagnes dominait l'horizon, au loin, dont les roches escarpées semblaient peintes en rose et en violet par les rayons du soleil. Le terrain était devenu de plus en plus accidenté au cours de la dernière heure, le sable doux laissant la place à de la boue tassée et à un gravier grossier. Les maisons en adobe étaient construites au pied des collines, elles formaient un amas de toits arrondis, de fenêtres en ogive et de portes serrés les uns contre les autres pour se protéger. Trois hauts palmiers se dressaient derrière les maisons, leurs palmes vertes ressortant sur la boue marron des bâtiments, indiquant qu'un puits souterrain devait se trouver à proximité.

Ils étaient attendus. Quand Azhar mit pied à terre, Julia fut surprise de voir un serviteur qui portait les couleurs du palais sortir de l'ombre pour prendre les rênes. Elle imita Azhar, se débrouillant avec une grâce relative, et le serviteur prit également sa bride.

— C'est un autre de nos villages proches d'une mine de diamants, expliqua Azhar en repoussant sa coiffe pour révéler son visage.

— Où sont les gens ? demanda Julia, intriguée. Vous n'envoyez sûrement pas les femmes et les enfants dans les mines ?

Azhar rit et tendit le bras.

— Par ici, indiqua-t-il.

Elle le suivit sous une arcade qu'elle avait prise pour une porte, puis s'arrêta net en étouffant un cri de surprise. Le village était bâti en cercle. Au centre s'élevaient les palmiers et le petit bassin turquoise du puits. Un immense dais de soie avait été tendu à travers l'espace, sous les palmiers, et fixé aux toits de certaines maisons. Il formait une vaste tente aux côtés ouverts, sous laquelle s'entassaient des tables chargées de nourriture et de boissons. Les villageois eux-mêmes formaient deux rangées, les hommes d'un côté, les femmes et les enfants de l'autre, agenouillés en signe d'obéissance.

Azhar s'avança, fit les salutations traditionnelles et leur demanda à tous de se relever. Se tenant toujours sous l'arcade, Julia regarda les gens s'exécuter avec allégresse, avant de se précipiter pour l'entourer dans un babil de joyeuses exclamations. Elle ne comprenait presque rien de ce qu'ils disaient, mais percevait parfaitement que cet étrange mélange de déférence et d'excitation prouvait bien qu'Azhar n'était pas un étranger dans ce village — ou ne l'était pas à l'époque. Il était souriant, détendu et à l'aise, ne montrant nullement la gêne qu'il avait ressentie face à l'adulation de la foule le jour où ils étaient arrivés à Al-Qaryma, puis la première fois où ils étaient allés voir Johara. D'ailleurs, maintenant qu'elle y pensait, lors de leur deuxième visite dans cette oasis, Azhar s'était montré tel qu'il était ici, s'empressant de couper court aux salutations formelles et encourageant son peuple à l'approcher.

Son peuple. Ces gens étaient clairement son peuple, qu'il l'admette ou non, et il était en tout point leur souverain, qu'il le reconnaisse ou non. Une affection et un respect aussi évidents ne provenaient pas de ce qui était dû, mais de ce qui avait été gagné.

Ignorant l'accueil qui lui serait réservé, ne voulant pas détourner l'attention d'Azhar et embarrassée une fois de plus par son arabe limité, Julia serait volontiers restée en retrait, mais Azhar semblait avoir d'autres idées et il lui fit signe de le rejoindre. Même si son voile était bien en place, sa natte brillante et sa peau claire trahissaient ses origines étrangères. Elle garda les yeux baissés, se sentant absurdement intimidée, et ne les releva que lorsque des applaudissements crépitèrent après la présentation qu'Azhar avait faite d'elle.

— Je leur ai dit que vous êtes une célèbre botaniste anglaise venue pour étudier nos plantes et parler au monde de la beauté de notre désert, lui expliqua-t-il. Voici Fatima, une amie de Johara et également une herboriste renommée, ajouta-t-il en lui désignant une femme âgée. Elle dit qu'elle a quelques plantes qui peuvent vous intéresser. Voulez-vous que je vienne avec vous pour traduire ?

— Non, non, répondit hâtivement Julia. Je ne voudrais pas priver ces gens qui sont visiblement avides de votre compagnie après si longtemps.

— Cet endroit était l'un de mes lieux favoris, dans le… quand j'étais… avant. L'un de nos meilleurs combattants à l'épée est né dans ce village. Il est le chef des gardes du palais et m'a appris comment me battre avec une dague et un cimeterre. Fatima est sa sœur. Allez avec elle, je vois qu'elle est impatiente de partager son savoir, déclara-t-il.

Puis il s'adressa en arabe à la femme, qui hocha la tête avec un grand sourire.

Julia s'absenta une heure entière, et aurait pu en passer trois de plus avec Fatima. Comparé aux autres oasis qu'elle avait visitées, ce village était aride, aussi la petite sélection d'espèces résistantes qui poussaient ici était-elle très différente de tout ce qu'elle avait recueilli jusque-là. Elle ne préleva pas d'échantillons, car les plantes étaient rares et elle ne voulait pas déranger ce fragile habitat, mais ses crayons volèrent sur le papier tandis qu'elle dessinait une reproduction après l'autre. Elle réussit en même temps, à l'aide de mots simples et de gestes, à se procurer assez d'informations sur les cycles de vie et l'usage de ces plantes.

Lorsqu'elle retourna à la tente dressée au centre du village, elle pensait qu'Azhar l'attendrait impatiemment pour partir, mais à la place elle le trouva assis sur un grand coussin, entouré d'un groupe d'hommes et de femmes qui semblaient tous parler en même temps. Consciente du rôle d'observatrice objective qui lui avait été alloué, même si elle n'était pas sûre ce qu'elle devait observer, elle prit une petite assiette de nourriture et s'assit un peu l'écart. Les gens secouaient beaucoup la tête et semblaient nier quelque chose avec véhémence. Visiblement, ce qu'Azhar était en train de leur dire ne plaisait pas aux villageois, au point que leur indignation menaçait de prendre le pas sur le respect qu'ils éprouvaient pour leur prince. Un homme bondit sur ses pieds en gesticulant. Un autre s'exprima avec violence. La réaction fut un silence choqué et lourd de suspense tandis qu'ils attendaient la réponse d'Azhar. Comme le silence se prolongeait jusqu'à rendre la tension palpable, l'homme balança d'un pied sur l'autre, rougissant, mais quand Azhar finit par prendre la parole, il s'exprima d'un ton calme. Il pria l'homme de se rasseoir et d'expliquer la raison de sa colère, d'après ce que Julia pût comprendre.

Une petite main qui tirait sur sa cape détourna son attention. Quand elle leva les yeux, elle ne vit pas un mais trois enfants qui la fixaient, et elle leur sourit. Ils n'eurent pas besoin de plus d'encouragement pour se laisser tomber sur les tapis qu'ils avaient étalés sur le sol poussiéreux, dévisageant avec de grands yeux fascinés cette étrangère peu familière et exotique. Sur une impulsion, Julia ouvrit son carnet de croquis à une page blanche et se mit à dessiner. Elle esquissa un chameau qui eut un succès retentissant. Elle arracha la page pour la faire passer de l'un à l'autre, puis elle représenta un cheval qui eut droit au même accueil. Morwenna, le gros chat de son père, qui souriait avec malveillance à une souris, déclencha une vague d'hilarité générale. Cela encouragea Julia à laisser tomber la réalité pour croquer les créatures des contes de Cornouailles qu'elle avait adorés enfant : un fantastique monstre marin sortant des vagues ; une sirène assise sur un rocher, qui passait les doigts dans sa chevelure d'algues ; et un petit feu follet qui émergeait des marais. Les plus jeunes des enfants se battirent pour s'asseoir sur ses genoux pendant qu'elle dessinait, et ils regardèrent, transportés, son crayon qui volait sur le papier. De petits doigts fascinés tirèrent sur sa longue natte de cheveux roux. Chaque croquis était accueilli par des éclats de rire, des exclamations impressionnées et des cris en réclamant toujours plus. Ce fut seulement quand deux larges mains lui enlevèrent son dernier dessin que Julia prit conscience du temps qui avait passé.

Azhar s'accroupit pour examiner le croquis d'une fée absurdement belle aux ailes de gaze, pendant qu'une fillette plus curieuse que les autres, une petite créature ressemblant elle-même à une fée et nommée Amira, regardait par-dessus son épaule.

— Qu'est-ce que c'est ? demanda-t-il.

— Une Bucca, répondit Julia. Elles vivent dans les mines d'étain et dans les grottes de Cornouailles. Si vous en voyez une, vous pouvez être sûr qu'un orage approche.

Azhar tendit la feuille à la petite fille et aida Julia à se relever.

— Je crains qu'un orage d'une autre nature n'approche d'ici, dit-il d'un ton lugubre.

— Certains des villageois paraissaient effectivement agités.

— J'ai pensé au début qu'ils m'en voulaient de mes enquêtes, expliqua-t-il. Comme vous, j'ai vu leur colère, mais j'ai cru qu'elle était dirigée contre moi — à cause de mon absence. Or il semble que je les aie insultés quand je leur ai demandé pourquoi le rendement de la mine a tant baissé. Ils ont cru que je les accusais de paresse, alors que, insistent-ils, ils travaillent aussi dur et de manière aussi efficace qu'avant.

— Ainsi cette mine n'est pas aussi productive que vous vous y attendiez ? demanda Julia.

— C'est ce que prétendent les comptes et le contremaître en chef des mines de diamants qui siège au Conseil. C'est un homme qui a une grande expérience, il a hérité de ce poste de son père. Mais ses rapports ne correspondent pas à ce que disent ces mineurs.

— Et l'autre mine que vous avez visitée ?

Azhar secoua la tête.

— Là-bas, j'ai seulement parlé en termes généraux des conditions de travail des mineurs. Je n'avais aucune raison de mettre en cause les rendements indiqués par le contremaître en chef. Les mines sont très anciennes, il n'est pas inconcevable qu'avec le temps…

Il s'arrêta, frottant l'arête de son nez.

— J'ai l'horrible sentiment qu'avec chaque question que je pose, je creuse un peu plus ma propre tombe.

Son ton était ironique, mais son regard troublé.

— Vous pourriez toujours renoncer à creuser plus profondément, suggéra Julia, sachant que c'était impossible.

— Hélas, mon instinct me pousse à aller plus loin. Si le contremaître en chef a volontairement berné le Trésor, alors il vaut mieux que je le découvre maintenant et règle le problème pour le compte de Kamal.

Azhar secoua la tête.

— Il est temps que nous partions, nous avons encore deux heures de voyage avant d'atteindre notre camp pour la nuit. Le temps que vous avez passé avec Fatima a-t-il été profitable ?

— Extrêmement.

— Et vous vous êtes fait de nombreux nouveaux amis, à ce que je vois, déclara-t-il en souriant aux enfants. Bien que leurs exigences semblent vous avoir empêchée de profiter de votre repas.

— Je n'y ai plus pensé du tout, répondit Julia en regardant avec surprise son assiette presque pleine. Attraperez-vous un lièvre pour notre dîner ?

— Je pense que je devrais pouvoir faire un peu mieux que cela, répondit-il d'une façon mystérieuse. Y allons-nous ?

Il resta silencieux et pensif tandis qu'ils allaient plus loin vers l'est, réfléchissant à ce qu'il venait d'apprendre. Sa remarque à propos de creuser sa propre tombe s'était voulue désinvolte, mais en réalité la situation était à la fois sérieuse et préoccupante. Accuser de malhonnêteté un personnage aussi digne et respecté que le contremaître en chef ne s'était jamais fait. Son rôle et les sommes dont il était question exigeaient une probité absolue. Celui qui occupait ce poste devait jouir de la totale confiance du roi. Et, comme cet homme était aussi membre du Conseil, Azhar devrait fournir des preuves irréfutables. Le châtiment pour un tel crime serait grave, mais le déshonneur que cela apporterait non seulement au malfaiteur, mais aussi à toute sa famille, serait presque pire. Azhar devrait être sûr de son fait, car les conséquences seraient terribles pour toutes les personnes concernées, y compris lui-même. De mémoire d'homme, une telle accusation n'avait jamais été portée.

Si elle était fondée, toutefois, la lumière que cela jetterait sur le jugement de Kamal était également très inquiétante. Si l'on prouvait que l'homme était corrompu, ce constat entacherait gravement la sagacité de son frère. C'était une chose d'appuyer Kamal, mais une autre histoire de l'exposer comme quelqu'un de crédule. Toutefois, une faute aussi grave pourrait-elle être tue, même si c'était pour le bien du royaume…

Là, Azhar interrompit brutalement ses pensées. Si l'affaire s'avérait aussi grave qu'elle le paraissait, Kamal devrait en assumer les conséquences. Il pouvait identifier les problèmes, l'aider à mettre une stratégie en place pour les régler, mais les implications sur le long terme regardaient son frère.

Pour sa part, il devait retourner à sa propre affaire. Une affaire qu'il avait créée, nourrie et développée et qui devait souffrir de son absence prolongée, quelle que soit la diligence de son agent. La liberté. Elle était là, à portée de main. Il devait garder cet objectif en vue aussi clairement que Julia le faisait. Dans un peu plus de deux semaines, la liberté serait à lui, gagnée plus durement encore qu'il ne l'avait imaginé en arrivant. Chaque jour qui passait exposait de nouvelles difficultés. Chaque question qu'il posait en faisait surgir d'autres. Il en était las.

Un peu plus de deux semaines, c'était le temps qui lui restait à passer avec Julia. Il ne voulait pas y penser non plus. Ce soir, il oublierait tout cela. Aujourd'hui, il avait tenu son rôle de prince, ce soir il serait simplement un homme seul au milieu du désert avec une femme désirable.

Le campement était dressé au bord de la petite oasis, qui n'était constituée que d'un profond bassin rond et d'un bosquet de palmiers. Les deux tentes étaient disposées en angle droit. Les toiles qui les recouvraient, aux rayures parfaitement assorties, et les glands ambrés qui les décoraient étaient très éloignés de la simple construction dans laquelle Julia avait campé la dernière fois. Un épais tapis était étendu sur le sable sous l'auvent de la plus grande tente. Un feu avait été préparé tandis que des lampes accrochées aux auvents étaient prêtes à être allumées. Le soleil se couchait déjà derrière eux lorsqu'ils arrivèrent, illuminant l'ensemble d'un éclat doré.

— Qu'en pensez-vous ? demanda Azhar.

Julia contempla la scène avec émerveillement.

— Est-ce réel ? Cette vision paraît complètement fantastique. Au nom du ciel, comment tout cela est-il sorti de terre au milieu du désert ?

— Je l'ai commandé.

— Et c'est là, comme par magie. Est-ce l'une des attentions que vous m'avez promises ?

— Je voulais que vous gardiez un meilleur souvenir du désert de Qaryma que votre dernière expérience, dit Azhar en l'aidant à descendre de sa selle.

— Droguée, volée et laissée pour morte. Jusqu'à ce que vous arriviez et me sauviez.

Elle défit son voile et ôta sa coiffe, en secouant sa lourde tresse.

— Quand je serai de retour en Cornouailles, mes meilleurs souvenirs de Qaryma ne concerneront pas le désert, aussi magique et magnifique soit-il, ils seront de vous et de notre brève période ensemble.

— Alors nous devons profiter au maximum du peu de temps qui nous reste, répondit Azhar.

Le soleil disparaissait vite à l'horizon. L'air se rafraîchissait rapidement. L'épais silence qui annonçait le passage du jour à la nuit descendit sur eux. Julia croisa le regard d'Azhar.

— Et qu'est-ce que cela implique-t-il, je vous prie ?

Il eut un sourire sensuel.

— Cela dépend beaucoup de vous.

— En vérité, déclara Julia en passant les doigts dans ses cheveux noirs, j'ai décidé moi aussi de savourer le temps précieux qu'il nous reste.

— Et qu'est-ce que cela comprend, je vous prie ?

Elle posa les mains sur ses épaules et se mit sur la pointe des pieds pour frôler son oreille de ses lèvres.

— Cela dépend beaucoup de vous, chuchota-t-elle.

Les mains d'Azhar se resserrèrent sur ses bras. Elle lui mordilla le lobe de l'oreille. Elle était nerveuse. S'il la rejetait ? Qu'en serait-il s'il jugeait ses avances sottes, naïves ou simplement peu excitantes ? Elle savait que de telles pensées ne l'encourageaient pas, mais elles se faufilaient dans son cerveau, planant au bord de sa conscience, tandis qu'elle pressait un baiser sur sa mâchoire. Elle était râpeuse, avec sa barbe d'un jour. Sa propre peau la démangeait à cause du sable qui pénétrait partout. Elle avait très chaud, se sentait moite et singulièrement mal arrangée pour le séduire. Abattue, elle recula d'un pas.

— J'aimerais me rafraîchir, si cela ne vous dérange pas.

Mais, alors qu'elle se tournait, Azhar la ramena dans ses bras.

— Dans un instant.

Il lui releva le visage pour la regarder dans les yeux.

— Julia, quoi que vous pensiez, soyez assurée que vous vous trompez.

— Vous ne pouvez pas savoir ce que je pense.

Il lui caressa la joue, fit glisser ses doigts le long de sa gorge.

— Avez-vous oublié ce que je vous ai dit, qu'il n'y a rien de plus puissant pour provoquer le désir d'un homme que la passion d'une femme ? Voir le feu dans vos yeux, sentir le feu dans votre sang quand vous me touchez me transporte aussi. Vous rappelez-vous ?

— Je n'avais pas oublié, mais…

— Vous êtes la femme la plus désirable que j'ai jamais rencontrée, Julia.

Il baisa ses paupières.

— Vous regarder me rend fou.

Il embrassa le bout de son nez.

— Je vous désire comme je n'ai jamais désiré une autre femme.

Il l'attira contre lui.

— Rien de ce que vous pourrez faire ne tarira cette passion. Au contraire, tout ce que vous faites la nourrit. N'ayez pas peur, Julia.

— Je n'ai pas peur.

— Alors oubliez ce qui est arrivé par le passé. Vous n'êtes plus cette personne. Pas maintenant, pas ici.

Elle hocha la tête et ferma les yeux. Elle passa les bras autour de son cou, le serrant fort. Et lorsqu'elle posa les lèvres sur les siennes, elle découvrit qu'il était très facile, vraiment, de faire ce qu'il lui demandait.

Il avait un goût de sel, de sable et une chaleur intense se dégageait de lui. Sa bouche était chaude, ses lèvres douces, ses mains très légères sur ses épaules, son dos, ses flancs. Toute sa personne faisait battre follement son cœur, provoquant un fourmillement sur sa peau. Sa façon de le toucher lui faisait-elle le même effet ? Il le lui avait assuré et il ne mentirait sûrement pas, mais…

— Julia ?

Elle se força à ouvrir les yeux.

— Cessez de penser.

— Je ne peux pas.

— Pourquoi ? Vous n'avez pas eu de problème à faire taire votre esprit vif, la dernière fois.

Le ventre de Julia se contracta dans l'attente de ce qui allait se passer, mais elle secoua la tête.

— La dernière fois, c'était… vous étiez… c'était pour moi. Cette fois je veux vous rendre la pareille, seulement…

seulement je ne sais pas très bien que faire ni comment m'y prendre, acheva-t-elle dans un murmure embarrassé.

— Vous n'y êtes pas obligée. Je vous l'ai dit, je tire mon plaisir du vôtre, Julia.

— Je sais.

Elle se risqua à le regarder et découvrit que ses yeux étaient assombris par le désir. Cela lui donna du courage.

— Je veux savoir si c'est la même chose pour moi, reprit-elle avec un petit sourire. Si je peux tirer mon plaisir du vôtre. Allez-vous m'aider à le découvrir ?

Il eut un rire de gorge, profond et intensément troublant.

— Vous êtes la femme la plus surprenante que j'ai jamais rencontrée. A-t-on déjà posé à un homme une question aussi irrésistible ?

— Cela signifie-t-il que vous le ferez ?

Il la serra fortement contre lui et l'embrassa avec passion.

— Oui, répondit-il. Cela veut dire que je le ferai. Avec plaisir. De fait, avec un plaisir mutuel, j'en suis certain.

Chapitre 8

Les baisers de Julia l'avaient incroyablement excité. Sa requête timide et délicieuse de pouvoir lui donner du plaisir lui faisait bouillir le sang. « Patience », s'admonesta-t-il, mais ce dont il avait besoin en vérité était de contrôle, et il ne savait pas très bien dans quelle mesure il allait y parvenir.

Il la laissa brièvement pour préparer la tente destinée à la toilette. Le bain était prêt, comme il l'avait ordonné, parfumé à l'eau de rose. Les bougies posées sur la table basse où les huiles et les savons avaient été disposés furent vite allumées. De doux linges pour se sécher étaient soigneusement empilés. Au fond de la tente, la malle contenant les vêtements de Julia était ouverte. A l'avant, près de la baignoire, il y avait d'épais tapis, des coussins de velours, une table supportant ses brosses et ses peignes. Il n'avait songé qu'à son confort en demandant que tout soit arrangé ainsi, mais être entourée d'objets personnels familiers servirait également à la détendre.

Ecartant le rabat de la tente, Azhar lui fit signe d'approcher et savoura son expression émerveillée quand elle vit la tente au luxe scandaleux.

— Si j'ai jamais pu douter que vous étiez un prince, dit-elle, les yeux brillants, mes doutes sont bel et bien dissipés. Aucun simple mortel ne pourrait faire surgir du désert de telles merveilles. Il a dû falloir une armée de serviteurs pour dresser le camp. Où sont-ils ?

— Je les ai fait disparaître. Je ne suis pas un prince, je suis un magicien.

Elle rit.

— Qui que vous soyez, vous êtes certainement doté d'un mystérieux pouvoir. Merci. C'est absolument charmant et pas du tout nécessaire, mais…

— J'aime vous charmer. Prenez votre temps. Nous ne sommes pas pressés.

Il se tourna pour s'en aller, mais Julia le rappela.

— Un bain comme celui-ci est très apaisant après une journée à dos de chameau, déclara-t-elle. Vous me l'avez dit une fois et j'ai découvert que vous aviez raison.

Elle était nerveuse, mais elle était aussi… Il y avait dans ses yeux une expression qui emballa le cœur d'Azhar.

— Je me souviens, répondit-il.

— Et si je me rappelle bien, vous avez également souligné qu'un massage faisait beaucoup de bien aux membres et aux corps fatigués.

— C'est exact.

— Nous avons été tous les deux sur un chameau toute la journée. Je présume que vos membres et votre corps sont aussi fatigués que les miens ?

Elle rougissait fortement, mais elle le regardait bien en face. Son courage ébranla Azhar, tandis que son audace faisait tambouriner son sang dans ses tempes.

— Julia, vous n'avez pas à…

Il s'arrêta, mesurant combien il lui serait facile de mal interpréter ses paroles.

— Si vous me demandez de partager votre bain avec vous, alors oui, je suis d'accord. Cela me plairait beaucoup.

Elle le récompensa d'un sourire, mi-soulagé, mi-fébrile, mais surtout satisfait. Ce sourire le toucha. Il ne doutait pas de sa capacité à l'exciter — elle n'avait qu'à le regarder pour cela —, mais il souhaitait ardemment le lui prouver. Il voulait qu'elle se rende compte de l'effet qu'elle produisait sur lui, et qu'elle soit enfin assurée en même temps de son pouvoir de séduction, qui était puissant. La frontière entre l'encourager et lui donner des instructions était étroite, mais il était déterminé à emprunter cette voie.

— Si nous devons prendre un bain, il faut d'abord que nous quittions nos vêtements. Tous, affirma-t-il en faisant glisser la cape de Julia avant de dégrafer la sienne.

Elle n'hésita que brièvement avant d'ôter sa coiffe et de déboutonner la tunique d'Azhar de ses doigts tremblants. Il enleva ses bottes. Elle fit de même. Il dénoua la ceinture qui tenait son sarouel. Elle déboutonna sa tunique. Il se dégagea de son sarouel. Elle détacha sa ceinture et sortit à son tour de son pantalon bouffant. Ses seins se soulevaient et s'abaissaient rapidement sous sa tunique, le seul vêtement qu'elle portait encore. Il avait envie de la lui arracher, mais il s'obligea à attendre, ne voulant pas la presser, et surtout ne voulant pas lui enlever le contrôle de la situation.

Les yeux rivés aux siens, elle fit passer son vêtement par-dessus sa tête et le laissa tomber à terre. Ses bras esquissèrent un geste pour couvrir sa poitrine, mais elle s'immobilisa et se tint fièrement nue devant lui.

— Julia.

Ce fut tout ce qu'il parvint à articuler. Tout son corps était tendu par le désir. Il ne put résister à l'envie de la toucher. S'emparant de sa longue natte, il dénoua le ruban et défit sa chevelure, passant les doigts dans la flamboyante rivière auburn, la laissant se déployer sur ses épaules, dans son dos, sur la peau laiteuse de ses seins. Ses mamelons étaient de petites pointes rose foncé. Il pouvait compter ses côtes, tant elle était mince, et pourtant la façon dont ses hanches s'arrondissaient à partir de sa taille fine était ravissante.

— Julia, murmura-t-il en la touchant avec précaution, caressant avec vénération ses bras, sa taille, la courbe de ses fesses.

Il avait le souffle court. La respiration de Julia était saccadée. Il avait envie de l'embrasser, de plonger profondément en elle. Mais il attendit, parce que c'était ce qu'elle voulait.

— A vous, maintenant, dit-elle.

Il ôta sa tunique et la laissa choir sur le sol, conscient de sa virilité dressée. Il savait que les femmes trouvaient son corps désirable, mais il ne pouvait se rappeler s'être jamais tenu ainsi, si excité, examiné par une femme dont il était absolument certain qu'elle n'avait jamais regardé un homme de cette manière auparavant. Et il redoutait de ne pas lui plaire.

Elle le toucha délicatement, imitant sa façon de faire. Posant les doigts sur ses épaules, frôlant son torse, s'arrêtant à ses hanches. Elle se mordit la lèvre, les yeux posés sur son sexe, puis elle les releva en hésitant vers les siens, exprimant une question muette pourtant très claire. Il lui prit la main, la referma autour de son membre viril tout en l'embrassant profondément. Ses seins se pressaient contre lui, et leurs pointes durcies faisaient naître un délicieux frisson sur sa peau.

Puis elle interrompit le baiser, et passa sa main, pour voir, sur la longueur de son sexe. Azhar frémit, fermant un instant les yeux. Elle recommença, le bout de ses doigts caressant légèrement la peau sensible, et il dut réprimer un gémissement et serrer les poings pour garder un semblant de contrôle.

— Cela ne vous plaît pas ? demanda-t-elle.

— Si, répondit-il, les dents serrées. Mais si nous voulons prendre notre bain, il va falloir que vous me lâchiez.

Julia sourit, resserrant un peu sa main autour de lui.

— Je n'ai pas envie de vous lâcher. Je ne suis pas encore prête à prendre un bain, dit-elle en le caressant de nouveau sur toute la longueur.

Azhar relâcha brusquement son souffle.

— Allongez-vous, murmura-t-elle.

Elle le poussa doucement pour l'encourager.

— Allongez-vous, Azhar, répéta-t-elle, cette fois avec assurance.

Il s'allongea sur les coussins. Julia se mit à genoux entre ses jambes. Ses cheveux tombaient par-dessus ses épaules, effleurant son ventre. Il frissonna. Elle prit une poignée de cheveux dans sa main et les passa sur son torse.

— Aimez-vous cela ? s'enquit-elle.

— Oui.

Elle frôla ses tétons de ses cheveux. Ils étaient doux comme du satin, mais la tension qu'ils provoquèrent était à la fois délicieuse et douloureuse.

— Aimez-vous cela, Azhar ? répéta-t-elle.

— Julia, murmura-t-il avec un sourire crispé, en se rappelant les mots qu'elle avait prononcés. Tout ce que vous faites me plaît.

Elle eut un rire voilé. Elle fit glisser ses cheveux sur son ventre, effleurant sa peau. Il pouvait apercevoir les pointes adorables de ses seins. Ses genoux frôlaient l'intérieur de ses cuisses. Son cœur tambourinait si fort qu'il était surpris de pouvoir encore respirer. L'attente de ce qui allait suivre était presque aussi excitante que ce qu'elle faisait. Ses cheveux soyeux frôlaient son sexe, maintenant, et il laissa échapper un sourd gémissement. La sensation était si intense qu'il serra les poings.

— Vous aimez cela, Azhar, dit-elle, et cette fois ce n'est pas une question.

Elle se pencha en avant pour l'embrasser et ses seins se pressèrent de nouveau contre lui. Il sentait le doux frôlement de sa féminité contre son sexe, et en réaction, l'orgasme qui s'annonçait. Il s'arqua sous elle, l'attirant avec force contre lui, et elle émit un cri doux et sauvage à la fois. Le besoin de la prendre sur-le-champ, de sentir sa chair suave et brûlante, serrée autour de lui, était presque tout-puissant. Il agrippa les coussins à côté de lui.

— Julia…

— Azhar, continua-t-elle, le taquinant délibérément en frottant le bout de ses seins sur son torse. Je crois bien que vous appréciez cela, aussi.

Il était là, dans ses yeux, l'éclat de la satisfaction, ce contentement qu'il avait souhaité qu'elle découvre.

— Julia, cela me plaît tant que si vous recommencez…

Elle recommença. Et elle rit quand il grogna, un rire de pur ravissement qui fut interrompu lorsqu'il l'attira à lui, dévorant sa bouche, les mains posées sur ses fesses, priant pour avoir une seconde de plus, deux secondes, cinq secondes encore de contrôle.

— Julia, lâcha-t-il, complètement désespéré.

Et elle comprit. Elle se redressa et s'agenouilla entre ses jambes. Elle prit son sexe entre ses mains et le caressa. Aussi inexpertes que soient ses caresses, c'était tout ce qu'il voulait, tout ce dont il avait besoin. Avec un cri rauque, Azhar atteignit l'extase.

Julia contemplait l'homme allongé sous elle avec un sentiment d'émerveillement. Il était étalé sur le dos, les yeux fermés, un air de satisfaction absolue sur le visage. Elle éprouva une curieuse bouffée de triomphe en songeant qu'elle l'avait porté à de tels sommets, et forcé à perdre le contrôle de lui-même. Mais ce n'était certainement pas la seule victoire qu'elle remportait. Elle savait maintenant ce qu'Azhar voulait dire. Son plaisir lui avait incontestablement donné du plaisir, à elle. Elle prit ses seins dans ses mains, frémissant quand sa paume effleura la peau sensible. Elle ferma les yeux et se risqua à passer ses pouces sur les pointes, très légèrement, se rappelant comment Azhar l'avait touchée de cette manière, et elle dut réprimer un gémissement.

Quand elle rouvrit les yeux, elle constata qu'il la regardait.

— Non, ne vous arrêtez pas.

Elle secoua la tête à son tour, mortifiée.

— J'aime quand vous faites ça, Julia, dit-il avec un lent sourire.

Il aimait cela ? Pas convaincue, mais trop excitée pour s'en soucier, Julia se toucha de nouveau, reprenant ses seins dans ses mains, passant ses pouces sur ses mamelons. Son dos se cambra. Ses paupières s'abaissèrent.

Azhar l'attira sur lui, réclamant un baiser.

— Non, dit-elle. C'était pour vous.

Il la fit rouler sur le dos.

— Et ça, c'est pour nous deux.

Il l'embrassa. Puis ses lèvres se posèrent sur sa poitrine et il lécha la pointe d'un sein, taquinant l'autre de sa main. Après quoi il lui écarta les jambes et posa la bouche sur son ventre. Puis plus bas. Julia se cambra tandis qu'il introduisait sa langue en elle. Elle ne s'était pas rendu compte qu'elle était si près de la volupté, si tendue. Essayer de se retenir ne servirait à rien, et d'ailleurs elle n'en avait guère envie. Une caresse, un sursaut, elle ne savait plus ce qu'il faisait et ne s'en souciait pas, sauf que c'était exactement ce qu'elle voulait. Son orgasme la secoua, enivrant, et elle cria avec un abandon sauvage.

L'eau de la baignoire était d'une fraîcheur agréable quand Julia se plongea dedans — seule, finalement — quelque temps après. Son corps lui paraissait lourd, sa peau rayonnait. Elle appuya sa tête sur le rebord, fermant les yeux, se laissant dériver dans un état de langueur, repue et satisfaite d'une façon qu'elle n'avait jamais connue auparavant. L'image d'Azhar allongé sous elle, également comblé, la fit frissonner. Il ne se pouvait pas qu'elle soit de nouveau excitée, si vite, pourtant elle l'était. Etait-ce normal ? Est-ce que son corps, si longtemps privé d'un tel plaisir charnel, en devenait drogué ?

Elle soupira, savourant les clapotements de l'eau sur sa peau. Ils n'avaient même pas fait l'amour pour de bon. Mais son expérience dans ce domaine tenait bien trop de la bienséance pour la nouvelle personne débridée qu'elle était. Il n'y aurait rien de convenable dans la façon de faire l'amour avec Azhar. Ce serait aussi inconvenant que ce qu'elle pouvait se le figurer, et même plus, étant donné qu'elle ne pouvait réellement l'imaginer, même si elle en avait envie. Elle voulait savoir ce qu'elle avait manqué durant toutes ces années.

Julia s'assit, l'eau éclaboussant partout autour d'elle. Au départ, le mois qu'elle avait accepté de passer ici lui avait semblé s'étendre devant elle comme une éternité, et pourtant plus de la moitié avait passé, déjà. Quand elle avait quitté la Cornouailles, ce voyage n'avait été que le premier pas sur le chemin de la liberté. Son désir de remplir ses promesses et de réclamer cette liberté était tout aussi vif qu'avant, mais le sentiment d'urgence n'était plus là. Le désert n'était pas seulement un moyen d'arriver à une fin, un habitat exotique qu'elle devait traverser afin d'achever la tâche qui lui incombait, il avait un charme bien à lui. Elle s'attarderait volontiers ici un mois de plus, ou même trois.

« Et comment te débrouillerais-tu exactement pour le faire, Julia Trevelyan ? », se demanda-t-elle sévèrement en sortant de la baignoire et en s'enveloppant d'une grande serviette. Elle avait juste assez d'argent pour rentrer en Angleterre. Il ne pouvait être question de prolonger son séjour ici.

— Et je n'ai pas vraiment envie de rester sans Azhar, marmonna-t-elle sombrement.

Car elle avait dit la vérité, plus tôt. Aussi séduisant que soit le désert, c'était Azhar qui l'avait ensorcelée.

Elle finit de se sécher et choisit une ample tunique en coton. Même si par magie leur idylle se prolongeait un mois de plus, elle devrait finir un jour ou l'autre, car c'était la nature des idylles. Elles n'étaient pas réelles.

Dans la réalité, Azhar et elle ne pouvaient rien être l'un pour l'autre. Le problème géographique mis à part, il y avait la question de la liberté, fondamentale pour eux. Azhar ne voulait pas d'une épouse. Elle ne voulait pas d'un mari, et certainement pas d'un homme qui était déjà marié à autre chose.

— Je refuse de revenir au deuxième rang, que ce soit après un traité scientifique ou même un royaume d'Arabie, marmonna-t-elle encore.

Elle frissonna.

— Plus jamais, plus jamais.

Prenant un peigne, Julia entreprit de démêler avec force ses cheveux mouillés.

Les mines d'or se situaient loin dans les montagnes, un trajet ardu pour la matinée sur un terrain traîtreusement pentu et pierreux. Bien que son chameau n'en semble point perturbé, la selle haute dans laquelle Julia se balançait oscillait tellement qu'elle avait l'impression d'être assise dans un canot en pleine tempête, sans voile ni gouvernail. Consciente qu'Azhar l'observait et déterminée à ne pas allonger la liste de ses problèmes en se rompant le cou, elle se cramponnait de toutes ses forces.

Il s'était retiré en lui-même, ce jour-là. Cheik, négociant, prince, il avait l'air de l'un ou l'autre ou de tout à la fois tandis qu'il chevauchait, se tenant droit dans sa selle avec une aisance qui était encore plus impressionnante maintenant que Julia savait combien c'était difficile. Elle s'émerveillait que cet homme imposant, plus mystérieux encore avec sa cape et sa coiffe, puisse être le même homme que celui qui s'était trouvé allongé sous elle, nu et excité, qui avait cédé sous ses caresses et qui l'avait portée à des sommets de plaisir dont elle ignorait l'existence. En le regardant maintenant, elle avait l'impression de le connaître à peine. Pensait-il la même chose d'elle ?

Non, il ne pensait pas du tout à elle. Il réfléchissait à sa prochaine rencontre avec le contremaître de la mine d'or qu'ils devaient visiter, et dont il lui avait parlé la veille au soir en dînant.

— L'entrée de la mine est juste là, indiqua-t-il quelques instants plus tard, confirmant les pensées de Julia.

Elle eut l'impression qu'ils se trouvaient face à une simple grotte, mais tandis qu'ils s'approchaient, elle se rendit compte qu'il s'agissait de l'entrée d'un tunnel très raide creusé dans la roche rouge de la montagne. Une large échelle en bois était fixée au sol, et tombait à pic dans le trou noir que constituait la galerie de la mine.

— Elle descend jusqu'à quelle profondeur ? demanda-t-elle en jetant un coup d'œil au-dessus du bord.

— Elle est moins profonde que longue, répondit Azhar.

Les tunnels s'étendent sur des miles à travers la montagne. On trouve aussi de l'argent, ici.

— Combien d'hommes travaillent sous terre ?

— Deux équipes de quinze hommes. Les conditions sont difficiles, comme vous pouvez le voir, et il n'y a pratiquement pas de flore pour vous intéresser, j'en ai peur. Les hommes travaillent pendant cinq jours, puis ils retournent se reposer cinq jours dans leur village. Leur oasis est presque à une demi-journée de voyage d'ici. Quand ils sont ici, ils s'abritent dans ces huttes.

Azhar indiqua un groupe d'abris en adobe non loin de là.

— Venez, nous allons rencontrer le contremaître là-bas.

C'était de nouveau le crépuscule, la fin d'une longue journée tandis qu'ils arrivaient au bout de leur expédition.

— Est-ce la coutume que les hommes et les femmes prennent le thé ensemble comme nous l'avons fait ? demanda Julia. C'était très généreux de la part de l'épouse du contremaître d'être venue de son village rien que pour nous le servir. Quand vous avez suggéré qu'elle s'asseye avec nous, elle a paru très choquée, ce qui m'a fait me demander si ma présence à vos côtés n'avait pas représenté une offense à leurs mœurs.

— En tant qu'étrangère et mon invitée, j'espère que vous estimez avoir été traitée avec le plus grand respect.

— Et avec beaucoup d'amabilité aussi, mais…

— Mais cela ne répond pas à votre question, continua Azhar. Ce n'est pas inhabituel, mais ce n'est pas une pratique courante dans certains foyers. Je n'avais pas rencontré le contremaître auparavant. En demandant à sa femme de s'asseoir avec nous, je montrais que je le respectais et lui faisais confiance.

— Et c'est le cas ? demanda Julia.

Azhar hocha lentement la tête.

— Qu'en avez-vous pensé, vous ? l'interrogea-t-il.

— Vous avez dit vous-même que le rendement de cette

mine d'or ne posait pas de problème. De fait, vous avez déclaré qu'il avait légèrement augmenté ces deux dernières années, répondit Julia. Je n'ai pu suivre la conversation qu'en partie, mais il m'a semblé que lorsque vous avez mentionné les mines de diamants, le contremaître s'est senti très mal à l'aise.

— Peut-être parce qu'il sait qu'elles ne sont pas aussi productives et qu'il ne souhaite pas avoir l'air de triompher.

— Oui, mais il est plus probable qu'il connaisse le fond du problème et qu'il craigne de le mentionner, ou qu'il ne veuille pas exprimer ses doutes s'ils ne sont pas fondés sur quelque chose de tangible, supposa Julia.

— D'une façon ou d'une autre, il aurait été injuste de ma part d'insister là-dessus — et, par ailleurs, des rumeurs ne constituent pas une preuve.

— Et vous êtes certain maintenant que vous allez pouvoir vous appuyer sur des faits solides ?

Azhar poussa un lourd soupir.

— J'en ai peur. Les rapports du contremaître en chef et des mineurs de diamants ne concordent pas.

— Et si ce sont les hommes qui volent les diamants ?

— Impossible. Ils sont fouillés quand ils quittent la mine chaque soir. Non, c'est le contremaître en chef le coupable, j'en suis sûr, mais je dois me montrer prudent pour le prouver. Je ne veux pas éveiller ses soupçons.

Julia mordilla sa lèvre inférieure. Si Azhar pensait vraiment que le contremaître en chef des mines de diamants était corrompu, alors ce serait l'occasion idéale pour Kamal de démontrer son autorité. Mais si cet homme n'était pas à l'origine de la fraude, si elle partait de plus haut ? Cela ne pourrait vouloir dire qu'une chose.

Le cœur de Julia se serra. Elle ne supportait pas de penser ce qu'une telle révélation ferait à Azhar. Cet après-midi, pendant qu'il était dehors, parlant aux mineurs d'or qui rentraient, la femme du contremaître lui avait demandé avec un certain embarras quand elle projetait de rentrer en Angleterre, et si le prince héritier avait l'intention de l'accompagner. Elle avait paru étrangement soulagée d'entendre que Julia comptait rentrer bientôt, et seule. Pensant que la femme avait supposé à tort qu'elle pouvait être une épouse possible pour Azhar, elle s'était efforcée de lui prouver le contraire, et avait été fort surprise de la satisfaction clairement affichée à la suite de ses paroles. A présent, elle se demandait si la raison à ses questions n'était pas plus simple — la crainte que leur prince, après avoir été absent pendant dix ans, puisse les abandonner de nouveau. En laissant couronner un autre prince, un prince dont ils ne voulaient pas et qu'ils ne respectaient pas.

Elle savait qu'elle devrait parler à Azhar de cette conversation. Elle savait aussi que cela creuserait encore un peu plus sa tombe, comme il disait. Elle lui avait déjà apporté son point de vue objectif pour confirmer une mauvaise nouvelle, elle ne pouvait supporter de lui en apprendre une autre. En outre, elle pouvait se tromper, non ? Entre les quelques mots qu'elle connaissait et leurs gesticulations, elle avait pu interpréter la conversation complètement de travers.

Quand le moment viendrait — s'ils en venaient à aborder le sujet — alors elle lui révélerait ses soupçons, se promit-elle. Mais pour l'instant, ce dont Azhar avait besoin et ce qu'elle désirait ardemment, c'était qu'il oublie qu'il était un prince, et se rappelle qu'il était un homme.

Un homme qui pouvait faire surgir ce campement magique du désert. Ce soir-là, les lampes avaient été allumées pour les accueillir. Le feu crépitait déjà. Julia repoussa son voile en arrière et glissa à bas de son chameau avec un soupir de soulagement.

— Azhar, je ne peux vous dire combien j'apprécie cet endroit enchanteur, s'exclama-t-elle. Savoir que nous allons retrouver ce confort luxueux à la fin d'une longue journée, conçu juste pour nous deux, fait toute la différence. C'était très attentionné de votre part.

— Julia, si je dois être complètement honnête, ma motivation n'était pas entièrement désintéressée, répondit-il. Je ne souhaitais partager votre compagnie avec personne d'autre.

— Si c'est le cas, alors je crains d'être très égoïste aussi, car je ressens exactement la même chose.

— Etes-vous fatiguée, Julia ?

— Non, je…

— Endolorie par la selle, peut-être ? Les membres et le corps las ?

Le sourire d'Azhar était très coquin. D'une audace contagieuse.

— Peut-être, oui, répondit-elle avec malice.

— Alors allez dans la tente de bain, ôtez tous vos vêtements et nous allons faire quelque chose pour y remédier.

Elle supposa qu'il avait l'intention qu'ils prennent un bain ensemble, puisqu'ils ne l'avaient pas fait la veille au soir, s'étant laissé distraire — et même plus que cela. Sous la tente, Julia alluma les bougies et s'empressa de se préparer, puis attrapa vite une serviette de bain propre pour couvrir sa nudité. C'était stupide de sa part de se sentir gênée, mais elle ne put se résoudre à l'attendre sans être couverte. Devait-elle entrer dans l'eau ? Il ne l'avait pas clairement exprimé et, de toute façon, elle n'avait aucune obligation de faire ce qu'il disait, mais… mais ce qu'il allait lui demander piquait sa curiosité. Alors elle serra autour d'elle l'épais linge en coton et s'assit sur un coussin de velours.

Elle n'eut pas à attendre longtemps. Les yeux d'Azhar brillèrent lorsqu'il entra dans la tente et la vit, mais il n'essaya pas de la toucher. A la place, il jeta sa cape et sa coiffe et enleva vivement ses bottes, avant de disposer plusieurs grands coussins côte à côte pour improviser un divan.

— Vous avez l'air du plus délicieux des présents, attendant d'être déballé. D'une certaine manière, c'est exactement ce que vous êtes — un présent des dieux. Puis-je vous déballer ? demanda-t-il en la guidant jusqu'au tas de coussins.

En rougissant, elle le laissa lui enlever la serviette et fut récompensée par la façon dont il respira avec avidité.

— Vous êtes tout à fait ravissante, déclara-t-il en passant doucement sa main sur son corps, de son épaule jusqu'à ses fesses. Une peau si délicate, lisse comme de l'albâtre.

Il l'embrassa. Elle lui rendit son baiser. Lorsqu'elle toucha sa langue de la sienne, la réaction fut immédiate, son sexe frémit contre elle. Ce qui la transporta. Elle se pencha plus près, frôlant son torse de ses seins, et l'embrassa de nouveau.

— Pas encore, dit Azhar en se détournant.

Il l'écarta de lui, la faisant s'allonger sur les coussins.

— Avant que nous satisfassions notre désir, nous devons soulager vos douleurs.

Julia était allongée sur le ventre, se sentant extrêmement exposée et plus que troublée. Un bruissement derrière elle lui indiqua qu'Azhar avait enlevé sa tunique. Il fit passer sa natte par-dessus son épaule. Puis il s'agenouilla derrière elle et se mit à lui masser les épaules. Il avait enduit ses mains d'huile, et lui prodiguait des caresses expertes. Le parfum de l'huile commença à se répandre sous la tente, étant réchauffée par le contact avec sa peau brûlante. Julia ferma les yeux, s'abandonnant avec extase, tandis qu'il chassait de ses muscles des nœuds et des tensions dont elle n'avait même pas eu conscience. Ses épaules lui donnaient l'impression qu'elles se déployaient, son dos se relâchait. Julia se sentait lourde et flottante en même temps. Les pouces d'Azhar massèrent la contraction à la base de sa colonne vertébrale. Il fit couler de l'huile sur son dos, puis il se mit à lui pétrir les fesses, créant une tout autre sorte de tension.

Il était agenouillé entre ses jambes. Elle sentait ses cuisses dures contre les siennes, le souffle chaud de son haleine sur sa nuque, la pression de son érection, et durant tout ce temps ses mains qui glissaient sur elle et massaient son postérieur, ses flancs, l'intérieur de ses cuisses, de nouveau ses fesses. Elle était un bloc de sensations, incapable de bouger et sans la moindre envie de le faire. Il la tira en avant, la souleva et ses mains se coulèrent entre ses jambes. Les doigts d'Azhar glissèrent en elle, s'introduisant dans sa féminité. Elle se cambra contre lui, voulant plus que ses doigts.

Puis il fit remonter ses mains sur ses côtés, et les passa sous elle pour saisir ses seins.

Julia gémit. Il embrassa son cou. Elle s'agita sous lui, le dos contre son torse, les fesses contre ses cuisses, son sexe durci contre elle, mais pas en elle. Elle gémit de nouveau.

— Azhar, s'il vous plaît…

Ces doigts qui tiraient avec délice sur ses tétons l'excitaient terriblement. La bouche sur son oreille, il chuchota :

— En êtes-vous sûre, Julia ?

— Désespérément.

Il l'attira à lui, la mettant à genoux avant d'entrer en elle. Elle se resserra autour de lui, le gardant en elle, souhaitant qu'il aille encore plus loin, et luttant contre un désir instinctif de bouger.

Il la redressa un peu et poussa plus fort. Elle se crispa et le retint, frissonna lorsqu'il ressortit lentement, puis donna un nouvel assaut. Julia le retint de nouveau pendant des secondes intenses. Il était si dur, si viril. Un autre assaut. Elle le retint une nouvelle fois. Son orgasme était trop proche. Elle contracta tous ses muscles.

— Plus lentement ? demanda-t-il.

— Plus lentement, acquiesça-t-elle.

Il la prit sur ses genoux. Elle n'aurait su dire comment il s'y prit, mais elle s'en moquait. Il était toujours en elle. Son postérieur était pressé contre son ventre. Il avait les mains sur ses seins. Elle arqua le dos et il enfouit son visage dans son cou. Ses mamelons la picotaient, étaient douloureux, emplis de tension. Elle poussa un gémissement de protestation lorsqu'il enleva ses mains pour les poser sur sa taille.

— Doucement, lui murmura-t-il à l'oreille, entrant peu à peu en elle, l'encourageant à se soulever légèrement.

Elle sentit une délicieuse pulsation. Puis un lent assaut, lui aussi délicieux. Il passa un bras autour de sa taille pour la tenir, jusqu'à ce qu'elle sente sa tension s'accroître, qu'elle soit submergée par des vagues incessantes de plaisir. Azhar la caressa d'un doigt, ajoutant ce contact aux assauts de son membre viril, et Julia atteignit l'orgasme. Il continua à la caresser et à glisser en elle jusqu'à ce qu'il pousse un grognement sourd, atteignant lui-même l'extase.

Plus tard, ils s'assirent près du feu sous l'auvent de la tente d'habitation pour dîner. Au-dessus d'eux, la lune formait un croissant brumeux et l'éclat des étoiles était atténué par une couche de poussière due à une lointaine tempête de sable qui rendait le ciel gris-bleu. La nourriture était délicieuse, mais Azhar n'avait guère d'appétit. La journée ne lui avait pas apporté d'apaisement, au contraire elle n'avait fait qu'accroître son inquiétude. La veille, il avait été consterné par l'idée qu'un homme qui occupait un tel poste de confiance que le contremaître en chef, qu'un homme dont le seul titre imposait le respect, puisse être corrompu. Aujourd'hui, même sans les preuves irréfutables qu'il lui fallait, il était passé de la suspicion à la certitude. Mais son inquiétude ne s'arrêtait pas là. Il était presque impossible d'imaginer qu'une fraude de cette ampleur puisse passer inaperçue.

A moins qu'elle ne soit tolérée, par le seul homme d'un rang supérieur à celui d'un membre du Conseil. Azhar le savait. Et Julia le savait aussi, même si elle s'était retenue de le dire. Ce qui le rendait malade. Elle était toujours prompte à exprimer librement ses pensées, sans tenir compte de la façon dont il prendrait la chose, et pourtant, cette fois elle avait tenu sa langue. Il soupçonnait que ce n'était pas parce qu'elle craignait sa réaction, mais parce qu'elle se sentait désolée pour lui. Peut-être même qu'il lui faisait pitié.

Il espéra contre tout espoir que son frère ne soit pas impliqué. De plus, techniquement les diamants appartenaient à la couronne, et la couronne appartenait à Kamal. Azhar repoussa son assiette avec un soupir irrité. Il tournait en rond et cela ne le menait à rien. Lorsqu'il aurait une preuve solide, il agirait, mais pas avant.

— N'avez-vous pas faim ? demanda Julia.

Vêtue d'un simple caftan vert noué à la taille, elle avait fini son assiette et le regardait d'un air soucieux.

Il secoua la tête.

— Il ne sert à rien de s'inquiéter, déclara-t-elle démontrant une fois de plus cette habitude agaçante qu'elle avait de lire dans ses pensées. Vous trouverez des preuves ou vous n'en trouverez pas, mais vous ne pouvez rien y faire ce soir, à part laisser les soucis vous tenir éveillé.

Sa peau était rougie par le feu. Un autre feu se ralluma dans les entrailles d'Azhar au souvenir de l'amour qu'ils avaient fait plus tôt.

— Je n'ai pas l'intention de dormir, répondit-il.

Julia esquissa un sourire félin.

— J'ai des intentions, reprit-elle. Elles ne comprennent pas non plus le sommeil, mais vous impliquent.

— J'espère qu'il ne s'agit pas de bonnes intentions.

Elle rit, le poussant sur le dos et roulant sur lui.

— Bonnes ou mauvaises, vous devrez en décider par vous-même.

Chapitre 9

Les cinq jours suivants passés dans un tourbillon d'activité — y compris la mise en place de contrôles plus stricts aux frontières et l'étude de livres de comptes détaillés — concoururent à donner l'impression à Azhar que les deux nuits qu'il avait passées dans le désert avec Julia étaient un rêve fugace. L'annonce qu'un prince d'un royaume voisin était venu en visite sans prévenir l'obligea à couper court à la dernière d'une longue série de séances du Conseil, mais l'homme qui l'attendait dans le Divan était un visiteur très différent de celui auquel il s'attendait.

— Kadar ! C'est vraiment une surprise.

Azhar traversa la salle à grandes enjambées pour saluer son vieil ami. Les deux hommes s'étreignirent avec chaleur.

— Tu as l'air d'aller bien, s'exclama Azhar, et en vérité les années avaient été douces pour Kadar, dont les habitudes d'érudit et la vive intelligence avaient toujours paru en totale contradiction avec son apparence svelte et athlétique.

Ils avaient bien plus l'air de frères, maintenant, que Kamal et lui.

— Une surprise bienvenue, j'espère, rétorqua Kadar. Quand j'ai entendu dire que tu étais revenu, alors que tu ne m'en avais pas tenu informé…

— Une surprise plus que bienvenue, comment peux-tu en douter ?

Kadar le regarda d'un air ironique.

— Dix ans sans un mot de toi ?

— Kadar, je…

— Je ne suis pas venu pour te faire des reproches, ni pour demander des explications sur ton silence. Permets-moi seulement de te dire que tu m'as manqué. Je suis heureux que tu sois revenu, même je regrette les circonstances qui t'ont amené ici. Mes sincères condoléances pour la mort de ton père. Je sais que vos points de vue différaient, mais il était indiscutablement un bon souverain pour Qaryma. Comme tu le seras, mon ami.

Azhar sourit, mal à l'aise.

— Pardonne-moi de te recevoir si solennellement ici, dans le Divan. J'étais en réunion avec mon Conseil. Quand on m'a informé que le prince de Murimon était arrivé, j'ai naturellement supposé que c'était ton frère. Viens, retirons-nous dans mes appartements privés et nous pourrons rattraper le temps perdu. Nous avons beaucoup à nous dire. Comme tu le soulignes, dix ans, c'est long. Beaucoup de choses se sont passées.

— Plus, apparemment, que tu n'en as conscience, Azhar. Mon frère, le prince Butrus, est mort il y a quelques mois dans un accident d'équitation. Il a été jeté à bas de son cheval et sa tête a heurté un rocher. Je pensais que tu le savais.

— Mort !

Azhar s'arrêta brusquement.

— Je suis vraiment désolé. Mais…

Il s'interrompit, comprenant seulement à ce moment-là la portée des paroles de son ami.

— Tu veux dire que tu es à présent… que Murimon est sous ta responsabilité ?

— C'est ce qu'il semble, confirma Kadar avec un sourire ironique. Je n'y crois pas tout à fait moi-même.

— Mais que vas-tu faire ? demanda Azhar, effaré.

— Essayer d'être un meilleur prince que mon illustre et très aimé frère aîné ? Ne me demande pas comment il faut s'y prendre, car je n'en ai aucune idée. Tout cela a été un énorme choc pour moi. Ce qui a toujours été une simple question de temps pour toi, pour moi… Il ne m'était jamais venu à l'idée que j'occuperai un jour un tel poste.

Azhar secoua la tête avec véhémence.

— Tu te trompes, je ne me suis jamais attendu à hériter non plus.

Kadar parut surpris.

— Je sais que tes rapports avec ton père ont toujours été tendus, mais tu es le fils aîné, comment aurait-il pu en être autrement ?

Azhar fit entrer son ami dans son salon et commanda des rafraîchissements. Mentir n'était pas dans sa nature, mais, même s'il ne doutait pas de la discrétion de Kadar, il éprouvait quelques réticences à se confier à lui.

— Pour un homme dont la vie a changé pour toujours, je te trouve remarquablement optimiste, remarqua-t-il.

— Il n'est pas dans ma nature de maudire le sort, répondit Kadar. Ce qui sera, sera.

— Mais, par le passé, tu ne te souciais de rien hormis de tes chers livres. Tu vas découvrir que tu as peu de temps pour étudier, maintenant que tu as un royaume à gouverner.

— Pas moins de temps que tu n'en auras pour voyager à l'étranger, maintenant que tu as hérité du trône, répliqua Kadar avec une pointe de colère vite réprimée. Au moins, je sais que je peux compter sur toi pour être un allié solide. Nous pourrons nous rendre visite aussi souvent que nos pères le faisaient autrefois.

— La paix et la politique mises à part, notre amitié est l'une des choses les plus précieuses qui soient sorties de ces visites d'Etat, déclara Azhar avec chaleur. Je me souviens de la première fois où je t'ai vu sur un cheval, un étalon sauvage des écuries de mon père. J'ai pensé qu'il te jetterait à terre en moins de dix secondes.

— Je crois qu'il lui en a fallu quarante, s'exclama Kadar en riant.

— Tu as tenu vingt secondes de plus que je ne l'aurais fait, même si, à l'âge de onze ans, je me considérais comme un cavalier émérite. Jusqu'à ce jour-là, j'avais écouté Butrus parler de ta passion exclusive pour les livres. Tu as été une sacrée leçon pour moi, m'apprenant à ne pas avoir d'idées préconçues, et, je l'avoue, me fournissant l'excuse qu'il me fallait pour éviter la compagnie de ton frère lors de mes futures visites. Je sais que ton peuple le vénérait, trouvait qu'il était un prince parfait, mais je crains qu'il n'ait été aussi terriblement ennuyeux.

Kadar rit.

— Exactement ce que Butrus disait de moi.

Il redevint sérieux.

— Quoi qu'il en soit, il a été un excellent prince, alors que moi… Mais assez avec cela. Je suis content que tu sois revenu, Azhar. Je suis content que nous puissions de nouveau être des amis et des alliés.

Azhar sourit tout en s'efforçant de masquer sa gêne. Cette situation le rendait mal à l'aise. Kadar avait suffisamment de soucis de son côté sans être mis au courant des siens. Il serait toujours temps de lui d'apprendre que son allié serait Kamal, et non lui. Bien que, maintenant qu'il y pensait, Kamal eût toujours critiqué le fils cadet de Murimon, plongé dans ses livres. Alors peut-être pas un allié solide, finalement.

Le serviteur leur apporta les rafraîchissements et pendant un moment ils parlèrent du bon vieux temps. Cependant, Kadar avait bien conscience du changement qui s'était opéré en eux durant toutes ces années.

— J'aimerais beaucoup rester, mais je ne le peux pas, déclara-t-il. La mort prématurée de mon frère m'a nanti non seulement d'un royaume, mais aussi de sa fiancée. Je n'ai aucune intention de prendre les deux, et je suis en route pour aller clore l'affaire avec les représentants de sa famille. Comme je devais passer par Qaryma, j'ai pensé présenter mes respects au nouveau monarque. Et t'apporter cela.

Il tendit un petit paquet à Azhar.

— Tu as fait savoir par le biais de tes agents que tu cherchais à retrouver n'importe quel bien volé à l'Anglaise. En particulier des bijoux, et un petit coffre avec des tiroirs ? Notre port voit passer une bonne quantité de marchandises de contrebande, malheureusement — ou, dans ce cas, heureusement pour toi. Cela a été confisqué à un escroc bien connu. Je ne peux pas être sûr que cet objet lui appartienne, mais il est certainement anglais.

Azhar déballa l'objet et lut l'inscription à l'intérieur avant de le poser sur la table. Etrangement, il éprouvait de la réticence à le toucher.

— Oui, il ne fait aucun doute que c'est à elle, affirma-t-il. C'est très aimable de ta part de te donner la peine de l'apporter en personne. Mme Trevelyan en sera extrêmement reconnaissante. Elle voudra te remercier par elle-même.

— D'avoir retrouvé son bien, dont un lot de voleurs barbares qui sont mes concitoyens espéraient tirer profit, rétorqua Kadar, sombrement. Nous pouvons nous passer de ce genre de commerce.

— En effet. J'ai déployé une énergie considérable à renforcer nos propres contrôles à la frontière, confirma Azhar. Que le vol ait eu lieu à Qaryma m'irrite encore.

— C'est peut-être quelque chose sur lequel nous pourrons collaborer à l'avenir. De grâce, transmets mes excuses à Mme Trevelyan. Je suis navré de ne pas pouvoir faire sa connaissance. Ce doit être une femme remarquable pour avoir retenu ainsi ton attention.

— Qu'as-tu entendu dire au juste ? s'enquit Azhar d'un ton vif.

— Une Anglaise qui voyage seule dans le désert pour collecter des plantes est déjà en soi un sujet suffisant pour faire naître des rumeurs, répondit aimablement Kadar. Une femme aux cheveux de feu, qui est la confidente d'un futur roi — tu devais bien te douter que cela donnerait lieu à bon nombre de spéculations.

— Je n'y avais pas pensé, répliqua Azhar avec raideur. Julia — Mme Trevelyan — a été… elle est… Il n'y a rien… Sa présence ici concerne des affaires privées.

Son ami lui prit l'épaule d'un geste chaleureux.

— Hélas, tu apprendras assez tôt par toi-même qu'un roi n'a pas de vie privée. Je t'en ai parlé uniquement parce que je pensais que tu devais être au courant. Une autre particularité qui n'est pas des plus agréables — notre peuple adore parler sur nous, mais jamais devant nous. Maintenant, je dois vraiment y aller. J'espère que tu ne laisseras pas dix autres années s'écouler avant que nous nous revoyions.

La porte se referma derrière Kadar, et Azhar se laissa choir sur le sofa. Il s'empara de la montre de gousset que son ami avait apportée et l'ouvrit afin de lire à nouveau l'inscription gravée à intérieure.

« A notre bien-aimé fils
Daniel Adam Edward TREVELYAN
à l'occasion de sa majorité. »

Il la mit à l'heure et la remonta. La montre se mit à égrener les secondes de façon aussi posée et ennuyeuse qu'Azhar imaginait son propriétaire.

Il referma le boîtier d'un coup sec et reposa la montre sur la table, la regardant avec dégoût. Il n'avait pas oublié que Julia était veuve, mais d'une manière ou d'une autre il avait chassé de sa mémoire qu'elle avait été une épouse. L'épouse de l'homme qui avait possédé cette montre. Un homme qui avait singulièrement failli à l'apprécier. Qui avait vu Julia, l'intelligente, la spirituelle, la courageuse, la décidée Julia, comme une simple assistante. Son petit chien. Sa propriété. Un homme qui lui avait refusé le droit de parler en son nom propre, lui avait fait croire que ses pensées étaient dénuées d'intérêt et, pour ajouter à ces crimes détestables, l'avait privée des plaisirs de la chair.

Une telle chair. Un tel plaisir. Et il était loin d'avoir suffisamment de temps pour s'y adonner. Au cours des cinq derniers jours, entre ses propres obligations et le fait que Julia terminait son inventaire, ils n'avaient volé que quelques précieuses heures ensemble. Azhar ferma les yeux, revivant la nuit précédente. Lorsqu'ils étaient ensemble, il pouvait se perdre dans sa délicieuse compagnie, oublier la somme de travail qu'il avait à abattre pour le compte de Kamal avant de partir.

Mais il en était aussi venu à aimer discuter de toutes ses préoccupations avec elle. De fait, cela devenait une habitude. Il n'avait jamais parlé de ses affaires avec quiconque auparavant. Ce n'était pas qu'il avait besoin de l'avis de Julia, et encore moins de son approbation, mais… c'était simplement qu'il appréciait de se trouver auprès d'elle. Non, pas seulement. A plusieurs reprises, débattre d'une question épineuse avec elle avait servi à la fois à la clarifier et à la résoudre, et souvent la solution qu'elle proposait était meilleure que la sienne. Et le plus étrange était qu'il n'y voyait rien à redire.

Azhar contempla fixement la montre. Son tic-tac incessant semblait se moquer de lui, lui rappelant que le temps qu'il avait à passer avec Julia serait bientôt terminé. *Tic-tac.* Moins de deux semaines avant qu'elle ne reparte pour l'Angleterre. Le jour auquel il avait aspiré pendant si longtemps, où il quitterait Qaryma pour toujours, approchait aussi à une vitesse effrayante. *Tic-tac.* Si peu de temps pour accomplir tant de choses. Si peu d'heures précieuses à passer avec Julia. Il n'avait pas pensé jusqu'alors qu'elle lui manquerait, mais elle lui manquerait bel et bien. Il n'y avait pas d'autre femme comme elle. Daniel Adam Edward Trevelyan n'avait pas su apprécier Julia à sa juste valeur, mais lui si.

Tic-tac. Azhar écarta la montre du bout de son index. Au cours des jours qui leur restaient à passer ensemble, il ferait de son mieux pour le lui prouver.

Il était tard dans l'après-midi. Julia ouvrit son carnet de notes avec quelque réticence. Même si l'inventaire et le croisement des références étaient un élément crucial de son travail botanique, c'était aussi la partie qu'elle aimait le moins. En partie parce que c'était un travail fastidieux et répétitif, mais surtout, comprit-elle soudain, parce que c'était une tâche que son mari lui confiait régulièrement quand il trouvait une occupation plus intéressante à laquelle se livrer lui-même.

« Votre assiduité est la preuve que vous êtes une vraie femme de science », lui avait-il dit une fois.

Et souvent, alors qu'elle protestait quand il lui demandait de recopier ses observations au propre, il s'était exclamé :

« Mais votre élégante écriture féminine est bien plus jolie que mes griffonnages masculins ! »

Julia leva les yeux au ciel. Daniel aurait rejeté avec véhémence toute suggestion de condescendance, mais d'un autre côté il aurait également nié avec force l'aptitude de sa femme à mener de sa propre initiative une partie de ses recherches — même si c'était exactement ce qu'il avait été contraint de lui demander sur son lit de mort.

C'était cela, pensa-t-elle d'un air maussade, qui l'avait contrariée, la présomption de son mari à la croire incapable de réaliser les choses par elle-même. Non, en vérité, ce qui l'irritait le plus, c'était qu'elle n'avait jamais osé s'en plaindre à Daniel. Elle ne serait plus une timide petite souris, désormais.

Elle arrangea plusieurs échantillons qu'elle avait étalés sur la table. Etait-ce vrai ? Depuis leur retour du désert, elle aurait pu partager avec Azhar ses préoccupations concernant Kamal à plusieurs occasions, mais elle s'était délibérément retenue de le faire.

Ils avaient si peu de temps ensemble. Comme lui, elle avait été très occupée, rédigeant des notes, peignant et s'entretenant avec Johara, qui était venue deux fois au palais avec son précieux ouvrage. Quant à Azhar — pour un homme décidé à renoncer à son royaume, il fournissait beaucoup d'efforts afin de le mettre en ordre. Personne ne comprenait mieux que Julia son désir d'être libre mais, alors que les tâches qu'elle devait accomplir pour gagner cette liberté étaient mesurées, il lui semblait que le sens du devoir d'Azhar vis-à-vis de son royaume n'avait pas de limites. Chaque jour qui passait le voyait assumer de plus en plus de responsabilités sous prétexte de faciliter le futur règne de Kamal. Tandis qu'il s'attelait sérieusement aux affaires d'Etat et continuait de creuser le problème des mines de diamants, Julia était de plus en plus convaincue que son destin était de gouverner Qaryma. S'il n'avait pas cherché à savoir pourquoi la production de diamants avait mystérieusement chuté, s'il avait été capable de déléguer plus de tâches, s'il avait obligé Kamal à prendre certaines décisions à sa place, peut-être serait-ce différent. Mais sa conscience et son profond sens de l'honneur l'empêchaient d'agir ainsi.

S'il continuait à s'investir de cette façon, les conséquences pourraient être dramatiques pour lui. Ce n'était guère étonnant qu'il refuse de s'y confronter. Soudain mal à l'aise, Julia découvrit qu'elle aussi rechignait à y penser. Malgré sa résolution de ne pas souhaiter passer plus de temps avec lui, elle avait espéré qu'ils pourraient se croiser parfois à l'avenir. Elle avait fantasmé sur des voyages qu'elle pourrait faire quand elle serait libre, et qu'Azhar aurait repris son ancienne vie : allez le voir chez lui à Naples, peut-être, ou même revenir à Damas. Ses rêves étaient vagues, elle n'avait aucune idée de la forme que ces visites prendraient ni si Azhar les accueillerait avec joie, mais ils existaient néanmoins.

Julia jura à mi-voix.

— A quoi diable penses-tu ? s'interrogea-t-elle. Qu'une fois que tu te seras enfin libérée de Daniel, tu vas immédiatement suivre un homme qui a décidé une fois pour toutes de ne pas avoir d'attaches ?

Cependant, elle n'envisageait aucune sorte d'engagement formel. Pas plus qu'Azhar, elle ne voulait se marier.

— Quoi, alors ? demanda-t-elle à haute voix. Tu deviendras sa maîtresse occasionnelle, passant neuf mois de l'année à te morfondre pour les trois mois, ou trois semaines, ou quelque période que ce soit qu'il t'accordera ? Et tu crois que dans une situation pareille un homme aussi séduisant qu'Azhar ne prendrait pas d'autres amantes ? Qu'est-ce que tu ressentirais, alors ?

Elle ne voulait pas y songer, et ces considérations avaient tout pour la mettre en garde. Elle tenait à Azhar. Elle sentait qu'elle commençait à s'attacher beaucoup trop à lui. Il aimait les femmes, il le lui avait dit. Les femmes. Au pluriel, pas au singulier. Elle était stupide, ridicule, complètement folle d'imaginer qu'il ne voudrait qu'elle alors qu'il y avait un nombre infini de femmes parmi lesquelles il pourrait choisir, et elle se morfondrait toute seule en attendant d'être convoquée comme si elle faisait partie d'un harem. Où était la liberté, là-dedans ?

Dehors, le ciel se teintait d'une singulière nuance de violet. Aïcha, en apportant son thé à la menthe de l'après-midi, ferma les portes-fenêtres qui donnaient sur la terrasse, annonçant qu'une tempête se préparait.

— Le prince Azhar a eu un visiteur, aujourd'hui, l'informa-t-elle avec ce mélange d'anglais, d'arabe et de gestes dans lequel Julia et elle avaient pris l'habitude de communiquer. Le prince de Murimon, un vieil ami. Il n'est pas venu ici en dix ans, depuis que le prince Azhar est parti, mais il est aussi grand et séduisant que je me le rappelais, ajouta-t-elle avec un sourire déluré. Après notre prince, le deuxième plus bel homme d'Arabie. Maintenant, ils vont gouverner tous les deux.

Une fois Aïcha partie, Julia dégusta pensivement son thé. Dehors, le ciel paraissait meurtri, un mélange de mauve et de rose, avec des nuages d'un étrange brun doré, chargés de poussière. Elle se sentait tendue et nerveuse, un peu comme le temps, tandis que le ciel se faisait plus menaçant. Sur une impulsion, elle ouvrit une porte-fenêtre et sortit sur la terrasse. Les dalles étaient couvertes d'une fine couche de sable. Elle s'assit au bord du bassin, remuant les pieds dans l'eau, qui elle aussi était sableuse.

Azhar n'avait mentionné aucun ami dans leurs diverses conversations. Un autre lien qu'il avait coupé quand il avait quitté Qaryma, déterminé à se libérer de son passé. Il avait tranché toute attache et maintenant il devrait à nouveau le faire s'il repartait.

Si ?

Julia prit appui sur ses mains, penchée en arrière, et regarda le ciel. Une seule grosse goutte de pluie tomba sur les dalles. Au-dessus d'elle, les nuages tournoyaient. La surface du bassin était agitée et les feuilles du citronnier frémirent dans le vent qui se levait. Une autre grosse goutte tomba, suivie par le grondement lointain du tonnerre, puis les cieux s'ouvrirent.

C'était une pluie chaude et douce, pas la pluie froide et cinglante de chez elle. Le tonnerre se rapprocha, plus assourdi que les craquements violents qui fendaient le ciel au-dessus de la baie de Marazion, mais elle appréciait les deux, les yeux fermés, laissant les gouttes s'écouler sur son visage, tremper sa tunique, assombrir ses cheveux et vider son esprit.

N'ayant pas reçu de réponse après avoir frappé à la porte de Julia, Azhar entra en l'appelant. La porte-fenêtre était ouverte, les rideaux vaporeux claquaient dans la brise. Un grondement de tonnerre fut suivi presque immédiatement par un éclair qui illumina la cour trempée de pluie. Et éclaira du même coup Julia, étalée comme un ange tombé du ciel sur les dalles bordant le bassin, les pieds dans l'eau, ses cheveux ruisselant derrière elle.

La gorge serrée par l'angoisse, Azhar sortit précipitamment en criant son nom. Persuadé qu'elle avait été frappée par la foudre, il crut avoir une hallucination lorsqu'elle se releva.

— Julia ?

Elle lui sourit d'un air rêveur.

— N'est-ce pas fantastique ?

— Il est dangereux de rester dehors sous un orage. Rentrez.

Ses vêtements collaient à son corps. Sa chevelure pendait en longues mèches mouillées dans son dos et elle était pieds nus.

— J'adore ça, dit-elle sans esquisser le moindre mouvement.

Un coup de tonnerre retentit dans le lointain. La pluie s'arrêta d'une façon si soudaine que le silence sembla résonner. Au-dessus d'eux, les nuages commencèrent à s'écarter et le soleil brilla faiblement au travers. Julia fixa le ciel en paraissant vivement déçue.

— C'est fini.

— Quand je vous ai vue allongée là sur le sol, pendant un instant horrible j'ai cru que vous étiez morte, frappée par la foudre.

— J'imaginais que j'étais sur la plage de la baie de Marazion.

— Alors vous devez avoir une imagination débordante, parce qu'à vous voir on dirait que vous avez nagé dans les flots. Cette baie, c'est en Cornouailles ?

— Oui. La baie de Marazion. Près de la maison de mon père. J'ai appris à nager là-bas, et à faire du bateau à voile.

Les yeux de Julia brillèrent.

— C'est un parfait croissant de sable, cerné par les falaises. Le chemin pour descendre est presque aussi raide qu'un escalier. En hiver, il faut se méfier de la mer, les vagues peuvent atteindre trente pieds de haut. Le bruit qu'elles font en s'écrasant sur le sable ressemble au rugissement d'un lion et, même quand vous êtes assis bien au-dessus de la ligne de la marée, l'écume peut vous tremper.

— Ce que vous êtes à présent. Rentrez, déclara Azhar en la ramenant dans le salon et en fermant la porte-fenêtre.

— Aïcha m'a dit que vous avez eu la visite d'un vieil ami, aujourd'hui, lança Julia quelques instants plus tard, après avoir troqué sa tunique contre une tenue flottante de douce mousseline jaune semée de fleurs bleu pâle.

— Kadar. Le prince Kadar de Murimon, maintenant. Le royaume de Murimon se trouve sur la côte, à quelques miles d'ici.

— Est-il venu en visite officielle ? Vous avez dû être enchanté de le revoir après tout ce temps.

— Kadar était juste de passage. Oui, c'était bon de le revoir. Vous avez aussi une bonne raison d'être contente qu'il soit venu à Qaryma.

— Que voulez-vous dire ?

— Il vous a apporté un cadeau.

Azhar lui tendit un petit paquet.

— Un cadeau ? Mais je ne l'ai jamais rencontré !

— Ouvrez-le.

Julia obéit et fixa la montre d'un air incrédule.

— C'est la montre de Daniel. Comment a-t-elle bien pu arriver entre les mains de votre ami ?

— Elle a été reprise à des escrocs dans le port de Murimon. Il m'a demandé de vous transmettre ses excuses et regrette que des affaires urgentes l'empêchent de faire votre connaissance.

— Mais comment a-t-il su qu'elle était à moi, ou que j'étais ici ?

— Quand nous sommes arrivés à Qaryma, j'ai parlé du vol dont vous avez été victime. Je connais les marchés et les endroits où ces voleurs opèrent, mais je l'avoue, j'avais peu d'espoir de retrouver vos biens, quels qu'ils soient. Ce n'est pas votre malle contenant vos précieux carnets et croquis, hélas, mais je me souviens que vous avez dit que cette montre avait une grande valeur sentimentale pour vous.

— En effet.

Julia ouvrit le boîtier et lut l'inscription.

— Elle est tellement… à l'image de Daniel, ajouta-t-elle doucement. Pratique et fiable.

Elle battit des cils, car elle était au bord des larmes.

— Je suis désolée, cela ne me ressemble pas d'être à court de mots. Je n'avais pas mesuré à quel point elle m'avait manqué. Merci, Azhar. Quel geste attentionné !

— Ce n'est rien.

— Non, riposta-t-elle farouchement, ce n'est pas rien. Que vous ayez pensé à cela, à moi, alors que vous avez tant d'autres choses à régler… Je suis… Je ne sais pas que dire.

Azhar l'embrassa sur le front.

— Vous en avez dit assez. Ma récompense est de voir votre bonheur à l'avoir retrouvée.

Julia se laissa tomber sur le sofa, ouvrant de nouveau

le boîtier et examinant l'intérieur. Le mécanisme vibrait légèrement dans sa main.

— Daniel est enterré dans la concession familiale au côté de son père, mais sa mère est toujours vivante. Je me demande si je devrais lui rendre cette montre quand je serai rentrée en Cornouailles.

Elle avait le regard fixe, fascinée par la petite aiguille qui décomptait inlassablement le temps qui lui restait à passer à Qaryma, une seconde inexorable après l'autre. Elle souhaita qu'elle aille plus lentement. Une pensée absurde. Refermant le boîtier d'un coup sec, elle posa la montre sur la table à côté de son matériel de peinture.

— Seulement une semaine de plus après la fin de celle-ci, et je me mettrai en route, ajouta-t-elle.

Elle avait prononcé ces mots comme un avertissement pour elle-même. Sa voix avait tremblé. Azhar tressaillit.

— Votre tâche sera définitivement achevée d'ici là ? demanda-t-il.

Comme elle avait envie de mentir.

— Oui, répondit-elle. J'aurai même le temps de faire quelques peintures du jardin secret de la Quatrième Cour.

— J'aimerais…

Azhar prit la montre de Daniel et l'ouvrit, tout aussi fasciné par la progression de la petite aiguille. Il la remit en place et s'éclaircit la gorge.

— Si vous disposez d'un peu de temps, j'aimerais beaucoup une peinture de votre baie de Cornouailles. Ce serait bon de vous imaginer là-bas. En la regardant, vous me sembleriez moins loin, d'une certaine manière. Cela vous paraît-il possible ?

— Oui, bien sûr, et je trouverai le temps, murmura Julia.

Azhar lui prit les mains et appuya son front contre le sien. Julia laissa échapper une larme. Elle roula sur sa joue, rapidement suivie par une autre qui s'écrasa sur les mains d'Azhar.

— Je suis désolée, dit-elle.

— Ne le soyez pas. Ne pleurez pas, Julia. De grâce, ne pleurez pas.

— Je ne pleure pas, se défendit-elle, mais une autre larme tomba, et une autre encore. Pardonnez-moi.

— Julia.

Il la prit dans ses bras, la pressa contre lui, caressa ses cheveux.

— Julia, ne soyez pas triste.

Elle l'enlaça étroitement, inhalant son odeur chaude et virile, savourant sa force familière.

— Vous allez tellement me manquer, Azhar.

Il ne répondit pas, mais la nostalgie de Julia se reflétait dans ses yeux tandis qu'il la soulevait et la portait dans sa chambre. Leurs baisers furent brûlants, emplis d'un sentiment d'urgence, des baisers attisés par la faim qu'ils avaient l'un de l'autre, par un désir primitif d'amasser autant de moments d'intimité qu'ils le pouvaient avant que n'arrive l'instant où il ne pourrait plus y en avoir. Ils firent l'amour avec le même abandon passionné, se pressant et s'accrochant l'un contre l'autre, peau contre peau, comme s'ils essayaient de se fondre pour ne faire plus qu'un, criant ensemble, puis s'allongeant côte à côte, repus, moites de sueur, le cœur tambourinant, ne pensant plus à rien, enfin.

Azhar était assis sur le trône dans la salle d'audience du Pavillon royal, attendant l'arrivée du contremaître en chef des mines de diamants. Il avait décidé de le convoquer le soir précédent, après avoir quitté la chambre de Julia. La montre — cette montre fatale — qui égrenait sans arrêt les heures et les minutes l'avait poussé à passer à l'action, une action qu'au fond de lui il savait inévitable depuis quelques jours.

Cette confrontation allait certainement déclencher une série d'événements inéluctables qui le lierait à Qaryma pour toujours. Il répugnait à y penser. S'il y réfléchissait trop, il hésiterait, et il avait déjà hésité trop longtemps. L'honneur lui forçait la main. Son sens de l'honneur lui coûterait cher.

Des coups secs frappés à la porte du pavillon annoncèrent le début de l'entretien. Il ne dura pas longtemps. Face aux preuves évidentes qu'Azhar énonça, le contremaître en chef se prosterna aux pieds de son prince, sanglotant et implorant pitié de façon incohérente.

Azhar ordonna au garde de l'emmener à la Cage, notant avec satisfaction la surprise qui se lisait sur le visage du garde et l'horreur visible sur celui de son prisonnier. Ce nom, il le savait bien, évoquait de sombres cachots, peut-être même une chambre de torture. En vérité, la Cage était une suite de pièces désaffectées qui avait autrefois, il y avait fort longtemps, abrité la progéniture illégitime du harem, à l'époque où celui-ci comptait plus d'une épouse et de nombreuses concubines. Puis, la Cage avait servi de salle d'étude pour les fils légitimes du roi et elle était meublée confortablement. Azhar l'avait choisie simplement comme un endroit sûr pour garder le contremaître en chef jusqu'à ce que son sort soit décidé. Il avait pitié de l'homme, qui n'était en un sens rien de plus qu'une marionnette avide, mais même un pantin cupide devait être puni pour le déshonneur qu'il apportait au Conseil et au royaume qu'il servait.

Le marionnettiste lui-même poussa la porte du pavillon dix minutes plus tard. Kamal fit irruption dans la salle, dans un état de rage indescriptible.

— Pourquoi as-tu convoqué mon contremaître en chef ? A quel jeu joues-tu ?

— Une fois de plus, je dois te reprendre, frère. *Mon* contremaître en chef, et il ne s'agit pas d'un jeu. Je suis le futur roi de Qaryma, déclara Azhar en contemplant son frère du haut de son trône. L'avais-tu oublié ? Mes décisions ne doivent pas être remises en question, même par toi.

Kamal se mit lentement à genoux, d'une manière ostentatoire.

— Je vois que tu as surmonté ton dégoût des cérémonies officielles.

— J'ai été forcé de revoir mes opinions sur de nombreuses questions depuis mon arrivée.

— Ton opinion sur ma régence est manifestement très claire, déclara Kamal en le défiant du regard. Je doute qu'il y ait un aspect de ma façon de gouverner qui ait reçu ton approbation.

— Ce n'est pas faute d'essayer, crois-moi, frère.

Kamal jura.

— Ne me prends pas pour un sot. Depuis ton arrivée ici, tu t'es acharné à démolir tout mon travail, faisant sortir systématiquement du Conseil ceux qui me soutenaient, interférant dans de nombreuses affaires d'Etat aussi insignifiantes les unes que les autres, interrogeant mon Trésorier et examinant mes comptes. Tu te rends dans nos villages avec cette femme anglaise dans ton sillage pour obtenir des soutiens — comme si tu en avais besoin — et maintenant je découvre que tu as interrogé un homme qui…

— Qui t'a aidé à t'approprier mes diamants.

Azhar attendit, mais Kamal ne dit mot.

— Je sais tout de cette machination sordide, reprit Azhar. Non seulement le contremaître en chef a avoué son rôle dans cette affaire…

— Mais il m'a impliqué afin de sauver sa propre peau, interrompit Kamal en ricanant. Bonté divine, Azhar, n'est-ce pas évident ? S'il y a eu quelques chapardages…

— L'étendue du vol dépasse de loin les chapardages.

Kamal agita une main avec impatience.

— Tu ne peux pas penser que je suis impliqué là-dedans, c'est impossible.

— Et tu ne peux absolument pas comprendre à quel point j'ai souhaité prouver ton innocence.

Quelque chose dans la voix d'Azhar fit naître de la peur dans les yeux de Kamal. Il se remit maladroitement sur ses pieds.

— Frère, commença-t-il en tendant la main vers Azhar pour lui prendre le bras.

Azhar se dégagea d'un geste brusque.

— Je suis revenu ici avec l'intention d'abdiquer, annonça-t-il. Je suis rentré dans le seul but de te transmettre Qaryma. Tu penses que mon vœu le plus cher est de réclamer la couronne et le pouvoir ? Comme tu te trompes, Kamal. Tu te trompes énormément. Je voulais que tu aies le royaume parce que tu le méritais plus, parce que tu le désirais davantage.

— Alors donne-le-moi, je le veux toujours. Libère-toi de ce fardeau, laisse Qaryma entre mes mains.

— Non. Tu as perdu tout droit à te voir confier la sécurité du royaume.

Avec une froide précision, Azhar énuméra les faits qu'il avait découverts. La mort dans l'âme, il vit l'attitude bravache de Kamal se changer en une rage bouillonnante, supprimant tout espoir qu'il ferait amende honorable et avouerait sa culpabilité.

— J'espère que tu ne t'attends pas à ce que je te présente des excuses, persifla Kamal à la fin de ce discours qui le condamnait. Pendant dix ans, je suis resté ici à obéir à notre père pendant que tu satisfaisais ton désir égoïste de voir le monde, bâtissant ta fortune personnelle, gagnant ta pathétique réputation si importante. Pendant dix ans j'ai servi notre père, ce royaume et ce peuple, et pour quoi ? Quelques diamants ne sont rien comparés à ce que l'on me doit pour mon sacrifice.

Que ces « quelques diamants » se montent à une part importante de la richesse de Qaryma n'était pas le problème. Pour Azhar, la valeur des biens volés comptait peu, ce qui était plus grave était la cupidité et les mensonges qui motivaient le crime.

— Tu as eu dix ans pour prouver que tu étais digne du trône, reprit-il. Dix ans pour montrer à notre père que tu étais capable d'être son héritier.

— Crois-tu que je n'ai pas essayé ? répondit Kamal avec colère. Je t'ai dit que tu avais toujours été son préféré. Penses-tu que c'était pour te flatter ? Oh ! oui, dans les premiers temps, il était suffisamment furieux contre toi pour se tourner vers moi, mais même alors, il m'a toujours fait comprendre que je n'étais qu'un second choix, un piètre substitut. Il ne m'a jamais fait confiance. Il m'observait et me questionnait sans cesse. Et plus tard…

Kamal s'interrompit abruptement.

— Plus tard ? répéta Azhar.

Son frère haussa les épaules.

— Que s'est-il passé plus tard ? insista Azhar.

Kamal souffla avec dérision.

— Je pensais que tu l'aurais deviné, puisque tu te targues de clairvoyance. Ne t'es-tu pas demandé comment nous avons su où envoyer cette fameuse lettre, Azhar ? Ne t'es-tu pas demandé pourquoi, quand il a su qu'il était mourant, notre cher père n'a pas appelé son héritier en titre plus tôt ? Pourquoi il s'est résigné à me nommer régent à la place ?

— Je l'ai demandé, répliqua Azhar, pressentant le pire. Je me souviens très bien t'avoir demandé, Kamal, quand je suis arrivé à Qaryma, pourquoi notre père avait insisté pour que ce message ne soit envoyé qu'après sa mort.

— Et je t'ai répondu que c'était parce qu'il croyait que tu ne reviendrais pas tant qu'il était encore en vie. Ce qui était assez vrai, mais loin d'être toute la vérité. Notre cher père savait tout de tes maisons en Europe, à Damas et au Caire. Il était secrètement si fier de toi, son fils commerçant qui réussissait, qui avait fait fortune, qu'il s'était arrangé pour avoir des rapports sur ta situation tous les six mois.

Azhar sentit un certain malaise le gagner. Il se rassit sur le trône, contemplant son frère avec incrédulité.

En voyant l'effet de ses paroles, Kamal continua avec une malveillance renouvelée.

— Quand il est tombé malade, il m'a demandé que l'on t'envoie chercher. Je l'ai assuré que je m'en étais acquitté, et puis, j'en ai peur, je l'ai informé que ta réponse avait été assez décevante. Tu ne rentrerais pas à Qaryma, lui ai-je dit.

Tu avais clairement fait entendre que tu ne voulais jamais le revoir. Il en a été très affligé, comme tu peux l'imaginer. Et amèrement déçu.

Azhar serra les poings si fort que ses ongles s'enfoncèrent dans ses paumes jusqu'au sang.

— Ainsi, tu ne lui as laissé d'autre choix que te nommer régent, ce qui était ton plan depuis le début.

— Pas tout à fait. Mon plan était de le rendre si furieux qu'il te déshériterait complètement et me nommerait son héritier.

— Mais il ne l'a pas fait.

Azhar se remit debout.

— Je pensais que mon père m'avait légué Qaryma pour me punir d'être parti. Je comprends maintenant qu'il l'a fait pour mettre le royaume à l'abri de tes griffes traîtresses. Il savait — ou devait fortement soupçonner — que tu lui avais menti à propos du premier message. Sinon, pourquoi aurait-il insisté pour que le second soit émis en présence du Conseil ?

— Un dernier caprice de la part d'un tyran mourant, rien de plus, protesta Kamal. Il ne peut pas avoir deviné que je…

— Que tu l'avais trompé. Si, il a dû le faire, coupa Azhar dont l'esprit travaillait à toute vitesse. Pour ravaler sa fierté et être prêt à faire le premier pas pour nous réconcilier, mon père a dû avoir de grandes craintes pour l'avenir de Qaryma entre tes mains. Cela a dû lui coûter beaucoup d'être obligé de te nommer régent.

— C'était mon droit. C'était mon *droit !*

Kamal, les poings serrés, l'expression boudeuse, fit un pas rapide en avant. Azhar posa une main sur son torse pour le retenir.

— Essaie de me frapper, assura-t-il avec un calme glacial, et nous n'aurons pas besoin de nous assurer les services d'un bourreau pour t'exécuter pour haute trahison, car je t'étranglerai de mes propres mains.

Azhar ne ferait jamais appliquer un châtiment aussi radical, mais Kamal ne le savait pas. La couleur se retira de son visage, ses genoux flanchèrent et il s'écroula à plat ventre sur les dalles au-dessous du trône, sanglotant et implorant miséricorde, tout comme le contremaître en chef l'avait fait une heure plus tôt.

— Relève-toi, dit Azhar écœuré.

— Que vas-tu faire de moi ? Je suis ton frère, ton unique frère de sang royal, tu ne peux pas avoir l'intention de… ce n'est pas possible !

Mais Azhar en avait assez.

— Tu n'as apporté que honte et déshonneur à notre lignage royal, siffla-t-il entre ses dents, blanc de fureur. Je suis venu ici décidé à passer au-dessus de tes faiblesses, à t'aider à devenir le roi que Qaryma mérite, et tu n'as rien fait d'autre que me mentir, me tromper, me duper. Je suis venu ici, Kamal, pour te donner ce que tu désirais le plus parce que je pensais que tu le méritais, et parce que c'est la dernière chose que je souhaitais pour moi. Non seulement tu n'as eu de cesse de ruiner notre royaume, mais en plus tu as détruit ma vie par la même occasion. Sors d'ici ! Sors d'ici et ne t'avise pas de te représenter devant moi. Je déciderai de ton sort quand j'y serai prêt.

Kamal hésita, mais ce qu'il lut sur le visage d'Azhar le convainquit que d'autres supplications pour obtenir miséricorde seraient inutiles. S'abstenant délibérément de s'incliner, il tourna le dos et quitta le pavillon la tête haute avec un air de défi.

Azhar le regarda partir, attendit que la porte se referme derrière lui, puis attendit un instant encore que celle du jardin se ferme à son tour. Il s'affaissa alors sur le trône, laissant tomber sa tête dans ses mains. Dix ans plus tôt, il s'était trouvé de l'autre côté de cette porte quand elle avait claqué. Maintenant, il était à l'intérieur. Pas juste à l'intérieur, mais enfermé à l'intérieur. Pour toujours.

Chapitre 10

Se massant la nuque et étirant ses épaules avec lassitude, car elle travaillait depuis l'aube, Julia prit une tranche de melon sur le plateau de son déjeuner qu'elle n'avait pas touché. Dehors, le ciel lavé par l'orage de la veille était d'un bleu céleste, sans un seul nuage. Même s'il lui restait quantité de détails à régler pour terminer le traité de Daniel, et malgré sa montre qui égrenait les secondes sans remords, presque avec reproche, elle décida de voler un peu du temps qui lui restait et de se mettre à travailler sur le jardin secret de la Quatrième Cour.

Une demi-heure plus tard, ayant procédé à ses ablutions et revêtu sa tenue favorite, une tunique de mousseline jaune citron, un sarouel vert pâle et des pantoufles assorties, Julia tourna la clé dans la porte qui reliait les deux jardins. C'était comme se glisser dans un bain parfumé, avec les arômes de toutes les fleurs et herbes familières de chez elle qui se mélangeaient aux fragrances exotiques et plus entêtantes du désert. Elle ferma les yeux, s'efforçant de graver chaque élément dans sa tête, dans l'espoir fugace qu'un jour elle serait capable de les évoquer à nouveau, peut-être même de les recréer dans un jardin à elle. Mais pour le moment, elle allait essayer de les immortaliser dans ses aquarelles.

Azhar était assis sur un banc en pierre, à l'ombre d'une arcade sur laquelle des roses poussaient à profusion. Il fixait le désert au-delà du parapet, perdu dans ses pensées, et ne la vit pas. Il était vêtu de soie blanche, sa tenue solennelle, bien qu'il ait ôté sa cape et sa coiffe. Ses cheveux récemment coupés luisaient comme de la soie et rehaussaient l'éclat de la peau sombre de ses joues. Sa beauté austère coupa le souffle de Julia, mais son expression morne lui serra le cœur. Posant son matériel de peinture dans l'allée, elle s'avança et le rejoignit sur le banc.

— Julia.

Azhar passa un bras autour d'elle, attira sa tête sur son épaule et la serra contre lui. Elle sentait les mouvements réguliers de sa respiration. Il utilisait un savon citronné. A travers la soie de sa tunique, la chaleur de son corps montait en elle. Leurs jambes se touchaient de la cuisse au genou. Julia bougea un pied pour amener sa pantoufle près de sa botte et il frémit. Il posa un baiser sur le sommet de sa tête, ne la lâchant que pour repousser sa coiffe en arrière et passer les doigts dans ses cheveux, puis pour l'embrasser lentement, en s'attardant, avec une pointe de désespoir, avant de la lâcher.

— Julia. Comment saviez-vous que je serais ici ?

— Je l'ignorais. Je suis venue peindre.

Elle lissa le pli qui marquait son front.

— La première fois que je vous ai montré ce jardin — ce jardin secret — vous avez dit qu'à votre avis mon père devait y trouver de l'apaisement, un endroit privé où se réfugier. Je n'avais pas saisi à l'époque, mais je comprends maintenant.

— Que s'est-il passé, Azhar ? demanda-t-elle, redoutant déjà la réponse.

Il secoua la tête, la ligne sensuelle de sa bouche incurvée vers le bas exprimait une telle amertume que Julia ne put presque pas supporter de la regarder.

— Kamal ? murmura-t-elle en lui prenant la main.

Ses doigts serrèrent douloureusement les siens tandis qu'il hochait la tête.

— J'ai compris hier soir que je ne pouvais pas retarder plus longtemps le moment d'agir, déclara-t-il d'un ton âpre.

Cette maudite montre que je vous ai rapportée, témoin des secondes qui passent… Il restait si peu de temps pour redresser la situation, pensais-je. Et maintenant…

Sa voix se cassa.

— Maintenant j'ai tout le temps du monde.

— Vous avez décidé de rester ?

Il déglutit fortement.

— Je n'ai pas le choix.

Elle l'écouta raconter son entretien avec Kamal, réprimant des exclamations indignées, tandis qu'une colère profonde et brûlante contre l'homme faible, égoïste, indigne qui se disait le frère d'Azhar croissait inexorablement en elle.

— Il n'a montré aucun remords, conclut Azhar. Visiblement, il pensait que les diamants étaient une sorte de compensation légitime pour sa régence.

— Qu'allez-vous faire de lui ?

Azhar secoua la tête avec dégoût.

— Si je l'accuse publiquement, cela apportera honte et déshonneur à notre nom royal, et si je ne le fais pas, c'est sur moi que cela retombera.

— Je ne sais que dire. Je ne peux même imaginer ce que vous devez ressentir.

— Vous êtes la seule personne au monde qui le peut, répondit Azhar avec un sourire affligé. Nul ne me connaît comme vous. Vous savez quel cadeau empoisonné la couronne de Qaryma sera pour moi. Vous, et vous seule, comprenez ce qu'elle me coûtera.

— Oh ! Azhar, je souhaiterais de tout mon cœur que vous n'ayez pas à agir ainsi. S'il y avait une autre solution, n'importe laquelle…

Julia s'arrêta, des larmes dans la voix.

— Ne pleurez pas, je vous en supplie, déclara Azhar. Cela devait être fait et ne peut être défait.

— Alors je ne pleurerai pas, se reprit-elle en reniflant, avec un sourire tremblant. Apprendre que votre père s'est tenu informé de vos activités — qu'il était fier de vous — est au moins quelque chose de positif qui sort de tout cela, non ?

— Un autre cadeau empoisonné. Pour être tout à fait honnête, je ne suis pas du tout sûr que j'aurais répondu à cette première lettre si Kamal l'avait envoyée, avoua Azhar d'un air troublé. Cela aurait été l'occasion pour moi de faire la paix avec mon père, Julia, mais j'aurais considéré le prix comme trop cher à payer, j'en ai peur, en me doutant bien que si je revenais je ne pourrais pas repartir une deuxième fois. Ce qui s'est révélé exact, je viens de le prouver. Mais je regrette profondément de ne pas m'être réconcilié avec mon père.

— Vous ne pouvez porter seul le fardeau de la culpabilité, déclara Julia d'un ton déterminé. Votre père a attendu neuf ans pour vous tendre la branche d'olivier, et même alors, il ne l'a fait que parce qu'il était tombé malade. Neuf ans qui ont servi à bâtir l'homme que vous êtes, et cet homme sera un meilleur dirigeant grâce à cette expérience.

— Merci, répondit Azhar en lui baisant la main. Je sais que vous dites cela seulement pour atténuer ma culpabilité, mais vos paroles sont pour moi d'un grand réconfort.

— Je dis ces choses-là parce qu'elles sont vraies. Et la vérité la plus importante de toutes, c'est que… l'essence de votre personnalité, l'homme qui se trouve à l'intérieur — elle posa la main sur son cœur —, l'homme honorable qui ne peut donner que son maximum, que ce soit pour ses affaires ou son pays, tout cela fera de vous le meilleur roi que Qaryma aura jamais.

— Et voilà que je vous fais pleurer de nouveau.

Julia secoua la tête.

— Je ne… Ce n'est pas vous. Je voudrais… oh, Azhar, je voudrais tellement vous aider.

Il essuya de son pouce une larme sur sa joue. Ses yeux étaient sombres, encore troublés.

— Vous le pensez vraiment ?

La façon dont il la regarda fit naître l'effroi dans tout son être.

— Qu'attendez-vous de moi ?

Azhar se leva, noua ses mains dans son dos et regarda le désert.

— Si je dois faire cela, si je dois porter la couronne, alors il vaut mieux que je le fasse le plus tôt possible. A partir de maintenant, mon temps ne m'appartiendra plus — je ne peux me permettre la moindre distraction, Julia.

Le cœur de Julia sombra.

— Je vois, répondit-elle, s'efforçant de ne pas laisser entendre dans sa voix sa déception et sa sensation d'être rejetée. Elle savait qu'elle n'avait aucun droit d'éprouver ces sentiments, mais ils étaient là quand même.

— Non, vous ne voyez pas.

Azhar la rattrapa alors qu'elle s'apprêtait à se détourner de lui.

— Ces dernières semaines, le temps précieux que nous avons passé ensemble a été le seul rayon de soleil dans cette période troublée. J'en suis venu à estimer grandement votre jugement, à compter sur le fait de pouvoir parler de mes affaires avec vous, sachant que vous serez toujours honnête avec moi, quel qu'en soit le prix. Une chose rare pour un homme dans ma position, croyez-moi, car personne n'ose défier mon jugement.

— Vous serez le cheik al-Farid, le roi Azhar de Qaryma, récita Julia en citant les mots qu'il avait prononcés un jour à propos du couronnement. Vous serez la source de toute sagesse, le pourvoyeur de tout bonheur. L'Infaillible, que personne ne peut remettre en question. C'est juste ?

— C'est presque parfait, au mot près, dit Azhar. Malheureusement, ajouta-t-il avec un sourire crispé. Ce qui signifie que nous devons cesser de passer du temps ensemble. Je dois commencer comme j'ai l'intention de continuer, Julia — seul. Mes décisions doivent être les miennes, et mon désir pour vous — vous savez à quel point je vous désire — ne peut plus faire partie de ma vie non plus. Je dois me consacrer à mon royaume. Lorsqu'on posera la couronne sur ma tête, j'appartiendrai à Qaryma. Et je compte être couronné le plus tôt possible.

— Craignez-vous que, si vous reculiez ce moment, vous pourriez ne pas y parvenir ?

Il tressaillit, car elle s'était exprimée d'un ton vif, mais son regard demeurait franc et ouvert.

— Oui.

Ce simple aveu fit tomber toutes les défenses de Julia.

— Je suis désolée. Je suis tellement désolée. Je ne pourrais supporter de vous rendre les choses plus difficiles. Je ferai tout ce que vous demanderez.

Le soulagement qui envahit le visage d'Azhar fut sa récompense. Il la prit dans ses bras et l'embrassa doucement.

— Je demande seulement que vous compreniez.

— Je comprends.

— Merci.

Il l'embrassa de nouveau.

— Vous allez faire bon usage du temps qui reste, j'espère ?

— Je… oui. Johara m'a parlé d'une oasis où pousse une espèce unique de mousse, j'espérais… Mais ce n'est pas nécessaire. J'ai plus qu'assez pour occuper ma dernière… le temps qui me reste à passer ici, merci.

Etait-ce la fin ? S'attendait-il à ce qu'elle lui dise adieu ? Non, elle ne pouvait le croire, il y avait encore des choses à organiser, un guide à engager — non, elle refusait de penser que c'était la dernière fois qu'elle le voyait. Complètement abattue, Julia alla chercha son matériel de peinture.

— Je voulais peindre ce jardin secret, mais si vous devez résider dans le Pavillon royal…

— Je vous ferai prévenir quand le jardin sera libre, afin que vous puissiez travailler sans être dérangée.

Julia sentit les larmes gonfler ses yeux. Elle ne les laisserait pas couler. Marmonnant un autre « merci », elle prit sa boîte de peinture et s'enfuit.

Julia posa son pinceau et étudia les deux paysages d'un œil critique. Ces trois derniers jours, depuis qu'elle avait vu Azhar pour la dernière fois, elle y avait travaillé presque exclusivement. La lumière n'était pas encore parfaitement rendue dans la marine, mais l'atmosphère lui plaisait.

Aïcha, posant le plateau du dîner sur la table, examina les tableaux presque finis.

— Ils sont magnifiques. Est-ce chez vous ? demanda-t-elle. Je n'ai jamais vu la mer. Elle a l'air vaste et tellement belle.

Julia hocha la tête.

— Comme votre désert pour moi.

Elle avait toujours considéré la baie de Marazion comme chez elle, bien qu'elle n'y ait pas vécu depuis son mariage avec Daniel. La maison qu'elle avait partagée avec son mari près de Truro, louée à une connaissance de son père, devait être occupée par quelqu'un d'autre à présent. Après les funérailles, Julia avait mis leurs maigres possessions dans des cartons qu'elle avait entreposés chez son père. Il avait supposé qu'elle viendrait vivre avec lui lorsqu'elle rentrerait de son prétendu voyage dans les Highlands.

Elle n'avait aucune idée de ce qu'elle allait faire de sa liberté lorsqu'elle aurait achevé sa mission. Elle n'avait pas vu plus loin que l'exécution de ses promesses à Daniel, mais cela lui prendrait peut-être trois mois, six tout au plus. Son travail ici, en Arabie, était déjà achevé. Maintenant qu'elle avait terminé les paysages pour Azhar, elle avait l'intention de passer le temps qui restait à peindre des tableaux qui deviendraient ses souvenirs des moments merveilleux qu'elle avait passés ici.

Aïcha avait fini de poser sur la table la délicate variété de mets.

— Le prince Azhar est très occupé à se préparer pour son couronnement, déclara-t-elle.

Il y avait de la sympathie dans ses yeux.

— Oui, je sais, répondit Julia.

Maintenant que c'était presque fini, elle ne voyait pas

l'intérêt de prétendre qu'Aïcha ignorait les fréquentes visites d'Azhar dans son appartement. La jeune femme s'était montrée très discrète et Julia était heureuse d'avoir sa compagnie.

— Il m'a dit qu'il ne pourrait plus me rendre visite.

Aïcha la mena à sa table.

— Comme cela se doit, répliqua-t-elle avec un sourire. Le prince Azhar est un homme d'honneur. Tout le monde sait qu'il passe beaucoup de temps avec vous. Vous êtes une étrangère, vous n'avez pas de mari et vous êtes si maigre, ajouta-t-elle en souriant légèrement. Les gens ne comprennent pas pourquoi il ne prend pas une maîtresse plus convenable.

Julia sentit ses joues s'empourprer. A vivre si isolée du reste du palais, il lui avait été facile de prétendre que la nature de ses relations avec Azhar n'était connue de personne, hormis Aïcha. Apprendre qu'elle s'était trouvée au cœur de ragots, de plus assez peu flatteurs, la mortifiait.

— J'ai été la cause d'un scandale, s'exclama-t-elle en portant les mains à ses joues en feu.

Aïcha secoua la tête.

— Non, les gens savent que le prince Azhar est un homme viril, avec des besoins…

Ses gestes montrèrent clairement ce qu'elle pensait être les besoins d'Azhar.

— Il est choquant que vous soyez une étrangère, mais nous ne sommes pas étonnés qu'il ait une maîtresse.

— Mais après son couronnement ? demanda Julia le cœur serré.

— Après, ce serait inconcevable, répondit Aïcha en secouant la tête avec véhémence. Un roi se doit d'être irréprochable. Mais je raconte à tout le monde que vous allez rentrer en Angleterre et que quand vous serez de retour là-bas — elle sourit d'un air rassurant, en montrant la peinture de Julia — vous trouverez un bon mari anglais. Ainsi, quand il aura été couronné, le roi Azhar pourra trouver une belle princesse arabe. Comme il se doit, n'est-ce pas ? Heureux tous les deux.

Heureux tous les deux. Quand la porte se referma derrière

Aïcha, Julia écarta l'assiette de délicieuse nourriture qui lui avait été servie. La servante n'avait pas eu l'intention de la blesser. Elle avait seulement signifié ce qu'Azhar lui avait dit lui-même, d'une façon moins directe. Il devait avoir conscience du scandale qu'elle provoquerait si elle restait ici après son couronnement, pourtant il n'avait soufflé mot que sa simple présence pourrait nuire à sa réputation — même si, lorsqu'elle repensait à cette conversation, elle se rendait compte qu'il l'avait laissé entendre. S'il l'avait exprimé clairement, elle aurait insisté pour partir dès que possible, mais, même alors que son monde s'écroulait autour de lui, Azhar avait été assez délicat pour s'assurer qu'elle ait assez de temps pour finir ce maudit livre de Daniel. Tandis qu'elle-même s'était concentrée égoïstement sur le fait d'être privée de sa compagnie.

Combien de temps après son couronnement s'attendrait-on à ce qu'il se marie ? Car il se marierait. Etant Azhar, incapable de demi-mesures, il ferait tout ce qui serait en son pouvoir pour être le meilleur roi possible. Ce qui impliquait d'assurer qu'il y ait un prince héritier pour prendre sa place le moment venu. Il le lui avait dit lui-même, dans la salle du Divan — cela faisait-il réellement moins de deux semaines ?

Abandonnant toute idée de manger, Julia ouvrit la porte-fenêtre et sortit dans l'air frais du soir, se dirigeant vers son endroit favori sous le citronnier. Azhar se marierait et engendrerait un héritier dans l'intérêt de son royaume. Elle ne se remarierait jamais, dans l'intérêt de sa liberté si chèrement gagnée. Cela n'avait pas changé, mais autre chose s'était modifié. Et profondément. Elle s'adossa à l'écorce de l'arbre et ferma les yeux. Elle l'aimait. Dieu du ciel, comme elle l'aimait. Un véritable bouleversement et une chose très peu sage qu'elle avait laissée arriver, mais qui ne changeait rien. Quoi qu'il en soit, elle l'aimait.

L'odeur des citrons lui rappela le savon qu'Azhar utilisait. Julia serra ses bras autour d'elle. Lorsqu'ils étaient allongés sur son divan après avoir fait l'amour, la peau d'Azhar était salée, moite de sueur. Il aimait l'attirer contre lui, ses fesses incrustées dans son bas-ventre, une main pesant lourdement sur sa taille et l'autre posée sur ses seins. Quand elle le touchait, quand il était excité et qu'elle le caressait lentement, sa main entourant son sexe, le serrant et le relâchant, il avait presque une expression de douleur. Il agrippait les draps dans ses efforts pour se maîtriser, mais elle avait appris comment lui faire perdre tout contrôle. Elle connaissait l'endroit le plus sensible pour le faire parvenir à l'extase presque instantanément. Elle possédait un endroit similaire et il savait exactement comment la combler aussi. Elle avait compris comment le retenir bien serré en elle, le faire vibrer de plaisir, mais empêcher qu'il n'atteigne l'orgasme. Et lui, avec ses caresses, avait le pouvoir de faire des choses qui la gardaient au bord de la volupté pendant ce qui lui semblait durer des heures, et d'autres encore qui prolongeaient son ravissement au-delà de ce qu'elle aurait cru possible. Il lui avait appris à éprouver du plaisir avec son propre corps.

Il était le parfait amant. Si seulement elle avait pu le cantonner à ce rôle, mais l'amour était une chose insidieuse, comme une fleur du désert qui se terrait sous la surface pendant des années, attendant que les pluies lui donnent vie et la fassent fleurir. Depuis combien de temps aimait-elle Azhar sans le savoir ? Elle le connaissait depuis moins d'un mois. Etait-il possible de tomber amoureuse en si peu de temps ? Apparemment, oui. Elle avait connu Daniel presque toute sa vie, son amour pour lui s'était construit petit à petit, mais avait-elle jamais été passionnément amoureuse de lui ?

— Non, déclara-t-elle à voix haute. Certainement pas. Rien ne se compare à cela.

Et rien ne pourrait jamais en sortir. Elle le savait, aussi sûrement qu'elle savait qu'elle aimait Azhar. Sa liberté signifiait tout pour elle, et elle n'impliquait en aucune façon de se lier de nouveau à un homme. Elle ne savait pas ce que serait sa vie à l'avenir, mais elle souhaitait pouvoir décider pour et par elle-même. Agir et apprendre de ses erreurs comme Azhar l'avait fait durant les dix dernières années, et louer son propre succès. Peut-être voyagerait-elle. Peut-être trouverait-elle un moyen de gagner sa vie avec ses tableaux. Peu importait. Elle était libre de choisir, alors qu'Azhar…

Son cœur se serra comme à chaque fois qu'elle pensait à sa situation. Elle aspirait à le réconforter, mais il l'avait déjà fait sortir de sa vie, il s'était privé de toute consolation. Le premier amour de Daniel était son livre. Azhar avait établi clairement que son premier et seul amour devait être Qaryma. Pas même son épouse, quand il en prendrait une, ne passerait avant son royaume. Même si Julia avait été jugée convenable pour être l'épouse d'un roi — ce qu'elle n'était pas de toute façon — elle ne voudrait jamais tenir ce rôle.

Pas même si cela signifiait être au côté d'Azhar ?

— Non, reprit-elle, d'un ton encore plus ferme, parce que je ne serais pas à son côté. Qaryma serait à lui, et je serais à lui, mais ni Azhar ni Qaryma ne seraient jamais à moi.

Mais, juste ciel, comme elle l'aimait !

Azhar écoutait d'une oreille distraite tandis que son Conseil débattait du trajet exact que devrait suivre la procession du couronnement, son esprit s'égarant devant les autres détails tout aussi ennuyeux dont ils devaient discuter lors de la réunion, des choses dont il se moquait comme de la bosse d'un dromadaire. Il était résigné à vivre la solennité d'un couronnement, mais le protocole de la cérémonie ne l'intéressait guère.

Les deux questions plus pressantes qui occupaient ses pensées étaient pour le moment en suspens, attendant la réponse des deux hommes concernés. Il était un homme d'action, avait-il dit à Julia une fois. Et certes, au cours des trois jours qui venaient de s'écouler, il avait pris d'innombrables décisions. Mais il avait aussi passé une quantité démesurée de temps à essayer de *ne pas* agir, de ne pas faire la seule chose qu'il souhaitait plus que tout, aller retrouver Julia et se perdre dans ses bras.

Elle lui manquait. Ce serait plus facile lorsqu'elle ne résiderait plus au palais, plus facile encore lorsqu'elle aurait franchi la frontière de Qaryma en route pour l'Angleterre, mais pour l'instant, savoir que seuls quelques murs les séparaient rendait terriblement difficile de résister à la tentation.

L'intonation de son rire lui manquait, et le ton de sa voix. L'expression presque coupable qu'elle prenait lorsqu'elle savait très bien qu'elle s'apprêtait à lui dire quelque chose qu'il ne voulait pas entendre, le pli de concentration qui marquait son front quand elle dessinait et la façon dont elle pinçait les lèvres quand elle peignait — pour s'empêcher de mordiller son pinceau, lui avait-elle avoué une fois — lui manquaient. La masse soyeuse de ses cheveux étalés sur son torse quand ils avaient fait l'amour, la façon dont sa bouche s'incurvait en un sourire comblé qui le rendait si fier d'en être la cause…

Ce matin, elle devait se trouver dans la Quatrième Cour, peignant ce qu'elle appelait le « jardin secret », car il lui avait fait savoir qu'il n'y serait pas. Il aimerait voir comment son travail avançait. Lui donnerait-elle l'une de ses peintures, s'il le lui demandait ? Il avait besoin de conserver quelque chose de tangible pour avoir un souvenir d'elle.

Le Conseil était passé aux menus des divers banquets, dont ils discutaient avec enthousiasme. La cérémonie devait avoir lieu dans trois jours, presque quatre semaines depuis que Julia et lui avaient passé leur accord. Le désir de la voir était douloureux. Il avait su dès l'instant où il avait décidé de rester combien il était vital qu'elle s'en aille, combien il serait tout à fait inconvenant qu'il continue à la fréquenter après son couronnement.

Mais la revoir avant serait-il vraiment un péché ? Il ne l'avait pas informée des dispositions qu'il prenait pour elle, pour son voyage, et il devrait le faire. De fait, son temps serait beaucoup mieux employé à s'occuper de cela qu'à se soucier de ce que les gens mangeraient le jour où il remettrait sa vie à son royaume.

Il n'était pas dupe. Azhar soupira avec irritation. Il n'avait pas besoin d'une excuse pour passer du temps avec Julia. Il n'avait pas encore renoncé à sa vie. Il avait le droit de réclamer encore un jour de liberté, et de le passer avec la femme qui allait le quitter pour toujours, afin de gagner son indépendance !

Il se leva vivement, surprenant le Conseil qui se tut.

— J'ai décidé de vous confier les derniers détails de la cérémonie, déclara-t-il. Dans trois jours, je vais consacrer mon existence à Qaryma. J'ai besoin de me préparer à cet événement solennel, le temps de refermer la porte de mon ancienne vie, d'assurer que lorsque débutera mon règne, je viendrai à vous allégé de tout fardeau.

Cette dernière déclaration suscita quelques murmures d'approbation et des regards entendus qui rappelèrent à Azhar l'avertissement de Kadar. Nul n'oserait contester ouvertement la présence de Julia ici, mais tout le monde évoquerait le sujet. Jusqu'à ce qu'il soit solennellement couronné, la position de la jeune femme dans sa vie ne les regardait pas, mais après… Passant son Conseil en revue, il put voir le soulagement s'inscrire sur certains des visages les plus âgés.

Ils voulaient que leur roi se débarrasse de l'Anglaise. Bien que cela ne fasse que confirmer ses soupçons, être confronté à ce genre de pression silencieuse qui s'exercerait sur lui, des règles et des traditions implicites auxquelles il serait obligé de se plier à l'avenir, le rendit malade. Cela raffermit aussi sa résolution et le décida à profiter non pas d'un jour, mais de tous les jours qui lui restaient.

— Jusqu'à la veille de mon couronnement, mon temps m'appartiendra exclusivement. Toute décision à prendre sur autre chose que la cérémonie devra être différée, annonça-t-il.

Il attendit, mais pas un seul conseiller ne proposa la solution plus logique qui était de remettre les affaires entre les mains de Kamal. Nul n'avait posé de question sur la soudaine absence de son frère aux séances du Conseil, ni sur celle du contremaître en chef, mais ils n'ignoraient certainement pas que Kamal était à l'arrêt chez lui et que son complice était enfermé dans la Cage. Et ils allaient sans nul doute spéculer sur les raisons de cet état de fait.

Il soupira. Les membres du Conseil devront se contenter de discussions stériles jusqu'à ce qu'il soit en mesure de mettre en œuvre la solution qu'il envisageait. Mais tout cela attendrait. Dans trois jours, il serait roi de Qaryma. Pour le moment, il était simplement Azhar.

Le temps qu'ils arrivent à l'oasis, le crépuscule était tombé.

— On l'appelle le Petit Zazim, pas parce qu'il est près de l'oasis Zazim, mais parce qu'il en est…

— Une réplique presque parfaite, en miniature, s'exclama Julia, en contemplant l'endroit du haut de son chameau.

Le lac était petit, en forme d'ellipse, l'eau avait le même éclat gris argenté dont elle se souvenait de l'oasis où ils s'étaient rencontrés. Une ceinture de végétation luxuriante encerclait presque entièrement la nappe d'eau, ne laissant exposée qu'une extrémité du lac où les doux sables du désert arrivaient jusqu'au bord en formant une petite baie en forme de croissant. Julia regarda autour d'elle, émerveillée.

— Il n'y a personne d'autre, ici. Avez-vous…

— J'ai voulu assurer notre intimité. Il y a quelques avantages à être un membre de la famille royale, répondit sèchement Azhar.

— Mais les gens vont savoir que vous êtes ici avec moi. Ils vont parler, Azhar, et… et ils souhaiteront que je parte. Je n'en avais pas la moindre idée jusqu'à ce qu'Aïcha dise…

— Je souhaiterais qu'Aïcha ait tenu sa langue.

Azhar se pencha pour lui presser la main.

— Nous en avons discuté avant de partir. Je ne nie pas que le fait que vous restiez à Qaryma après le couronnement serait inacceptable pour mon peuple, Julia, mais ils n'ont pas à me commander pour l'instant. Je sacrifierai tout dans trois jours, je ne vais pas sacrifier cette dernière occasion de passer du temps avec vous, à moins que vous n'ayez changé d'avis.

Est-ce que je vous demande trop ? Les choses auraient-elles été plus faciles pour vous si j'avais respecté ma parole et vous avais laissée tranquille ?

— Non.

Elle serra fortement sa main.

— Si vous pouvez affronter le scandale provoqué par ma présence, alors je peux supporter la honte d'être l'objet des ragots du palais.

— Je ne veux pas que vous ressentiez cela, s'exclama Azhar d'un ton farouche.

Julia rit.

— Vous n'êtes pas mon roi, Azhar. C'est moi qui commande à mes sentiments.

Il sourit, mêlant ses doigts aux siens.

— Vous serez bientôt maître de vos sentiments et de votre vie. Vous devriez être fière de vous, Julia. Moi, je le suis, en tout cas.

— Merci.

Ces mots résonnèrent avec une douce amertume, lui rappelant tout ce qu'elle laisserait derrière elle, tout ce à quoi Azhar renoncerait. Lorsqu'il était venu la trouver dans l'après-midi, s'étant échappé de sa réunion du Conseil, elle s'était battue avec sa conscience mais celle-ci n'avait pas été de taille à lutter contre son cœur. Il ne l'aimait pas, il serait bientôt contraint par devoir d'épouser une autre femme, mais pendant ces quelques précieuses journées à venir, il serait à elle seule.

Se tenant soigneusement au pommeau de sa selle, Julia se pencha vers Azhar et l'embrassa sur la bouche.

— Là, dit-elle en plaisantant. Pour vous prouver que vous aviez tort quand vous disiez qu'il n'était pas possible de faire l'amour sur un chameau.

— Je veux bien admettre qu'il est possible de *commencer* à faire l'amour sur un chameau, répondit-il, mais quant à savoir si nous pouvons continuer ou non…

Il bougea si promptement qu'elle en resta stupéfaite. Il

commanda aux deux bêtes de s'agenouiller avant de soulever Julia de sa selle et de la tenir contre lui.

— Je préfère ne pas avoir à me préoccuper de maîtriser un chameau, quand j'ai suffisamment à me soucier de contrôler mon appétit pour vous, Julia.

Elle passa les bras autour de son cou.

— Avez-vous faim, Azhar ?

Son sourire accéléra follement le sang dans ses veines.

— Je suis affamé, Julia.

— Alors je vous en prie, renoncez à toute tentative de contrôler votre appétit pour moi, lui chuchota-t-elle à l'oreille, car moi aussi je meurs de faim.

En entendant ces paroles, l'éclat des yeux d'Azhar s'assombrit brusquement. Il attrapa une couverture, laissa les mules et les chameaux qui formaient leur petite caravane attachés ensemble, sous la garde de son saluki et de son faucon, et porta rapidement Julia jusqu'à l'endroit où les arbres et les buissons les protégeaient comme un écran des sables ondulants du désert. S'allongeant près d'elle sur la couverture, il l'embrassa doucement, mais Julia désirait des baisers violents et sauvages, à l'image de son amour. Elle roula sur lui, coinçant son corps sous le sien, et s'empara de ses lèvres, l'embrassant avec un sentiment d'urgence, jusqu'à ce que la bouche et les mains d'Azhar deviennent impatientes aussi, la serrant étroitement contre son érection qui palpitait.

Julia gémit. Elle se tortilla, bataillant pour se libérer de son sarouel et savourant la façon dont ses mouvements firent frissonner Azhar et la firent frémir. Elle se dégagea du vêtement d'un coup de pied tandis qu'Azhar arrachait aussi son pantalon. Elle luttait pour tirer sa tunique par-dessus sa tête quand il la ramena sur lui, saisissant un téton dans sa bouche, et elle sentit que son orgasme était proche, qu'il allait exploser.

— Attendez, dit Azhar en essayant de reprendre sa bouche, mais elle ne pouvait pas attendre.

Un rapide baiser de plus et elle l'introduisit en elle, pas

lentement comme elle l'avait fait auparavant, mais avec fougue, l'attirant en elle avec hâte et profondément, ce qui les fit tous les deux crier de ravissement. Le rythme qu'elle imposa était rapide, mais Azhar s'y adapta, s'arquant sous elle, la serrant contre lui à chaque assaut et accentuant le mouvement, si bien qu'elle perdit toute illusion de contrôle alors que des vagues de volupté la traversaient. Azhar, dans un ultime effort, parvint alors à la soulever tandis qu'il atteignait lui aussi l'extase, criant son nom dans le ciel du désert.

Leur simple campement n'avait rien de luxueux par rapport à leur précédente excursion dans le désert. Ils avaient tout apporté et transportaient leurs affaires sur les mules de bât, mais Julia savait que ce serait cette nuit-là qui compterait le plus dans son cœur. La tente de Bédouin était celle d'Azhar, une simple structure en bois couverte de peaux. Tandis qu'il la dressait, Julia prépara le feu. Le dîner se composait de lièvre et de ragoût de légumes, une viande bien meilleure que la première qu'ils avaient partagée et beaucoup plus goûteuse, Julia dut le reconnaître, grâce au cuisinier du palais qui l'avait préparée pour eux. Ensuite, ils restèrent assis côte à côte près des braises mourantes, à regarder les étoiles, à contempler le reflet fantomatique de la lune qui dansait sur les eaux doucement agitées du petit lac.

Julia hésitait à troubler cette paix parfaite, mais en même temps elle voulait profiter de chaque seconde pour découvrir ce que serait l'avenir d'Azhar. Elle ne le connaîtrait jamais, aussi aimerait-elle tenter de l'imaginer.

— Avez-vous décidé de ce que vous allez faire de votre frère ?

— Je pense que j'ai trouvé une solution qui convient, répondit-il avec un sourire ironique, du moins si je peux convaincre mon ami Kadar de coopérer.

— Le prince qui a rapporté la montre de Daniel ? Qu'a-t-il

à voir avec cela ? Allez-vous envoyer Kamal en exil dans son royaume — comment s'appelle-t-il, déjà ?

— Murimon. Non, je ne vais pas envoyer mon frère là-bas, même s'il va passer certainement du temps dans ce royaume — si Kadar est d'accord, comme je l'ai dit.

Julia afficha une expression si perplexe qu'Azhar s'esclaffa.

— Les contrôles aux frontières, expliqua-t-il. Vous savez d'expérience que le commerce du marché noir est prospère, hélas. C'est un problème bien plus important encore pour Kadar, dont le royaume est bordé d'une longue côte. En tant que commerçant moi-même, je pensais que je connaissais assez bien la face cachée de ces transactions, mais quand j'ai interrogé Kamal sur la façon dont il s'était débarrassé des diamants qu'il avait volés, j'ai été fort surpris par l'étendue de son savoir. Cela m'a fait prendre conscience de notre vulnérabilité, et le travail important qui doit être fourni pour mettre fin à ces trafics.

Il eut un grand sourire.

— Et j'ai alors réalisé que j'avais l'homme idéal pour cette tâche.

Julia éclata d'un rire surpris.

— Vous projetez de rendre votre frère responsable de la lutte contre le marché noir ?

— Malheureusement, nul ne sait mieux que Kamal comment mettre fin à ce commerce.

— Va-t-il seulement être d'accord ?

L'expression d'Azhar se durcit.

— Je pense que son choix sera vite fait entre accepter ce poste ou bien être emprisonné chez lui de façon permanente.

— Vous avez raison, c'est la solution idéale, et elle évite d'apporter la honte sur votre famille qu'un exil ne manquerait pas de provoquer. En Angleterre, nous dirions que vous avez forcé le braconnier à devenir garde-chasse. Vous avez fait preuve d'une grande intelligence.

— Merci. J'aimerais que mon petit frère soit plus

reconnaissant, mais je crains de n'avoir gagné qu'une haine tenace.

— Oh ! je pense que vous devez simplement accepter que, quoi que vous fassiez, Kamal ne vous aimera jamais. Même si vous aviez abdiqué en sa faveur, il aurait trouvé le moyen de vous reprocher le chaos que son règne n'aurait pas manqué d'apporter à Qaryma, répliqua Julia.

Azhar passa un bras autour d'elle, attirant sa tête sur son épaule.

— J'aimerais pouvoir vous contredire.

— Et qu'en est-il de son complice, le contremaître en chef ?

— Après avoir réglé le sort de Kamal, j'ai procédé de même avec lui, répondit Azhar. L'histoire du braconnier devenu garde-chasse, de nouveau. Il a été démis de sa position au Conseil, évidemment, et il est retourné à la mine de diamants avec le statut bien moins brillant de garde, chargé de fouiller les mineurs à la fin de chaque journée pour s'assurer qu'ils n'ont rien dérobé.

— Vous ne craignez pas qu'il révèle le rôle de votre frère dans cette affaire ?

— Je lui ai expliqué très clairement que je n'hésiterais pas à l'exiler si j'entendais ne fût-ce qu'une rumeur à ce sujet. Je pense m'être ainsi assuré son silence.

Azhar soupira.

— J'ai longuement réfléchi à la question de savoir si je traitais Kamal avec davantage d'indulgence parce qu'il est mon frère, mais je crois honnêtement qu'il souffrira bien plus de la perte de son prestige et de son mode de vie fastueux que le contremaître en chef.

— Je pense que vous avez été plus que juste, répliqua Julia. Je pense que vous avez créé une nouvelle justice.

Elle sentit le grondement de son rire sous sa joue.

— Vous ai-je déjà dit que vous avez un point de vue unique sur la vie ?

Elle s'assit et attira son visage à elle.

— J'apprécie énormément le point de vue que j'ai en cet instant.

Azhar passa son pouce sur sa lèvre inférieure.

— En vérité, répondit-il, je ne pense pas que je pourrais jamais m'en lasser non plus.

Et il l'embrassa.

Chapitre 11

— Mais c'est la mousse rare dont Johara m'a parlé ! s'exclama Julia avec entrain. J'en suis sûre, celle qui d'après elle a des vertus curatives spéciales. Comment l'avez-vous su ? Et plus encore, comment avez-vous su où la trouver ?

Ils avaient quitté de bonne heure leur campement du Petit Zazim pour se rendre dans ce lieu que même Azhar avait eu du mal à localiser. Il sourit tandis que Julia contemplait l'épaisse viscosité brun-rouge qui poussait sur les pierres, dans le bassin peu profond, avec le même ravissement que d'autres femmes réserveraient à des bijoux.

— Je n'attendais pas… Vous n'auriez pas dû vous donner tant de peine pour moi, alors même que vous avez des affaires bien plus importantes à régler.

— Julia, tous les gens autour de moi ne me causent que des problèmes, vous êtes la seule personne dans ma vie qui ne me donne que du plaisir, répondit Azhar. Quand vous m'avez raconté que cette plante assez peu ragoûtante était unique, j'ai su qu'elle devait être très spéciale et j'ai voulu que vous puissiez la mettre dans votre livre.

— Le livre de Daniel.

Il réfléchit un instant à cette précision. Il y avait eu une époque, pas très lointaine, où la présence fantomatique de Daniel Trevelyan lui avait pesé, où le contenu de son traité botanique ne lui importait guère. Plus maintenant.

— Pour moi, ce sera toujours le vôtre, répliqua-t-il, et

en tant que tel, je veux que vous soyez pleinement satisfaite du résultat.

— Je n’aurais jamais pu en venir à bout si je ne vous avais pas rencontré, affirma Julia.

— Sottise, vous êtes la femme la plus déterminée que j’ai jamais rencontrée. Vous auriez trouvé une façon d’y arriver. Si je ne m’étais pas trouvé sur votre route ce jour-là, quelqu’un d’autre vous serait venu en aide. Le Zazim est une oasis fréquentée.

— Je suis très heureuse que nos chemins se soient croisés, Azhar. Plus heureuse que vous ne le saurez jamais.

Sa voix se brisa. Et une ombre dans ses yeux serra le cœur d’Azhar. Il savait qu’elle tenait à lui mais ne souhaitait pas qu’elle s’étende davantage sur ce point.

— Cela vous convient-il de rester ici seule toute la journée ? demanda-t-il.

Son visage se ferma devant le ton brusque avec lequel il s’était exprimé. Il comprit qu’elle se demandait si elle devait accepter ce changement de sujet délibéré, ou poursuivre sur sa lancée. Quand elle opta pour la première solution, il éprouva un mélange de culpabilité et de soulagement.

— Bien sûr, répondit-elle. Vous savez que je peux facilement me perdre dans mes croquis, et dessiner cette mousse représente un véritable défi. Avez-vous des affaires à régler ailleurs ?

L’idée lui était venue dans la nuit. Il n’était pas du tout certain qu’elle soit bonne. Il voulait s’en assurer avant d’en parler à qui que ce soit et Julia n’y faisait pas exception.

— Je reviendrai assez tôt pour que nous rentrions à Al-Qaryma avant la nuit, dit-il d’un ton bref.

Julia ne parut pas intimidée mais blessée. Mais de nouveau, d’une façon inhabituelle, elle tint sa langue. Azhar souhaita presque qu’elle ne le fasse pas.

— Cela me donne plein de temps pour me mettre au travail, reprit-elle d’un ton enjoué.

— Julia.

— Oui ?

Il marqua une pause.

— Laissez-moi décharger votre matériel des sacoches.

Quand Azhar s'en alla, elle était installée avec son carnet de croquis et son crayon à côté de la petite mare, mais elle n'était pas aussi concentrée qu'elle s'efforçait de le paraître car elle sentait son regard lui brûler le dos tandis qu'il s'engageait dans le désert. Il savait qu'elle éprouvait des sentiments pour lui, et pas seulement comme amant. Il s'inquiétait pour elle, et la considérait bien plus que comme une simple amie. Quand elle disait qu'elle voulait lui éviter de souffrir, elle le pensait. Quand elle lui avait déclaré la veille, avant qu'ils ne partent, qu'elle préférerait sacrifier leurs derniers jours ensemble si c'était la meilleure solution pour lui et son maudit royaume, elle en était convaincue. Julia tenait à lui. Il le savait, bien sûr, mais le savoir était une chose, entendre à quel point elle s'était attachée à lui en était une autre. Etait-il lâche de sa part de ne pas l'avoir laissée continuer ?

De quoi avait-il peur ? La réponse était évidente, mais ce n'était pas la crainte qui lui faisait garder le silence, y compris vis-à-vis de lui-même, à propos de ses propres sentiments. Le devoir, encore, ce satané devoir. Il n'avait pas le droit de se laisser aller. Lorsqu'il se marierait, ainsi qu'il le devait, il faudrait qu'il soit capable d'essayer d'aimer l'épouse qu'il aurait choisie la conscience tranquille. Il ne pouvait pas s'attacher à Julia. Il ne se le permettrait pas. Et donc il devait faire en sorte qu'elle en fasse de même.

Perdu dans ses pensées, Azhar n'avait pas remarqué qu'il était allé aussi loin. Nul ne savait quand le premier roi avait été enterré dans la Cité royale des Morts, car les épitaphes des tombes les plus anciennes avaient été effacées par les vents du désert. Contrairement aux puissantes pyramides et aux vastes tombes souterraines emplies de provisions pour la vie dans l'au-delà que l'on découvrait en ce moment en

Egypte, les défunts royaux de Qaryma étaient enterrés dans de simples sarcophages taillés dans la roche rouge du désert, un grand monument érigé au centre pour le roi et sa famille rangée autour de lui, leurs emplacements seulement signalés par de petites stèles.

Azhar était familier du site, car il s'était rendu chaque année sur la tombe de sa mère. La stèle était un peu à l'écart, en bordure de la Cité des Morts qui s'étendait de plus en plus. A présent, elle se trouvait dans l'ombre du récent et vaste sarcophage. Dans la mort comme dans la vie, pensa-t-il avec une ironie désabusée. Confronté à cette preuve incontestable de la mort de son père, il se sentit brusquement submergé par la douleur. Il tomba à genoux et courba la tête, essayant de refouler ses larmes. Les rois ne pleuraient pas.

Il lut la simple inscription. Les rois ne pleuraient pas, mais il n'était pas encore roi. Appuyant la tête contre la chaude pierre rouge de la tombe de son père, Azhar laissa éclater son chagrin.

Ses larmes ne durèrent pas longtemps, mais elles eurent un effet purificateur sur lui et le rapprochèrent plus de son père, ici, dans la Cité des Morts, qu'il ne l'avait jamais été dans la vie.

— J'aimerais que nous ayons pu faire la paix avant votre mort, mais j'espère que vous écoutez maintenant, articula-t-il d'une voix basse, encore enrouée par l'émotion, debout devant la tombe, la tête inclinée. Je regrette le long silence qui a perduré entre nous, mais nos natures étaient ainsi faites qu'il n'aurait pu en être autrement. Vous ne m'avez guère laissé le choix et j'ai agi de même. Je suis fait à votre image, Père, mais d'autres également, et je me suis construit moi-même. Je ne serai pas l'homme que vous avez été. Je serai un meilleur roi. J'essaierai d'être un époux et un père aimant. Je concéderai à mon fils la liberté que vous ne m'avez pas accordée. Je lui laisserai la possibilité de choisir.

Ces paroles étaient un serment solennel, qu'il respecterait avant même ceux qu'il prononcerait lors de son couronnement.

Azhar toucha le sarcophage en un geste d'adieu. Il s'agenouilla devant la stèle de sa mère et promit de nouveau d'être un meilleur époux que son père l'avait été. Puis il se détourna et quitta la Cité royale. Il se mit en selle sur son chameau et alla retrouver Julia. Il savait à présent qu'il lui révélerait où il était allé et pourquoi, il savait à présent que cela avait été la chose juste à faire.

Ils rentrèrent au palais en fin d'après-midi, et furent accueillis dans la Première Cour par le chef de la Garde royale.

— On m'informe qu'un Anglais a franchi la frontière sans papiers officiels, déclara Azhar à Julia. Les gardes à la frontière l'ont intercepté et amené ici. Je suppose que le consul britannique à Damas s'est inquiété de votre longue absence et a dépêché un émissaire officiel pour vous rechercher. Le nom de Christopher Fordyce vous dit-il quelque chose ?

— Je n'ai jamais entendu parler de lui, répondit Julia.

— Il se trouve actuellement dans la Deuxième Cour, dans la salle d'attente du Divan, voulez-vous m'accompagner pendant que je l'interroge ?

— Bien sûr. Je ne peux imaginer qu'il ait un rapport avec moi, répliqua-t-elle en franchissant derrière lui la porte qui donnait dans la Deuxième Cour. Même si, je l'admets, le fait que Qaryma reçoive la visite de deux Anglais en si peu de temps semble une étrange coïncidence.

— Nous n'avons pas cet honneur, rectifia Azhar en souriant. L'une est cornouaillaise, rappelez-vous.

Cependant, Christopher Fordyce avait l'air plus arabe qu'anglais ou même cornouaillais. Il paraissait avoir un peu moins de trente ans et était vêtu d'une simple tunique en coton et d'un sarouel assorti qui étaient soit très sales, soit de la couleur du sable. Il portait sur les hanches une ceinture marron qui retenait un cimeterre glissé dans un fourreau et une longue dague fine également protégée. Sa coiffe était aussi en coton, d'un ton clair et d'une couleur indéterminée, et maintenue par un foulard marron ordinaire. Au-dessous, sa peau tannée avait presque la teinte de l'acajou et ses sourcils blonds étaient décolorés par le soleil.

Il fit forte impression sur Julia. Il présentait de nombreuses similitudes avec Azhar. Sa haute et mince silhouette dégageait une présence et une autorité naturelle évidentes, ses traits étaient presque parfaits, et son allure rappelait celle d'un patricien. Mais surtout, ce furent ses yeux qui attirèrent son attention, même s'ils étaient d'un bleu vif et profond, presque à l'identique de la couleur des bleuets. Elle n'aurait jamais oublié cet homme si elle l'avait rencontré auparavant. Il était évident que sa présence à Qaryma n'avait rien à voir avec elle. Il ne ressemblait absolument pas aux serviteurs de la couronne britannique qu'elle avait pu croiser lors de ses voyages.

— Monsieur Fordyce, le salua Azhar en lui tendant la main à la manière anglaise. Heureux de vous rencontrer. Permettez-moi de vous présenter Mme Julia Trevelyan, une éminente botaniste anglaise qui a étudié notre flore locale.

— Enchanté, madame.

Christopher Fordyce répondit à sa révérence en s'inclinant.

— Comme il est extraordinaire de rencontrer une Anglaise si loin à l'est dans le désert.

Malgré l'émotion qu'évoquaient ses paroles, il s'exprima d'un ton froid et son visage resta de marbre. M. Fordyce n'était ni surpris ni très intéressé de trouver ici l'une de ses concitoyennes, vêtue comme lui à la façon indigène. Ce qui piqua la curiosité de Julia.

Se tournant vers Azhar, elle sut qu'il partageait les mêmes sentiments.

— Il paraît que vous êtes entré en fraude sur mes terres, déclara-t-il.

— Oui.

Azhar haussa les sourcils.

— Puis-je savoir pourquoi ?

— Je me suis lancé dans ce que l'on pourrait appeler une quête personnelle.

Azhar soupira.

— Incombe-t-il à tous les sujets anglais d'avoir une quête ? Par suite d'un décret royal, peut-être ?

Julia réprima un rire, mais M. Fordyce eut l'air perplexe.

— Ce que j'ai entrepris n'a rien à voir avec la couronne britannique. Comme je le disais, elle est d'une nature personnelle.

— Si personnelle qu'elle exclut que vous obteniez les permissions indispensables pour voyager à l'intérieur de nos frontières.

— Franchement, je trouve que c'est la méthode la plus efficace pour obtenir une audience avec un représentant de l'autorité, répondit l'Anglais. Bien plus rapide que d'être obligé de se perdre en palabres pour avoir des papiers officiels et de franchir tout un ensemble de barrières diplomatiques afin d'atteindre l'homme qui se trouve au sommet.

— Une stratégie très risquée, si je peux me permettre, avança Azhar.

M. Fordyce eut un sourire désarmant.

— Mais qui réussit, la plupart du temps. Comme aujourd'hui. Passons-nous à nos affaires ?

— Avons-nous des affaires auxquelles… euh… passer ?

— Oui.

Tel un prestidigitateur sortant un lapin de son chapeau, Christopher Fordyce fit apparaître un bracelet.

— Je suppose que vous n'avez jamais vu cela, ou quoi que ce soit qui y ressemble ?

Ce n'était pas un bracelet mais une amulette, très ouvragée et rehaussée de diamants et d'émaux.

— Elle semble très ancienne, hasarda Julia.

— Elle l'est. Vieille de milliers d'années. Et très chère. En vérité, elle est sans prix.

— Mais elle paraît un peu endommagée. On dirait qu'une pierre a été perdue ou enlevée.

— Vous êtes très observatrice, madame. Je ne sais pas exactement ce qui manque, mais je suis sûr que le vrai propriétaire, quel qu'il soit, me donnera la réponse.

— Le vrai propriétaire ?

Azhar fronça les sourcils, tournant l'article délicat dans ses mains.

— Puis-je vous demander comment vous vous êtes procuré cet objet, monsieur ?

— Oh ! de manière tout à fait légale, je vous assure. Il m'a été légué par ma mère. Quant à savoir comment il s'est retrouvé en sa possession, c'est une autre histoire, ajouta Christopher Fordyce, la mine sombre. Je présume qu'il ne fait pas partie des bijoux de la couronne de Qaryma, prince Azhar ?

— Non.

— Vous en êtes sûr ?

— Certain. Nous produisons nos propres diamants ici, à Qaryma. Ils ont une eau et une couleur très particulières. Les pierres de ce bracelet sont tout à fait différentes. D'une qualité superbe, mais qui ne viennent pas d'ici. Cette amulette est certainement arabe, mais je crains que votre quête du propriétaire légitime ne doive continuer.

— Alors je vais vous remercier du temps que vous m'avez accordé, en présumant que je ne suis plus en état d'arrestation.

M. Fordyce fit disparaître l'amulette dans les plis de sa tunique et tourna les talons avec une désinvolture que Julia ne put s'empêcher d'admirer.

Mais Azhar se montra moins conciliant.

— Attendez ! Où allez-vous maintenant ? Vous ne pensez pas parcourir l'Arabie ainsi, passant les frontières d'un royaume à un autre pour demander s'ils n'auraient pas perdu un bijou de famille ?

— C'est plus ou moins ce que je fais, sauf que j'ai délimité son lieu d'origine à six pays possibles, dont vous êtes le troisième que je suis obligé d'éliminer. La qualité de l'or et des pierres ainsi que le style particulier de l'émaillage constituent une sorte de signature. Il est incroyable qu'un travail aussi délicat ait été réalisé il y a plus de deux mille ans.

M. Fordyce eut un sourire contraint.

— Vous devez pardonner mon enthousiasme débordant. Je suis un peu un archéologue amateur.

— Je pense que vous êtes un plus grand expert que vous ne le dites modestement, monsieur Fordyce. Et je vous en prie, ne vous excusez pas de votre enthousiasme. Cela semble être un autre trait anglais. Pas plus tard que ce matin, j'ai vu Mme Trevelyan ici présente s'enflammer pour une tache de mousse verte. Où avez-vous l'intention d'aller, ensuite ? Je peux peut-être vous aider pour obtenir des autorisations ?

— Votre offre est très aimable, mais c'est inutile. Je m'en tiendrai à ma méthode éprouvée.

Azhar rit et tendit la main.

— Alors je vous souhaite bonne chance.

— Je n'en ai guère besoin. C'est un simple procédé d'élimination, mais merci. Bonne journée, monsieur… madame.

— Quel homme extraordinaire, s'exclama Julia tandis que la porte se refermait derrière l'Anglais et le garde.

— Qui arrive vraiment au mauvais moment, déclara Azhar. J'ai des projets pour ce soir.

— On ne peut cependant pas lui reprocher de s'être attardé. Quels projets ?

En souriant, Azhar tendit la main.

— Venez avec moi et je vous révélerai tout.

— Quel est cet endroit ? Où m'emmenez-vous ?

Julia s'accrochait à la corde qui servait de rampe dans l'escalier en colimaçon de la tourelle. Elle avait cessé de compter les marches qu'ils gravissaient aux alentours de quatre-vingt et plus. Devant elle, Azhar tenait la lanterne en hauteur, mais elle devait quand même prendre garde à ne pas trébucher.

— Plus que dix marches, annonça Azhar. Il y en a cent quinze au total, ajouta-t-il précédant sa question.

La porte était incurvée pour s'insérer dans le mur de la tour. Avec un certain soulagement, Julia la franchit et se retrouva sur le toit du palais.

— Azhar !

— Qu'en pensez-vous ?

Elle regarda autour d'elle avec un étonnement émerveillé. Le toit était immense, on aurait presque dit une pièce extérieure avec un parapet qui arrivait aux genoux en guise de murs. Au-dessus, le ciel nocturne constellé d'étoiles formait un plafond céleste plus magnifique que le plus orné des plafonds dans la plus luxueuse des pièces. Une tente avait été dressée au milieu, mais il ne s'agissait pas du tout d'une installation conçue pour un usage pratique. C'était le genre d'abri dont un enfant rêverait, tendu de soie écarlate, décoré de glands dorés. Ouvert d'un côté face au désert, l'intérieur était luxueux, composé de soie, de velours, de riches tapis, d'énormes coussins et d'un divan encore plus grand. Un candélabre en cristal était suspendu au milieu et les bougies jetaient des ombres vacillantes. Des fleurs flottaient dans de grandes coupes en verre, et leur parfum exotique emplissait la nuit.

Et quelle nuit. S'appuyant avec précaution contre le parapet, Julia s'abîma dans la contemplation du désert, les sables qui ondulaient avec douceur, les dunes, les hautes montagnes au loin. Et au-dessus, jetant le candélabre dans l'ombre, la lune à la couleur laiteuse, les disques argentés des étoiles.

— Azhar, s'exclama Julia, c'est beau à couper le souffle. Mais comment avez-vous bien pu faire monter tout cela par cet escalier étroit ?

Il rit.

— Il existe un autre accès bien plus facile pour atteindre ce toit. Voulez-vous vraiment que je gâche l'effet par des questions d'ordre technique ?

Elle leva les yeux vers lui, envoûtée.

— Non.

— Ce sera notre dernière nuit ensemble. Demain, à la veille du couronnement, je devrai me plier à de nombreux rituels, et après…

— J'assisterai à la cérémonie, puis je partirai avec mon escorte, continua Julia. Les dispositions que vous avez prises sont parfaites, mais si cela ne vous fait rien, je préférerais ne pas en parler. Comme vous dites, cette nuit sera notre dernière nuit…

Ses paupières s'emplirent de larmes. Elle fixa le désert en les mettant au défi de couler. Elle ne pleurerait pas. Elle se l'était promis. Elle ne voulait pas ternir la perfection de cet ultime moment.

— Julia, vous ai-je contrariée ? Est-ce trop vous imposer ?

— Non, répondit-elle. Au contraire, ce n'est pas assez, mais c'est tout ce que nous aurons jamais.

Azhar tressaillit sous la vive émotion contenue dans sa voix. Il savait qu'elle s'était trop attachée à lui mais il ne voulait pas le reconnaître, et elle s'en rendait parfaitement compte. Dans la matinée elle l'avait laissé l'empêcher de parler, mais elle avait eu tort de le faire. Alors qu'il était si près de commencer sa nouvelle vie, elle ne permettrait pas à Azhar de minimiser ses sentiments.

Elle lui sourit. Elle frôla de ses doigts ses cheveux, sa joue, posa sa main sur son épaule. Elle avait pensé que cela lui demanderait du courage, mais en réalité, c'était simple.

— Je vous aime, déclara-t-elle. Je vous aime de tout mon cœur.

Il ne frémit pas, cette fois, il se figea.

— Je sais que vous ne pouvez pas m'aimer, ou ne voulez pas m'aimer, ou ne m'aimez pas, mais je vous aime. Je vous aime, Azhar, et si je vous laissais m'empêcher de vous le dire, je quitterais Qaryma avec l'impression d'avoir été déloyale envers moi-même.

— Julia.

Il essaya de l'attirer dans ses bras, mais elle résista.

— Je sais que cela ne change rien, ajouta-t-elle doucement. Même si vous m'aimiez, je sais qu'il serait impossible pour nous de bâtir une vie ensemble. Votre devoir est envers Qaryma. Votre royaume vous requiert tout entier. Et, en plus du fait que je ne serais jamais considérée comme une épouse acceptable, je ne veux pas être une épouse qui viendrait en second lieu. J'ignore ce que sera ma vie, mais elle est à moi, Azhar, comme vous l'avez rappelé hier soir. Je ne vous offre pas mon cœur, mais je veux que vous sachiez que je vous porte à l'intérieur de moi, et qu'il en sera toujours ainsi. Alors vous voyez, murmura-t-elle en frôlant ses lèvres des siennes, vous n'avez rien à craindre de mon amour, et vous n'avez à vous sentir coupable de rien.

Il resta silencieux un long moment, fixant le désert, le pouls qui battait dans son cou signifiant la force de l'émotion qui l'étreignait, quelle qu'elle soit.

— Vous avez raison, reprit-il enfin, lentement. Je ne peux pas vous aimer, Julia, je n'ai pas ce droit, mais je n'ai pas non plus le droit de vous priver de vos sentiments. Je suis…

Il s'arrêta pour s'éclaircir la gorge, se tordant les mains.

— J'allais dire que je suis honoré, mais en fait votre courage et votre honnêteté me remplissent d'humilité. Je sais que je ne rencontrerai jamais une femme telle que vous.

Son sourire en biais, sa voix tremblante firent fondre le cœur de Julia.

— Et je peux affirmer sans le moindre doute que je ne rencontrerai jamais un homme tel que vous, déclara-t-elle. Je sais que vous ne pouvez pas m'aimer, mais vous pouvez me faire l'amour, une dernière fois.

Cette fois, quand il la prit dans ses bras, elle ne résista pas.

— Et c'est ce que je vais faire, ma courageuse rose du désert, dit Azhar en l'embrassant avec ferveur.

Julia l'aimait. Julia, la courageuse Julia, lui avait dit qu'elle l'aimait parce qu'elle voulait qu'il le sache et pour aucune autre raison. Elle l'aimait, elle énonçait une simple vérité. Cela ne changeait rien, et pourtant cet aveu lui paraissait d'une importance capitale. Ses sentiments pour elle étaient beaucoup plus profonds qu'ils ne devraient l'être. Il ne pouvait pas les exprimer par la parole, mais il pouvait les lui montrer en lui faisant l'amour, ainsi qu'elle lui avait demandé. Il pouvait être à elle toute la nuit, et au matin… Il s'occuperait de cela quand le soleil se lèverait.

— Julia, dit-il pour le simple plaisir de prononcer son nom. Julia.

Elle avait un goût si suave, il ne pourrait jamais se lasser de l'embrasser. Leurs bouches étaient faites l'une pour l'autre, à la perfection. Le léger et doux soupir qu'elle lâcha lorsqu'il caressa la courbe d'un sein à travers sa tunique attisa son ardeur.

Le bassin en marbre qui se trouvait sur le toit, et que l'on n'utilisait plus régulièrement, avait jadis fait partie du hammam installé au-dessous. Le visage de Julia s'illumina de surprise et de plaisir lorsqu'il lui fit contourner la tente pour le lui montrer. Il la déshabilla lentement, couvrant de baisers chaque parcelle de peau qu'il révélait. Le creux de son épaule le fascinait. La vallée entre ses seins. La douce inclination de son dos. La chair tendre de son ventre et de ses cuisses. Au clair de lune, sa peau luisait comme de la porcelaine. Ses yeux brillaient de désir pour lui. Même si elle attendait, suivant ses directives, ce soir-là, il savait qu'il y aurait un moment où sa passion se déchaînerait et aurait raison de lui.

Azhar ôta prestement ses propres vêtements. Elle l'observa, n'éprouvant plus la moindre gêne devant sa nudité et le dévorant des yeux. Elle effleura sa peau de ses doigts, son épaule, son torse, son flanc, avant de caresser son sexe lentement, le faisant frissonner. Elle eut ce sourire nonchalant et sensuel qui ne manquait jamais de lui faire accélérer le pouls.

Il lui fit descendre les marches qui conduisaient dans le vaste bassin. L'eau était chaude, juste assez profonde pour lui arriver au-dessus des genoux. Julia l'enlaça, pressant ses seins sur son torse, et l'embrassa profondément.

Il l'attira à lui, les mains sur ses fesses, les courbes qu'il préférait chez elle, et l'embrassa entre ses cuisses. Elle serra ses mains sur ses épaules. Sa respiration s'accéléra et son ventre se contracta. Il la connaissait intimement, maintenant, savait comment l'amener au bord de l'extase et l'y maintenir, avant de la faire basculer dans la volupté au moment voulu.

Elle eut un orgasme violent. Il l'attira dans ses bras, lui faisant passer les jambes autour de sa taille. Puis Julia l'embrassa. Le tenant serré en elle, elle lui chuchota quelque chose à l'oreille, un ordre primitif qui aurait dû le choquer, mais qui, à la place, provoqua une réaction beaucoup plus animale.

Il la déposa sur les marches peu élevées et la prit avec force, comme elle l'avait demandé. Elle noua ses jambes autour de lui. Les marches étaient glissantes. Ses cheveux trempaient dans l'eau, ses seins étaient poussés en avant par son dos arqué. Il donna un nouvel assaut. Elle gémit et se resserra autour de lui.

— Plus fort, réclama-t-elle, mais à ce moment-là Azhar n'avait plus besoin d'encouragement, il se perdait en elle, rivait ses yeux sur elle. La chaleur, sa peau mouillée, l'eau qui les léchait, l'odeur de Julia et le cri qu'elle poussa lorsqu'elle atteignit de nouveau l'extase eurent raison de lui.

Plus tard, ils restèrent assis sur des coussins à l'entrée de la tente, à contempler les étoiles, une couverture jetée sur eux. Il y avait de la nourriture, mais aucun d'eux n'avait beaucoup mangé. Ils n'avaient pas grand-chose à dire, non plus, se parlant avec leurs yeux et leurs mains. Le désert s'étendait au-dessous d'eux, plus sombre et plus mystérieux maintenant que la nuit était complètement tombée, la lune en partie obscurcie par un nuage. L'air avait ce goût salé particulier qui, certains jours, déposait de la rosée et faisait que les plus rares des fleurs du désert poussaient leurs pétales à travers la surface du sable et s'offraient au soleil pendant quelques précieuses heures.

Comme Azhar et elle l'avaient fait, s'offrir au soleil pendant une période bien trop fugace.

— Sable et sel, articula-t-elle d'un ton rêveur. En Cornouailles, le sable est aussi doré qu'ici et l'air aussi salé, pourtant l'effet est tout à fait différent.

— Vous préférez la version cornouaillaise, naturellement, la taquina Azhar. La Cornouailles est le plus beau comté d'Angleterre, après tout.

— Ai-je dit cela ? C'est assez vrai, mais Qaryma est le plus beau royaume d'Arabie.

— Vous ne les avez pas tous vus.

— Je n'en ai pas besoin, répondit Julia. C'est le royaume le plus magnifique, et vous êtes l'homme le plus magnifique.

— Vous ne pouvez pas parler ainsi d'un homme.

— Je suis une artiste, vous l'avez vous-même souligné, ce qui signifie que j'ai l'œil pour la beauté, et j'ai toujours pensé que vous étiez le splendide Azhar, dès l'instant où je vous ai vu. Bien sûr, j'ai pensé aussi que vous étiez arrogant, égoïste et un tout petit peu intimidant…

Azhar rit.

— Je n'ai pas réussi une seule fois à vous intimider.

— Ce n'est pourtant pas faute d'avoir essayé.

— J'aurais dû mieux vous connaître.

— Vous me connaissez, maintenant.

Elle était soudain au bord des larmes. Cette proximité qu'ils partageaient lui manquerait plus que tout. Déterminée à ne pas gâcher ce précieux moment et sachant qu'elle ne devait plus lui déclarer son amour sous peine d'avoir l'impression de le supplier, elle décida à la place de lui montrer de quoi elle était capable. Repoussant la couverture, elle l'embrassa et le fit s'allonger sur le dos. Ses lèvres se collèrent aux siennes, lui disant silencieusement, encore et encore, combien elle l'aimait. Elle embrassa sa bouche, ses yeux, ses joues, sa gorge. Puis descendit le long de son torse, jusqu'au creux de son ventre.

Ses baisers le firent se durcir de nouveau. Elle toucha la peau soyeuse de son érection, passant son pouce sur le bout. Azhar respira bruyamment. Elle posa délicatement ses lèvres et il poussa un grognement.

Elle recommença et fut récompensée par un autre râle plus rauque. Oserait-elle ? C'était l'une des choses les plus exquises qu'il lui faisait. Ressentirait-il la même chose ? Elle referma une main autour de lui. Une lente caresse, puis un baiser. Il palpitait sous ses doigts. Elle ne doutait pas que cela lui plaisait. Et elle aussi en éprouvait du plaisir. Elle avait envie de le faire, elle voulait lui donner ce qu'il lui avait donné, et son désir l'enhardit.

— Pour vous, Azhar, murmura-t-elle, en s'installant entre ses jambes.

— Julia, vous n'avez pas à…

— Mais je le souhaite, dit-elle en baissant la tête.

Ils ne dormirent pas. Ils restèrent assis, enlacés, dans la tente, à regarder le spectacle de l'aurore qui pointait. Les étoiles pâlirent, le ciel nocturne s'éclaircit et devint d'un gris tendre, puis le soleil apparut, montant rapidement à l'horizon. Il colora le ciel en rose et en orange avant de se fixer, éclat jaune clair dans un ciel bleu pâle, et ce fut fini.

Comme était finie leur idylle du désert.

— Je dois y aller, déclara Azhar.

— Oui.

Elle avait refusé de penser à cet instant, mais maintenant il était arrivé.

— Aïcha a les détails des dispositions pour votre voyage.

— Oui.

— Serait-il plus facile pour vous de partir avant le couronnement ?

— Non, je veux être là.

Afin de le voir se lier à son royaume. De s'assurer qu'elle ne pourrait jamais espérer qu'un avenir serait possible entre eux.

Elle savait qu'une rupture nette serait préférable, mais elle ne put résister au besoin de se jeter dans ses bras une dernière fois et de s'accrocher à lui. Toutefois, elle résista à l'envie de le supplier de rester. Elle s'en féliciterait plus tard.

— Embrassez-moi, dit-elle.

Il le fit, mais avec précaution, comme s'il craignait de la briser. Il ne savait pas que son cœur était déjà brisé.

— Je vous aime, déclara-t-elle, et je ne vous oublierai jamais.

— Julia…

La voix d'Azhar se fêla. Julia ne contrôlait guère mieux la sienne, mais elle parvint à sourire.

— Adieu, Azhar.

Il hésita. S'avança vers elle. Changea d'avis.

— Adieu, Julia.

Et alors il la quitta, empruntant la sortie qui descendait au hammam.

Julia resta figée sur place, dans ses vêtements froissés, fixant le désert. C'était fini. Le lendemain, Azhar épouserait son royaume et elle prendrait le chemin du retour.

Non, ce n'était pas fini, se reprit-elle sévèrement, car sa vie ne faisait que commencer. Même si elle avait l'impression contraire.

Azhar se tenait debout sur l'estrade qui avait été dressée au centre du Divan. Voilée avec soin, Julia observait depuis un coin reculé où sa présence n'offusquerait personne. La tunique d'Azhar était en simple soie blanche, mais sa cape et sa coiffe étaient en lamé d'or. Des diamants alourdissaient l'ourlet de la cape, étincelaient dans le bandeau qui tenait sa coiffe en place, et ornaient ses pantoufles agrémentées de perles. Il avait toujours eu cet air d'autorité, quoi qu'il porte, mais ce jour-là Azhar était sans nul doute un roi.

— En oignant vos mains avec cette huile sacrée, nous vous donnons à vous, notre roi, la force et le pouvoir de gouverner votre royaume, de mener les guerres qu'il faudra et de défendre notre peuple de toute injustice.

Julia, qui lisait la traduction qu'Azhar lui avait fait parvenir en une délicate attention, l'observa tandis qu'il tendait les mains au Célébrant en Chef. A côté d'elle, Aïcha tendait le cou en avant avec excitation. La servante lui avait expliqué la veille toutes les étapes de la cérémonie en l'aidant à emballer ses affaires. Julia savait que l'huile était composée d'encens, la résine récoltée sur des arbres qui poussaient loin au sud de l'Arabie, à des milliers de milles de Qaryma. La fragrance particulière se mêlait au parfum entêtant des pétales de roses éparpillés aux pieds d'Azhar.

Comme tout autre sujet du royaume — à l'exception notable, probablement, de Kamal —, Aïcha voyait cette journée comme un moment de fête. En revanche, Julia avait du mal à deviner ce qu'Azhar en pensait. Elle savait qu'il embrasserait son rôle de roi, qu'il se donnerait entièrement, mais qu'éprouvait-il ? Où étaient passées son amertume et sa colère d'être forcé d'endosser ce rôle dont il ne voulait pas ? Qu'avait-il fait de sa fierté pour ses affaires prospères et de son amour des voyages ? Etait-il possible d'enterrer tout cela et d'y renoncer pour toujours ?

— En oignant votre tête, entonna le Célébrant en Chef, nous vous donnons à vous, notre roi, la sagesse de gouverner justement, de régner d'une manière absolue et infaillible.

Tandis qu'Azhar courbait docilement la tête, Julia eut l'horrible sensation que les mots de la cérémonie, qui marquaient le début de son règne, scellaient également le destin de quelque chose de précieux. L'huile qui gouttait de la cuillère richement ornée et garnie de pierres précieuses s'écoulait sur sa peau. Avait-il conscience de sa présence dans la salle bondée ? Pensait-il à elle ? Avait-il dormi depuis qu'il l'avait abandonnée sur le toit la veille, au petit matin ?

Elle, non. Et lui non plus visiblement. L'éclat que leurs

étreintes avaient donné à son visage avait laissé place à une teinte cireuse, des cernes sombres se dessinant sous ses yeux. Julia avait envie d'aller à lui, de le prendre dans ses bras, d'effacer ses tourments. C'était une torture de ne pouvoir accomplir aucune de ces choses absurdes, et le seul fait d'y penser renforçait l'idée que supporter cette cérémonie jusqu'au bout était un supplice plus que nécessaire. Le bon sens et la logique, découvrait-elle, étaient des défenses bien faibles contre un amour irrationnel.

— En oignant votre cœur, nous vous donnons à vous, notre roi, un amour indéfectible pour notre peuple. Au nom de votre père révéré, le roi Farid, si subitement arraché à son existence magnifique, nous vous nommons, cheik al-Farid, son successeur très révéré et très grand, le roi Azhar de Qaryma.

Le roi Azhar de Qaryma. Il ne serait jamais son Azhar. Il ne l'avait jamais été, se rappela sévèrement Julia. Mais elle souhaitait qu'il ait pu l'être. Elle était stupide, mais elle souhaitait encore qu'il ait pu l'être.

Le Célébrant en Chef remit à Azhar l'étincelante épée de cérémonie de Qaryma glissée dans son fourreau incrusté de diamants. L'énorme émeraude qui brillait sur son pommeau avait été découverte dans une tombe vieille de milliers d'années, disait-on, ainsi que le lui avait rapporté Aïcha. Les hommes assis au premier rang dans le public, les plus puissants du royaume et membres du Conseil d'Azhar, se levèrent pour jouer le rôle qui leur était alloué dans la cérémonie. Kamal, nota Julia, paraissait maussade et boudeur, mais il exécuta néanmoins sa partie comme il le devait.

— Recevez cette épée royale, notre roi, de nos mains indignes, et avec cette épée rendez la justice, chassez le mal, protégez et défendez votre peuple.

Les derniers mots furent entonnés par tous et résonnèrent entre les hauts murs de la salle du trône.

— A l'aide de cette épée, notre roi, nous vous supplions humblement de restaurer les entreprises qui se sont dégradées, de punir et de corriger les erreurs et de consolider les affaires déjà fructueuses.

La lourde bague royale fut placée devant Azhar sur un coussin de velours tandis que le soleil traversait le dôme au-dessus du trône. Des rayons dorés se reflétèrent sur le croissant suspendu au-dessus de la tête d'Azhar, ainsi que sur les murs et les colonnes du Divan. Il fut enveloppé d'une lumière dorée, le soleil enflammant sa cape, lui donnant l'apparence d'une divinité en or.

Il tira l'épée de son fourreau et la leva au-dessus de sa tête.

— Je suis Azhar, roi de Qaryma, déclara-t-il. Je suis la source de tout pouvoir, de toute sagesse, de tout bonheur. Je suis l'Infaillible. Je fais les lois et les mets en application. Nul ne peut me mettre en question. Nul ne peut m'atteindre. Je suis Azhar, roi de Qaryma. Bien-aimé et révéré.

A ces mots familiers, une boule se forma dans la gorge de Julia. Elle n'avait d'autre solution que d'accepter que ce fût vraiment terminé. Il était Azhar, roi de Qaryma, et elle était Julia Trevelyan, botaniste et artiste cornouaillaise avec des promesses importantes à tenir faites à un mourant. Bientôt, ils seraient séparés par des milliers de milles, même si la distance ne faisait aucune différence. Le serment qu'Azhar avait prêté les avait déjà arrachés l'un à l'autre. Azhar, roi de Qaryma, se tenait seul au pinacle du pouvoir, inaccessible.

Pour toujours.

Julia ne fit pas d'adieux. Son trajet depuis le palais, à travers les rues désertes d'Al-Qaryma, fut très différent de celui qu'elle avait fait juste quelques semaines auparavant. Le sol était recouvert des pétales de roses qui avaient été jetés aux pieds du nouveau roi tandis qu'il paradait à cheval à travers la ville et qu'elle veillait à ses derniers préparatifs de départ. On aurait dit que tout le monde à Al-Qaryma se trouvait au palais pour se joindre aux célébrations. Un profond silence régnait à part les clochettes qui tintaient, accrochées aux rênes de sa troupe beaucoup plus modeste.

Elle était escortée par un garde jusqu'à sa première étape pour la nuit, dans une oasis dont le nom ne lui était pas familier. Là, elle devait rencontrer son nouveau guide et les hommes qui l'accompagneraient jusqu'au Caire. Azhar avait obtenu tous les papiers qui lui étaient nécessaires. Il avait pris des dispositions pour lui fournir une caravane de chameaux et de mules, une nouvelle réserve d'or et il avait armé son garde. Il avait refusé ses billets de banque, demandant à la place qu'elle porte les lettres qu'il avait écrites à son agent au Caire. Ces messages mettraient un terme à son affaire commerciale. Dix années de travail, dix années de détermination et de dévouement de la part d'Azhar, d'ambition et de clairvoyance, qui seraient liquidées par un paquet de lettres. Julia tapota le colis, attaché à sa taille dans une bourse en cuir avec la montre de Daniel. Maintenant que celle-ci ne décomptait plus le temps qu'elle avait encore à passer à Qaryma, elle la trouvait rassurante. Elle lui rappelait Daniel, mais aussi Azhar, qui s'était donné tant de mal pour la lui rapporter.

Elle avait laissé les deux paysages de Cornouailles qu'elle avait peints dans son appartement, ainsi que l'un des tableaux qu'elle avait fait du jardin secret de la Quatrième Cour. Elle espérait qu'ils ne seraient pas un souvenir pénible pour lui et qu'il les regarderait en pensant à elle. Et elle souhaitait de tout cœur, même si elle avait honte de l'admettre, qu'elle lui manquerait.

Les chameaux quittèrent les rues de la ville et prirent la direction du désert. Cette nuit-là, elle dormirait de nouveau sous les étoiles. Elle se consolerait en contemplant leur beauté. Elle ne regarderait pas en arrière, avec chagrin, en pensant au prince du désert qu'elle avait laissé derrière elle, elle irait de l'avant, vers une nouvelle vie qu'elle se bâtirait. Elle ne regretterait pas le temps qu'elle avait passé à Qaryma, elle ne voulait plus se morfondre sur le passé. Il n'y aurait pu avoir d'idylle plus parfaite.

Mais c'était fini. Elle s'autorisa un dernier coup d'œil par-dessus son épaule. La chaleur intense faisait miroiter la ville comme un mirage. Et comme tous les mirages, elle n'était pas réelle. C'était vraiment fini.

Chapitre 12

Qaryma — deux mois plus tard

— Et ainsi, comme je viens de l'expliquer, c'est ici que se trouve la source du problème, déclara Kamal en désignant une carte de toute la région. Le centre du réseau de contrebande se trouve à cet endroit.

Il traça un cercle avec son doigt.

— J'ai imaginé plusieurs stratégies pour démanteler ce trafic.

Azhar écouta d'une oreille tandis que son frère se mettait à exposer en détail chacune de ses propositions. Après des débuts très réticents, Kamal s'épanouissait dans son nouveau rôle avec tout le zèle d'un converti. Les qualités qui avaient fait de lui un voleur accompli faisaient merveille dans sa traque des contrebandiers. Son esprit retors s'avérait être un fléau pour les escrocs avec qui il s'était autrefois acoquiné.

En conséquence, leurs relations s'étaient légèrement améliorées. Ils ne seraient jamais proches, cela ne serait guère possible après toutes les exactions de Kamal. Son ambition et son sentiment que tout lui était dû le laisseraient toujours vulnérable à la corruption et sa faiblesse de caractère altérerait toujours son jugement. Azhar n'était pas dupe et savait que son frère ne s'était pas repenti ni n'avait changé. Il ne lui ferait jamais confiance, mais il respectait le travail qu'il effectuait et ce qu'il rapportait.

Et il enviait le goût tout neuf de Kamal pour la vie, son sentiment d'avoir un but. Pour son frère — en tout cas pour le moment —, chaque jour apportait un nouveau défi à relever. L'existence d'Azhar n'en manquait pas, certes, mais Julia semblait avoir emporté avec elle sa détermination, son envie de se fixer des objectifs. Le temps passait, mais la douleur de son départ ne diminuait pas. Au contraire, Julia lui manquait plus aujourd'hui qu'hier, et plus hier qu'avant…

— Qu'en penses-tu ? A mon avis, nous devrions adopter la première solution.

Azhar fixa son frère sans comprendre. Autre chose qui lui arrivait de plus en plus fréquemment. Julia l'avait toujours aidé à y voir plus clair, à garder son esprit concentré. Mais Julia n'était pas là.

— La première solution, répéta-t-il. Rappelle-moi ses avantages.

Kamal leva les yeux au ciel mais s'exécuta. Cette fois, Azhar parvint à écouter son frère jusqu'au bout, et à acquiescer à sa proposition.

— Merci. Cela signifie-t-il que tu vas bientôt de nouveau nous quitter ?

Kamal hocha la tête.

— Je me mets en route demain. Je dois l'avouer, j'apprécie beaucoup la liberté que ce rôle me donne de voir le monde à l'extérieur de Qaryma. Je comprends mieux ton goût pour les voyages, frère. Cela doit te manquer.

Il appuyait délibérément là où cela faisait mal, mais Azhar était habitué à de telles attaques.

— J'ai plus qu'assez pour m'occuper à l'intérieur de nos propres frontières, merci beaucoup.

— En vérité, j'ai entendu dire que le Conseil a pour toi une proposition qui va te prendre encore plus de temps, continua Kamal. Est-il prématuré pour moi de te présenter mes félicitations ?

— Oui, ça l'est, répondit Azhar. Je n'ai pas l'intention de prendre une épouse pour le moment.

— Et d'après ce que l'on raconte, tu n'as pas pris de maîtresse non plus. Deux mois de chasteté, ce n'est pas sain pour un homme de sang royal, Azhar.

La voix de Kamal se durcit.

— Et deux mois à te morfondre pour une veuve anglaise, ce n'est pas bon pour Qaryma.

— Que veux-tu dire par là ?

Kamal tressaillit au ton d'Azhar, mais tint bon.

— Nous avons tous été soulagés quand tu as agi comme il fallait et que l'as envoyée faire ses bagages après ton couronnement. Sa présence ici était tout à fait déplacée.

— Tu oses me donner une leçon de moralité ?

Kamal eut l'intelligence de paraître honteux.

— J'espère avoir changé, dit-il. Mais toi… Azhar, tu dois te rendre compte que tant que tu n'as pas pris femme — ou au moins une nouvelle maîtresse — notre peuple va vivre dans la crainte que cette étrangère revienne.

Si seulement ! Si seulement Julia était là. Si elle n'était pas partie. S'il y avait eu un moyen de la garder ici légitimement. La nostalgie qu'il avait d'elle frappa Azhar avec force. Le désir de sa simple présence, de son sourire, du son de sa voix, était si douloureux qu'il en frémit. Si seulement elle pouvait revenir.

— Serait-ce si terrible ? demanda-t-il.

— Tu n'es pas sérieux !

Il n'avait pas été sérieux parce qu'il ne s'était pas autorisé à considérer cette éventualité, mais maintenant qu'il le faisait, son besoin de Julia le submergeait comme une des vagues de la baie de Cornouailles qu'elle avait peinte pour lui. Deux mois ici sans elle lui avaient semblé une éternité. Elle lui manquait, chaque jour un peu plus, et il ne voulait pas passer le reste de sa vie ainsi.

Pouvait-il être sérieux ? Son cœur battit plus vite à cette idée. Il se redressa d'un coup, retrouvant toute son énergie. Pouvait-il être sérieux ? Oui, il le pouvait. Pouvait-il faire quelque chose à ce sujet ? C'était une autre question, à laquelle il avait besoin de réfléchir en paix.

Kamal le fixait toujours avec horreur.

— Y avait-il autre chose dont tu voulais discuter avec moi ? demanda Azhar avec hauteur.

Son frère saisit l'allusion, roula ses cartes et ramassa ses papiers.

— Les gens te vénèrent, tu sais. Ils l'ont toujours fait, et maintenant que tu es de retour… Tu as réalisé tous leurs rêves en les débarrassant de moi. Tu as tout, frère, mais tu agis comme si tu n'avais rien. Il n'est pas bon pour un homme de vivre sans femme, et pour un royaume d'être sans héritier. Suis mon conseil, oublie cette Anglaise et accepte l'épouse que le Conseil te propose. Tu seras beaucoup plus heureux si tu dors dans un lit chaud.

La porte de la Salle d'Audience se referma doucement et Azhar se dirigea vers le fond du Pavillon royal et le sanctuaire de ses appartements privés. Les tableaux avaient été accrochés aux murs de sa chambre. Il se demanda, comme chaque fois qu'il les regardait, où était Julia, ce qu'elle faisait. Avait-elle publié son livre ? Etait-elle parvenue à convaincre la prestigieuse Société royale d'admettre son mari comme membre posthume ? Vivait-elle toujours dans le petit village de pêcheurs peint sur la toile ? Le soleil brillait vivement sur la peinture où les cottages blancs dégringolaient vers le port, mais son éclat était subtilement différent de la lumière crue du désert. Il avait essayé plusieurs fois de saisir comment Julia avait réussi à peindre un soleil plus froid, mais il avait conclu que cela n'avait pas d'importance. Ce qui comptait, c'était qu'il l'ait perçu et qu'il ait compris que s'il entrait dans cette mer bondissante aux vagues frangées d'argent, celles-ci s'abattraient sur lui comme un seau d'eau glacée.

Il se tourna vers la marine. La baie de Marazion, où Julia avait appris à nager. « Du sel et du sable », avait-elle dit la dernière nuit qu'ils avaient passée ensemble, il s'en souvenait. « En Cornouailles, le sable est aussi doré qu'ici, l'air aussi salé, et pourtant l'effet est tout à fait différent. »

Azhar suivit du doigt la courbe de la plage. Se répétait-elle leurs conversations dans sa tête, comme il le faisait ? Restait-elle éveillée la nuit, à se torturer avec les souvenirs de leurs étreintes amoureuses ? Son corps se tendait-il douloureusement vers lui comme le sien se tendait vers elle ? L'aimait-elle toujours comme il l'aimait ?

Il l'aimait ?

Il l'aimait.

Bien sûr, qu'il l'aimait. Il l'avait su durant cette dernière nuit qu'ils avaient passée ensemble sur le toit, quand elle lui avait déclaré son amour. Il s'en était bien sûr rendu compte, même s'il ne s'était pas autorisé à l'admettre parce qu'il connaissait aussi les limites de sa propre résolution. S'il avait lâché la bride à ses sentiments, il n'aurait jamais été capable de la laisser partir, ce qu'il devait pourtant faire dans l'intérêt de Qaryma. Il avait compris qu'il l'aimait lorsqu'on avait posé la couronne sur sa tête, parce qu'il avait eu besoin qu'elle en soit témoin. Pour lui montrer que c'était définitif, pour se prouver à lui-même que c'était terminé. Il avait tenté d'utiliser le pouvoir royal pour mettre fin à son amour.

Mais cela n'avait pas marché.

« Tu ne peux pas être sérieux ! » Une brève phrase que son frère n'aurait jamais prononcée s'il en avait deviné les conséquences. Toutes les défenses d'Azhar étaient en train de s'écrouler. Il pouvait être sérieux. Il *était* sérieux, parce qu'il l'aimait.

Il fixa les peintures. Il imagina Julia penchée sur le papier, un pinceau à la main, les lèvres serrées pour s'empêcher de le mâchonner. Il se souvint du soir de l'orage, la façon dont son cœur avait chaviré quand il avait cru qu'elle gisait morte sur la terrasse, frappée par la foudre. Il se rappela comment elle avait adoré les éléments en furie, cette nuit-là. On était en juin, à présent, n'était-ce pas l'été en Cornouailles ?

Il l'aimait.

Il l'aimait, mais qu'est-ce que cela faisait qu'il l'admette, à part rendre sa vie sans elle encore plus intolérable ? Azhar grogna et se passa les doigts dans les cheveux. Julia avait dit qu'elle l'aimait, mais cela ne changeait rien même s'il lui retournait son amour. Ce qui était le cas, même s'il ne l'avait pas reconnu alors. Ou n'avait pas voulu le reconnaître. Peu importait. Ce qui comptait, c'était ses sentiments pour elle.

Et dans ce cas, où en était-il ? Son devoir était envers Qaryma. Gouverner son royaume lui prenait tout son temps, ainsi que Julia l'avait prédit, comme lui-même l'avait su depuis toujours. Il avait tout sacrifié à Qaryma, y compris son amour pour Julia. Maintenant, le sacrifice avec lequel il ne pouvait pas vivre s'imposait à ses yeux.

Qaryma ou Julia ? Devait-il vraiment choisir ? Qaryma ou Julia. Son cœur connaissait la réponse, même si sa tête voulait l'ignorer. Mais, même s'il laissait son cœur gouverner sa tête, ce n'était pas aussi simple, la décision n'appartenait pas qu'à lui. Julia avait établi très clairement qu'elle ne renoncerait pas à sa liberté, même pour l'amour.

Mais il l'aimait. Et elle l'aimait — en tout cas, elle l'aimait deux mois plus tôt. L'aimerait-elle encore ? Et si elle avait tourné la page, comme elle avait déjà fait avec son passé, si elle l'avait relégué à l'état de souvenir agréable ? Et si elle avait trouvé quelqu'un d'autre ? C'était possible. Elle était sûre de son charme, maintenant, et elle avait libéré sa nature passionnée. Elle avait quitté Qaryma certaine qu'ils n'avaient pas d'avenir ensemble, mais ce n'était pas une raison pour qu'elle affronte son avenir seule. Par le ciel, il était tout à fait possible qu'elle ait rencontré quelqu'un d'autre… qu'il ait gâché pour une couronne la chance d'aimer et d'être aimé.

Il ne devait pas penser ainsi. Il devait croire qu'il y avait une chance, parce qu'il s'était déjà trop engagé dans le chemin qui l'écarterait de sa vie actuelle. Si elle éprouvait les mêmes sentiments que lui, alors il existait certainement un moyen pour eux d'être ensemble. S'il ne pouvait rayer Julia de sa vie, quelque chose devait changer. Il avait besoin de réfléchir.

Dehors, le jardin secret était en pleine floraison. Comme son père avant lui, Azhar puisa de la consolation dans cet endroit à la sauvagerie bien agencée. De nombreuses fois, dix minutes de contemplation ici lui avaient éclairci l'esprit, l'avaient préparé à la réunion suivante et à celle d'après. Il ne pouvait pas abandonner Qaryma. Rompre les serments qu'il avait faits lors de son couronnement et avant, sur la tombe de son père, reviendrait à arracher une partie intégrante de lui-même. Pour le meilleur et pour le pire, il était roi de Qaryma jusqu'à sa mort. Ce qui signifiait qu'il devrait trouver une façon de gouverner qui lui laisserait une part de liberté.

Pouvait-il changer l'impossible ? Au lieu de penser à ce qu'il ne pouvait avoir, ne devrait-il pas orienter son esprit vers ce qu'il pouvait faire pour changer les choses ?

De l'espace. C'était un début. Il devait se ménager des espaces personnels. Cela allait à l'encontre de sa nature, mais il pouvait trouver des façons de déléguer, non ? Par exemple, en accordant plus de pouvoirs à son Conseil. Cette fâcheuse habitude qu'il avait de prendre chaque décision lui-même, était-ce vraiment nécessaire ? N'était-ce pas simplement dicté par son besoin de remplir ses journées et s'éviter ainsi de penser que Julia lui manquait ? Pouvait-il faire en sorte que ce soit son royaume qui s'adapte à ses besoins, plutôt que se perdre lui-même dans les besoins insatiables de son royaume ?

C'était sûrement possible s'il le désirait avec force. Ce qui était le cas et le confrontait à l'autre aspect du problème. Il serait un bien meilleur roi avec Julia à son côté, mais comment la persuader de l'accompagner dans sa lourde tâche ? Que pourrait-il bien lui offrir en échange du sacrifice de sa liberté ?

L'amour ? Julia disait qu'il ne changeait rien, mais elle se trompait. L'amour changeait tout — ou le ferait, s'ils le décidaient. Il était roi. Il avait le pouvoir de faire bouger les montagnes s'il le souhaitait. Azhar bondit sur ses pieds, empli d'excitation et d'espoir. Il n'existait pas de solution idéale. Il y aurait forcément des compromis, et des sacrifices, ce serait certes douloureux, mais il était déterminé sur un point. Il allait faire tout ce qui était en son pouvoir pour persuader Julia de laisser à leur amour une chance de s'épanouir. Il le leur devait, même s'il échouait.

Mais il n'avait pas l'intention d'échouer.

Cornouailles, six semaines plus tard

L'édition in-folio était reliée, comme Daniel l'avait demandé, en fin maroquin repoussé à la feuille d'or. C'était un très bel ouvrage, vraiment, mais il s'était avéré extrêmement cher à imprimer. Julia n'avait pu se permettre que cinq exemplaires, avec vingt exemplaires in-quarto. Tous portaient la dédicace à M. Joseph Banks que Daniel avait voulue, et que M. Banks avait gracieusement acceptée. Julia avait le sentiment qu'Azhar méritait davantage cette dédicace, mais cela aurait signifié rompre sa promesse solennelle à Daniel. En outre, l'hommage à M. Banks remplit son rôle souhaité permettant la nomination posthume de Daniel comme membre de la Société royale. L'acceptation à la Société d'horticulture de Londres suivit rapidement, grâce encore à l'influence de M. Banks. Les exemplaires in-quarto avaient été envoyés aux destinataires désignés. Tout cela avait considérablement appauvri Julia, la forçant à revenir dans la maison de son enfance. Mais elle tenait bon et continuait de résister de manière vigoureuse aux tentatives de son père de la mêler à son travail.

Julia feuilletait paresseusement l'exemplaire destiné à son père. Il ne faisait aucun doute que ses illustrations de Qaryma étaient les meilleures. Sans exception, c'étaient les plantes délicates du désert qui avaient suscité les commentaires admiratifs de M. Banks et de ses collègues experts. Qu'en aurait pensé Daniel ? Nul doute qu'il aurait préféré sa propre collection d'espèces sud-américaines pour étayer sa renommée, car Julia avait compris depuis longtemps que c'était bien la notoriété qu'il convoitait. Elle était contente de l'avoir obtenue pour lui.

Ces planches étaient douloureuses à regarder, mais elle ne pouvait s'empêcher de le faire. Elles parlaient de l'odeur unique du désert, de sa forte chaleur. Et d'Azhar.

Cela faisait presque quatre mois qu'elle l'avait quitté le jour de son couronnement. Depuis qu'elle avait rejoint le sol de Cornouailles, elle n'avait cessé de travailler, poussée par le besoin d'agir et éviter de penser à ce qu'elle avait perdu. Maintenant, sa mission était achevée. Ses promesses à Daniel avaient été remplies. Et au lieu de s'en sentir libérée, Julia était vivement consciente de l'immense vide dans sa vie, qu'elle aspirait à voir comblé par Azhar.

Il lui manquait. Elle se languissait du désir de le voir. Pas un jour ne s'écoulait sans qu'elle se demande ce qu'il faisait, s'il pensait encore à elle, s'il avait déjà pris une épouse. Il était probablement marié. Le mariage faisait partie de son engagement envers Qaryma, et Azhar était complètement dévoué à son royaume.

Il lui manquait vraiment, désespérément. Elle l'aimait tant. La liberté à laquelle elle avait tant aspiré s'étendait maintenant douloureusement devant elle, tel un océan sans fin. Elle avait été si sûre que son amour pour Azhar ne changerait rien. A présent, elle n'était plus du tout certaine que sa liberté chèrement acquise changerait grand-chose non plus. Elle était libre, mais elle n'était pas heureuse. En toute honnêteté, elle n'avait jamais connu plus grand bonheur que lorsqu'elle était avec Azhar. Elle désirait cette folle exaltation que seule sa compagnie lui prodiguait. Elle recherchait la grisante complicité qui les liait, pouvoir tout dire en sachant qu'elle serait comprise. Elle avait confondu l'indépendance et la liberté. « L'amour ne changeait rien », avait-elle décrété. Elle se demandait si elle ne s'était pas trompée, et cela la rendait malade.

Le schooner avait jeté l'ancre dans la baie. C'était un trois-mâts. Les lignes élancées de la coque, manifestement construites pour la vitesse, étaient peintes d'un noir brillant rehaussé d'or. Plus loin le long de la côte, dans les ports miniers, il aurait aussi remporté un franc succès. Ici, dans la baie de Marazion, où la plus grande embarcation était le petit sloop de l'employé des contributions indirectes, presque tous les gens du village s'étaient rassemblés au bout du quai pour l'admirer.

— On ne peut même pas lire son nom, dit une femme de pêcheur à Julia. Une drôle d'écriture, on dirait des gribouillages de ma fille de quatre ans. Je ne vois vraiment pas ce qu'il fait là. Peut-être s'est-il trompé de route.

Julia regarda en plissant les paupières le bateau qui se balançait d'un air satisfait sur les vagues douces.

— Depuis quand est-il là ?

— Il vient de jeter l'ancre. Croyez-vous que le roi est assez fou, maintenant, pour venir en Cornouailles ?

— C'est peut-être Napoléon qui s'est de nouveau échappé, hasarda un autre habitant des lieux.

— Ou Wellington, suggéra quelqu'un d'autre. J'espère qu'il n'a pas l'intention de mettre une autre satanée statue de lui-même ici.

— En tout cas, ce n'est sûrement pas le régent. Même un schooner de cette taille ne pourrait pas le faire flotter.

— Qui que ce soit, il va rejoindre la côte.

Un canot à rames était descendu sur le flanc du bateau. Il y avait quatre rameurs et un autre homme assis à la proue. Il était vêtu de blanc. Tunique blanche. Cape blanche. Coiffe blanche.

— Il est habillé d'une espèce de drap.

— Chut ! Regarde-le, c'est… c'est un étranger.

— Pour moi, quiconque n'est pas de Cornouailles est un étranger.

— Eh bien, étranger ou pas, je suis heureuse de lui

souhaiter la bienvenue, déclara une autre femme de pêcheur. Avez-vous jamais vu plus bel homme ?

— Tais-toi donc, Peggy, tu es mariée. Que penserait ton Tom de ce discours ?

— Pour le savoir, il faudrait d'abord qu'on le sorte de la taverne, braillant et donnant des coups de pied !

La foule continua à rire et à spéculer, se poussant et se bousculant sur la jetée pour ne pas manquer une miette du spectacle. Julia était changée en pierre. Ce ne pouvait pas être lui. Elle devait avoir une hallucination. Elle entendait le clapotis des avirons, à présent. Le canot, au moins, était réel. Elle avait du mal à voir entre les gens serrés. Ce ne pouvait tout simplement pas être lui. Son cœur devrait s'arrêter de battre à tout rompre, parce qu'elle en était sûre, ce n'était pas lui. Il n'y avait aucune raison que ses paumes soient moites, que son visage s'échauffe, parce que sans le moindre doute, ce ne pouvait pas…

La foule s'écarta. Certaines des femmes firent la révérence. La plupart des hommes se contentèrent de regarder fixement. Azhar se tenait au bout de la jetée. La brise soulevait ses fins vêtements, soulignant les lignes de son corps, aussi élégantes et exotiques que celles du schooner dont il venait de descendre.

La bouche de Julia s'assécha. Ses genoux menacèrent de flancher.

Il ne l'avait pas vue.

Il parlait à l'un des pêcheurs.

Qui désignait la maison de son père, jusqu'à ce que quelqu'un lui attrape le bras et pointe le doigt droit sur Julia.

Leurs yeux se rencontrèrent. Elle vit sur son visage exactement ce qui devait être inscrit sur le sien, car il avança à grands pas vers elle, elle se précipita vers lui et il n'y eut plus rien d'autre, plus personne à part eux deux tandis que leurs lèvres se joignaient, que les bras d'Azhar l'enlaçaient, la serrant dans une étreinte qui lui fit perdre le peu de souffle qui lui restait.

— Vous êtes ici.

Azhar baissait les yeux sur elle avec émerveillement.

— J'ignorais si vous seriez encore en Cornouailles et vous voilà, m'attendant sur la jetée. Je ne peux pas croire que vous soyez ici.

Julia semblait aussi éblouie que lui.

— Je n'attendais pas. J'admirais votre navire.

— Il n'est pas à moi. Je l'ai emprunté à mon ami Kadar.

— Votre tapis volant n'était pas en état de marche ?

— J'aurais volé jusqu'ici si je l'avais pu. Le bateau de Kadar est le plus rapide de la mer Rouge, mais aucune embarcation sur Terre ne pouvait aller assez vite pour ce que j'avais en tête.

L'expression de Julia se fit sérieuse.

— Azhar, pourquoi êtes-vous ici ?

Il avait eu plusieurs semaines en mer pour préparer son discours. Plusieurs semaines pour répéter toutes les raisons possibles et trouver les mots justes pour la persuader qu'elle pouvait toujours l'aimer. Il était passé de la certitude au doute, de la détermination au désespoir. En la regardant dans les yeux, en la serrant contre lui, il prononça les mots les plus importants de tous, qui lui échappèrent sans qu'il le veuille :

— Je vous aime, dit-il simplement.

Julia pâlit. L'estomac d'Azhar se crispa.

— Je vous aime, Julia, répéta-t-il d'un ton plus pressant.

Oubliant tous ses stratagèmes soigneusement préparés, tous ses arguments soigneusement soupesés, il laissa simplement parler son cœur.

— Je suis venu ici parce que… parce que… Vous rappelez-vous ? Vous rappelez-vous ce que vous m'avez déclaré la dernière nuit, que vous ne m'offriez pas votre cœur ? Eh bien, je suis venu ici pour vous offrir le mien, Julia. Je suis venu parce que vous aviez tort quand vous disiez que l'amour ne changeait pas tout. Je suis venu sans savoir si nous parviendrions à partager notre amour. Peut-être ne sommes-nous pas destinés à vivre ensemble mais je souhaite et j'espère de tout cœur que nous trouvions une solution, parce que mon amour pour vous est la seule chose qui n'admet pas de compromis. Voilà pourquoi je suis venu.

Des larmes ruisselaient sur le visage de Julia.

— Je vous aime, ajouta tendrement Azhar. Je vous aime tant. Tout ce que je vous demande, c'est de m'écouter. Si vous m'aimez. Ou si vous pensez que vous pourriez m'aimer de nouveau. Je vous en prie, Julia…

— Je vous aime.

Elle jeta les bras autour de son cou.

— Je vous aime tant, mais je ne sais comment vivre avec cela. S'il y a un moyen, *n'importe lequel*, alors oui. S'il vous plaît. Trouvons-le.

Julia se souvint à peine du court trajet jusqu'au schooner. Assise dans le canot, encore sous le choc, elle serrait la main d'Azhar, se cramponnant à lui comme s'il était un mirage qui pouvait disparaître à tout instant. A bord du bateau, elle le suivit le long du poste de pilotage et descendit avec lui sous le pont. C'était étonnamment spacieux. Ils traversèrent la coquerie. Ils suivirent une longue et étroite coursive avec des portes de chaque côté, en direction de la proue. Une porte plus grande ouvrait sur un salon luxueux qui occupait toute la largeur du navire. A travers un rideau, elle aperçut une pièce plus petite, tout aussi somptueuse, équipée comme une chambre.

Azhar referma la porte derrière eux et hésita.

— Nous avons beaucoup à discuter, dit-il.

— Oui, convint Julia.

Elle lui ouvrit les bras. Il alla à elle.

— Ce ne sera pas facile, Julia.

— Non.

Il l'embrassa profondément. Elle se pressa avec avidité contre lui.

— Il y a des choses — beaucoup de choses — que nous devons résoudre.

— Oui.

Cette fois, leur baiser fut affamé. Des bouches, des lèvres, des langues et des mains qui se saisissaient et se possédaient avec un sentiment d'urgence.

— Mais peut-être pas tout de suite.

— Non.

Ils continuèrent de s'embrasser avec frénésie, avec passion, ne s'arrêtant que pour reprendre leur souffle, se laissant choir sur les coussins, s'arrachant leurs habits et n'ôtant que l'essentiel. Ils firent l'amour rapidement et sans la moindre délicatesse, se souciant seulement d'être peau contre peau, chair contre chair, et d'exprimer leur amour mutuel de la façon la plus primitive.

— Je comptais avoir une discussion sérieuse, pas vous séduire de façon aussi passionnée, déclara Azhar après coup en la serrant étroitement contre lui, incapable d'empêcher ses mains de passer et repasser sur son corps pour vérifier qu'elle était bien là, dans ses bras.

Julia eut un petit rire.

— Je ne suis pas sûre que la séduction ne soit venue que de vous.

— Vous m'avez manqué.

Elle roula sur elle-même pour lui faire face.

— Vous m'avez terriblement manqué aussi. Mais qu'allons-nous faire ?

L'expression d'Azhar devint grave. Il s'assit, l'entraînant avec lui.

— Je ne sais pas exactement, déclara-t-il. Je dois gouverner Qaryma, mais il faut que je trouve un moyen de le faire qui me permette de vous placer avant tout le reste. Du moins la plupart du temps, car parfois je ne le pourrai pas. J'ai déjà mis en place un certain nombre de mesures.

Il lui parla de ses intentions de déléguer plus de pouvoirs

au Conseil et de ses nombreuses autres idées, certaines déjà en vigueur, d'autres demandant plus ample réflexion.

Julia écouta avec attention, mais ne fit pas de commentaire.

— Vous êtes inquiète d'avoir à vivre dans mon ombre, observa-t-il.

— C'est une ombre bien plus grande que celle de Daniel.

— J'aimerais pouvoir vous contredire.

— Ce n'est pas seulement cela, ajouta Julia en tripotant un bouton de son corsage. On s'attendra à ce que vous épousiez quelqu'un que votre peuple trouvera convenable, et j'ai beau essayer de faire preuve d'imagination, ce ne sera jamais une veuve anglaise.

— Je m'étais convaincu que je pourrais me marier dans l'intérêt de mon royaume, mais je sais maintenant que je n'aurais jamais pu m'y résoudre. Mon peuple n'aura d'autre choix que de vous accepter, mais j'espère qu'avec le temps ils le feront par amour et respect plus que par devoir. Beaucoup vous rejetteront au début, je ne prétendrai pas le contraire, mais lorsqu'ils verront à quel point je vous aime, et lorsqu'ils apprendront à vous connaître, leurs sentiments changeront. Je n'épouserai pas une femme que je ne peux pas aimer, ce qui signifie que je ne peux épouser que vous.

— Vous m'avez dit une fois que vous ne vouliez pas vous marier. Jamais.

— C'était vrai jusqu'à ce que je vous rencontre.

— Auriez-vous voulu m'épouser si vous n'étiez pas roi de Qaryma ?

Azhar considéra la question avec soin.

— Roi ou négociant, peu importe. Dans les deux cas, j'aurais fini par me rendre compte que j'ai besoin de vous pour m'accompagner.

— Oh.

Julia battit furieusement des cils.

— Vous avez des réponses si parfaites.

— Des réponses honnêtes. Je ne suis pas le seul à avoir prétendu que je ne me marierais jamais, Julia.

Elle hocha la tête, se mordant la lèvre.

— Je pensais que la liberté était la même chose que l'indépendance. Je pensais que je devais rester seule pour être libre. Mais je ne suis vraiment moi-même que quand je suis avec vous, Azhar. Je sais, c'est… cela paraît insensé, mais c'est vrai. Je me suis aperçue que la liberté signifie avoir la possibilité de choisir. Choisir de partager votre vie, choisir d'aimer sans condition. Les deux sont inséparables. Il n'y a pas de liberté sans amour et il n'y a pas d'amour sans liberté. Ou bien… suis-je seulement en train de tordre ma propre logique pour l'adapter à ce que je veux ?

— Votre logique, comme vous, est belle et parfaite.

— Oh ! Azhar, voilà que vous me faites pleurer de nouveau, se plaignit Julia.

— Assurez-moi que j'en ai dit assez pour que vous envisagiez d'être mon épouse.

— Vous ne me l'avez pas demandé.

Le cœur d'Azhar tressaillit.

— Cela signifie-t-il que vous le voulez ?

— Ce ne sera pas facile, n'est-ce pas ?

— Non. Parfois même très difficile.

— Je ne veux pas être enfermée dans un harem.

— Je n'oserais pas ! Vous serez aussi libre que je le serai. Ce qui reviendra quelquefois à ne pas l'être du tout, mais j'ai réfléchi — si nous ne pouvons pas quitter Qaryma pour voir le monde, pourquoi ne pas trouver un moyen d'amener le monde à Qaryma ? Par le commerce, par exemple, cela me paraît évident et je me demande pourquoi je n'y ai pas pensé plus tôt, et puis grâce à vous, Julia. Vous m'avez raconté une fois que les gens venaient de toute l'Angleterre pour voir les jardins de votre père. Ne pensez-vous pas qu'ils feraient un plus long voyage encore pour admirer les nôtres ? Cela vous dirait-il de concevoir un jardin botanique qui ferait honte à celui récemment créé au Caire ? Et peut-être d'en faire l'étude, d'écrire votre propre traité, de publier un livre de botanique signé de votre main ?

— Azhar !

Il rit.

— Je vais prendre cela pour un « oui ».

— Oui.

Elle l'embrassa doucement.

— Nous ne naviguerons pas toujours par mer calme, mais nous serons ensemble. C'est ce qui importe plus que tout, n'est-ce pas ?

— Oui. C'est ce qu'il y a de plus important. Je vous aime, Julia. Dites que vous serez mon épouse. Choisissons de partager nos vies et notre amour.

Julia hésita. Il la vit considérer la question sous tous ses angles, et faire un petit signe de tête chaque fois qu'elle cochait un point de sa liste intérieure. Puis elle opina une dernière fois, d'une façon définitive, et lui sourit.

— Oui, répondit-elle simplement.

Il l'embrassa, sûr de savoir qu'il en aurait envie tous les jours, sans exception, et, pour la première fois de sa vie, fort de la certitude absolue que c'était exactement ce qu'il ferait.

Les Historiques

HARLEQUIN

Retrouvez prochainement,
dans votre collection

Les Historiques

Capturée par un Highlander, de Madeline Martin - N°984

SÉRIE : ALLIANCES DANS LES HIGHLANDS - TOME 3

ÉCOSSE, XIVE SIÈCLE

Dans une Écosse déchirée par les guerres de clans, Calum est prêt à prendre en main son destin. Nouveau laird du clan Campbell, il doit rétablir la paix dont est privé son peuple qui meurt à petit feu, exilé en Irlande. Afin de récupérer ses terres en Écosse, une seule solution : enlever la sœur de son plus grand ennemi pour faire pression sur lui. Sa mission accomplie, Calum déchante cependant. Alors qu'il imaginait sa prisonnière comme étant une frêle créature sans défense, elle se révèle courageuse, intelligente, et belle à se damner ! Or, il le sait, Elspeth appartient à la famille rivale de la sienne, et il lui est impossible de céder au désir qu'elle lui inspire…

La tentation du vicomte, de Ann Lethbridge - N°985

LONDRES, XIXE SIÈCLE

On dit qu'elle a une véritable cour de soupirants et d'admirateurs. Ses longs cheveux blonds et ses yeux d'un bleu envoûtant font tourner la tête de tous les hommes d'Angleterre. Mais cette femme aux allures de déesse aurait un cœur de glace… Lorsqu'il entend les rumeurs à propos de Lady Cynthia Finch, qui a ruiné le mariage de sa chère cousine, Marcus, vicomte de Thorne, sent la rage l'envahir. Bien décidé à venger sa parente humiliée, il promet d'enquêter sur la coupable sitôt arrivé à Londres. Mais, lorsqu'il la rencontre enfin lors d'un bal mondain, il réalise qu'il lui faudra, pour mener à bien sa mission, lutter contre l'attirance qu'exerce sur lui la belle tentatrice…

Les Historiques

La rançon du désir, de Merline Lovelace - N°986

Angleterre, 1188

Lady Madeline de Courcey ne peut croire à son malheur : pupille du roi quelques heures plus tôt, voilà qu'elle se retrouve assujettie au comte Ian de Canmore, qui ne fait pas mystère du mépris qu'elle lui inspire. Ian n'hésite pas à l'humilier par ses insinuations, l'accusant à demi-mot de jouer de ses charmes pour servir ses intérêts. Furieuse et désespérée à l'idée de dépendre de cet homme si arrogant, Madeline refuse de s'y soumettre. Si le comte la croit capable de manipuler les hommes, elle espère bien lui prouver qu'il ne fait pas exception à la règle !

La maîtresse du Viking, de Julia Byrne - N°987

Angleterre, 904

Enlevée par un Viking lors d'une violente invasion, Lady Yvaine ignore si elle doit se plaindre ou se réjouir de son sort. Certes, les Vikings sont les ennemis de son peuple, des barbares dont on lui a toujours dit de se méfier. Pourtant cet homme, au regard brûlant et à la voix sensuelle, semble différent des autres. Après tout, n'a-t-il pas pris sa défense contre son cruel époux qui menaçait de la tuer ?

Victoria

Intrépides et séductrices, les héroïnes Victoria vont conquérir l'Histoire !

Victoria vous transporte des conquêtes vikings aux salons feutrés de la Régence, en compagnie de héros fiers et forts, et d'héroïnes souveraines dans leurs choix.

6 romances à découvrir tous les deux mois.